有爱的青春陪伴者

上册

洄游金鱼

马克吐冷 著

江苏凤凰文艺出版社
JIANGSU PHOENIX LITERATURE AND ART PUBLISHING

图书在版编目（CIP）数据

洄游金鱼：全2册 / 马克吐冷著. -- 南京：江苏凤凰文艺出版社，2024.4
ISBN 978-7-5594-8117-7

Ⅰ.①洄… Ⅱ.①马… Ⅲ.①言情小说－中国－当代 Ⅳ.①I247.5

中国国家版本馆CIP数据核字(2023)第229818号

洄游金鱼：全2册
马克吐冷 著

责任编辑	王昕宁
特约编辑	周 贝
出版发行	江苏凤凰文艺出版社
	南京市中央路165号，邮编：210009
网 址	http://www.jswenyi.com
印 刷	长沙鸿发印务实业有限公司
开 本	880mm×1230mm 1/32
印 张	19
字 数	623千字
版 次	2024年4月第1版
印 次	2024年4月第1次印刷
书 号	ISBN 978-7-5594-8117-7
定 价	62.80元

江苏凤凰文艺版图书凡印刷、装订错误，可向出版社调换，联系电话025-83280257

上册目录

Chapter 01・一尾奶牛 / 001

Chapter 02・二尾玉兔 / 034

Chapter 03・三尾紫寿 / 057

Chapter 04・四尾唐三彩 / 082

Chapter 05・五尾半月斗鱼 / 126

Chapter 06・六尾麒麟 / 153

Chapter 07・七尾十一红 / 190

Chapter 08・八尾齐腮红 / 216

Chapter 09・九尾水墨素兰 / 240

Chapter 10・十尾丹凤 / 274

下册目录

Chapter 11 · 十一尾玉面红袍
/ 315

Chapter 12 · 十二尾雪豹
/ 346

Chapter 13 · 十三尾白写锦鲤
/ 373

Chapter 14 · 挚爱俞泂
/ 410

番外一 · 浪漫余生
/ 446

番外二 · 欢乐日常
/ 529

番外三 · 平行时空
/ 551

独家番外 · 游必有归
/ 594

Chapter 01
一尾奶牛

/ 某些记忆就像藤蔓，它最喜扎根于心脏，
当你想要回忆时，它会一点点地蜿蜒而出。/

（1）

下午六点一刻，正值北都晚高峰。

蜿蜒的高架桥及周围的摩天大楼像笼罩着一层浅金色光晕，冰冷感褪去，忙碌的城市像是被放慢零点五倍速，车流缓缓追赶落日。

出租车内，时不时响起一道柔美的女声，播报着前方路段的拥堵情况。池笙打着电话，注意力却全在左手的提纲本上。

"下飞机有一会儿了，还堵在路上。"

"你忙完手头上那个采访，赶紧请假去医院知道吗？别一天天什么都不放心上，只爱倒腾你那些鱼……"

池笙父母在江城大学地质学系任教，五一休假，池笙特地飞江城陪妈妈过生日，原本想借此机会好好休息几天，可杂志社总编临时通知节后有个重要采访，于是她的整个假期都用来准备采访提纲，当属异地加班无疑。

直至提纲本被翻开新的一页，电话那头的母亲大人也没有要进入收尾阶段的意思。

池笙脸上未见丝毫不耐烦，浅抿嘴角，柔声提醒："妈，到点了，你跟我爸该去遛弯了。"

"对，得挂了，遛弯回来我还得给那几个学生看论文……"

通话结束，池笙继续复盘剩余的采访提纲。

天色擦黑时，出租车终于抵达九和苑。

回到出租房，池笙刚打开门，一阵醇香辛辣的味道扑面而来，餐厅处随之传来一道女声："回来了。"

池笙弯腰换鞋，脚上的软木鞋与旁边那双细高跟对比起来略显憨萌。

"嗯，一宁呢？"

"应该马上就到。"

说话间，乔璇往沸腾的红汤中下入一碟冬瓜，余光扫过玄关。

"又剪头发了？"

池笙之前的头发长到肩胛位置，而现在发梢仅仅触及锁骨。

"夏天快到了，短一点方便。"

乔璇放下筷子，侧头望去。

眼前的人跟个大学生似的，一身浅卡色亚麻长裙搭白色七分袖罩衫，短发则更突显她恬静的书卷气。池笙是典型的淡颜系长相，嘴角自然地微微上翘，却并无过多的甜美感，或许是被眉眼间那几分隐带的清冷冲淡，倒显得刚刚好。

卫生间的水流声响起没几秒又消失，池笙甚至来不及擦手，虚抬着双手疾步走到窗边鱼缸旁，几滴水珠从手掌淌过小臂，最终落到地板上。

纤细的左手缓缓滑进鱼缸中，白皙指尖在水中晃动，水波向周围荡漾开来，射灯照在鱼缸底部的白沙上，泛起粼光。

一条娃娃脸的金鱼扭着肥硕"身姿"，快速撞进池笙掌心里，张着小嘴蹭个不停，倒像是在跟她撒娇一般。

金鱼头顶的嫩黄色瘤体十分柔软，这久违的触感像是能瞬间治愈一切的特效药，身心疲倦通通被赶走，池笙的话音不自觉又软了几个度："菠萝头，你又是第一名。"

乔璇早已见怪不怪，在池笙脸上，很难见到她会对什么东西表现出强烈的欲望，当然，金鱼除外。

"人家都是撸猫撸狗，你倒好，撸鱼。"

"你不懂。"笑意从池笙唇间溢出，"撸鱼一时爽，一直撸鱼一直爽。"

鱼缸里游着近十条小型热带孔雀鱼和七条体型稍大的兰寿金鱼。

兰寿金鱼没有背鳍，萌态十足，被称为真实版波妞。那尾叫"菠萝头"的兰寿，通体银白，只有头顶呈嫩黄色。

另一条奶牛花色的兰寿朝池笙游来，体型比菠萝头大一些，游得较慢，但劲儿可不小,猛地把菠萝头撞开。

"别打架……"池笙指腹轻摸着奶牛兰寿的大脑门,沉浸其中无法自拔,"芝麻包,你好像又胖了。"

乔璇想起这几天的喂鱼体验,笑道:"它就是条干饭鱼,能不胖吗?"

门锁声忽地响起,来人风风火火,包随手往沙发上一扔。

"饿死我了,饿死我了。"曲一宁冲到餐桌前,拿起筷子,精准地从锅中夹起一片肥牛,塞进嘴里。

桌上两人已经开始大快朵颐,而池笙还在慢悠悠地挨个跟每条鱼打招呼。

曲一宁吃得太急,没一会儿便有些撑了,靠在餐椅上揉着胃,准备歇歇再继续,可工作群找她的消息叮叮叮响个不停。

对"社畜"来说,想要下班勿扰,各自安好,堪比上蜀道。

回完消息,曲一宁感慨一句:"你们君誉的专业度是真没话说。"

曲一宁在会计师事务所工作,最近跟乔璇所在的律师事务所在破产专项业务上有合作,所以有此一说。

乔璇未置可否。

曲一宁正要放下手机,屏幕上方蹦出一条某新闻平台的推送消息。

△俞盛地产成功竞得云州一宗商服地块

"俞盛近两年一直也没见有大动作,这新EVP(执行副总裁)一上台,倒是够高调,前不久才并购宜南市铂壹城那么大一个项目,现在又拿地了。"

"话说……"曲一宁把手机倒扣在桌上,挑眉一笑,"那天我还遇见俞洄了,不过我没打招呼,他那人蔫坏,盲猜他会故意来一句——你谁?"

曲一宁表情丰富,说得煞有其事。

乔璇接话:"你可以试试。"

"拉倒吧。"曲一宁撇嘴,"到时候别人还以为我想攀高枝呢!"

他们谁也没想过,高中时朝夕相处的俞洄竟是俞晋维的孙子。

俞晋维是俞盛集团创始人,也是现任董事长,年轻时独具慧眼,在房地产发展爆发期把握住机遇,成功让俞盛跻身国内房地产行业前三。如今的俞盛集团产业甚广,涉及地产、金融、矿业等,且越来越有往多元化发展的趋势。

别人说那句"你家有矿啊?"或许是玩笑话,可俞洄不一样,他家是

真有矿。

当初高考后,俞洄当属留学大军中的一员,这些年也没什么关于他的消息。

直至去年年底,有个在俞盛总部工作的同学爆料,他们那位刚从国外分部回国的新任执行副总裁,竟然是俞洄。

好家伙,同学变老板,有够刺激。

他们还是艰苦奋斗打工人,俞洄已经成为雷厉风行的集团副总,这阶层差距不是一星半点。

乔璇不经意地看向池笙,那人仿佛什么也没听见,正全神贯注地抠水藻喂鱼,一群小馋鱼瞬间围上来嘬她的手指。

"你俩还记得高二校园文化节的时候,咱几个打迷你麻将,然后被班主任一锅端的事吗?"

曲一宁大笑出声,顺带喷出两粒米饭:"现在想起来还是很好笑。"

"啧啧。"乔璇面露嫌弃,抽张纸擦干净饭粒。

"我可没打。"池笙将手从鱼缸里抽出来,走向洗手间,"单纯是给你们望风被连累了。"

"还好意思说。"曲一宁无情揭短,"你那脑瓜子,学啥都快,打个麻将有多难,俞洄教了你多少次都不会。"

池笙没再接话,只顾着仔细地冲干净手上的白色泡沫,可一抬头,却瞧见镜子里自己不经意弯起的眼梢。

曲一宁和乔璇初中就认识,高中又在一个班,关系自然不错。池笙在高二才转来北都一中,由于座位相近,在班里最先认识的就是她俩。

两人行变三人行,一个咋呼,一个高冷,一个软绵绵,真是再多一个人都插不进来。

铁三角一经建立,直到现在也牢不可摧。

"快来吃,一会儿曲大胃把你的虾滑都消灭了。"

"来了。"

饭毕,乔璇开车捎上曲一宁,顺路送她回家。

出停车场时,曲一宁瞧见停车杆上醒目的俞盛地产广告牌,一时间若有所思。

池笙喜欢俞洄,是她们三人之间心照不宣的小秘密,至于俞洄……

校园时代的记忆像是已经变成复古模糊的电影片段，不完整，却又能历历在目。

有一天，曲一宁进教室时，空旷的教室里只有池笙跟俞洄。

正值炎夏，阳光毒辣，偏偏窗帘不合时宜地坏了。

池笙趴在桌上睡觉，俞洄散漫地坐在一旁，靠着椅背，一只手玩游戏，另一只手拿着本书给池笙扇风，丝毫不嫌累。

就俞洄那副恣肆无忌的脾性，不喜欢绝不会主动做这种事。况且平日里他待池笙的各种不同，旁人也都有目共睹。却没想到高考后，俞洄不知道跑哪儿野去了，不见人影，再后来，就听说他去了美国留学。

事实证明，俞洄这人，没个定性，做事全凭喜好，态度看心情，跟风一样，谁也抓不住他。

做朋友没问题，做男朋友可不行。

那之后的两年多里，池笙对俞洄这个人也是完全避而不谈。

再后来，倒像是放下了。

"现在偶尔提起俞洄，也没见笙笙有什么特别的反应，应该早就不喜欢了吧？"

毕竟已经过去六七年，要是还喜欢，那得是个什么品种的长情怪，曲一宁自认做不到。

车汇入主干道，乔璇淡声道："她性子软，但也是真轴，就算还喜欢也不奇怪。况且，谁不是对自己的白月光念念不忘？"

曲一宁点头，是这个理没错。

"得不到的永远在骚动是吧，哈哈。"

车侧传来喇叭声，乔璇打量一眼旁边的兰博基尼小牛，前后还跟着几辆豪车，也不知是哪家贵公子又组局出来炸街。

乔璇的语气又淡了几分："不是一路人，哪儿都不合适。"

"其实吧，他俩要真有啥，我还嫌弃俞洄呢，他顶多算个黑月光。"曲一宁撇撇嘴。

闻言，乔璇也轻笑出声。

世界上没几个女人会认为有男人配得上自己姐妹。

乔璇神情一转："之前那个阳光开朗款，就是每次聚餐他都会问起笙笙的那个，我看挺好。"

"啊……那个'185'是吧！"曲一宁解锁手机，点开日历，"行，我来安排,等哪天咱们露营去。"

乔璇笑意不止,她跟曲一宁怎么都不记人名,只记特征。

"反正选择权在笙笙手上,喜欢就试试,不喜欢拉倒。"

两人一拍即合,势必要让池笙彻底忘掉"白"月光,开启生活新篇章。

(2)

翌日早上七点,灰蒙天色刚散去,成片的云团便已拢在只冒出了点微光的太阳边上。

九和苑到杂志社的通勤时间在一个小时左右,池笙到办公大厦楼下时,见时间还充裕,果断拐进星巴克,翻着今日的财经早讯,消灭掉一份芝香火腿可颂。

杂志社里,键盘噼里啪啦的声音此起彼伏。

池笙跟几个正抓狂赶稿的同事打过招呼,走到工位上,抽出张纸开始擦拭桌上灰尘。

高跟鞋清脆的声响从电梯间传来,越发清晰。

程静穿着一身大波点黑白连衣裙,右手挎着一只黑金凯莉包,路过池笙时,顺便敲了下她的桌板。

"池笙,来一下。"

池笙扔掉纸团,跟着她走进总编办公室,顺手带上门。

程静将包放进柜子里,转身注意到池笙的穿着,眼前稍微一亮。

"今天这身我喜欢。"

池笙穿着一件云雾蓝V领绸缎衬衫,配上同是缎面的山茶花色半裙,裸色高跟鞋,一身法式穿搭,清新又不失气质。

"对了。"程静拉开椅子坐下,脸上露出赞许笑容,"假期辛苦你了,采访提纲做得很不错。"

池笙毕业于北都大学,学的金融,大学期间在嵘信证券做实习生,毕业直接留用,可在嵘信工作一年后,她却转行来做了记者。

不过池笙的履历对财经记者这个职业来说,利大于弊,别的新手还在学如何看财报的时候,她已经可以去挖有深度的选题,所以程静这次将这么重要的采访任务交给了她。

程静想起前几日在饭局上打听到的消息,与那些混日子的贵公子不同,俞盛那位新任副总可是野心勃勃,刚进集团总部半年,便强势插手核心业务，在地产板块的开发线和运营线上都手握实权，眼光独到，行事凌厉果断，敲定不少标杆项目。

程静虽不担心池笙的专业能力，也安排池笙采访过几位大人物，但池笙毕竟年轻，她还是多叮嘱两句。

"那位肯定不是池中之物，这是我动用不少关系才争取到的机会，不出意外，我们应该是第一家拿到采访的，好好表现啊。"

肯定不是池中之物……

池笙在心底暗笑自己想太多，面上却没显露过多神色。

"好，您放心。"

在北都 CBD 核心地带，直插云霄的写字楼更像是精英人士的战场。

俞盛大厦，便位于此处。

池笙仰头望向这栋地标性建筑，下午两点的太阳，光源反射在青蓝色调的玻璃上，让她不自觉地抬手挡住眼睛。

大厦自动门打开又合上，池笙径直走向前台。

"您好，我是《财新时刊》的记者池笙，有预约俞总两点的采访。"

池笙亮出手机屏幕上俞盛公关部发来的采访预约函。

"请问是池记者吗？"

池笙循声回头，迎面走来一位身着套装的高挑美人。

对方面露歉意："池记者，您好，我是公关部的薇薇安。实在抱歉，俞总那边临时要开一个很重要的会，要不……采访我们改天再约个时间？"

池笙几乎没有思考，立刻回道："没关系，我可以等。"

财经新闻极度依赖时效性，况且再约时间会带来更多未知数，她不想冒拿不到采访又或是要延期的风险，程总编那边也不好交代。

只是没想到，这一等就是将近两个小时。

公关部向来喜欢与媒体记者搞好关系，薇薇安很热情，池笙也一点没闲着，毕竟职场人，聊天不聊闲话。

数不清喝下几杯茶后，两人也交换了不少对自己有用的各路消息。

眼看天际从晴空万里变得乌云滚滚，池笙莫名感到胸闷，透不过气。

这天气变化怎么毫无征兆。

又过去十几分钟，有个高级助理模样的男人走进公关部，环视一圈后，朝池笙走来。

"池记者？您好，我是俞总的助理，丁铭。"

丁铭递给池笙一张名片，跟公关部的人打过招呼后，引领池笙往外走。

丁铭简单快速地交代完一些注意事项，大体都是在公关部已经明确沟通过的内容。

池笙低头扫一眼手表，还好，时间虽然比较挤，应该勉强能采访完。

正这样想着，前面的丁铭突然说："池记者，因为俞总接下来还有行程安排，采访时间只能缩短到一个小时。"

池笙脸上的清浅笑意终是没维持住。

行，搞人心态真有一手。

电梯里，池笙看着右上角显示屏中不断变化的数字，隐隐提一口气。

她有做好会缩减时间的准备，但没想过会直接缩到一个小时。

此刻，她无暇顾及其他，在脑海中快速分列出哪些问题能在短时间内获得更多有效信息。

"叮！"

电梯楼层数字最终停在"78"。

穿过深长的走廊，池笙进入宽敞的办公室时，柔软地毯已将高跟鞋的声音隐匿而去。

里面的人正操着一口流利的英语站在窗边打电话。

出于礼貌，池笙想转身先出去，可目光却像是被一根无形的线牵引，忍不住回头望去。

落地窗外是暗沉天际，酝酿多时的乌云终于缠绕着压境。

办公室四周皆是黑白灰色调，无处不充斥着冰冷感，连那个颀长挺拔的背影都显得有些不近人情。

男人一手随意插在裤兜里，如刀裁般笔挺的西裤随着他的动作，出现几道自然的褶皱。

他轻握手机的手，骨感修长，手腕处露出一截白色衬衣袖口，那款限量版1815陀飞轮追针万年历腕表十分显眼。

池笙的视线转到对方轮廓凌厉分明的侧脸，不知谈及何事，他眼梢轻弯，嘴角弧度微扬，露出一副势在必得的笑。

——"这题我不太懂。"

——"怎么这么呆？从正极出来过A1，再顺着右边支路过R2回到负极……"

一些昔日画面涌现开来，记忆中那个穿着白色Polo衫校服的身影渐与现实缓缓重叠，熟悉又陌生的感觉涌来，不禁让池笙有几分恍神。

可没等她深入回忆，清冽的男声骤然停止，瞬间把她飘远的思绪也拉了回来。

池笙视线恢复清明，倏尔抬眸，对上那双深如幽潭的眼时，心头不由得微微一凛，不着痕迹地攥紧了手心。

周遭像是被按下暂停键，静得出奇，只有电话听筒中漏出细微的声音。

俞洞眸色沉静，口型似乎还停在最后一个字的形状，随后才缓缓抿起。

几秒后，他收回目光，转身继续打电话，但很快便收了线。

池笙轻轻吁出一口气，方才她屏气做什么……

手机滑进西裤口袋，俞洞长腿一迈，眼尾余光扫过沙发旁的会客桌，转而拿起桌上座机。接通后，他声音微沉："你是不是忘记准备什么，还需要我来提醒你？"

别到时候传出去，说他俞盛集团这点待客之道都没有。

闻言，池笙当即明白俞洞是何用意，顿时只觉小腹一紧。

今日摄水量早已超标，她可不想采访到一半去上厕所，所以来前特地跟丁助理提过，不需要准备茶饮。

"不用了，俞总，是我说……"

话刚说出口，池笙突然语塞。

这一个下午，她听了太多遍这个称呼，一时情急，自然而然地……脱口而出。

不过几秒后，池笙又不再纠结于此，她是来做采访的，"俞先生"和"俞总"，没太大区别。

俞总？

俞洞眉心微敛，侧眸看向池笙，透着一股高深莫测的审视感。

再次对视，一时之间，两人相顾无言。

俞洞嘴角扯出一抹极淡的笑，他挂断电话，语气倨傲："你好，池记者。"

听到这道冷淡又陌生的口吻，池笙胸口那股没来由的闷意像是找到了源头。

池笙眼睫微垂，浅笑道："您好，俞总，我是《财新时刊》的记者池笙，

这次由我为您做专访。"

俞洄下颌线隐约绷紧，抬手示意："坐。"

池笙轻轻颔首，在沙发上落座，快速做好准备。

"由于时间问题，就直接进入采访了。"

她省去暖场环节，按下录音笔开关。

"再次跟您确认一下，我们的采访会全程进行录音。"

两人视线短暂相触，又是几秒钟的缄默。

见俞洄没有异议，池笙拿起笔，翻开腿上的提纲本。

"据我所知，您毕业于纽约大学，在国外求学期间对您……"

"有关我进集团之前的问题都不用问。"俞洄不动声色地收回视线，"意义不大。"

虽然被打断，池笙也丝毫没有不悦，她微笑点头，立刻转换话题："开年至今，在市场下行压力加剧的大环境下，国内大多房企拿地规模明显缩减，俞盛却逆流而上，频频拿地，并且在上月末成功达成对铂壹城项目的并购，实现绝对控盘。请问这个项目最吸引您的优势及亮点体现在哪些方面呢？"

这种情况，也算是在池笙意料之中，所以她将提纲准备得很全面，尽可能不存在漏洞，备选问题有三十余个，总会有他想谈的内容。

俞洄眼梢微挑，明显对池笙的反应速度略感诧异，而池笙的笑容则依旧温和恬淡，毫不避讳地跟他对视。

半分钟后，俞洄长腿交叠，十指交扣，随意搭在腹前，一派淡然的模样，他慢悠悠地开口回答池笙的问题。

本以为接下来一切能正常进行，池笙正准备动笔，可越听，眼中笑意越淡。

采访得多了，自然知道，哪些内容是实打实的回答，哪些是应付人。

池笙掀眸望向俞洄，他依旧是那副矜傲肆意的模样。

最终，她只是在笔记本上记录下问题的时间节点。

池笙挑了几个有关铂壹城项目，以及俞盛集团在地产板块对未来竞争赛道选择这类问题后，话锋一转，所提问题也变得犀利起来。

"另外值得一提的是，俞盛的峪景湾项目，对海城的经济文化等方面是有很大带动作用，可与现阶段所提倡的生态环保相悖，就环保与开发这个问题，您又是如何看待的呢？"

峪景湾项目在建设初期便有环保学者指出其不妥之处，这也是俞盛一向尽量避而不谈的争论点。

俞洄眼底稍显不愉，深邃凌厉的目光径直落在池笙脸上。

窗外沉闷的低气压仿佛即刻涌入室内，无形中似乎连气温也骤降几度。

这时，敲门声传来。

丁铭打开门，扬脸笑道："池记者，时间到了。"

池笙眉心不着痕迹地皱了下。

俞洄单指轻拨开袖口，扫一眼腕表，唇边带上若有似无的笑，只看着池笙，却不说话。

什么情况？

丁铭察觉到气氛略有怪异，却又无迹可寻，总之不轻易开口为上策，看向俞洄，等待指示。

十几秒后，池笙率先打破僵持的氛围，面带浅笑，礼貌客气地朝俞洄鞠了个躬，拿上包转身走出办公室，丁铭跟着出去送客。

俞洄目送池笙的背影消失于视线中，直至门被合上，他嘴角那一丁点笑意彻底敛去。

可他依旧沉静地望着门的方向，想起池笙那温软语调说出口的称呼，他压抑着心间烦躁，喉间溢出一声轻笑。

"俞总？"

她叫他俞总？

忽然，门再次被打开，俞洄脸上的表情收得极快。

丁铭见俞洄一张俊脸极其严肃，那冷厉的眼神看得他心里莫名一紧，立刻咧嘴一笑，拎着深棕色西装袋走进办公室。

"俞总，晚宴的衣服送来了。"

"以后不准叫我俞总。"

俞洄嗓音低沉磁性，透着几分不悦。

"啊？俞……"

丁铭赶在"总"字还没说出口前，及时闭紧嘴。

这日子没法过了，他又做错了什么……

这半年间，他算是琢磨出来，世界上最难猜的不是女友的心思，而是他老板的心思。

011

俞泂没看见脸色红了又绿的丁铭，起身脱掉西装，三两下扯松领带，走进休息室。

戴好领结后，俞泂不再看镜中脸色铁青的自己，接过丁铭递过来的礼服外套穿上，向外走去。

俞盛大厦停车场出口，一辆曜石黑的迈巴赫普尔曼缓缓驶出。

大小不一的雨珠淅淅沥沥地打在玻璃车窗上，再聚成一股迅速滑落。

听闻雨声，俞泂抬眸望向窗外，脑海中不自觉浮现那道单薄身影。两秒钟后，他敛去眼中复杂情绪，视线又回到平板电脑上。

接近晚高峰，内环中心地段已开始拥堵。

没过一会儿，平板电脑便被俞泂毫不留情地丢开，报表上那堆密密麻麻的数字，看得他眼疼头也疼。

天天有看不完的项目书，开不完的会，参加不完的酒局……

俞泂神色疲惫，指腹抵上额头，轻揉着眉心。

在一个不经意的偏头时，他手上动作不由得微微滞住。

由于下雨，车窗上的水迹略显斑驳模糊，却并不妨碍他一眼看见刚才走得干脆利落的某人。

池笙正站在公交亭里躲雨，单手抱臂，眼睛定定地盯着一个方向，似乎在发呆。

终于驶来一辆空客的出租车，她反应慢了几秒，被别人抢先，只好又退回站台上。

安静的车内，隐约响起一道带着疲倦的低哑嗓音。

"笙。"

（3）

春夏之交的雨，时而细密，时而凶急。

池笙在公交亭里避雨。

温度随之骤降，幸而雨滴已被隔绝在外，能让人暂缓一口气。

等车期间，池笙满脑子都是俞泂那张玩味的脸，正想得入迷时，冷不防被人叫了一声。

"笙笙。"

池笙闻声望去，是乔璇。乔璇正探身叫她上车。池笙将手虚搭在头顶，小跑几步上车。

"我还以为我看错人了,你在这儿干吗?"乔璇快速抽出两张纸递给池笙。

"做采访。"

池笙擦着湿发,下意识地指向不远处的俞盛大厦。

乔璇顺着她的指尖方向看过去,回想起她在公交亭里发呆的样子,瞬间了然。

"去俞盛?采访俞洄?"

"嗯。"

池笙轻应一声。

车往前挪了几步,乔璇转着方向盘。

"叙旧了吗?"

"没。"池笙无奈叹气,笑着说,"他好像还有事,我连采访的时间都不够。"

乔璇转头,持续关注池笙的神情。

"他有什么变化吗?"

"好像变黑了一点,其他的没太注意。"池笙侧头看向车窗上的雨流,极小声地嘟囔一句,"凶巴巴的。"

池笙心底的困惑越来越深。

一开始,她也以为,俞洄知道是她去做采访。那确实像他会做的事,让人等上许久,又突然告知减少时间,打对方一个措手不及。

可跟俞洄对视的那一秒,她清楚地捕捉到他眼底转瞬即逝的诧异。下意识的反应总不会骗人,他不知道去采访的是她,否则他惊讶什么。

说到底,是她想多了而已。

算了,他这个人,向来让人捉摸不透。

转念想到采访的内容,池笙揉起太阳穴,头疼,今天又要熬夜。

"我拿了资料还得回所里加班,一会儿在路口把你放下,储物箱里有备用的伞。"

"嗯,你记得吃晚饭。"池笙回过神,对着乔璇弯唇浅笑。

乔璇并不爱笑,但面对池笙,笑容却十分明媚。

"好。"

迈巴赫平稳行驶在公路上,车外是呼啸风声,车内却安静得只有呼吸声。

前排司机从车内后视镜悄悄看一眼自家老板,俞洄正在翻看手上文件,瞧不出情绪。

刚才车中突然出现的那声"笨",让他莫名一颤。

俞总这是在说他吗?怎么有种恨铁不成钢的意味,因为他没及时插空?不应该啊。

他越这样想,越紧张,不再敢看后视镜。

一阵规律的振动声响起,俞洄的视线停留在文件上,接通电话。

"俞总,我开车过去的时候,看见有人把池记者接走了。"

俞洄眸光微黯。

接走了,是男朋友吗?

有新电话打进,俞洄顺手点下接通。

"下午你家老爷子去俞盛找碴儿了?是不是你大伯又在打峪景湾项目的主意?"

电话那头是孟景平,俞洄高中时的好友。这几年,孟景平一直在帮他做事,现在是俞盛资本的股权投资业务线总监。

"他也配?"俞洄轻嗤,语气漫不经心又霸道,"除非我不要,否则他想都别想。"

如若不是下午那个临时多出来的会,也不至于要延迟采访时间。

说起采访,俞洄侧过身,望向窗外迅速后退的路景,目光渐沉。

"你回国时间也不短,有没有遇见什么……熟人?"

"北都多大点地儿,我还遇见不少,你记得那个化学课代表吗?在嵘信做基金经理,我想把他挖过来……"

孟景平随后的话,没再入俞洄的耳。

俞洄只听见那句:北都多大点地儿。

可就是这么大点地儿,半年了,他也没遇见过她。

所以,有些人不刻意去见一面,真的见不到。

挂断电话后,俞洄继续关注手里的项目书,可脑中却控制不住地冒出池笙的模样。

这才五月,穿裙子也不会带个外套,不冷吗?

眼看要下雨还不知道借伞,采访的时候呛他不是很厉害吗?连个出租车也抢不到。

换作以前被他那样盯着看,她的脸早不知道红成什么样,现在还真是厉害,面不改色。

方才他的手指都已搭到车窗按键上,准备叫她上车,可转念想起高考后她删他微信号的事,他又收回了手。

他警告自己,别再自作多情。

早在一个月前,某个饭局上。

有人提起采访的事,话匣子打开,实业界知名大佬徐老先生也谈起一位记者。

"之前我在飞机上遇见一个记者,她原本的采访被取消,然后立马买了头等舱的机票争取采访时间。要我说,年轻人对事业就该有这种态度,机会是靠自己争取来的。接着下飞机后,我见她又开心又愁眉苦脸,聊了两句,没想到这小孩还挺逗。"

徐老笑了下,说:"她说,这是她的第一个重量级采访,特别开心,但又有点心疼,因为机票不报销。"

霎时,一桌人皆笑起来。

徐老又说:"后来也接触过几次,这孩子确实不错,年纪虽小,但对金融、地产行业认识还算深刻,比同龄的记者要稍出众一些。"

话说到此,在场的人精们都明白徐老的弦外之音。

无论哪个圈子,即便有更知名的媒体,行业内大佬们也更愿选择常合作的媒体,本质上是一种互信关系。

即刻便有奉承者问这记者是哪家的,叫什么。

"《财新时刊》,池笙。"

闻言,俞泂正欲端起酒杯的手一时顿住数秒。

有人追问是哪两个字,徐老回:"池鱼思故渊的池,笙箫的笙。"

那些自以为早已忘记的人或事,再听闻时,心中预警还未响起,旧时记忆便不受控地悉数涌出。

方才徐老的一番话,似乎立刻变得生动起来,在他脑中有了清晰的画面。

原来她去做了记者。

所以在《财新时刊》找人搭上线时,他难得地没拒绝,却也没指名道姓要那个叫池笙的记者来做采访。

来的会是她吗？

像是等待开启未知的盲盒一般，直至下午接受采访前，他都会偶尔从工作中分心去想这个问题。

这些年，他学会的其中一件事是，做事前要先考虑到最坏的结果。

那么有些人，会不会刻意去创造机会了，也还是见不到。

幸而，来人确实是她，只不过，还有她一声又一声客气疏离的"俞总"。

胸口盘亘着的那团郁气来得奇怪，又久久不肯散去。

俞泂望着车窗上自己的倒影，笑得颇有几分自嘲之意。

"自讨苦吃。"

（4）

翌日清晨，池笙到杂志社时，办公室里还没几个人。

昨晚她忙到半夜三点，可算把稿子赶出来，在系统里提交给李主编。

池笙捂嘴打个哈欠，把手里的美式放桌上。她最害怕喝美式，太苦，可顶不住效果显著。

注意到隔壁桌的实习生愁眉苦脸，池笙顺嘴问一句："怎么了，假期没玩开心？"

"不是……池笙姐，你能帮我看看稿子吗？我不敢直接交给我编辑。"陶雪的眉毛都快拧成八字，这个萌，卖得略显失败。

池笙还在揉眼，眼睛涩得难受，她又抿下一口美式。

"带我的老师休假还没回来，我……不太敢打扰她。"陶雪继续解释。

池笙在心里仰天长叹，她也想有一张乔璇那样的御姐脸，可随时切换"生人勿近"模式。

放下包，池笙拉开椅子坐下，滑到实习生旁边，双眼盯着电脑屏幕，手掌握住鼠标轴滚动。

采访内容是关于一位基金经理的访谈。

陶雪眼珠一转，悄悄打量池笙。

其实刚来杂志社时，大概是很合眼缘，她十分想跟池笙做朋友。池笙说话语调柔和又舒服，做事总是气定神闲，不八卦不扎堆，只专注做好工作。奈何池笙也只是看似亲和，人并不算热情主动，还莫名有种说不清的疏离感，挺难接近。

"你是在写论文吗?"池笙眼尾轻弯,声音带笑。

陶雪收回视线,脸颊顿时发烫。

其实池笙发笑是因为想起自己刚进杂志社那会儿,正处年报发布高峰期,一天要分析整理十几个新闻发布会的参会稿,而她那时的编辑,脾气实在算不上好,她也很难熬。

池笙指向屏幕上的一段话。

"尽量从普通人的角度去梳理,虽然财经新闻受众较窄,但它毕竟是新闻,过多专业术语和复杂的数据会拉低普通读者的阅读体验。"

"可读性很重要。"陶雪接话。

"对。"池笙单手撑住下巴,眼睫轻眨,接着指出问题,"整体太啰唆没重点,还有……"

"池笙啊。"李主编朝两人走来,"明天去采访一下明源建设的孙总,没问题吧?"

"明源?"池笙笑意微敛,"明天?这么急?"

杂志社内,每个人都有自己要跑的条线,并且通常会有相接洽的公司,池笙之前并未接触过明源建设。

"对。"李主编笑了笑,"原本是林娅的采访,但她请假还没回来,你们都是一个组的嘛。"

池笙的手指在桌面上轻敲着,快速分辨利弊后,轻声应好。

李主编眉眼微扬:"我让陶雪把采访提纲找给你。"

等李主编走开后,陶雪小声道:"这么突然的任务,你怎么接了?"

"明源和我昨天采访的俞盛集团有合作,多了解一下也挺好,就当……"池笙无奈弯唇一笑,"积累人脉吧。"

给陶雪看完稿子,池笙又简单过一遍备忘录里最近的工作日程。

《财新时刊》是长短结合的出稿模式,近期她还要策划一篇长稿,好在已经定下选题,估计这几天要忙到虚脱。

这时,电脑右下方的微信图标突然开始闪动。

程总编:来我办公室一趟。

池笙刚进总编办公室,程静的声音即刻响起。

"怎么回事?如果你是做有关铂壹城项目的访谈,没问题,但这是他本人的专访,在个人经历方面的内容还是比较欠缺。"

按理来说,稿子通常是主编先看,通过后再提交给总编查阅,她这边还没收到主编退回来的消息,怎么直接被总编谈话。

池笙简单提了下昨天临时缩减采访时间的事。

"那就再约时间补做采访啊。"

程静的视线离开电脑,略带疑惑地看向池笙,这种事不是第一次,以前池笙处理得不就挺好。其实一个采访能有机会分成两三次来做,那是最好不过,稿子内容肯定充实。

"其实……"池笙缓缓道,"我自己也不是很满意,已经发邮件给俞盛公关部,想看这两天能不能再补个采访,或者做电话采访。"

她提交稿子不过是想做两手准备而已,好在前期进度抓得紧,《财新时刊》是双周刊,也还有时间。

程静点点头:"行,那你抓紧。"

与此同时,俞盛大厦,78层总裁办会议室。

上午十点的阳光正明媚,透过玻璃窗折射到办公桌上,空气里飘浮着的微小颗粒在光影中变得清晰可见。

俞洄认真听着屏幕中的人做项目进度汇报,轮廓线条冷硬的俊脸在光线下似乎都柔和几分。

待视频会议结束,俞洄的神情却又冷下去。

丁铭站在一旁,报告着明后日的行程安排,看着翻脸比翻书还快的老板,也不知是谁又要遭殃。

"后天早上的开发会改让明总主持,晚宴让孟总去,我们飞一趟海城。"俞洄眸色沉静,"不通知海城那边。"

丁铭点头,表示明白,这是要搞突袭。

收拾完桌上文件,丁铭正准备出去,想起刚才开会时收到的消息,又转身回来。

"老板,公关部说《财新时刊》的池记者询问能否再做一次电话采访。"

"电话采访?"

俞洄的目光从文件上缓缓抬起,眼底划过一抹微不可察的笑意,随后轻哼一声:"她想得美。"

"老板,什么?"丁铭没听清。

"她有你的名片吗?"

"有的。"

俞洄轻靠向椅背，手掌扣在桌上，修长的手指有规律地敲着。

"那就等她先联系你。"

地铁车厢内，总是拥挤得让人透不过气。

池笙正在发呆，猝不及防被路过的人挤到，耳机随之滑落，她下意识伸手去接，并暗自感慨还好今天戴的是有线耳机。

眼看快到站，池笙关掉网易云，收起耳机。

包里夹层那张丁铭的名片映入眼帘，仿佛在提醒她什么。

昨天直至下班，她的邮箱还是空空如也，没有回信。

池笙捻起那张名片，犹豫片刻，又放回。

她转而拿起包里另一个手机，连上热点，打开微信，指尖在屏幕上滑动，找出那个许久未点开的头像。对话框里没有任何消息，只有一句系统提示：你已添加了某某，现在可以开始聊天了。

也不知道他是否还在用这个微信号，而她也早已没了再发消息的勇气和欲望。

抵达明源建设所在的写字楼后，池笙被安排到等候区，发现还有一位记者。

两人互相交换名片，池笙看一眼后收起来，是一家不太熟的日报。

等了一会儿，还是没人过来。

不过池笙的采访时间是十点，还有半个小时。

忽然走廊传来一阵脚步声，池笙下意识抬头望去。

一行人中，那个西装笔挺，身高腿长的男人被众人簇拥着走过，因为长相太过出众，实属让人挪不开眼。

"那是哪家的总？没见过。"池笙旁边那位记者轻声嘟囔。

池笙的视线在那道身影上停顿两秒。

褪去年少时的肆意，人的气质总会变得更加沉敛稳重，自然也更陌生。

随后，池笙淡淡收回目光，继续盯着手机，屏幕上显示的是一家地产公司的年报内容。

宽阔明亮的会议室里，墙上时钟指向 9 点 50 分。

签完合同，俞洄被明源建设总经理孙总邀请到办公室品茶。

片刻间，办公室内茶香四溢。

孙总泡茶的动作十分熟练，不停夸赞他的茶叶质优且难得，俞洄定要好好品一品。

俞洄跷着二郎腿，双手交扣搭在腹前，右手食指有规律地敲打在左手背上。

两人闲聊几句，俞洄明显有些心不在焉，话题一转。

"孙总今天有采访？"

孙总对俞洄突如其来的问题摸不着头脑："怎么说？"

俞洄手腕微微用力，杯中的茶汤随之晃动，清绿明净。浅抿一口后，他像是随意谈起一件无关紧要的小事。

"刚才在外面看见前两天采访过我的记者，那位记者……还挺专业。"

回想起方才那一幕，俞洄暗自磨了磨牙。

见到他却埋着头是什么意思？一副生怕他会跟她打招呼的模样。

俞洄深吸一口气，体内的不悦因子又在四处狂窜。

孙总愣了下，仔细打量着俞洄的神情，随后把助理叫进来问话。

"我今天有采访？"

孙总的助理看一眼俞洄，又看向孙总，准确接收到信号，巧妙地没有表明采访具体是几点。

"是，一会儿有安排采访。"

"那就不打扰孙总，改天我做东，请您吃饭。"俞洄放下杯子，起身随意理了理衣摆，大步迈出办公室。

走廊上，俞洄冷冰冰地开口，语气像是带着冰碴子一般："她还没跟你联系？"

周身的低气压让丁铭隐约后脊发凉，身子一颤。

"她？"

丁铭纳闷，这半年，也没见有哪个"她"近老板的身啊。天天都是加班加班加班，无穷无尽的加班。

要论总裁圈的"和尚"，他老板必定榜上有名。

俞洄没耐心地扫一眼这个毫无眼力见儿的助理，直接点破："池笙。"

一瞬间，丁铭猛然顿悟，都到这份上，如果他还不明白，那是真蠢。

难怪采访那天，这两人的气氛怪怪的，原来是他老板对人家有意思。

"没有。"

此刻，丁铭脑子转得飞快，俞洄的行程表在他脑子里唰唰飘过。

"老板,下午有时间,要安排采访吗?"

"再等等。"

俞洄抬手整理袖口,眸底那抹黯淡无形地与墨色交缠。

转过拐角,一抹白色身影忽然出现在两人视线中。

不远处,正朝他们走来的人,穿着一条白色T恤裙,小飞袖的设计略显俏皮,裙子稍长,只露出一截纤细小腿,配一双简单的小白鞋,女孩正边走路边用纸巾擦着手。

丁铭不理解,池记者不看路就算了,他老板怎么也越走越歪……

别走了!再走你俩就该撞上了!

池笙正在思索要不要换款护手霜,眼中冷不丁出现一双手工皮鞋,好在她及时顿住脚步。

她一抬眼,便撞进俞洄那双狭长深邃的眸子里。

她手上动作一时慢了几分,两人之间早已超出正常社交距离,她的指尖甚至已经轻轻触及他的西装衣摆。

无声对视几秒后,池笙立刻后退两步。

她暗自丈量着自己和俞洄的身高差,貌似只到他的肩膀。

失策感一时涌上心间,明知道会有碰上他的可能性,她还穿平底鞋,气势上先输了个彻底。

转念一想,算了,她在他面前一向也没什么气势。

这次倒是俞洄先主动开口:"池记者,真巧。"

俞洄特地将重音放在"池记者"三个字上。

丁铭悄悄瞟一眼俞洄,看来他老板根本不会追人。

池笙不由得被俞洄这语气一噎,把纸团攥在手心里,抿紧嘴角,不遑多让。

"你好,俞总。"

下一秒,池笙又想起采访稿,正犹豫要不要趁这时开口询问,可俞洄已径直离去。

擦肩而过时,记忆中常会出现在周围的皂香已寻不到一点踪迹,取而代之的是一阵极凉、仿若苦艾在燃烧的焚香。

她对香水的品牌并不了解,但这个味道着实让人喜欢不起来,太苦太冷。

池笙几乎是本能地跟着俞洄的身影回头,熨帖的西装衬得他身姿修长挺拔,那个记忆中熟悉的少年背影又再次与现实交叠。

就在这几秒钟里,她心里像是有两个小人坐在桌前打赌。

他会回头。

他不会回头。

"俞……"

现如今,这俞字后面,她到底该接"总"还是"洄"?

听闻那道温软清透的声音从身后传来,俞洄唇边笑意浮现,放缓脚步,在等下一个字从池笙嘴里蹦出来。

但迟迟等不到是怎么回事?

俞洄终究还是转过身,眉梢轻扬。

"嗯?"

"可以借用你一点时间吗?"

池笙隐隐攥紧拳头,心中多少有些不甘,要不是工作原因,她才不先开口,瞧给他得意成那样。

俞洄眉眼间荡起一抹愉悦,只觉得堵了两天的心口瞬间通气。

"可以,给你一分钟。"

两人的谈话地点转移到走廊尽头。

池笙直截了当地开口:"我得重新采访你。"

俞洄垂眸,视线落在池笙的脸庞上。记忆中那种略微婴儿肥的感觉全然消失不见,倒是瘦了许多。

单这数秒,他竟一时理不清自己心里到底是何情绪。

池笙轻抬起头,神情颇为埋怨,语气无形中透出几分熟稔:"还有,你能不能认真接受采访?"

这一秒,两人都隐约感受到一点对彼此的熟悉感,作为同桌的熟悉感。

曾经在二班,每次换完座位,都会有人打趣:流水的座位,铁打的池笙跟俞洄。

"不和我装不认识了?"

对上池笙澄澈透净的杏眼,俞洄瞬间察觉到自己话中不自觉带上的亲近之意。

警铃在心中作响,他有些懊恼,立刻再默念两遍:不要自作多情。

不等池笙回答,他淡淡移开视线,下颌收紧:"我最近很忙。"

他那个问句，无论怎么回答都稍显怪异。池笙也选择跳过，两人默契地进入下一个话题。

"只用两个小时就可以。"她眉心微蹙，轻眨了下眼。

俞泂眸色微暗，只用两个小时就可以？她就不会借这个机会提一些其他的要求？

行，那他绝不会给她两个小时。

"今天下午……"俞泂打量着池笙的神情，放缓语速，"五点后应该有一个小时。"

"好的，谢谢您。"

池笙眼梢轻弯，郑重地朝俞泂弯腰道谢，随即转身离去。

俞泂倒确实从池笙眼中看出由衷的感谢，可他心情却没多好，只气得牙痒，这人对他真是用完就走。

俞泂："回来。"

池笙回过头，略感疑惑，满脸都写着：您还有事吗？

俞泂拿出手机，点开二维码，一言不发地注视着池笙，仿佛在无声回答她，那一个小时，他随时都能收回来。

池笙也不扭捏，从包里拿出手机。低头时，耳侧碎发滑落，恰巧遮掩住她眼底一闪而过的那抹失落。

原来他真的没用那个微信了。

丁铭远远瞧见那两人交流结束，心里一哼，越发看清他老板的真面目，还真是"口嫌体正直第一人"。

一分钟？这都超过三分钟了！人家池记者要走，还把人家叫回去。

啧啧，真是没眼看。

可等俞泂走近，丁铭又变成老板最忠诚的下属。

两人踏进电梯，丁铭明显察觉到俞泂的心情直接由零下转零上，还是直飙40℃的那种大晴天。

"下午有个会？"

"对，是和云州分部的视频会议。"丁铭立刻回答道。

俞泂的声线不若平日里的冷硬："改到明早，今天下午五点后的时间全部空出来。"

"好的。"

丁铭语调上扬，看来托池记者的福，他今天可以早点下班了！

做完采访，回到杂志社，池笙来不及吃午饭，就开始赶时间写稿，任务少一个轻松一个。

直至下午四点一刻，她终于将稿子提交上去，可还来不及稍松一口气，她一会儿还要去会一会那个难搞的人。

半个小时后，池笙抵达俞盛大厦。

意外的是，相较之前，这次采访竟顺利许多。

一上来，俞洄竟没有一点要为难她的意思。

"面对众多高校，您为什么会选择纽约大学呢？"

"在国内上大学，也没什么意思。"俞洄幽深的双眸盯着池笙，像是要把她看出一个洞来，"家里人选的，反正都差不多。"

他前面那句，多少有些答非所问。

池笙在本子上偷偷写下一个"liar（说谎者）"。

某些记忆就像藤蔓，它最喜扎根于心脏，当你想要回忆时，它会一点点地蜿蜒而出。

小小刺痛，尚可忍受。

那时她问他，会考哪个大学，他知道她要报考北都大学，所以他也不带迟疑地回答："跟你一样。"

这个骗子。

池笙暂且撇开脑中那些想法，换个话题。

"您提前毕业后去了阿尔及利亚，管理俞盛旗下的矿业公司，这段经历对您来说有什么特别的收获吗？"

俞洄气定神闲地回答道："热，还挺晒。"

池笙轻呵一口气，双肩微垂，很是无奈，这人还是这么不正经。

见池笙脸色稍变，俞洄又勉强开始认真回答她的问题。

采访总算步入正轨。

好好做事，效率自然高，一个小时不到，全部采访结束。

她之所以说需要两个小时，是因为太了解俞洄，假若她说一个小时，他一定只会给半个小时，这波预判真准。

俞洄抬手扫一眼表，正是晚饭时间，刚准备说话，池笙温软的声音先行响起："我晚上还有约，就先走了。"

池笙挥挥手，原本澄澈的眼里多了几分狡黠的可爱。

"俞总再见。"

好样的，用完人，又叫俞总了是吧。

俞泂脸色骤冷，晚上有没有约，告诉他做什么？他又不是她家长。

待池笙走出办公室，俞泂拿起桌上座机，拨出丁铭的短号："今天加班。"

丁铭简直崩溃：杀了我吧，为什么受伤的总是我？

从俞盛大厦出来，池笙和两个好姐妹约在君誉附近的商场四楼，去新开业的店吃炸酱面。

饭后，三人人手一盒哈根达斯。

池笙万年不变，永远选抹茶味。

曲一宁在乔璇杯里挖了一勺，尝过后嫌弃地皱眉："这个夏威夷果的不好吃。"

转而，她又瞄准池笙的冰激凌，挖了一勺，乔璇也跟着洗劫一勺。

池笙呆呆地盯着只剩三分之一不到的冰激凌，又抬头看向无耻的两人："你们……是土匪吗？"

说完，池笙伸手便要挖回来，那两人捂着自己的冰激凌躲得倒是挺快。

一番闹腾后，曲一宁咂咂嘴："想吃罗森家的冰球了。"

以前上学那会儿，三个人三个味道换着吃，别提多快乐。

"一会儿出去买吧，我也想吃。"

乔璇收起手机："你俩可劲儿贪冰吧，看你们拉不拉肚子。"

池笙娇憨一笑，眼尾余光瞧见一家国内设计师品牌的轻奢小礼服专柜。

"顺便陪我买条裙子吧，明天要参加明源成功上市的答谢晚宴。"

曲一宁和乔璇非常不称职，进店后立马坐在沙发上休息。

看了一会儿，曲一宁对池笙拿的那些款式表示不理解，转头问乔璇："她啥时候换品位了，甜妹还想尝试御姐风？"

池笙撇嘴看向曲一宁，说："你嗓门真大，我听见了，想换个风格有问题吗？"

"好嘞，您继续。"

曲一宁卑微极了，立马起身弯腰赔笑。她重新坐下，眼尖地看到池笙包里那个 iPhone6。

"她的'小6'又拿出来用了，真厉害，这么多年还没坏。"

乔璇轻扯嘴角,看向正在跟柜员交流的池笙,想起这几天池笙的反应,猜了个七八分,愁容隐现,拿出手机跟同事发消息。

乔璇:明天我去俞盛跟他们法务交接。

待两人再次抬头时,曲一宁眼前一亮,立马开始无脑夸奖模式,竖起大拇指,笑得像个慈祥的老母亲。

"买它!"

灯光下,珍珠白的缎面质感越显柔和,单肩不对称的设计,极简却很特别。

乔璇打开相机给池笙抓拍一张,池笙确实很适合穿白色,干净的通透感让人极易联想到铃兰。

铃兰生幽谷,莹洁胜美玉。

看似温柔娇弱,实则不乏坚韧。

池笙干脆利落地刷卡、签字。

"真不肉疼啊?"

曲一宁盯着那小一万的价格,捏皱了胸口的衬衣,她都好久没买衣服了。

"也不算贵,我们常参加宴会,以后还可以穿,而且钱挣来就是花的嘛,我那只股……"池笙微微挑眉,比了个数字。

那只科技股,是她当时关注到那家公司正在执行破产重整计划,深入研究一番后,想赌一赌,守了四个月,后期狂拉28个涨停板,当然要好好犒劳自己。

"你不是也买了?"

"你快别说,气死我,四块多的时候贺成就抛了,说是等回调,哪料到一直涨。"

贺成是曲一宁大学时谈的男友,谈了四年,婚期暂定在明年。

池笙拍拍曲一宁肩膀,笑得多少有几分欠揍:"唉,我不像你,要结婚,我是单身贵族。"

"喊,姐的快乐你不懂。"曲一宁冲池笙做鬼脸,"以后有宝宝不给你玩。"

"你认真的啊?"乔璇收起笑意,"你想结婚就算了,孩子还是好好考虑再说。"

池笙点点头,赞同乔璇的说法,接过柜员递过来的礼服袋。

曲一宁转移话题,给乔璇递个眼神。

"听说周末有流星雨,咱们去露营怎么样?我们俩这大忙人都把时间空出来了,小笙笙,你不能不去吧。"

池笙顺杆爬:"行吧,那就勉强给我们宁姐一个面子。"

曲一宁:"我看你是飘了。"

海城,晴空万里。

天际连着碧蓝海面,一望无垠。

俞洄望着不远处临海而建的工地,脸上并无过多表情,高挺鼻梁透着一股凌厉,薄唇微抿,更显冷峻。

项目负责人也不知具体是什么情况,前几天视频会议时,这位不是还挺满意,今日竟突然杀到海城来。

察觉到他略有停顿,俞洄冷眸轻扫过来。

负责人继续忐忑地做着汇报。

一旁的丁铭不明白为什么他老板戴着白色的安全帽,还有种在海边拍宣传大片的既视感。

他长这样的话,是不是就能在女友面前挺直腰板,起码可以不用挨揍。

环视着周围战战兢兢的员工,丁铭感慨,可算有更多的人知道他的苦了。他每天陪着这位总裁界的劳模,头发都掉不少。

蓦地,丁铭想起早晨开完会遇见的那个女人,冷艳感气质极强,他本以为老板这桃花是扎堆地来,可两人只在办公室说了十分钟不到,出来时,女人的脸色很不好。

丁铭猝不及防地被身边人撞了一下,回过神,见大家都盯着他。

"你在想什么?"一道沉稳的声音响起。

俞洄似笑非笑地打量着这个憨厚的助理,眼神朝海面示意:"再走神,我把你扔海里信不信?"

丁铭想哭,内心道:不是,老板你听我解释。

(5)

俞洄的采访稿在程总编那里顺利通过,现已发给俞盛公关部过稿。

池笙提前半个小时下班,回家换上昨晚买的白色小礼服,立马往晚宴地点赶。可还是被堵在晚高峰大军里,面对前方水泄不通的车道,池笙只能妥协,干着急没有任何用。

她索性点开手机备忘录，开始整理下一个采访的思路框架。

等到达邀请函上的地址时，还是晚了，不过小人物不会构成什么影响。

池笙忍不住在心里吐槽，CBD、一环内那些大酒店不好吗，非要选这类偏僻公馆。

她进场时，宴会进程已过半。

跟几位相熟的同行打过招呼，池笙走向甜点区，准备垫垫肚子。

甜点确实能让人心情暂好，池笙专心挑着各色马卡龙。

"那位是谭家的小女儿吧？听说谭总最近在挑女婿，也不知看上谁家的了。"

"她旁边那位是谁，怎么没见过？"

周围攀谈的声音不算小，所以掩耳盗铃无用。

即便是在觥筹交错的名利场里，依旧有人可以轻松夺走所有人的注意力。不是因为他身着十几万的高奢西装，而是因他桀骜不逊的气质，更别说他身边还站着一位高挑的气质美人，一身渐变深海蓝礼服，大方靓丽。

不知对方说起什么趣事，他也随之一笑。

两人很是般配。

交谈声仍未停，池笙眼睫微垂，默默收回目光，说不清道不明的情绪开始从心脏滋生蔓延。

其实，她很早就知道俞洄的身份。

高考结束，全班聚完餐的后一天，家里人带她去沁园吃饭，她在那里看到了消失多日的俞洄。

她正想跟他打招呼，却发现包厢内，他旁边坐着一个同龄女生，周围皆是长辈们的笑语声。

"俞洄要去哪国留学？我们知韵要去英国，一起做个伴吧。"

一时间，数道附和声响起。

"对呀，一起多好……"

随着那道门合上，她没再听见后面的话。

她也知道，自己不必继续听下去。

等回到包厢，她便听见爷爷的朋友谈起："我瞧见俞晋维了，带着他孙子认人呢，谭家那个小女儿也在，瞧着应该是有那个意思。这才多大啊，就安排上了……"

那时，她瞬间明白高考后俞洄一直没出现的原因。

她和他，只是同学罢了，也幸好，她还没做告白这种傻事。

这世上骄傲的人并非只有他俞洄一个，她也有自己的骄傲。

所以那晚，她删掉了与俞洄有关的一切。

她那时想得很简单，他这种骗子，不配留在她的好友列表里。

此刻，马卡龙已经失去它存在的意义。池笙索性将手中餐碟放下，去跟同行们聊天，换点对工作有用的消息。

窗外夜色越发浓郁，有月无星。

一个钟头后，这场宴会终于结束。

池笙微微活动脚踝，准备随人流向外走，却被身后的人叫住。

"池笙？"

这道声音并不熟悉，池笙闻声转头，见到来人略感诧异。

"小池，那我们先走了。"身边人跟池笙打个招呼，先行离开。

"好，拜拜。"

池笙眼梢轻弯："景平，好久不见。"

这才应该是老同学相见的正确打招呼方式吧，哪像前几日，她和俞洄那奇怪又别扭的劲儿。

"是很久。"孟景平回笑，"你开车来的吗？还是……"

池笙没有听见孟景平后面说的话，因为俞洄和那位谭小姐正从她面前经过。

"俞洄，我的司机先回去了，今天我得蹭你的车。"谭知韵声音娇俏，似乎下一秒就要挽上俞洄的手臂。

俞洄脸色如常，看不出情绪，步调未见减慢，漫不经心地开口："你可以让他回来。"

"我的手机没电了。"

谭知韵拿着黑屏的手机在俞洄面前晃晃，弯唇一笑。

俞洄边走边将自己手机解锁递过去。

谭知韵并不理会，小跑上前，拉开俞洄座驾的后座门，径直坐进去，再关好门。

一气呵成做完一切，她趴在车窗上，朝俞洄笑得一脸无害，仿佛在说：看你能拿我怎么办。

俞洄眼底的不耐烦一览无余，俯身靠近车窗。

他的突然靠近，让谭知韵有些意外，可她还没来得及说话，便听见俞洄唇间轻吐出两个字："开车。"

谭知韵满脸问号。

司机很明事理，反应迅速，立马锁好车门，驾车离开。

"俞洄你有毒吧！你给我等着……"谭知韵的声音在风中久久飘荡不息。

俞洄伸手解开西装扣，长舒出一口郁气，迈开长腿，两步踱到孟景平车旁，又转身看向不远处的两人，神情极淡，语气带着嘲讽："走啊，杵在那儿给人家当门神？"

孟景平和池笙都无言以对。

俞洄冷着脸绕到另一侧，坐进车中，关门声震天响。

"砸我车门是吧，你等着！"孟景平吼了一句俞洄，又笑着跟池笙说，"走吧，顺便送你回家。"

"谢谢。"

池笙求之不得，这儿可真不好打车。

给池笙拉开后座门，孟景平随后坐到副驾驶座上。

司机余光看向孟景平，真惨，自己的车还得坐副驾驶座。

晚风十分凉爽，一晃而过的树影映入眼帘，空气里隐约飘着馥郁的月季花香。

夜风吹久后，凉意渐深，池笙下意识抱臂取暖。

车内忽而响起一道低沉中透着懒散的声音，打破一时的安静："关车窗，吹得我头疼。"

孟景平笑得意味深长，怕人家冷不会直说？真是天塌了都有他俞洄的嘴顶着。

回完工作消息，孟景平瞥一眼俞洄。

这人上车后全程在闭眼休息，想来是太疲惫，今天一大清早飞去海城，忙了一天，晚上又飞回来参加宴会，真怕他过劳死。

孟景平："你不是说不来……"

俞洄微微睁眼，墨眸里暗含警告。

孟景平不再问俞洄，转头和池笙聊起来："池笙，你现在在做什么？"说着，他点开微信，最近这三四年，换了联系方式，他也没跟老同学联系。

池笙扭头看一眼俞洄的侧影，稍稍坐直身子，双手轻搭在副驾驶座的靠背上，压低音量："我在《财新时刊》，做记者。"

"没事，他睡着了什么也听不见。"孟景平点开二维码，递过去。

这下，池笙光明正大地偷看俞洄，这么快就睡着了？

"怎么不叫男朋友来接你？"孟景平嗓音依旧不小，生怕那个在小憩的人听不见。

池笙的手指在屏幕上打着备注，诚实回答："我没有男朋友。"

"我记得……你大学的时候不是谈了一个？"

池笙仰起脸，眼中布满困惑，她怎么不知道自己大学有男朋友这件事。

孟景平细想了下，语气肯定："就是大三那年的高中同学聚会上，把你接走的那个。"

池笙还在脑中思索，等过了快一分钟，才终于想起。

挺乌龙的一件事。

大三聚会那晚，她大学老师出车祸，说是人快不行了，得赶紧去见最后一面，一个学长顺路来接她，被高中的同学们看见，以为是她男朋友，可后来她解释过，孟景平吃瓜也不吃全。

不过那次聚会，还是因为她听孟景平说，俞洄这几年在国外一直是孤家寡人，这次终于要回来，她才第一次去参加，只不过最后并没有见到他。

也是在那时，她才得知，俞洄并没有和那位谭小姐一起去留学。

或许是因为未曾拥有的遗憾，因为得不到的永远在骚动，因为久别重逢这样的戏码总是太吸引人，她竟然鬼使神差地把他重新加了回来。

但现实并不如想象的那般美好。

删掉一个人的微信是没什么，可好笑又讽刺的是，当再次加回来时，没有任何提示，只有那一句"你已添加了某某，现在可以开始聊天了"。

骄傲如俞洄，依照他的脾气秉性，如果知道她删了他，他一定也会删掉她，并且这辈子也不会再加回来。

所以唯一的可能性是，他自始至终都未给她发过消息，自然也不知道这件事。

池笙抬头，望向玻璃窗上自己的倒影，笑容染上几分自嘲之意。

所以那趟过山车似的心路旅程，只是她在小丑自演，无人得知，无人在意。

见池笙一直未开口，孟景平只当是触及池笙不愿提起的往事，笑道：

"没事,旧的不去,新的不来。"

"啊?"池笙刚回神,只听见末尾的一个"来"字。

孟景平转移话题:"等哪天有时间一起吃饭。"

"好,我知道一家私房菜不错。"池笙清浅一笑,"可以叫上一宁和阿璇,你们也好久没见了。"

听到熟悉的名字,孟景平笑意微敛:"行。"

车行至九和苑小区门口,池笙轻轻下车,跟孟景平挥手说拜拜,又看向俞泂的座位,他还是那个姿势,也不怕脖子疼。

高跟鞋清脆的声音渐远,俞泂转头,那抹丽影已消失在夜色中。他没有收回目光,沉沉地望了许久。

"我还以为,池笙谈恋爱是会直接谈到结婚的那种。"孟景平回头,笑看着俞泂。

这两人到底发生了什么,孟景平并不清楚,原本以为高中毕业后他俩会在一起,谁想到会是分道扬镳,老死不相往来。

当初俞泂分明没准备出国,可后来突然决定要出国不说,还坚决不跟谁联系,臭着脸说别在他面前提起池笙。

可仔细一想,俞泂也可怜。

大三那会儿,孟景平原本是想这些年过去,俞泂应该也放下了,于是有意让俞泂和池笙借着同学聚会的机会见一面,毕竟大家高中时也是好朋友,无论有什么心结,解开了,以后还能做朋友。

俞泂也难得没再死要面子,说他会去。

可谁想到,那晚他姐的医院碰上医闹,等他处理完那头,匆匆赶来时,就撞见池笙跟男朋友共打一把伞上车的那幕。

那天晚上的雨,下得怕是比"依萍回家要钱"那天还要大。

而俞泂分明撑着伞,却像是被淋了个透,周身如同被孤寂落寞缠满一般。

"别再提起池笙"这句话,孟景平又听俞泂说了第二遍。

那时,孟景平才知道,俞泂心里根本没放下池笙。

而现在,他都替俞泂脸疼,还当能撑多久,回国才半年而已,就忍不住了,看来离第三次打脸也不远了。

就比如说刚才,俞泂如果不想让谭知韵坐他的车,谭知韵在地上撒泼打滚他都不会管,谁能要挟得了他。

不就是想跟人家池笙坐一辆车，孟景平都不屑于拆穿他。

"你不是说不来了吗？害我还多跑一趟。"孟景平抱怨。

俞洄合眼，薄唇紧抿，双手交叉抱在胸前不说话。

"干吗装睡？"孟景平暗含打趣，"又想见人家，见了又臭着张脸……"

"滚啊。"俞洄连个眼神都不愿意给孟景平。

"不识好人心，你喝多了是吧？这是我的车。"孟景平越发觉得这人活该没女朋友，霸道又不讲理。

俞洄耐心耗尽，冷眼看向孟景平。

孟景平收音，做了个关上嘴巴的手势。

车重新驶回主干道。

孟景平看着路边打闹的小情侣，想起刚才池笙提到的名字，心中往事被勾起涟漪，不由得也烦躁起来。

他无奈地吐出一句话："俞洄，嘴硬没用的。"

俞洄缓缓睁眼，眸光暗沉，深邃的五官隐没在忽明忽暗的光线里。

嘴硬是没用，可如果对方不想见你，也没用。

做什么都没用。

这几年不在这片土地上，他好像就真能做到不去想那个人。

可是自回国以来，立马失效。

越是刻意不去关注某个人，那些想法就越会见缝插针，恨不得钻进他的骨髓里。他只能一直不停地忙，不留一点空余的时间，活像个上了发条的机器。

身体里四处都在叫嚣着疲惫，俞洄再度合眼，这次是真的睡了过去。

Chapter 02
二尾玉兔

/已经错过的人，好像还是会再次心动。/

（1）

午休过后，杂志社的员工们又开始忙活起来，茶水间里人来人往。

最近积压在手上的任务都进入收尾阶段，池笙又恢复了一点懒散，想做咸鱼的念头越来越强。

等水热期间，池笙准备刷刷朋友圈，看有没有让人心动的鱼宝宝。

点开微信，她一眼扫见俞泂头像里的那座雪山。

他大学时应该玩得很欢吧。

真不明白加她微信来干吗，列表躺尸？

消息至今仍停留在：你已添加了H，现在可以聊天了。

真是给无语开门，无语到家了，新旧两个号都是如此。

池笙退出去，点开朋友圈。往下滑了很久，晃眼看见一条紫兰寿，池笙点开视频细看，品相确实不错。

注意到已经有几个鱼友点赞，池笙手疾眼快，直接秒切到通讯录页面，找到这家鱼老板电话拨出去。

"郭老板，我池笙，你朋友圈那条紫兰寿，我要！"

可定下来后，池笙又开始头疼，那现在缸里的鱼是双数了，金鱼养单不养双。

算了，没什么问题是不能解决的，一条不行，那就……再买一条。

泡完茶，池笙回到工位上，刚工作一会儿，手机就在桌上振动了下。

池笙眼中划过一道期待之色，点亮屏幕后又缓缓散去。

曲一宁发了张图给她。

图上方有四个大字：上班摸鱼。

释义：特指那些上班时间在朋友圈偷偷摸摸逛兰寿的鱼友。

造句：一天不摸浑身难受。

她还不忘贴上两张兰寿的简笔画。

池笙下意识四下张望，瞬间笑起来，先存图。

池笙：你什么时候给我装的监控？又是在哪儿找的图？

曲一宁没说，只回了一条消息：明天去露营啊，你可别忘了，下午四点我们去接你。

池笙：好。

在北都，最有岁月感和烟火气的地界，一定是在胡同里。

纵横交错的胡同里没有市中心的喧嚣，格外幽静，道路两旁的树不高也不密，朝阳洒向屋檐上的红门青瓦，斑驳光影间透着静谧之意。

手里提溜着鸟笼的大爷正要进家门，瞧见眼熟的身影，笑道："笙笙回来了。"

"陈爷爷早上好。"池笙面露浅笑，"我回来给爷爷喂鱼。"

打过招呼，池笙继续往胡同里走。

行至一座一进四合院门前，池笙正准备开门，又先蹲下，给门口白玉抱鼓石上的两只小狮子吹了吹灰。

乌金木大门被推开时，发出"吱呀"一声，院内正对着的梅兰竹菊的影壁愈显清幽。

院子西南角有一棵古枣树，还有两个较大的无釉黑陶鱼缸，里面游着红白、绯写、白写等多种锦鲤。

走进东厢房，池笙找到手套戴上，开始干活。

池祺祥和好友出去旅游，有两个多月未归。她会定时回来，修整花草喂喂鱼。

池笙喜欢金鱼也是池祺祥从小给培养起来的，爷孙俩爱好倒是相同。

等打扫得差不多，池笙坐在汉白玉小绣墩上休息，转眼望去，瞧见空空的竹制摇椅正静滞在屋门前。

池笙一下想起奶奶还在时，坐在摇椅上指挥爷爷干活的画面，脸上不

由得漾出深深笑意。

下午近四点,曲一宁等人开车去接池笙。

池笙穿着极素,简单的白衣灰裤,小白鞋,手里拿着一件外套,戴着副有线耳机,站在路边等他们。

阳光下,她整个人白得像是会发光。

池笙身材偏清瘦,学生时代脸颊多少还有点婴儿肥,长开后,彻底没了肉感。

曲一宁降下车窗,感叹道:"咱们笙笙瞧着就是舒服,进了职场两三年,眼神还是那么干干净净,我永远爱'初恋脸'。"

乔璇也是一脸看闺女似的眼神望向池笙。

前排副驾驶座上的闫皓笑道:"你们俩真像池笙的家长。"

贺成将车靠边,笑着接话:"不是,她俩是池笙的左右护法。"

闫皓是贺成的前同事,在金融圈工作,年纪轻轻就当上融资部副总监,为人没什么架子,很好相处。

池笙哪里知道他们在调侃自己,自顾自上前拉开车门。

闫皓转头,咧嘴一笑,标准地露出八颗牙齿,略晃眼。

"下午好!"

闫皓长着一张阳光帅气的脸,眼睛比较大,笑起来有对酒窝。曲一宁之前时常调侃,他那酒窝怕不是用电钻打出来的。

这笑容实在太有感染力,池笙也跟着弯弯眼:"早上好。"

"又睡蒙了是不是?"曲一宁轻敲池笙脑袋,这人不上班就跟电量不足似的。

"不对,下午好,口误口误。"池笙笑着摆手,将手上的两个盒子递给曲一宁。

曲一宁看着盒子上的商标,恨不得现在就拆开吃两口。

"颐悦轩的烤鸭,你还买两只,破费了破费了。"

"等你生日我给你买三只,只要你吃得完。"

车里顿时响起曲一宁的高分贝欢呼声:"我就说姐妹比男人靠谱吧!"

贺成哭笑不得:"我还在这儿呢,你躲着我再说不行吗?"

闫皓伸手递给池笙一包吸吸果冻,青苹果味。

"我说呢……"曲一宁秒懂,眯起眼打量闫皓。

那一袋果冻全是青苹果味，谁买果冻只买一个味道啊，明显是专门买给池笙的。

池笙已经开盖喝上，戴上耳机听财经高峰论坛的录音。

曲一宁拍拍闫皓肩膀，说："我喜欢草莓的，璇姐喜欢荔枝的，记清楚了啊！"

闫皓双手合十，猛点头。

乔璇被他这副样子逗笑，转眼看池笙，估计什么也没听见。

车开到灵山山腰时，出现不少越野车，还有人在扎营。

天气、海拔、光害对观测流星的数量都会有影响。

最近几日又是低空云，只有在远离北都城市中心的区域，海拔超过2200米，才能更好地观看流星雨，再往上的视野肯定会更好，所以几人决定继续开。

只要有曲一宁，永远不会冷场，车里唯有池笙全程戴着耳机，完全把自己隔绝在外。

差不多两个小时后，车子终于抵达山顶。

灵山东面的露营营地不算宽敞，地面大多起伏不平，合适的扎营位置难找，贺成和闫皓选了好几处，才最终确定。

要搭两个帐篷，而那三个人有意扎堆，闫皓那边自然没人管，池笙只好上前帮忙。

乔璇和曲一宁奸计得逞，扔给贺成自己搭去，两人靠在车边闲聊天。

她们打量着正在忙活的闫皓和举着工具的池笙，乔璇跟曲一宁低声说："那天我去俞盛找他们法务有事，遇见俞洄，跟他聊了几句。"

曲一宁眨巴两下眼："啊？你们聊了啥？"

"我说让他别去招惹笙笙，你猜他回什么？"乔璇拍拍手上的灰。

"什么招惹笙笙？"曲一宁脑袋赶不上趟，这两人不是一直相安无事？

"笙笙回北都第二天就去给俞洄做采访了。"

池笙原本就不是话多的人，她不想说的事，谁都没办法从她嘴里抠出来。

乔璇想起那天在公交亭里，她那副失意的模样，真是恨铁不成钢，一有关俞洄，她就变呆。

"然后呢？别卖关子。"

曲一宁跟吃到什么大瓜一样兴奋不已。

"他还不就是那个样儿。"乔璇想着就生气,踢了两脚地上的石子,"狗嘴里吐不出象牙,他竟然说,等他招惹了,我再去警告他也不迟。"

"可我看笙笙也没什么异样啊,是不是你想多了。"

曲一宁压根儿没将此事放在心上,盯着乔璇那张精致冷艳的脸,她倒是想起一些事,眉心不由得蹙起。

说来也奇怪,大三那次的高中同学聚会,曲一宁有事回东北没参加,而从那之后,有些事就开始不对劲。

"咱们的高中聚会,原本池笙从不参加,可从大三那次到之后,年年必到。倒是你、班长、孟景平从那次以后,全都不参加,我正好就那次没去,到底发生了啥?"

俞洄那厮更不用提,够高傲,从没参加过。

乔璇目光沉静,双手插兜。

"能发生什么,班长去新加坡做交换生,不回来也正常,孟景平……我哪知道他为什么不来,我又不是他妈。"

"那你呢?"

"不是都凑上事了吗,碰巧。"乔璇摊手,表示无辜。

"哦。"曲一宁倒也没往深处想。

搭完帐篷,闫皓和贺成扛着支架去观景台摆好相机,调整参数。

池笙从后备厢拿出吃食摆在折叠桌上。

闫皓紧跟着拿出一盒吃的,撕开锡纸包装:"听说你们喜欢吃小龙虾,我把所有的味道都买了,还有盲盒口味。"

曲一宁刚要咋呼,被贺成捂住了嘴。

池笙眼巴巴地望着,掌心下意识抚上胃部,看来她是没有口福,不过听见"盲盒"二字,她也来了兴趣,探头看去。

竟是香菜味的小龙虾……

落日余晖映照在山脉间,暮霭的晚霞散漫天际,在绿树间透下斑驳光影。

几个人说说笑笑,把美味解决得差不多,准备开始玩剧本杀。

池笙摆手拒绝,去车上拿来薄款羽绒服套上,把小凳子搬到一旁,打开微信读书,继续看那本《怪奇事务所》。

池笙上班时,工作能力也算拔尖,社交也没问题。可只要不上班,就是一整个拒绝社交的状态。

近一年多来，这症状越来越严重。

曲一宁盯着池笙的侧影看了一会儿，转头问乔璇："我怎么觉得，她最近又跟之前出车祸后的恢复期一个样？"

乔璇盯着手机，一只手轻抚着眉毛，边回消息边说："差多了好吗，那会儿连门都不能出。现在大部分年轻人都这样，谁不需要独处的时间。"

贺成出声："来来来，我看了这个剧本可以。"

曲一宁转身继续玩起来，没再提这个问题。

同一时间，俞盛大厦，顶楼的办公室还亮着一盏灯。

办公桌上摆满杂乱无章的文件。

俞洄身体后靠在椅背上，闭目养神，颈部压力得到舒缓后，一时连坐姿都略显懒散。

墙上秒针不知跑了多少圈，俞洄忽然睁眼，伸手拿过桌上手机。

他点开池笙的头像，她的朋友圈还是空空如也。

俞洄一手打开相机，一手随意理下桌上文件。

快门声在静悄悄的办公室内响起。

深夜，寂静。

微弱的暖光，咖啡杯，以及桌上只露了一角的笔记本和文件……

看似随意，实则每个角度都是精心设计。

万年不发朋友圈的人，发了条动态，但无人知晓。

因为，此动态仅一人可见。

发出去后，俞洄调大音量，扔开手机，继续开始工作。

一个小时内，他的目光像是被一根无形的线牵引着，瞟过去数次。

就在他心中升起一阵悲怆感时。

"叮咚！"

俞洄眸光一亮，伸手拿过手机。下一秒，那张好看的薄唇却绷成一条直线。

原来只是俞盛公众号的推送消息。

大半夜的是不是有病？推送给谁看？

修长的手指在屏幕上狂点几下，直接取关，俞洄在心里盘算着，明天有必要把公关运营的人叫上来好好谈谈。

他退回主页面，池笙的头像再度出现在视线中。

她是睡了？还是没看到？还是屏蔽了他？

俞洄只觉得他像是一颗小石子，被投进茫茫大海，惊不起一丝波澜。

而池笙就是那片海。

忙完所有事后，那阵熟悉的挫败感仍盘踞在他胸口，久久不能散去。

俞洄神情淡漠，重新拿过手机，将那条动态删除。

他起身，西装外套被他拿起，挂在臂弯。

落地玻璃窗上，顾长的身影映入眼中。

俞洄自嘲一笑。

小丑。

（2）

夜幕低垂，抬头即是星与月。

周围不知是哪种鸟，有一搭没一搭地叫着，却不会让人厌烦，反而更觉山中寂静。

池笙抱着手机正看得起劲，翻开新的一章，标题为"摩洛哥用肝爱人"。

在摩洛哥有一群帕帕尔人，他们的爱情誓词独树一帜，会用肝而不是心来作为爱的象征。

婚礼上，他们会说："你已经夺走了我的肝，我的肝因你而憔悴。"

好有趣，池笙眼梢弯弯，嘴边笑意渐深。

倏然，她的视线中出现一只骨节分明的手，在夜色中，越发显得白皙修长，握着一个保温杯。

"给你的，晚上挺冷。"

"谢谢。"

池笙朝闫皓扯出一抹笑，她正好想喝热水暖暖胃。

"你看这是什么。"

闫皓从身后变出一个瓶子，在发光。

池笙愣了两秒，他什么时候去抓的萤火虫？

随后，她露出一个不算太假的假笑。

这多少有些幼稚，她已经不是少女心爆棚的高中生。不过她还是礼貌地接过来看了一会儿，随后，她打开木塞，把萤火虫给放了。

看着飘远的微弱绿光，池笙低头浅笑，她当然明白曲一宁和乔璇的意思,可……真的不来电啊。

凌晨三点半时,宝瓶座流星雨降临,官方预测是每小时流量在100颗左右。

当蓝绿色流星成片地划过夜空时,池笙一时看呆,嘴唇轻张着,双手撑着下巴,忘了放下来。

闫皓一转头,见池笙正聚精会神地望着夜空,眸中似是染上星光。

他嘴角不自觉弯起,她好乖。

当初刚认识时,他确实对池笙没有什么想法,她太安静,存在感并不强。可见面次数一多,看她静静听人说话时有种莫名的吸引力,总让人也想沉静下来。

再后来,某个冬日早晨,他在金融街碰巧遇见池笙在采访。

那次是个紧急的金融事件,池笙的每个提问都干净利落,算是直击要点,犀利果断。

他第一次知道,原来池笙还有这一面,真的让人难以挪开眼。

"宝瓶座流星雨流星多,而且这边辐射点偏低,流星光迹就会比较长,能留下持久的流星痕。"

池笙听得津津有味,她向来对未知事物都十分感兴趣。

"宝瓶座?我还以为是十二星座里的流星。"

看来这个话题能继续,闫皓眼底笑意涌现,搬张小板凳过来,坐在池笙旁边,继续给她解答疑惑。

后半夜,进了帐篷,池笙睡在乔璇和曲一宁中间。

曲一宁手脚都圈着池笙,还不停感叹道:"你咋……这么软呢,我真羡慕你以后的老公。"

乔璇"啧啧"两声:"你就跟那妖怪抓到了唐僧一个模样。"

"不管不管。"曲一宁把池笙当玩偶一样牢牢抱着。

池笙动弹不得,用眼神向乔璇求助。

"让你放开她,快点。"

"我不!"曲一宁颇有种要把池笙裹成木乃伊的架势。

三个人闹腾好一会儿才开始乖乖睡觉。

待到翌日清晨,薄雾像是在山间笼罩了一层浓郁的水汽。

帐篷拉链滑下,几人陆陆续续出来,神色无一不带着些沧桑,熬了夜不说,帐篷毕竟没有床睡得舒服。

池筀最后一个出来，脸色白得有些不正常，抬手抓几下凌乱的头发，开始跟着大家忙活。

收拾好东西，把垃圾打包好，一行人开车下山。

下山的路有些颠簸，车中几人摇来晃去。

贺成提议："去吃糖油饼呗，好久没喝豆腐脑了。"

几人都说好。

只有池筀蔫蔫地蜷缩在后座右侧，唇瓣泛白，额头上隐隐透出一层薄汗，掌心用力摁着腹部。

乔璇最先发现池筀的不对劲，伸手去扶池筀肩膀。

"怎么了？哪儿不舒服？"

阵痛袭来，像是有无数只手正疯狂拉扯她的内脏。

池筀眉头紧皱，指关节攥得发青，声音断断续续："痛……"

曲一宁立刻掏出手机，开始导航医院。

"去……德盛医院，我之前……"池筀尽力调整呼吸，喘着气说，"我预约过今天去做检查。"

车以最快的速度开到德盛医院。

到医院门口时，池筀已经疼得走不了路，见状，曲一宁让闫皓赶紧抱池筀去急诊。

医生检查一番，又向池筀询问一些具体情况后，走出急诊室，拿了一堆单子给门口的几人。

"先去把能做的检查都做了。"

闫皓开门进去，刚准备抱池筀，池筀双脚落地，摆手拒绝："谢谢，没事，现在稍微好一点了，我能自己走的。"

闫皓点点头，没放心上："那先去做检查。"

几人又风风火火带着池筀去挨个做检查。

把当天能做的检查都做完，办了住院后，池筀终于能躺床上休息。

这时，护士推门叫道："谁是池筀的家属，医生找。"

"我是。"乔璇直接朝护士走去。

"我也是。"曲一宁紧跟其后，还不忘转头叮嘱闫皓，"盯着点啊。"

闫皓比了个手势，让她放心去。

等两人离去，闫皓看向病床上的池筀。

"想喝热水吗？"闫皓的声音轻柔得像在哄小朋友。

池笙没什么精力,只小幅度地晃脑袋。

"好,那闭眼休息一会儿吧。"

闫皓没再多说,走到一旁拉开椅子坐下。

十多分钟后,乔璇黑着张脸走回病房。

"所以你在江城就知道得了胆结石,然后撑着回来动手术?"

池笙半张脸都藏在被子里,只露出一双黑白分明的杏眼,心虚地看着正发怒的乔璇。

一番逼问下,乔璇简直想给她脑门来一下。

原来,五一休假时,池笙在江城陪父母去医院做全身体检,她自己顺便也做了一个。

医生说她胆内结石的大小已经可以开刀,但她在请假电话里听见总编说有重要采访,于是决定回来采访完再做手术。

池笙知道,即便不是采访俞洄,她也会提前回来。

可在乔璇和曲一宁眼里,这件事完全变了个味,变成她为俞洄痴心不改,化身恋爱脑,不管身体的死活,也要回来去见俞洄。

"真不知道你图什么。"曲一宁也气得不行。

池笙脸色比方才好了点,此刻有些哭笑不得。

"什么撑着回来……只是个小手术。在北都住院要比在江城那边方便,而且我跟医生确认过,早点晚点做都没事,我结石的个头大小正好……"

"闭嘴吧你。"

乔璇卷起报告单,还是敲了池笙脑袋两下。

还嘴硬,别以为她不知道,这家医院是俞盛旗下的医院,不想拆穿池笙而已。

池笙收到来自两位好友的白眼,拉上被子挡住脸,缩进被窝里当乌龟。

闫皓看着池笙这个动作,忍不住笑起来,真的好可爱。

"她是病人,别说她了,等好了再说吧。"

曲一宁还是拍了下被子里鼓起的一坨:"生病也不知道忌口,馋鬼。"

昨天晚上,某人可没少吃。

"她以前哪里馋,还不是跟你学的。"乔璇气急了开始乱发火。

隔壁床的阿姨瞧着这几个年轻人斗嘴,笑得开怀。

"这感情好,是真好朋友,不像前两天电视剧里那种叫什么来着?"

池筮探出脑袋："塑料闺密？"

"对对对。"

还敢调皮，乔璇作势要上前揍人，池筮又缩了回去。

下午，检查结果出来。

果然，池筮的白细胞值偏低，医生说暂时不能手术，得先打几天点滴，让数值升上去。

池筮心里记挂着家里那几条胖头鱼，认真交代着各种注意事项。

"知道了，委屈不了你的宝贝，你那鱼的命怕是比你都重要。"曲一宁戳了戳池筮的脑门。

闫皓一直没走，这还是他头次见池筮会一口气说这么多话，活像个操心的小老太太，看来得从"鱼"下手啊。

（3）

云雾初消，空气湿润清新。

太阳还未完全升起，医院花园里便有穿着病服的老年人群开始做晨间伸展运动。

受生物钟影响，池筮早早醒来，闲来无事，索性拿出笔记本电脑，戴上耳机看电影。

随着墙上时针转动，医院里的人们渐渐开始忙碌起来。

打水，买早饭，做检查……

走廊里，一群穿着白大褂的医生定点出现，其中的年轻医生们，人手拿着一个笔记本，跟在队伍尾部。

远远听见脚步声，池筮知道，查房时间到。

被一群人盯着，确实让她很害羞，池筮坐起身，把病床之间的帘布往床尾方向拉了拉。

说话声逐渐清晰，直至门被打开，近十余人拥进，病房里的空气瞬间都变稀薄了些。

"唰！"

一位医生嫌帘子遮挡住自然光，一下直接全部拉开。

池筮下意识缩了缩脖子，暗自轻叹，方才的动作全是无用功。

"俞院长，2床这个患者今天检查结果没问题的话，安排在明早做手术……"

听见这个姓氏,池笙眸光微转,探头望过去。

那是位女院长,三十出头的模样,温婉柔美的脸上漾着浅笑,周身仿佛洋溢着一种母性光辉。

池笙不禁好奇,有这么年轻的院长吗?

手机铃声响起,那位院长转身去接电话,池笙的视线被对方微微隆起的腹部吸引,原来是怀孕了。

检查完2号床患者,池笙的主治医师从队伍中走出来,介绍池笙的情况。

池笙收起电脑和桌板,熟练地躺下。

另一位年纪稍长的医生上前,在池笙腹部四处摁了几下。

池笙看着医生的头顶,心想,这发量必定是专家。

"这儿不痛。"池笙乖乖回答医生的问题。

"啧……这儿……痛痛,您轻点。"池笙疼得小脸直接皱成一团。

俞幼微接完电话,重新回到病房,见3号床患者正在接受检查,她绕到一侧,看了一眼床上的人。

起初,俞幼微只是觉得这个患者瞧着面善。

可当她看见池笙坐起身,微垂着头,脸颊泛红,认真整理病服时,莫名有种熟悉感涌来。

"您之前在我们德盛住过院吗?"

池笙稍抬起头,一双眼睛乌黑澄澈。

"没有。"

那阵熟悉感越发强烈,可俞幼微完全不记得在哪里见过这张脸。

出病房前,俞幼微又回头细看了一眼池笙。

俞盛大厦,顶楼会议室。

"投资测算让他们细化后再报上来,再做不好就换人。"俞洄神情冷漠,看着手上文件。

"好的,老板,那立项会?"

"延后。"俞洄快速在文件页尾签下他的名字,字迹劲瘦有力。

办公桌上的手机开始振动,俞洄本没打算管,扫了一眼,又接起。

"爷爷让我们回老宅吃饭,我就不去了,你来医院接茵茵一起回去。"

俞洄听见"回老宅"三个字,毫不遮掩眼中的嫌恶之意,刚要出声拒绝,

听筒中又传来小朋友奶声奶气的声音:"舅舅,快来接我!"

俞洄脸色稍带缓和,眉眼也染上些许笑意:"等着。"

说罢,俞洄快速将剩余文件签完,穿上西装外套,往外走去。

他独自开车时,车速极快,没过半小时,便抵达医院。

落日半悬在天际,暖色夕阳光线从俞洄身后打过来,越显得他身形挺拔。

这是新开的分院,他还没来过,随便叫住一个路过的小护士问路。

"你们俞院长办公室在哪儿?"

俞洄一身西装革履,但领带微松,瞧着正经中又带了点不正经。那张俊脸更不用多说,眉骨优越,高挺鼻梁下,薄唇习惯性地抿着……

小护士越看越脸红,小声问道:"您有预约吗?"

什么预约?

"我是俞洄。"

小护士呆愣愣的,想了两秒后,连忙给俞洄指路。

德盛医院虽然是他们俞院长的,但是由俞盛集团控股。这种家族企业,领导时常都会科普其担任职务的家族成员,并且点开俞盛集团官网,有许多姓俞的人在上面,且都有照片,唯独这位没有。

不少医院职工都听说过,前些年还在老院址的时候,有一次出现了医闹,碰巧这位也在医院,直接一个人干翻好几个,武力值爆棚。

俞洄找到办公室,却只看见俞幼微坐在办公桌前。

"茵茵呢?"

"在后面花园玩。"

俞幼微把视线从电脑屏幕前抬起来,看向俞洄。

或许因为面对的人是姐姐,俞洄潜意识放下防备,眉眼间那几分疲色自然而然地显露出来。

俞幼微一时感觉眼眶有些湿润,这几年每每看到俞洄,她总会心疼。

当初父母在国外出了意外,那会儿俞洄还在上初中,她也才刚大学毕业不久,迫不得已接管俞盛的工作。

原本学医,半路从商,她压根儿不是这块料,很是吃力。

俞洄接手她的职位后,不想她过于忧思,很少再让她插手俞盛的事。

而董事会里跟他处在对立面的人不少,他却一个人顶下所有,不让她感受到一点压力。

集团里俞父的好友，戏称俞洄简直是拼命三郎，住在办公室是常事。

"怀孕了就离电脑远点。"俞洄走到沙发边坐下，跷起二郎腿，神色慵懒散漫，"最近胃口怎么样？"

"还行，你姐夫都挺注意的。"

俞洄面露嫌弃，真是三句不离陆川，北都谁不知道他陆总疼太太。

俞幼微怀大女儿陆茵的时候，一坐车就想吐，两人直接搬到医院附近的住宅，陆川每天准点到医院陪俞幼微走路回家。

说谁谁来，门再度被打开，进来的男人一身炭灰色西装，英俊成熟，气质不凡。

"哟，好久没见，我们俞总大忙人啊。"陆川总喜欢逗这个不服管的弟弟。

俞幼微朝陆川温婉浅笑："俞洄来接茵茵回老宅吃饭。"

俞洄只差没翻个白眼，立刻起身往外走，一分钟也不想多待，看这两人腻腻歪歪简直不要太烦。

德盛医院后花园。

池笙原本只是单纯出来溜达一圈，活动活动。谁想这些大爷们住院还不忘带象棋，她在一旁，看得有点手痒。

池笙奶奶刚去世的那段时间，池祺祥整个人像是被掏空一般，只剩一具躯壳，对什么都没法上心，池笙放假在家时，总会陪他下下象棋。

人走得差不多，池笙找机会坐下，表示要跟大爷切磋一下。

大爷巴不得有人陪着他下，乐呵呵地摆棋。

也不知什么时候，旁边多了个小朋友。

池笙见她看得很认真，笑问道："你会吗？"

小女孩摇摇头："这个太难了，我不会，但我会五子棋。"

"我也会。"池笙笑着回道。

"那明天我带来，你和我下棋好不好。"小女孩睁着一双大大的葡萄眼，眨了眨。

"好呀。"池笙和小女孩拉钩。

棋还没下完，突然冒出一个阿姨，苦口婆心地唠叨："爸，你怎么又不好好在床上待着，非要我没收你象棋？医生说了……"

"得得得,我回去。"大爷收拾东西,满脸不高兴地背着手走了。

小女孩大笑几声:"这个爷爷好可爱。"说完,她又从兜里掏出一包鱼粮,跑到池塘边准备喂鱼。

池边地滑,池笙担心小女孩摔倒,走到她旁边蹲下,跟她一起喂鱼。池塘里的锦鲤闻食而来。

池笙:"这个叫红白锦鲤,是最常见的品种,那个是……"

小女孩认真地听着,时不时点点头。

池笙还没介绍完,小女孩的手表电话先响起来,接通后,她小嘴一咧:"好!舅舅,我马上就过去。姐姐,这个给你喂吧。明天见,我要回家了。"

"好,明天见。"池笙笑着挥手。

陆茵一阵小跑,直至在行政楼看见俞洄的车才放慢脚步,上前拍了拍车窗。

俞洄探身给陆茵开门,上车后,陆茵乖乖系好安全带。

"舅舅,下午好!"

俞洄眼底暖意浮现,揉了揉陆茵的小脑袋。

汽车尾灯亮起,平稳驶出医院。

路上,陆茵一直在摆弄电话手表,俞洄扫了一眼。

"在看什么?"

"刚刚拍的金鱼,有个姐姐好厉害,池塘里的金鱼她都知道叫什么名字!而且她还会下象棋!"

陆茵继续说个不停:"那个姐姐还说有机会的话,可以带我去看她养的金鱼,是特别可爱的那种!"

俞洄笑着轻哼两声:"你还挺自来熟。"

"嘿嘿。"

陆茵前不久刚掉了一颗门牙,笑起来牙间漏个大缝,滑稽又可爱。

俞洄有些心不在焉,骨节分明的手指在方向盘上轻敲两下,又问道:"刚刚跟你聊天的那个姐姐,生的什么病?"

陆茵停下手上动作,小脸上写满认真,思考几秒后,眉毛皱成一团,很是疑惑:"舅舅你为什么会问这个?你认识那个姐姐吗?我刚刚没有看见你啊。"

俞洄扶额,他像是触发了十万个为什么的开关,现在的小孩这么不好糊弄吗?问什么答什么不就得了。

"我知道了！舅舅你是不是看上那个姐姐了，然后不好意思要微信，没事儿，包在我身上。"

陆茵扬起小脸，拍拍胸脯，露出一副她可以为舅舅赴汤蹈火在所不辞的模样。

俞洌伸手轻拍了下陆茵的脑袋，严声道："都跟谁学的这些，不准乱说。"

陆茵见俞洌好像确实没那个意思，歪头一笑："好吧，你要是真的不好意思，就来找我哦，我不会要你报酬的。"

俞洌揉着太阳穴，只觉得脑仁疼，现在的孩子吃的什么，这么早熟。

"那个姐姐得的好像是要在肚子上开刀的那种病。"陆茵用手在自己肚子上比画了两下，因为当时池笙也是这么给她比画的。

俞洌双眸微敛，握着方向盘的指关节越发泛白。

（4）

俞晋维年轻时便替自己规划好了老年生活，高层人士向来喜爱居于山巅，享受君临天下的豪迈感，于是俞宅的选址毫无意外地落在山顶。

驶进盘山公路十几分钟后，山顶一座豪宅在视野中渐次展现。

俞洌和陆茵刚进门，俞晋维上前一把抱起陆茵。

俞洌的大伯母任舒兰赶忙上前扶住："您可小心点，别把腰闪了。"

"不碍事。"俞晋维摆摆手，笑道，"茵茵能有多重。"

而俞洌像是没看见这两人，径直朝厨房走去。

"做什么好吃的了？"

他双手背在身后，弯腰凑近正在忙活的中年女人，语气亲近。

白姨揭开锅盖给俞洌看，满眼笑意。

"做了你最喜欢的蟹黄豆腐，红烩牛肉。"

俞洌眼角弯起，恍惚间笑得像个阳光少年，掌心多出一个方盒子。

"哎呀，又给我乱买！"

"你不就喜欢黄金。"俞洌打开盒子，一只锃亮的小金牛十分晃眼。

白姨的视线重点却不在小金牛上，看着俞洌的脸颇为感慨。她在俞家做了几十年的饭，看着俞洌从小长大，早已把他当自己家的小辈来疼爱。

"哎哟，我们仔仔这张脸真是，越看越喜欢，小姑娘们都爱死了吧。"

俞洌脑中不合时宜地想起某人那张脸，眼中黯淡一闪而过。

哪有，人家可一点也不稀罕。

临近饭点，俞文荣也没出现。

俞晋维本想借这顿饭缓和一下伯侄之间的关系，看来又泡汤。

"听说谭家那个小女儿回来了，你见过了？"

"嗯。"俞洄回答得很随意，明显没将此事放心上，给陆茵夹了个狮子头。

"哪天请他们来家里用个晚饭，谭氏这几年发展得很快，而且……"

俞晋维说了许久，却没得到俞洄的回应，俞晋维索性放下筷子盯着他看。

"您请您的，和我有关系？"俞洄的态度一如既往的散漫桀骜。

俞晋维见他这副油盐不进的模样，怒意涌来："跟你爸一个样。"

俞洄像是听见什么不得了的笑话，话音很冷："我是我爸的儿子，不像我爸像谁？"

白姨在厨房听得紧张得不行，走出来给俞洄猛使眼色。

俞晋维有两任妻子，头一位生下大儿子俞文荣，不过年纪轻轻就因病去世。后面那位生了小儿子俞文良，也就是俞洄的父亲，这兄弟俩一直也不怎么亲近。

后来，俞晋维有意将家业核心部分交给俞文良，俞文荣心生不快，两兄弟关系更僵。再后来，俞文良夫妇便在国外意外亡故。

倘若不是俞洄父母意外早逝，俞晋维断不会让无才无德的俞文荣来掌权。

当初，俞洄一毕业，没能第一时间进俞盛总部，便是被俞文荣使绊子，派去管理在阿尔及利亚的磷矿。不过俞文荣并未高兴太久，他在澳洲操盘的地产项目投资失误，导致俞盛集团去年的净利润几乎腰斩。俞晋维一生气，直接让俞洄回国进总部，明晃晃地分权。

谁料，俞洄回国半年内便把俞盛六年前错失的项目重新拿下，让俞盛一跃成为该项目最大股东。

俞晋维笑得合不拢嘴，直说俞洄有他年轻时的风范，阔气放权。

至此，俞洄成功进入集团运营线，拿到南区管理权。

俞洄这人，特记仇，有来有往，刚一上任立马开掉不少俞文荣的人。而董事会那群老派，也给俞洄施加了不少压力。可俞洄就像个刺头，一波未平一波又起，直接强势插手海城峪景湾项目。

峪景湾是俞文荣铺垫了好几年的心血，就指着靠其打个漂亮翻身仗，把俞洄从集团里挤出去。

现如今，两拨人斗得正盛，偏偏俞洄每次都是这个态度，天不怕地不怕，真要把老爷子惹毛了，把他从俞盛踢出去那可怎么办。

一时间，剑拔弩张的氛围让人紧张得不敢大声喘气。

任舒兰想说话，俞洄不愿意，那不还有她儿子俞烁吗！

俞洄那凌厉冷眼一扫过来，任舒兰到嘴边的话又憋了回去，俞洄那嘴特损，她可不想吃不到鱼惹一身腥。

陆茵极有眼力见儿，见俞晋维在暴怒的边缘，立马甜甜一笑，给他夹菜："太姥爷快吃这个，超级好吃！"

陆茵笑起来，漏缝的小白牙太显眼，让俞晋维火气瞬间泄了大半，没好气地瞪一眼俞洄，这事便算是过去了。

临走前，白姨拉着俞洄，语重心长地说："你就服服软怎么了？年轻气盛也不是这么个倔法。"

俞洄拍拍白姨后背，稍作安抚："您放心，我有数。"

老爷子现在无外乎是要制衡，俞文荣和俞烁父子俩曾经差点把老爷子从董事会拉下台，而俞烁也因此被贬到大洋洲去自生自灭。

自那之后，老爷子更是疑心翻倍，对谁都有忌惮之心。

俞洄扯出一个很淡的笑，别说，他还挺享受这种在老虎牙边蹦跶的感觉，反正牙痒的是老虎，又不是他。

送陆茵回家后，俞洄回到自己公寓。

门锁打开，车钥匙被他随手一扔。

临江大平层，城市夜晚的光影由阳台透进，宽阔的黑白灰空间越发显得没温度。

洗完澡，俞洄擦着头发出来，灌下一杯冰水，回到卧室躺在床上，盯着天花板怔怔出神。

几分钟后，灯光熄灭。

静谧卧室里不断响起被子的摩擦声，俞洄辗转反侧良久，没有一丁点睡意。

下午那幕又在脑海中冒出

一大一小蹲在池塘边，对着池塘里的鱼指指点点。他刚要出声叫陆茵，那人侧脸显现，待他看清，还未发出的声音顿在喉咙里。

心间燥意挥散不去，俞洄伸手打开床头灯，慢条斯理地点燃一根解愁之物。

袅袅烟雾一时掩住那张俊脸，时间悄然流逝，直至烟蒂被捻灭在烟灰缸里，俞洄才顺手拿过床头柜上的手机。

对话框里的信息编辑了又删掉，再次继续编辑，不知反反复复多少次。

等到缭绕的烟雾散尽，对话框却依旧空空如也。

（5）

俞盛大厦。

忙了一天的丁铭终于能抽空摸鱼，正在跟女友商量晚上的周年纪念日如何庆祝。

丁铭：我们老板今天在办公室里待了一天都没出来，我感觉，少见他一天，我寿命能多加两天。

下一秒，冷不防传来开门声响。

丁铭手一抖，猛地从座位上弹起来，站得笔直。

俞洄原本没注意到丁铭，现在视线却被他的动作吸引过去。

丁铭赶紧找补："老板您要……"

"不需要，忙你自己的。"

俞洄迈开长腿，径直往电梯走去。

丁铭看着提前下班的老板，瞪大双眼。

工作狂魔会早退？这还是他老板吗？不是那个天黑了才走的老板吗？

丁铭走到窗边，没错啊，今天太阳是在西边啊。

俞洄没去负一层开车，而是直接到了一层。

走出俞盛大厦，终于听不见烦人的"俞总"，他心情瞬间松快不少。

他望向不远处的两座商场，俞盛购物广场和司邺中心广场。

俞洄只思考一秒，果断走向后者。

坐着扶梯上了二楼，俞洄迈进一家饰品店，一身高级手工西装的穿着与店风显得格格不入。

"扎头发那个东西在哪儿？"

俞洄本想靠自己搜索，但这一片花里胡哨的颜色太干扰他眼球。

店员立马带俞洄走到整整一面发圈处。

两秒钟而已，俞洄随便扯了一个就走。

结账时，店员说："十块。"

"多少？"俞洄双眸微眯，声音多少带了些惊讶。

"十块，先生。"店员笑着重复一遍。

俞洄暗里诧异，他上一次进这种店，还是高三，给池笙买发圈，他怎么记得不便宜来着。

德盛医院，院长办公室。

平日里，一个月内能见上俞洄一面已是难得，俞幼微看着昨天才出现过的人，不免纳闷。

"还有什么事，你不是很忙吗？"

陆川也坐在沙发上，笑着打趣俞洄："看来俞盛那些老古董给你使的绊子不够多啊。"

"哪有陆总闲，不知道的还以为陆氏办公大楼搬到德盛了。"俞洄笑里藏刀，丝毫不客气地回怼。

他这个姐夫，没大他几岁，如果他不知道这姐夫以前的事迹，还不至于那么不服气。

当初陆川认识俞幼微那会儿也才刚高中毕业，整天骑着机车跑山，有够不靠谱，跟现在比完全是两副面孔。

"昨天茵茵的发圈落在我车上了，给她送回来。"

俞洄在墙边立柜找了一个不起眼的抽屉，拉开，将刚买来的发圈扔进去。随后，他神情一转，接着问："医院是不是有个叫池笙的病人？"

"好像……"俞幼微假装思索间，不忘仔细观察俞洄的表情，"有吧，前几天查房遇见过。怎么，你认识？"

"高中同学。"俞洄目光磊落，简单一笔带过。

"只是同学啊？"

"不然呢？"俞洄这口气，倒像是在问他自己，颇有几分自嘲意味。

不然他和她还能是什么。

"她那个病啊，有点……复杂。"

俞洄眼睛微眯，细细审视这两人，冷哼："我看起来很好骗？"

见问不出话，俞洄转身就走。

陆川眉梢微扬，朝俞幼微扬起一抹笑："我赌赢了。"说着便要上前索要奖励。

门又被打开,俞洄刚想说话,见两人这腻乎样,一脸晦气,又嘭地关上门。

俞幼微低笑出声。

昨晚,陆茵在看动物世界,刚好提到金鱼。

电光石火间,俞幼微猛然想起来,俞洄高中那会儿,某天跟她要了小一万块。

他们家向来贯彻穷养儿子富养女,因为男孩子的定力普遍比较差,不想让俞洄小小年纪沾染一些物质上的坏习惯,除去正常合理开支,他并没有多余闲钱。

一万块虽然并不算多,但相较于平时,俞洄这要求却很是反常,况且他从不会主动找家里要钱。

那时,她笑着问道:"干吗?给女生买礼物?"

谁想俞洄一点没反驳,承认得干脆利落:"嗯,买一条她喜欢的金鱼。"

"给我看看那女孩的照片,我就给你转账。"

她记得,那张拍立得照片上有三个女孩,都是洋溢着清新活力的少女,左边的明亮艳丽,中间的笑得很开朗,右边的腼腆乖巧。

俞幼微猜的是左边那个,可俞洄却说:"为什么?肯定是她啊。"

说话间,他毫不犹豫地指向右边。

俞幼微也是第一次知道,原来自己弟弟喜欢这个类型的女孩。

俞洄下了楼,在昨天的小花园里看见池笙和陆茵。一大一小坐在长廊上,埋着头不知道在玩什么。

他在原地站了一会儿。

陆茵的方位正对着俞洄,一抬头,便看见他。

"舅舅!"

池笙转头,见是俞洄,拿着白棋的手一时愣住。

走近几步,俞洄听陆茵在嚷嚷:"姐姐,这就是我舅舅,很帅吧!"

陆茵还不忘朝俞洄挤眉弄眼。

"什么姐姐,叫阿姨。"俞洄淡淡扫一眼池笙,叫姐姐那不差辈分了。

"可是昨天舅舅你……"

俞洄伸手捂住陆茵的嘴:"你妈叫你,快上去。"

"姐姐拜拜，过几天我还来找你玩！"陆茵朝俞洄做个鬼脸，一溜烟跑了。

这个时间点，医院餐厅已经开餐，花园里的人并不多。

走在池塘边，池笙盯着地上快要重叠的两个影子，微微失神，一时竟然不知该说些什么，毕竟现在再说"好久不见"已经不合时宜。

俞洄的声音混在风中，掺了点凉薄的味道："你动什么手术？"

"胆囊切除。"池笙抬起头，看向俞洄棱角分明的侧脸。

"胆结石？"

"嗯。"她暗自回过头。

"有必要直接切除？"俞洄眉头微皱，直直看向池笙。

池笙目视前方，没心没肺地说道："说不定以后还要长结石，切了一了百了。"

一了百了。

俞洄止不住地细细品味这四个字，思维开始无限发散。

她不就是这样吗，看似温软，实则果断决绝。

那时，因为知道她要好好学习，他没有打扰她，准备等高考结束后，带她去最喜欢的海洋馆。

可高考考完，人家转头跟班长在一起了。

冷静几天后，他还是没忍住，给池笙发去消息。

大不了就做朋友，她已经做出选择，他还能去撬墙脚不成？

更何况，他以后还要面临家里那些糟心事，成败未知，或许她跟别人在一起会是更好的选择。

却没想到，池笙竟然删了他。

怎么着，谈个恋爱，连朋友也没得做？

也是，谁要跟她做朋友。

大三那会儿，也还是他贼心不死，妄想会跟她来个什么再续前缘。

说到底，是他自己不长记性，一次又一次，总以为下次总会轮到他。

那些积压太久的东西瞬间像是洪水决堤，从心口倾泻而出，无法阻拦。

俞洄情绪明显再度低落，淡声开口："德盛的医生都还不错，你不用担心。"

两人像是再无话可说。

几秒后，池笙听见俞洄低沉的声音："先走了。"

她再次侧头看向俞洄，重逢以来，还是头次见他这副神情，是有什么烦心事吗？

　　她望着俞洄提步离开，脑海中划过无数个他的背影，课间楼道里，操场上，篮球场，这么多年过去，为何还是记得如此清晰？

　　再到近日里，他的每个背影，都挥之不去。

　　池笙暗叹一声，仰头望向天空，眼底多了份茫然无措。

　　已经错过的人，为什么还要安排重新遇见？

　　好像还是会再次心动啊。

　　她的视线缓缓滑落，回到地面。

　　夕阳总是把人的影子拉得很长，一伸出手便可以碰到。

　　池笙跟着那道影子往前迈几步，手臂摇摆时，影中两个人的手好似牵上了一般。

　　"俞洄。"

　　那道修长英挺的身影稍顿住，缓缓转身。

　　"你现在有时间吗？"

　　池笙站在原地，仰起微带笑意的脸，面色还算平静，实则背在身后的十指早已慌乱地搅在一起。

Chapter 03
三尾紫寿

/ 执念源于遗憾，执念源于在她最好的青春里，
没有一个完美的句号。/

（1）

全黑的迈凯伦 570GT 在马路上开出与它外观十分不符的车速，引得路过车辆的司机频频张望。

车内一片安静，只能听闻轮胎摩擦地面的声音。

池笙看够了窗外倒退而过的风景，突然转头说道："我可以问你一个问题吗？"

俞洇单手往右打方向盘，换到中间车道。

"问。"

"你是怎么看俞盛的对家之一，天明地产？"

俞洇转头看一眼池笙，"你就想问这个？"

"你的意思是……"池笙呆愣地看着他，笑了下，"我还能再问一个？"

俞洇快气出内伤，绷着俊脸，半天没说话。

良久后，车内才响起他不冷不热的声音："那你怎么看？"

池笙轻蹙眉，怎么把问题又丢回来给她。

"港味太重。"

"习惯了在港的模式。"

两人同时说出口，对视一秒后，池笙低头浅笑，俞洇也隐隐弯了下嘴角。

"他重资产轻周转的模式在内地不太适用……"

两人有一搭没一搭地聊起来,很快便到了目的地。车缓缓驶进一个村子里,一扇铁门两旁的立柱上标着:郭氏兰寿。

停稳后,池笙解开安全带。

"麻烦你在车上等我一会儿,或者你想四处逛逛也行。"

"麻烦"二字实在不顺耳,俞洄没接话,只给了池笙一个淡淡的眼神,算是回应。

下一秒,池笙却发现,这个车门异常难开。

"这个门……要怎么开。"

"啪嗒!"

身旁安全带弹开的声音才刚响起,一道阴影便朝她覆来。

池笙下意识往后靠,但已来不及,俞洄清隽内敛的侧脸倏然近在咫尺,清冽气息萦绕周围,这几秒,她的心跳像被短暂凝固住。

蝴蝶翼车门被推开后,俞洄转而望向池笙。

那双清透明亮的眼瞳里,此刻全部都是他,心底那汪沉静许久的幽潭像是因此被带起涟漪。

顿时,缺氧感在池笙脑中蔓延开来,他离她那么近,似乎只要她一呼吸,两人的鼻息便会立刻交缠在一起。

"开了。"

俞洄的薄唇间轻飘飘吐出两个字,嗓音又低又磁性,像是在惑人心神。

池笙避开他的目光,垂下眼,裙子有一处已经被她捏得皱巴巴。她稍稍整理两下,胡乱扯出一抹笑:"谢谢。"

俞洄慢慢回到驾驶位,池笙则急忙下了车。

望着池笙慌张离开的背影,俞洄眉梢微扬,嘴角噙着深深笑意。

今天最成功的决策,是开了这辆车。

宽阔的院落里摆着许多石缸,里屋也有不少玻璃鱼缸,从水泵处涌出的泡泡正向上浮开,大小不一的金鱼们游得正欢。

"郭老板,好久不见。"池笙眉眼弯起,跟正在石缸边忙碌的中年大叔打招呼。

"哎哟,来了好几拨人,全在问那条紫兰寿,我给你躲得真累。"郭老板往池笙身后望去,"嚯,蝴蝶门超跑,你男朋友啊?"

池笙转身望去，俞洄正靠在车边打电话，西装笔挺，单手随意插在裤兜里，沉稳又慵懒。

她鬼使神差地冒出一句："还不是。"

说完，她立马又回神，面带歉意："还得麻烦您再帮我留一周左右，我这两天要动手术，过后我会尽快来取。"

新鱼到家的麻烦事很多，要隔离喂养，乔璇和曲一宁处理不好。

"行吧。"池笙是老顾客，郭老板也十分好说话。

"那我先看一眼吧，心痒好几天了！"池笙难得一见地咧嘴笑起来，原本她准备露营后做完检查就来取鱼，谁想到会这么坎坷。

"其实昨天还到了一批不错的。"

"我要看，我要看……"

俞洄打电话期间，余光一直停留在池笙身上，正准备收回视线，忽然见她手抵腹部弯下了腰，他眉心一蹙，大步走去。

可刚走几步，池笙又缓缓站直身。

夕阳垂挂在天际，天空被映满暖色调，橙红光晕似乎把池笙环环拢住，连发丝也染上金色。她一身白色亚麻裙，穿着燕麦色脚踝袜，圆头圆脑的勃肯鞋，整个人乖巧又恬静。

被她拎起的那个透明袋子里，水波正随着金鱼的游摆粼粼晃动，池笙凑近看着金鱼，笑意渐浓。

这一幕，忽而让俞洄想起，高三第一次月考后，池笙考得很不理想，垂头丧气了好几天。

某周日，他们五个人出去玩，去的花鸟市场。

那三人盯着一条阿拉斯加走不动道，只有他和池笙在看金鱼。

市场里的金鱼们被装在一个个的塑料袋中挂起来，任人挑选。

池笙似乎是第一次见到兰寿这个品种的金鱼，眼里溢满喜爱之情，立马就买了一条。

可转眼，她又喜欢上了另一条，而那条老板要价一万二，还不让砍价。

"算了，我压岁钱还差一点。"

她虽说不要，但眼里全是念念不舍。

后来，他给她买了，可她客气得不行，说什么都要把钱还给他。

现在想来，她或许只是不愿意跟他牵扯不清。

"俞总？俞总？您在听吗？"

"你接着说。"

俞泂转身往回走,坐进车里继续打电话。

等一一看了个遍,池笙果然又看上一条齐腮红通背花色的兰寿,补完定金后,她心满意足地往车边走去。

车门敞着,池笙认真研究一番,大概会关门了,但她没动,只是轻手轻脚地上车。

因为俞泂睡着了。

池笙双手叠放在腿上,放心大胆地静静打量俞泂。

良久后,她开始笑自己,是磨蹭多久,都让他睡着了。

人睡着后,不存在表情管理这回事。俞泂脸上少了些杀伐果断的凌厉气势,取而代之的,是他这个年龄的人该有的模样。

池笙眉眼间浮现几分担忧神色,他工作应该很累吧。

不知从哪里飞来一些小飞虫,池笙伸手在俞泂旁边轻轻挥了挥。

俞泂没一点反应,好像睡得很沉。

那些猝死案例猛然出现在池笙脑中,俞泂的呼吸声又轻得微不可闻,她下意识把手指伸过去,想试试他的气息。

谁想下一秒,那双漆黑如墨的眼睛蓦地睁开。

池笙不免愣住,待回过神要收回手时,俞泂却伸手握住她手腕。

他的体温要比她高出不少,腕间肌肤传来的热感让她耳根开始隐隐发烫。

"你干吗?"俞泂目不转睛地盯着池笙。

"我……"

她要是说,她怕他猝死,会不会挨打。

"想占我便宜?"

"帮你赶小飞虫。"

两人再次同时开口,可说的话却大相径庭,一时间,气氛略有尴尬。

池笙红着脸扭了下手腕,俞泂这才发现自己正握着她手腕。

他松开手,什么也没说,关门,启动引擎。

回医院的路上,俞泂先打开话匣子。

"没买?"

"等出院再来取,不然没人给我照顾鱼。你还记得芝麻包吗?"

问出声时,池笙下意识想做出捂嘴的动作。

她怎么说出口了，原本没想问来着。

第一次认识兰寿这个品种的时候，她买了菠萝头，但没那么多钱买下芝麻包。没想到几天后，俞洞直接把芝麻包买回来送给她。

后来过年，她存够压岁钱，准备还给俞洞，他却不要，她只好买了一双球鞋送他。

说起来，运气真好，她第一次抢鞋竟然就抢到了。

俞洞目光直视前方路况，想嘴硬否认，可又快速反应过来，那不是显得太假。

久久没有得到回应，池笙转回头，眼睫垂着。其实她不意外，因为他也没有什么记得的必要。

"那条胖头鱼？"漫不经心的磁性嗓音重新在车内响起。

原来他还记得，池笙眼底笑意闪过。此刻的心情犹如过山车，经过最低点，又抵达高处。

"嗯。"池笙点着头，解锁手机，点开照片给俞洞看，"它现在长这么大了。"

俞洞侧头，原本以为只有一条，谁想满屏幕都是金鱼。

"都是兰寿，这两条是玉兔，这条全白的叫小白。菠萝包你记得吗，就是那天我们一起买的，还有这条叫小红帽……"

那天，我们，一起。

她说出的每一个词，似乎都在动摇他的理智。

俞洞眸光微转，垂眸望着池笙浅弯的嘴角，眼中溢出一抹他自己都没察觉到的温柔。

"一起吃晚饭？"

"晚饭……"池笙低头看了眼手机上的时间，"不行，我明天动手术，手术前十二个小时要禁食。"

俞洞收回视线，默不作声地点点头。

他脑中忽地冒出那晚孟景平说的那句"旧的不去，新的不来"。

行，他当新的也行。

在理智和情感的天平上，前者输得很彻底。

俞洞喉结微动："那就下次。"

让他再妄想一次，就这最后一次。

"好。"池笙抿唇，悄悄掩去笑意，低头拍了拍裙子上的褶皱，"在

医院那边那个路口停一下就行。"

俞泂像是没听见一般,将车直接开到住院部门口。

下车前,池笙习惯性地道谢:"谢谢,今天麻烦你了。"

俞泂胸口又有点发闷,他很想问,一定要跟他这么客气吗?可最终也只说了两个字:"去吧。"

晚间的医院还算安静,稍大一些的噪声也就是病房里传出的谈话声和电视剧声音。

曲一宁和乔璇来陪池笙,三人正在和隔壁床阿姨看电视里播放的狗血连续剧。

"啊!"曲一宁突然大叫。

"你干吗。"池笙拍了下曲一宁大腿,"在医院呢。"

曲一宁蹦到地上,手舞足蹈:"10月,叶玺终于要开演唱会了!这都多少年了!"

叶玺是曲一宁高中时的偶像,创作型歌手,结婚后老婆孩子热炕头,好几年没一点声响。

"到时候你俩可得陪我去啊,我给你们买票。"

乔璇剥了颗葡萄,喂进嘴里:"没问题,有便宜不占王八蛋。"

曲一宁继续刷微博,看到一个话题,一本正经地问出口:"要是你喜欢的人醉倒在你床上,你会怎么做?"

乔璇反问:"在禽兽和禽兽不如之间做个选择很难吗?"

"当然是上啊!"曲一宁竖个大拇指,表示赞同。

池笙"扑哧"笑出声,这两人是妥妥的"老司机"。

曲一宁眯起眼问:"那我们小笙笙会怎么做啊?"

池笙还在思考,脸颊却越发绯红。

"得了吧,你顶多偷亲人家一口,自己能把自己羞死系列。"曲一宁毫不留情,直接点破。

池笙摇摇头,原来自己在她们眼里就这么胆小吗?

"大概会是,把他扇醒,告诉他我有多喜欢他。"不过前提应该是她也得喝醉。

"这话说出来就你信。"消灭完葡萄,乔璇起身去洗手。

"给你们看我新买的鱼,我真是做梦都想着它,快想想起个什么名字好。"池笙岔开话题。

隔壁阿姨翻身下床，准备出去溜达一圈回来睡觉。

阿姨出门时，门没关严，锁又滑了回去。

正要进病房的俞洇侧身让这位阿姨先过，刚要推门，便听见一道爽朗的女声。

"你别说，其实咱们笙笙多少还是有点'渣女体质'的，见一个爱一个。"

"好像是，哈哈哈。"池笙笑得开怀，"不，我那叫博爱！"

俞洇静静站在房门口，手上动作本能地停止。

这个场景，恍惚让他以为回到了高考前。那天拍完毕业照，他去找池笙，却意外听见她们三个人在聊天。

曲一宁说："班长那种性格，其实比俞洇更适合做朋友，对吧？"

乔璇应声说是。

原本他还在开心，没有池笙回答的声音。

可下一秒，却听池笙缓缓道出："嗯。"

正因如此，高考后，他怄着气没有主动联系池笙，聚餐那天原本不想去，却也还是去了。他去得稍微晚些，吃完饭的同学们又在拍照，而他就在不远处，看见班长缓缓牵起了池笙的手。

其他人忙着合照或许没注意到，可他的角度，看得一清二楚。

似乎从那时起，他总会晚一步。

大三时，高中同学们聚餐那晚，他在医院收拾完那几个败类，快速往聚餐地点赶。

在车里包扎手上伤口时，他设想过数种和她再见时的场景。却唯独没料到，是看着她和别人离开。

护士站骤然响起的唤铃声将他重新拉回现实里。

身体里那个名为"自尊心"的东西，又在叫嚣着让他快些离开。

你在妄想什么？

你看，她不要你。

过去不要，现在也不要。

他该离开，可过道里的灯光太亮，亮得让他感到无处遁形。

最终，那只骨节分明的手终是缓缓抽离。

而病房内，谁也未注意到门口那道曾停留片刻的身影。

乔璇从洗手间走出来,笑着纠正:"是见一条爱一条才对。"

(2)

第二天一早,护士来给池笙做术前清理,曲一宁在旁边拉着护士唠叨个不停。

"这个手术不会有生命危险吧?"

昨晚池笙跟乔璇去签字,她也跟着去了,听那个医生说,任何手术都会有风险,她越想越害怕。

护士一脸为难,任何手术,都没人敢做这种保证。

"您放心,是我们非常专业的院长亲自动刀。"

话说,他们的专家院长都多久没动这种小手术了,这位患者可真厉害。

池笙:"这就是个小手术。"

"你不是要把胆直接拿掉吗?"曲一宁想想还是觉得很恐怖。

"对啊,不然以后还要长,说不定还有癌变的可能,直接切了,省事。"

乔璇摸摸池笙头顶:"以后你就是'无胆英雄'了。"

由于两个姐妹太逗,池笙成为开院以来第一个笑着被推进手术室的患者。

手术期间,俞幼微特地来了一趟。

"你们是池笙的朋友吧。"俞幼微语气很温柔,"放心,安排的是我们另一位院长主刀,在腹腔上打三个孔的微创手术,都是年轻人,恢复起来也很快。"

俞幼微四下看去,没有俞洄的身影。

只是一个小手术,俞洄却指明要她安排最好的医生,可他今天却又不来,这个弟弟的心思真是难猜。

曲一宁不放心,又多问了几句。

解答完曲一宁的疑惑,俞幼微说道:"对了,我给池笙换了个病房,会有人带你们过去。"

走之前,俞幼微又笑道:"我是俞洄的姐姐,你们有什么事都可以直接来找我。"

曲一宁嘴特甜:"好,谢谢姐姐。"

望着俞幼微离开的背影,曲一宁感叹道:"俞洄他姐好温柔啊,哪像俞洄那么'狗'。那什么,要不要告诉池笙?"

乔璇轻轻抬眼，问："跟她说什么？"

"这肯定是俞洄打的招呼啊，不然他姐怎么知道笙笙和我们是他的高中同学。"

乔璇冷声开口："瞎给她什么希望？"

曲一宁噎住。

"俞洄但凡有那个意思，回国这么久，早就和笙笙有点什么了。再说，他要关心，自己不会说？需要经过他姐，再经过我们传到笙笙那里？"

乔璇望向亮起的"手术中"三个字。

"高中同学，举手之劳罢了。换作你，你也会这样做。"

"我怎么感觉你现在对俞洄恶意特别大。"曲一宁说不出哪里怪怪的。

"有吗？"乔璇拧开瓶盖，喝了口水。

曲一宁咂嘴："你知道你像什么吗？你像护崽的家长，生怕笙笙误入迷途，俞洄就是那迷途，你恨不得手刃了他。"

"有这么夸张吗？可能我仇富吧。"乔璇被曲一宁的措辞惹笑。

曲一宁无话可说。

"他那种家庭，不合适的。"乔璇的胸腔起伏隐隐变大，"俞家人名声都不怎么好，商人向来以利益当先，如果俞洄真想玩，笙笙怎么玩得过他。"

乔璇轻笑一声，就跟当初她自己一样，陷进去以后，发现别人不过是玩玩而已。

曲一宁被乔璇这一通话堵得哑口无言。

是啊，要在一起，早在一起了。

凭什么以前没在一起，现在就会在一起？

要说胜算，从前的胜算不是更大，现在大家都是成年人，考虑的东西自然不像以前一样简简单单。

乔璇眸色渐暗："我不会眼看着她栽第二次的。"

"一宁，阿璇，笙笙已经进手术室了吗？"

乔璇和曲一宁看到赶来的池妈妈林敏清，默契地没再继续那个话题。

"刚进去没多久。"

林敏清下了出租车，几乎是一路小跑着来的，额头还带上一层薄汗。听乔璇和曲一宁说是专家动刀，她多少放下心来，但毕竟是个手术，还是难免紧张。

等三人聊完，林敏清才看见站在一旁拎着几份早餐的年轻男人。

"这是？"

闫皓立马上前做自我介绍："阿姨，您好，我叫闫皓，门三闫，皓月千里的皓，也是池笙的朋友。"

"啊……你好。"林敏清笑笑，眼尾带出几道细纹。

林敏清暗地里上下打量，不错，白白净净，长得帅，个子高，瞧着挺板正，也有礼貌。

闫皓拎起手里的牛皮纸袋："阿姨您吃早餐了吗？简单吃一点吧。"

"好好好，谢谢。"林敏清跟乔璇和曲一宁对了个眼神。

两人齐齐眨眼。

数小时后，手术灯熄灭，池笙从手术室里被推出来。

医生递给乔璇一个袋子，福尔马林已经变成明黄色液体。

"这是胆结石，动手术的时候我发现，她胃也不太好，褶皱很多。"

乔璇皱着眉细细思索："她饮食……也没有不规律，只不过饭量小，吃得少。"

医生见家属这么紧张，又笑着说："没事，不用担心，很多人都有的小问题而已。"

回到病房，需要把池笙从移动担架床挪到病床上，还好在场有个男士，闫皓轻而易举把池笙抱回病床上。

接着，护士给池笙插上心率监控的仪器。

曲一宁紧张地盯着心率跳动仪器。

"您好，这得多久才能醒呀？多久才能吃饭呢？"

护士一一解释完，端起盘子离开。

待池笙醒来，已经是几个小时后。她幽幽睁开眼，盯着白茫茫的天花板，浑身飘软无力，昏昏沉沉。

"俞院长给你换的病房，说都是俞洄的同学，照顾照顾。"乔璇语气随意，像在讲一件如常小事。

"哦。"

意识模糊间，池笙还想着俞洄说改天一起吃饭的事情。

见池笙醒来，曲一宁彻底放下心，这才乐呵呵拿出手机拍下池笙蔫蔫的照片作纪念。

池笙眼一合，又睡了过去。

她再度醒来时,夜色已浓,窗外一轮弦月正高挂在如墨般的空中。

池笙歪头看去,林敏清戴着眼镜坐在一旁,腿上搁着笔记本电脑。

"妈……你在给学生看论文吗?"池笙的声音虚得像蚊子哼哼。

林敏清倏然抬起头,急忙放下电脑,凑到床边:"醒啦,难受吗?"

"还好。"池笙说话还是有气无力。

母女俩随便聊了几句各自近况。

想起什么,林敏清问道:"那个闫皓……今天一直在忙前忙后,瞧着各方面都不错,你喜欢吗?"她伸手替池笙理顺额头边的头发。

池笙恹恹地晃头。

"不喜欢那就算了。"林敏清又拿起湿巾替池笙擦手心。

"只有他在吗?"

"就他,阿璇还有一宁。"林敏清仔细回想,也没别人了啊。

"哦。"

俞洄没来。

池笙将头侧到另一边,撇撇嘴,心中隐隐有些失落。

林敏清看着池笙这模样,难免心疼,一时又想起之前池笙出车祸后的那段光景。

当初池笙突然要学金融已然让他们很惊讶,毕业后还进了投行,柔柔弱弱一个小姑娘,那么大的压力也不知道扛不扛得住。

没想到扛是扛住了,谁想到出差途中遇上车祸,虽然被撞的不是池笙,她心里却留了阴影,那段时间她整个人的状态并不好,基本是日日待在家里。

后来过了半年,池笙说已经恢复好,马不停蹄地又去做了记者。

"如果工作累,那就辞职吧,开个什么咖啡店啊、手工店啊,或者你自己在家里炒股,我看你玩得挺好的,再不行去江城……"

池笙打断林敏清的话,软声撒娇:"不要,我就想待在北都。"

"拗不过你,北都有什么让你非待不可的,你爷爷现在一年也不在家待几天,你一个人,空落落的。"

"不是还有阿璇和一宁吗,我一点都不孤单,您放心吧。"池笙反握住林敏清的手。

"随你,我要先继续忙了。"林敏清戴上眼镜,继续工作。

睡前,池笙打开手机,有不少同事发来的问候,一一回复之后,心里

却越发空荡。

她索性给俞洄改了个备注,"是个坏蛋"。

丢开手机,池笙不再和困意打架,三度睡去。

翌日一早,林敏清又得赶回江城。

"临近毕业,马上就要进行论文答辩,时间是真腾不出来,就麻烦你们多照顾点笙笙啊。"

"没事,您不用担心,有我们呢。"曲一宁挽住林敏清手臂。

乔璇也笑着说:"我妈听说笙笙的胃不好,找她营养师的朋友特地定制了一套食谱。"

"哎哟,那真是谢谢了。好孩子,等忙完这段时间,回来我们再聚啊。"

"好,您路上注意安全。"

近期,总裁办的人流量达到历史新高。各类会议未曾断过,来一拨人又走一拨,平时极少会打照面的同事们都快混眼熟了。

人人都怀疑,他们俞总的俊朗皮囊下,是个机器人。

短短几日,俞总又逼着他们头脑风暴,赶出好几个开发计划案。

回到办公室,俞洄面无表情地吩咐丁铭:"云州那块地,叫他们赶紧把进度拉上来,过段时间我会亲自去看。"

"好的。"

桌上座机响起,丁铭接起。

"俞总,是您姐姐。"丁铭将话筒递给俞洄。

俞洄边快速签字,边接过电话:"喂,姐?"

"怎么打你电话打不通?"

"没看见。"

丁铭就在一旁瞅着自己老板睁眼说瞎话,分明是关了静音当没看见。

"怎么那天你问了池笙的手术情况后就没影了?这么多天,人家都快出院了,你还不来看看?我看可是有个男人常来……"

"跟我有什么关系?"这是俞洄第一次打断俞幼微的话,音色冷得彻骨。

"挂了,我还很忙。"

见俞洄脸色沉得吓人,丁铭急忙拿上文件出去,以免殃及到他。

深夜,办公室内的休息室里。

室内光线昏暗,独有窗外透进来的月光洒在床尾。

俞泂不明白,为什么白日里累成这样,他也还是不想睡,是不是需要吃点安眠药。只要一闭上眼,他就会想起池笙和曲一宁的对话,然而更致命的还在后头。

那晚,他原本坐在车里平复情绪,有两个小护士碰巧靠在他车尾,吃着冰激凌闲聊。

"最近你瞧见有个帅哥了吗?我上班老看见。"

"你说的是3床那个患者的朋友是吧?别想了。"

"3床住进来那天,跟现场放电视剧一样,那男的直接公主抱,大步走进来问急诊在哪里,我还挺嗑他俩身高差,长得也很般配。"

俞泂在心里自嘲,那时她还笑着同意改天跟他一起吃饭。

所以,她拿他当什么,退而求其次的选择?或者讲得直白、难听些,备胎?

乔璇警告得没错,他就不该去招惹她。是他不长记性,自找罪受,他活该。

俞泂将手搭在眼眶上,强行让自己合眼休息。

手术第七天,池笙拆完线回家休养。

没了胆,消化能力下降,且术后很长一段时间只能吃清淡食物。

期间,乔妈妈还特地来了一趟,跟池笙嘱咐注意事项,念叨他们年轻人什么都不懂。

池笙平时从不开火,基本是靠点外卖度日,这下在网上买了个电饭锅煲粥,彻底过上清粥小菜的日子。

一周后,乔璇帮池笙把之前买的两条金鱼接回来。

池笙不能做剧烈运动,伤口会疼,乔璇便帮池笙担起清理鱼缸的重任。

整理完,乔璇洗手时问道:"那小姑娘还没搬进来?"

"大概是下午或者明天吧。"

房东有个侄女要来北都住一段时间,只有九和苑的房子有空处,就来找池笙商量。

这间两居室的房子本来是单租,当初大学毕业后,曲一宁跟池笙一起租下来,前不久曲一宁搬出去跟男友住,就只剩池笙自己。

这房子住了快三年,房东人也挺好,而且房东一再强调是个很乖的小女生,二十出头,在经纪公司做练习生。

池笙盘算着房子还差两个月就到期,原本她也没打算续,想搬个一居室,时间也不长,便没再强硬拒绝。

乔璇走后,池笙把公共区里自己的东西都一一收起来,冷不防在抽屉里翻到一张照片,似乎是她某次拿出来看了以后,没放回原位。

照片里的她和俞洞,穿着白色校服衫,脸庞带着少年感,规规矩矩的合照,两人之间的距离隔得还挺远。

池笙眼底笑意浮现,她那时还是个小鹅蛋脸。

晚间八点一刻,门铃声响起,池笙起身给来人开了门。

眼前的女生一头黑色长直发,巴掌大的小脸,长相很秀气,穿着简单的白T牛仔裤,看着……确实是挺乖的。

对方弯弯笑眼,主动问好:"姐姐好,你叫我小茜就可以。"

"你好。"池笙回了个浅笑,客气一下,"需要我帮忙吗?"

"不用不用,我东西不多,听说你刚动完手术,你好好休息吧。"小茜摆摆手,开始往里拖行李箱。

池笙点头笑笑,把整理好的东西搬回卧室。

她跟这女孩加上微信时,就提前约法三章,不能带男生回来过夜;在有其他人来之前,需要提前给对方说;各自的私人空间不踏入,客厅共用。

还有,可以看她的鱼,但不能上手。

(3)

夜幕降临,城市中的不安分因子开始躁动。

Min-nightAnimal是北都最大的俱乐部,外墙上充满科技感的装饰让不少人驻足拍照留念。而场内,狂乱爆炸的电子乐掺杂着炫目的霓虹光影,在烟雾袅袅中,不知是让人放下伪装,还是戴上了新面具。

来到内场,俞洞下意识皱起眉头。

最近,他依旧每天将自己忙得像个陀螺。孟景平实在看不下去,每每找着机会就叫他出来放松,以至于差点被他拉黑。

今天若不是发小回国要聚一聚,俞洞绝不会来,他对这种声色犬马之地始终喜欢不起来。

"兄弟,我好想你。"谢云帆猛地上来抱住俞泂。

他身上各种香水味混杂着,俞泂眉头紧皱,嫌弃地一把推开。

"真是块不解风情的木头!"

谢云帆转身搂着漂亮女生继续去嗨。他算是俞泂正儿八经的发小,现在长居国外,野人一个。

落座后,俞泂打开手机。

孟景平正在玩骰子,眼尾一瞟,见这人竟在看财经资讯,果断将他手机没收。

孟景平:"难得来一次,好好喝酒行不行?"

俞泂不耐烦地点头,拿起酒杯,几口解决。

他是想来好好喝酒,但来了之后他又不想喝了。

周围倒是有不少女人想凑到俞泂身边,但俞泂脸色冷得让人生畏,一有人靠近,他轻飘飘一个眼神,直接让人退避三舍。

孟景平知道俞泂的性子,也不往他身边推人。

俞泂往后靠在座位上,隐约看见一个人影,错愕几秒后,那双深邃的黑眸微微眯起。

光线缓缓聚拢在不远处那人身上。

俞泂俊脸越发紧绷,隐约透着几分不悦。

刚动完手术一个月的人,就能跑酒吧来喝酒了?

看不出她酒瘾还挺大。

俞泂叫来侍者,低声说了几句。

"好的,您稍等。"说完,侍者朝吧台走去。

俞泂目光缓慢下移,盯着池笙前方的桌面,直至与她同桌的人影挪开,才看清她喝的是什么。

杯中的青柠与清爽薄荷叶混合在气泡水里,应该是莫吉托。

刚才那位侍者走回俞泂身旁,道:"俞总,确认过了,那杯是无醇莫吉托。"

俞泂脸色稍缓,是无酒精鸡尾酒。

他的视线再次回到池笙身上,她正笑着跟身边的人说话,不,说是在咬耳朵倒更合适。

周遭的空气仿若有火花正在摩擦,一股无形烈火正灼烧着他的心脏。分明方才他还能在这个喧闹空间中沉静下来,此刻却觉得那些鼓点声和电

子乐被放大千万倍。

谢云帆凑到俞涧身边,顺着他的视线望去,瞬间眼神都直了。

"我说什么能让我们俞总出神呢,眼光不错啊。"谢云帆眼中露出发现猎物的惊喜。

孟景平也跟着瞧过去,这一看,让他愣神几秒。

三个人齐刷刷盯着同一个方向,一桌人不禁好奇,他们在看什么仙女?

俞涧冷冷扫一眼谢云帆,语气极淡:"滚开。"说完,立即起身离去。

"你这就走了?才喝了几杯?没意思。"

谢云帆对着手机摆弄几下发型,准备往那桌走去。

孟景平猛地将谢云帆推回座位,指了指那桌,再指向自己,无声地说:"滚。"

他不用想也知道,俞涧看的是池笙,而谢云帆这厮,百分百看中的是池笙旁边那明媚勾人的乔璇。

"过分!太过分!你们一个个欺负我刚回来是吧?分明是我先看上的!"谢云帆气得想表演个当场捶墙。

今晚,池笙是被曲一宁捉来给闫皓过生日的。

礼物也是临时买的,她最头疼给同龄异性挑礼物,生怕别人误会多想。

所以当她从身后拿出一副网球拍时,同桌的人立马大笑起来,这个礼物在一众香水、领带、袖扣中,显得太特别。

面对许多生面孔,池笙尴尬得不行,摸了下后颈:"听一宁说你喜欢打网球,所以就……"

闫皓十分喜欢,心中直呼太可爱了。

这种场合,总让池笙感到不自在,一年来个三四次已是极限。她找个角落坐下,正低头玩衣摆上的流苏时,闫皓忽然将座位换到她身边。

"谢谢你,球拍我很喜欢,之前那副坏了正好还没买,哪天我们可以一起去打网球。"

"不客气,生日快乐。"池笙腼腆一笑,巧妙忽略掉后面那个问题。

"你最近在找房子是吗?"

"什么?"音浪突然袭来,池笙完全没听清他说什么。

"我说,你最近是在找新房子是吗?"闫皓稍稍靠近些,"我住浅月湾,我记得小区里有一居室的房型，还挺适合你，就不知道你嫌不嫌小。"

"一居室？"池笙瞳眸微眯，倏尔笑起，"那可太好了！"

"我去帮你仔细问问，等我消息。"

"谢谢，麻烦了，有时间我请客吃饭。"

池笙悄无声息避开闫皓的视线，在心里补充，那当然是五个人一起。

"好。"闫皓哪里知道池笙的小算盘，只以为是他俩单独吃饭。

看到池笙这边的饮品，闫皓说："这个晚上喝会不会太酸，你不是没胆了吗？给你点一罐旺仔牛奶？"

没胆了……池笙没忍住，敞开了笑，摆摆手："不用了。"

说到旺仔牛奶，池笙想到那个老梗。

喝了这瓶奶，忘掉那个崽，"忘崽"牛奶。

这一个月，那人像是人间蒸发了一般。

手术结束两周后，她便回到杂志社开始上班，生活好像又恢复一派平静，回到谁也没再次遇见谁的那时候，对方的对话框还未发过消息，便被一条又一条的新消息挤了下去。

分明生活在相交且并不大的圈子里，两个人遇见对方的次数却又成为零。

池笙敛去心中的酸涩，或许她永远都等不到他主动发消息吧。

没一会儿，去洗手间回来的乔璇说是要先走。

曲一宁眼尖地发现乔璇红唇外缘晕染出的痕迹，瞬间露出一脸"我懂"的表情，适时调侃两句："璇姐今天这么快？行啊，速度倍增啊。"

手机亮起，乔璇媚眼扫向屏幕上出现的消息，笑着挥挥手，拿上包摇曳生姿地走了。

全黑的奔驰停于街边一个不起眼的位置，犹如与夜色融为一体。

车中烟雾缭绕，俊脸掩于其后。

前排司机想咳嗽，却又不敢咳嗽，也不知他们俞总待在这儿干吗，也不让开车。

俞洄目不转睛地盯着俱乐部门口，直到那道娇小的身影出现，脸庞紧绷的轮廓才得以缓和。

可方才坐她身边的那个男人立马紧跟着出现在他视线中，正低下头去跟池笙说话，接着两人上了同一辆车。

俞泂眼底那抹墨色越发深沉。

等那辆车离开,他再次抽出一根烟,点燃,烟雾随即犹如丝线般飘离。

如果说心是由无数根丝线聚拢而成,那此刻,他的心就像正被一根根抽丝剥离。

怎么会不痛呢。

俞泂自嘲地弯起嘴角,他可真是一点也不入她的眼,他就这么差?找别人也不找他。

搭在车框上的那只手,骨节分明,夹着一根烟,手背上的青筋清晰可见,蜿蜒至衣袖中。

"借个火。"

一个穿着性感的女人俯下身,她嘴里叼着的烟尾即将要碰上俞泂指间的猩红火星。

俞泂冷着眼,指尖微微一弹,那根烟径直飞了出去。

他收回手,声音宛如浸入冰窖:"开车。"

望着亮起的车尾灯,性感女郎扭着腰离开:"啧,真没情调,白瞎那张脸和那双手。"

(4)

转眼迈入七月,气温渐高,却也时不时会来一场阵雨。

这天气,就好比有些人,忽冷忽热。

因为有闫皓帮忙,池笙很快找到合适的房子,房子大小、附近交通情况、通勤距离都不错,只不过租金稍高些。

趁着周末,池笙去把新房子的布置整理收尾。大概收拾得差不多,见时间太晚,她便没回九和苑。

第二天下午,池笙回到九和苑,准备进屋开始整理东西。

东西不多,每次搬一点,这周差不多就能搬完,不用乔璇特地帮她跑一趟。

左脚刚踏进卧室,池笙身形却微微一顿,又退回客厅。

她缓步走到鱼缸前,静静望着鱼缸里游动的金鱼,伫立许久。

时间悄然流逝,她的脸色越来越差。

池笙调整呼吸,转头望向窗外,树枝尽头的绿叶正随风飘动。

她不可置信地再次细数一遍,一条、两条、三条……怎么会是八条呢?

偏偏少了那抹奶牛色的鱼影。

池笙退后几步，坐进沙发里，胸口像压了块巨石般拥堵难受。

是哪里出了问题？她努力让自己平静下来，开始整理思路。

昨晚，她有收到室友的消息。

池笙拿出手机，查看聊天记录。

小茜：池笙姐，你今天还不回来吗？

池笙：我明天或者后天再回去。

小茜：好，这个是我朋友买的点心，我给你留了一盒。

她原本还纳闷，这个小茜长期不着家，两人的交流仅限于碰见了就打个招呼，怎么会突然给她发消息。

几分钟后，池笙拨出一个号码。

"您好，我要报警。"

房东陈阿姨赶到九和苑的时候，屋内有两个警察，一个正四处观察，另一个在跟池笙交谈。

"是这样的，报案人认为是您侄女偷了她的金鱼。"

"警察同志，这里面肯定是有什么误会，我侄女去偷小池的金鱼干吗？"陈阿姨哭笑不得，"再说，这金鱼能值多少钱，有必要偷吗？"

"人家那金鱼是名贵品种，叫什么？奶牛兰寿，七年前一万二买的，已经到了可以立案的金额。"

陈阿姨面露难色："这价格也不是小池说多少就是多少吧，况且她朋友之前也住这里，不一定是我侄女的问题啊。"

池笙冷声开口："叫你来是因为我现在联系不上她，不是让你给她辩解，麻烦尽快联系她过来。"

陈阿姨瞧池笙这样子很是陌生，从前的一派和气全然不见，跟换了个人似的。

一个多小时后，小茜回来，见到这个阵仗，明显被吓住，神情略显慌张。

小茜刚要张口，池笙神情淡漠，先做出提醒："你不用跟我扯谎，最好想清楚再开口，否则我不会给你任何和解机会。"池笙的声音没有一丝起伏，森冷的眼神竟然有些唬人。

"我真的没……"

"我说的话你没听清？"池笙愠怒更盛，这些人是拿电梯里的监控做

摆设是吧。

小茜避开池笙的视线,垂着头小声道:"前天,我男朋友跟我回来一趟,看见鱼缸里面的金鱼,说是他有朋友在找那种金鱼,我就说……这是我姑姑的金鱼。"

小茜抬眼看向房东陈阿姨,又低下头。

"然后,他就拿走了,我……我昨天今天都在花鸟市场找来着,想给你买两条新的回来……"

池笙手心紧紧攥成拳,音量没变化,语气却不容商量:"我不管你拿给谁,马上找回来,拿不回来或者拿回来发现我的金鱼出了什么问题,我依旧不接受和解,你可以好好想想,要不要让你档案里多个偷窃罪的记录。"

"这……"

陈阿姨还想再说话,池笙已经起身回屋收拾东西证件,准备去派出所做笔录。

乔璇是在滨湖公园找到的池笙。

此时,池笙正坐在湖边石凳上,湖里有不少人正在划船,欢声笑语传过来,越发显得她形单影只。

"找到了吗?"乔璇坐到池笙身旁。

池笙摇头,眼神无光:"暂时还没有。"

事情比她想的复杂,确实是小茜男友的朋友在找这种金鱼,但谁想又是朋友的朋友,这么短的时间内不知道转了多少道手。

警察说,找回来的概率很小。

池笙真的不理解,偷她金鱼做什么,说难听点,芝麻包是土都埋半截的金鱼。

兰寿体型长不了多大,且金鱼的观赏价值在两至四年,或许是因为外行看不出来,他们根本不知道芝麻包已经七岁了。

兰寿这个品种的金鱼,本就娇贵难养,她现在只心疼芝麻包会受罪。

"你还喜欢俞泂吗?"乔璇知道,芝麻包是俞泂送给池笙的金鱼,对她的意义肯定不一样。

池笙有片刻的愣怔。

还喜欢他吗?

其实她也不清楚了。

起初,她满脑子都是恐慌,和芝麻包的感情暂且不提,似乎她和俞洄之间唯一的关联就这样彻底断掉。

可等冷静下来,她发现,一切不过是她给自己设定的可能性罢了。

即便芝麻包没有被偷,某天也会轻轻漂浮在水里,不再灵活地游动,不再撞进她手心里跟她贴贴。

那时呢?

结果是一样的。

芝麻包根本不是他们之间的关联,他们之间,从来没关联。

似乎时间过太久后,喜欢这种东西,会慢慢变成一种执念。执念源于遗憾,执念源于在她最好的青春里,没有一个完美的句号。

甚至是不完美的句号,她也没有。

如果她和俞洄是在一起后又分开,她都不至于这么念念不忘。

池笙:"你还记得大三那会儿,我说出国去看金鱼展了吗?"

乔璇没开口,只静静听着她说。

"我改道去了纽约。"

乔璇嘴唇微张,说不吃惊是假的。

"你去了纽约?去……"

"我去找他了。"池笙低头笑笑,眨去眼中的酸涩,"但我没有见到他。"

那时,她在候机,见到一个男生从人群中冲进安检,去找要离开的女友。

那一秒,困扰她多年的结像是突然被解开。是啊,喜欢一个人,不就是应该奋不顾身地去找他吗?

早已经申请好的签证终于有了它该起的作用。

她当即改变行程,飞往纽约。

上飞机前,她给俞洄发了一条短信。

可落地后,临到关头,看着陌生的国度,她又退缩了。那莫名生出来的勇敢,似乎被十几个小时的航程一点点给消磨殆尽。

而发给他的短信,也没有回音。

最终,她还是去了纽约大学一趟。

她想赌一把。

她告诉自己,遇见了就跟他说,我喜欢你,我喜欢了你好久,我现在

也还是喜欢你。

可是没有。

确实，只有在电视剧里，人们才会在茫茫人海中遇见，才不会错过。

在乔璇来之前，她也在想，她对俞洄，到底是重逢后再次心动，还是一直都在喜欢他。无论是何种情况，喜欢的话，为何又不肯主动？或许喜欢一个人是不是应该卑微到底？

可她做不到，她不愿抛下那点自尊，想勇敢，又害怕彻底丢了自己。

这是不是也证明，她没那么喜欢俞洄。

答案已经很明了。

其实许多事，很容易想通，从前不过是她在刻意逃避而已，拽着过去的那一点点蛛丝马迹，不肯放手的是她自己，以为自己喜欢的人也喜欢自己，真的很蠢。

她以后不会再犯这种错了。

曲一宁赶到时，池笙的眼泪早已被湖风吹干，只剩下眼尾隐隐残存的泪痕，可她周身的失落怎么也掩盖不住。

"哎呀，男人千千万，不行咱们就换！多大的事儿。"曲一宁倒觉得，丢了是好事，省得睹鱼思人，永远都放不下。

池笙笑出声。

"姐们请你吃大餐，过期不候啊。"曲一宁握住池笙的手，想把她拽起来。

乔璇笑着拍池笙的肩膀，笑道："铁公鸡难得大方，走走走，一会儿她后悔了你可真找不到地方哭。"

"那我要吃颐悦轩。"池笙抬手揉了揉眼尾。

"你是真把我往死里宰啊！"曲一宁心都在滴血，但还是揽上池笙，"得，有钱难买我姐们高兴，走起。"

（5）

近一周，俞洄的大部分时间都在天上，满天飞，似乎让他在北都多待一秒都是种折磨。

下了飞机，孟景平的电话即刻打进来。

俞洄面无表情地挂断。

"老板，送你回家还是？"丁铭见俞洄神色难掩疲惫，心想再不休息真该进医院了。

"回俞盛。"

孟景平又发来消息,俞洄不耐烦地"啧"了一声,但还是点开看到底是什么急事。

两张照片,是孟景平偷拍的池笙,镜头有些糊,一张眼眶泛红,一张闷头吃饭。

俞洄:发给我干吗?

孟景平:噢,那不好意思,发错了。

他还特地补上一个定位。

手机屏幕渐渐熄灭,俞洄伫立在原地,望向机场落地窗外乌云翻滚的天空,心不在焉。

是哭了吗?被谁欺负了?那个男的?

他就说,谈什么恋爱,这些臭男人有几个靠谱。

"我自己开车,你下班。"俞洄拿过钥匙,开车直奔颐悦轩。

俞洄抵达颐悦轩门口时,正看见池笙三人往外走,他准备下车的动作一时顿住。

曲一宁想起方才那一幕,凑近两个姐妹,小声嘟囔:"哟,孟景平可以啊,他现在不会再吃软饭吧?刚刚他旁边那女人瞧着好富态啊。"

乔璇笑得很是不屑,脑中却不由得想起酒吧遇见的那晚。

这人怕不是只疯狗,她背上那些印儿过了快一周才消下去,害她去游泳只能穿全覆盖式的泳衣。

"景平好像也在俞盛工作。"池笙淡淡开口。

见有出租车驶来,池笙招了招手,对两个好友说:"我先回去了,拜拜。"

乔璇和曲一宁并未多说,只让她到家报平安,她现在需要独处,况且又不是小孩,自己回家没问题。

俞洄几乎是本能地快速点火启动,跟上那辆出租车。

天空不知何时飘起毛毛细雨,司机看池笙双手抱臂,愣神望着窗外,脸色苍白。

"姑娘,冷吗?我给你开空调。"

池笙过了两秒才回神:"不用了,谢谢您。"

司机大叔还是将空调打开:"现在的小姑娘,就是不会照顾自己,脸皮薄,总担心麻烦了别人,管别人做什么呢,自己要先舒服啊。"

池笙微微一笑,继续转头看向窗外。

俞洄的车一直跟在出租车侧后方,池笙如槁木般的模样看得他的心像是被一只无形的手牢牢攥住,收紧。

车窗玻璃徐徐起了雾气,俞洄却仍未收回目光。

没想下一秒,出租车的车窗上慢慢出现两个字母,接着又出现一条简笔画的鱼。

他一时晃神,车速稍降,没赶上路口的红灯,只能眼看着那辆出租车渐渐驶出视线。

然而,他只看见池笙写了"YH"两个字母,却没看见,池笙把刚才写下的东西又都干脆利落地抹去。

回到浅月湾,洗完澡,发根还湿润着,池笙却等不及地把自己裹进被子里。

屋内只有窗帘缝隙处的一点点弱光,她不知道自己发了多久的呆,久到不知不觉地睡过去。

凌晨一点,她因为嗓子干痒醒来。

池笙拿过手机,看到几个小时前池祺祥发来的短信:明日归家。

醒来后,池笙便没再睡着,索性起床开始收拾搬来的东西。

直至天刚蒙蒙亮起,她才来了点困意,趴在沙发上睡去没多久,又再次醒来。

就这样,她反反复复一直睡到下午两点。

池笙准备洗个冷水脸,在望见镜中脸色憔悴的自己时,心中悄然升起一种熟悉感。

当初她出车祸后那段时间也是这样。

从一开始的不能出门,整夜睡不着,到后来睡眠时间持续很短,而且质量很差,无论是生理上还是心理上都提不起精神。

她是怎么熬过来的?

是靠俞洄吧。

池笙忽地对着镜子笑起来,眼眶里蓄满的泪水随之滚落。

别自欺欺人了,学金融,进投行,乃至后来的财经记者,都是为了能离他更近些吧。

　　她似乎总攒着一股劲儿，或许最终并不是为了和他在一起，而是想等两人再遇见时，她是闪闪发光地出现在他面前，证明她并不比谁差。

　　可是……人生总不会如你所愿的。

　　池笙弯下腰，流动的冷水悉数泼在脸上，让她瞬间清醒不少。

　　没意义的事，以后就不要想了。

Chapter 04
四尾唐三彩

/他想要共度一生的人，
只有池笙，也只能是池笙。/

（1）

北都有几家在胡同里的餐厅，因独有宁静而厚重的古韵，尤为年长者们喜爱，其中又以沁园最为出名。

池祺祥归京，众老友说要给他接风，想着许久未聚，池祺祥叫上了池笙。

因为离自家四合院也不算太远，爷孙俩慢悠悠散步去沁园。

池祺祥看上去七十岁左右，一头鹤发但精神矍铄，配上一身考究的西装，气质温润出众。

察觉到池笙兴致不高，池祺祥仔细地打量她："昨天没休息好？"

池笙说谎不带眨眼："嗯，昨晚赶稿子熬了夜。"

池祺祥没再多问，笑着拿出手机："给你买了三条兰寿，过两天到。"

池笙歪头凑近，看得认真："都很漂亮。"

"我还看上了一条唐三彩，哎哟，是真漂亮，你绝对喜欢。"

池祺祥却越说越来气："当时我还跟一个小伙子抢来着，结果后来老板说是已经有人订了。"

"没事，这也讲缘分的。"池笙弯唇浅笑，挽住池祺祥的胳膊，"谢谢爷爷。"

说话间，爷孙俩走到一间四合院前，牌匾上题着"沁园"二字。

进大门时，池祺祥叹了一口气。

那些老家伙吧，不见会想念，见吧，又可烦人。

上了饭桌，池笙一一叫人，都是些熟悉的长辈。

一位长辈说："今天也顺便给老杜接风，你俩有好多年没见了吧？"

"得有七八年了。德国有什么好玩的，一去待那么多年。"池祺祥端起茶抿一口。

"还是咱祖国好。"这位杜爷爷体型微胖，笑起来十分慈祥。

池笙性子乖巧，面带浅笑，只静静听着长辈们说话。

"这是你孙女？大几了？"

爷孙俩相视一笑。

池祺祥："都工作快三年了。"

杜爷爷笑着朝池笙说："正好，我外孙也差不多大，一会儿你们可以认识认识。"

池笙点点头，看来又要多一个在好友列表"躺尸"的用户。

第一份菜刚上桌，便有人风尘仆仆地来了。

池笙坐在外缘位置，听见杜爷爷说人来了，她下意识转身看去。来人西装革履，步子稍急，看见转头的池笙，步子一顿。

池笙也没想到，杜爷爷的外孙会是闫皓。

池祺祥见到闫皓，顿时没好气地说："你不就是那天跟我抢唐三彩的那小伙子。"

闫皓一愣，反倒开怀地笑起来，看来他和池笙这缘分可真是天注定。

"爷爷奶奶们不好意思，第一次见面，我就来晚了。"闫皓笑着喘气，鞠了个接近九十度的躬。

长辈们倒不计较这么多，只叫他赶紧上桌吃饭。

一顿饭吃得差不多，长辈们陆陆续续离开，只剩这两个多年未见的老头还在聊天，池笙和闫皓则去主动送长辈们。

两人来回跑了数趟。

回包间的路上，闫皓侧头看向池笙，没想到她爷爷居然是池祺祥。

家里有人学艺术，闫皓自然知道池老在书画界的地位，但假如不混这个圈子，提起来倒也不会有多少人了解。不过也没什么好奇怪的，池笙的性子就是那样，不张扬，又或许是刻意不想让别人知道。

"我不会给别人说的。"闫皓双眼明亮，一抿唇，带出两个显眼酒窝。

"嗯？"池笙一时转不过弯，没理解他这话是什么意思。

"你爷爷的事。"

"啊……"

池笙突然不知该如何解释,她并没有刻意隐瞒的意思。

她高二时,奶奶刚去世没多久,爷爷状态不是很好,变得很孤僻,不太喜欢搭理人,后面还得了抑郁症,这几年状态才好一些,开始到处去旅游散心。

至于曲一宁跟乔璇,谁会特地告诉朋友自己爷爷的名字,她爷爷又不是什么重量级人物。

想了几秒,池笙笑了下。

一笑带过真是最好的方法,百试不灵。

等两位老爷子终于喝好吃好,四人起身往外走。

"笙笙送你回去?"杜老开口。

闫皓听曲一宁提过池笙不能开车的事,先回答道:"我已经安排好车了,马上就过来。晚上风大,您二老在里面等吧,喝了酒吹风容易头疼。"

池祺祥暗暗里扫了眼闫皓,还挺细心。

沁园门口。

闫皓柔声询问:"过段时间会新开一家网球馆,你想打网球吗?"

拒绝的话本已到嘴边,池笙转而望向身侧的沁园,那些曾经的记忆再度于脑海中闪过。

"好。"她声音很轻。

不是说好要彻底放下吗?人总要学着往前看。

送池祺祥到家门口时,池笙还是借故回了浅月湾。

她知道,爷爷心细,她担心自己藏不好这两日的情绪,会让他担心。

临近浅月湾时,池笙没让司机多绕路,自己在小区门口下了车。

走进小区,池笙拐向E栋楼,正要拉开入户玻璃门,脚步却下意识顿住,转身看向坐在路边椅子上的人。

夜色中,昏暗的路灯光芒倾洒在他肩头,孤寂又落寞,立体深邃的侧脸半隐在阴影里,辨不清情绪。

西装外套不知去了哪儿,他只穿着一件灰色衬衫,袖口挽到手肘处,黑色领带略显松垮,一手伸展开来,随意搭在凳子椅背上。

迟疑几秒后,池笙又退了回去。

"俞泂？"

夜雾笼罩，昏黄路灯透出丝丝微光，映在地面积水处，凉意跟随斑驳晃动的树影袭来。午夜一点的小区，悄无人声，偶有一只从草丛里大摇大摆出来漫步的流浪猫。

没得到任何回应，池笙只当是认错人，正要转身离开，对方却缓缓抬起头。

待看清对方长相，池笙眼里闪过一缕诧异。

刚才是看身形侧影有些像俞泂，没想到还真是他。

"你怎么在这儿？"池笙声音平仄，没有过多感情起伏。

俞泂轻飘飘地低语："喝醉了。"

答非所问，池笙一时无言以对。

熟悉的温软声音像是消失了，俞泂重新抬起头确认，染上醉意的双眸竟分外明亮。

她还在。

俞泂轻轻拍了两下身旁的位置，示意池笙过来坐。

这反常的举动让池笙不禁细细打量起俞泂，她站在原地未动，只轻声问出口："那要打给你司机，让他过来接你吗？"

"下班了。"俞泂低声轻叹，沉哑的嗓音带上诱哄口吻，手上再次重复刚才的动作。

两人一时像在无声僵持着。

俞泂收回搭在椅背上的手，也不说话，有一下没一下地摁着太阳穴，眉心紧皱，一副头痛欲裂的模样。

他喝醉以后，说话都这么奇怪的？

像个小朋友。

池笙暗自压下心中怪异的想法，拿出手机，两步走上前，坐下。

"那我给你打个车吧，地址是？"

久久未听闻声响，池笙转头看向俞泂，却没想俞泂正凝眸望着她。

距离近些，他眸中的血丝变得清晰显眼，也不知是累的还是酒精摄入过多。

池笙面色平淡地转回头，在手机里找出一个文件，里面是她给俞泂做采访前准备的资料，其中有俞家那栋山顶别墅的地址。

输完地址，池笙指尖下滑，停留在"豪华专车"的位置。

停顿两秒后,她又改变主意,替他考虑那么多干吗,能坐就行。

时间太晚,加之路程极远,很不好打车。一分一秒过去,没人接单,池笙只好重新下单。

一阵夜风吹来,池笙打了个寒战,不由自主地摩擦起双臂。

下一秒,俞洄将西装外套扔了过来,一半搭在她的腿上,一半落在椅子上。

池笙单手拎起,整理好后放回他旁边。

"不用,谢谢。"

第三次打车失败,她重新下单。

"你是不是喜欢我?"

池笙的指尖停顿在屏幕上方,注意力尽数集中在打车这件事上,恍惚间,以为自己误听了,可那道带着醉意的低喃,确实在她身侧响起过。

饶是她脾气再好,此刻也只想问他一句"你是不是有病,深夜跑来问我是不是喜欢你"。

池笙组织好辩驳的措辞,可还没说出口,肩头忽然一重。

她的目光垂落在地上那两道影子上,呼吸稍滞。

原来夜里真的很安静,静到树叶飘动的声音都会消失,所以心跳的频率也变得清晰可闻。

他好像是睡着了,耳侧传来的呼吸声虽然有些重,却很平稳。

"俞洄?"

池笙微侧过脸,略长的睫毛和高挺鼻梁近在咫尺,脸颊上泛有醉意的红,完全丢失白日里的气势。

下一秒,她直接伸手推开俞洄的脑袋,而他的身体也随着惯性靠在椅背上,头自动地后仰。

池笙动作不算轻,甚至可以说带了些泄愤的力道,俞洄却没有丝毫要醒来的迹象。

这是喝了多少?

池笙揉揉肩头,被他那么一磕,还有点疼。

丁铭的名片,早在搬家收拾东西时,被她毫不留情地扔掉了。

池笙拿过俞洄的外套,没摸到他的手机,无奈只好去他裤袋里找。

这时,一个外卖小哥恰好路过,站在原地静静盯了池笙一会儿。

池笙终于找到手机,重新坐直身子,这才发现有人正看着自己。

她神情略显尴尬，开口解释道："我们认识的，认识的。"

外卖小哥神色复杂地走了。

池笙扶额，难不成她长得像采花大盗？她又看向已经睡死过去的俞洄，再说了，这是花？

池笙仰天长叹一口气，开始琢磨要怎么把这个人弄上楼去。俞洄比她高出太多，更何况她还穿着高跟鞋，不方便。

正一筹莫展之际，暗处隐隐传来两道脚步声，路灯下慢慢出现一男一女的身影。

池笙和他们对视了几秒。

那个女生十分热心地上前询问池笙："需要帮忙吗？"

等电梯时，女生跟池笙聊天，才发现大家是上下楼邻居。

"之前有一次，我男朋友喝醉了，还好有个大姐叫她老公来帮我，不然我只能陪他在外面睡一夜了。"她边说边瞪了一眼男生。

男生一只手架着俞洄，不好意思地笑笑。

女生朝人事不省的俞洄挑挑眉，又问池笙："男朋友？吵架了？"

"不是。"池笙回答得果决且迅速，垂眸看着搭在臂弯上的西装外套，自嘲地弯起嘴角。

换作之前，看见俞洄出现在自己家附近，她肯定又会多想，不过现在不会了。

池笙重新扬起脸，粲然一笑："这是我哥，被踹了，情伤，借酒消愁。"

"啊……那还挺惨的。"女生又仔细看了眼池笙，若有所思，"你们兄妹俩……长得不太像啊。"

池笙突然开始后悔说谎了，不自然地扯扯嘴角："表哥，表哥。"

"这样哦，不过你们颜值都还挺高的。"

"谢谢。"池笙眼梢轻弯，"你也很漂亮。"

开门后，池笙只犹豫一秒钟，立即走上前把简易折叠床的沙发拉开，让邻居直接把俞洄扔在上面就好。

他睡床，那她睡什么？

他不配。

"谢谢，麻烦你们了。"

池笙本想找点什么作为答谢，比如零食水果之类的东西，却想起家里什么都还没准备好。

"不麻烦，多大点事，拜拜。"女生笑着挥挥手，拉着男友离开。

"拜拜。"

把邻居送走，池笙看也没看沙发上的俞涧，径直回卧室换衣服。

等洗漱完，她才慢悠悠地走到沙发边，蹲下仔细打量这个醉鬼。

客厅里只开着几盏壁灯，微弱光线下，俞涧的睡颜一览无余。黑发被风吹得略乱，额头上有个小小的美人尖，眉头轻蹙着，似乎很疲惫，薄唇的形状很好看。

池笙不由得想起俞涧趴在课桌上睡觉的场景，与从前相比，他如今凌厉疏离的眉眼总让人感到难以靠近。

她想起之前在医院时，跟曲一宁的对话。

曲一宁问她："假如你喜欢的人醉倒在你床上，你会怎么做？"

她是怎么回答的来着？

把他扇醒，告诉他，我有多喜欢他。

池笙唇边漾起浅浅弧度，伸出手，在俞涧脸颊上轻拍了两下。四舍五入，也算是打过了，没必要叫醒，反正她也不打算喜欢他了。

回到卧室，池笙找出一床薄被，凑近轻嗅，有点衣柜里不好闻的味道。犹豫片刻后，她还是转身拿起床上的被子，回到客厅，给俞涧盖上。

这一夜，池笙睡得出奇好，一夜无梦，直至天际逐渐放亮，她也没有要醒来的征兆。

迷迷糊糊听见水流声，池笙烦躁地哼哼几声，双手捂上耳朵埋进被子里。

可潜意识里总有什么在提醒她，没一会儿，她还是翻身下了床。

"啪嗒！"

反锁的门芯被转动，拧开。

池笙前脚迈出卧室，对面洗手间的门后一秒便打开，湿热的气流霎时从洗手间飘散出来。

很明显，俞涧刚冲完澡，换了件白衬衣。

白衣黑裤，越发显得肩宽腿长，骨节分明的手指搭在衬衣扣子的位置，由下至上刚扣上两颗，整齐的腹肌明晃晃地映入池笙眼中。

池笙悄无声息地挪开眼。

这突如其来的面对面，让俞泂也愣了两秒，他没想到池笙会正巧出来，迅速扣好余下的衣扣。

几十秒后，两人视线再次相触。

俞泂率先开口，声线沉稳："我赶时间，借用了一下你的浴室。"

"没关系。"池笙刻意不去看他，抿起嘴角，"毛巾洗漱用品，我都放在柜子上了。"

"嗯，有看见。"俞泂的视线依旧停留在池笙脸上。

"对了，吹风机在柜子里。"

池笙径直踏进洗手间，然而里面热气还未完全消散，熟悉的青苹果沐浴露味道瞬间将她包裹，耳根开始不受控制地发烫，她顺手将别在耳后的头发胡乱放下来，快速拿出吹风机。

吹风机的噪声在身后响起，警报解除。

池笙的手背贴向脸颊感受温度，长舒一口气。

她拿上杯子去接水，转眼瞧见沙发上有两个手提袋，应该是俞泂叫人送来的衣服。

竟然都没听见门的声响，她睡得有这么沉吗？

很快，俞泂从洗手间走出来，见她站着不动，侧过头问："怎么不吃早餐？"

池笙这才注意到餐桌上摆得满满当当的食物，这是不是……太多了点？

俞泂走到沙发边，翻找手提袋里的东西。

"你不吃吗？"池笙客气一问。

俞泂扫了一眼腕表，摇头："来不及了。"

他翻起衣领，准备打领带。

"昨晚我喝醉，有说什么吗？"他眸色幽深，边扣领带边静静地凝视池笙。

池笙正在拆包装盒的动作一顿，却没抬眼看他。

原来他是喝醉忘话体质啊，还好她不停提醒自己，别假设那些没可能的事。

"你说你是个王八蛋。"池笙极小声地嘟囔一句。

"什么？"俞泂一点也没听清。

"没说什么，你说你喝醉了，就睡着了，我只好把你……"池笙手指

向沙发,"不过,你昨晚怎么会在这里?"

俞洄收回视线,眼神稍暗。

不老实,这个人又不说实话。

可随即,他的神色恢复一派清明。

"我在这边有房子,但钥匙不知道扔哪儿去了。"

俞洄朝墙边的全身镜走去,将打到一半的领带转向上推到合适位置。他打领带的动作很是赏心悦目,可池笙的关注点并不在此,她只是在尝试洞悉他脸上任何一个细微的变化。

他的反应很快,倒不像是在说谎,仔细一想,他这番说辞也没什么问题。

池笙转身坐下,瞧见这一桌早餐,忽然明白,这是住宿费的意思对吧。

她咬下一口灌汤包,浓香汤汁在口中爆溢而出,是十分熟悉的味道。

"苏记的?"池笙的声音中满是诧异,这大清早的,怎么还是从一中买来的早餐。

俞洄的声音里带上邀功般的愉悦:"嗯,好吃吗?"

池笙压下心中升起的复杂情绪,没再多问,轻轻点头,继续吃起来。

俞洄收拾得差不多,见池笙吃得认真,一时无言。

"我先走了。"说完,他开门离去。

池笙有些无语,他是怎么做到如此自来熟的?自始至终连一个谢谢都没有?

算了,好歹有吃的,不亏。

吃完早餐,她才发现沙发上那两个手提袋,俞洄没拿走。

回到卧室,池笙拿起手机,给俞洄发了条微信:你衣服忘带走了,记得找人来拿。

池笙笑着摇了摇头,之前死活不肯主动发消息,这不是挺简单一件事吗?

果然,心态放平后,做什么事都不难,她顺手将俞洄的备注改了回来。

出门时,俞洄特地抬眸扫了一眼门牌号,随后径直朝电梯走去。

小区外的丁铭见俞洄迈着长腿大步走来,急忙把手里的豆浆喝完,扔进垃圾桶。

上车后,俞洄看着车窗外放晴的天色,朝阳待升,生机勃勃。

说实话，他有些理不清此刻的情绪。

不过这些年，他不一直是这样吗？一边说"谁稀罕啊"，一边又偷偷不死心。

当他看见池笙在玻璃车窗上画出"YH"两个字母时，说是狂喜也不为过。

她喜欢他，对吧？

这次不是他的错觉，对吧？

那天，他在池笙家楼下吹了一夜冷风，也想了一夜。但兴奋劲儿缓过来以后，他发现自己是真的怕了，那种自尊心被践踏的感觉太难受。

当初看见她和班长在一起，他逃走选择视而不见三年。后来又听说她单身，他在想，那这次该到他了吧？可在大雨里看见她跟别人离开的那一幕，他不知道是该怪自己来晚了，还是他和她真的有缘无分。

他从没喜欢过谁，只有喜欢他的，没有他喜欢的。唯独喜欢池笙，而她每次的选择都不是他。

他心里似乎也早已笃定，池笙的选择永远都不会是他。

一边释放喜欢他的信号，一边又和别人在一起，她可真坏。

奈何他也始终放不下。

他至今也不明白，对池笙的那种惦念究竟源于何处，他一直以为，要他做她池塘里的其中一条鱼，不可能。

他俞洄，绝不会做谁退而求其次的选择。

可昨晚，他不确定了。

原本他是在沁园应酬，正想离席之际，他却透过窗户，看见池笙跟那个相亲男来来往往送了许多长辈，两人有说有笑，这是和好了？再顺便见个家长？

怒火还来不及在心中燃烧，他脑中便开始止不住地幻想，池笙筹备婚礼的模样，穿婚纱的模样，有了宝宝，初为人母的模样……

而她身边那个男人，全然不是他。

分明是夏日，他却瞬间犹如遁入冰窖一般，铺天盖地的窒息感将他紧紧笼罩住。

他接受不了这种可能性，于是开始用酒精麻痹自己，接下来饭桌上的酒，他没再拒绝，通通咽入喉中。

直至后半场，他自己都清楚，他很醉了。

司机问，送他回哪里时，他鬼使神差地说了句："浅月湾。"

面对池笙，他想说的分明是"我喜欢你"，可为何说出口的却变成了"你是不是喜欢我"。

俞洇暗自哂笑，他什么时候才能放下这该死的自尊心。

那就耗着吧，他陪她耗一辈子，困其一生他也认了。

跟别人结婚？想都不要想。

"查一下，把E栋19-2买下来。"说完，俞洇眼梢微扬，心情明显不错。

丁铭脸色僵滞一瞬，他这个老板真是想一出是一出啊，每天扔给他一个小难题。

行吧，反正不是花他的钱。

"发布会的媒体请了哪些？"

俞洇的手指在大腿上有规律地敲着。

丁铭立即拿出公文包里的平板电脑，找到相应文档，递给俞洇。

浏览过后，俞洇眉心微蹙，明显不悦："为什么没有《财新时刊》？"

丁铭很为难："之前……是您特地指明不邀请这家杂志社的记者。"

俞洇把平板电脑扔回给丁铭。

"现在联系。"

（2）

俞盛集团，海城分公司。

会议室里，俞文荣那张五十岁开外的脸就快笑出三十出头的状态，得意之情溢于言表。

他没想到争了这么久，临到头，俞洇竟然会放手。

这次俞盛的峪景湾项目发布会，用的依旧是他的人。

这个项目，目前俞洇似乎也无意插手太深，之前那些动作倒像是在放狠话而已，他是真琢磨不透这个侄子的想法。

俞文荣得了便宜，却不知道卖乖，四处嚷嚷着俞洇还是太嫩，玩不过他。

丁铭来打小报告时，俞洇丝毫没放在心上，他现在关注的重点不在这里，望着落地窗外湛蓝澄净的天空，心情似乎也变得不错。

"老板，池记者那边安排好了，全部是正常流程，跟其他记者一样，不会显得很特别，只有房间进行了特别安排。"

丁铭看向眼神柔和的俞洄,这是好日子要来的预兆吧?

俞洄点头,池笙不喜欢搞特殊,这样最好。

"在哪个房间?"

"3909。"

"嗯,攻略我收到了。"池笙拎着电脑包,腾不出手开房门,"知道,挂了。"

"嘀——"房卡开锁声响起。

池笙放下东西,甩了甩酸胀的手臂,一转身,落地窗外蔚蓝的海景尽收眼底。

池笙趴在玻璃阳台上,望着大海发了一会儿呆,又走到窗边的桌椅上,打开电脑,继续工作。

早晨,她正要出门去超市,却收到临时出差的通知。

这还是她第一次遇见发布会前一天发采访邀请函的情况,不愧是俞洄的员工,跟他做事一个样,出其不意,现在她又得加班赶点。

不过酒店说因为满房,只剩这间豪华海景房,这升级后的房间,让她恍惚以为是来度假的。

曲一宁知道她突然来海城出差,特地发来一份攻略,让她必须照着上面去吃,绝对很赞。

池笙心想,曲一宁大概是忘记她没了胆这件事,小半年内不能吃太油腻的东西。

几个小时后,等紫外线不再那么强烈,池笙换了身浅色无袖连衣裙,随手拿上一个奶油色渔夫帽,准备出门。

走到门边,却突然响起"咚咚"的敲门声。

池笙正纳闷谁会来敲她的门,开门看清来人,她脸上笑意一点点敛去。

他怎么又出现了?

池笙上下打量着俞洄,这两个月来,她还是头次见俞洄穿得稍微休闲一些,不再是一身正装,他穿着淡卡其色衬衣配深灰西装裤,一双德训鞋,简约随性。

池笙下意识低头看向自己的装扮,要不要这么巧,同一个色系?

"一起吃晚饭?"俞洄低沉磁性的嗓音响起。

池笙抬眼,目光淡淡:"我不准备在酒店吃,出去有事。"

她几乎是本能地找理由拒绝。

不知为何,她现在不太想跟俞洄待在一块。

俞洄直视着池笙,一眼看穿她心中所想。

"我也没打算在酒店吃。"

见她还想找借口,酸涩感逐渐漫上心头,俞洄深吸一口气后,语气还算和缓:"那次不是说了,改天一起吃晚饭。"

池笙心里越发烦乱,想到那天确实是她麻烦他,她也确实同意改天一起吃饭,认命地没再多说,关上房门。

出酒店后,两人上了一辆出租车。

池笙开始对曲一宁给的攻略做排除法,时不时会发微信问问曲一宁,姐妹俩一聊就停不下来。

俞洄侧目,瞧见池笙快笑成一朵花的小脸,胸口堵着一口气出不来。

怎么不见她对他笑成这样?这是跟谁聊,聊得这么开心。

"车上别玩手机,不怕晕车?"俞洄淡声提醒。

池笙缓缓眨眼,认真道:"我不晕车啊。"

曲一宁又发来一条语音:"我跟你说吧,我老板他就是癞蛤蟆插鸡毛——不是好鸟。"

俞洄眉梢轻挑,原来是女生啊,那没事了。

整个清单排除下来,基本没有什么池笙能吃且想吃的东西。最后,近两公里的车程,只为了去吃一家专门做粉的百年老店,店铺很小,人却很多,需要等位。

池笙冷不丁说了一句:"你还吃得惯这些东西吗?"

如果听不出她话里的揶揄讽刺,那他是真笨。俞洄没搭理池笙,转移话题:"衣服等我回北都再去拿。"

他不提这件事还好,提起来,池笙心中莫名生出一股怒火:"你们那儿回一条消息要判几年啊?"

俞洄明显对池笙这个问题摸不着头脑,疑惑地皱着眉问:"什么?"

"听不懂算了。"池笙撇撇嘴,对牛弹琴。

正巧排到他们,俞洄上前点餐。

点完后,俞洄多问一句:"这里面有姜吗?有的话别放。"

池笙一愣,朝俞洄的侧影望去,没想到他还记得她不喜欢吃姜。

那次,班里去春游,一个同学带了家里做的包子,她没想到里面有姜,脸皮薄又不好意思浪费，俞泂注意到她的窘况，低声问她怎么了。

她告知缘由后，俞泂直接伸手拿过，三两口帮她解决掉。

俞泂已经端着餐盘走来，池笙敛去眸中情绪，道谢后埋头吃粉。

她原本的计划是准备去逛一逛夜市，但俞泂跟着，哪还有心情，于是又坐车返回酒店。一路上，两人相顾无言。

"你先回去吧，我想去海边走一走。"下了出租车后，池笙语气淡淡。

碰巧，俞泂的手机响起。他看了池笙一眼，示意她在这儿等着别动，接着他才转过身，走到一边去接电话。

池笙轻哼，要他管，转眼望向远处的礁石，怔怔出神。

等俞泂打完电话，哪里还有池笙的影子，他四处张望，却丝毫不见她人影。

难不成是先回去了？

他快速拨出池笙的号码，眼睛也不闲着，四处搜寻，看哪里有人在接电话。

片刻后，俞泂扫见一道站在礁石上的身影。

夜幕下的大海，隐约透着危险气息，海浪滚滚拍打在礁石上，像是要将她吞没一般。

他心下一紧，随即挂断电话，朝池笙的方向大步走去。

池笙正举着手机拍照，冷不丁听见一道熟悉的男声，正在大声唤她的名字。

她转头看见俞泂正淌着海水而来，海水逐渐没过他的膝盖，他却无心顾及，快步向前，上了礁石，脸上带着怒意。

"你跑这边来干什么？礁石上这么滑，是想再进医院？"

听着俞泂的念叨声，池笙心中的烦躁终是忍不住要冲过关卡。

他很闲吗？不是一个月都没了音讯，现在又频频出现在她面前做什么？

"我就是上来拍张照，你不用说得我像要轻生一样。"

俞泂深吸两口气，行，她现在这嘴也是真厉害。

"你等海水涨上来，看看一会儿你还回得去吗？"俞泂压着火气，尽量让他的声音听起来还能跟温柔沾边。

俞泂："过来。"

"我自己能走。"池笙打开手机手电筒，准备往回走。

"过来。"俞泂又重复一遍,朝池笙伸手。

池笙倔强地不肯搭上他的手,反而准备拐向另一条路线。

当踏上一个距离稍远的石头时,她脚下一滑,想象中的疼痛感却并未袭来,而是撞进一个结实的胸膛,是俞泂及时靠近,将她揽进怀里。

可当池笙抬头看清俞泂的表情时,她却气不打一处来。他那张脸,仿佛在说:你看吧,我就说你会滑倒。

但最终,池笙也没再挣开俞泂的手,直至脚踩在沙滩上后,她才甩开俞泂。

俞泂像是一拳头打在棉花上,有力没处使。

她今天怎么了,像个暴躁小辣椒。

俞泂刚想说话,池笙出言堵住他的嘴:"我本来可以平平稳稳下来,是你多事。"

"那刚才差点要摔倒的是谁?是我?"俞泂被她这狗咬吕洞宾的态度气得胸口起伏不停。

"你这是强词夺理!就是因为你。"池笙拽紧挎包带子,迈开步子朝酒店走去。

俞泂发挥长腿优势,几步跟上:"承认吧,不是我上去接你,你指定摔下来了。"

"呵呵,得了吧你……"

两人就这个问题争辩了一路,快进酒店时,池笙不着痕迹地拉开两人本就不算近的距离。她的步速忽然再度加快,如同被风卷走一般,俞泂无奈只好加速跟上她。

"你跑什么?"

进了电梯,池笙猛按关门键,可俞泂来得刚刚好,手臂一挡,电梯门再度打开。

电梯缓缓上升,俞泂紧紧盯着池笙,势必要个答案。

"我怕别人误会。"池笙轻飘飘开口。

俞盛因这两日的发布会活动,几乎包下整个酒店,听闻此言,他的思维开始发散。

怕人误会?怕谁误会?

俞泂看着神情淡漠的池笙,纳闷她到底是怎么了,早上不还好好的。

骤然间,他脑海里冒出那个相亲男的面孔。

想也没想,他直接问出口:"你是不是要结婚了?"

池笙吃惊地看向俞洄,音量陡然升高:"你说我要什么?"

俞洄神色微怔,没想到自己情急之下,竟将心中所想说了出来。

"那天在沁园,我看见你跟那个相亲男在一起送长辈。"

俞洄薄唇紧抿,脸部线条冷硬,脸上就差没写四个大字"我不高兴"。

"什么相亲男?"池笙听得一头雾水。

沁园?

啊,闫皓啊……

忽然间,池笙笑意难忍,她真想扒开俞洄的脑袋,看看他的脑回路到底是什么构造。他的脑补能力一般人可真是难以匹及,不去写剧本都屈才了。

"我爷爷那天回北都,他朋友给他接风,然后……"话没说完,池笙又察觉到不对劲,自己有必要跟他解释吗?

俞洄悄悄瞄了一眼池笙,追问道:"然后呢?"

"什么然后呢?"池笙不再掩饰眼中那几分明晃晃的狡黠,嘴角上扬,"你放心,我结婚的话,一定会给你送请柬,记得包个大红包,毕竟我们也做了两年的同桌。"

说完,她立马走出去,留给俞洄一个干脆利落的背影。

电梯门缓缓合拢,狭小的空间里响起一声轻哼,隐带笑意。

"送个屁,我跟你一起写还差不多。"

池笙还未走到房间门口,包里的手机响起信息提示音。

前房东发来几条短信,字里行间全是想和解的意思,池笙点了几下,将此号码拉黑,转而又打开微信,收到俞洄发来的海洋公园电子券。

池笙愣了好一会儿,他是她肚子里的蛔虫吗?她正准备明天发布会结束以后去海洋馆来着。

查完票价,池笙直接给俞洄转账过去:收一下。

因原本要开的会议被延后,俞洄直接去了酒店行政会议室,一群属下正等着他,见他进门,一个个立刻坐得板板正正。

俞洄把椅子转正,坐下,淡声开口:"开始。"

会议桌下,看见池笙发来的消息,俞洄火气噌噌上涨,他缺她那点钱?

一圈人望见俞洄的脸色,心里都提着一口气。

刚刚瞧着不还挺高兴，现在怎么又变脸了？

峪景湾作为俞盛的顶级项目，投入了大量的时间和金钱，又因一直在环保方面存在争议，向来是众多媒体争相关注的热点，这次也邀请了不少媒体。

宽阔的会场里人声嘈杂，池笙在工作人员的指引下找到自己的位置，开始提前做准备。

没过一会儿，身着黑色西装的主持人出现，周围的声音渐消。

池笙望向灯光聚集的主席台，沉思默想，这是俞洄第一次公开露面吧？

随着主持人的声音响起，内场大门缓缓打开，可出现的几位俞盛高层中却唯独没有俞洄的身影。

池笙下意识四处张望，却又反应过来，她这个动作实属没必要。

他既然没出现在台上，也不会出现在其他地方。

殊不知，此刻，俞洄正站在会场的高空玻璃露台上望着她纤瘦的身影，见她四下寻找，不由得弯起嘴角。

"呆笙"肯定是在找他。

"浅月湾那边处理好了吗？"心情不错，俞洄的声音都变得柔和几分。

电话那头的丁铭就快哭出声，他真是分身乏术。丁铭知道，他老板从不是个好伺候的人，但没想到如此折磨人，突然让他去买别人的房子也就算了，还只给他三天时间，要把房内的一切通通准备好，大到电器、床、座椅，小到厨具等，甚至连风格都有要求，等全部布置好，他人都快累没了。

"老板，就等您拎包入住了。"

发布会时长两个小时，结束后，池笙在酒店随便吃点东西填饱肚子，赶着时间去海洋公园。

海城是旅游城市，中午时分的游客也并不少，池笙排了好一会儿才进馆。

一秒踏入克莱因蓝的世界里，似乎有种让人瞬间沉迷其中的魔法，那些烦躁与意乱悄然消失不见。

在这里，大海像是被装进一个又一个的玻璃瓶，再扔进海底深处，以至于在其间穿行的人影，无一不显得幽暗又深邃。

她去过不少海洋公园，最喜欢看的不是白鲸，而是水母。

水母没有心脏、大脑、血液和骨骼，游弋舒张间犹如深海昙花，望着它们共同朝一个方向移动，好像她也会随之被放空，脑袋空空，什么也不想，没有烦恼的感觉，很舒服。

"你来过吗？"

一道熟悉的低沉男声在身旁响起。

池笙心底并无诧异，只不过那些浅浅燥意又像燎原之星，因他的出现，缓缓复燃。

再治愈的事物，似乎也总能一秒间轻而易举地"致郁"。

"没有。"池笙淡声应答。

那些在青春期里不止一次冒出过的念头，此刻像是跟随着水母跃进她心里。

以为俞洄也喜欢她时，她幻想过，跟他在海洋馆里接吻的画面，而鲸鲨是他们的见证人。

池笙下意识仰头，俞洄线条分明的轮廓映入眼中，她的视线从他深邃的眉骨下移到高挺鼻梁，再到薄削的嘴唇。

俞洄似是察觉到，缓缓转过脸，可光线极暗，池笙眼底如同蕴着一层薄雾，让他无法分辨她眸中情绪。

渔夫帽随池笙抬头的动作滑落，俞洄本能地想伸手去抓住，朝着池笙迈了一步。

时间不知被谁偷偷放缓一刻。

随着那张俊脸的靠近，池笙的瞳孔慢慢放大，他温热的气息若有似无地拂过脸颊，再到耳侧，酥酥麻麻还有些痒，她下意识地微耸起肩。

俞洄的注意力全在那顶奶白色渔夫帽上，拿到后，重新站直身。

怦怦作响的心跳只会泄露不安，池笙垂下眼睫，从俞洄手中拿过帽子，谢谢也来不及说，转身走向下一个馆。

俞洄刚要提步跟上，冷不防被人叫住。

"您好。"男子手里拿着一个单反，对俞洄笑笑，"刚刚我在拍照片，看见你和你女朋友的背影很有感觉，不好意思，就拍了两张，要发给你吗？"

男子顺势将单反递给俞洄。

俞洄本不悦被拖住脚步，可听见"你女朋友"四个字，心情没来由地变好。

他接过单反，简单看了几眼，方才那几帧画面都被记录下来。

他站在她身旁，再到转头对视，他去拾那顶帽子时，错位的一瞬间，两个人的暗影竟像是在接吻一般。

跟摄影师快速留了联系方式，俞洄大步离开去找池笙。

等他稍后赶到时，池笙已然调整好了乱频的心跳，并且对身后那道亦步亦趋的身影已经不以为奇。

他大抵是又来了兴致吧，逗她好玩，几天后，又会无踪无影。

如果她抗拒得太强烈，以他的性子，只会更来劲。相反，顺着他，过几日或许他就觉得没意思了。

一个半小时后，两人走出海洋公园，咸湿气息立刻随空气翻涌而来。

池笙柔声开口："你要回北都还是？"

"我这边还有点事，你不多玩两天？"俞洄要在海城多待一天，处理工作上的事。

"不了，我也要上班。"

"我叫了车来送你。"俞洄指向路边等候多时的车。

池笙没有拒绝，点头微笑："好。"

她难得地没再说谢谢。

俞洄隐隐升起怪异的感觉，他原本已经做好池笙要拒绝的准备，谁想她竟然爽快答应了。

直至天色微暗，池笙才回到浅月湾。

换鞋时，扫见鞋柜上的便笺，她长叹一声，通身疲惫，哪还有精力再去超市，洗完澡直直倒进床上睡觉。

再醒来已是午夜两点，池笙下意识去摸枕边的手机，半眯着眼适应了亮光后，她发现微信上多了两个人发来的消息。

闫皓：我朋友给我带了很多车厘子，你在家吗？我顺路拿点给你。

俞洄：路人拍的。

池笙点开小图，一张张浏览，眼神却无太大波动。

她没存图，也没回俞洄的消息，点开闫皓的对话框。

池笙：不用了，我出差还没回来。

将手机放到一旁，池笙翻身下床，在客厅里找到眼镜，打开笔记本电脑，开始工作。

（3）

清晨，北都机场。

VIP通道里走出一个西装革履的男人，身量极高，步子快而不乱，周身散发着矜贵的冷感。

"俞总，都安排好了。"丁铭大步迎上，心里不禁怀疑，那么小的房子，老板真住得下去吗？

"明天我不去俞盛。"

俞洄打算休息两天，之前一直是硬扛，现在才发现是真累，目前首要的是搞好邻里关系，俞盛少了他又不是转不动。

"不过你不能休息。"

丁铭欲哭无泪，想挽救一下："老板，你要是想追人的话，去看看电影啊，吃个很有意境的晚餐啊……"

"需要你教我？"俞洄一个冷峻的眼神扫过去。

丁铭立刻闭嘴，自己多这个嘴干吗。

司机把俞洄送到浅月湾，俞洄慢悠悠往小区里走，在心里盘算着要怎么让池笙不经意地发现他是她邻居这件事。

电梯在十九层停下，俞洄还没走到家门口，池笙家的门突然从里打开，一个身着运动装的男人从屋里走出来。

池笙温软的声音继而响起："谢谢，麻烦你了。"

男人笑道："没事，周日我给你发消息，那个新开的网球场离这边也不算远。"

"好。"池笙话音里带着柔柔笑意。

俞洄冷哼一声，嘴角勾勒出一道似笑非笑的弧度，径直走过去，出声打断两人的谈话。

"我来拿那天落下的衬衣……"俞洄的目光淡淡扫向那个男人，眼底浮现一丝冷诮，转而又望向池笙，低沉嗓音温柔又暧昧，"还有裤子。"

闫皓笑容顿时一僵，开始上下打量俞洄。

两道高大挺拔的身影似乎让过道也变得狭仄，也越发显得池笙身材娇小。

池笙身边什么时候有这号人物的？

闫皓在脑中仔细回想，他认识池笙的时间也不算短，可从没见过这个男人,也没听曲一宁和乔璇提过。

不等池笙反应,俞洄双手插袋,直接越过两人,轻车熟路地走进屋内,俨然一副男主人的模样,高声说道:"我的袖扣放在浴室里,你没给我扔了吧?"

面对这戏剧化的一幕,池笙终于缓缓回神,朝闫皓尴尬地笑了下。

俞洄刻意做作的声音再度传来:"给我藏哪儿去了?我怎么找不到……"

池笙握紧了门锁把手,不再给俞洄胡言乱语的机会,对闫皓抱歉地点点头,快速关上门。

在玄关进行几轮深呼吸后,池笙转身走进客厅。

俞洄双手交叉环抱于胸前,坐在沙发上跷着二郎腿,哪里还有刚才装出来的得意扬扬,不高兴全写在脸上,一副要提审她的架势。

池笙窝着气,懒得搭理他,走向卧室,去拿那两个手提袋。

她甚至没办法质问他,因为方才他说的话,在字面上没有一点问题,和他争辩起来,吵一个小时也不会出结果。

"拿走。"

池笙把手提袋扔给俞洄,淡声道:"你袖扣长什么样,我怎么没看见?"

俞洄扬了下眉梢,弯起嘴角,笑得一脸无赖,与年少时的那股子痞劲儿别无二致。

"是我记错了。"

他抬起手在池笙眼前一晃,精致特别的陀飞轮造型袖扣出现在两人视线中。

真是……连掩饰都不带掩饰。

池笙吐出一口郁气,没了耐心:"出去。"

俞洄置若罔闻,伸手拿起桌上的车厘子就要送进嘴里。

"没洗。"池笙及时出口阻止,语气极为无奈。

见她语调稍软,俞洄更是欣然自得,假如身后有尾巴,那大概是会摇断的程度。

"我给你洗。"

厨房里,水声不停。

俞洄边洗车厘子,边想起那个相亲男,长相跟班长差不多是一个类型,她是不是就喜欢这种瞧着阳光开朗的?

怎么,他看起来就不阳光开朗了?

他比他们帅多了好吗?

池笙踏进厨房,拉开冰箱,准备拿出一瓶可乐,扫见俞泂手上的劲道,不由得出声提醒:"你要顺便手动榨个汁?"

俞泂动作一顿,收回发散得无边无际的思维,关上水龙头。

"怎么没看见你那些金鱼?"

他靠坐在厨柜上,顺手拿一颗车厘子塞进嘴里,手背与指骨上还挂着晶莹剔透的水珠。

"还挺甜,哪儿买的?"

"别人送的。"池笙关上冰箱门,眼尾目光瞟向俞泂。

俞泂眼角连带着嘴角一耷拉,肯定是那个相亲男送的。

"它们在我爷爷家,之前的鱼缸比较大,放这个房子里有点挤,得重新买。"

池笙抽了几张纸递给他。

等俞泂擦干手,将纸扔进垃圾桶,池笙朝门口方向扬起下巴。

俞泂注视池笙两秒,很好,撵他走,走就走。

路过玄关时,俞泂扫见那张便笺,弯腰凑近一瞧,细细思索几秒后,出了门。

没走两步,俞泂快速输入密码,电子锁立刻被打开,进去后,又轻轻关好门。

怎么回自己家还跟做贼似的,俞泂踢了一脚门边的垃圾桶泻火。

打开灯,俞泂扯松领带,环视一圈。

房子面积不大,有一个工作台在阳台落地门边,厨房旁是一个小吧台,还有两幅装饰画,黑白色调中带点活泼。

俞泂撇撇嘴,一脸嫌弃,这房子真小。

躺进沙发里,俞泂双腿交叠搭在沙发扶手上,一派懒散模样,拿出手机,给丁铭发了条语音:"以后每周给我买两箱最好的车厘子送到浅月湾,不甜就扣你工资。还有,北都哪儿新开了网球馆?"

想想就来气,她怎么也不好奇他住哪栋,问都不问。

行,那抽时间给她来个惊喜。

俞泂退出微信,打开地图,开始查周围哪个超市的距离最近。

傍晚时刻，天空被夕阳笼罩，有种独有的静谧氛围。

池笙换了件原色提花小衫，浅驼色亚麻裤，随便背上一个旅游时在书店买的周边帆布袋，穿的还是那双勃肯鞋。

十几分钟左右，她便到了商场。

晚上六七点，是超市客流量的巅峰期。超市里各处的小喇叭也都在辛勤工作，大喊着商品的折扣力度。

池笙照着便笺上的内容穿梭于货架之间。

不知什么时候起，她的记性总是会间接性很差，偶尔反应也会很迟缓，曲一宁说她越来越像树懒，所以她时常会把需要的东西或者某些事项记录下来，以免忘记。

消息声响起，池笙一手握住购物车的扶手，一手拿出手机，是陶雪，急着问一些工作上的问题。

池笙停下脚步，点开文件，顺便把购物车往边上带。没想到购物车骤然传来一点阻力，池笙抬起头，这才发现左前方有人。

"对不起，没有撞到你吧？"池笙歉意地看向对方。

"你眼瞎啊！"被撞到的女生口气不善，皱了皱眉心。

女生旁边的男人听见动静，立马关心地问："宝宝，怎么了？"

"这人不知道是故意的还是眼瞎，撞到我了。"女生说着，还不忘瞪一眼池笙。

男人看向池笙，同样面带不善。

池笙刚要开口，一道高大身形在她身侧投下一片阴影。

"怎么了？"

俞泂微弯下身，贴向池笙耳侧，一手穿过她腰间，准确握上推车扶手，将她圈进怀里。

他低缓嗓音温柔得似乎能掐出水，与前几个小时那种刻意感完全不同，连池笙都有些不习惯。他就像是刚才走到另一个货架去拿东西的男朋友，回来却看见女朋友被欺负了，不过他先考虑的不是处理问题，而是安抚女友。

那阵清淡须后水的味道正紧紧包围着她，池笙抿着唇，心跳已经彻底失了章法，她甚至不敢侧过头看俞泂。

调整好呼吸，池笙转而看向那个女生，开口说道："是我先不小心撞到她，但我也第一时间道歉了。"

"搞笑，你撞到人，说声对不起就完了？"对方还是不依不饶。

"那不然呢？"俞泂站直身，反驳得理直气壮。他身着日常装，气势虽淡去几分，但眉宇间的戾气依旧浓重，张扬狂傲的态度更是隐隐透出迫人气势。

在别人看不见的角度，池笙悄悄扯了扯他的衣摆。

她本也认为对方没素质，没想给好脸色，可俞泂这脾气一上来，要真犯浑，一会儿她拉不住架。

俞泂眼尾瞟见这个小动作，一瞬间像是有个灭火器，把他心中升起来的焰火灭了个干净。曾几何时，池笙总喜欢做这个小动作，而他，也非常吃她这一套。

俞泂收回视线，从裤袋里掏出手机，嘴边噙着一抹嘲讽笑意："这样吧，我给你打个120，带你去医院做个全身体检。"

旁边两个结伴的高中生没忍住笑出声，其中有一个看不下去，出声支援："人家都跟你说了对不起，而且你们是对着走的，分明也有你自己的原因，说别人眼瞎，那你是不是也……"

有些话，不用点透。

见寡不敌众，那男人边哄边拉走自己女友："宝宝不气，我给你买好吃的……"

池笙朝那两个学生道谢。

"不客气，我本来说的就是实话。"刚刚开口的那个高中生竖起大拇指，接着说，"你男朋友真帅。"

另一个高中生笑道："姐姐你也好看。"

池笙正要解释，俞泂出声打断，还把黑色T恤衣摆拉起来给她看："看看，都扯皱了。"

池笙真想把这一幕拍下来，然后公之于众，让俞盛的员工看看他们俞总有多幼稚。

她往边上挪了两步，拉开与俞泂之间的距离，继续把对话框里的消息编辑完。可俞泂活像牛皮糖，走到她旁边，还想悄悄瞄一眼屏幕，却什么也看不见。

他盯着池笙，一副教训小孩的口吻："走路别玩手机，多大的人了，这都不知道。"

池笙气得牙痒痒，她现在忙着回消息，没精力跟他斗嘴，索性随便解释一句："没玩手机，就是帮同事一个小忙。"

俞洇脸色稍缓，骨节分明的手随意搭在购物车扶手上，仍旧站在一旁等她。

自上而下的角度望去，池笙睫毛不算浓密，却很长，在白净的肌肤上投下一小片扇形阴影，挺秀的鼻梁小巧可爱，鬓边头发被她别在耳后，脸颊带着耳尖都透着粉。

呆笙怎么如此可爱。

他忍不住想揉一揉她的脑袋。

那会儿，他虽然看见那张购物清单，却不想在听见她出门的动静后再跟着她来超市，那和跟踪狂有什么区别？从小接受的教育不允许他做这种事，所以他只是打算来碰碰运气，没想到真能碰见。

一分钟后，池笙收起手机，和俞洇对视几秒，推上自己的购物车往前走。

"这么巧。"俞洇先开口，他迈开长腿，两人齐步往前走。

池笙没说话，只是浅浅弯起嘴角。

俞洇打量一眼购物车里的东西，不多但也不少，全是速食食品。

"你平时就吃这些？"他的话音里多少带上几分嫌弃。

"也点外卖。"池笙继续往购物车里放进两包真空牛肉粉。

"真没营养。"俞洇仔细观察着她的神情，又问，"你什么时候去买鱼缸？"

"周六吧。"池笙下意识回答，随即打量他一眼，"干吗？"

"快到茵茵生日，我想给她买个小动物。"

池笙神情认真，思索一番后才说："乌龟或者鹦鹉吧，有个品种叫牡丹鹦鹉，肉肉的很可爱。"

很多人养鱼是三分钟热度，并且兰寿不好养，又是小朋友，别互相折磨了。

"行，你带我去。"

俞洇拿过池笙的购物车，不让她继续放那些半成品。

池笙对他这个指使的口气感到不爽，微微皱眉，声音也带了点恼意："你要买什么，叫你助理去买不就行了？"

"自己买的才有诚意。"

俞洄稍稍倾身，脸朝池笙靠近，两人的距离再次拉近。

因为身高问题，池笙迫不得已仰头望向他。

在超市的明亮灯光下，池笙那双眸子格外澄澈乌亮，而其中的倒影有且仅有他。

俞洄心情没来由地欢喜，薄唇轻弯，打趣道："小孩就能糊弄？"

见他笑得阳光坦然，池笙微愣两秒，随后又轻哼一声。好笑，他俞洄什么时候是这种好人了？

"再说吧。"

见东西拿得差不多，池笙把购物车重新握回手里，朝收银台走去。

俞洄像是一条甩不掉的尾巴，跟在她后面结账。

他买了不少气泡水和酒。

结完账，俞洄几步上前，从池笙手心抽走购物袋，两人的手部肌肤不可避免地接触到，一凉一热，犹如过电一般。

"免费劳动力，不用白不用。"俞洄头也不回地往前走。

池笙望着那道修长挺拔的背影，无奈叹气。

一路上，谁也没说话，两人一前一后进了小区。

手机铃声响起，池笙下意识去摸口袋，却听见俞洄不耐烦的声音响起："什么事？"

十几秒后，俞洄的步速明显慢下来。

两人走到同一水平线，池笙侧头望去，他刚才的嬉皮笑脸已全然消失，神情重新染上戾气，脸色愈加阴沉，手背青筋也越发明显。

池笙想从他手里拿回购物袋，先行离开。

俞洄转头看她，眼中略带疑惑跟询问。

池笙指了指自己，又指向 E 栋楼。

俞洄没放手，选择边听电话边往前走。

池笙撇撇嘴，真倔。

俞洄直接把她送到了家门口，还示意她开门。

难不成还要进屋打电话？池笙有些犹豫，俞洄却用口型说："开门。"

池笙只能打开门，俞洄把购物袋放到玄关柜上，接着走到过道的窗边继续听电话。

池笙关门前，听见一句："五分钟后，召集所有相关人员，先开线上紧急会议。"

进屋后，池笙将购物袋里的东西一一归类放好，顺手拿一袋草莓欧包放到茶几上，窝进沙发里，解锁手机，正准备刷刷财经资讯，屏幕上跳出来的消息一闪而过。

池笙眨了两下眼，仔细回想着，又点开那条推送。

△榕城嘉园业主质疑：楼盘精装房价高质差，存在虚假宣传。

不少业主在微博话题里发了文章及图片。

她没记错的话，榕城嘉园是俞盛旗下的B级项目。

榕城嘉园的业主在工地开放日发现一些房屋的精装问题，小到水龙头材质、大到墙面粉刷不均……

这种事件常见，况且住宅业态是地产危机事件高发区。不过像俞盛这类头部房企，在媒体关系储备方面很有优势，应该不会出太大问题。只是现在互联网传播速度太快，对于新媒体及公众的反应极其不可控，况且还会有商业对手趁机浑水摸鱼。

假如能在黄金一小时内拿出一份态度明确的声明，舆论或许能够较好控制住。

这也算是突发新闻，网上信息虽多，但鱼龙混杂，无法确定真伪。

池笙点开那个获赞数最多的博主头像，发了条私信，试试看能不能向对方确认具体原因。

她另一只手也不闲着，打开笔记本电脑，靠已有信息先梳理事件经过。

果不其然，几分钟后，工作群里程总编专门通知地产组，这是个热点话题，尽快出一篇稿子。

池笙双腿盘坐在茶几前的地毯上，伸手拆开包装袋，拿出欧包咬下一口，慢慢咀嚼，同时目不转睛盯着初步整理出的事件线。

一分钟后，她拿出耳机戴上，在网上搜到俞盛榕城分公司的电话，打了过去。

占线两次，应该是已经有媒体出动。

第三次，终于拨通。

"您好，我是《财新时刊》的记者池笙……"

池笙边问边在笔记本上记录，并不大的空间里，键盘清脆的敲击声从没停过。

挂断电话后，池笙看了一眼时间，已经过去半个小时。

她找到俞盛的官博，还没有声明，指尖下拉再刷新，池笙双眸一亮，出来了！

她快速阅读完，倒还算是一份言简意赅、交代明确的声明。

其一，指出现在只是工地开放日，并不代表房屋最后的交付标准，业主指出的问题会在房屋交付前整改完成。

其二，集团内将成立调查组，实际考察榕城分公司，对于榕城嘉园新楼盘精装房质量中出现的问题，属实的话会进行追责，并且欢迎业主们随时进行监督。

池笙扔开手机，抓紧时间开始写稿。

直至半夜两点，客厅里暖黄的灯光还亮着。

指针走到三点半时，池笙揉揉脖颈，在系统里提交稿子，顺便跟编辑说了一声。

苦命的编辑也还没睡，立刻回复一句"收到"。

碰见热点事件，熬夜是常事，说不定明天还要去榕城做采访。

池笙揉揉眼，靠在沙发上，仰着头睡了过去。

另一边，半夜的俞盛大厦，依旧灯火通明。

危机公关并不只是公关部的事，管理层，涉事有关部门，乃至人力、法务都要参与其中。

俞盛集团管理严格，极少出现负面新闻。

俞洄刚接管南区没多久，南区业务包含五个省，他即便日日忙成陀螺，也还来不及一一去视察。可既已分给他管，出了这种事，那就是他的责任。

声明虽然已经发出去，却不代表结束，明日舆论的走向还未定。

孟景平推门进来，递给俞洄一杯刚冲好的咖啡，香气缓缓溢出。

"俞烁这是给你来个远程下马威啊，怕是布局已久吧。"

原本不出意外，俞洄不久后就能把执行副总裁里的"副"字去掉，今天却弄这一出。

"我准备连夜飞过去，抓新鲜的，别让人溜了。"俞洄轻笑，浅抿一口咖啡。

这种事，大概率是找个顶包的，风头一过，主责人拿着钱拍拍屁股辞职走人。

俞洄心中猛然想起更重要的事，"啧"了一声，皱起眉头。

孟景平:"怎么了?"

"不知道周日能不能赶回来……"俞洄的手指在腿上有一搭没一搭地敲着。

孟景平瞧见俞洄那表情,后背一凉:"你又在憋什么坏水?"

俞洄扯扯嘴角,这些个破事,可别耽误他周日去搅黄那两人打网球。

"我周日前赶回来,打网球去?"俞洄朝孟景平挑挑眉。

"行啊。"

俞洄越想越慌,不行,这两天不盯着,有人乘虚而入怎么办。

该找个理由,把呆笙也捎走。

(4)

夜幕悄然退去,晨曦拉开帷幕,柔和的暖橙色太阳由地平线徐徐升起。

叩门声响起两下后,办公室的门随即被推开,公关部总监面带笑意大步走进来。

"有家杂志社出了第一份报道。"

他们公关部也不可能跟所有媒体打通关系,只能将精力有选择地分配,况且任何事不能一边倒,正负面消息同时存在才更为合理,只是要尽可能去控制负面评价所占比例。所以,没沟通到的媒体发布新闻是好消息,证明舆情被正确引导,自然能让人松一口气。

孟景平仰靠在沙发上,伸了伸腿,原本也没觉得会出什么大问题,随口问一句:"哪家杂志社?"

"《财新时刊》。"

好耳熟的名字,思索两秒后,孟景平恍然大悟,那不是池笙在的杂志社?他立刻转头看向俞洄。

初升的太阳光线落在俞洄脸上,他虽神色如常,原本冷硬的轮廓却柔和了几分。他从办公桌上拿起平板,在看见那篇报道标题下作者的名字时,忽地笑了。

公关部总监微微睁大眼,他还是头次见俞洄露出这种笑,竟能与温柔沾边。

这是俞总?就因为一篇报道?

俞洄认真看着这篇报道。

很中肯,首先说明事件的完整经过,同时分析精装房的问题是整个行业面临的普遍现状,这能分散不少火力。最后也提到,俞盛处理此事很迅速,表明其对广大业主负责的态度。

俞洄喜上眉梢,四舍五入,这不就是在为他说话,她还是关心他的吧?

"联系《财新时刊》,邀请他们发这篇报道的记者去榕城做后续采访。丁铭,订机票。"

丁铭在胸前比个"OK",满脸写着:老板,我懂你!

孟景平躺回沙发上,打了个哈欠:"怪不得那天,突然让我打听池笙的住址,听说你还大张旗鼓地搬过去?这是终于憋不住要行动了?"

丁铭立马溜出去,孟总怎么能这样,这不是把他卖了吗!

俞洄淡淡睨了孟景平一眼。

孟景平合眼,嘴却说个不停:"这次不怕自尊心再受挫了?"

下一秒,俞洄直接将桌上的文件夹扔了过去。

"别惹我啊,信不信我去当你俩的电灯泡。"孟景平不客气地扔回去。

本准备昨晚直接飞过去,但俞洄不想打扰池笙睡觉,最终让丁铭订了九点后的航班。

俞洄的喜悦之情溢于言表,直接拿过车钥匙往外走。

"瞧你那样,怕不是要再哼首小调……"孟景平笑着摇摇头。方才那一瞬间,他像是看见年少时那个恣意张扬的俞洄。现如今,想必也只有池笙,能让俞洄脱下成日里那凌厉决绝的假面,做回自己了吧。

丁铭正在门口守着,见俞洄要自己开车,出声提醒:"老板,司机在停车场等着。您一夜没睡,小心疲劳驾驶。"

俞洄看向玻璃上自己的倒影,熬了一夜也还是很帅。

思索几秒,他还是将钥匙扔给丁铭,转身离开。

丁铭快被自己感动哭了,这世界上怎么会有自己这么任劳任怨、无私奉献、贴心善良、赤诚为老板的助理!

回浅月湾途中,俞洄小憩 会儿,直至快到达时,才醒过来。

迈巴赫正要转弯进入小区大门,俞洄坐起身,整理领带,一个抬眸,望见池笙的身影。

"停车。"

车窗缓缓降下,俞洄眉眼带笑,刚要开口叫人,却见池笙小跑着上了前方一辆黑色路虎揽胜。

俞洄脸色稍变,并未说话,只静静盯着那辆车。

这车太大，乔璇不应该开这种车，是曲一宁？

见车的尾灯亮起，俞洄淡漠出声："跟上。"

"资料都在里面，有什么缺的，你再找我。"

"好，谢谢。"池笙浅弯嘴角道谢。

她下周要去采访一家地产公司，正巧闫皓之前与其有业务往来，能提供一些资料。

"对了，我要去出差，周末不知道能不能赶回来。"

"没关系，还有下周。"闫皓转头朝她开怀一笑。

池笙别开眼："再说吧。"

闫皓对她这平淡的态度并不放心上，笑道："好，那我送你去机场？"

"不用，你把我放前面地铁口就行。"

"没事，我也不在乎全勤。"

闫皓认为池笙只是客气一下，没有要停车的意思，直接驶过。

"昨天那个男人是你的……"

原本昨晚他就想问，却又怕池笙会尴尬，索性没提，但越想越奇怪。那个男人假如跟池笙一点也不熟，池笙肯定不会让他进家门，他俩之间的怪异氛围确实很迷惑人。不过单看那人刻意呛他的做法，竞争者无疑，还是位不俗的竞争者。

"他是我高中同学，之前在我那里放了点东西。"池笙一笔带过。

闫皓有些无奈，追池笙前，曲一宁说过，别被池笙的外表欺骗，她其实性子挺冷，不太好靠近，尤其是不想开口的时候就不说话，说也只会说她想说的，不会管你想听什么。

如果挑明要追她，那估计直接出局，所以他才准备先做朋友，慢慢来。

现在看来，得提速了。

手机铃声在安静的车内响起，屏幕上显示一个没有备注的电话号码。

"喂，干吗？"

闫皓眼中闪过一抹诧异，侧头望向池笙。

她只有对乔璇和曲一宁才会发出这种温柔恬静的软糯腔调。

不知道电话那头的人说了什么，闫皓见池笙突然看向他，停顿两秒后，她隐隐叹一口气，对电话那头的人说："好。"

手机放回包里，池笙微笑道："你在前面路口把我放下吧，我朋友也要去机场。"

闫皓没再坚持："好，那你路上注意安全。"

池笙下车还没过半分钟，一辆黑色的迈巴赫普尔曼缓缓停在路边，车门被人从里面推开，池笙拎着包上车。

车重新驶上主干道，车中静得有些诡异。

池笙被俞洄看得有些不自在，转头用眼神询问他。

"乔璇还是曲一宁？天天早上接你上班，你们还真是铁三角。"

俞洄尽力掩藏着自己的试探之心。

"不是啊。"池笙转回头，眸色微暗，"我不喜欢坐车上下班。"

"是那个相亲男？"俞洄声音骤然冷了几分。

"什么相亲男？"池笙瞪了一眼俞洄，"他是我爷爷朋友的外孙，也是一宁男朋友的前同事。"

俞洄重重冷哼一声："真巧啊，哪个身份都围着你转，难不成还每天接送你上下班？"

他在阴阳怪气什么？她都说了不喜欢坐车上下班。

为赶稿子，她才睡了三个小时不到，又被程总编的电话吵醒，如她所料，果然要到榕城出差。

"他还是我邻居，也住浅月湾。"池笙直接对上俞洄的目光，无所畏惧地触他逆鳞。

瞬间，一股无名火在俞洄心口熊熊燃起。

邻居？邻居怎么了，他还是她邻居呢，隔壁邻居。

若不是她才搬家没多久，怕她知道他住隔壁会直接搬走，他早说了。

俞洄双手交叉环抱胸前，转头望着窗外，气得不轻。

池笙也没好到哪里去，抿起唇瓣，双手攥紧包带，指尖泛得青白。

今日的司机年龄稍长，从车内后视镜打量一眼闹着别扭的两人，露出一丝微不可见的笑意。

有些事，总是旁观者清。分明是喜欢对方才会在意，却谁也不肯服软。

看来两个人还有得磨。

两个熬夜的人，心里呕着气，脸色都不太好，一片惨白。

下车时，池笙还没反应过来，俞洄已经径自拎起她的包，大步迈进机场。

池笙这才发现，他什么也没带。

望着他的背影,她突然想笑,这人怎么能做到连背影都看得出来在生气,气性真大。

丁铭早早在机场候着,三人直接走进VIP候机室。

"老板,快带池记者去吃早餐。"丁铭朝俞洞猛使眼色。

"要你提醒。"

俞洞没好气地呛一句,转而朝池笙走去,他心里的郁火还没消散,不肯低头。

池笙也不惯着他,直接放下包坐下,只当没看见他。

"不饿?"俞洞的语气颇为别扭。

"不饿。"池笙给予肯定回复。

"行。"

直至那道身影消失在眼尾,池笙才侧头看去,还真不见了。

没一会儿,俞洞又端着两碗面走回来,脸色依旧,仿若她欠了他五百万。

"没放葱姜,吃吧。"

池笙低头,强忍住笑,感觉他正咬着后槽牙说话,声音里还带着怄气失败的不甘心。

池笙拿起筷子。

她这碗是比较清淡的西红柿鸡蛋面,几乎没有浮在表面的油,应该是特别处理过,鲜香面条入口,口感十分劲道。

所以,她会喜欢上俞洞,也不奇怪吧。

分明是一个恣肆无忌的人,时常又会心细入微。

登上飞机,商务舱的空姐立刻贴心地拆开拖鞋包装袋,池笙轻声道:"不用了,谢谢。"

"好的,女士。"空姐甜美一笑,转身离开。

池笙的眼皮早已开始打架。她最近睡眠不太好,这强烈袭来的困意实属难得。可飞机还没起飞不能睡,她只能强撑着挺直背脊,不让自己往后靠。

"怎么了?"俞洞出声询问。

"困。"池笙半合着眼。

"再坚持一会儿,"俞洞看着无精打采的她,隐隐心疼,声音轻柔不少,

"马上就起飞了。"

池笙点点头,动作迟缓,像极了树懒。

俞洄终于面露笑意,清醒的时候也这么乖多好。

车上的事仿佛只是小插曲,两个孩子脾气的人又重归于好。

飞机平稳飞行后,池笙连毯子也来不及盖,就歪头闭眼睡觉。

他们俩的位置是挨着的,可中间有遮挡物,俞洄跟空姐沟通后,她很快过去协调,给他换了个位置。新的位置可以直接看见池笙,但隔了一个过道。

俞洄坐下前,先给池笙盖好毯子。

"您对您女朋友真贴心。"空姐笑道。

俞洄勾起嘴角,替池笙撩开眼前的发丝,指尖与碎发缓缓擦过,倏忽间,那个夏天再度浮现于脑海中。

炎夏的阳光尽数倾泻在教室各处,池笙乖巧地趴在桌上小憩,马尾垂下,光线间隙中,乌黑的发丝染上浅浅金色。

他正无聊,便抬手轻拂过她的发尾,一下又一下。

发梢在空气中飘动,与之浮动的还有微不可见的细小尘埃颗粒。

忽然,池笙转头换了个方向。

她光洁的额头上渗出细汗,眉心微蹙,嘴唇轻张着,呼吸不急促却也不算平稳,略带婴儿肥的脸颊白里透着粉。

他把自己的书放到她桌上,给她挡太阳,然后拿起一本书,给她有一搭没一搭地扇着风,扇了许久,却不觉得累。

收回思绪,俞洄坐回位置上,时而看文件,时而看一眼池笙。

她睡觉还算老实,期间就翻过一次身。

他嘴角不自觉漾起的弧度就没消失过。

两个小时后,飞机就快降落,池笙仍在睡,俞洄稍感诧异,她睡觉原来这么沉的吗?

空姐走过来,准备叫醒池笙,俞洄轻声开口:"我来。"

他起身走到池笙身边:"醒醒,起床了。"

像是在跟空气对话,池笙没有任何反应。

他纠结一番后,还是没忍住,轻轻拍了拍她的脸。

池笙不耐烦地抬手挥了下,却不小心触及他的手。他刚握过一杯冰水,手指冰凉,她正热得慌,顺手将这个冰凉的物件拉过来,垫在脸蛋下面。

俞涧愣在原地。

他的手掌夹在池笙的手心与脸颊之间,又温又软,内心涌起前所未有的波澜。

回过神,俞涧想收回手,却抽不出来。

他拿出手机,拍了张照片,留下她非礼的证据,日后好找她负责。

空姐再次走过来提醒:"俞先生。"

"马上。"

俞涧抽出手,池笙皱起眉头,眼睫微动,是要醒的征兆,两秒后,她又转到另一侧。

俞涧微微弯腰凑近,此刻,他只觉得,池笙脸颊上的小绒毛都可爱得紧。

"你家芝麻包被偷了。"他在她耳边轻声说。

原本只是想逗逗池笙,看她会不会因此醒来,没想到她真的缓缓睁开眼,还突然挺直身子,冷眼盯着他。

这又是怎么了?开个玩笑都不行?

谁会真的偷她金鱼啊。

俞涧自觉没错,不打算道歉,只说一句:"要降落了。"

池笙淡淡地"嗯"了一声。

正午的太阳十分毒辣,热气蒸腾,让人心中更加烦躁。

下了飞机,丁铭的视线在两人之间来回移动,问:"老板,是直接去公司吗?"

俞涧的目光停留在右前方的池笙身上。

"先去吃饭。"

池笙转身,神色淡淡:"我就不跟你们一起了。"

俞涧周身瞬间多出几分平日里的肃杀之气。

"什么不跟我们一起?你是我请来的,不跟我一起跟……"俞涧下颌收紧,压住脾气,换了个说法,"你也要采访公司的人,那就先去公司。"

丁铭在旁边干着急,老板刚刚在飞机上不还像一块"望妻石"吗?这是追人,不是命令下属啊。

一出机场,立马有一行人迎上来。

"欢迎俞总的到来……"

对方马屁还没开始拍,便被俞涧抬手制止,俞涧径直朝路边的车走去。

"这是?"对方看向池笙,问丁铭。

"这位是《财新时刊》的池记者。"

俞洄亲自开口介绍,让在场的人皆是一愣。

对方反应过来,连连点头问好,心说看来这位跟俞洄的关系不一般。

"你好,池笙。"池笙微笑颔首。

丁铭收到俞洄的眼神示意,立马上前进行沟通。

行程有变,俞洄要先去榕城家园看看具体情况,而池笙先去公司采访相关管理层及员工。

两人分别上了两辆车,池笙这边有丁铭跟着,俞洄便放心地去收拾人。

池笙在俞盛榕城分公司做完采访,又赶去与几位代表业主在约好的咖啡厅继续采访。

丁铭还想跟着,被池笙拒绝。

俞洄是拿她当小孩吗?走哪儿还需要人特地照顾。在公司,让丁铭照看一下可以理解,防止有人不配合采访,可后续还跟着确实没必要。

经过采访,业主们都表示目前对俞盛的处理还算满意,不过仍会持续观望。

一番忙活后,池笙回到酒店时,天色已暗。

这一周,榕城正在举办几个大会,周边酒店皆被订满,连五星酒店里来来往往的人都多了不少。

池笙接过礼宾员递来的房卡,揉着手腕向电梯口走。

没走两步,她发现大堂的悬廊处,有一道熟悉的背影。

俞洄正在跟一个女人聊天,那女人身着剪裁利落的深色西装,个子很高,没比俞洄矮多少。

两人站在一起,甚至比之前那位谭小姐还要般配。

俞洄像是心灵感应,转过身,没想到还真看见了池笙纤瘦的背影。

怎么不叫他?没看到还是没认出他?

身旁温润的女声再次响起:"放心,这件事包我身上,你照我说的做,准没问题。如果你需要,我还可以做远程指导。"

说话的女人面容姣好,笑起来时唇边带出一个显眼梨涡:"不过云州那个度假酒店项目,你得优先跟我们颐裕合作。"

"你一个远程指导,换我一个项目,你是土匪?"俞洄毫不客气地揭穿温榆。

温榆："我可是公认的人生赢家，一般人还得不到我指点，我劝你谨言慎行啊。"

俞洄不再跟温榆打趣，想起方才池笙的背影，眉眼间隐露颓色。

"打直球啊，没有直球不能解决的事，解决不了，那就继续打。"

温榆上下打量俞洄，皱着眉道："这么优秀的身高，这么帅的脸蛋，用起来啊，勾引，勾引你懂吗？"

"你老公就这样追你的？你也看脸？"

俞洄将信将疑，他不比池笙身边那些莺莺燕燕优秀？要看脸，他早成了池笙男朋友。

"对啊，我老公那张脸，人神共愤好吧！不过嘛，我老公还有才华，你有什么？"温榆面露骄傲。她的先生是位钢琴演奏家，现在是大学教授。

俞洄不理解，这些结了婚的人，怎么都爱秀老公，什么毛病。

"不然明天你见见她。"

温榆摇头："我马上得回申城，我未来儿媳妇今天晚上芭蕾文艺会演，我要去捧场。"

俞洄不解："你儿子才几岁？你连儿媳妇都找好了？"

"你不懂养成系的快乐。"温榆挑眉，笑意渐浓。

俞洄："以前是谁说，男人只会影响你拔剑的速度，这辈子打死不恋爱不结婚？"

"恋爱这东西，你得自己谈了才知道有多香，抓紧点吧。"温榆一拍手，"实在不行问你姐夫啊。"

"情况不一样，我跟她就没在一起过。"俞洄深深呼出一口气。

"啧啧，真纯情……"

"您快走吧，一会儿赶不及了。"俞洄打断温榆。

"记得照我说的做啊，指定成！"温榆走出几步，还不忘转身再次提醒俞洄。

（5）

飞机上那一觉，睡得太好，导致池笙现在完全没有困意。她索性打开床头灯，拿过电脑，开始梳理今日的采访资料。

房间太过空静，轻轻一个敲键盘的动作都会传出不小的声响。

她不明白，俞洄给她定套房做什么？大到她一个人住还有些害怕。

"咚咚！"

冷不丁响起的敲门声吓得池笙肩膀猛抖一下，差点将手机甩出去。冷静两秒，她捂着胸口，心想这是五星酒店，应该还是比较安全的。

深吸几口气后，她壮着胆子，慢慢摸下床，趿上拖鞋，向外走去。

"谁？"

"我。"

池笙听出这是谁的声音，放下安全锁扣，开门。

俞洄站在门口，只穿着一件白色浴袍，领口微敞，露出他线条清晰的锁骨，沐浴露的味道像是氤氲进空气里，向她袭来。光线折射下，他那双幽冷明亮的黑眸很是惹眼，凌乱垂下的湿润发丝敛去不少戾气，越发显得他眉目清隽，竟生出几分久违的少年感。

在暖色调灯光的走廊里，又是酒店这样的特定场合，此刻的情景莫名显得暧昧。

池笙杏眼睁圆，一时愣住，不明白他这是要做什么。

"那什么……"俞洄压下心中的怪异，沉声开口，"我房间出了点问题。"

他不着痕迹地避开池笙的打量，还是第一次说谎说得如此不自然。

池笙视线上移，盯着俞洄微微抿起的唇。

"你房间怎么了？"

"断电，没有空调，不信你去看。"

"没房间了？"池笙眼底仍布满怀疑之色。

"酒店满房，我总不能去跟丁铭挤。"

俞洄垂眸观察着她的表情。

她总不能真去看吧，不过也没关系，温榆还真让人给他准备了一间故障房。

池笙细细思索，他来的倒也算正好，房间太大，她一个人住是有些害怕，只是他这模样……不太正经。

片刻后，池笙侧过身，让俞洄进来。

"采访得怎么样？"俞洄隐隐舒一口气，朝里走去。

"挺顺利的，你那边呢？"

"问题不大，正常的管理漏洞，正好用这个机会换一拨新鲜血液。"俞洄一句带过。

119

池笙望向俞洄的背影，眼中情绪复杂错综。

他简单一挥手，不知又要有多少人失业，不过没什么好可怜的，大集团里派系斗争本就是你死我活，如果有一天他也遇见很棘手的事……

池笙低头无声地笑了下，担心他做什么。

"房地产关联的子行业太多，出现危机的可能次数也很大，你们公关有组织做危机实战演练吗？"

俞洄坐进沙发里，坐姿略显懒散，浴袍领口随着他的动作也愈加松垮。

"有。"

"感觉你们舆情监测做得还不错，反应很迅速，上次另一家地产……"

池笙在旁边沙发坐下，认真与他聊起来。

俞洄暗自叹气，他来不是想跟她交流公事。

"等等，我用下卫生间。"他起身朝卫生间走去。

客厅重新恢复安静，池笙止不住回想起方才眼前晃过的那一大片白皙结实胸膛，耳根也跟着发烫。

几分钟后，俞洄才从卫生间走出来。

池笙偷偷打量一眼，心中怪异更甚，抽出两张纸递给他。

"你脖子上有水。"

俞洄看着她手上的纸巾，瞬间没绷住，低沉地笑出声。

"你笑什么？"池笙奇怪地看向他，心慌地说，"我先回房间了。"

关门声传来，俞洄再也不掩饰唇边笑意。

水是他故意弄的，看上去确实秀色可餐，可万万没想到池笙会是这个反应。但别说，她不解风情的样子又呆又可爱。

俞洄疏懒地靠在沙发上，点开微信。

俞洄：什么破法子，以后别四处招摇撞骗，吹嘘自己。

温榆：不上钩？妹妹这么不近美色？不应该啊，是不是你身材不行啊？

俞洄：你再说一句试试？

温榆：那不然就是……你不是人家的菜呗。

俞洄将手机扔到对面沙发上，闭眼思考一会儿，拿起桌上座机。

"您好，晚上好，榕城颐悦榕酒店宾客服务中心，请问有什么可以帮您？"

"我要点餐。"

房间内,池笙虽然眼睛盯着电脑屏幕,手在键盘上飞舞,思绪却总往门的方向飘。

隐约间,听见俞洄说了几句话,后来又听见关门声。

他出去了?

下一秒,敲门声传来。

池笙下床打开门。

俞洄:"吃点夜宵?"

她刚要拒绝,就听俞洄说:"我到现在还没吃饭,一个人吃……没胃口。"他强压住心中的别扭,尽力表现出温榆描述的那般委屈模样。

听到他还没吃饭,池笙眉心轻蹙,没再拒绝:"那快去吃吧。"

她想着多少陪他吃一点,见桌上都是清淡菜式,石磨肠粉、云吞面、牛奶花胶、山药糕……

池笙不由得疑惑:"你现在不喜欢吃辣了吗?"

俞洄没想到她还记得他爱吃辣,说:"你不是刚动完手术没多久?吃点清淡的好。"

池笙没说话,忽然想起她住院的时候,这人压根儿不见踪影,便悄悄瞪了一眼俞洄。

吃完夜宵,池笙担心积食,抱上电脑走到窗边吧台处,准备站着工作一会儿。

俞洄端着杯冰水靠近,单手撑在吧台上,扫一眼电脑屏幕。

"谁这个点还工作,你要学会适当摸鱼,该做的等上班再做。"

"你会希望你员工这样吗?"池笙好笑地看向他。

"你是我员工吗?"俞洄低缓地笑出声,"笨不笨,还跟资本家共情。"

池笙不想开启斗嘴模式,继续盯着电脑屏幕,然而余光却不由自主往旁边瞟。

她的小表情太生动可爱,俞洄连声音也染上笑意:"看电影吗?我听说他家酒店有投影仪。"

池笙手指正好有些发酸,便想休息一会儿也行。

很快,俞洄摆弄好投影机。

其实这间套房是情侣套房。下午,温榆特地让酒店员工改了布置,让其看起来不那么像情侣套房。

俞泂不得不承认，温榆还是有两下子，电影也是她精心推荐的《时空恋旅人》。

男主人公蒂姆家族的男人都拥有让时光倒流的能力，于是乎，笨拙、不懂得如何讨女孩欢心的蒂姆在每次犯错后，都会回到那个时间点，让一切重新变得完美。

当看到蒂姆将一整瓶防晒霜倒在女孩后背上时，俞泂和池笙一起笑出了声。

"真笨，怪不得追不到。"俞泂的表情有点嫌弃。

"你要真做起来，还不一定有人家一半好。"池笙毫不客气地直击某人痛点。

俞泂不服气地轻哼一声，也不跟池笙计较，继续看电影。

可纵使蒂姆回到过去无数次，最终那个女孩仍是拒绝了他的告白，失落的蒂姆去到伦敦开始专注于工作。

某日，他邂逅了玛丽。

他们相谈甚欢，却因为其他事错失下一次约会的机会，他开始一遍又一遍地回到过去，直到最后两人终于在一起。

当蒂姆再遇见当初拒绝他的那个女孩时，对方一改往常，对他释放好感，表示如果时光能倒流，或许她会和蒂姆在一起。

可此刻，蒂姆却明白了自己有多么爱玛丽，冲回家将睡梦中的玛丽叫醒，迫不及待跟玛丽求婚。

面对突如其来的求婚，玛丽却异常平静。

大概是因为，她早已认定了他。

寻找真爱的路上从不是一帆风顺，结果虽可逆转，人心却不能改变。

电影还在播放着，池笙不知何时合上了眼，身子正要往空着的那一侧倒去。俞泂及时捧住她脑袋，再换到那侧坐下，让她靠在他肩头。

熟悉的青苹果气味萦绕在鼻尖，渐渐将他包围。

幕布里的光影仍在跃动，时明时暗。

俞泂垂眸，静听着池笙的呼吸声，怔怔出神。

他不是没试想过，假若曾经，他能舍弃那几分骄傲，大胆一些问出口，他和池笙是不是会有不一样的结果。

总是放不下，总是计较那些过往，没有用。

如果池笙不喜欢他，即使能回到过去，也没有用。

就像蒂姆一样,没有办法让一个不爱自己的人爱上自己。

不论得失,就是"得"。

把握当下才更重要不是吗?把未来会跟她有交集的每一天都做到最好。

不能回到过去,但能抓住现在。

假如再与池笙错过,他一定会后悔不已。

蒂姆想共度一生的人,只有玛丽,也只能是玛丽。

而他俞泂想要共度一生的人,只有池笙,也只能是池笙。

幕布上,片尾字幕在不停滚动。

池笙的呼吸绵绵密匀,俞泂点亮手机屏幕,十二点一刻。

再靠半个小时好了。

他只想这样静静地跟她待一会儿。

清晨的阳光,温暖不刺激,透过米色纱帘洒进房间内,光点晃动在池笙脸庞上,她迷迷糊糊醒来,用手揉着眼。

意识彻底清醒后,人就会迎来懊恼。

池笙将脸尽数埋进枕头里,她昨天怎么睡着了……好像总会潜意识对俞泂放松警惕,这样不好。

出卧室后,套房内果然已经没有俞泂的人影。

手机里有他早上八点发来的消息。

俞泂:我还要处理一些事,晚上或明早回去,你要一起还是?

池笙指尖触上屏幕:一起吧。

发出去前,她恍然回神。

随后,三个字又逐个消失在对话框中。

池笙后仰在靠椅上,望向窗外高楼林立的城市,宛若一幅鸟瞰图。

手机显示最近飞北都的航班是下午两点。

呆坐几分钟后,她起身去把投影仪打开,继续看昨晚的《时空恋旅人》。

俞盛集团榕城分公司。

自清早到日暮西山,公司内的高层无一幸免,通通被挨个叫进会议室内问话。

偶尔有人进出,开门时传出的那道冷冽男声,就像是悬在头顶的利剑。

谁也没想到这位最有望成为俞盛新任掌权人的人物会亲自来一趟，出来的人惨白着脸，还没进去的人战战兢兢。

夜色降临，会议室大门被人从里打开。

俞涧周身气压极低，看一眼这群人，径直离开。

他脾气本就算不得好，这些年没人管着，戾气更甚。

其实这次也没必要他亲自过来处理，不过是想趁机把池笙拐过来。

俞涧想起那些做得完美的账面，轻嗤一声，对丁铭说道："从拿地到工程，采购到营销，人力、物业，全部通查。另外，让总部的审计赶紧派人过来。"

俞涧边说边打开手机，反复看着池笙发来的消息，眼底缓慢浮现笑意。

池笙：一起吧。

俞涧找不到词语来形容这三个字有多美好，以至于，他心里放了一下午的烟花。

榕城颐悦榕酒店，大堂。

池笙正想让服务生收走玻璃杯与甜点碟，余光却注意到俞涧的身影，挺括的西装更衬得他矜贵傲然，酒店大堂内路过的人，频频向他望去。

俞涧走到池笙的座位旁，拎起她装相机和笔记本电脑的包，眼底的肃气早已被柔意替代，声音亦是罕见的温和："抹茶司康好吃吗？"

池笙嘴角微微上扬，点头："青苹果气泡水……也不错。"

两人刚走出酒店门廊，听到后半句，俞涧步子稍缓。

微风拂过，他面上笑意渐深。

不远处的车里，丁铭看见给池笙拎包的俞涧，露出笑容。

老板总算是开窍了吗？

去往机场的途中，俞涧忽然将手机递给池笙。

池笙愣了下，迟疑地接过，手机还暂留着他指尖的温度。

"我朋友认识一个做鱼缸的大师，就在北都，明天带你去看看？"俞涧轻声试探，表情隐约中带着些许期待。

池笙仔细翻着这位大师的朋友圈，貌似有点印象。样式她倒不是很喜欢，不过爷爷肯定喜欢。

"你这两天不是会很忙？"池笙将手机还给他。

喉咙发痒，俞涧正抬手揉着，蓦地想起温榆的原话。

——"虽然不需要你把做过的事都挂嘴边,但你必须要适当表现出来,让她知道,你为她做了什么,她才会有心疼你的可能。"

"今晚加班。"他清了清嗓音,但仍旧听得出疲惫与嘶哑,"明天时间能空出来。"

车驶进隧道,车外被昏黄灯光合围,另一侧的车辆与隧道灯犹如被虚化,耳边只剩轰隆隆的风声,还有他。

一时之间,他们像是在时光机里穿梭,正要抵达另一个空间。

所以他还是俞泂吗?今晚为什么温柔得像换了一个人。

大脑运转出错,目光无法收回,只有心在替她做出反应。

"好。"

对视的下一秒,俞泂毫无征兆地伸手,将她不听话的碎发撩至耳后。

他指尖的温度仿若带了细密电流,开始流窜于她身体各处,而目的是攻破她胸腔内那个正在跳动的器官。

Chapter 05
五尾半月斗鱼

/明天见,是温柔、浪漫,又让人充满期待的一句话。
晚上见,似乎也是同理。/

(1)

晚间航班,别有一番风景,由舷窗放眼望去,灯火璀璨,蜿蜒成片,叫人寻不到城市的边际。

三个小时后,飞机在浓郁夜色中缓缓落地北都。

街道上灯光闪烁,行人寥寥无几,重新恢复喧嚣后的清冷寂静。

迈巴赫驶进浅月湾小区大门,在 E 栋楼前停下,丁铭下车给池笙拉开车门。

"去吧,早点休息。"

池笙假装在整理东西,避开俞洄的目光,小声回他:"你忙完也早点休息。"

路灯照进车内,将她微红的耳尖暴露在他眼前。

"晚安。"低磁嗓音在不大的空间内响起。

这声"晚安",听得前座的丁铭都耳尖一热。

直至十九层那个房间灯光亮起,俞洄才收回视线。

"开车。"

回到俞盛总部,俞洄和几个心腹连夜敲定派去榕城的人选。

忙到下半夜,俞洄没回浅月湾,直接住在休息室。睡前,他又忍不住点开池笙的对话框,再度看见那句"一起吧",更睡不着了。

另一边，浅月湾。

池笙简单收拾完，窝上床闭上眼，同样迟迟无法入睡。

《时空恋旅人》末尾的那一幕反复出现在她脑中，蒂姆需要在出生的孩子和父亲之间艰难地做出选择。

当他穿回过去，见他父亲最后一面时，父子俩的爱，全部汇聚在那个拥抱里。最后的最后，父亲穿回蒂姆小时候，像从前一样和儿子玩耍。

回到现在的蒂姆，不再执着于完美的结果，而是认真感受当下，过好每一天。

确实，人没有必要执着于过去不完美的结果，一切顺其自然最好。

她对这部电影主角间的爱情并没有过多感触，反而对亲情的关注度更高些。

俞洄会不会……也想穿回过去，见他的父母。

会吧，他也会很想他们吧。

她忍不住地去设想，他这些年到底过得怎么样。

高中时，俞洄并不算那种极其高冷的人，笑容也会常出现在他脸上。随着最近的接触多了起来，她发现，他现在好像不怎么会笑了一样，冷脸反而是常态。

所以今早，她原本想提前回来，却又鬼使神差地打出那三个已经删掉的字。

果然，理智终究是压不过心意。

第二天下午两点，俞洄准时接上池笙。

他今天开了一辆石英灰的奔驰，优雅轿跑在五环外的一栋仿古建筑门口停下，踏进水曲柳原木大门，院落里摆放着各种缸体，满目琳琅。

池笙可算明白什么叫挑花了眼。

立刻有人迎上来："俞先生这边请。"

继续往里走，穿过两间回廊，进入一间木屋，红木书桌前坐着一位瞧着大概五十出头的男人，戴着眼镜正在看图纸。

"官师，俞先生到了。"

"小俞老板来了。"官师傅摘下眼镜，抬起头。

俞洄嘴角扬起："您折煞我了。"

官师傅笑着上前拍了拍他的肩膀。

"这边来。"

两人跟着官师傅再次穿过一个回廊。

"这口是天然原石挖凿，层叠流水的石缸。"

池笙弯腰仔细观察，以前她跟着爷爷见过不少石缸，这口石缸的确算得上是精品。

"我爷爷家有一口这种缸，我是想给他添个小一些的石缸。"池笙微微一笑。

官师傅寻思片刻，又带着池笙走到另一边："那看看这个汉白玉，龙纹缸。"

俞洄跟在两人身后，他看这些缸都长得差不多。

池笙面露歉意："我爷爷不太喜欢汉白玉的缸。"

"哈哈，你爷爷还挺挑。"官师傅显然没将此放心上。

"那个呢？"池笙指向院角一处。

那口缸器型规整，石质细腻，鲤鱼纹与祥云纹相结合，雕工精美，有一种浓浓的古朴岁月感，池笙觉得她那个挑剔的爷爷应该会很喜欢。

"你倒会挑。"官师傅笑得爽朗，"这口是明清温石缸。"

问了价，可以接受，池笙直接定下来。

回到屋内，池笙和官师傅开始商量小修的细节和造景搭配。

俞洄插不上话，索性去泡茶。

微信消息提示音响起。

孟景平：不是说去打网球？人呢？

俞洄：在陪呆笙买鱼缸，没时间。

孟景平：呵呵，我就知道，你就是为了池笙能给我两刀的那种兄弟。

俞洄：挺有自知之明。

孟景平：那下周日？

俞洄：行。

泡好茶，俞洄不忘给他们各端去一杯。他坐在一旁，单手撑住下巴，旁若无人地看着池笙。

别人追人，都是陪逛街买包，他要追的人就是不一样，挑鱼缸买金鱼。

莫名感受到一阵灼热的视线，池笙缓缓侧过脸。

四目相接，池笙不自觉攥紧衣角，转回头。

"怎么只给你爷爷买,你的呢?"

俞泂的目光依旧落在那张瓷白小脸上,发现她左边眉尾似乎有一颗小痣。

什么时候长的?高中那会儿分明没有。

"我不太喜欢这种仿古鱼缸。"

"喜欢现代感的?我徒弟有做那种。"

官师傅拿过平板电脑,点开例图给她看。

池笙仔细翻找着,一眼相中一个竹木制单门栅格鱼缸柜,实木底座,白兰照明灯,高透光玻璃,简约小巧,放到浅月湾的房子里正好。

商量好后,池笙拿出手机准备付定金。

"小俞都亲自来了,我可不敢收你的钱。"官师傅大声笑道,"再说,你这小姑娘可真实诚,他的钱正愁没人花呢,放心宰他,让他来付!"说罢,官师傅走出去接电话。

"那我转给你。"池笙点开和俞泂的对话框。

俞泂说:"出报道那天,你熬夜了吧?当作我感谢你的辛苦费。"

"那本来就是我工作,并且我的报道是基于事实,你这……像在贿赂我一样。"

言外之意,她可不是故意替他们俞盛说话。

池笙鼓着腮帮子,小声嘟囔:"不要。"

俞泂偏头低笑,不说话。

等他再回头,池笙已经输好转账金额。

"都是老同学,你非要客气的话……这样,我给你抹个零,两万。"俞泂话锋一转,勾起嘴角,"不过我只接受分期付款。"

他忽视池笙那错愕的神情,继续有模有样地说:"分 22 个月,每个月 888 元,多好的数字。"

"我不用分期付款,我拿得出两万块。"池笙想给他一脚,真欠揍。

"那我就不要。"俞泂笑得痞坏,完全不觉得自己无赖。

池笙当即给他转个 888 元过去,无赖不可怕,可怕的是,俞泂是那个无赖。

"等缸做好,我送你个礼物,这个你再拒绝真没意思了。"俞泂浅抿一口茶,余光却悄悄打量她。

礼物……池笙突然想起之前的事。

"上次你不是说要给茵茵买个小礼物？"

"改天吧，今天还有事，再说茵茵生日还早。"俞洄暗笑，这种多一次共处的机会，当然要等到下次用。

池笙越发感到疑惑，他上次好像不是这么说的吧？

（2）

近几日，俞盛的员工发现他们俞总一改加班常态，每天都是准点下班。虽不清楚原因，但大家就差没开个派对庆祝一番。

快回到浅月湾时，俞洄放下手中文件，转头望见一位中年妇女正拎着不少东西走在人行道上，她体型稍胖，步子又很急，走起路来倒有些可爱。

俞洄眼底已泛起笑意，对司机说："停车。"

那一头的白姨正大步往前走，冷不丁有人揽上她的肩，吓了她一大跳，连手里袋子都快落在地上。

看清来人，白姨松了一口气："你这孩子，走路怎么没个声。"

俞洄接过她手上的袋子，诡计得逞，大笑两声，揽着她继续往前走，还不忘调侃："指定在想什么坏事，是不是心里有鬼。"

"没个正形。"白姨笑着瞪他。

俞洄低头看袋子里的东西："给我拿什么好东西来了？"

"一些新鲜的蔬菜水果，今天我从地里摘的。"

白姨喜欢种菜，俞洄索性在北都城郊边上给她弄了一块地，专供她种菜。

"给你炖了冬瓜排骨汤，还做了香菜牛肉、红烧茄子、藤椒鱼。"白姨喘着气，"对，还有两罐蟹黄酱。"

"那我们走快点，忍不了了。"俞洄脸上笑意越发浓厚。

"我说天天给你做，你又怕我累，做菜送个饭有什么累的，那沁园、颐悦轩做的菜是不错，可终究没有自己做的放心。"

俞洄对白姨的念叨一笑带过："要不我俩跑着回去吧。"

"臭小子，又逗我。"白姨伸手拍了下他的后背。

两人笑着聊天，一路走回浅月湾。

进了门，白姨四处检阅一通，几乎是皱着眉开口："这么小你住得惯吗？之前那房子多好，怎么想着搬这边来了？离公司还远。"

俞洄正挑着鱼刺，想到自己搬过来的原因，顿时若有所思。

他放下筷子,走到白姨身旁坐下。

"白姨,我给您说我为什么搬过来……"

动完手术以来,池笙已经习惯了喝粥,这几天没喝,甚至还有些想念。

午休时,她在网上看见粤式滑鸡粥的做法,便婉拒了同事下班后的聚餐邀请。下了班,她去生鲜超市买上两个大鸡腿,迫不及待回家煲粥。

食材刚下锅,敲门声忽地传来。

池笙趿着拖鞋跑去开门,眼前却是一个陌生的中年阿姨,手里拿着一个玻璃罐。

"你好,我是你隔壁邻居。"

"啊……"

虽然对方看起来慈眉善目,笑容和蔼,池笙还是迟疑地往楼道里看了一眼。

独居女生最好小心为妙。

"这是自家做的蟹黄酱,想着拿一罐给你尝尝。"

"不用了,不用了。"池笙连连摆手,"那多不好意思。"

"哎呀,别害羞。"

白姨暗里打量着眼前的人,很漂亮的一个女孩子,巴掌大的脸白白净净,眉眼清亮,整个人带着一种通透之气。

池笙见这阿姨还站在门口,客气地说:"要不,您进来坐坐?"

"好呀。"白姨笑着进门。

池笙反应微滞,随后拉开鞋柜,拿出一双拖鞋。

"你刚搬来没多久吧?"白姨心里好生奇怪,自己什么时候说谎能说得这么顺口了。

"是没多久。"池笙回道。

"我是你隔壁邻居……的阿姨,偶尔过来给他送点东西。"

白姨四处望一眼,家里干净整洁,忽然嗅到食物的味道,问了句:"你在煮粥?"

"对。"池笙走到餐厅,打开小小的一体锅给白姨看。

"放点香菇会更鲜,而且,熬粥还是得用砂锅。"

"好,谢谢您。"池笙弯了弯眼。

"你这孩子真爱说谢谢,客气什么。你要是有不会做的菜,买了让他

做去。"

白姨手指向隔壁："他那嘴啊，可会吃了。以前在国外上学，我还去给他做了一段时间的饭，他多少也学了点，手艺还算不错，你尽管去蹭吃蹭喝。"

池笙一时不知如何接话，只笑着点点头。

"邻居嘛，要互帮互助，多多熟悉。"

待久了，白姨也不好意思，拍拍池笙的手背，眼尾缓缓出现几道细纹，更显慈爱："你准备吃晚饭吧，我先走了。"

"阿姨再见。"池笙挥手说拜拜。

白姨出了门，一脸乐呵，回到隔壁，立马拉着俞洄的手说："我喜欢，瞧着是个顶乖的女孩子，也挺聪明，不是那种什么……"

俞洄扬眉："傻白甜？"

"对。"白姨一拍手，捂嘴笑个不停，"我瞧着，一开始她还不打算让我进去呢，怕我是坏人。"

俞洄低笑几声。

白姨不由得感慨："真难，我可算是等到你的好消息了。你要的菜谱，我一会儿给你写好，不会的就问我。男娃娃追人嘛，要主动一点。还有，你可要管住你那脾气，学会贴心知道吧……"

白姨一说便停不下来。

俞洄唇边含笑，认真听着白姨的各种"嘱咐"。

翌日下午。

池笙下班后没直接回家，而是先去了水果店。

白拿别人的东西，始终感觉不好意思，她准备买点水果作为回礼，送给隔壁邻居。

昨天忘了问那个阿姨，邻居是男是女，但愿是个女生吧。

等到快晚上七点时，池笙拎上水果，从家里出来，去敲隔壁的门。

过了几秒，脚步声才隐隐传来。

门锁打开，屋内光线徐徐透出，池笙望着眼前的人，瞳眸微眯。

俞洄？

她隔壁邻居是俞洄？

周遭空气似乎一时凝滞住。

池笙眨眼的动作略显迟缓，怀疑是不是自己看错。

声控灯亮起，那张背着光的脸瞬间变得清晰，冷峻的五官，深邃立体，黑眸幽深如墨，而他嘴角上扬的那抹弧度，怎么看都像是在坏笑。

不是俞洄是谁。

池笙深吸一口气，紧盯着俞洄，缓缓攥紧手心，转身就要走。

"找我有事？"俞洄及时拉住那纤细的手腕，不让她离开。

"好玩吗？"池笙声音微哑，用力拽回手。

她那双眼生得通透清澈，此刻却淡漠得叫人心慌，俞洄蓦地呼吸一滞："玩什么？你从没问过我住哪栋楼，我跟你说，你只会觉得我多话。"

他放软了声音，却没放手。

怎么，委屈的人还成他了？

是，她是故意没问，可他住哪栋楼本来就跟她没关系，真是他说什么都有理。

一阵鲜香味从屋内飘出，池笙的肚子不合时宜地"咕噜"叫了一声。

"吃饭了吗？"俞洄垂眸望着她时不时轻眨一下的睫毛，继续试探。

"吃过了。"池笙死不松口，转回头，不想搭理他。

俞洄强忍笑意，说："你就不好奇，我的手艺怎么样？"

"谁要好奇你手艺。"池笙皱着眉头，刻意压低的声线带着几许傲娇的意味。

俞洄不再多说，拉着她进屋。

池笙被别别扭扭地带进屋，将水果袋子放在茶几上，坐进沙发里，四处打量。

"这是给你的水果，当作那瓶蟹黄酱的回礼。"

原本她还不太敢吃那瓶蟹黄酱，毕竟是陌生人送的。现在知道了，倒想立马尝尝是什么味道。

不对……

"所以，那个阿姨也知道你和我认识？"

俞洄的太阳穴突突地跳，他不想再跟池笙说谎，倚靠在冰箱旁边，老实承认："我猜……你应该会来回礼。"

两人无声对视几秒。

池笙从袋子里翻出一个丑橘，朝他扔过去。

俞洄精准接住，餐厅明亮的灯光下，他的笑容尤为耀眼。

"我这不是想让你亲自发现这个惊喜……"

池笙弯腰,又开始在袋子里翻找。俞洄立马两步上前,把袋子系上,并且是打不开的死结。

"快吃饭,一会儿菜凉了。"

为了做这顿饭,他甚至早退了。

给池笙盛饭时,俞洄想起之前给她主刀的那位院长说过的话,最终只添了半碗饭。

"够吗?"

池笙小幅度地点点头,转而看向桌上的菜,虾仁滑蛋、鱼香肉丝、山药炒木耳、番茄豆腐汤。

等俞洄上桌,她才动筷。

迫不及待地一一尝过后,池笙仍不敢相信,俞洄居然会做吃的?

"该不会是你点的外卖,然后把盒子扔掉,说是你自己做的吧?"池笙满是质疑。

俞洄挑眉,笑着说:"要不然你明天亲自来看看,看是不是我做的。"

醇香不腻的味道依旧勾着味蕾,那颗心开始蠢蠢欲动。池笙考虑两秒,他这是在赌吧?赌她会不会来。

无论他会不会,这赌局她都不亏。

"好啊。"

说完,池笙别开眼,又夹起一块晶莹剔透的虾仁。

俞洄的笑意和得意,直达眼底。

吃完饭,池笙回家时,俞洄从冰箱里拿出两箱车厘子,口气十分豪爽:"拿回去吃。"

池笙一头雾水,懵懂地问:"为什么突然给我车厘子?"

"别人送的"这四个字本已到嘴边,俞洄又忍住,改口道:"你不是喜欢吃吗?这可比你那天吃的甜得多。"

池笙心说,这是个幼稚鬼。

第二天,池笙准点下班,回家换身衣服后,直接敲响隔壁的门,以防去晚了某人会作弊。

门打开时,俞洄的臂弯还挂着刚脱下的西装外套,白衬衣搭黑西裤,更显肩宽腿长,领带被他扯得松垮。

他手里拿着遥控器,正在调空调温度。

俞洄的状态稍稍放松时,正装是压不住他骨子里那股懒痞劲儿的,"人夫感"三个字在池笙脑中冒出来,空调发出的"嘀嘀"声伴随着她的心跳声,响得她心慌意乱。

注意到她略微泛粉的耳垂,俞洄眉梢一扬,说:"随便坐,我先去换衣服。"

说完,他迈开长腿走向卧室。

池笙带上门,换上俞洄给她准备的粉色兔子拖鞋,真幼稚。

厨台上放着一个白色纸袋,中间印着颐悦轩,池笙走过去,打开看一眼,包装盒上有四个大字"精选黑猪",是一盒猪小排。

下午,俞洄给她发消息,问她想吃什么菜。

池笙:还可以点菜?你都会做吗?

俞洄:不会可以学。

因为这五个字,又让池笙恍神许久。

过了一会儿,她才回复:想吃糖醋排骨。

他却是秒回:好。

俞洄出来的时候,看见池笙正盯着那盒猪小排发呆,有些想笑:"等不及了?"

他换了一件灰黑条纹T恤,黑色长裤,疏离感渐消,亲和不少。

今早,他特地问过俞幼微。

术后近两个月,看个人情况,身体能接受就可以吃这类食物,只不过最好少量。

口腹之欲的满足,是最直接、最容易得到的快乐,假如连这个都要限制,那人生真没什么乐趣。

"你是去颐悦轩买的?他家还能买这个?"

"别人买不了,我和他家小老板很熟,而且我是包年用户,你去可以直接报我名字。"

"可以打折吗?"

"打折?"俞洄像是听见有趣的笑话,扬唇一笑,"直接记我账上。"

池笙发愣的片刻,俞洄已经拿出排骨,开始清洗,刚打湿手,他忽地转头,对池笙说:"帮我拿一下围裙。"

池笙伸手拿过,递给他。

俞泂却摊开湿漉漉的双手，微弯下腰，低头示意让她来。

迟疑两秒后，池笙踮起脚，给他挂上围裙。

他脖颈微动，指尖触及灼热的皮肤，一时像是电流窜过……

深色的瞳孔近在咫尺，里面只有她的倒影，而他的眼睛好似会说话，她有些迫不及待，想细细探寻，他想告诉她什么。

俞泂勾起嘴角，笑得痞坏，站直转身。

他是故意的。

得出这个结论后，池笙盯着他宽阔挺拔的肩背，挥起拳头，颇想给他来一下。

"在做什么小动作？是不是准备打我？"俞泂丝毫不隐藏话音里的揶揄。

池笙松开拳头，边给他系蝴蝶结边说："看来你也知道你很欠打。"

"打吧。"俞泂满不在意，"就你那点劲。"

听闻此言，池笙直接上手，在他肩胛骨下方拧了一把。

"啧……"俞泂吃疼，错愕回头，"还真下手，不是打吗？怎么掐起来了。"

"那我再打一下就是。"

俞泂看着她一本正经地耍无赖，反倒来了兴趣，露出一副迁就纵容的模样："来来来，随你打。"

池笙揉着手指，走到旁边拉开椅子坐下，说："快点做，要等半夜才能吃完饭？"

猪小排冷水下锅，放入姜片、葱段、料酒。另一边，冰糖在炒锅中逐渐融化，糖色渐现。将焯过水的排骨倒进去，直到逐渐被糖色包裹，再放水没过，加入盐、生抽、老抽，小火慢炖半小时。

合上盖子，俞泂打开水龙头仔细洗手。

他完全不喜欢做饭，一开始在国外那是没办法，后来找到一个比较合他口味的中餐馆，他再也没做过。

浪费时间不说，手上黏黏糊糊的感觉太难受。

池笙始终注视着忙碌的他，眼前景象确实颠覆了她的认知，没想到他竟然真的会做菜，还有模有样。

想起那个阿姨说的话，池笙微垂下眼。

"怎么了？"俞泂洗完手，就看见她一脸失意样。

"昨天那个阿姨……"池笙欲言又止。

"她叫白姨。"

"白姨说……她去国外给你做过一段时间的饭？"

"对，我吃白姨做的饭长大，刚去纽约那会儿吃不惯，她心疼我……"俞洄低笑出声，"她就飞过去陪我待了一段时间。"

"那你会经常做饭吗？"

俞洄停顿两秒，这又要怎么回答？如果实话实说，他不喜欢做饭，池笙肯定至死也不来蹭饭。

"还行，挺喜欢。"俞洄撒了个无伤大雅的小谎。

"可你工作不是很忙？"

"对啊，所以我平时都是换着吃颐悦轩或者沁园的菜。"

俞洄目光沉静，落在池笙脸上："主要还是因为，一人份做起来没意思，吃着也没食欲……"他目不转睛地看着池笙，"两个人的话，倒可以常做一做。"

池笙显然听懂了话中含义，却没表现出他想要的反应。

"你有什么想吃的可以继续考验我的手艺。"俞洄挑着眉，了然一笑，"既是老同学，又是邻居，别客气。"

池笙扯着嘴角假笑，和他一起装傻充愣："是啊，老同学。"

糖醋排骨快出锅时，俞洄又炒好一个青菜，还有一个冬瓜丸子汤。

香气早已四溢，菜端上桌，池笙急切动筷。

才尝一口，她的眉眼就不自觉上扬，可吃下数块小排后，却被俞洄轻轻拨开筷子。

"医生没嘱咐你？别吃太多甜腻的食物。"

池笙抿了下唇，舌尖、心间仍旧惦记这味道，筷子是在夹青菜，眼尾却还是瞄着糖醋排骨。

俞洄嘴角不自觉弯起，眉眼温柔，带着宠溺。

"最后一块，不准再多吃。"

排骨夹进碗里后，池笙才小声嘀咕一句："抠门。"

次日，池笙将工作尽量在上午处理完，下午请了假，打算把明清温石缸给池祺祥送去。

果不其然，池祺祥看见后喜欢得不行。

池笙蹲在流水鱼缸边，看着几条兰寿游得欢快，状态也都很好。不得不承认，古法养鱼确实对金鱼更好些。

"爷爷，先让它们在您这儿多待一段时间吧，我那边太小了。"

池祺祥爽朗笑道："以前觉着你这鱼长得丑，现在看多了倒也还行。"

池笙不满地嘟囔："明明就漂亮又可爱，哪儿丑了。"

倏然间，池笙想起昨晚乔璇发来的消息。

之前，她警告前房东，在二十天内找到芝麻包，找不到就照常走程序。

大概是因为她之前放过狠话，假如为这件事求情来骚扰她的话，那连这二十天的机会都不给，于是这些人最近开始去律所堵乔璇。

这也就侧面证明，他们找不回芝麻包。

想到此，池笙的心情立刻消沉下去。

回到浅月湾，那个竹木制鱼缸柜也正巧送到。很久没开过缸，池笙在脑中仔细回想一遍开缸的过程。

刚忙活到一半，窗外传来俞泂的声音："这谁家的金鱼啊？"

池笙起身，蹲久了有些头晕，她扶着墙缓上一会儿，才慢慢走向阳台。

只有俞泂一个人站在不算大的阳台上，这个骗子又骗人。

"哪儿有金鱼？"

"你满脑子除了金鱼还有什么？"俞泂笑着调侃。

见池笙转身要回屋内，俞泂抬起手，一个透明袋出现在池笙眼中，里面游着一条通体樱花粉的泰国半月斗鱼。

半月斗鱼，是原产于泰国的热带观赏鱼，被称为自带仙气的鱼，巨大的扇尾像是婚纱的裙摆，游姿柔美。

眼前这条的尾展更是肉眼可见超过了一百八十度，三鳍比例完美，品相极佳。

俞泂看着池笙眼都不眨，直勾勾盯着这条金鱼，不禁心想他怎么就不是条鱼，她什么时候才能这样不掩饰欲望地盯着他看。

"出差时看见的，猜你会喜欢。"

"你出差还会看见金鱼？"池笙可算舍得分一点目光和注意力给他。

"有计划要收那块地，去实地考察，正巧那儿有个花鸟市场。"

"这是你要送我的礼物？"池笙眼尾弯弯，脸上流露出迫不及待的神情。

"喜欢吗？"

"喜欢。"池笙小鸡啄米似的点了好几下头，一点不客气，伸手就要去拿。

俞涧身体往后，不给池笙，正准备开口逗逗她。

池笙想起什么，念念叨叨："对，你得再帮我拿一会儿，我开完缸再去找你，正好能放进缸里……"

说着，她没再看俞涧一眼，直接走回屋里。

俞涧看着游得起劲的金鱼，哼笑一声。

（3）

周日，盛京网球俱乐部。

俞涧跟孟景平已经打了几回合，不分上下，两人大汗淋漓，坐在一旁凳子上休息。

孟景平上下打量俞涧，近几天，这人可谓是春风满面。

"看来进度不错啊，到哪步了？"

想起池笙昨晚在饭桌上和他分享工作趣事的模样，俞涧一贯冷峻的眉眼有所松动，笑意悄然浮现。

"那自然是……"

"你看那儿。"

孟景平打断他未说出口的话，点了点场馆入口处。

俞涧循着他的视线转头望去。

池笙穿着一身雾霾蓝色运动裙装，POLO衫配百褶裙，满满的元气少女装扮。

美中不足的是，她身侧跟着一个男人，穿着一身灰色运动装，手里拿着网球拍袋，两个人显然是同行来打网球。

俞涧握着球拍的手缓缓收紧，直视着正在交谈的两人，下颌绷紧。

几秒后，场馆内骤然响起一道冷沉嗓音："笙笙。"

音量不算小，不少人朝这边望过来。

孟景平瞪大眼，看向身侧悠然起身的人。

池笙脚步一顿，不会这么巧吧？

她缓缓转身，看见走来的俞涧。

真就这么巧。

"来打球？"俞涧压住心底横生的怒气，扯出一抹笑。

孟景平也几步跟上来打招呼："真巧啊。"

池笙错开和俞洄对望的视线，清浅一笑，负责做起介绍："他们是我高中同学，也是……好朋友，孟景平和俞洄。这位是闫皓，朋友。"

闫皓朝孟景平颔首，看向俞洄时，笑意稍敛。这人真是阴魂不散，只是这个名字，为何有些耳熟？

介绍完，池笙悄悄瞟一眼俞洄。

他毕竟在商场上磨炼许久，凌厉气势切换自如，现下颇有几分笑里藏刀的意味，让人瘆得慌。

其实她原本没想来，她不喜欢运动，平日里工作上下班步行的运动量已经足够，但对于已经答应别人的事，她习惯了当作任务，早完成早结束。

"要不一起，双打？"孟景平笑着询问两人。

俞洄淡淡睨一眼孟景平，幽黑沉静的眸子里满是警告。

要他看着池笙跟别人站在对面一起打他？孟景平是欠揍吧？

孟景平无所畏惧地挑挑眉，看他衣大总裁好戏这种事，可遇不可求。

"好啊。"闫皓没有不接受的理由，笑里带了几分挑衅。

俞洄冷着脸朝场外走去。

其余三人皆一愣，不明白他这是什么意思。

打？还是不打？

几分钟后，那道高大身影再次出现，只不过手里多了一副白色护腕。

俞洄走到池笙身边，放柔的声音里找不出一点愠意："手给我。"

池笙怔了几秒，俞洄则直接拉起她手腕，轻轻地给她戴上，动作亲昵自然。

"来打网球也不知道做好防护，伤到怎么办？"

带着薄茧的指腹时不时摩挲过手腕，极热的触感像在不断快速往上传递，池笙耳根立马蹿红。

旁边的孟景平鸡皮疙瘩快掉了一地。

双方各自回到拦网两边。

思索几秒后，闫皓站到单打边线发球。

俞洄眉梢微扬，这是想靠外角发球，好发出更大角度，那他回球角度也可以更大。

快速改变站位后，俞洄跟孟景平打了个手势，选择小斜线进攻，缩小防守区域，截击会变得更容易。

一轮下来，俞泂见池笙有些招架不住，上前拍拍孟景平的肩膀："你带呆笙先去旁边休息。"

孟景平喘着气，求之不得，朝池笙招手："我们先休息，让他俩单打去吧。"

池笙胸口起伏不停，小喘着点头。运动这东西，她真的喜欢不起来。

他们一起朝自助贩卖机走去，孟景平问："手术伤口恢复得怎么样？"

"挺好的。"

"和俞泂做邻居，感觉怎么样？"

"你也知道这事？"池笙下意识回头看向俞泂，这人什么时候变成大嘴巴了？

"还是我……"孟景平及时住嘴，切换口风，"刚刚听他说的。"

"哦，没想到他还会做饭。"

买完饮料，两人往回走，孟景平愤愤不平地说："他是会做，但这辈子也不会有人能尝到，因为他是学来做给自己吃的。"

池笙眸光微闪，嘴角漾起一抹上翘的弧度。

回到场内，俞泂和闫皓打得正起劲，两人谁也不肯多让。

从窗外射进馆内的阳光越过俞泂，再投落到地上，而他整个人也像是在发光一般。

池笙的目光，止不住地被吸引过去。

她想起高中时，俞泂打篮球的样子也很耀眼，那时候，他总是把他的东西都交给她来保管，女同学们都快把她盯成个筛子。

在那个年龄，每个男生都是意气风发的模样，只不过，俞泂对她来说，好像更特别一些，她的目光总是不自觉地追逐他的身影，课间操、体育课，甚至是放学时的茫茫人海，她总有一眼找到他的特殊能力。

也正因为他们是同桌，她的眼角余光都是他，她可以肆无忌惮，光明正大地看个够。

时间不知不觉到了下午四点半钟。

两人下场时，都大口地喘着气。

俞泂走过来，接过孟景平递上来的毛巾，拭去颈间的汗水，接着从池笙怀里抽出一瓶水。

"那是我……"池笙的话没说完，他已经拧开瓶盖喝了起来。

"一起吃饭？"俞洄喝完水，垂着眼低声问她。

"一起吗？"孟景平问闫皓。

"好，我没问题。"闫皓面露笑意。

俞洄自然没什么好脸色，将手里的东西通通扔给孟景平，力度大到让孟景平咧了咧嘴。

"我请客，去望都一号吧。"孟景平揉揉腹部，拿出手机，联系餐厅订位置。

池笙面色一僵，她只要想想一会儿在饭桌上的画面就头疼。

"那我叫上乔璇跟一宁吧。"

她往一旁走去，拨通乔璇电话，说："晚上一起吃饭，我手机快没电了，你通知下一宁，在望都一号。"

"好，那我顺便带个人，我俩正好在愁吃什么。"

"对了，还有……"池笙还没说完，手机电量耗尽，黑了屏。

几分钟后，池笙回到休息处，见孟景平身边多了个人，待对方转过身，她的眼底闪过一丝诧异。

是曲一宁的老板，关聪。

最近，曲一宁总抱怨这位新老板很爱针对她、剥削她，下班后，她经常对着手机里关聪的照片大骂一通来泄火。

俞洄注意到她的异样，压低了声音问："你也认识他？"

一时间，池笙没发现自己和俞洄之间忽然缩近的距离，反而靠向他，轻轻踮起脚小声说："他是一宁公司的老板。"

俞洄也借机靠近，低下头，在她耳侧轻飘飘地回："这样。"

两个人像在说悄悄话，瞧着很是亲密。

"那一会儿吃饭的时候细聊。"孟景平笑着跟关聪说。

池笙冷不丁听见这话，脸上出现一丝慌张。

关聪也要来一起吃饭？曲一宁知道不得杀了她。

池笙急忙拿出手机，却发现已经开不了机，而她没有记号码的习惯。

她猛然想起什么，问俞洄："闫皓呢？"

俞洄的俊脸上瞬间写满不高兴，语气冷硬："你问我？"

"对啊，他在哪里？我有急事。"

"你有急事可以找我啊，我不能给你解决？"

池笙蹙起眉头："我真有急事找他……"

"得得得，我哪知道他去哪儿了，要不你去问摄像头吧。"俞洄指向右上方墙角的监控。

池笙瞪了他一眼，小跑着往外走。

俞洄双手交叉环抱胸前，不屑地一笑。

找得到才奇怪，他刚刚看见闫皓去了洗手间。

此刻，男洗手间里，闫皓正在打电话通知贺成。

贺成不止一次跟他提过，曲一宁这个老板，似乎对她有些不同，总担心会被撬墙脚。

刚才没想到会正巧碰见关聪，跟孟景平还比较熟，孟景平又叫上关聪一起吃晚饭，他只好立马来跟贺成通风报信。

闫皓回去时，十分歉意地问了句，他能不能再叫上一个人。

孟景平哪会介意这个，摆手说来就是。

网球馆前台有充电宝，池笙急忙回馆内，准备借俞洄手机去扫码，却又听闫皓悄悄跟她说，他叫了贺成一起。

池笙呆愣地站在原地，脑袋里快乱成一锅粥。

这都什么跟什么啊？她可以不去吗……

（4）

夜幕降临，华灯初上。

望都一号。

餐厅外等候就餐的队伍长得望不见尾，池笙坐在位置上，心神不宁。

最早到的是贺成，关聪见到贺成，不动声色地挑了挑眉，他没想到在这个局上，会有曲一宁男友。

没一会儿，曲一宁被服务生引着走进包间。

"笙笙，今天什么好日子啊，还跑这儿来庆祝，有新欢了？"

池笙抬手扶额，她这姐妹，永远用不对词语。

俞洄和闫皓先是一愣，然后互相淡漠地对视一眼。

谁是新欢？谁是旧爱？

曲一宁瞧见屋内这么多人，眼睛立刻瞪得滚圆，捂上了嘴。

老板怎么也在这儿？她下意识地鞠了个躬。

"老板好。"

等贺成转过头,她就更蒙了:"你怎么也在这儿?"

"闫皓叫我一起吃饭。"贺成装作什么也不知道。

曲一宁转向池笙,用目光无声询问。

俞洄并不清楚她们之间的相处模式,见曲一宁对池笙的表情那么狰狞,神情略带不悦。

曲一宁自然感受到了俞洄的死亡视线,惊讶地说:"哟,这不是我们俞总和孟总吗?俞总的脸怎么那么臭啊,是……"

"不会说话就别说话。"俞洄假笑着劝告。

上学时,班主任喜欢从后门搞偷袭,所以最抢手的位置是倒数第二排。

曲一宁当年最爱跟他抢倒数第二排,每每抢不过,就去池笙怀里假哭找安慰,实则和他对骂起来可一点都不弱。

"快坐。"孟景平起身,给曲一宁拉开椅子。

几人开始聊起高中趣事。

一说这个,俞洄可来劲了:"我记得那会儿,笙笙跑1500米,本来能拿第三,没想到被个不长眼的撞了……"

曲一宁、孟景平、池笙听见这声"笙笙",齐刷刷地看向俞洄,颤了下肩膀。

这人可真……肉麻啊,害得他们鸡皮疙瘩都掉完了。

孟景平当然明白自家兄弟想表达什么,接话:"对对,还是你抱着池笙去的医务室,跑得比人家200米短跑决赛还快。"

俞洄转头,托腮看人,笑意直达眼底。

池笙脸颊绯红,瞪着好看的杏眼,仿佛在告诉他,快闭嘴。

听见这声"俞总",闫皓电光石火间想起自己在哪里听过,是那个俞洄吗?俞盛那位现任执行副总裁?俞氏小少爷?

谈笑间,只有孟景平时不时望向门口。

十几分钟后,乔璇姗姗来迟,身后跟着一个穿白T恤和牛仔裤的大男孩,瞧着……很是青涩。

孟景平的脸色垮下去,认出这是那晚在俱乐部,追着乔璇要微信的那个男大学生。当时,他还压着怒意嘲讽她:"怎么,以前喜欢成熟的,现在又喜欢嫩的了?"

乔璇惯会挑火,笑着回了句:"那不然喜欢半生不熟的?"

那晚,他身体力行地告诉她,到底是熟还是不熟。

孟景平也讲不清，他和乔璇现在到底是个什么关系。上周，她还顺走他一件衬衣，现在就带着弟弟四处蹦跶？

乔璇也没料到会有这么多人，但她反应却不算大。

碰巧路过的餐厅老板尴尬一笑："孟总，你们这桌，好像……有点挤啊，不然给你们换一个条桌的包间？"

要换座，位置分布就成了个问题。

大家陆续往外走时，俞泂暗戳戳凑近池笙，说："好多年都没去过电影院，晚上一起去看电影？不带别人。"

"为什么要和你去看电影？"池笙淡淡瞟一眼他。

"这还需要理由？行。"

俞泂翻出在飞机上拍的那张照片，特意放大了池笙攥住他手的那个位置。

"你知道这叫什么吗？非礼。"

池笙简直无语。

"你不去，我就发在二班的班级群里。"俞泂脸上扬起一抹胜券在握的笑。

他发现，谈恋爱这件事，跟商场上的博弈并无太大区别，积累筹码，再一点点抛出，不可轻易露出底牌，他真是越来越得心应手。

"你又不在群里。"池笙不以为意。

"我想进群会很难？"

"你要不要脸？"池笙终于忍不住，开口骂人。

俞泂盯着她，认真思考后，一本正经地说："要不要都行。"

池笙抽了抽嘴角，好家伙，连脸都不要了。

待她反应过来，两人在谈话间，已经不知不觉坐到新位置上，他自然是挨着她，这人可真是有八百个心眼。

俞泂后靠椅背，打量着这堆电灯泡，心里莫名不爽："合计着，这桌上就我这个提议一起吃饭的没叫人，原本三个人，现在翻了三倍。"

他眼尾一扬，似笑非笑："我应该把谢云帆叫上，他呢，肯定会再叫一堆人，吃什么晚餐，大家吃席正好。"

他看似是在跟池笙和孟景平说话，实则一桌人都能听见，这不是代表他没情商，而是他故意损人。俞泂心情好的时候，你骂他也没关系；他心情不好，你看他一眼，他也能把你怼回公元前。

145

按理说，孟景平向来是活跃气氛的好手，可他现在没心情，冰冷的目光不停地在乔璇和那个大学生之间来回扫视。

曲一宁也没好到哪儿去。

贺成不知今天是抽什么风，前两天还在跟她闹脾气，今天突然变得很热情，嘘寒问暖个不停。

可当着老板的面秀恩爱真的好尴尬，尤其她老板还是个光棍，这不是往人家心上戳刀子吗？

曲一宁也不想配合男友逢场作戏，只是不自然地笑着。

等开始上菜，大家不约而同伸筷子夹菜，场面突然变成了大型夹菜现场，一道菜上桌，不出两分钟必没。

看着眼前堆成小山的碟子，池笙反倒没了胃口，心想这是造的什么孽。

她抬起脸，打量两位姐妹。

曲一宁倒还好，没心没肺，正大快朵颐，对她来说，男人都是浮云，吃才是正道。

不过她那老板，估计也不是省油的灯。

乔璇则是游刃有余，孟景平似乎正在跟那位大学生过招？

看这样子，难不成乔璇跟孟景平有情况？

池笙小小的脑袋里，装满了疑惑。

将近九点时，这顿饭终于接近尾声，桌上除了闫皓和池笙没喝酒，其余人多少喝了点。

关聪叫来代驾，顺路捎走曲一宁和贺成。

孟景平的司机将车开过来，孟景平直接把微醺的乔璇拉上车，留下那位不胜酒力的大学生原地发蒙。

池笙更加确信这两人有情况，什么时候的事？藏得可真深啊。

她侧头看向俞洄，俞洄耸耸肩，表示他也不清楚。

闫皓没喝酒就是为这一刻，问池笙："一起回浅月湾？"

俞洄双手插兜，心底暗笑。

一起？想得美？

"我和笙笙还有事，你顺便送我们去？"

池笙横了一眼俞洄，他什么时候能恢复正常。

"你们还有事？"闫皓忽视俞洄，直接向池笙确认。

池笙现在只想少看见一个是一个，硬着头皮说"是"。

闫皓还不至于蠢到要给情敌当司机的地步，说："那我就先走了。"

他离去后，池笙松一口气，揉揉太阳穴，仿佛整个世界都安静了。她对着俞洄没好气道："要去哪儿，快点，明天我还要上班。"

"不是说了去看电影。"俞洄拿过她手中的包包，"我们去坐地铁怎么样？"

他已经记不清，有多久没跟池笙一起坐过地铁，貌似从前，他们还会用同一副有线耳机听歌。

"那你快把那张照片删了。"池笙出声提醒。

俞洄将手机从裤袋里拿出来，在她面前晃了晃："你来拿啊，拿到随便你删。"

"幼稚鬼。"池笙才不搭理他，"你们俞盛的员工知道你这样吗？"

"别人当然不知道。"

俞洄垂眸望着她，磁性嗓音伴着夜风飘到她耳畔："只有你知道。"

池笙别开眼，地上一长一短的影子映入她的眼帘。

又来了，他又开始撩拨人了。

"还是走路去吧。"

他应该不知道，在北都这个点，许多条线的地铁依旧拥挤，而现在的他，怕是完全受不了。

没走一会儿，路边低矮的灌木丛里冒出几只流浪猫。听见他们的脚步声，有两只快速跑开，还剩两只胆大的在垃圾桶旁边搜寻食物。

池笙忽然对俞洄说："把包给我。"

俞洄把包给她，她从包里翻出一小袋猫粮，拆开放在地上，然后起身离开，动作很是熟练。

"你还随身带猫粮？"俞洄问。

"嗯，有这个习惯。"

"怎么不顺便摸两下？"俞洄好奇地看向池笙，女生瞧见猫猫狗狗，不是都喜欢上手摸两下。

"我的目的只是想让它们饱餐一顿而已，世界上又不全是好人。"

池笙眸光微暗，低声说："对它们冷漠一些比较好，这样它们不会对人类轻易放下戒心，相对来说，也不容易被伤害。"

俞洄还想说的话，通通被堵回喉咙。

他明白，池笙指的是喂流浪猫这件事，可他又不确定，她是否有弦外

之音。

他越想越烦躁,索性不想。

(5)

深夜的电影院,观众仍不少。

等俞洄买完爆米花回来,池笙才想起来问他:"你选的什么电影?"

"我也不知道,让丁铭订的,我看下。"他几百年没看过电影,想着丁铭应该更懂,直接让丁铭订好后发给他。

俞洄看见是个恐怖片,在心里暗骂一句,很好,丁铭的年终奖没了。

"真不是我买的,我忘记提醒他别买恐怖片的票。"他开口解释,担心池笙误会是他故意使坏,做过的事,他可以承认,反之,他可不想背锅。

池笙知道是恐怖片,心情略感复杂。

对于恐怖片,最痛苦的莫过于害怕却又想看,喜欢是因为恐怖片剧情大多都惊险刺激,但她是真的害怕,尤其是跟鬼沾边。鬼脸出来时,她心脏都能骤停,可等恢复了,又好奇剧情的发展,典型的又喜欢又胆小。

俞洄也知道她这毛病,给出两个处理方法:"要么等半个小时,看那个文艺片;要么一会儿到恐怖情节,就像以前那样……"

池笙抱着爆米花,仔细回想,以前那样是哪样。

高二不像高三那么紧张,碰上下雨天,在室内上体育课时,体育老师总会用多媒体给同学们放电影,看恐怖片是常事。

跟俞洄还不是很熟时,当她对恐怖情节的出现来不及闭眼而叫出声时,俞洄嫌她吵,会直接把校服盖在她头上,等熟悉一些以后,俞洄会早早提醒她"要到了",又或者是……

池笙及时将脑中那些画面掐断,朝检票口走去。

"没事,走吧,现在谁还怕。"

丁铭没有包场,但是把俞洄和池笙周围的票都买了。

影片开始放映,故事发生在印尼,银幕中的东南亚气息十分浓厚。卧病在床的母亲每天靠摇铃铛来叫醒孩子们,那憔悴得面如死灰的脸庞,时不时总会浮现惊恐表情,再配上诡异铃铛声……

真是开篇立刻进入恐怖氛围,池笙咽了咽口水,抱紧胳膊。

一天晚上,大女儿听见铃声,去到母亲房间查看。

谁想瘫痪的母亲竟然站在窗前,她走上前,正要叫母亲,余光却又看到母亲正躺在床上，可她的手已经搭在了窗边那人的肩膀上，那人缓缓转过头……

池笙瞳孔猛地一缩。

她闭眼的同时，温热干燥的掌心也随之覆上。心脏漏掉的那一拍，讲不清是因为被吓到，还是因为他的举动。

池笙下意识睁开眼，睫毛也随之刮过他的掌心

小插曲很快结束，俞泂收回手。

原来不过是大女儿的梦而已，但她醒来后，发现母亲房间窗边真的站着一个人，也确实是她母亲，只不过，母亲缓缓倒入她怀里，去世了。

葬礼后，家里开始发生越来越多奇怪的事。

某天半夜，二儿子被母亲的呼唤声叫醒，那尖细又惊悚的嗓音……

池笙不得不承认，原来她看恐怖片的承受力已经弱到这种程度，不是能不能看下去的问题，是她甚至听不下去。

她再也忍不住，当俞泂再次伸手过来时，直接紧紧攥住。

"回去吧，我真不想看了。"

俞泂垂眸盯着他们牵在一起的手，愣住数秒。

算了，还是别扣丁铭的年终奖，人家一年轻小伙子，工作也挺不容易。

走出电影院，池笙依旧没缓过来，还是想捂耳朵。

俞泂瞧她这样，低头笑笑，点开手机递给她，自己走到路边去打车。

池笙笑弯了腰，因为手机屏幕上正在播放《天线宝宝》。

几分钟后，两人坐进出租车后座。

"还怕吗？"俞泂收回手机。

池笙摇摇头，还好没看多久。

"我看晚上你没吃多少，一会儿到家，我做点夜宵？"

"哎哟，小伙子不错啊，对女朋友真好。"前排的出租车师傅笑着搭话。

两人对视一秒，俞泂看见池笙嘴唇张了又合，最后她说："我们是朋友。"

俞泂收回视线，望向窗外。

路灯掠过，他凌厉的侧脸陷入明暗交错的光线中，情绪不明。

俞泂习惯性地去扯领口透气，下一秒又反应过来，今天穿的不是衬衣，是T恤。

下车后，两人都发现了不对劲，小区里黑得出奇。

路过门口的保安亭时,才了解到情况。

不久前小区里有一家意外起火,总电闸被烧坏,还在抢修、排查线路安全。

电梯不工作,现在他们只能爬上十九层。

楼道里漆黑一片,俞洞主动揪起一截衣摆给池笙,她默默抓住。

"你走慢点啊,我们……尽量走一排。"池笙向身边的人靠近。

爬了六七层以后,池笙的喘气声渐大,俞洞提议休息一会儿。

休息完,他们又爬了四层。

池笙的手机"叮咚"一声,因为身旁有俞洞,她倒没被吓到,拿出来看是什么消息。

登上这层楼梯的平层后,池笙习惯性抬腿。

快速反应过来后,她本以为会踩空,出于四肢的协同动作,她扬起了手,却没想会落进俞洞的掌心中,惯性作用下,张开的十指缓缓相扣,掌心传来灼人的温度,再缓慢透进血液里。

掌心也能感受到对方的心跳吗?

不,那是自己的心跳。

在寂静楼道里,它太大声。

等池笙站稳,俞洞绅士地松了手。

此刻,周围只有手机手电筒反射出的微弱光线。

他看着那纤细白皙的手一点点从他掌心滑走,他清楚,留恋也没用。

池笙今晚的几个反应,都代表着她在降温,对正在升温的他们降温。

够了,再进一步她就该跑了,要等她愿意才可以。

"小心点。"俞洞压下喉间升起的酸涩感,善意提醒。

"好,谢谢。"

十几分钟后,两人终于爬到十九层。

开门前,俞洞还是问了句:"你一个人,不怕吧?"

不提醒还好,一提醒,池笙又紧张起来:"没事。"

打开门,屋内伸手不见五指,池笙憋住了气,不断做着深呼吸,让自己别想刚才那些画面和声音。

洗脸时,她不敢开手电筒,生怕有一丝光线出现在镜子上。

可一个不小心,手肘碰到刷牙杯,玻璃杯掉在地砖上,破碎的声音在夜里尤为清晰,随之响起的还有一道惊呼。

没过半分钟,敲门声传来。

池笙走到门边,却没敢开门。

"是我。"

听到是俞洄的声音,她才打开锁。

"怎么了?"

池笙不好意思地垂下头:"杯子砸地上了。"

俞洄仔细辨别她说话的语调,问:"是不是害怕?"

"是有那么一点。"

俞洄思忖片刻,直截了当地开口:"收拾好明天上班要带的东西,我送你去酒店住。"

"太麻烦了吧。"

"电不一定什么时候来,说不定明天还得走楼梯下去,去收东西。"

他打开手机手电筒,往屋里走,一边问:"扫帚在哪儿?杯子摔哪儿了?"

"啊?"

"我先随便给你打扫一下,明天回来记得再仔细打扫一遍,别被碎玻璃扎到。"

"哦,好。"

池笙把扫帚找给俞洄,接着去收东西。

到酒店时,已接近凌晨十二点半。

俞洄将车开进酒店环岛,下车将车钥匙扔给礼宾员,带着池笙往里走。

自动门打开,闷热的空气瞬间被抛之身后,立刻有人走上前来递房卡。

见俞洄步子不带停顿,池笙了然,他是酒店常客。

迈进电梯,俞洄在电梯镜子里注意到她欲言又止的模样。

"我知道,你要给钱是吧,直接记在你还我的账上。"俞洄弯了弯唇,"俞盛和酒店有签公司协议价,我也是挂账。还有,我定的是连通房,你有什么事,可以通过中间那道门找我,你也可以直接锁上。"

"好。"池笙抿唇回一个浅笑,看来他把什么都安排好了。

最后,她还是开着灯睡了一晚。

翌日一早,俞洄掐算着时间,敲响连通门。他听见小跑的脚步声传来,眼底浮现一抹笑意,不自觉地扬起嘴角。

门打开,池笙似乎刚换好衣服,双手正伸到颈后摆弄。

"我叫了早餐,你一会儿直接过来吃。"

"好"

池笙轻轻点头,谁想头皮突然被扯了一下,眉心不由得皱起。

俞洞刚要转身,见她这样,收回脚步,猜测应该是头发卷到了拉链里。

"我帮你弄?"

池笙不想浪费时间,直接转过身。

确实是头发缠进拉链里,不过她头发不长,发尾缠了一点点而已。

俞洞把拉链下拉几厘米,撩开发丝,再将拉链恢复原位。

"好了。"

说话间,俞洞上下打量一眼,今天池笙穿着米杏色丝绸衬衣,搭配极浅抹茶绿半裙,长度到小腿。他不由得想起她去给他采访的那次,那套更好看,但平时她似乎不常这样穿。

"今天有采访?"

"嗯。"池笙回到卫生间继续收拾。

吃完早餐,俞洞开车把她送到杂志社附近。

池笙解开安全带,开门下车。

"晚上见。"

那道清冽好听的声音落入耳畔。

忽然,池笙想起曾经看见过的一句话。

明天见,是温柔、浪漫,又让人充满期待的一句话。

晚上见,似乎也是同理。

Chapter 06
六尾麒麟

/ 你知道爱斯基摩人怎么接吻吗？/

（1）

俞盛在北都的首个 YS 购物艺术中心，开业已有月余。

商场内各处将人文体验与艺术欣赏巧妙融合，并且引入不少国际艺术家作品展，主张为每一位到来的消费者都提供独特的感官体验。自开业以来，亦获得一众好评，成为北都新晋打卡圣地。

一行西装革履的男人走过，在商场中有些显眼，其中为首那位最是吸引人眼球。

他身量极高，看上去很年轻，周身气质却沉稳内敛，卓然不凡，像是来视察商场，正听着身旁的人做报告。

一旁正在摆姿势拍照的几个大学生开始窃窃私语。

"这是在拍电影吗？"

"最前面那个男的好帅，快快快，再去看一眼。"说着，她便往前冲去。

"哎，你犯花痴别扯上我啊！"

俞洄一边听着商场负责人做汇报，一边思索在这儿开个金鱼展的可行性。

一行人由扶梯上到二层。

没走几步，俞洄忽地顿住脚步。

橱窗里，一条淡奶油芍药粉色的层叠纱裙映入视线，低饱和度的雾粉在暖光灯下，静谧中又不缺乏可爱之意，不由得让人想起误入森林的爱丽丝，穿过层层迷雾，缓缓向阳光奔去的场景。

俞泂转身，继续往前走，递给丁铭一个眼神。

丁铭心领神会。

老板进步很大啊，都会送小裙子了。

视察结束，俞泂在商场门口坐进低调奢华的迈巴赫，车开往城北别墅区。

他点开和池笙的对话框，犹豫片刻，又锁了屏。

迈巴赫最终在杜家别墅门口停下，俞泂还未进门，一群老头的笑声先传来。

俞晋维一眼望见俞泂的身影，立马招了招手。

俞泂眼底闪过不耐烦，却还是慢悠悠走过去。

跟这群老狐狸挨个打完招呼，俞泂正要开溜，又被俞晋维拉到一旁训话："下周我请谭家人吃饭，你记得回来。"

"不去。"俞泂语气淡淡。

"真当我拿你没法子是吧。"

"随您啊。"俞泂挑挑眉，笑得漫不经心，"您控制不了我爸，也控制不了我。我要跟谁结婚，您可管不了。"

俞晋维气得面色铁青。

俞泂拿了杯香槟，眉眼间又增几分桀骜不羁，挑衅地跟俞晋维碰一下杯后转身走开，任由俞晋维在他身后骂骂咧咧。

四下望去，俞泂没找到想看见的人，又垂眸扫一眼腕表，打算再待半个小时。

他现在迫不及待想看池笙瞧见那条裙子会是什么反应。

俞泂将没动的香槟杯放回侍者手上的托盘，开始环视杜家别墅内稍显奢靡的装潢。

杜家是国内有名的家电业制造商，家底还算雄厚，但这欣赏水平可不怎么样，真俗。

忽然，窗边一个鱼缸出现在俞泂视线中。

鱼缸将近一米七高，很大，里面却只游着一条金鱼。

俞泂踱步到鱼缸前，静静伫立看着它。

这金鱼，怎么……越看越眼熟。

芝麻包？

他记性向来不错,更别说上次池笙还给他看了照片,但芝麻包不应该出现在这儿。

俞洞掏出手机,准备拍张照问池笙,这是不是芝麻包流落在外的兄弟姐妹。

"俞总也对金鱼感兴趣?"

俞洞转头看向来人,他心中莫名升起一个怪异想法。

"这是你的金鱼?哪儿来的?"

"朋友送的,俞总也感兴趣?"闫皓打量一眼他,想借此提起自己知道池笙喜欢金鱼的事。

俞洞却越过他,大步往外走去。

闫皓看着他的背影,难免感到纳闷。

俞洞跟司机拿过钥匙,快速开车离去。

司机不明白,方才进去前还在笑的人,此刻脸色却极为阴沉,一句也不敢多问。

油门触底,车速越来越快。

俞洞放在方向盘上的手背青筋根根突起,指关节越发泛白。此刻,他整个人沉浸在一种无法言喻的情绪里。

今早,孟景平告诉他闫皓的名字时,他冷不丁想起那时池笙在车窗写下的两个字母。

他们的名字缩写都是"YH"。

可转念间,他又认为是自己想多了而已。就近期观察到的情况来看,池笙和闫皓明显还没到那一步。

可芝麻包为什么会出现在闫皓这里?

除了是池笙送的,他想不到任何理由。

俞洞用力揉着一阵胀痛的太阳穴。

电光石火间,他眸光一闪,点亮手机屏幕拨出电话。

"怎么了?"一道柔美女声从听筒里传出。

"姐,我记得你说把我出国前扔掉的那些东西都收起来了是吧?"

电话那头的俞幼微迟疑了一会儿,才回道:"对,是在我这儿。"

"你帮找找出来,我现在就过去。"

俞洞单手转方向盘掉头,路旁的梧桐树开始再度迅速后退。

半个小时后,他将车开进别墅群。

车刚停稳，车门便被陆川从外打开，随之而来是劈头盖脸的责骂："你皮就这么痒，大晚上搞什么幺蛾子，不能明天找？"

刚才俞幼微一听俞泂急着要找曾经的东西，立即去储物间翻找。陆川这头号宠妻狂魔可看不惯俞泂这想一出是一出的行为。

俞泂像是没听见，大步迈进屋内，语气急促："东西呢？"

陆川"啧"一声，动动手腕，准备上前揍人。

"在楼上。"二楼传来俞幼微的声音。

俞泂三两步快速上楼。

箱子里的东西很杂乱，有一个崭新的耐克鞋盒，一个乐高的生日蛋糕，能看出送的人用了心思，特地用圆形玻璃罩保护起来，其余还有一些零散小物件，而这些都不是俞泂想找的东西。

他索性直接翻到底，终于找到一张照片。

然后，画面像是静止住。

俞幼微看着俞泂站着不动，也不说话，有些担心，上前询问道："怎么了？"

他眉眼间的落寞丝毫不加掩饰，眼尾更是泛起红血丝。俞幼微看得慌神又心疼："到底怎么了？"

忽地，俞泂轻笑，声音里满是讥讽之意，转身头也不回地离去。

俞幼微不自觉地跟上俞泂脚步，却被门口的陆川拦住。

汽车发动的轰鸣声从屋外传来，俞幼微下意识想挣脱陆川的手。

"别担心。"陆川目光沉静，看向妻子，"他不是小朋友，不管什么事，他能处理好。"

陆川的话，像是一颗定心丸，俞幼微抬手轻抚着胸口。

是，这几年，俞泂把什么都做得很好，她从来没替他操过心。

俞幼微回到房内，收拾被俞泂翻出来的东西。

她先看了眼俞泂刚才要找的那张照片，是一条黑白相间，奶牛花色的金鱼。

将东西一一放回箱子里，俞幼微脚下不小心踢到一个物件，弯腰捡起，是一张拍立得照片，外面有一个亚克力套，所以保护得还算好。

照片上有两个学生，穿着夏日校服。

男生垂眸看着身旁的女生，稍靠向她，正准备伸手拿掉她头上的落叶。

浅月湾。

池笙正在给那尾半月斗鱼拍证件照，这是她的习惯，每次有新成员加入，她都会十分有仪式感地做个记录。

"朱丽叶，看这里。"

池笙弯弯眼梢，柔声笑着。

看到它的第一眼，池笙想到盛开的朱丽叶塔玫瑰，于是便起了这个名字。

拍了有几十张，池笙正在纠结地选照片，猝不及防被一阵猛烈敲门声打断。

走到门边，池笙先踮脚通过猫眼往外看去。

俞洞？

打开门，池笙见俞洞一身考究的西装，明显刚从哪个宴会回来。

"有什么事吗？"

想起早晨那句"晚上见"，池笙不由得抿起唇角，乌黑明亮的双眼缓缓望向俞洞。

"我想看看芝麻包，可不可以？"

俞洞知道，他彻底没救了，面对已然摆在面前的事实，却还妄图找一些其他的可能性来麻痹自己。

"什么……"池笙愣怔一瞬。

反应过来后，她强装镇定地移开眼，却难掩紧张的语气："暂时……不行。"

如果俞洞知道她把芝麻包弄丢了，那他和她……

"为什么不行？"俞洞眉心敛起，急切地追问。

池笙默不作声，头越垂越低，她想抓住点什么，却什么也抓不住。

俞洞心底陡然升起一股悲凉。

不知过了多久，池笙的指甲陷进手心，哽咽得难以出声："对不起，我把……芝麻包弄丢了。"

俞洞眼底露出一丝恍惚。

什么叫弄丢了？

这个回答，完全不在他的设想中。

"我不是故意的。"

池笙眼圈泛起湿热，缓缓聚满眼眶的泪水，随着第一滴的掉下，像是彻底找到了宣泄口。

"我也……我、我真的……"

俞洞从没想过池笙会因为这件事哭,一时有些手足无措:"哭什么。"

他单手托起池笙的脸,用指腹揩掉她脸颊上的眼泪:"多大点事。"

这四个字像是刺到了池笙,湿漉的双眼猛地望向俞洞。

"不……"她摇头,泪涌而下,低声抽泣着,"芝麻包对我……很重要。"

"好好好,很重要……"

俞洞轻声安抚着,可他湿润的指腹似乎能传递痛觉,她的眼泪像是能流进他的心脏,让他那颗心瞬间变得酸胀难忍。

两人从门口转移到屋内,池笙不管不顾地说着事情经过。

俞洞认真听着,时不时从桌上抽出几张纸,给她擦眼泪。

等池笙不再落泪,他牵起她的手往外走。

似乎一切都在池笙说芝麻包对她很重要的时候,彻底明朗开来。

"去哪儿?"池笙抬头,目光越过俞洞肩膀,看向他轮廓立体的侧脸。

"我带你去找芝麻包。"

夜色浓郁,街道上依旧车来人往。

绿灯亮起,迈巴赫快速在车流中穿行,路旁灯光皆成虚影。

深夜的凉风窜入后颈,池笙终于回过神,首先映入眼中的便是她的左手。

上面好像还残留着俞洞掌心的温度。

"你知道芝麻包在哪儿?"

"嗯。"俞洞一手握着方向盘,一手搭在车窗边,"就在你那个,叫'闫什么'的朋友家。"

池笙蓦地睁大眼。

原本她已经不抱任何希望,乔璇那边也开始走程序,谁会想到芝麻包竟一直在她身边,还是在闫皓那里?

池笙仔细想了下,闫皓好像确实没见过芝麻包。

她不喜欢发朋友圈,偶尔晒金鱼的美照时,也只有分组里的人可见,而闫皓……暂时还不在那个分组里。

"具体我不清楚,他说是朋友送的。"俞洞倒也没故意抹黑,实话实说。

"不用管那么多,一会儿拿上就走。"他语气不屑,"明天会有警察去找他了解情况。"

池笙还是感到难以置信，有这么巧的事吗？

越想越觉得古怪，她侧头打量一眼俞洄，随即又晃晃脑袋，俞洄应该不至于这么无聊。

车内一瞬间安静下来。

俞洄骨节分明的手指在方向盘上无规律地敲打着，轻咳两声，他还是问出口："怎么不早点跟我说？"

池笙望向窗外，不知该如何开口。

她怎么知道，他会不会在意芝麻包的事，毕竟之前提起，他也没太大反应。

假如他在意，也只会认为她对芝麻包很不上心吧。金鱼养在家里都能被偷，还不知道要怎么嘲讽她。

"给你说就能找到吗？"池笙刻意放柔语调，想表明这仅仅只是一个问题，她没有要抬杠的意思。

俞洄也仔细分辨着她的语气，貌似只是单纯的询问而已。

"当然。"

他轻扯嘴角，找条金鱼，多大的事。不仅如此，他还要顺便收拾一顿那个偷鱼的人。

俞洄侧头，看见池笙泛红的眼眶和鼻尖，心头一软："以后有什么事都跟我说，知道没？"

"我会小心，以后不会再让金鱼被偷了。"

俞洄轻轻"啧"一声，真呆，他说的是金鱼的事吗？

"我指的是你的事。"

他生怕池笙不能清楚理解这句话的含义，再次补充："关于你的，所有的事。"

那道深不见底的眼神，让池笙没来由地心慌意乱，她缓缓垂下眼睫。

该高兴吗？

不，她不敢。

俞洄的忽冷忽热，让她感觉像是生活在一个没有天气预报的地带，上一秒还因他的靠近，晴空万里；下一秒却因他的冷淡，骤降大雨。

心情受人控制的感觉很不好，可她却没一点办法。

对俞洄，总是不能高兴得太早。

迈巴赫在别墅外的路旁停下，俞洄率先解开安全带。

"要和我一起进去，还是在车里等我？"

"一起去吧。"

芝麻包陪了她七年，期间它大大小小生过很多次病，也都熬过来了。兰寿的寿命大多在六至八年，个别饲养得好，最多也只能活到十年左右，说直白些，看一天少一天。

池笙解开安全带，她一刻也不想等了。

宴会已经结束，别墅里的客人们正陆陆续续往外走，其中有不少人频频回头看向池笙。她穿着一条奶驼色吊带长裙，宽松版型越发突显她的清瘦，与这场合格格不入，尤其她身旁还有个西装笔挺的俞洄，两个人瞧着很是不搭。

池笙没将投来的目光放在心上。

即使她知道要来什么地方，有那个时间，她也没那个心思去打扮，更别提当时走得很急。

俞洄自然也注意到这些人的打量，他低下头，声音放柔："冷吗？"

池笙摇摇头，可下一秒，俞洄的西装外套还是披在了她肩上。

"我热。"俞洄单手扯下领带，解开袖扣，放进池笙手里，再将袖口挽到手肘处。

现在，两个人看起来倒合拍许多。

走进别墅，俞洄吩咐路过的服务生去给他找个袋子。

池笙用目光四处搜寻，脚步下意识往前走，等走进里面，窗边那个鱼缸立刻映入她眼中。她微微停顿，呼吸一时急促起来，小跑着上前，甚至不敢眨眼，生怕下一秒芝麻包就会消失不见。

走到鱼缸前，池笙几乎是习惯性地想将手伸入鱼缸中，却发现高度不同，她很费劲。

"池笙？"闫皓诧异地睁大了眼，"你怎么……"

池笙转过身，一改温和常态，声音里带上几分薄怒："这是我的金鱼，为什么会在你这儿？"

"你的金鱼？"

信息量太大，闫皓一时理不清。

这时，俞洄拿着一个透明袋走来，路过闫皓时，还不忘诚挚劝告一句：

"以后，不清楚来历的东西，别乱收。"

池笙终于明白俞涧挽袖子是要做什么，他竟然当着众人的面，将手臂伸进鱼缸里去。

"臭小子！你在干什么！"

不远处，俞晋维中气十足地吼了一声。

池笙转眼望去，看见怒意满面的俞晋维，还有之前那位杜爷爷。

她下意识地望向周围的人，爷爷并不在。

应该是圈子不同，况且爷爷最多和老友小聚，这种场合，就算邀请，爷爷也鲜会出席。

俞涧仿若充耳未闻，快速将芝麻包从鱼缸里捞了出来。

"物归原主。"

俞涧朝闫皓晃晃手里的袋子，扬眉一笑，另一只手牵起池笙往外走。

池笙垂眸望去，他手肘处的衬衣袖近乎湿透，水珠正淌过线条结实的手臂，滑进两人十指交握的掌心内。

不可否认，俞涧最吸引她的便是这一点，他似乎从不受任何人、任何规则束缚。

即便是现在，身居要位，他也并不将谁放在眼里，依旧是那个桀骜不驯的性子，从不在乎别人的眼光，而这同样也是很可怕的一点。

池笙不是无知少女，俞涧最近的举动，她知道他想干什么。

可要跟这样的人在一起，得要多大的勇气。

他不想跟谁在一起时，随时可以脱身，她能做到像他一样吗？

"发什么呆？"俞涧轻轻敲了敲她的脑门，"拿好你的芝麻包。"

池笙接过透明袋，芝麻包正在不大的空间里畅游。

俞涧将西装外套从她的肩上拿下，先给她擦手心，再将他自己的手臂擦干，随后拉开车门，扔了进去。

池笙一时有些心疼那件手工西装。

回到浅月湾，池笙立马翻出隔离缸、氧气泵和加热棒。

忙活许久后，她才把芝麻包放进缸里。

思忖半晌，俞涧还是开口："当时看见芝麻包，又听见那个闫什么说是朋友送的，我还以为你……"

池笙在他看不见的角度无声地笑了笑，还闫什么……幼不幼稚。

"所以你认为,我会把芝麻包随便送出去?"池笙忙着手上的活,没分一个眼神给他。

看,他一点也不了解她。

俞洄敏锐地察觉到气氛的变化,适时转移话题:"它俩能一起养吗?"

"你觉得,它为什么会叫斗鱼?"池笙没忍住笑出声,原来他也有这么笨的时候。

俞洄神情略显懊恼,他问的都是些什么问题。

"它们领地意识很强,通常是一缸一鱼。"池笙继续说。

"那你还得买鱼缸?"

"嗯,不过斗鱼用的缸没那么多讲究,我去花鸟市场买就好,明天准备请个假。"

池笙的手指在水里晃动,芝麻包正跟着她的指尖游来游去,一人一鱼玩得欢快。

俞洄轻叹,她什么时候看他能像看金鱼一样聚精会神?

"谢谢你。"池笙突然出声。

"别客气。"俞洄顺杆爬,"那明天我们一起去,顺便给茵茵买只鹦鹉。"

他不用上班吗?池笙好奇地想,却没问。

"好。"

收拾完,池笙搬了个椅子,双手搭在椅背上,静静看着芝麻包,直到眼皮开始打架,她才准备回屋睡觉。

刚走到卧室门口,敲门声冷不丁响起。

池笙纳闷,都这个点了,俞洄还有什么事吗?却没想到,来人竟是闫皓,池笙没有掩饰眼底的错愕。

"我知道很晚了,也很唐突,但是……我感觉在微信上会说不清楚。"

闫皓认真地看着池笙:"我真的不知道那是你的金鱼,之前听一宁说过,你最喜欢兰寿,尤其是奶牛花色,我就留了心。我记得当时我是在一个饭局上顺便提了一句,后来有个朋友说,看到有一条挺合适,就弄来送给了我。他还跟我说,这金鱼是从外省朋友那儿买来的,我压根儿没想那么多。"

说得太急,闫皓喘了口气:"再然后,我让懂金鱼的人看了看,人家说这条金鱼的品相确实很好,但年龄太大,我就没想送你,准备自己养着。"

闫皓解释了很多。

听个大概后，池笙靠在门边，揉揉眼，说："好，我知道了，其实这件事和你没太大关系。"

因为刚才大哭过一场，她现在困到极点，只想睡觉。

"池笙，我……"

闫皓鼓足勇气，想说的话还未从喉咙里冒出来，就被隔壁突然传来的开门声打断。

俞洄穿着一身灰色丝质睡衣走出来，再面无表情地关上门，见他们直直地盯着他看，他拎起手上的东西，朝两人示意。

"扔垃圾。"

池笙好笑地打量着俞洄。他这种人，会主动跟人解释就已经十分诡异，欲盖弥彰的味道不要太明显。

俞洄慢悠悠地走向电梯，似乎快一步都会要他的命，电梯却来得很快。

真没眼力见儿，俞洄骂骂咧咧地走进电梯。

显示屏上的数字不断变化，望着电梯玻璃镜中的自己，俞洄烦躁地揉着眉心。

他原本是在处理明天的工作内容，好空出时间和池笙"约会"，谁想大半夜听见隔壁的敲门声。

都是男人，他自然明白闫皓接下来要说什么。

原本他没想打断，可奈何管不住手脚。

电梯门将要打开时，俞洄看着镜中的自己，咧嘴笑了下，他从来就不是个好人，徒增烦恼做什么，假如池笙和闫皓是真爱，那他也拆不散。

（2）

上午十点，阳光透过飘窗纱帘，洒在床尾。

池笙半张脸埋在柔软的枕头里，呼吸均匀。

忽如其来的手机振动声让她不悦地皱眉，迷糊了半分钟后，她在床头摸索一会儿才找到手机。

池笙半掀起眼，声音有气无力："喂？"

电话那头传来熟悉男声："几点了还不起床？来吃早餐。"

"让我再睡……"池笙打了个哈欠，缓缓合眼，"十分钟。"

可等她再次醒来时，已经过去半个小时，她打开微信，果然有俞洄发来的消息。

只有六个数字：451026。

池笙原本晕沉的脑子瞬间清醒，她的生日是4月5日，而俞洄的生日是10月26日。

几分钟后，池笙穿上拖鞋，去浴室简单洗漱一番。

站在俞洄家门口，她深吸一口气，在电子锁上输入那六个数字。

门锁打开，她走进去，屋内却没有俞洄的身影。

不远处的办公桌有些凌乱，桌角上摆着一个咖啡外送袋，旁边有两个空咖啡杯。

餐桌上摆着一个碗，池笙走上前，是荷包蛋清汤面。

她拉开椅子坐下，用筷子搅拌着有些坨了的面。

脚步声传来，池笙扭头望去，俞洄正从卧室里走出来，一路盯着她。

起晚的某人心虚地埋下头，继续吃面。

"还有新区那个PPP项目……"

俞洄在办公桌前坐下，打开笔记本电脑查看邮件。

池笙听见那边传来好几个不同的声音，猜他应该是在打视频会议。

她刚吃一口，俞洄就拿着平板电脑走过来，把她的面端到厨台放下。

"俞总？"

"你继续说。"

俞洄淡声开口，一边听着属下说话，一边打开燃气灶。

卓然的气质并不会因简单的居家服而打折扣，他的头发也不像往日那样精致得一丝不苟，却依旧赏心悦目，碎发随意地落在额前，清隽的侧脸隐在光线里。

他动作很熟练，不疾不徐地单手打蛋，滋滋声立刻响起，锅中冒出一阵青烟。

池笙单手托腮，看得出神，只是没想到，俞洄会突然回过头来。

对上他沉静的眼神，池笙心跳一滞，肩膀本能地耸了一下。

俞洄没说话，收回视线，继续煮面，嘴角却噙上一抹微不可见的笑。

几分钟后，俞洄将新出锅的面放到池笙跟前，再坐回办公桌，继续开会。

等池笙快吃完，他那边才结束。

"说好的十分钟，自己看看睡了多久。"俞洄拿出冰箱里的气泡水喝下一口，"专门骗我，小骗子。"

"那你就是大骗子。"池笙小声嘟囔。

空间不大,俞洄自然听见了她说的话,他很不解道:"我什么时候骗你了?"

池笙不想大清早就和他掰扯个不停,转移话题:"你开会不用换正装吗?"

"是跟我的人开会,不用。"

池笙想起俞盛的内部派系斗争问题,眉心不由得紧蹙,问:"铂壹城那个项目,是你在负责吗?"

俞洄神色淡淡,慵懒地靠在冰箱旁,将额前碎发往后撩开,说:"这个情况比较复杂,一句两句也说不清楚。"

很明显,他现在不想谈这个。

池笙有眼力见儿地没再问。

下一秒,俞洄端起厨台上那碗冷掉的面,坐在池笙对面,开始吃起来。

"那碗我吃过了。"池笙诧异地出声提醒。

况且面都坨掉了,不是说他嘴很挑剔吗?

俞洄咽下嘴里的食物,浑不在意:"我不想再做了,而且别浪费粮食。"

他的声音嘶哑,带着疲惫。

池笙这才注意到他眼底的乌青,问:"你昨晚是不是没睡多久?"

"差不多没睡。"俞洄老实地回答。

池笙的目光中暗含些许担心:"那你好好休息吧,我可以自己去买鱼缸的。"

"没事。"俞洄朝她无所谓地笑笑,"我熬夜是常事。"

没得到回应,俞洄吃面的动作微顿,抬眸看向池笙。两个人无声对视着,餐桌上一时像是被消了音。

良久后,俞洄才轻咳两声,"今天的事都处理得差不多了,回来就能直接睡觉。"

他这么说,池笙也拿他没办法,俞洄一直很轴。

吃完饭,池笙准备回家换衣服,出门前被俞洄叫住,递给她一个手提袋。

池笙看清里面装的东西后,疑惑地问:"裙子?"

"看见挺好看就买了。"俞洄的语气像是在说一件无关紧要的小事。

"我……"池笙下意识想拒绝。

"你知道的,我送出去的东西,不会收回来。"

俞洞下颌微绷,隐约升起一点不悦,却想起方才她那抹担忧的神色,脸色又稍缓。

"这样,你也送我什么东西,行了吧。"俞洞打着商量。

她怎么总喜欢跟他客气,上学那会儿也是,他控制不住地想给她买东西,大的小的,吃的喝的玩的……而每次,池笙一定要回礼,生怕她占他一点便宜。

"好吧。"池笙无奈妥协,拎着手提袋转身出门,回家换衣服。

十几分钟后,电梯里,池笙看着镜中的自己和俞洞。

她穿了一身墨蓝色棉麻长裙,配美式复古牛仔托特包。而俞洞穿的藏青短袖,美高复古款式的宽松牛仔裤,甚至两个人还都穿的马吉拉德训鞋。

好像情侣装。

这能算是心灵感应吗?

俞洞眉眼间尽是笑意,他也觉得有趣,还手欠地揪了揪池笙肩头的小泡泡袖。

"你这袖子挺可爱。"

池笙拍开他的手:"别给我扯皱了。"

俞洞思索几秒,又盯着池笙看,她这话……怎么很耳熟。

走到地下停车场,俞洞带池笙上了一辆斯特林绿的阿斯顿马丁DB11,双门轿跑。

"你怎么又换车了?"

系好安全带后,池笙的手却没有离开安全带。

"我喜欢坐迈巴赫,但我不喜欢开迈巴赫。"俞洞单手打着方向盘,将车开出车库。

"那你开慢点。"

池笙想起他昨晚的车速,更是紧紧握住安全带。昨晚事出紧急,她没提,但再想起来还是有些后怕。

俞洞低笑:"白天在北都这地儿,我想快也快不起来。"

花鸟市场,总是交融着一个城市中特有的烟火气与文雅气。这里的摊位数不胜数,有蝈蝈罐子,花鸟鱼虫,也有文竹盆景。路上不少提着鸟笼的大爷们,正在相互攀比着自己的鸟儿。

一进大门,便是鱼市,除去各种观赏鱼、鱼缸鱼具,还有一些爬行动物,比如蛇、蜥蜴等。

俞洄:"这不是以前我们去的那个花鸟市场?"

"你还记得啊。"池笙小声回了一句。

周围十分嘈杂,俞洄只得弯下腰,凑近她问:"你说什么?"

池笙说:"那个市场,前几年已经拆掉了。"

俞洄跟着她,七拐八拐地走进一家鱼具店。

很快,池笙选中一个大小适中的圆玻璃缸,又捎带着买上珍珠和蛋白石,用来做造景。

只是想想朱丽叶在里面游的那画面,就很美。

俞洄一直在旁边问东问西,她也没有不耐烦,还一一给他解释各种物件的用处。

付了钱,池笙给老板说稍后再来取,想先去里面的鸟市逛一逛。

鱼具店老板善意提醒:"花鸟市场买的鸟儿,品质跟亲人度都不是太好。这样,我给你一个联系方式,他家都有证,环境还好,比较放心。不过这两天他没在北都,你们下周问问。"

池笙留下联系方式,俞洄抱起东西,不忘邀功:"你看,带上我还是不错吧。"

见池笙默认,他更来劲儿:"你一个人能抱得动这些吗?不然我拿给你,你抱给我看看?"

池笙瞪了他一眼,这人真是一点也不能惯,给点阳光就灿烂,给点河水就泛滥,真想掰开他脑子,好看看里面装的都是些什么?为什么总认为她什么都不能做、做不好?

"昨天……你跟那个闫皓后面说什么了?"俞洄实在忍不住,终于问出口。

昨晚他上楼时,没见到闫皓,池笙的门也关着,弄得他这一夜可真是边工作边走神。

"没说什么。"

昨天俞洄进电梯后,闫皓想继续说话,池笙却先开了口:"对不起。"

她是有想过要不要跟别人试试,可是,擦不出一点火花,也无法对别人上心。做什么事,大脑总是会自动换成俞洄那张又喜欢又讨人厌的脸。

之前闫皓一直没有明确表明过,她也没法儿拒绝,否则显得她多自以为是。不过昨晚,他应该懂了她的态度。

人潮拥挤,行走间,她和俞洞的手臂会时不时碰到。

池笙出神地想,其实人不应该奢求太多,当下快乐就好了,大可不必为以后的结果而苦恼,至少不要再像以前那样遗憾吧。

就像乔璇说过的那句话:有的人,用过后才知道。

池笙忽然望向俞洞:"我跟他说了对不起。"

俞洞步速放缓,一瞬不瞬地盯着她,眼底笑意闪烁,脱口而出:"漂亮。"说完,他嘴角弧度微滞,脸上出现刹那的错愕,怎么又把心里话说了出来……

他赶紧纠正:"我是说,你真漂亮。"

池笙低头抿唇笑起来,没揭穿他。

走进停车场,将东西放进后备厢后,俞洞盛情邀请她去吃烤鸭。

他们开开心心吃完饭,准备驾车回浅月湾,俞洞再也绷不住,身体里的疲惫已经到达顶峰,困意汹涌袭来。

"你会开车吗?"他的眼睛涩得生疼。

"我会……但……"

池笙的话还没说完,俞洞直接将钥匙扔给她,说:"我太困了,没事,你随便开。"

他拉开副驾驶门,坐了进去,闭眼睡觉。

池笙站在车前方,抬眸望向驾驶位,睫毛轻颤,又立刻别开眼,深吸一口气。

要不然……试一试?

说不定她真的能重新开车。

池笙缓缓走上前,拉开车门,却又再次停下。

因为一直在刻意忽略,她似乎都忘了,具体是什么时候出的那场车祸,自然,也忘了如何开车。

她系好安全带,将座位调整好。

对,一步步地来。

池笙努力做了一分多钟的心理建设,然而结果是连呼吸节奏都彻底乱掉,伸向启动键的指尖也在不受控制地轻颤。

她屏着气,侧目望向车窗,碰巧有人从车前经过。

一些零碎的画面在脑海中闪过,她快速闭上眼,手忙脚乱间,双手不小心碰到方向盘，立即像触电般弹开。

恐惧感一点点袭上心头，池笙侧身抱紧双臂，伴随着急促的呼吸声，整个人开始颤抖。

还是不行，她甚至没有勇气看车前方。

小小的空间里，她和俞洄的呼吸声形成鲜明对比。

时间一分一秒地流淌。

良久后，池笙终于一点点平复下来，转头看向副驾驶上的俞洄，他到底是有多累，睡得可真沉。

又过去近十几分钟，俞洄终于睁开眼。

"到了？怎么不叫我？"他的嗓音还带着刚醒来的嘶哑。

池笙不好意思地理了理耳边碎发，没回话。

俞洄环顾四周，这才发现不太对劲，

"怎么……还在原地？"

刚才，池笙说她会开车，难道是他听错了？

俞洄抬手揉着还在发疼的太阳穴，有些搞不清楚状况。

"我是会开车，但是……"池笙攥紧手心，缓缓抬起脸，语无伦次地解释，"我现在……开不了车。"

俞洄的指腹又移到眉心上，思绪越发混乱，什么叫开不了车？

合眼休息半分钟后，他重新睁开眼，无声打量着池笙。

此刻，她的眼神包括整个人的状态，皆显木讷，或者说是呆滞，总之不太正常。

"为什么？"

池笙轻轻呵出一口气："我之前，出过……车祸。"

俞洄瞳孔微缩，望着池笙，并未出声。

随后，他拿出手机，点了几下，熄掉屏幕，再侧身懒散靠在座椅上，整个人变得没有什么存在感。

他的动作倒像是触发了某个隐形开关，池笙忽然自顾自地继续说起来："那时候，我刚进嵘信。"

"你还去干过投行？"

原本俞洄没打算开口，但又想给她分散一些注意力。他很清楚，独自沉浸在某个不好的回忆中，是件十分痛苦的事。

"嗯，我学的就是金融。"

"做哪一块？"

"REITs（房地产信托投资基金）。"池笙手上动作微顿，"那次，我从清河出差回来，有些晚了。"

"嗯。"俞洄放低音量来回应她，只想告诉她，他就在她旁边。

"那个人……"回忆到关键片段，池笙闭上眼，单手撑着额头，神色有些痛苦。

"你受伤了吗？"

"没有。"池笙摇摇头，呼吸略显困难，低声继续说，"是我……撞了他。"

事情走向跟设想的完全不同，俞洄不禁开始好奇，到底发生了什么。

"他是碰瓷……"池笙声音发颤，"不对……"

俞洄坐直身，握住她正在发抖的手。

温热干燥的掌心似乎有稳住心神的作用，池笙看向他，嘴唇一张一合："他想自杀，所以才深夜跑到高速公路上去。"

看着她黯淡无光的杏眼，俞洄的胸口像是涌上一团气压，出不来，却又回不去，在心里梗得生疼，他什么也做不了，只能握紧池笙的手。

"我只是正常车速，可是我撞到他了……"

池笙开始沉浸在那场回忆里，皱紧眉心，想继续说，却被俞洄打断："芝麻包肯定饿了，我们先回去喂它好不好？"

他实在不忍心她继续说下去。

池笙像是大脑线路被强制中断一般，愣上好几秒，才又呆又认真地回答："芝麻包在隔离，还不能吃东西。"

手机屏幕亮起，俞洄扫了眼消息，道："好，我们先下车。"

他解开安全带，下车后给池笙拉开车门，牵着她走向迎面驶来的迈巴赫。刚才听见池笙说出过车祸，他立刻给司机发去消息。

池笙的神智稍稍恢复，有些哭笑不得，说："没关系，我现在可以坐副驾驶座的。"

俞洄像是没听见，径直带她上车。

池笙说："一开始，我是先锻炼着坐后排，后来可以慢慢地坐副驾驶座。"

俞洄抽出一张手帕纸，耐心地给她擦着手心里的冷汗。

路上，池笙又说了一些她恢复期的事情，听起来，似乎并没有多困难，俞洄却全然不信。

回到浅月湾,俞洄把在花鸟市场买的东西帮她搬进屋,问她:"需要我陪你吗?"

池笙抿唇,露出一个笑:"我真的没事,都过去好久了,现在只是不能开车而已。"

"那你好好休息。"俞洄深深看了她一眼,转身离去。

门合上,他的背影也消失。

池笙脸上的笑意慢慢淡去,她立即回到卧室,将门关上,窗帘拉得严丝合缝,再将自己埋进被窝里。

俞洄一出池笙家门,立马拨通孟景平的电话。

"我记得上次你提到有个高中同学在嵘信?"

"啊?"电话那头的孟景平停顿数秒,"这都几个月前的事了,你记性真好。"

"现在约他喝个茶,订好地方发我。"

不等孟景平出声,俞洄挂断电话,回屋换了一身衣服,拿上车钥匙又出了门。

(3)

陶怡居是北都有名的茶馆,隐于胡同中,隔绝了外界的纷乱嘈杂。从原木窗往外望去,庭院中的竹林越显静谧,里间多是半开放及封闭的茶室,私密性较好,不易被打扰。

茶室内,幽幽兰香持久不散,品茗杯中的茶汤,色泽明亮。

木桌上,右侧一个品茗杯只余少量茶汤,椅子亦不在原位,显然,这个位置的主人已经离去。

俞洄的俊脸异常阴沉,坐在木椅上默不作声。

实际情况果然要比池笙说的要严重得多,她撞到那人后,那人又被旁边驶过的一辆车碾压过去,血液直接迸射到她的车窗上,而这些她都历历在目……

最后那人抢救无效死亡。

她确实没受到一点外伤,但有时,心理上的创伤只会更严重。

方才离开的那位老同学提到,池笙车祸后差不多过了半年,就回到嵘信工作,只是原来的工作岗位不再适合她,综合各方面,公司内部准备把

她调去做二级市场的 traders（交易员）。不过最终，她似乎承受不了那么大的工作压力，毕竟天天跟数字打交道，需要谨慎再谨慎。

她辞职又休养一小段时间后，转行去做了记者。

俞涧以为，不想那些过去，什么都从零点开始就好。可这些年，池笙经历了什么，他全然不知，从未参与，这七年并不是凭空过去的，有些事还能继续吗？

前半生，他未曾有过后悔的事，可现在，他是真真切切地后悔了。

俞涧周身笼罩着的那股低气压久久不消散，孟景平都有些压抑。

"不然叫池笙那两个好姐妹来问问？"孟景平拿出手机，"不过曲一宁性格大大咧咧，心思肯定没有乔璇细。"

电话接通后，没想到乔璇正巧去外省出差。

孟景平进退两难，让乔璇知道是俞涧想问，她准能立马挂电话，毕竟她讨厌俞家人不是一天两天。

"有屁快放。"

孟景平索性没提俞涧，他暗示俞涧别说话，接着在电话里问道："池笙出过车祸？"

"你怎么知道的？"乔璇诧异的声音传来。

"刚刚听在嵘信的老同学说的。"

"问这个干吗？"

"这不是关心一下嘛。"

"我和一宁从不会在她面前提车祸的事，你别多嘴。"

"为什么，是现在还没好吗？"孟景平硬着头皮继续问。

"PTSD 知道吗？创伤后应激障碍。她车祸后那几个月，几乎没出过门，一开始是二十四小时睡不着，只能靠药物入睡，后来需要人陪着睡觉。"

乔璇耐着性子说："现在你知道这件事了，如果遇见她，别脑袋抽了让她开车，应激障碍是会复发的……"

不等乔璇说完，俞涧瞳孔猛地一缩，起身大步离去。

这一路上，俞涧开得飞快。

回到浅月湾，他去敲池笙家的门，却没有一点反应。

他打开自己家的门锁，回到屋内，快速脱掉外套，拉开玻璃门，几乎没思考，利落地翻进池笙家阳台。

芝麻包和朱丽叶正在各自的缸里不停地游动，水里时不时浮起几个泡泡。

俞洄敲了几下卧室门,依旧没有回应,无奈之下,他只好轻轻转开门把手。

卧室里,几乎是全黑,隐约有几丝光线从窗外透进来。

他将门打开些,卧室稍亮,这才看见床上的被子隆起来一个人形。

"呆笙?"

他竟然有些不敢走过去。

床上那只"蚕蛹"一动未动。

他的脚步声很轻,但在寂静的卧室里,显得十分清晰。

"呆笙?"

俞洄拍了拍"蚕蛹"肩头位置。

良久后,池笙才缓慢地转过身,突然多了个人影,她吓得一下子猛地弹开。

俞洄赶紧说:"是我。"

池笙打开床头灯,他棱角分明的脸映入眼中。

"你怎么在这儿?"池笙整个人蒙了,"不是,你怎么进来的?"

"我一直敲门没有反应,怕你出事。"俞洄的喉结上下滑动,"我……翻阳台过来的。"

"我没事,就是有点困。"

俞洄仔细打量着她,她似乎又变回呆滞的状态,眼神找不到焦点一般,一点也不像刚睡醒的模样。

知道她没事后,他才后知后觉自己的举动有些唐突,再次柔声嘱咐:"那我先回去,有事要给我打电话。"

说完,他正要转身离开,左手却被猝不及防地拉住。

柔软的手先是触及他的手背,随后又握住他的指关节,触感很凉。

俞洄缓慢转过身,池笙巴掌大的脸尽数掩在阴影里,他看不清她脸上的神情,也辨不清她这个举动的含义。

下一秒,池笙忽然小声地说:"你能……陪我睡觉吗?"

俞洄的大脑出现片刻空白,数秒后又清醒过来。

说不吃惊,是假的。

可他根本没有对池笙说"不"的能力。

他刚躺下,池笙便抱了上来,他的全身不由自主地僵住。

柔软的小脸贴在他的胸口，腰和腿被她的四肢缠紧，连气息也不放过，池笙特有的馨香正牢牢将他裹紧，隔着单薄布料，她的体温源源不断传来。

俞洄并未生出什么旖旎心思，他明白，自己现在的作用不过是一个比较大只，且会呼吸的巨型玩偶。

不知过去多久，池笙的呼吸声逐渐平稳，俞洄紧绷着的神经也终于得以放松。

正值夏日，卧室内没有开空调。

池笙的额头热出了汗，一条腿踢开被子，下意识松开抱着的"火炉"，自动远离。

俞洄侧过头，眼看着她背过身去。他撑起上半身，在床头柜上找到空调遥控器，待温度缓缓降下来，他再扯过薄被给池笙盖上。

他没打算走，打算等池笙醒来再说。

如果她醒过来，看见他还在，或许会安心一些。

将遥控器放回原位，俞洄顺手拿起旁边的书。白底绿字的封面，上面有一只穿着蓝色裤子的鳄鱼，是一本漫画，书名叫《100天后会死的鳄鱼君》。

俞洄轻轻一笑，继续翻起来。

每页纸的四格漫画便是鳄鱼君的一天，以倒计时的方式呈现。

看电影，打游戏，想跟前辈约会被拒绝……

与绝大多数人相同，平淡无奇的每一天。

看客们知道他一百天后将会死去，可是鳄鱼君自己并不知道，他还在电视购物节目中下单了一年后才能收到的云棉被，他还期待着下一次游戏比赛的胜利，他也会对很多未做的事而踌躇不定。

可是一切戛然而止，第一百天时，他在去赏樱花的路上，不幸发生了事故。

人总爱抱怨昨天没做好的事，又想着无论如何还有明天，然而这想法是个错解。

谁也不能回到过去，同样也不能预知未来。

俞洄垂眸，不知什么时候，池笙又转身面向了他，他伸手给她撩开凌乱的发丝。

能抓住的，就只有此时此刻。

似乎是被吵到，池笙再次转过身，继续背对他。

俞涧换了本书继续看，而旁边的池笙，单手枕着侧脸，幽幽睁开眼，视线中，台灯的光影渐渐变成一个小圆。

方才她的大脑好似宕机。

俞涧怎么会在她床上？幻觉吗？

直至俞涧翻了一页书，纸张的摩擦声响起，她才确定，这不是梦。

在俞涧看过来时，她大气不敢喘，悄然闭上眼继续装睡。

在混乱的思绪中，池笙隐约记起，好像是她拉住了要离开的俞涧。

车祸后的恢复期，曲一宁和乔璇总会轮流来陪她睡觉，她习惯了。那一秒，她只是单纯地想拉住点什么。

可这么一直睡下去也不是个事。

纠结再三，池笙悄悄扭过头，瞄一眼俞涧。

"醒了？"

俞涧的视线从书中挪到她的脸上，嘴角噙着浅浅弧度。

"饿了没有，想吃什么？"

"没胃口。"

池笙躺平身子，盯着天花板。

他怎么还不走？这样躺一张床上……真的太……

此刻，池笙只想扯被子挡住脸。

"手机给我。"俞涧轻声开口。

池笙也没多问，在枕头下摸到手机，递给他。

几分钟后，俞涧还给她。

"《The Past Within》，是个悬疑解密游戏。"

两个设备，两个玩家，一个是在过去的2D视角，另一个是在未来的3D视角，两个人只交换信息而不看对方屏幕，是个比较考验脑力和配合度的游戏，因为在两个空间中看到的画面完全不同，需要彼此提供线索，一起合作才能解谜。

俞涧简单介绍着玩法，池笙也生出几分兴趣，坐起身理一理头发，凑过去。

音效多少有那么点瘆人，被俞涧直接关掉。

俞涧是玩家A，池笙选了玩家B。

"我需要四个字母。"俞涧盯着自己手机说道。

池笙看了下屏幕里桌上便笺，说："Rose？"

"过。"俞泂继续,"九宫格,138。"

池筜快速在屏幕中桌上的九空格按下 138 的位置,得到一把银钥匙,进入了一个房间。

两人之间像有一种无形的默契。

俞泂这边始终只是一个 2D 的游戏机屏幕,出现的也是各种像素图案。

"挂在墙上的相框有吗?试试点下左上角,看有没有反应。"

"有个图案。"

"好,先不管,有没有蜡烛?"

池筜不停切换画面,在屋内搜寻,最后在抽屉里找到蜡烛。

"找个类似吊灯的东西,把蜡烛放进去试试。"

"有。"池筜照着俞泂说的做,并且用火柴把蜡烛点燃。

俞泂微微侧目,看了一眼沉浸在游戏中的池筜,心里的石头缓缓落地。

后面的步骤稍微麻烦一些,但两个人时不时总会被对方无厘头的描述逗笑,气氛轻松了许多。

通关结束后,两人又交换视角再次体验一遍。

池筜像是没玩尽兴,俞泂又找了两个类似的解谜游戏,陪她继续。

窗帘被拉开时,天色已黑透。

"还是不想吃?"俞泂转身,询问池筜。

池筜摇摇头:"不想。"

"好,那我回去换身衣服,拿了电脑再过来。"

池筜面露疑惑:"再过来?干……什么。"

"你想干什么?"俞泂话音里带上笑意,"陪你睡觉。"

池筜耳根迅速攀红,抿起唇垂下脑袋,一时不知道该如何回答他这么直白的话。

"我……"

池筜双手伸进被窝,又开始胡乱搅在一起。

俞泂走到床边,揉了揉她的脑袋,语气很轻柔:"没事,我就在隔壁,睡不着就叫我,好不好?"

心里原本紧绷着的那根弦一点点松驰,池筜扬起脸看向俞泂,眼中重新带了点光,今天他似乎格外温柔。

这种感觉很微妙,她说不上来却很受用,似乎温柔到……整颗心都快要融化。

池笙抿起唇，眉眼染上几分羞赧。

"好。"

回到家，俞泂洗完澡上床，仍旧睡意全无，脑中反复回想今天白日里那些画面。

十二点时，他给池笙发去消息。

俞泂：睡了吗？

池笙：没有，还不困。

俞泂：那在做什么？

池笙：和芝麻包贴贴。

俞泂：你要雨露均沾，别忘了别人。

池笙：什么意思？

俞泂：早点睡，晚安。

池笙：好梦。

（4）

翌日，杂志社。

"池笙姐？池笙姐？"

池笙猛地回神："啊……怎么了？"

"你的芭乐生打椰。"陶雪把泰式奶茶袋放到她桌上。

"谢谢。"池笙朝她弯了弯眼。

"你怎么了？感觉你今天一直在发呆。"

"可能昨天没睡好。"

池笙不自然地摸摸脖子，拆开吸管包装，插进奶茶袋中。芭乐的清香和浓郁椰香在口中绽开，清爽又解暑，热气似乎一下被赶走。

今天，她走得很早，出门时像个小贼，轻手轻脚，只怕遇见俞泂。

等她走到半路上时，俞泂果真叫她去隔壁吃早餐，理所当然地被她婉拒了。

昨天的事，真是想想就有够羞人。

晚上回去肯定还要见面……

池笙双手捂脸，低低哼了两声。

果不其然,下班后,甚至没到家门口,她在电梯里就碰上了俞洌。他穿着简约黑T恤和灰色中裤,一双巴洛克棕的运动拖鞋,很随性的打扮。

"你没去上班?"池笙先打招呼。

"回来得比较早。"俞洌拎起手中纸袋给她看,"一起吃饭?来不及做,我在颐悦轩点了几个菜。"

池笙本想拒绝,听见颐悦轩,又改了主意。

"好呀。"

颐悦轩总能将那些油腻的菜做得清爽可口,每次尝到,舌尖都像是在欣赏一件艺术品。

"他们不是不做外送,也不让客人外带吗?"

"我可以。"俞洌朝池笙扬了扬眉,笑意渐浓,"想吃就跟我混。"

池笙没说话,只是浅笑了下,别开眼。

回家换好衣服,她轻车熟路地开了俞洌家的电子锁。

俞洌已经将菜和碗筷摆好,是颐悦轩的几个招牌菜。

从昨天下午到现在,池笙都没进食,所以这顿美餐,无论是对她的胃还是对她的味蕾来说,都很开心。

池笙冷不丁想起俞洌在电梯里说的话,好像也不是不行。

口腹之欲,果然最简单却又很诱惑人。

吃完饭,池笙准备悄悄溜走。

"等等。"俞洌叫住她,"一起去消食?"

吃人嘴短,几秒后,池笙只能回答:"好,那我去拿件外套。"

"我在楼下等你。"

回屋拿上衣服,出门前,池笙特地在落地镜前上下看了一眼。

到一楼,扔掉手中垃圾后,池笙朝俞洌走去,也不知道他弯着腰在摆弄什么。

"滑板车?"池笙不太确定地问了一句。

"对,跟我们小时候玩的那种差不多,不过这是电动滑板车。"俞洌转头看向池笙,"要不要试试?"

他今天空出一下午的时间,特地去了趟医院。

医生说,池笙这种情况,对车的恐惧,或许是因为在一个封闭的空间内,可以尝试着用其他的方式慢慢过渡。

"我一个人骑?"

"当然是我跟你一起。"俞洄笑了下。

"这个还能站两个人？"池笙显然不相信。

"可以啊，不相信我？"

俞洄不再多说，拿过外套，给池笙穿上，将她的头发轻轻拢至耳后，又从口袋里拿出耳机，给她戴上。

这一套动作下来，他全然没注意到脸已经快红成番茄的池笙。

"你可以闭上眼，等不怕了再慢慢地睁开眼。"俞洄在手机里选了首英文歌，点开播放，"或者你可以转过身抱着我。"

他顺手把池笙外套上的帽子给她套在头顶。

池笙摘下耳机，嘟囔一句："那样的话，别人会以为我们是神经病吧？"

他没想到池笙会听见后面这句，低笑几声，让池笙快上来。

池笙将信将疑地上了车，稍感拥挤。

她双手搭在扶手上，旁边紧挨着俞洄的手，身后也不断传来他胸膛的温度。

车刚动起来时，池笙确实很紧张，不过俞洄一再强调只在小区里转几圈，没有什么危险。

过了一会儿，池笙没忍住，眼睛缓缓睁开一条缝。

夕阳投射在人工湖面上，波光粼粼，落日将天空渲染成橘色，那温暖的色彩尽情肆意地挥洒，在不知不觉中蔓延到心头。

明明这小小的滑板车比汽车更危险，却又比想象中的要更容易接受，不过她还是胆小地闭上了眼。

晚风残留着白日里的温度，轻拂过每一寸肌肤。

"好玩吗？"

俞洄伸手摘下池笙左耳的耳机，给自己戴上，歌已经放到了另一首英文歌。

"嗯。"池笙温软的声音里染上笑意，"暖洋洋的风，吹着好舒服。"

帽子滑落回肩后，池笙的发尾总会飘过他的颈间、下颌。

俞洄眉眼舒展，笑意不减。

兜了几圈以后，两人回到家。

开门前，俞洄顺嘴一提："想不想尝一尝青梅露？"

"青梅露？"是个隐约有些耳熟的词，池笙的好奇心被勾起，杏眼灵

动地眨了眨。

"嗯,朋友前两天给我寄的。"

池笙跟着俞泂进了门。

俞泂从橱柜里拿出两个2000毫升的密封罐,罐子里是很漂亮的琥珀色液体,而浮在顶部的青梅变成了黄绿色。

盖子刚被打开,酸甜清香的梅子味道立刻四溢。

俞泂在杯底放入少许青梅露,又从冰箱里拿出一瓶气泡水,随着气泡水咕咚咚咚倒入其中,青梅露颜色被冲淡,漂浮着细小气泡。

俞泂递给池笙,又打开另一瓶,调自己那杯。

两人站在阳台上,看着渐渐消失的落日,碰了碰杯。

这味道酸得生津,却又馥郁清爽。

池笙脑中盘旋着"惊为天人"四个大字,很快喝完一杯。

俞泂慵懒地靠在阳台上,低声笑道:"你把青梅露拿回去喝。"

说完,他又察觉到不对,什么拿回去喝?应该让她想喝了就过来。

可说出去的话,等同于泼出去的水,怎么收得回来。

"你喝的不是青梅露吗?"

"我喝的是青梅酒。"俞泂晃了晃杯子,放到阳台的平台上,推给池笙。

池笙端起他的杯子轻轻嗅一嗅,她没喝过酒,果酒也不曾尝试过,所以也越发想探究是什么味道,可最终,她还是放了回去。

俞泂笑着看眼前这个不喝酒的好奇宝宝,转动杯子,用他没碰到的地方对着池笙。

"真这么好奇,可以尝一小口是什么味道。"

这东西,对他来说根本算不上酒。

池笙紧张地吞咽了下,双手捧着杯子,闭上眼浅抿一口,眉心微微皱起,又舒缓开。

俞泂被她这模样逗得笑出声:"胆小鬼。"

味道并没有想象中的刺激和辛辣,相反,口感很柔和,清甜甘洌的味道一点点扩散开,其中还有一丝初夏的果酸味,这感觉,比青梅露要更奇妙得多。

池笙小口地喝着,没一会儿,一杯就见了底。

她下意识舔了舔唇边,睁着那双明亮透净的杏眼,望向俞泂。

"我还想再喝这么一点。"她比了个一点点的手势。

俞涧想提醒，但看她那么想喝，也没多说，毕竟酒有助眠的功效，这个度数也没什么事。

于是，他又给池笙调了两杯，另一杯是加奶的风味。

喝到加奶的那杯时，池笙眼中的惊喜藏也藏不住，像是开启新大陆，不好意思地再次要了一杯。

俞涧担心她一会儿吹到风会头疼，于是两人转回客厅继续喝。

不过，似乎有些晚了。

客厅里灯光明亮，池笙脸颊上飘着两坨显眼的红晕。

这也能醉？俞涧非常诧异。

池笙也察觉到了自己状态的变化，指着俞涧控诉："你骗我喝酒。"

俞涧哭笑不得，无处伸冤："是你自己要喝，别乱赖我，要了第二杯还要第三杯。"

池笙坐直身，双手搭在腿上，怄气般地紧闭着小嘴，几分钟后，她起身就要走。

谁想腿一软，她直接滑坐到了地上。

池笙撇嘴，双腿直直往前一蹬，像极了不讲理的小朋友。

俞涧失笑，准备把她拉回沙发上。

池笙却摆了摆手，她可算是知道为什么很多人都喜欢微醺的感觉了，那一点点上头的错觉，像极了她知道应该远离俞涧，却又控制不住地想靠近他的每一分、每一秒。迷迷糊糊，不太清醒，甚至有些轻飘飘的，那些乱七八糟的思绪似乎都被抛之脑后，不用再去想，约束着心脏的那根绳子被缓缓解开，积压的情感彻底没了束缚。

好快乐，好自由。

池笙将下巴搁到俞涧膝头，吐字也变得慢悠悠起来："你知道爱斯基摩人怎么接吻吗？"

俞涧眸色微沉，一眨也不眨地盯着歪倒在他膝头的那半张小脸，"他们怎么接吻？"

池笙眉眼弯弯，专注地凝视着他。

俞涧眼底闪过一丝恍惚。

她向来跟腼腆、内向这类词挂钩，在他的记忆中，几乎没有在她脸上见到过这种明媚动人的笑靥。

池笙慢慢挪回沙发上，娇憨地抿起唇。

"像这样。"

她缓缓凑近俞洄,直至她的鼻尖近乎要触碰到俞洄的鼻梁。

呼吸胡乱交缠间,池笙半睁着迷离氤氲的眼,没有再继续往前,而是稍稍向下,用她的鼻尖微微蹭了蹭俞洄,一下又一下。

很轻,却又很痒,肌肤上绒毛传来的感应像是被放大了千万倍,更像是有一根羽毛不停地扫过她心头。

灼热的气息充斥在两人之间。

俞洄喉头一紧,攥住池笙搭在他腿上的纤纤细手,黑眸深得似会拧出一滴墨。

他本能地凑近,想要缩短两人这不过一指间的距离。池笙却微微一侧脸,鼻尖和柔软的唇堪堪擦过他脸颊。

俞洄扑了个空,池笙却顺势埋在他颈间轻笑起来。

"就这样?"俞洄舔了舔唇,深深吐出一口郁气,话音里的失落之意太明显。

池笙重新撑起身,和俞洄短暂对视后,又盯着他的唇几秒,将手滑进他的掌心里,缓缓道:"还有这样。"

下一秒,她情不自禁地吻了上去。

半梦半醒间,池笙发现自己身处在一个密闭空间,因为碰到不该碰的东西,被诅咒后变成一具木乃伊,是裹得很紧的那种,然后又被人扔进蒸拿房。

可是,为什么还会有知了在她耳边开演唱会?

一瞬间,池笙又恍惚察觉刚才那些乱七八糟的画面是在做梦,却始终醒不过来。

这夏天的知了可真是烦人,她下意识想伸手去扯被子堵住耳朵,双手却丝毫动弹不得。

不是吧,她真变成了木乃伊?

池笙努力睁开双眼,迷迷糊糊地眨两下,视线一点点恢复清明。

天花板上的花纹呢?这不是她家。

耳畔的呼吸声逐渐清晰,气息一阵阵拂过她后颈。

她肩上有个……脑袋?

混乱的意识开始闪过无数片段。

昨晚,她好像……借着醉意,径直吻了上去。她不过是轻轻碰了碰俞洄的嘴唇,要离开时,他炽热的吻却接踵而来,貌似吻了很久,直到她大脑都有些缺氧,俞洄也没放过她。

还有……不是在沙发上吗?

为什么脑中还有她坐在餐桌上的画面?后面是怎么又到了卧室里?

终于,一张张图像被串联起来,整个经过变得历历可见。

尤其是俞洄让她坐到腿上,在她颈间密密麻麻啄吻的那一幕……

池笙一张脸红得要滴出血来。

缓了一会儿,她大气也不敢喘,把手从俞洄的手臂中慢慢抽出来,掀开被子往里看一眼,完好的衣着让她稍微松一口气。

她小心翼翼地挪开俞洄搭在自己腰间的手臂,鞋也顾不上穿,轻手轻脚地打开卧室门。

回到家,池笙不再憋气,大口呼吸着新鲜空气,同时以迅雷不及掩耳之势回到房间,整个人都埋进被窝里,扭来扭去,缩成一团。

"啊啊啊……"

这两天是怎么回事,每次她醒来要面临的场景都好戏剧化,明天醒来是不是就该世界末日了。

(5)

俞盛大厦,人事办公室。

孟景平把手中的资料递给人力资源副总监,拉过一把椅子坐下,松了松领带,这天气热得叫人心烦。

一分钟后,人力资源副总监面露难色,说:"你这不是为难我吗?去从前东家挖人,多损啊!"

孟景平耸耸肩,把玩着手中的签字笔,道:"没办法,我们俞总看中的人。"

"唉……"人力资源副总监叹口气,神色却又一转,"说起俞总,他们说今天早上开着会,俞总突然笑了,还好几次。"

孟景平哼笑一声,没说话,八成是跟池笙有关。

人力资源副总监招呼助理来做事。

孟景平拿出手机,看了眼微信,跟乔璇的消息时间还停在那天。

这女人的心是钢筋水泥做的吧?

助理走前放了一沓文件在副总监桌上，孟景平收起手机，准备离开，余光却瞟见顶部那张纸上的名字，一时面露诧异。

孟景平拿起来仔细看过后，又放到人力资源副总监面前。

"你们要挖这个人？"

"是公关部老李想要的人，让我们联系联系，他们部门有两个准备要离职了。"

"我记得……"孟景平若有所思，"我们集团严禁办公室恋情吧？"

"对啊。"人力资源副总监眼睛一眯，坏笑，"怎么，你有情况？"

"那不可能，我才不会那么蠢。"

孟景平露出一副等着看好戏的模样，走出人事办公室，直奔顶楼。

一天下来，俞泂数不清自己是第几次走神，又是第几次看表。

怎么还没到下班的点，他迫不及待想回浅月湾了。

想起早晨池笙偷偷跑掉的画面，俞泂止不住地笑出声。

昨晚，池笙埋在他颈间那样亲近，惊愕之余，已经能让他心满意足，不过贪心是人的本性，唇上柔软的触觉着实让他愣怔片刻，池笙笨拙的动作，没有丝毫技巧可言，却恰恰撩人于无形。

没过几秒而已，她就想离开，可他刚尝到甜头，怎么可能放她走。

她那杯青梅露里带着清淡奶香，而他的那杯加了朗姆，两种不同的酸甜香气在口腔中缓缓绽开，唇齿间的纠缠越来越肆意激烈，她一声又一声的呜咽被吞没在他喉间。

他全心投入在这个绵长的吻里，她却不忘纠正他，爱斯基摩吻的具体步骤是如何如何。

每次他还没吻多久，她便会用双手捧着他的脸，大着舌头，话也说不清楚："不是这样……是这样。"

接着，她依旧用她的鼻尖在他脸上蹭来蹭去，时不时小口地吻着他的脸颊、下颌、喉结……

"要命。"

俞泂头仰在靠椅上，声音隐隐哑了几分。

擦枪走火时，他去洗了个冷水澡。

池笙是喝醉了，可他没有。

"谁要你的命？"孟景平笑着走进来。

俞泂轻叹,默不作声。

"看来澳洲那边的麻烦不够多,俞烁去港城了,在圈外打转。这架势,他是不是想回来了。"孟景平敛了说笑的神色。

俞泂抬手轻揉着眉心,真烦这些破事,扰他好心情。

"不然你去探探你家老爷子的口风?"孟景平又摆摆手,"算了,不现实,三句话就要吵起来。"

俞泂沉吟不语,良久后才说:"我知道了。"

浑浑噩噩上了一天班后,池笙直奔曲一宁说的餐厅,门店前,上方门牌写着一个狂草的"野"字。

烧烤店为什么要起这个名?

池笙正纳闷之际,掀开帘子,看清里面的场景,满眼吃惊。

里面全是光膀子肌肉猛男,系着围裙,一个个颜值都很在线,不愧是曲一宁选的地方。

"欢迎光临。"一个肌肉男端着餐盘,笑着对池笙问好。

池笙急忙别开眼,非礼勿视。

"笙笙,这儿!"窗边的曲一宁朝她招手。

池笙艰难地避开各路人马,终于走到座位边上。

"你就不能找个正常的地儿?"

"他家很难订的。我跟贺成吵架了,我要来快乐快乐。"曲一宁摆摆手,"不对,是他家烧烤很棒。"

池笙没戳穿曲一宁,问:"怎么又吵架了?"

曲一宁攥紧拳头,捶了下桌子:"他竟然让别的女人坐副驾驶座。"

见池笙还想说话,曲一宁用手势制止:"今天不提他,别毁心情。"

乔璇去完洗手间回来,在池笙对面坐下。

曲一宁打趣:"我还以为璇姐直接去申城混了!"

自从那日的聚餐结束后,乔璇一直在出差。

乔璇喝了一口可乐,无奈解释道:"我是真出差。"

桌上,池笙手机忽然振动了一下。

池笙扫了一眼对面的两人,做贼似的把手机拿到桌下,解锁屏幕,果然是俞泂的消息。

俞泂:你的外套在我这儿,记得来拿。(今天做了糖醋排骨,啧啧,香惨了。）

重新锁上屏幕，池笙头疼地将手机扔进包里，想搬家了。

想起孟景平那天突然问的事，乔璇仔细打量着池笙，问："你最近没什么问题吧？"

"没有啊，挺好的。"池笙隐去眼中的烦躁，扬唇一笑。

她不敢在这两个好姐妹面前提起和俞洄的瓜葛，那天聚餐后，在三人群里，她也只说是碰巧在网球场遇见了俞洄跟孟景平。

"你耳后怎么有一小块红红的？"曲一宁探头问道。

池笙瞳孔一缩，下意识捂住耳朵："蚊子！应该是蚊子咬的。"

"我感觉不像……"曲一宁准备站起来细看。

池笙乌亮的眼珠骨碌碌一转，迅速转移战火："阿璇，你什么时候跟景平……"

乔璇只顾着烤肉，没注意到池笙的异样，随意答了一句："几年前吧。"

闻言，池笙跟曲一宁瞬间瞪大眼。

"就是酒后睡了一晚，谁也没放心上。"

"我说嘛，孟景平肯定喜欢你。"曲一宁挑挑眉。

"我知道啊。"乔璇扯扯嘴角，"但我跟他又不合适。"

"那你们俩……那个了？"池笙不好意思直接开口说那个词。

乔璇和曲一宁愣上好一会儿，随后，两人都笑出声。

"那不然呢，盖着被子纯睡觉？你几岁啊！小学生。"曲一宁哈哈大笑起来。

乔璇也忍不住笑意。

池笙耳根发烫，问乔璇："那你和他不尴尬吗？"

乔璇皱眉思索，面对这个问题，每个人的选择和态度不同，她倒是不觉得会尴尬。

"都是成年人了，很正常。"乔璇又补一句，"各取所需而已。"

池笙沉默不语，是，有什么好尴尬的，她和俞洄不就是睡了一觉，还是什么都没做的那种。她索性不再想这些乱七八糟的事，专心吃烧烤。

吃完饭，回到浅月湾。

池笙轻声开门，不敢弄出太大动静。进屋和芝麻包玩了没一会儿，俞洄又发来消息。

俞洄：人呢？衣服不要了？

池笙：你从阳台递给我吧。

发完消息，池笙在客厅里踱了几步，才缓缓走向阳台。

俞洄手里拿着那件浅灰色外套，池笙伸手接过。

"去哪儿了？也不回我消息。"俞洄的问话里满含委屈。

他一回来就忙着做菜，可等做好了，也没等到池笙的消息。

坐在办公桌前，俞洄越看自己越像那种在家等老婆下班的男人，然后老婆还故意不回消息，出去花天酒地，让他独守空房，坐冷板凳，回来了，也不给他什么好脸色。

憋屈得他差一点就问出口：你是不是去寻欢作乐了？

俞洄咬咬牙根，连他自己也觉得酸，他上辈子怕不是瓶醋吧。

"我跟一宁和阿璇吃饭去了。"池笙攥皱了手中的衣服，不看俞洄，小声说，"没注意看手机。"

俞洄脸色一下缓和不少。

池笙犹豫地说："昨天……"

"昨天我喝醉了。"俞洄大概猜出池笙要说什么，先她一步开口，免得听完她的话会被活活气死，"你得对我负责。"

"啊？"

事情好像在朝着奇怪的方向发展，池笙呆呆地看着俞洄，开始装傻充愣："昨天怎么了？我什么都记不起来。"

俞洄从鼻腔里发出一声轻哼："喝醉了不记得，好，那今天早上你醒来的时候，旁边睡的是鬼？"

"不就是睡了一觉嘛，又没干什么。"池笙想起乔璇和曲一宁的话，顿时理直气壮了几分。

"我们可不止睡了一觉。"俞洄语气玩味，眼神却很认真。

见她沉默不语，他索性单手扯住袖口，干脆利落地将T恤脱下，似笑非笑地看着池笙。

"看看，谁咬的。"

结实的胸膛、纹理分明的腹肌和性感人鱼线，在夜色与灯光的交融中越发让人脸红心跳，更重要的是，他的锁骨、肩头，乃至胸口上都有好几处暧昧痕迹。

池笙猛地撇开头。

俞泂却不肯适可而止，打趣逗弄似的说个不停："是谁对我上下其手，又摸腹肌又……"

"什么有的没的，我就是……"池笙忍不住出声打断他，"我记得只是亲了你一下而已，你不是亲回来了……"

池笙再次噎住，情急之中果然就容易进他的圈套。太快了，她和他这几天的进度像是坐了火箭，这样不行的。

"别说了。"池笙敛下眼睫，努力恢复平静，"我不想跟你开这些玩笑。"

"你哪里看出来我有要跟你开玩笑的意思？"俞泂目不转睛地盯着她。

"那不然呢？"池笙扬起脸，重新看向俞泂，"你说这些想干什么？"

俞泂如鲠在喉，骤然想起池笙的性格就是这样，他主动一点，她就会退缩一点。

"我说了，要你负责。"

见他还是那副不正经的肆意玩笑模样，池笙淡声说道："都是成年人了，别这么幼稚。"

——"咱们笙笙多少还是有点'渣女'体质的，见一个爱一个。"

——"不，我那叫博爱！"

医院里，池笙和曲一宁的对话再次在他耳边响起。

俞泂眼底生出几分悲凉，声音也变得沙哑："是，我哪有你放得开，是我幼稚了。"

他带刺的语气让池笙摸不着头脑，装什么装，吻技熟练的不是他吗？

池笙面带讽意："是我不如你才对吧，你的经验不是挺丰富的吗？"

俞泂心里有种说不出的憋屈，他天赋异禀不行吗？

他的嘴角噙着一抹自嘲笑意，脖颈间的青筋隐现于肌肤上。

"那在你这儿，我的表现排第几啊？"

起初听见这话，池笙还有些一头雾水，直至一阵凉风刮过，骤然吹醒了她，随之而来的寒意也一点点地在心底蔓延开来。

原来在他眼里，她是这种人啊。

心口的窒息感越来越强烈，池笙垂下眼睫，没再说话，转身走进屋内，关好玻璃门上锁。

那道啪嗒的上锁声，很是刺耳。

俞泂的太阳穴突突地跳了几下，双手撑在阳台上，胸口止不住地起伏。

嘴头解气倒是快意了一番，继而袭来的是铺天盖地的懊恼。

吹了许久的风后，俞泂才回屋。

冲完澡，他擦着头发，拿起桌上的手机。

洗澡前，他发给池笙的道歉消息，依旧没有回音。而他特地发的那个仅池笙可见的朋友圈，照片上，他把晚上做的菜全拍了进去，也没有任何反应。

俞泂烦躁地把手机扔到一边，面无表情地打开电脑。

他早已经习惯了，心情不顺时用工作来麻痹自己。

Chapter 07
七尾十一红

/喜欢一个人大抵就是如此,前一秒还在因为她怄气,后一秒她一个表情,便能让你喜溢眉梢。/

(1)

无形中开始的冷战,像是看不到尽头一般,那晚之后的整整一周,俞洄尝试过无数时间点出门,可都碰不见池笙。

很明显,池笙在躲他。

正因如此,他更不敢一味地冒进。

一早上的时间,开了三个会。

午间休息时,孟景平来蹭俞洄的饭,吃饱喝足后,他坐在办公桌边上,笑着调侃俞洄:"又怎么了?前几天不还乐呵呵的?"

开会时,他就注意到了好友的心不在焉。

"吵架。"俞洄向后靠在座椅上,垮着脸轻揉眉心。

"你该不会是因为那件事生气吧?"孟景平细细思索,了然道,"真不至于,就是去吃个烧烤,男人嘛,气量要大一点。"

俞洄手上动作一滞,抬眸看向孟景平,问:"什么烧烤?"

"你不知道?"孟景平点开曲一宁的朋友圈,放大那张她们仨跟一群肌肉男拍的照片。

"你要为这个吃醋,不值得,这些男人她们就是看看而已,正宫还是……"孟景平还在不停地开导俞洄,虽然那天他看见时也很生气,但之后想想,确实没必要。

不过孟景平没注意到，俞洄的脸色已经彻底黑了下去。

原来还真是去寻欢作乐了。

当晚，俞宅。

俞家人丁本就不兴旺，更别说都不住在俞宅，除去俞晋维要求大家回来吃饭，基本没人会留宿，唯有俞晋维一个老人独自住在这山顶豪宅中。

无论是在集团内还是在家里，俞晋维一直崇尚狼性文化，因此俞洄曾经嘲讽过俞晋维，如今这番境遇，全是他自作孽。

俞洄刚踏进俞宅大门，一道奶声奶气的声音先来欢迎他："舅舅！"

陆茵穿着一条蓝色公主裙，看见俞洄，笑着朝他跑来。

俞洄一把抱起外甥女："你是不是长胖了？"

"舅舅你真不会说话，怪不得你没有女朋友。"陆茵一脸嫌弃地看着俞洄。

被戳到痛处，俞洄抽了抽嘴角，放下陆茵："自己玩去。"

陆川走过来，笑得温柔，揉揉陆茵的小脑袋，说："去玩吧，我跟你舅舅说点话。"

陆茵一溜烟跑开，没了人影。

"我看爷爷有意让你跟谭家那个小女儿联姻。"陆川递给俞洄一颗戒烟糖，扫了一眼不远处正在跟谭夫人聊天的任舒兰。

"他怎么想跟我没关系。"俞洄拆开包装，扔进嘴里，"你不是早就戒烟了吗？"

陆川打量着俞洄的表情，摇头笑笑："幼微让我给你的，劝你戒烟。"

"我又没瘾，偶尔才抽两根。"

"没瘾就趁早戒了，以后你老婆怀孕的时候也得戒。"

又往他心口戳刀子……

俞洄准备离这个讨厌的姐夫远点，却被叫住。

"即使你没有联姻的想法，谭氏是俞盛的大股东，你想跟俞文荣和俞烁斗，面上不要做得太僵。"

"所以我这不是给他面子来吃饭了吗。"俞洄眉眼间透着不耐烦，又站回原位，"换作你，你会怎么做？"

陆川仔细一想，也是，有点脑子的男人都不愿意和别的女人扯上关系，让自己真正喜欢的人误会。

"合作可以，拿婚姻换不至于。"

俞洄双手插兜，看向从屋内走出来的俞晋维、俞文荣和谭立同三人。

陆川继续补充："但你也不能让俞烁得了谭氏这个帮手。"

俞洄眉梢微扬："那是自然。"

正是吃六月黄的好时候，餐桌上，盐焗、香煎、花雕醉各种做法皆有。

俞晋维笑道："都是老熟人，这六月黄就是尝个鲜，等中秋蟹节咱们再聚。"

一桌人笑着称好，只有俞洄皮笑肉不笑地扯着嘴角。

俞晋维暗里打量俞洄，他拿这个小孙子真是……

桌对面的谭知韵同样在打量俞洄，她跟俞洄，确实认识很多年，但并不熟，这个人太难靠近了，性格过分桀骜乖张。

第一次见到俞洄，是在俞洄父母的葬礼上。那时候他们才上初中，俞洄却表现出这个年龄的人不该有的反应，更多的是沉静漠然。当时她爸对俞洄的印象就不错，他是做生意的人，很欣赏俞洄这种从小就表现出来的冷血。

后来高中毕业，两家人隐隐有要联姻的意思，她爸想让她和俞洄一起去留学，试着培养感情。谁知俞洄却直接在饭局上驳了所有人的面子，说他没打算出国。

那时年龄还小，她爸也不过是提前挑人，又不是非他俞洄不可。

直至前段时间，他们又在晚宴上遇到，这人还是很不可一世。

作为谭家的子女，谭知韵从小就知道自己得到的和应该付出的，在她爸给的一众人选中，俞洄是最出挑的，各方面也是最合适。

最重要的是，俞洄对她不感兴趣。

那挺好，结婚后谁也束缚不了谁。

饭后，俞洄起身走到窗边透气，想着该怎么跟池笙破冰。

不然……趁池笙不在家，把她在阳台上挂的衣服弄到他这边来，营造出一种是风吹过来的假象。

俞洄皱起眉，有些鄙视自己。

可以是可以，就是有点无耻。

"有没有兴趣合作一下。"谭知韵突然站到他身边，开门见山，直接说，"双赢的事……"

俞洄和她对视几秒，读懂对方的来意。

"没有,不感兴趣,你就这么甘愿受人掌控?"

谭知韵更是不懂他的话:"都是一样的家庭,你不明白吗?我享受了,自然该为家里付出。"

"我看你是被洗脑过度。"俞洄直接点穿,继而轻笑,"小孩才做选择,不能全都要?"

俞洄骤然想起自己的父母,他爸妈从未给他灌输过这种观点,反而是一再强调,许多东西是利益换不来的,顺从自己的心最重要。

还什么谭董事长最疼的小女儿,拉倒吧,都是工具人。

这种靠利益维持的婚姻,存在的意义是什么?

如果只有这一种选择,那他宁可不要,这几年他原本也没准备要结婚。

铃声突兀地响起,俞洄走到一边,拿出手机接通,深邃俊朗的五官一点点变得阴沉。

"什么?浅月湾?"俞洄握着手机的手一紧。

挂断电话,俞洄立刻查看丁铭发过来的消息:北都一小区突发大火,多人被困,目前伤亡人数未知。

俞洄心口一紧,收起手机,大步朝外走去。

俞幼微刚从二楼下来,正要问俞洄,老宅还有他之前的东西,要不要顺便带走,环视一圈,却没看见人。

"你舅舅呢?"

"舅舅接了个电话走了。"陆茵乖乖答道。

寂静的山顶遽然响起一道高亢声浪,顿时,别墅里的人都下意识向外望去。

这切割空气般的咆哮声,让在场男士的肾上腺素都上飘了几分,毕竟没人不爱跑车。

俞晋维面色一紧,下意识四处搜寻俞洄的身影。

没瞧见俞洄,倒是看见仓皇而来的老管家,俞晋维心中升起一股无名火 ——

"那臭小子是不是又祸害我车库里的车了!"

(2)

星瀚银配色的莲花超跑华丽而不张扬,疾驰而过时犹如天际滑落的一抹流星。

这一路上，油门几乎没放松过，俞洄还不忘拿出手机不停拨打池笙的号码，而每次的忙音都让他心里越发慌乱。

平日里以他的车速，从俞宅到浅月湾，最少也要两个小时，而今天，未出一个小时，他就到了浅月湾门口。

俞洄随意将车停在路边，抬头望去。

有一栋楼层中段位置，正冒着大火，暗夜里依旧能望见浓烟滚滚，很是瘆人，偏偏着火的还是 E 栋。

俞洄眼底的慌乱彻底掩饰不住，下车拨开人群往里走。

"先生，你别往里面去了。"保安拦住他。

俞洄单手将保安推开，目光四处探寻。

可小区里各处都围着不少人，他在人群中来来回回，不知找了多少圈，怎么也看不见那抹身影。

"池笙？"俞洄的声音越发急切，大声呼喊，"池笙？"

走过一个拐角，不经意间，俞洄余光扫见一只纤细的手，正拎着一条湿毛巾、一个透明袋，里面还有两条他很眼熟的金鱼。

视线缓缓上移，心口高悬的那块重石终于放下。

她应该是在慌乱中跑出来的，穿着一双卡其棕拖鞋，宽松的浅灰长裤和格子衬衫，全身满是湿漉痕迹，紧贴在身上，越发显得她清瘦娇小。

池笙正在给同事打电话，却猝不及防地被拥入一个坚实又温热的怀抱。

方才逃生时，被烟雾呛到，她的嗅觉暂时有些失灵，无法辨认出这人的味道。

可心跳声隔着胸腔和布料传来，她却莫名觉得熟悉。

是俞洄吧。

这几天，她赶了三个采访。

早晨天刚亮就出门了，下班后也没再拒绝同事的邀请，积极参加聚餐，每天都在晚上九点后才到家，只是为了不遇见他。

她把俞洄的消息设置成免打扰，也刻意不去看他的对话框。

可烟雾涌进屋内，发现起了火灾的那一刻，她脑中立马想起的却是隔壁的俞洄。

她装好芝麻包和朱丽叶，打湿全身，再带上一条浸湿的毛巾，在确认房门并没有发烫后，将门窗关好，迅速往外跑去。

她打开俞洄家的锁，确认他没在家，便顺着人群往下跑去。

俞洄的怀抱很紧，带着劫后余生的惊喜，几乎令她窒息。池笙无奈地轻叹一声，本能般地贴近这个怀抱。

她自己也觉得很矛盾，对俞洄，她一下很喜欢，一下却又想释怀，执拗的爱意混杂着委屈和不甘，像潮水一般，涨了又退，反反复复。

"池笙？池笙？"电话那头传来同事的声音，将她的神思拉了回来。

"对，情况就是这样，你赶紧过来吧。"她挂了电话，提醒抱着她不放的人，"俞洄，可以松开我吗？"

俞洄却依旧一动不动，生怕松了手她会消失不见。

"你先放开我。"池笙动了动身子，忍不住咳嗽几下。

俞洄终于放开了手。

池笙把手机还给旁边的闫皓，说："谢谢。"

在跑下楼时，她不小心被人撞到，手机摔了好几层楼，好在最后找到了，虽然已经碎得不能用，但能拿到电话卡，她已经很满足。

俞洄这才看见闫皓。

闫皓笑着回看他，那表情幸灾乐祸得很，仿佛在嘲笑他来得这么晚。

俞洄没闲工夫搭理闫皓，脱下外套，套在池笙身上，声音低柔："没受伤吧？"

"没有，咳咳……是21层的房子起了火。"池笙又咳了几声。

俞洄拉上她空着的那只手往外走。

池笙："去哪儿？"

"是不是吸到浓烟了？先去做个检查。"

池笙没拒绝，任由他牵着往外走。

小区大门口有很多赶来的记者，俞洄四下望去，见不远处的丁铭正在招手，牵着池笙走过去。

丁铭给两人拉开后座车门，弯腰问道："老板，车钥匙？"

俞洄将车钥匙从窗口扔给他，接着对前排司机说："开车。"

丁铭转身寻找他开来的那辆超跑，看见车周围站着一圈围观群众，他愣了几秒。

老板停的位置是不是太随意了点？

池笙被带去最近的医院做了体检。

一通忙活下来，她困得睁不开眼，重新上车后，还没来得及问俞洄接

下来要去哪儿,她就直接靠在舒适的座椅上睡了起来。

等醒来时,她发现俞洄正准备伸手抱她。

"这是哪儿?"池笙嗓音微哑。

"浅月湾的房子今天肯定不能住,先在我之前住的地方住一晚。"俞洄小心翼翼地看着她的神色,"你刚才没醒,我准备抱你上去。"

"哦,不用了。"

池笙自己下车,看向空空的掌心,发现芝麻包和朱丽叶在俞洄手里拎着。

电梯到了31层,是一梯一户的临江大平层,从入户到屋内,无处不充斥着空间的通透度与奢华感。

"浴室在这边。"

俞洄指了个方向,又去衣帽间找来一件白色T恤和中裤,还有一条新毛巾。

"去洗个热水澡。"

一个小时后,池笙从浴室出来时,俞洄正在书房处理工作。

"我……睡哪个房间?"她揉了揉被吹得蓬松的头发,不好意思地问道。

俞洄起身走到门边,指向右边第一个房间,又递给她一个手机。

"好,谢谢,麻烦你了。"池笙微微一笑,转身走向卧室。

俞洄看着她的背影,眸底墨色渐浓。

给乔璇和曲一宁报了平安后,池笙放好手机,调开小夜灯,准备睡觉,两道敲门声却冷不丁响起。

池笙想了几秒,还是说:"进。"

俞洄穿着与她无异的家居服,神色沉静,站在门口看了她一会儿。随后,他走进卧室,顺手带上门,掀开被子上床。

池笙原本是面向他,却因为他手上的力道,被迫转身背对他。

下一秒,俞洄从身后抱住她,下巴搁在她的颈窝里。

"那次是你害怕,要我陪你睡……今天是我害怕,就当是你还我的。"

俞洄不想让池笙看见他此刻的表情,他掩饰不住。

只有天知道他有多害怕,一如那次看见她孤零零站在礁石上,害怕大海会将她吞噬一般。

但凡跟池笙扯上关系的所有事，他的克制、冷静、自持就没理由地出走，剩下的只有惊慌失措。后怕感依旧残存在心中，俞洇止不住地收紧手上力道，仿佛要把池笙嵌入他怀里。

"对不起，我错了。"俞洇喉头哽咽得难受，"那天的话，我不是那个意思，我以后也绝对不会再说。"

池笙缓缓地眨眼，一口长气从胸口慢慢呼出。

深夜好像很容易放松底线，不对，一靠近俞洇，她就找不到底线。

明知是错，却控制不住，俞洇一出招，她根本招架不住。

这就是她恐惧、害怕的事。

十八岁时尚且不够勇敢，更别说今日。

跟俞洇在一起，到底会是跃入爱河还是跌进沼泽？

池笙慢慢转过身，圈住他精瘦的腰，侧脸贴近他的胸口，听着他稳健的心跳。

俞洇因为她的举动感到诧异，几分钟后，他的手在池笙腰间动了动。

池笙原本已经合眼准备休息，这次又醒来，抬头望向他。

俞洇的喉结上下滚动，回想起池笙那晚的每一个动作。他大胆凑近，用鼻尖轻轻摩挲着她的鼻尖，又蹭了蹭她柔软的脸颊。

"我做对了吗？爱斯基摩吻。"

俞洇垂眸，望见池笙纯澈透净的杏眼，一眨不眨地凝视着他，看得他心猿意马，情难自禁地再次凑近，低头在她唇上亲吻了下。

"晚安吻。"

池笙耳根发烫，可俞洇幽深的目光更让她心跳加速，像是有一根无形的线在指引，她的左手轻抚上俞洇的脸颊，仰头回了他一个极轻柔的吻。

"还你。"

愉悦与满足在心底徐徐升起，俞洇重新抱紧她，嘴角微扬。

斤斤计较真好，是美德。

（3）

翌日清晨，阳光洒在卧室的每一处，因为有纱帘阻隔，不至于太刺眼。

池笙幽幽睁开眼，她分明记得，昨晚拉上了那层不透光的灰色布帘。

她翻个身，旁边的枕头空空，早已没人。

她把脸重新埋回枕头里，近似于雪山在太阳照耀下融化的木质香萦绕在呼吸间，是昨晚俞洄怀里的味道。

池笙望着天花板放空了一会儿，拿起床头柜上的手机，解锁后，屏幕上出现的却不是主界面，而是备忘录。

第一条：密码都是451026。

第二条：书房里有电脑，可以直接用。

最后一条是：池某欠俞某早安吻一个。

呆坐片刻，池笙眼中漾起浅浅笑意，下意识摸了一下唇。

她下床推开卧室门，眼中景象让她顿住脚步。近270°的全景落地窗，视野宽阔，江景乃至北都多处都一览无余，尽收眼底。

放着这房子不住，俞洄怎么会去住浅月湾的一居室。

心中某些猜测被无限放大，却又不敢百分百地确定。池笙余光注意到餐桌上的一个保温袋，走过去打开，里面是早餐：豆浆、香菇鲜肉饺、黑松露烧麦、瑶柱糯米鸡、雪山香芋包……

这是连她的午餐也包了吗？

吃到一半，孟景平打来电话，池笙咽下口中的饺子，点了接通。

听了一会儿，她脸上露出诧异的神色。

"你等一会儿。"

池笙走去书房，打开电脑，启动后，她登上自己的邮箱。

"看到了，那俞洄……他知道吗？"

电话那头的孟景平大笑出声："就是因为他不知道，所以才说给他个惊喜。"

"好，知道了，我会先考虑。"

吃完后，池笙简单收拾了一下。

门铃响起时，她正在看今天杂志社出的报道。

是俞洄吗？

可这个时间，也不是他中午下班的点。

打开门，外面果然是俞洄。他穿着一身炭灰色人字纹西装，衣料硬挺精致，各处皆和谐得恰如其分，低调中又不缺层次感，越发衬得他沉稳冷静，矜贵傲然。

池笙的视线重新回到他脸上，见他欲言又止的模样，轻声开口问："你是回来拿东西？"

"不是。"俞泂目不转睛地凝视着她,"我要出差,大概明晚或者后天才能回来,你先住这儿,浅月湾那边多通通风。"

"好。"池笙弯唇一笑,"其实你打个电话或者发个消息就可以,不用特地跑一趟。"

"我一会儿在飞机上要午睡。"俞泂的目光微微下移。

池笙有些纳闷,找不到这两件事的因果逻辑:"然后呢?"

俞泂忽然倾身过来,那张俊脸在她的视线里放大,唇上一温,熟悉的气息立刻包围了她。扶在后颈的那只手带着薄茧,轻柔地摩挲,像是带着不舍的意味,酥酥麻麻的感觉一点点沿着全身经脉扩散。

俞泂站直身,悄悄打量池笙一眼。

他本想瞎扯一通,这个叫午安吻,但又怕池笙生气,索性亲完就跑。

池笙愣在原地良久,所以他绕这么一大圈,就为……

他不是上瘾了吧?

关上门没多久,门铃声再次响起。

不是吧,又回来了?

这次还真不是俞泂,门口站着两个人,一男一女。

"您好,这是俞总让送过来的衣服和鞋。"

"谢谢。"池笙接过,又看向另一个人。

"您好,我是颐悦轩的员工,这是俞先生点的菜品,请您签收一下。"

"谢谢。"池笙浅笑着接过,手上的分量有些重,打开保温箱一看,她轻叹一口气,哭笑不得。

她给俞泂发了条消息:太多了,我吃不完是浪费。

俞泂很快回了消息:下次注意,你别吃剩菜,晚上我叫人重新送。

池笙笑倒在沙发上,俞泂每次这样,都让她觉得自己是个生活不能自理的人。

池笙:不用,晚上我要去陆爷爷吃饭。

放下手机,池笙从手提袋中拿出衣服,是一条简单的法式小白裙和一双裸色芭蕾单鞋。

池笙嘴角微扬,是他挑的吗?

她试了下,竟意外地合身。

中午十二点一刻,湛蓝的天空找不见一片云的踪影,烈日悬于其中,

空气中不带一丝风。

池笙刚走进大厦,便感到一阵凉意袭来。

"笙笙,这儿!"曲一宁朝她招手。等她过来,曲一宁刷了卡,两人一起往电梯走。

"外面热吧。"曲一宁接过她手里的东西。

"还好,就下出租车到这儿的一小段路。"

曲一宁揽过池笙的肩膀,她个子高,池笙在她怀里显得很是小鸟依人。

"还是姐妹好,有好吃的都想着我。"

"你们公司人都不在啊?"

"我们老板请聚餐。"曲一宁难得的满脸愁色,"我说我拉肚子,就没去。"

电梯抵达,曲一宁带池笙走去公司的用餐间,打开包装盒,准备吃饭。

看见饭盒里琳琅满目的菜色,她有些惊讶:"这么多菜?"

"所以我说吃不完。"池笙转移话题,"阿璇又出差去了?"

"今儿一大清早刚走,飞江城,还不知道要待多久。"曲一宁哼笑,"反正我感觉她最近不对劲儿。"

"是因为景平吗?"池笙给她夹一块红烧肉,"可阿璇也不像是会因为怕谁,然后故意躲的人吧。"

曲一宁挑眉笑道:"傻妹妹,不懂了吧,烈女怕缠郎啊!"

池笙抽抽嘴角,脑袋里自动浮现出俞洞那张脸。

曲一宁不知想到什么,笑容逐渐放肆起来。

池笙不解地问:"怎么了?"

"你听过这句话吗?"曲一宁挪动椅子,靠近池笙,压低音量,"天蝎配白羊,三天三夜……嗯哼嗯哼。"

"嗯哼嗯哼是什么?"

池笙睁着一双干净通透的杏眼,一眨不眨地看着曲一宁。

曲一宁见她一脸单纯的模样,哪还说得出口。

"你一天天的不无聊吗?赶紧找个男人玩玩吧。"曲一宁又摇摇头,"不行,还是得我俩给你把把关,现在的男人可坏了……"

她接下来的絮絮叨叨,池笙没再听进去,而是拿出手机百度,这不搜索不要紧,一搜……池笙差点没当场表演一个"瞳孔地震"。

什么叫三天三夜……下不了床?

200

手机似乎变得有些烫手，锁上屏幕，池笙继续吃饭。

没吃几口，她却发现一件不得了的事。

她不就是白羊座吗？

她重新拿出手机，下意识搜索10月26日是什么星座？

四十秒后，那赫然的三个大字出现在屏幕上——天蝎座。

手机差点被她扔出去。

"怎么了？"曲一宁注意到她的异样。

"没……就是看见了一些胡编乱造的东西。"

下飞机后，俞洄带着一行人直奔江城新项目的施工部。

江城分公司的一众高层，还是头次见到这位传说中杀伐决断的小俞总，年纪轻轻却透着一股凌厉之气，一个个心都提到了嗓子眼。

这次总部不仅要考察江城新地块项目及周边的工程进度、展示区建设等情况，还要对江城分公司工程、研发、运营、人力、财务等职能部门进行考察。

这才第一天，开完项目调研会议已经是晚上十点。

俞洄赶工压缩时间，恨不得明天下午就回去，但有些事不是短时间能解决的。

孟景平揉着脖子，和他一起回酒店房间。

"你这个万恶的资本家。"

"你都这么说了，不剥削你我都不好意思。"俞洄扯松领带，解开领口一颗扣子透气。

"明天着重抓下那几个重点问题，我就回北都，其余的交给你和老明，结束了你俩再回来。"俞洄轻描淡写，安排好一切。

"你可真是，长得丑想得美。"孟景平恨不得给他来一拳。

俞洄嗤笑："睁大你的钛合金狗眼看清楚，我长得丑？"

"老明孤家寡人，你祸害他就算了，你对我是不是太过分了。"孟景平欲哭无泪。

"你就不是孤家寡人了？"

俞洄语气嘲讽，长腿一边走出电梯，留给孟景平一个冷酷无情的背影。

孟景平轻哼一声。

他就等着，等哪天池笙真进俞盛了，看俞洄的好戏。

中午和曲一宁吃完饭后,池笙直接回了爷爷家。

傍晚时分,池祺祥最喜欢的一个学生乔怀方来拜访,还亲自下了厨。

乔怀方半路从商,自己开了公司,发展得不错,之前池笙转行做记者时,乔怀方还帮忙引荐过。

饭桌上,三人聊起了今年这热得反常的天气。

"现在的发展,各种现代化,就是建立在破坏环境的基础上,生态越来越差,迟早要把人自己玩没了。"池祺祥越说越嫌弃。

"就好比峪景湾那个项目。"乔怀方接话。

池笙听见"峪景湾"三个字,下意识心中一紧。

"我之前在饭局上就听人提起过,这项目似乎有点猫腻。"

"乔叔叔,我多少了解一点,不过俞盛是拿到建筑许可证才启动项目工程的吧。"

池笙记得很清楚,之前她特地关注过,这个项目太大,其中每一步都是按照规章来进行。

"不一定是前期手续的问题。"乔怀方笑着摇摇头。

池笙突然被点醒,问:"那可能是实施落地时,规划方案有问题?"

乔怀方点头:"是这样听说的,不过谣言这东西嘛,也不一定可信。"

都是一辈人,池祺祥自然听过一些俞晋维的事迹,顿时面露不喜:"他们这种地产资本家眼里,只有利益,哪管什么保护环境的事。"

池笙没注意听爷爷的话,拿出手机,准备查一查峪景湾项目最近的动态。

解锁后,跳出来一条消息:

△俞盛总裁与谭氏千金好事将近,双方家长共进晚餐。

图中是谭氏一家人的座驾正驶进俞家那栋山顶别墅的入口处,而下方的关联词条显示:

△俞盛集团总裁深夜驾驶全球限量超跑,疑似带联姻女友出行。

动图中则是一辆如银色流星的超跑正从山顶别墅急速驶出。

这两张图放一起,很容易让人脑补出事情的经过。

池笙眼睫微垂,点开微博,两条话题都已登顶。

△俞洄 谭知韵

△俞盛 谭氏

不用想也知道，里面都是些什么内容，无外乎是强强联姻，天造地设的一对等等。

池笙没点进去，而是锁了手机，继续吃饭。

饭后，送走乔怀方，池笙立刻去洗碗，再替爷爷把三个鱼缸都清理干净，又和金鱼们挨个打招呼，似乎还嫌不够，她把家里打扫了个遍。

池祺祥诧异地看着孙女："今天可真勤快，早点休息。"

池笙朝爷爷笑了笑，放下扫帚，转身去洗漱。

做完一切，躺回小床，池笙才又打开手机，有几个未接电话，还有好几条消息。有物业和房东发来的消息；有程总编和同事的问候消息，说她这几个月可真够倒霉；有曲一宁和乔璇的八卦消息，她们也看见了俞洄的热搜。

还有丁铭为俞洄做证的消息。

丁铭：池记者，我们俞总的副驾驶座就不可能坐别的人，男人我都没见过！他开那辆超跑是为了去找你，绝没有那些八卦记者写的内容！

丁铭发了一张那辆银色莲花超跑停在浅月湾小区门口的照片。

也有俞洄发来的消息，和他打来的未接电话。

俞洄：我没有。

隔了一个小时后，他又转发了一条消息过来，俞盛集团官方微博发出一份声明，大概是斥责该媒体报道不实消息，将会对其追责，而微博标题是"我们俞总说了，要把你们告到破产"，末尾还带一个笑得龇牙的表情，肆无忌惮又阴阳怪气。

池笙没忍住笑出声。

这很有俞洄的风格，可是也太不正经，他们俞盛的公关部就任由他这样胡闹吗？

之前她听娱乐板块的媒体朋友透露过，谭知韵似乎钟爱在娱乐圈找男友，历任皆是。

她也猜得到，事实八成不是媒体写的那样，可是不想去面对也是真真切切的。

逃避虽然可耻但有用，果然是条真理。

这起起伏伏的心情让人好疲惫。

池笙：那祝你告赢。

俞洄几乎是秒回：真坏，池某某肯定是故意不回我消息。

池笙没再搭理他，扔开手机睡觉。

　　远在江城的俞泂，连明天的事务都不想再管，只想立马飞回北都。收到池笙的消息后，他望着窗外一闪而过的夜景，神色稍缓，悬着的心放下。
　　他现在跟只惊弓之鸟似的，生怕两人再回到冷战期。
　　丁铭在后视镜里看见他放下手机，立马转头报告："明天的会议和视察工作，都给您安排在早上，回北都的机票已经订好。"
　　"就这样，最主要的是赶紧给我告这家媒体。"
　　丁铭点头："总部的法务已经在处理。"
　　他们正在去一家金鱼拍卖会的途中，只不过拍卖会是在明天，这倒变成提前挑选了。
　　也不知道老板是什么时候又痴迷上金鱼的，深夜陪老板买金鱼，他应该是头一个拥有这种体验的总助。
　　第二天下午近五点，江城飞北都的航班终于落地。
　　俞泂没精力顾及身心的疲乏，直奔滨江公寓，没想到却扑了个空。公寓里很空，很干净，一如他曾经住的那段时日，十分冷清。
　　池笙没在，那两条金鱼也没在。
　　他又马不停蹄地开车去浅月湾。
　　回到家，俞泂准备换好衣服再去找池笙，眼尾余光却注意到关得严严实实的阳台门。
　　他怎么不记得他关过阳台门？
　　站在原地回想了一会儿后，俞泂又去查看房间和浴室的窗户，无一例外，全部是关闭状态。
　　他想起那晚的火灾，谁会来给他关窗？
　　不过片刻，俞泂心中渐渐明朗。
　　他打开手机，查看监控软件，不断地下拉着一个个视频，直至某个时段的监控里出现一道模糊又纤细的身影。
　　俞泂点开那段视频，池笙微颤的声音从手机听筒里传来，有些不清晰。
　　"俞泂？咳咳……俞泂？你在吗？"

（4）
　　今天，池笙家里不同于往日，多出了一道叽叽喳喳的吵闹声。

一只"小蓝胖"在她手心里蹦蹦跳跳。

池笙的双眼好似变成星星眼,原来和尚鹦鹉能这么可爱,真是萌得她心都快要融化。

池笙在心里暗叹,完了,继金鱼之后,她不会又爱上鹦鹉了吧。

敲门声响起,池笙把"小蓝胖"轻轻放回箱子里,趿上拖鞋,小跑着去开门。

她快半年没吃炸鸡,对这个外卖,属实是迫不及待。

待打开门,池笙看清来人,眼中闪过一抹诧异,扶着门框的手微微一紧。随后,她嘴角漾起浅笑,柔声道:"你回……"

"来"字还未说出口,纤柔的腰便被一股大力带去,随之而来的是俞洄高大的身影,将她尽数覆盖住。

俞洄俯首吻来,不同于前几次那好比棉花糖一样又轻又软的吻,此刻,却是湿漉又滚烫,两人唇间逐渐发出暧昧的声音。

池笙如提线木偶般顺着俞洄的主导,双手亦不知什么时候圈住了他的脖颈,任由他在她的唇上火热地辗转厮磨。

玄关墙壁上,秒针在不断转着圈。

直至呼吸不顺畅,池笙才稍稍推开俞洄的胸膛,吸入新鲜空气。

俞洄也回过神来,视线落在她被吻得略肿的嫣红唇瓣上,喉结本能地动了下。

"呆子。"

池笙微扬起脸,乌亮的双眼中荡漾着水光,一脸迷茫地望着他。

俞洄说:"那么紧急的情况,你先逃生才最重要,去管我做什么?"

原来他是指这个,池笙垂下眼睫,小声咕哝:"那换作是你,你会怎么做?"

俞洄一时噎住,换作他,他也会去确认池笙是否在家,是否安全。

池笙重新被他揽入温暖的怀抱里,只不过这次动作很轻。

"那你也没必要特地去关门窗。"俞洄轻叹,有些无奈。

池笙打算为自己辩解一下:"我确定了是楼上着火,在相对安全的情况下,才顺便帮你关门窗的,万一火势后来会蔓延的话,多少也能减少对我们这层楼的……"

"嘴硬。"俞洄声音低沉,呵斥中却带着一股暖意。

见他低头覆下来,池笙忙捂住他的嘴。

她的舌根还在发麻，再说短时间内，真的不想再体验一遍快窒息的感觉了。

俞洄眼底笑意浮现，她在想什么？

"什么声音？"俞洄侧耳听去，屋里传来一阵叽叽喳喳的声音。

"是'小蓝胖'。"池笙嘴角微弯，眨着杏眼。

"'小蓝胖'？"

俞洄靠在沙发上，看着池笙对这个蓝银丝颜色的小鹦鹉爱不释手的样子，轻扯嘴角。

真是个电灯泡。

"两个月以下的小鸟，通过喂奶粉培养感情是最快的。"池笙不停地给他讲着注意事项。

"还要喂奶粉？"俞洄一脸嫌弃，"它怎么不上天。"

池笙撇撇嘴，继续说："需要的东西我都买了一些，具体注意事项，我写了几张便笺，你找时间给茵茵送去吧。"

"茵茵？"俞洄面露疑惑。

"对啊，你不是说要给茵茵买生日礼物吗？"

俞洄扶额，他彻底忘了这回事："好。"

收到池笙细细打量的目光，他别开视线，转移话题："这'走地鸡'会说话吗？"

"什么'走地鸡'？难听死了。"池笙眉心蹙起，"人家叫和尚鹦鹉，这个品种很黏人的，多可爱啊。"

他说一句，池笙要顶十句，还是为了只"走地鸡"撑他。

俞洄眼神不善地盯着"小蓝胖"："行行行，小和尚。"

这人可真讨厌，看着他笑得一脸无赖，池笙踢了他小腿一脚。

"去，把笼子拼好。"

俞洄照着吩咐一一摆弄好。

池笙翻出视频，递给他看："它们是会说话的，也会和你贴贴、撒娇。"

"我也想和你贴贴。"俞洄缓缓凑近。

池笙一掌拍开他的脸，自顾自地说："它们还会跳求奶舞。"

她的手指在屏幕上划过，下一个视频里的"小蓝胖"正在重复"妈妈真可爱"。

俞洄忽然看向池笙，问："这么喜欢你不养一只？"

"没精力,看看别人养就好了。"池笙把"小蓝胖"放进鸟笼里。

俞洄声音放柔几分,盯着她的侧脸:"又没睡好?"

"没有啊。"池笙淡淡扫一眼他,指了指鸟笼和旁边的箱子,"你回去吧。"

这就赶他走了?

俞洄变脸比翻书还快,抿起薄唇,满脸写着不高兴。

敲门声打破了两人间短暂的沉默,俞洄起身去开门,外面是外卖员,不是什么乱七八糟的人。

"我还没吃饭。"

走回客厅,俞洄直接打开包装盒,虽然看着不是很有胃口,但不吃也没其他选择。

"我只点了一人份。"

池笙伸手,想拿回来,却被俞洄打了一下手背,这个厚脸皮的人还不忘朝她扬扬眉梢。

最后,俞洄吃完了大半的炸鸡。

瞧着怨念颇深的池笙,俞洄笑出声:"兜风,去吗?"

"没劲。"池笙撇撇嘴,吃都没吃饱,还兜风。

"顺便吃点好吃的。"

俞洄钩着她的手指,轻轻晃了两下。

池笙扬起脸,又气又想笑,原来在这儿等着她呢。

"我去换衣服。"

俞洄笑意难掩,拿起沙发扶手上的西装外套,往外走。

电梯里。

俞洄单手扶着电动滑板车,目光落在镜子里的池笙身上,她穿了之前他买的那条淡奶油芍药粉色的层叠纱裙,吊带裙的款式。

俞洄抬手撩起她鬓边发丝,替她别到耳后。

池笙在镜中看着他温柔至极的一举一动。

随后,两人的视线对上。

俞洄眼底染上笑意,对镜中的池笙柔声说:"真好看。"

望着他清隽的眉眼,池笙怔怔出神,那个穿着白色校服的身影,忽而与此刻的俞洄重叠。

"叮！"电梯发出的声响打断回忆。

俞洄带着池笙在小区里兜了两圈后，直接上了路，还是跟上次一样，一人一只耳机。

今天的第一首歌是 *Green Tea&Honey*。

> Be my Green Tea in the morning
> 晨曦的热茶
> Be my,my sugar honey
> 我的甜心
> You're just so great
> 我朝思暮想的女孩
> I wonder girl
> 我想知道
> I wonder why you love me
> 想知道怎样才能和你在一起

当歌手唱到这段时，俞洄无法观察池笙是何反应，只能看见她毛茸茸的脑袋。

这电动滑板车怎么不设计一个后视镜？

两人也没跑太远，池笙在附近商场的连锁面包店买了贝果和甜甜圈。

一出店门，池笙面露难色，拒绝上车。

"要不走回去吧，在路上人来车往还是挺……刚刚我都是闭着眼的。"

"行，下次你可以早点说。"

俞洄有些丧气，看来肯定没听清歌词。

天空变成蓝紫色，三三两两的路人慢悠悠地逛在人行道上，时不时传来交谈声。

池笙晃着手中的袋子，悄悄看了一眼身旁的俞洄，问："白姨不是说你嘴很挑剔？"

"她只是嫌我挑食。"俞洄笑道，"到处败坏我名声。"

说起名声，池笙想起昨天发生的事："之前基本上没有你的任何报道，为什么会突然有娱乐记者去蹲你，你不觉得奇怪吗？"

她想了很久，还是感觉不对劲。假如之前俞洄有意压下与他有关的任何消息报道，那同理，昨天也不会出现那种情况。

俞洄关注的重点却不在此，一双笑眼注视着她，仿佛要把她看出一个洞来。

"你还特地关注过我？"

池笙伸手拧了他一下："我在跟你说正经的。"

"我说的怎么就不正经了？"俞洄直接承认，"是，我有让公关部压下我的报道。"

从回国的第一天起，他就是这么做的，只有俞盛新任执行副总裁是何人的消息，却没有放出他的照片，甚至在俞盛官网上高层们的职位表里，众人皆有照片，唯独他没有。

他一直自欺欺人地告诉自己，他那是低调。

可实际真如此吗？

不是，他只想看池笙有没有忘记他，还会不会对他好奇，会不会制造点什么偶遇，哪怕是叙叙旧也好。

只不过先熬不住的人是他。

池笙要么是耐性好，要么就是对他并不上心，有可有无。

他和她，现在这说不清的关系，也是全靠他死缠烂打。

俞洄垂眸望向池笙，喉头泛着苦涩："五月份的时候，你知道是来采访我吗？"

池笙的目光转开，思绪一下子被拉回天气刚变暖的五月。

她当然知道，她一直在关注俞洄的消息。他毕业去了阿尔及利亚，在俞盛官网上的报道里，只有一张他的背影。回国进入俞盛总部后，他的铁血手腕，地产圈里谁不知晓。

他如果想找她，和她有什么交集，那只是一件轻而易举的事。

可是没有。

原本她可以在江城做完手术再回北都，这个采访也不是非她不可，可她好不容易碰到和他见面的机会，又怎么会让其在手中溜走，任何事好像都能暂且先往一边靠。

其实采访前，她期待又开心，是他先忍不住找了她吧。

可俞洄的种种反应，又证明那次采访，不过只是巧合而已。

她至今仍然不明白，也不敢确定，俞洄突然性情大变，和她纠缠不清的原因到底是什么。

是喜欢她吗？那为什么在他口中从来都听不到"喜欢"二字？

对俞洄，某些时刻，她是真真切切地上头，像是磁石，不受控制被吸引的磁石。

她一直很羡慕那些会勇敢追爱的人，只是这份勇敢，并不是人人都有，曾经她也有，可勇敢一次未遂后，这东西似乎已经完全从她的人生字典里剔除出去。

池笙再次看向俞洄时，眸中已恢复一派平静。

"你这是什么问题？我当然知道采访的是你，不然怎么做提纲。"她淡淡地笑着，"总编还告诉我，一定要做好准备，说你并非池中之物。"

在听到前半句时，俞洄眼底隐现欢喜之意，可后半句却把他打回原形。

他就知道，瞎存什么幻想，心底的酸涩犹如狂草般开始疯狂生长，然而他早已习惯这感觉。

"大概是跟谭家那边有关系。"俞洄的声音蔫了几分，哪还有刚才的神采奕奕。

"这种可能，倒也说得通，谭家想借舆论压力来和俞家联姻，捆绑营销？那……"池笙快速捋顺逻辑，忽然看向俞洄，"那你这不是打了谭家的脸吗？"

俞洄俊脸紧绷，不满她做案例分析的语气，他都跟别人传出要联姻的消息，她还能淡然处之。他真的搞不懂池笙，对他的亲近不排斥，但貌似也并未有多上心。

他无奈地叹气。

"你叹什么气？"池笙纳闷。

俞洄淡声道："我没打算跟任何人联姻，听清楚了吗？"

心底本已沉静的湖水又泛起涟漪，池笙面上却依旧表现得很平静，和他对视几秒后，转回了头。

看着她波澜不惊的侧脸，俞洄深感犹如一拳打在棉花上。

回到浅月湾，两人互道晚安后，直接回了家。

洗完澡，池笙还没来得及吹头发，手机响起一道消息提示音。

俞洄：开门，给你个东西。

池笙下意识看了眼全身镜中的自己，理顺头发，才走向玄关。

门刚一开，俞洄对着她喊了一声："没良心的。"

他喉结微动,语气里全是对自己的怒其不争,近乎妥协般地说:"给你买的十一红。"

透明袋里,游着一条十一红兰寿。

看着那条游姿欢快可爱的十一红,池笙原地怔了半响。

十一红兰寿头部的肉瘤是和菠萝头一样的嫩黄色,银白体色,唯有嘴巴、眼睛、胸鳍、腹鳍、臀鳍再加上鱼尾,共十一处呈红色。顶瘤和腮瘤都比较发达,是一张完美的娃娃脸,背部宽厚,樱尾双臀鳍,尾部张力很好,整体十分协调。

池笙蓦地一笑,双眼弯弯,像是皎洁的上弦月,看得俞洄那一丁点的怨气也消失了。

喜欢一个人大抵就是如此,前一秒还在因为她怄气,后一秒,她一个表情,又或者是一个小动作,便能让你喜溢眉梢。

池笙连忙接过,目不转睛地盯着手中的透明袋,因为步子太急,差点被自己绊倒。

"至不至于?"俞洄笑着关上门,勒令她去吹干头发。

"你在哪儿买的金鱼?"

把吹风机挂回原处,池笙对着镜子撩了下额前碎发,头发又长了些。

"江城。"

池笙走出来时,俞洄在和鱼缸里的芝麻包玩,芝麻包正紧随着他在鱼缸外壁滑动的手指游移,他手上动作未停,一双眼却仿佛黏在了她的脸上。

他真好看。

若不是身处二十一世纪,池笙都怀疑俞洄是不是用了什么灵力,一到夜晚,她对他又开始毫无抵抗力。

"你出差才回来应该很累吧,快去好好休息。"

池笙三下五除二把高出她不少的俞洄往外推。

"晚安。"

她露出一口小白牙,朝俞洄挥挥手,关上门。

俞洄站在门口,愣住许久,随后拿出手机,单手叉腰闷着一口气,给丁铭发了条语音。

"马上给我做一个挂在墙上的铜牌,字就写'浅月湾第一没良心的人,池笙'。"

（5）

上班族最喜欢的工作日，一定是周五。

杂志社的茶水间里，池笙听着同事们都在谈论如何过周末，各种打卡地和餐厅听得她的头都大了一圈。

回到工位上，池笙浅抿一口刚泡好的金芽滇红，入口柔顺，浓郁醇厚的口感带着蜜香，很难让人不爱。这是池笙从池祺祥那儿顺来的茶，池家人爱喝茶，池祺祥那儿更是不缺，总有他的学生来给他送茶。

池笙挪动鼠标，又看了下邮箱里那封俞盛人事部发来的邮件。

思索再三，她还是拉开抽屉，拿出一张纸，开始写辞呈。

夜幕降临，蜿蜒成片的路灯亮起，霓虹闪烁，这座城市才正式开始展现魅力。

踏入 Min-nightAnimal 俱乐部，其中烟雾缭绕，蓝色系灯光让氛围显得朦胧迷离，全场群魔乱舞。

也不知道是谁突然冒出一句"今天不蹦迪，明天变垃圾"，引来一片笑声。

俞洇身着灰色西装，内搭一件黑T恤，冷厉严肃感减去，多了几分随意，他单手插兜，打着电话，径直朝二楼后场走去。

包厢门被侍者打开，谢云帆让身旁的人让开，招呼着俞洇坐下。

"我查了，那些狗仔是去蹲谭家小女儿的，她跟一个明星在谈恋爱。"谢云帆边说边倒酒，递给俞洇。

俞洇接过，意思性喝了一口。

"真是吃瓜吃到自家身上。"谢云帆一脸晦气，"你猜怎么样？还是我家的艺人。"

俞洇轻笑一声，跟谢云帆碰杯。

谢云帆家的娱乐公司，在国内也能排进前五，手握不少娱乐圈资源。

"你确定吗？我倒觉得，会不会是俞烁。"俞洇晃着手中酒杯，"假如我跟谭氏闹得不好看，他肯定要浑水摸鱼。"

"他就那么闲？"谢云帆又摆摆手，"也不是没可能，他那什么做不出来，我再让人仔细查查。你非要把那家媒体搞破产不可？那么较真，到时候该说你小气。再说你这样，谭家面子上过不去。"

俞洇没说话，又喝下一口烈酒。

212

"不就是逢场作戏的事,你又没女朋友,难不成还怕谁误会?"

"你怎么知道我没有?"俞洄淡淡瞥一眼他。

"看你这欲求不满的样子,"谢云帆挑挑眉,"吵架了?"

俞洄沉默不语,长腿一伸,后靠在沙发上,神色略显消沉。

谢云帆打了个响指,门边立马有人走过来。

"把我的那瓶 Martell(马爹利)拿来。"

"休想让我陪你喝酒。"俞洄跷起二郎腿,一副傲娇样。

"这你就不懂了吧,酒解千愁。"

谢云帆接过服务生递来的马爹利,猛地往俞洄杯里倒酒,琥珀色的液体流出瓶口,空气中弥漫着醇厚的酒香。

"多喝点,酒是多好的借口啊。"谢云帆开始传授过来人的经验,"脸这东西嘛,有时候也可以不要的,目的达到就行。"

他搂上俞洄的肩膀,笑得很是纨绔:"借着喝了酒的借口,撒撒娇,犯犯小浑,要不怎么说人家女孩子心软呢。"

边上的其他人纷纷不怀好意地笑起来。

"滚滚滚。"俞洄拿开谢云帆的胳膊,"那是你,我才不屑干这种事。"

话虽说得痛快,俞洄却并没有离开,而是拿起杯子喝了起来。

谢云帆翻个白眼,他这兄弟,迟早要吃嘴硬的亏。

司机将俞洄送回浅月湾时,已是凌晨一点。

俞洄勉强维持在一个还算清醒的状态,站在自家门口犹豫两秒后,转身朝隔壁走去。

敲门前,俞洄特地左右闻了闻,确认身上没有奇怪的香水味。

他一手撑着墙,心想为什么永远都是他在敲池笙家的门。

寂静的夜里,敲门声显得格外清晰。

一分钟后,门才徐徐打开。

"大半夜的,你干吗?"池笙语气不悦,因为光线的刺激,微眯起眼,打了个哈欠。

俞洄抿起薄唇,因为她的质问,心里泛起一丝委屈。

"喝醉了。"

这执拗的语调,让池笙一下想起俞洄来找她的那晚,无奈又好笑。

"喝醉就来找我,我能让你不醉吗?"她双手交叉,环抱在胸前,"朋友,你家不就在隔壁?"

原本一点点的委屈被无限放大，俞洄把头别向一侧，无声表达自己的不高兴。

谁要跟她做朋友。

池笙轻叹一声，扶着脚步不稳的他，走到他自己家开了锁，再把他扶进屋，暂且安置到沙发上坐着。

"怎么喝这么多酒？"

池笙拿出手机查解酒知识，去冰箱找牛奶。

可才打开冰箱门，跟跟跄跄的脚步声就紧随其后，池笙刚要转头，左肩忽地一重，猝不及防地被俞洄从身后圈住。

"坐好，你干吗？"池笙耸了耸肩。

俞洄的下颌依旧搁在她的颈间，耍赖似的晃了两下："你要去哪儿？"

"我能去哪儿？给你倒牛奶解酒啊。"池笙拿起牛奶盒给他看。

俞洄闭上眼，装作充耳未闻，自顾自地发牢骚："一天天的，你就管那些胖头鱼和'走地鸡'，你一点都不在意我……"他越说越憋屈，"你都不知道我有多难受……"

他这是在撒娇？俞洄会撒娇？

池笙忍不住咧嘴笑起来，摸出手机，开始录视频。

谁还不会留点证据威胁人了。

听他絮絮叨叨一会儿后，池笙有些受不了肩上的重量，不禁怀疑他是不是想趁机谋杀她。

"你太重了，快站好。"

"不要。"俞洄收紧双臂，牢牢贴着她。

池笙用了九牛二虎之力，终于把他推开。

这是喝了多少？一会儿可别再吐。

"我喜欢你。"

池笙正一只手倒牛奶，一只手握着手机，没注意到俞洄含混不清的话。

"你说什么？"

倒完牛奶，她往旁边走几步，将盒子扔进垃圾桶，谁想俞洄立刻跟狗皮膏药似的缠上来，把她重新拥进怀里。

"我……你。"

俞洄半睁着眼，在她的耳根下方蹭来蹭去，嗅着她特有的淡淡牛奶青苹果香味，这是他最喜欢的味道。

"哼哼唧唧说些什么?"

池笙笑着抬起手,想像上次一样,轻轻拍几下俞洄的脸。

俞洄却顺势将她的手握进干燥温热的掌心里,放在唇边轻吻了一下。

"我喜欢你。"

空气似有几秒钟的凝滞,池笙笑意一滞,瞳孔微微放大。

他低哑的嗓音传入耳中,每个字都清晰可闻:"我喜欢你,你却总是装不知道,可真够坏的……"

池笙愣愣地抬眸望向正在录制视频的手机屏幕,待她回神,心跳已不复方才的平和。

"你再说一遍。"

"我喜欢你。"俞洄乖乖照做,"喜欢呆笙。"

Chapter 08
八尾齐腮红

/就像是心里那片盎然绿地,忽然间变为寸草不生的枯地,荒芜又苍凉,眼看着它一点点露出皲裂,却无能为力。/

（1）

翌日清早,俞洄在生物钟的作用下醒来。

他忍着头痛欲裂的难受,睁开眼,想揉揉太阳穴,却发觉手被什么东西压着,手臂发酸。

偏过头,他才看清,是池笙正枕着他的胳膊睡觉。

他开始搜索断片的记忆,隐约记起他把那句话说出口了。

池笙被他的动静吵醒,缓缓睁眼看向他,不悦地瞪了他一眼,示意他赶紧把手撤回去,接着又闭眼继续睡。

俞洄靠在床头,静坐一会儿后,起身去洗澡。

二十分钟后,他回到卧室,浑身带着沐浴后的清香,手里还拎有一根午夜蓝的领带。

池笙也已经醒来,正在看手机,只见俞洄单手扣上衬衣,缓步朝她走来,轻咳了两声,嗓音还充斥着清晨醒来的倦哑。

"也不知道,"他凝眸望着池笙,用试探的语气问,"我女朋友,会不会打领带。"

池笙清秀干净的眉眼里找不出一丝情绪波动。

俞洄只觉得自己骑虎难下,好生生的,他问这个做什么。昨晚没控制住酒量,喝了太多,他只记得对池笙说了"我喜欢你",却不记得池笙是何种反应。

在他渐渐失望的时候，池笙忽然轻声开口："我试试吧。"

俞洄脸上的表情像是被定格住，愣在原地。

池笙在心底暗笑，他这模样，倒让她感觉他是真心实意的，而不是和她一样上头了而已。

"给我。"池笙起身，挪到床边朝他伸手，"不然怎么给你打领带。"

俞洄心里又惊又喜，眉开眼笑地问："你会吗？"

"不会，可以给你打红领巾结吗？"

"我教你。"

俞洄将她牵到落地镜前，一步步地教。

"宽边压住窄边，从领口掏出宽边，再从左边拉出来向后绕，往上插进领口……"

池笙这个学生十分认真，认真执行每个步骤，而俞洄作为老师，却心不在焉，目不转睛地只顾盯着她。池笙现在眨个眼，他都感觉那纤长的睫毛像是在他心上挠痒。

鼓捣了一会儿后，池笙不好意思地笑笑："好像……有点奇怪。"

"没事。"俞洄三两下拆开领带结，"多打几次就会了。"

三次后，这个温莎结看起来总算像模像样了。

"会了？那以后就由你来打领带。"俞洄面上的喜意藏也藏不住。

"你酒还没醒吗？做梦去吧。"

池笙眼梢弯弯，继续给他整理领带边缘，却突然想起来什么。

"不对，今天不是周六吗？"她疑惑地看向俞洄，"你要去加班？"

俞洄扶住额头，大笑出声："酒喝太多，脑袋短路，我忘了。"

池笙低头，跟着笑出声："笨蛋。"

腰间传来熟悉的力道，清爽须后水的味道也在逐渐靠近，池笙下意识别开脸，俞洄凉凉的薄唇贴在了她的脸颊上。

"你要干吗？"

"某人还欠我一个早安吻。"

话音刚落，池笙的双手手腕便被俞洄握住，反剪到身后。他低头就要去亲她柔软的唇，池笙却誓死不从，将脸歪向另一侧，俞洄的吻顺势落在她耳根处，细细摩挲。

"痒啊……"池笙忍不住躲开，"还没刷牙。"

"我刷过了。"俞涧压低嗓音，喃喃出声，一副求吻姿态。

池笙嘴角微翘，轻声咕哝一句："可我还没刷。"

"那快去。"

俞涧的声音里染了笑意，火急火燎地推着她去卫生间，拔下电动牙刷头，从柜中拿出一个新的换上，递给她。

"刷吧，我就在这儿，看着你刷。"

池笙刷着牙，俞涧靠在墙边，虎视眈眈地盯着她。

刚刷完牙，她还没来得及擦去唇边水渍，双腿骤然离地，被俞涧抱着坐上洗手台。她没推开他，一边回吻，一边圈上他的脖子。渐重的呼吸声和唇齿交缠的口水声细微地响起，安静的空气中流动着不安分的燥热。

直至俞涧的手从她睡衣下摆探进去，指尖冰凉的触感让池笙不由自主地颤了一下，她猛地睁眼，有些心慌地抓住他的小臂。

俞涧望着她，她的肌肤已经染上一层红晕，他喉结滚动，眼底是浓得化不开的幽深。

池笙忽然发觉，因为和俞涧认识多年，她似乎自动忽略了他作为一个男人的危险性。

"不上班，那再睡一会儿好不好？"俞涧柔声和她打商量。

池笙警惕地看着他，不张口。

俞涧只觉得冤枉，刚才那个动作……更像是出于他本能，不是故意为之。

"你放心，我什么都不做。"

这话让池笙更加迟疑。

俞涧举起一只手发誓，这和平日里他的形象不大相符，成功地把池笙逗笑。

见她笑了，俞涧只当她是同意了，抱起人就回卧室。

池笙没想到，俞涧当着她的面就开始换衣服，宽阔挺拔的肩膀，紧窄的腰，纹理分明的腹肌和人鱼线……

她的心跳顿时如擂鼓一般，立马别眼，躺下睡觉。

俞涧将她拢进怀里，低声说："今天就别想你那些……"

"你再那样说试试。"池笙打断他，他起的那都是什么别称，难听得要死。

"我叫你小狗，你乐意吗？"

"可以啊，你叫我大狗都可以。"俞洄就差没"汪汪"叫两声来表达自己的不介意。

"我看你是癞皮狗。"池笙拧了一下他的胳膊。

俞洄思索两秒后说："那不行，癞皮狗太丑，跟我气质不符。"

池笙真想让他去开门，看看是不是无语到家了。

俞洄抓着她的手，合上眼，心里像是被灌了蜂蜜一样甜。

"睡觉睡觉。"

炽热阳光透过飘窗照射在深棕色地板上，透着温暖的味道，不大的卧室内静得只有深浅不一的呼吸声。

突然响起的手机铃声显得格外刺耳。

俞洄率先醒来，眉头紧皱，拿过手机接起："喂？谁？"他哑着声，语气很不耐烦。

怀里的池笙转了个向，背对着他，让俞洄心中更加不爽。

对面传来一个女声："这不是池笙姐的手机吗？"

俞洄一愣，在池笙耳边轻声唤她："呆笙，你的电话。"

池笙转过身，睁开惺忪睡眼，接过手机，下意识埋进他的胸口听电话，听了一会儿，她的声音骤然高上几分："什么？"

她拉开俞洄环在她腰间的手，起身下床，穿上拖鞋往外走。

"你姐现在状态还好吗？我马上过去。"

还在床上的俞洄一头雾水，连忙跟着起身，问："怎么了？"

"一宁那儿出了点事，我要去一趟。"

池笙开了门锁，走回自己家。

俞洄心里一百个不乐意，下午他还想带她出去玩，谁知道又被破坏，但见池笙一脸着急模样，也没多说。

"我送你去。"

池笙没拒绝，点点头，"好。"

几分钟后，换好衣服的两人到了地下车库。

俞洄有好几部车停在浅月湾，池笙原以为他会开一辆双门轿跑，没想到他径直走向一辆深宝石蓝的宾利添越。

池笙难免纳闷，他自己开车的时候不是都喜欢开跑车吗？

俞洄没注意到她的目光，边解锁边给她拉开后座车门。

刹那间，池笙恍然大悟，浅月湾发生火灾那晚，他是开了跑车赶来，

又叫人另外开一辆四门的车来接她，难道就因为怕她坐不了前排？

她没想到俞洄还在意她出车祸的事。

"没关系，我只是不能开车，但我可以坐副驾驶座。"池笙拉开副驾驶座车门坐了进去。

"曲一宁出什么事了？"俞洄打着方向盘，将车开出地下车库。

"只是和家里有点矛盾。"池笙没有多说，毕竟这是曲一宁的事，她没理由跟别人提起。

曲一宁父母在她小学时离了婚，初中时，她转学来北都，跟她妈妈住。但她妈妈早已有了新家庭，后爸倒并不讨厌，曲一宁和新的弟弟妹妹相处得也还挺好。可毕竟是重组家庭，总会产生摩擦。曲一宁时不时会跟她妈妈吵一架，尤其是在结婚这件事上，她妈妈很不喜欢贺成，不同意他们结婚。

这次不知道又是为什么吵架。

见池笙不愿多提，俞洄没再问，而是说："要不要我帮忙调解调解。"

"你？"池笙轻笑，"该干吗干吗去吧。"

俞洄也不恼，眉眼带笑："那我等你？"

"不用，你先走吧，估计今晚我还要陪一宁。"

以前也是这样，每次曲一宁和家里吵架后，要跟她倒一晚上的苦水。

"不是……"俞洄皱起眉头，隐约升起一点不悦，"那我就该活该孤家寡人？"

有了女朋友的第一天，他就要独守空房？这合理吗？

池笙打量着俞洄的神情，认真地点头："嗯。"

俞洄不解地轻哼一声："男朋友不是应该比好朋友重要吗？"

池笙想也没想就摇头："还是具体情况具体分析吧。"

提起曲一宁，她笑得十分温柔："我车祸那段时间，一直都是她俩在陪我，从没有说过一个'累'字，我早把她们当家人了。"没有曲一宁和乔璇，她估计也不会那么快好起来。

"那明天你总该有时间了吧？"俞洄的语气霸道中又带点宠溺，"带你出去玩好不好？"

"看一宁的情况吧。"池笙抬手指了指路边的位置，"在前面停下就好。"

俞洄心里酸得要命，却又说不出一个"不"字。

望着她离开的背影,他骤然想起,孟景平说他是可以为了池笙插兄弟两刀的人。

现在看来,池笙是可以为了闺密插他两刀的人。

(2)

池笙刚迈出电梯,一个穿着高中校服的女孩就小跑着过来。

"笙笙姐。"

"她们还在吵吗?"

两人边说边走,刚一开门,屋里争吵的声音立即传来。

"是,我哪会不知道你的想法。你放心,我绝不会花你一分钱,不会花你留给你儿子女儿的一分钱。"

话音刚落,便响起一道清脆的耳光声。

"妈,你别打姐姐。"一个初中生模样的男孩夹在两人间拉架,有些手足无措。

"听听你都在说什么,真是个白眼狼。"曲妈妈吵得脸红脖子粗,胸口止不住地上下起伏。

"瞧瞧。"曲一宁冷笑,指着自己刚被打了的脸颊,讽刺地说,"你会舍得打你的小女儿、小儿子吗?"

说罢,曲一宁拿起包转身就走。

"玟玟,你好好看着你妈妈,一宁那边我会陪着。"嘱咐好后,池笙快步跟上已经走出门的曲一宁,在电梯门合拢前赶上电梯。

曲一宁气息沉重,夹杂着怒气,电梯里的气压一点点低下来。

池笙没多说,只是轻声问道:"先去我那边?"

"好。"曲一宁深深吐出一口郁气。

上了出租车,池笙挽起曲一宁的胳膊,另一只手轻轻给她顺气。

"这次是为了什么吵?"

"还不就是我跟贺成的事。"曲一宁叹气,"贺成回他老家了,过段时间他爸妈准备来北都,商量一下我们结婚的事。"

曲一宁扶住太阳穴,眉心紧皱,很是头疼:"今天我说这件事,我妈还是对贺成各种嫌弃得不行,我结婚又不要她一分钱,她给我甩脸做什么?贺成是小城市出来的不错,但又不是跟她过一辈子,一天天装作有多么关心我的样子,她也不嫌累。"

池笙没开口，只是静静地听着曲一宁说话。

人在气头上，总是控制不住言辞，甚至会恶语相加，说许多违心的话，其实心里压根儿没有那些想法。

曲妈妈应该是担心曲一宁日后的幸福，两个人沟通不到位，必定会争吵。而曲一宁那两个妹妹弟弟，虽然和她是同母异父，但是都还挺听她的话，可这种事发生的次数多了，再好的感情也会被消磨掉。

"疼吗？"池笙摸了摸曲一宁微红的脸颊。

"没事。"

曲一宁心里委屈又难受，撇撇嘴，将头靠在池笙的肩膀上。

"我们去吃火锅。"

心情不好时吃火锅，总有能让心情变好的奇效。

曲一宁又嘟起嘴："要变态辣那种。"

"好。"池笙伸手揉了揉她的脑袋。

正午的太阳高悬在天空中，风卷着热浪掠过树枝。

俞洄在看企划书，那只"小蓝胖"叽叽喳喳地在办公桌上蹦来蹦去，让他越发心烦。

"起开，'走地鸡'。"他用A4纸挥开"小蓝胖"。

"小蓝胖"对着他边点头，边扑棱两只翅膀，跟只电动鹦鹉似的。

"真馋。"

俞洄被它这蠢萌的模样逗笑，起身去冲了点奶粉，拿出小鸟专用的勺子，喂"小蓝胖"喝奶。

"让我亲自喂你，你的鸟生可真圆满。"

吃饱喝足后，"小蓝胖"顺着俞洄的手臂跳到他肩上，不停地蹭他的脸。

俞洄伸手摸了两下"小蓝胖"的脑袋。

果然啊，谁都抵抗不了撒娇，呆笙怎么就不对他撒娇呢？

俞洄拿起手机，拍了几张"小蓝胖"站在他肩上的照片，再挑出一张下颌线最诱人的发给池笙。接着，他将手心摊开在"小蓝胖"面前，"小蓝胖"跳上去，他开始教它说话。

"呆笙喜欢俞洄。"

"叽叽叽……叽叽。"

"呆笙喜欢俞洄。"

"叽叽……叽叽。"

重复十几次后,俞泂没了耐心,扯扯嘴角,把"小蓝胖"放回桌上,指着鹦鹉警告:"笨死了,闭嘴,别吵我工作。"

"叽叽叽。""小蓝胖"继续在A4纸上疯狂蹦跶。

消息声响起。

池笙:我们"小蓝胖"真可爱。

俞泂:干吗去了,还不回来,又去吃烧烤?

池笙:什么烧烤?

俞泂呵呵笑了两声。

装,继续装。

俞泂:这个"小和尚"根本不会说话。

池笙:人家才多大,你生下来就会说话?

俞泂:你怎么知道我不会。

池笙:我们一会儿要去超市,需要给你带什么吗?

俞泂:带你行不行。

曲一宁涮了一块羊肉,看池笙抱着手机在那儿傻乐,问道:"和谁聊天呢,这么开心。"

池笙收起手机,小声嘟囔一句:"幼稚鬼。"

"快吃。"池笙给她捞了几个虾滑放进蘸料碟,笑着说,"一会儿电影快开场了。"

吃完饭,看了一部喜剧电影,又逛了一会儿街,再在超市买完一堆零食,太阳已经西斜,池笙和曲一宁终于坐上回浅月湾的车。

出租车开到小区门口,要下车时,池笙看见那辆上过热搜的莲花超跑正驶出小区大门。

他要去哪儿?

俞泂嫌"小蓝胖"太吵,准备让它连鸟带笼滚蛋,送去俞幼微家,顺便蹭顿晚饭。

陆茵好奇心爆棚,蹲在地上看笼子里的"小蓝胖",俞幼微叫了几遍都不肯起来去吃饭。

"怎么想着给茵茵买鹦鹉?"俞幼微看了一眼俞泂,目光温柔。

俞泂笑得如沐春风:"她未来舅妈买的。"

这句话像是在平静的湖水里扔了个炸弹，在场的人通通看向俞洄，连陆茵的视线都从"小蓝胖"转移到俞洄脸上。

安静片刻后，陆川先开口："怪不得，今天一进门就眉飞色舞的。真的假的，不是你在吹牛？"

"看他这样子，我觉得……悬。"俞幼微小声跟陆川嘀咕。

陆茵也来凑热闹，咧嘴笑道："舅舅终于不是'寡王'了。"

"我跟你说，小孩子少学这些网络词汇。"俞洄起身，伸手就要去揪陆茵的小脸。

陆茵笑嘻嘻地躲到陆川身后，朝他做个鬼脸。

俞洄懒得搭理他们，他真是脑袋短路，来蹭什么晚饭，这一家三口净给他添堵。

用完饭，俞幼微对俞洄说："顺便把你高中的那些东西拿走吧。"

俞洄顿了两秒才回道："好。"

"这次自己要收好了，再扔，可就没人给你捡回来了。"俞幼微一脸认真地看着他。

俞洄没说话，只是笑了下。他抱着那个箱子准备离开，却被陆茵拉住。

"舅舅，那个用玻璃罩封住的生日蛋糕乐高可不可以留在家里？"陆茵抱着他的大腿撒娇。

俞洄打开箱子，看了一眼，乐高上面还插着两个数字小旗，那是他十八岁生日时池笙送的礼物，可爱归可爱，但当时他还觉得挺幼稚。

"你喜欢？"

"嗯，我觉得可好看了。"

"那就放你这儿。"

俞洄拿出来，放进陆茵卧室里，拿上箱子走了。

车开出俞幼微家，俞洄却没直接回浅月湾，而是改道去俞宅。

车窗降下，人的心情一好，盘山公路上刮过的风似乎都带着甜味。

刚进俞宅大门，俞洄就被怼了一句。

"哟，稀客啊。"

俞晋维瞧见他回来，不客气地出声讥笑。

俞洄心情好，也不计较："您的宝贝车，我给您开回来了。"

"你下次再开我车试试！臭小子！"俞晋维上前就要踹他一脚。

俞洄身手敏捷地躲开，笑得非常挑衅，转身离开，只留给他一个背影。

俞晋维的一大爱好就是收藏跑车，俞洄回国以后跟他对着干，没事就开开他的限量跑车，给他添点堵。

临走时，俞洄特地从车库里开走一辆迈凯伦765LT。

浅月湾。

屋内没开灯，阳台透进的清冷月光落在地板上，客厅里的谈话声一直没停过。

曲一宁双腿搭在沙发扶手上，头枕在池笙腿上。

"这个青梅露是真好喝。"

提起青梅露，池笙嘴角抿起一抹浅笑。

俞洄这人，说话不算数，说让她拿回来喝的是他，后来耍赖不让她拿的也是他，还藏起来不让她找到。

昨晚趁俞洄睡着后，她找了好半天，偷偷抱回家里放好。

她特地在网上查了下，给曲一宁调的那杯是加了酒的，而她自己那杯还是加的气泡水。

喝点酒好，好让曲一宁早点睡。

"我知道，你说的都是气话，下次能忍则忍，有些话说出口，他们会难过，更重要的是你也不好受。"

"玟玟让你来的？"曲一宁终于肯开口提起妹妹。

"嗯，她很担心你，刚刚还给我发了好几条消息。"

曲一宁揉乱头发，有些懊恼："每次火气一上头，我就控制不住自己这张嘴。"

池笙把她揽进怀里，柔声道："没事，慢慢学着改就好了。"

没过一会儿，曲一宁困了，先去睡觉。

池笙收拾完茶几上的零食袋，也准备上床，却收到俞洄发来的消息。

俞洄：来阳台，跟你说件事。

拉开阳台玻璃门走出去，池笙一抬头，就见俞洄逆着光对她笑了下。

池笙没开灯，怕一会儿曲一宁突然出来。

"什么事？"

俞洄双手交握搭上栏杆，手腕上的那块表立刻映入她眼帘，是她高三时送他的一块卡西欧电子手表，黑金配色。

见她直直地盯着那块表，俞洄嘴角扬起一抹笑。

池笙内心波澜迭起，看了他一眼，却没有提及，而是转开话题："对了，就是火灾那天，你有超速吗？"

她开口说出的话跟俞涧设想的内容完全不同，他愣了几秒钟后，才回道："我不记得了，开得是比较快，但应该没有。"

"你开车还是别开那么快。"池笙轻叹，语气中隐露出担忧。

她的话俞涧一点没听进去，他只暗自开心池笙在关心他，眼底荡起笑意，说："好。明天我有个比较重要的会，挪不开时间。"

他眼都不眨地盯着池笙，生怕她会不高兴。

"我朋友在北郊开了个度假庄园，曲一宁心情不是不好？你带她去摘摘水果，游游泳，我忙完了来找你好不好？"

每次他说"好不好"三个字，池笙总感觉他把她当作小孩。

那句"要不你别来了"，最终也没说出口。

"好。"

俞涧上半身越过阳台，向池笙倾身而去，垂眸低语："晚安。"

说完，他轻柔的吻落在她的嘴角。

（3）

日上三竿。

醒来的那一刻，池笙恍惚以为是俞涧睡在身边，因为曲一宁的双手双脚都牢牢缠着她，跟俞涧的睡姿极其类似。

"醒醒。"池笙捏了捏曲一宁手臂。

"抱着你真舒服。"

曲一宁缓缓咧嘴笑起来，却没睁眼，一脸舒服自在。从前她们俩住在九和苑时，曲一宁就时常赖着她一起睡。

池笙："今天出去玩，找好地方了。"

曲一宁还想赖床，被池笙拽起来刷牙洗脸。

收拾完，两人打个车往北郊去。

"我还没去过，你怎么知道那个地方的？"曲一宁拿出手机开始搜索。

"我……我同事说的，之前是个农业科技示范园，后来被颐裕集团承接过来改建，其实跟度假酒店差不多。"

"我说呢，没听谁提起过。"曲一宁指尖在手机屏幕上滑动，递给池笙看，"去年才开的。"

一个多小时后，出租车抵达裕栖庄园。

走进办理入住的大堂，池笙将身份证交给前台。

在系统里确认后，前台接待员微笑道："池女士您好，系统里看到您的房间是别墅园景房，房间内自带泳池。我们园区内有生态采摘园，可选择自行车骑行或者预约观光车。晚餐有室内自助与露天烧烤可二选一……"

听完前台接待员详细的讲解后，池笙将卡递过去。

"好，谢谢。"

"池女士，您的房费以及其他消费已经全部挂账到您隔壁别墅0901。"

前台接待员把池笙的房卡和信用卡一齐递还给她。

池笙下意识转身看去，还好曲一宁被大堂内的木雕工艺品吸引过去，没注意到她这边的动静。

拿过房卡，池笙叫上曲一宁，在大堂门口坐上观光车。

度假区内有一片湖水，像是被周围的绿草染过似的，观光车环行而过，没过几分钟，到了顶处的一栋别墅。

放好东西，两人准备去采摘园。

池笙穿着灰色无袖背心和复古牛仔背带裤，曲一宁不停地往池笙胳膊上擦防晒霜。

"别把你晒黑了。"

池笙笑个不停，在入口处拿一个草帽给曲一宁戴好，接着再给自己戴上。

采摘园内的果子种类挺多，桃、葡萄、西瓜、木瓜、黑莓都有。

池笙和曲一宁各自拎着小竹篮，边聊天边体会采摘的乐趣。

"你最近忙吗？"

"就那样。"池笙拉下帽檐。

她对这份工作一直都是尽力做到最好，但并没有过多的兴趣。

成熟的黑莓轻轻一碰便脱离果蒂，池笙将可爱的黑莓放进小竹篮里。

"咱去摘点桃子。"

曲一宁双眼放光，指向桃林。

一进桃林，曲一宁迅速开干，三下五除二爬上一个木梯。

池笙在下面给她扶着梯子，见她笑得那样开心，也不由自主地跟着笑了。

摘个桃至于这么高兴,曲一宁上辈子是只猴子吧。

一颗粉嫩的桃从树上落下,骨碌滚开。

"没事儿,我这不用扶,笙笙你快去捡,别被别人拿了,那桃子颜值可高了!"

曲一宁朝她挥着手。

池笙哭笑不得,只好转身去找桃子。

两个戴着棒球帽的女生从一旁经过。

"他还不知道你回来是吧?"

"对,我准备给他个惊喜,也不知道会不会是个惊吓,哈哈哈。"

一道爽朗笑声吸引了池笙视线,这一看,正好瞧见有颗桃子在说话那人旁边的草地上。

那人快池笙一步捡起来,随后递给她。

"你的?"

池笙浅浅弯了下嘴角:"谢谢。"

"不客气。"

对方的笑容跟声音一样明媚开朗,池笙不由得多看了一眼。她身穿工字背心和军绿色工装裤,不同于多数女生白皙的肌肤,她裸露在外的肌肤皆是健康的小麦色光泽,身材精瘦,隐现的肌肉线条带着一种力量感。

池笙脑中忽然冒出四个字:热辣甜心。

曲一宁已经爬下梯子,朝她走来。

"发什么呆呢?"

池笙用目光示意她看前方的那道背影:"好漂亮啊,肤色好特别。"

曲一宁咂吧嘴:"美黑这种事,我只敢想不敢做。"

没摘多久,天气太热,池笙和曲一宁先回别墅休息。

冲完澡后,两人准备去吃露天烧烤。

"好热,我没什么胃口,随便吃点回去游泳吧。"

曲一宁奸笑两声:"那我可要好好检查一下我们池同学还会不会,去年教了好久你才学会,真是没一点运动天赋。"

"实不相瞒。"池笙点头承认,"我也这么认为。"

她走到甜点区,准备拿些小点心,熟悉嗓音忽然飘进耳朵里。

"我的眼光哪比得过您。"

"俞总谦虚了，云州那块地，您下手倒是真快。"

"夸奖了，您也有兴趣？"

俞洄只当作全然不知这件事，似乎忘了那块地是他从人家手里抢来的。交谈声还在继续，池笙望向俞洄修长挺拔的背影，不自觉流露出笑意。她不过是戴了个渔夫帽，他竟然没认出她。

不错，是个吵架的好借口。

"嘿！"

背上突然一重，俞洄还没来得及回头，下意识伸手绕到身后，搂住跳到他背上那人。

他的嘴角带起一抹弧度，也没管身旁还站着未来的合作伙伴，温柔笑道："你还有这么皮的时候。"

刀叉不小心磕到餐盘，"吱"的一声，尖锐得像是刺进心里。池笙微愣，这熟稔的语气，不禁让她脸上那点笑意慢慢敛去。

几秒后，俞洄发现不太对劲，他以为背上这人是池笙，可香水的气味跟体重不太相符。

"你在说什么？"

声音骤然在耳畔响起，俞洄更加确定这不是池笙，立马松开手。

对方动作敏捷，平稳落地。

俞洄回头看清这人的脸，眼中划过一抹诧异，说："三根草？你怎么在这儿？"

"你个狗俞，再叫我三根草试试！"萧艺菲四下看了一眼，随手拿起一个叉子就要去扎他。

俞洄躲开，跟身边的人笑着道声抱歉。

"无妨，俞总自便。"说完，对方便离去。

俞洄用眼神警告萧艺菲放下武器。

萧艺菲假意戳了他一下才丢开叉子。

"萧叔叔也回来了？"俞洄下意识四处望去，没有看见那道熟悉的身影。萧艺菲的爸爸萧政是俞洄父母多年的好友，也是俞盛曾经的CFO。

"没，我爸过段时间才回来，再说他回来，肯定要跟你联系。"

"那你怎么回来了？"

"我想回来就回来啊，还需要你同意？"萧艺菲瞪他一眼。

"我不跟你吵，我还有正经事。"说完，俞洄向外走去。

229

萧艺菲在空气中踹了他一脚,看着他的背影嘀咕:"一年没见,还是这么讨人厌。"

(4)

夜幕微降,风中还带着白日里的余温,刮过湖面,带起一道道涟漪。观光车行驶在去往别墅的路上,渐渐远离了喧闹的露天烧烤区,一路上除去呼啸而过的风声,都很静谧。

池笙拿出手机,点开微信看了一眼,并没有消息。

忽然有人打来电话,她欣喜了不过半秒钟,然而来电的人却是曲一宁。

"你人呢?我一个转身你人没了。"

池笙当时放下盘子就离开了,忘记了曲一宁还在那儿。

"我不想吃,先回去了,你慢慢吃吧。"

"行,那你先自己游着。"

回到别墅,池笙简单冲个澡,换上曲一宁特地给她买的泳衣。

她看着镜中的自己,有点愣。

女仆风黑白配色泳衣,无处不在的木耳边十分少女,腰线掐得极细,三角设计显得双腿越发修长,身后则是大露背设计,俏皮可爱中又不失性感。

曲一宁这是要和她玩角色扮演?

下楼,池笙从冰箱里拿出一瓶青苹果味的鸡尾酒,走到泳池边坐下,双腿伸进水里。

夜色弥漫,山底星星点点的灯光零散在各处。

她拿起鸡尾酒,看了眼瓶身,酒精度5%。

打开易拉罐的一瞬间,气泡上涌,空气里泛着淡淡的青苹果香,口感清甜。

喝了小半瓶后,池笙将酒放到一边,翻身跃进泳池。

鸡尾酒的果香在口腔中溢开后,和青梅酒的后味有些像,应该是伏特加的味道。

这让池笙想起近日和俞洄发生的种种,一切来得猝不及防,又好像是理所应当。

酒后行为不受控制这种话,不过是个借口罢了,更不如说是借着喝了酒的理由,把平日里差了点勇气才敢做的事去付诸实践。

对于从前做出的每次选择，无论是什么，她都不会有后悔这种情绪，即便结果差强人意，她也只认为是多了一种过往经验，可这次，她确实有些迟疑了。

方才看见的那一幕，让她心中忽地涌入许多复杂的情绪，最为明显的竟然是"患失"。

池笙自嘲地笑笑。

这些日子，她还沉浸在患得中，现在怎么就开始患失了……

不过数十秒，池笙又如释重负地笑出声。

这有什么，那就把俞洄当作一段恋爱经历好了，从他这里，学会一些"宝贵"的经验。

门铃声突兀地响起。

回神后，池笙双手撑在泳池边，起身出水，水流"哗哗"落下，池边湿了一片。

她没穿鞋，径直走向门边，地上留下一个个湿脚印。

"我还以为你要多吃一会儿……"

门外站着的却不是曲一宁。

池笙话音中止，眼底的笑意渐渐变为错愕之色。

俞洄的大脑运作一时迟缓，垂眸打量着池笙，凸起的喉结上下一动。

随即，他眼底缓缓漾起一抹笑，这是……

可他刚往前踏出一步，门便"砰"的一声关上，高挺的鼻梁与门之间的距离只有几厘米。

俞洄顿在原地。

什么情况？

屋内，池笙快速跑到泳池边，拾起浴袍套上身。

一分钟后，门才重新被打开。

俞洄正双手环胸靠在门边，好整以暇地看着池笙。

"怎么突然关门？"

"你有什么事？"

两人同时出声。

俞洄没察觉到池笙语气里的怪异，只当她是在害羞。

"什么记性？昨天不是说了，我要来找你。"

说完，他绕开池笙朝别墅内走，轻车熟路走到吧台前，拿出一瓶巴黎

水，拧开瓶盖。

半瓶水下去，干涩的喉咙舒服些许，俞涧转头看向还站在门边的池笙，刚要说话，手机铃声响起。

俞涧低骂两声，走到露台接电话。

关好门，池笙拢了拢浴袍，坐到沙发上，她的角度刚好可以看见俞涧的侧影。

波光粼粼的碧蓝池水映在俞涧的裤腿上，他的身形修长挺拔，衬衣袖口被卷到手肘处，一手抄在裤兜里。

几分钟后，俞涧的神色越发不耐烦。

"你让他们先做，明天再说，以后下班时间别打扰我。"

收了线，俞涧径直去打开别墅大门。

没过一分钟，有个服务生走进来，拎着冰桶，里面放着一瓶香槟，将其打开后，服务生才离去。

浅金色的酒液轻缓荡进杯中，俞涧却只倒了一杯，将另一只香槟杯挪到旁边。

"今天玩得开心吗？"

"一宁挺开心的。"

俞涧细细思量池笙这句话，晃起酒杯，一眨不眨地盯着她。

"你不开心？"

池笙迎上俞涧的目光，答非所问："你什么时候来的？"

"刚来。"

杯中液体忽然不再转动，俞涧又问道："你吃东西了吗？刚才在露天烧烤的地方没看到你。"

他这话倒也没骗人。

池笙眼睫微垂，敛去杂乱的思绪

"吃过了。"

"喝过香槟吗？"

"没有。"

"想不想试一试？"俞涧当着池笙面喝了一口，嗓音低哑磁性，"很甜。"

灯光笼罩着俞涧，隐隐生出几分朦胧的感觉，清俊英气的眉眼间仿佛带着蛊惑人心的笑。

池笙起身朝他走去，准备拿过他手中的杯子。俞洄握着香槟杯的右手却随之往后。

一如池笙所料，俞洄低头封住了她的唇。

香槟由他缓缓渡进她的口腔，犹如空气一般淌入咽喉，成千上万个气泡涌上大脑，仿若干燥沙漠内流入一股温泉。这味道有似覆盆子味的奶油冰激凌，细腻绵柔，丰富的层次感不断瞬息变化，与那难以捉摸的人心别无二致。

"唔……"

熟悉的窒息感渐渐袭来，池笙不由得发出一声嘤咛，手心抵上俞洄坚实的胸膛，他沉稳跳动的心脏宛如近在咫尺。

唇上湿漉的柔软忽然离开，新鲜空气重新进入她的肺部，可不过几秒钟，俞洄再度贴过来，缠上她的舌尖，挑逗追逐着。

深吻间，俞洄把手中的香槟杯随意放下，将池笙的双手带到他腰间，牢牢圈住。

"笙笙，给我开下门，我没带房卡。"曲一宁在别墅外边捶门边喊。

池笙瞳孔一缩，猛地推开俞洄，两秒回神后，拍了拍他胳膊。

"你快躲起来。"

俞洄下意识舔唇，嗓音染上些许沙哑："我为什么要躲起来？"

池笙望了眼外面，这大景观台躲哪儿都一览无余，索性把俞洄推进洗手间里，关门前还不忘严声警告他："不准出来，不许说话。"

开了门，曲一宁揉着胃走进来。

"笙笙，我跟你说，刚才我看见一个人特像俞洄，不过旁边还站着一女的，好像就是下午你说特漂亮的那个。"

"啊，是吗？可能是你看错了吧……"池笙此刻的关注点明显不在这上面。

"这么热，你快先去冲个澡，再休息一会儿，好下来游泳。"

"好嘞！"曲一宁几步上了楼。

池笙稍松一口气，打开洗手间的门，看见脸色变得紧绷的俞洄。

"你快回你那边去吧。"

"你不解释一下？"

"解释什么？"池笙探身瞧一眼楼上，"你小声点。"

俞洄索性将池笙牵到屋外，问："你晚餐去吃的露天烧烤？"

"对。"池笙抬头扫了一眼俞洄,看来这别墅隔音不怎么样。

"你是不是看见什么误会了?"俞洄继续追问。

"你是说,看见你背别人?"

池笙这轻飘飘的语气让俞洄有几分火气上涌:"刚才你为什么不问我?"

"没必要。"池笙用劲把手从他掌心挣脱出来。

"你不介意?你竟然不介意?"俞洄喉头一哽,"那你到底在意什么?"

池笙看着俞洄这模样,想起奶奶曾经说的一句话,男人这种生物,你越不把他放心上,他越把你放心上。

看来还真没错。

如果她问出口,第一次、第二次,他当然会解释清楚,那第三次乃至以后呢?只怕他会开始认为是她斤斤计较、疑神疑鬼、没事找事、管得严。

"我都不介意,你在介意什么?"池笙淡声开口,一副大度模样。

"不介意……"俞洄低笑两声,顿时只觉得五脏六腑像是要炸开一般的难受,"行,你开心就好。"

说罢,他转身离去。

池笙同样干脆利落地进了别墅,坐在沙发上,抱着双腿静静地想了一会儿。

她越发觉得没给曲一宁和乔璇说她跟俞洄的事,是正确的做法,她跟俞洄现在的状态,极大可能只是短暂上头后的产物,指不定哪天就掰了,说出来不仅要挨她俩揍一顿,还要被嘲笑。

没一会儿,曲一宁换好泳衣下楼,看见吧台上有一杯没喝完的香槟。

"哟,还点了香槟,会享受啊!"曲一宁搓搓手,走向池笙,"你咋还穿着浴袍,快脱了。小女仆,跟姐姐游泳去。"

池笙全程心不在焉,一不小心呛了好几口水。

坐回池边,她愣了片刻,对曲一宁说道:"我们先回去吧。"

"什么?现在?"曲一宁错愕地浮在泳池里,游到边上,看一眼时间才晚上十一点。

池笙已经站起身,说:"我临时有个采访,请不了假。"

这一晚,俞洄翻来覆去地没睡着,他一边气愤池笙居然不在意这件事,一边又懊悔自己当时为什么直接走掉。

有些事过了那个时机,就很难再说清楚。

想到后面,俞洄又委屈又难受,直接将被子全踢到地上。

他不理解池笙为什么不愿意让别人知道她跟他的事?他这么拿不出手?

第二天一早,他决定好了,他就是要曲一宁知道他和池笙的事。

他去敲隔壁别墅的大门,却没一点动静。

回到房间,他打电话给前台,这才知道隔壁那两人昨晚就走了,而池笙连一声招呼也没有给他打,微信置顶的对话框里没有一条新消息。

俞洄一肚子的憋屈到达顶峰,也一整天没给池笙发消息。

晚上回到浅月湾,他在阳台上吹了几个小时的风,可隔壁连灯都没亮起过。

俞洄叹气,要不说人都有克星,他的克星就是池笙。

(5)

难挨的一日又过去,夜幕降临,俞洄驾车回到浅月湾。

在车库停好车,他走进电梯按下十九层的按键,电梯门将要合上时,突然传来"等等"的声音,他又按下开门键。

"谢谢,谢谢。"同行的一男一女走进电梯,对他道谢。

俞洄的俊脸上没有多余表情,只颔首一下以示回应。

那个女生却多看了他两眼。

电梯在一层停下,池笙单手拎着一个不算小的包,看见电梯里的俞洄,微微一愣,没想到这个点会碰见他。

她两侧的头发都别在耳后,巴掌大的小脸全露出来,显得有些清瘦。

电梯门再度合上,旁边的女生先打了招呼:"小池?"

"晚上好。"

池笙下意识想挥右手打招呼,却发现右手拎着包,只好又挥起空闲的左手。

下一秒,她右手的重量突然消失,低头一看,是俞洄帮她把包拎了过去。

俞洄扬着脸,下颌线条清晰明显。原本他没想理池笙,谁叫她一声不吭就跑掉,可看她拎着重物的那费劲样儿,他又不忍心。

可在池笙看来,他就是一副傲娇样。

"这是你表哥对吧!"女生见俞洄这举动,终于敢确定,"我说看着那么像呢，就是……跟睡着后的差别好大。"

池笙的笑容一时僵滞住，在镜中和俞洄的视线相撞，他正挑眉看着她，像是在无声询问：表哥？

果然，人不能说谎。

池笙硬着头皮对他解释："上次你来找我，不是喝醉了吗？是这个姐姐和她男朋友帮忙把你扶进家里的。"

"哦……"俞洄拉长声调，"谢谢。"

说完，他意味深长地盯着池笙。

还好电梯很快抵达十九层，俞洄紧紧跟在池笙身后。

"我都不知道，我什么时候还有个妹妹了，这是喜当哥啊，你说呢？妹妹。"他特地加重"妹妹"二字，"怎么没听你叫过我哥哥？"

俞洄打趣的笑声就没停过。

池笙懒得搭理他，抢过包，一个眼神也没留给他，拖着沉重的步伐继续往前走。

她的辞职信已经交上去，理由是最近精神状态不太好，想好好休整一下。

确实也没说谎，她最近睡眠总是时好时坏。

程总编没说什么，挽留是有挽留，但池笙无意留下，也没多说。可李主编就不一样了，给她安排下来不少活，不过看在是她比较感兴趣的选题，她也没拒绝掉。

昨天去隔壁市做采访，今天才回来，池笙现在累得只想躺床上休息。等她洗漱完上床，发现俞洄发来三十多条信息。

俞洄：妹妹你前天晚上跑得可真够快的，属兔子的吧？

俞洄：妹妹今天早上吃了什么？

俞洄：妹妹今天中午吃了什么？

俞洄：妹妹今天晚上吃了什么？

俞洄：妹妹要吃夜宵吗？

…………

正当池笙还在翻看消息，俞洄又发来一条。

俞洄：妹妹睡觉了吗？

池笙扶额咬着牙低笑，这人幼稚得没边了。

打开百度，她找了一个"拉黑警告"的表情包，然后发了一条仅俞洄可见的朋友圈，最后直接锁屏睡觉。

俞盛大厦，顶楼会议室，光线骤然变暗，窗外的乌云堆积，压向低空。

"对即将在申城开业的俞盛商业广场，我们的商业布局主要围绕新奢年轻社群，打造申城国潮风尚的新消费阵地，目前也在跟众多品牌接洽，其中有几位新秀设计师……"

俞洄正在翻阅手中文件，随后慢条斯理地开口："做好调研，特别要注意负面报道较多或者有立场问题的品牌。"

"好的，俞总。"

会议结束，俞洄率先走出会议室，准备回办公室。

丁铭跟在他身后，及时开口道："老板，今天会有大雨，您不准点下班吗？"

俞洄拿出手机，看一眼天气预报，截图发给池笙，改道朝电梯走去。

回到浅月湾，简单冲了个澡后，俞洄走进不大的厨房开始处理食材。他几乎是皱着眉处理完那只珍珠鸡，将其扔进冷水锅中，再将打好结的葱和姜丢进去。

处理完其他配料，俞洄仔细地一遍又一遍洗着手，直到心里的不适感消失后才关上水龙头。

水蒸气缓缓从锅中升起，屋外呼啸而过的风声吸引了他的注意力。

擦干手，俞洄走到阳台，看向隔壁挂在阳台上的衣服正随风晃荡，而阳台门关得严严实实。

俞洄给池笙发了条消息：还没回来？在哪儿？要不要去接你？

今天池笙带着陶雪整理前两天的采访材料，加了会儿班，可算把一篇长稿和短稿提交上去。

俞洄的微信又被她设置成免打扰，以至于她在电梯里才看见他发来的几条信息。

可算是没再看见"妹妹"两个字，看来"拉黑警告"还挺有用。

池笙到家第一件事是急忙去阳台收衣服，仔细一数，发现少了一件深蓝长T恤。

她下意识先探身朝阳台外望去，转身时，在隔壁阳台的角落里看见一团藏蓝色布料。

风吹过去的？

池笙拿起晾衣杆，想把衣服弄过来，奈何长度不够。

"俞洄？俞洄？"她朝着隔壁叫了几声，也没反应。

回到客厅，她从包中拿出手机，给俞洄发消息。

黑云密布的天空显然在酝酿着一场大雨，池笙索性拨出俞洄的电话，可根本没人接。

没办法，她只好去敲了隔壁的门，电子锁发出声响，门缓缓被推开。

俞洄俨然一副良家妇男模样，穿着黑白条纹家居服，黑色中裤，身系围裙，手里还举着锅铲。

"你不是知道密码，敲门做什么？"他脸上带着浅笑，好似两人从未发生过争执一般。

"我的衣服被风吹到你家阳台上，麻烦拿给我一下，谢谢。"

俞洄垂眸打量她的别扭样，笑得够无赖："什么？你说你要蹭饭？"

池笙轻轻撞开他，走向阳台，拿上衣服抖了两下灰，转身回家。

俞洄伸出长腿挡住她的去路："特地给你做的椒麻鸡，尝尝嘛。"

他的手臂贴着池笙手臂蹭了两下，还不忘朝她眨眼放电。

"不想吃。"池笙绕开他，却没想到俞洄竟然真的绊她一脚，她整个人也顺理成章地贴进他怀里。

这个可恶的始作俑者还俯首在她耳边低声逗乐："投怀送抱？"

池笙咬咬牙，气得双手握拳，开始捶打他。

这小猫劲实在没什么杀伤力，俞洄反而笑得越发灿烂："吃吧，吃完了再让你打一顿。"

他先给池笙盛了小半碗清亮鸡汤，随后端着一只整鸡和蘸料上桌。

池笙捏着小瓷勺边吹边喝。

俞洄深吸一口气，突然开口："她爸是俞盛的前CFO，和我爸妈也是好朋友，那天……我本来以为是你。"

池笙小口嘬着汤，味道很鲜，装作不经意地问："你们是青梅竹马吗？"

"只是认识。"

俞洄将撕好的鸡肉放入碗中，淋好酱汁，然后推给池笙。

"我这个人，从小就不喜欢跟其他小孩一起玩，我嫌他们幼稚，尤其是女生，又爱哭又娇气。"

池笙嘴角微微翘起，他还嫌别人幼稚，是不知道自己多幼稚吗？

"所以，我没有什么青梅，知道了吗？"俞洄静静盯着池笙，想探究她到底是何反应。

池笙也终于抬头,对上他的视线,一时间像是要望进他深邃的眼里。

"好,我知道了。"

两个人合力消灭完一只鸡,窗外的滂沱大雨已变为密密小雨。

"我回去了。"池笙抿抿唇,抱上衣服。

俞洄嗓音低沉,带着诱哄口吻:"下雨天,不一起看个电影?"

池笙别开眼,大脑想说"不",说出口的却与之相反:"好啊。"

看电影前,池笙被俞洄带去刷牙,她边刷牙边看着镜中的男人,心想他的心思可真是昭然若揭。

只是池笙也没想到,居然是在卧室里看。

俞洄选的电影是《家有喜事》。

幕布里,常欢正在说:"泡妞当然不用负责任的啦,要谈战术,就跟打仗一样……"

他们并肩躺在床上,两人之间隔了半个人的距离。

池笙的两只手在被子下缠紧又松开,反复数次,而俞洄好像真的专注地在看电影,时不时发出几道笑声。

池笙突然凑过来抱住他时,他明显愣了下。

她一点点地抱紧俞洄,直至掌心抚上他的肩胛骨,脸颊贴在他的胸口,沉稳的心跳声传来,所有触感似乎才会真实一些。

依偎在他温暖的怀抱里,池笙小声嗫嚅:"你是认真的吧?"

从前,以为俞洄也喜欢她时,一切同样是有迹可循,可最后无疾而终的感觉……

就像是心里那片盎然绿地,忽然间变为寸草不生的枯地,荒芜又苍凉,眼看着它一点点露出皲裂,却无能为力。

她真的不想再体会 遍。

俞洄骨节修长的手指轻抬起她的下巴,床头微光下,池笙逐渐湿润的双眼正无助地望着他,晶莹又脆弱。

他不明白池笙为何会这样,但他的心就像正被硫酸侵蚀一般,很疼。

"是。"

俞洄低下头,薄唇覆在池笙微启的唇瓣上,随后又碰了碰她的脸颊,每个动作都极尽温柔,仿佛捧着一件易碎珍宝。

"我一直很认真。"

Chapter 09
九尾水墨素兰

/即便是禁果,他也甘之如饴。/

(1)

翌日,杂志社。

池笙今天比较空闲,帮陶雪改了改稿,确定两个选题后,基本没什么事。

泡完茶,她往工位走,收到曲一宁发来的消息。

曲一宁:笙笙,帮我带条裙子给玟玟,我这边有事抽不出空,一会儿你签收一下。

池笙脸上漾起笑意,她就像这姐妹俩的中间人,每次想破冰,又拉不下脸,都是先找她。

池笙:知道啦。

十一点时,池笙犹豫片刻,还是给俞洄发去消息:中午你有时间吗?能不能送我去一中一趟。

昨晚,出乎意料的是,他们什么也没有发生,只有那一个轻柔的吻。后面俞洄关了投影仪,把她搂在怀里,像哄小朋友睡觉一样,给她念起《彼得潘》,她都不知道是什么时候睡着的。

手里传来振动感,池笙翻过手机。

俞洄:我一会儿去接你。

池笙正要锁上屏幕,俞洄又发来消息:男朋友就是拿来用的,请随意使唤。

池笙揉了揉鼻尖，眼底笑意渐深。

中午十二点，正是放学时间，校门口有许多学生来来往往，由于车不能开进学校里，俞洄和池笙只能走进去，两人在一众蓝白色身影中，显得有些特别，有学生频频望过来。

"一中好像变了很多。"俞洄牵着池笙绕开一个水坑。

"嗯，后面又扩建了。"

走到女生宿舍楼下，池笙让俞洄在路边等她就好，随后拨出玫玫的电话。

没过两分钟，穿着校服的玫玫从宿舍楼里小跑着出来。

池笙对她笑笑："你姐给你买的裙子，等她忙完带你去吃好吃的，这是给你和你舍友带的奶茶。"

"谢谢笙笙姐，还辛苦你跑一趟。"玫玫笑弯了眼。

"不辛苦，你快去午休吧。"

"好，拜拜。"

两人往回走，可还没走几步，又下起了雨。

池笙在包里翻找，却不见伞的踪影，一时想起应该是落在杂志社。

俞洄的手机凑巧响起，池笙指向不远处的小卖部："我去买把伞。"

俞洄分出点注意力，对她点点头。

"老板，还有伞吗？"跑进小卖部，池笙拍了拍发丝上的雨珠。

"还有两把。"老板指向旁边货架上挂着的直柄透明雨伞。

池笙下意识往外看了一眼，俞洄不知什么时候也走到小卖部门口。

"我要一把。"

俞洄正听着电话，眼尾余光出现一双奶茶色勃肯鞋。

"只剩一把了。"

池笙脑袋微垂，盯着鞋上被打湿后暗了一块的位置，声音极小，有些心虚。她解开伞扣，伞被撑开，俞洄自然地伸手拿过伞举起。

人行道上，鲜红色地砖因为雨水的浸泡变成酒红色。

池笙时不时听见俞洄说几句话，谈起工作时，他的声音总有些泛冷的清冽感。

俞洄不经意间低头，看见人行道里侧有被冲出的泥土，他换了只手拿伞，牵着池笙走到外侧。

池笙并未注意到两人位置的变化,看着过往的学生们,不由得想起高中时代的一些事。

还没走出学校,雨势便已变小。

池笙将手伸出伞外感受了下,说:"好像没下雨了。"

俞泂收了伞,池笙顺手接过来,伞柄上还留着他掌心的温度。

俞泂继续听电话,注意到后方驶来的汽车,将她往里拉了些,但汽车减速驶过,没带起一点水花。

池笙手臂突然受力,有点蒙,扬起小脸看向俞泂。

俞泂垂眼望着她,一时愣住。他仍握着手机,听筒里分明在不断发出声音,却像是无形中被调为静音。

"怎么了?"池笙澄澈明亮的双眼正望着他。

俞泂缓缓俯身凑近,俊脸在她眼前渐渐放大,他的鼻息那么近,只要再稍稍靠近几厘米……可他却没再继续,而是骤然站直了身。

"你脸上有雨。"他的喉结微微一动,为刚才的举动做出解释。

池笙耳根隐隐发烫,攥紧手中的伞柄。

"噢。"

她还以为他要……

不过,他需要凑那么近来看吗?

地上的雨水随着脚步溅起再落下。

电话里的工作内容变为一片空白,俞泂脑中挥之不去的只有方才那个场景。望向池笙的那一秒,就好像时空错乱,他和她回到过去。而他几乎是发自本能的,想做他十八岁时就想做的事。

他想吻她。

走出校门,上了车。

池笙低头正准备将安全带扣好,一片黑影瞬间笼罩住她。

"怎……"

俞泂的吻来得又急又强势,池笙完全没有思考的时间。

车内空间一时变得逼仄起来,他的手掌不知何时扶上她后颈,将她缓缓朝他带去。

半晌,俞泂终于舍得放开她,顺手给她系好安全带,随后才坐到驾驶座上。

池笙下意识摸了摸脸颊,好烫。

发动机的声音响起,车汇入主干道。

"你还记得那次下雨,我背你过去的事吗?"

俞洄侧头看向池笙,她的唇上泛着莹润的光泽,看得他越发心痒,怎么就亲不够。

车内安静了几秒钟。

"我记得。"池笙浅浅抿起嘴角,耳垂还红着,"那天是下晚自习。"

那天,突下暴雨,她好巧不巧穿了一双新鞋,下晚自习后,准备等雨小一些再走,俞洄说要等她一起。

后面雨是停了,可学校那处洼地聚集了不少雨水。

有不少男同学背着女同学走过去,池笙没想到俞洄也问了她一句:"我背你过去?"

路灯光线微弱,几乎要与朦胧夜色融为一体。

她小声地说:"好。"

那是她第一次和俞洄挨得那么近,窃喜之余,又害怕他会听见她乱频的心跳。

池笙微微嘟起嘴,表达不满:"你还笑我轻得跟个小鸡崽一样。"

俞洄低笑两声,单手打着方向盘,说:"现在不也轻得跟只小鸡崽一样。"

池笙转眼注视着他,嘴唇微张,问出潜藏于心底的问题:"为什么我送你的那双鞋,你从没穿过?"

俞洄的食指在方向盘上轻敲,想着该怎么说。

毕竟鞋这东西,你不穿,它就一直好好地在那儿。穿了,它就没了。

但说他舍不得穿是不是显得太可笑?

最后,俞洄找了个折中的理由:"我留着收藏了。"

池笙似乎对这个回答还算满意,俞洄见她在笑,也不自觉弯起嘴角。

许多事,似乎只要对方还记得,心里便会像蜜罐被打翻一样甜滋滋的。

(2)

吃完午饭,俞洄送池笙去上班。

下车前,池笙死活打不开车门,一头雾水地转身看向俞洄。

俞洄面上噙着笑,好整以暇地看着她:"不亲一下?"

池笙心情还不错，凑过去主动在他嘴角落下一个吻，柔软的触感一点点消失，俞洄却并不满足地追了上来。

厮磨一会儿后，俞洄痛快放人，车门锁解开。

"晚上见。"

在下午的空闲时间，池笙看了眼日历计划表上的安排。她还有几天年假没有休，人事让她在离职前休掉。

池笙翻看近期航班，正好可以借这个机会出去玩几天。

说干就干，她订完机票，刚要收起手机，曲一宁发来一张图片。

曲一宁：笙！这张图好诱人啊。

图是一张手绘的画，男人被领带一圈圈地捆住双手，跪在床上。

池笙：你都在哪儿发现的这些图？

曲一宁：等下我告诉你。

池笙：别了，我不感兴趣。

下班后，池笙去爷爷家把菠萝头接回浅月湾。那尾十一红已经隔离得差不多，养鱼养单不养双，正好可以让三只兰寿合缸。

回到家，池笙只是给菠萝包过温就等了半个小时，接着又开始给它做简单的检查。

池笙用拇指轻轻顶开菠萝包的腮盖，仔细查看鱼鳃、鱼鳍，确认都没问题后便开始过水。

待全部弄好，已经过去了两个小时。

接着，池笙又把单独在小缸里的朱丽叶放到鱼缸旁边的柜子上。

翻出相机，给金鱼们拍一张全家福，她高兴得原地蹦了好几下。

正选着照片，裤袋里的手机开始振动，看清来电显示，池笙脸上带起一抹笑，接通电话："喂？何姐？"

听了一会儿电话后，池笙慢慢放下相机。

"明年中止资助？"

玄关处传来"咚咚"敲门声，池笙边听电话边去开门。

刚打开门，俞洄即刻缠了上来，她整个人被揽入他的怀抱里。

俞洄低头凑近，却被池笙强制地推开，他还来不及卖惨，池笙已经走回客厅。

"您说，我听着的。"

俞涧脱掉西装外套，随意扔在沙发扶手上，单手扯松领带，解开灰色衬衣最顶上的两颗扣子，袖子半挽，自顾自地拆开给池笙带回来的吃食。

余光中的游物吸引了他的注意力，他转头看去，三条兰寿一个追着一个跑，不由得轻笑出声。

这是三剑客？不对，是三带一。

俞涧拿起桌上的相机翻看，随后望向正在认真听电话的池笙。

真想把全世界的金鱼都给她买来。

几分钟后，池笙挂断电话，转眼见到俞涧一副恣意的痞样，衬衫下是挺阔的肩背和胸膛，领带打着结，却松松垮垮地吊在脖子上。

池笙脑中不合时宜地冒出一些信息，比如"禁欲系"，又比如曲一宁下午发来的那张照片，并且她自动将俞涧代入那个身影，俞涧双手被领带捆绑着，跪在她面前……

池笙猛地晃了晃脑袋，她都在想些什么东西。

"天天看我，还能看呆了？"俞涧勾着薄唇，一脸坏笑。

池笙坐到餐椅上，开始埋头吃饭，还在为她刚才脑补的画面害羞不已。

"沁园的菜吗？"

"嗯，这个好吃。"俞涧给她夹菜。

"今天有饭局？"池笙吃了一口他推荐的蟹黄豆腐。

俞涧背靠座椅，面露几分疲色："对，和颐裕的那总。颐裕有个新的乐园项目，不过……"俞涧抿唇一笑，眉梢轻扬，"我之前抢了他们一块地，他好像有点记仇，真小气。"

"不会吧？颐裕这几年有意往地产业发展，我之前也关注过，而且颐裕那位 CEO 在圈子里可是出了名的温润儒雅。"

俞涧龇牙，轻拍一下池笙脑袋："信我就得了。"

提起颐裕，池笙骤然想起方才电话里谈起的事。

她之前有投资一个长期的救助项目，是为听障儿童及听障人士提供各方面的资助，可一直资助的那家企业突然要中止资助，那就意味着明年的资金链是个大问题。现在项目负责人何姐在四处联系新的企业，她是记者，又跟多家国内头部地产集团有工作上的联系，所以何姐就先问了她。

池笙第一个想到的企业便是颐裕集团，只因颐裕在国内的慈善榜上常年居首位，而且一定不会存在突然中止资助这种问题。

但看着眼前的俞涧，池笙笑自己这是白绕了一圈，最佳人选不就近在眼前吗?

吃完饭,两人在小区里散步。

刚走到小区门口,一条德牧气势汹汹地走进来。

俞洄牵住池笙往边上走,却发现池笙一点也不害怕。

"我不怕狗。"池笙笑了下,却也没挣开,任由俞洄牵着她,"你们俞盛有做慈善吧?"

"慈善?有啊,不过具体是哪方面我还不太清楚。"

池笙冷不丁挽上俞洄手臂,说:"我之前有接洽一个帮助听障人士的项目,但是他们在明年的资助资金方面出了点问题……"

或许是因为有求于人,她的声音软了几分,小鹿般澄澈黝黑的双眼专注地看着俞洄。

"俞总,您有兴趣吗?"

不自知的撒娇远比刻意撒娇要更扰人心弦。

俞洄眸光一闪,喉结微微滑动,答应的话已到嘴边,商人本性却及时阻止了他。

他总得换点什么吧。

"好啊。"俞洄深沉如墨的眸子盯着她,眼底溢出一抹温柔,"亲一下,我就答应你。"

不正经……

池笙不想搭理他,松开挽着他的手,转身要离开,俞洄却一把拉住她。

"不骗你,你自己想想,这是多划算的事。"

他这架势,颇有种不亲就不让她走的意味。

池笙一鼓作气,左右环顾,确定没人,才踮起脚尖快速地在他右脸上亲了一下。

"你还真会耍赖。"俞洄显然不太满意。

池笙得意扬眉,做了个鬼脸:"你又没指定要亲哪儿。"

"那你重来。"

"你别得寸进尺!"

两个人谁也不肯退让一分,一路争辩到单元楼下。

"你不是财经记者,怎么还管上社会公益板块?"

俞洄始终也没松开握着池笙的手,一会儿把她的小手全握进掌心里,一会儿又变成十指交扣,池笙真拿这个幼稚鬼没办法。

"其实……"池笙话音微顿,接着说,"是我之前恢复期的时候,因为太久没有跟外人接触,需要一个过渡的过程。"

电梯门打开,两人走进轿厢。

"然后,我去做了一段时间的志愿者,接触的都是十岁到十八岁左右的孩子……真的有被他们治愈到。其实,很多听障人士在文字、语序、语气方面都会跟常规思维有所不同,这就导致他们在交流上会出现种种障碍,被误会也许是常事。可是他们在不断克服缺陷,在凭自己的努力融入这个社会。"

池笙弯唇浅笑:"真好。"

俞泂眸色深沉,喉头微哽,抬手摸了摸池笙的脑袋,像是在无声回应她。

每每提起过去,他总有一种无力感,如果那时候,他在她身边的话,多好。

"放心,只要俞盛没破产,就会一直资助下去。"

"谢谢俞老板!"

池笙笑眼弯弯,开心地拍了两下手,给俞泂鼓掌。

周三,俞盛大厦。

孟景平一脸春风得意地走进俞泂办公室。

俞泂正在签文件,A4纸上的字迹刚劲有力。听闻脚步声,他抬头淡淡瞥了来人一眼,顺便调侃一句:"哟,孟总可算舍得回来了?"

"这是什么话?"孟景平没好气地瞪着他,"不是你剥削我,我能在江城待那么久?"

放下签字笔,俞泂背靠座椅,悠然看向孟景平:"拉倒吧,不是我的话,你还碰不见乔璇,真当我什么也不知道?我看是乔璇从江城回来了吧,不然你能在那边生根发芽。"

孟景平一噎,抽了抽嘴角,真是什么都瞒不过这人。

俞泂起身,扣上西装扣:"去开会。"

会议上,孟景平正在报告江城分公司的各项情况。

俞泂的手机振了一下,本不想管,却又下意识拿起看一眼。

果然,是池笙发来的消息,他心底正高兴,可解锁看清内容后,脸色稍变。

池笙给他发来张机场图,接着是三个数字:886。

她这是什么意思?

俞洄深吸一口气,在桌上敲了两下,冷声开口:"先休息五分钟。"他握着手机走出会议室。

"您好,您拨打的电话已关机……"

跟他想的结果一样。

俞洄单手撑在窗台上,开始回想这两天有没有什么异常的地方。

一一回顾后,他确认,完全没有。

直至昨晚,他跟池笙还在高兴地下飞行棋,他一直让她耍赖来着。

俞洄揉了揉眉心,她是来真的?还是单纯逗他好玩?

回到会议室,孟景平做完报告,在俞洄旁边的椅子坐下。

俞洄使了个眼色,孟景平朝他靠近,两人低语几句。

听完,孟景平挑起眉梢,双手交叉抱在胸前,摆出一副大爷样。

"这个嘛……"

俞洄笑:"等你跟乔璇结婚,我给你俩包个大红包。"

红包有多大不重要,只是这话十分中听。

孟景平脸上扬起一抹笑意,拿出手机,丢下两个字:"等着。"

开完会,俞洄和孟景平往办公室走。

孟景平边看手机边说:"池笙是出去玩了,去的云州,酒店名字我一会儿发你。"

"什么一会儿,就现在。"俞洄略显心急。

"你知道我有多小心翼翼吗?生怕乔璇知道是你问的,有你这种兄弟真是晦气。"

"想打一架是吧?"俞洄动了动手腕。

"你混得是真差,池笙不带你玩就算了,连去哪儿都不跟你说,人家姐妹都知道的事……"

"今天这架必须打。"俞洄被戳到痛处,彻底恼羞成怒。

两人刚到办公室,丁铭跟着进来:"老板,这是申城俞盛商业广场最终确定合作的品牌名单。"

孟景平接过,翻看几眼,准备放到办公桌上时,见一页A4纸上,在品牌设计师那栏赫然写着萧艺菲。

孟景平不露声色地看向俞洄:"萧艺菲回来了?"

俞泂仿若没听到，只顾着看手机："我看你做事也不行啊，房间号不问了？"

孟景平又看了眼资料。

萧艺菲的父亲萧政是俞泂父母的好友，又是俞盛的高管，在俞泂父母去世后，俞幼微接管俞父在集团里的事务时，便是萧政一手将她带起来的。俞家具体发生了什么事，孟景平不是很清楚，只是有传闻说俞泂父母的死因并不简单，并且俞幼微接管集团事务没多久就发生了车祸，但这些小道消息当年都被俞晋维压了下来。

后来，俞晋维认为是萧政挑拨了这两姐弟跟俞家其他人的关系，彻底闹僵后，萧政主动离职。而萧政在俞盛的这几十年绝不是白待的，自俞泂进入俞盛以来，无论是在人脉资源还是其他方面，萧政都给予不少支持。

俞泂跟萧艺菲说是青梅竹马也并非不可，毕竟打小就认识，只不过俞泂这人，天生像是对什么事都不上心，不感兴趣。

至于要谈起萧艺菲对俞泂……

孟景平还真搞不清楚，萧艺菲到底喜不喜欢俞泂。

要说喜欢，他俩走得并不近；要说不喜欢，这几年，萧艺菲倒是每年都会找俞泂一起去瑞士滑雪。

不过俞泂肯定对萧艺菲没那个想法。

孟景平曾经也想过，俞泂会不会因为萧政的关系和萧艺菲发展一下，后来证明是他想多了，俞泂从不是受这些事情裹挟的人。

放下资料，孟景平不屑地回了句："连房间号都要问，那不是太明显，你想害死我是吧？自己搁酒店门口守着去。"

（3）

云州地处热带边缘，夏季无酷暑，冬季无严寒，只有旱雨李之分。透蓝的天空寻不见一片云的踪影，紫外线很强，一出机场，池笙立马打上遮阳伞。

先去到订好的酒店，池笙中午在酒店里吃了正宗的手抓饭，但味道很一般。

云州在早晚会比较凉快，望着头顶毒辣的太阳，池笙果断选择待在房间，悠哉地躺在床上看别人做的攻略。

闲暇的时间总是过得飞快。

249

等太阳落山,池笙简单收拾好后,准备去云州有名的夜市逛一逛。

酒店大堂是双层设计,电梯只到上面那层,然后需要走楼梯去到一层。

下楼时,池笙正低头检查带的东西有没有少,手帕纸、口红、零钱包、充电宝……

下一秒,她突然被人拦腰抱起,扛在肩上,吓得池笙立刻尖叫起来:"啊!救……"

"命"字还没说出口,扛着她的男人及时淡声开口:"让你一声不吭就跑。"

俞洞连气都不带喘,直接扛着池笙走回电梯口。

"你放我下来。"池笙蹬了蹬腿,却被俞洞单臂牢牢压住。

"什么一声不吭,我不是给你发了照片。"

"还强词夺理是吧?"俞洞的大掌在池笙臀上狠狠地拍了一下。

池笙臊得把脸紧紧埋起来,猛地捶着俞洞后背:"你干吗!快点放我下来,我生气了!"

俞洞乐得笑出声:"你生气?我才应该生气好吗?"

电梯停在另一个楼层,俞洞一路扛着池笙走到一个房间门口,慢条斯理地刷房卡。

期间有个服务生想上前询问,俞洞笑得一脸人畜无害,解释道:"这是我女朋友,脚崴了。"

进了房间,俞洞把池笙放到床上时,手上力道不似方才那般蛮横,而是异常小心,生怕磕到她。

池笙头发略显凌乱,咽了咽口水,半坐起身,下意识地往后挪动。

"你要干吗?"

原本俞洞没想做什么,见她这模样,倒是生出逗她的心思。

柔软的床微微塌陷,俞洞倾身而上,双手撑在她两侧,一双如墨般深沉的眼锁定在她脸上。

池笙如同被惊到的小鹿,眼都不敢眨,一瞬不瞬地盯着他。

忽然,俞洞抬起右手,捏住她下颌,低沉带笑:"收拾你。"

说完,他的薄唇重重压上来。

双唇被撬开,池笙下意识想呼叫出声,却被他的唇舌围堵纠缠,她推也推不开,反而被他钳制住。

池笙一恼怒,索性合上牙齿。俞洞吃痛,发出一声闷哼。

"你属狗的？"他眉心微皱。

"你才是狗，你全家都是狗！"

池笙只顾着生气，说完这句话才发觉不太礼貌，骂他就算了，不该连坐家里人。

俞洄却毫不在意，垂眸笑望着她，打趣道："那不是把你自己也骂进去了？"

池笙愣怔两秒，才反应过来他这话的意思，脸颊又红上几分。

裙摆因为挣扎的动作而上移，一时遮不住修长白皙的双腿，俞洄别开眼，干咳几声，嗓子嘶哑："云州太热，我去洗个澡。"

他起身，径直走向浴室。

半个小时后，两人再次出门。

池笙还是打算去逛夜市，俞洄自然要跟着去。

"我都不生你气了，你还气什么？"俞洄钩起她的小手指。

"呵呵。"池笙被这话气笑，愤愤地瞪着他，"你可真是亚洲无耻至极第一人，没人能比过你。"

俞洄咧嘴，眼尾扬起坏笑："我还有更无耻的，你要试试吗？"

见池笙不搭理，他又改口："算了，惹不起，你咬人还挺疼。"

很明显，这话只会火上浇油，池笙只差没给他一个白眼加耳光。

等出租车时，池笙自顾自地看着手机。俞洄琢磨一分钟后，准备使出撒娇攻势，走到池笙身后，伸手圈住她晃了几下。

"不生气，不生气，不然你再咬……不是，打我两下。"

池笙也没再闹别扭，顺势在他手臂上捶了两下。

没出发前她就一直在好奇，俞洄会不会来找她？毕竟他想要知道她去了哪里，是一件很容易的事。但谁知道他会来得这么快，追得真紧，还有打招呼的方式也太过粗鲁。

不过开心还是占据了她心脏的 99%。

池笙扬起脸，问道："你突然跑来云州，工作怎么办？"

俞洄把玩着她柔若无骨的小手，认真回答："俞盛在云州有个度假村项目，已经开始施工，我正好来视察，估计还要待好几天，正好可以陪你玩玩。"

池笙唇边挂起浅笑，不知他到底是来玩的还是来工作的："下次你不能再那样把我扛肩上了，你是土匪吗？"

俞涸弯下腰，下巴搁在她的颈窝上，侧脸蹭着她的脸颊，放柔声音："好好好，你说什么就是什么。"

等一会儿回去，他再跟她好好算账。

没到夜晚，夜市里的人并不算太多，数不清的小摊位上摆着各种纪念品和衣服、小首饰。

看见别人拿着相机拍照，池笙才猛然想起："我忘记带相机了。"

俞涸拿出手机在她面前晃了两下："不是有手机？"

"相机的虚化肯定是手机比不了的。"

俞涸来得急，行李在稍后飞来的丁铭那儿。他没穿西装外套，单穿着一件低饱和度的灰蓝色衬衣，定制的廓尔格西裤越发显得腿长。这身打扮跟周围的游客格格不入，加上他身高样貌太过出众，总有人朝他望来，他一双眼却全扑在池笙身上。

"没事，我给你拍。"

俞涸四下环顾，把池笙带到夜市的侧方入口处，再退后几步，点开相机，有模有样地开始拍照。

池笙带相机的原意并不是要给自己拍照，只是想拍一下夜市，这个夜市在夜晚会很漂亮。但最终她也没说什么，抿唇浅笑看向镜头。

日暮时分，夕阳挥洒在池笙的脸庞上，身后的大佛寺星光熠熠，还有人们正在吃饭、喝酒、听歌、聊天的场景，充满了人间烟火气。

看着屏幕，俞涸发现，池笙面对镜头时总会变得很腼腆，从前学生时代的每一张照片都是。

快门声响起时，俞涸看向池笙，嘴角带起一抹笑。

他的呆笙好乖。

拍完照，两人往夜市里走，随着时间的推移，到晚上八九点时，越发有些人满为患。

"我看这些都是差不多的东西，带你去吃好吃的？"

池笙原也没打算在夜市上吃东西，更何况相机也没带，便点头说好。

路程不算太远，是一家在江边的餐厅。木质阁栏，榻榻米的座位，江面波光粼粼，遮阳的纱幔迎风而动，日暮的柔光投落在木桌上，万物都极尽温柔。

边吃饭边看日落，没有比这更浪漫的事了。

池笙眼底闪过复杂的情绪。

他是如何懂这么多的？又会拍照，又知道哪家餐厅有浪漫氛围感，是跟别人一起来过吗？

点菜时，俞洞看起来更是轻车熟路，麻溜地报出一串菜名："火山排骨、泰皇咖喱虾、海鲜菠萝饭、杧果糯米饭……"

池笙及时出口阻止："好了，我们两个人而已，点太多吃不完浪费。"

"行，你看看喝什么。"俞洞把菜单递给她。

这下池笙犯了难，在椰子绵绵冰和椰子冰激凌之间陷入纠结。

"都要。"俞洞对服务生示意，又转头对池笙说，"喝不完我喝。"

没一会儿，菜上桌，池笙先夹了一块火山排骨，入口酥软不烂。

俞洞看见她惊喜的小表情，宠溺笑容浮现脸庞。

池笙："俞盛要开度假村吗？"

"原本我是想开拓一下旅游地产的业务，不过这次大概率还是做业主，我们准备跟颐裕合作。"

俞洞戴上手套，开始给她剥虾。

池笙不解，问道："你既然想自己做，为什么要让颐裕分一杯羹？"

"颐裕要在北都开首家大型乐园，我瞧上了那块去乐园必经的地。"

池笙思索两秒："你是想做乐园配套的商业街？"

"对。"俞洞把装了虾肉的碗放到她面前。

"这种黄金组合，颐裕他们自己会不要？"池笙吃着虾，心里浅浅升起一股满足感。

"颐裕在拿地方面比不过俞盛的优势，就好比云州这块地，被我先抢了。"

言外之意，那块地俞盛想要，也是十拿九稳。

俞洞慢条斯理摘掉手套，拿起筷子："不过我现在拿出诚意跟他们合作，应该也没什么问题，共赢的事。"

池笙想得却很多："肯定也不止你有这个想法，俞盛的对家呢？"

"自然会有，所以我最近都在抓这件事。"俞洞指了指桌上的菜，笑道，"一天天瞎操心，不然你来俞盛上班。"

池笙夹菜的动作一顿，随即笑了："好啊。"

她迫不及待地想知道，俞洞在俞盛看见她时，会是什么表情。

俞洞只当池笙是在开玩笑，让她快吃菜。

吃完饭，两人准备回酒店。

出租车上，俞洄开始诱导池笙："我知道一家设计很有趣的酒店，要不要去看看？"

池笙承认，虽然她有一个清心寡欲的外表，看起来貌似对任何事物都不太感兴趣，但实际她对未知事物的好奇心一直很重。

于是拿上她的行李后，两人换了酒店。

新酒店的风格是木质调的洞穴式设计，的确很特别。室外是浓浓的热带雨林风泳池，每个房间内都有独立的温泉池。从巨大的透明窗外望去，是成片的棕榈叶，仿若真的进入热带雨林一般，浪漫与自然和谐地融合在一起。

"你订了几间？"

"需要订几间？"俞洄不答反问，意味深长地盯着池笙，直至池笙移开视线，他才低声笑道，"当然是一间。"

走进房间，池笙注意到有个行李箱，估计是后面赶来的丁铭送来的。

意思是他早就合计好了？这人不愧有八百个心眼。

"你明天准备去哪儿玩？"俞洄没看见在身后瞪他的池笙。

"早上准备去逛一逛植物园。"池笙坐进沙发里，"你明天要去忙工作吧？"

曾经，她自诩谈恋爱后也绝不会问对方一些幼稚的问题，比如：工作重要还是我重要。

可现在她明白了，恋爱就是会让人变幼稚。

"我明天下午再过去，早上陪你，中午带你去泼水广场，晚上你先在酒店附近玩，等后天我忙完，再带你出去好好玩。"

或许是因为平日里的习惯，俞洄说话做事总是带了上位者控制一切的强势。

再三犹豫，池笙还是问出口："你怎么知道这么多？又是吃的，又是住的、玩的。"

"实不相瞒，我买的攻略。"

早上知道池笙是来云州旅游，俞洄想起温榆也很喜欢旅游，他随口一问，没想到温榆还真来过，趁机又秀了一波恩爱，说每次旅游都是她老公做的攻略，让他也学着点。

温榆也真是个土匪，一个旅游攻略，她趁机口头敲定未来十年内，俞盛在申城和颐裕旗下酒店各方面的合作。

"哦。"池笙暗自开心,"我还以为你跟别人来过呢。"

俞泂开始卖惨,说:"你说说,我能跟谁来?这几年我就是个孤家寡人好吗?"

"我哪知道。"

俞泂气得想咬她一口,转眼看见一旁的温泉池,压低了声音开始勾引人:"有温泉,要泡一泡吗?

"我没带泳衣。"池笙悄悄摸了下手指。

俞泂拿起桌上座机,说了几句话后,去浴室冲澡。

过了一会儿,酒店的工作人员把泳衣送到房间,很普通的黑色连体款。

俞泂正好擦着头发从浴室里出来,说:"去换吧。"

等她冲完澡,换好泳衣出来,俞泂已经泡上了。她轻声走过去,用脚尖试了试温度,才进到池子里。

因为是夏季,温度并不算太高。

温泉这东西确实能消除白日里的疲乏,池笙舒服地眯了眯眼,还没缓过神,她就被俞泂捞了过去,直接坐在他腿上。

俞泂薄唇凑到她耳边:"上次你穿那套,是不是想……"

"不是。"池笙很想捂住他的嘴,他该不会以为,她要跟他玩角色扮演吧?

"那是一宁给我买的。"

俞泂脸色变得不太自然,果然是他想多了。

"今天为什么突然跑?你谋划多久了?"

"上周?"

池笙的腰上又被俞泂挠痒似的捏了一下,她赶紧说:"我就是想跟你开个玩笑。"

"说实话。"

"其实……"池笙缓缓抬眸,对上他深沉的目光,"我有一点点好奇,你会不会来找我。"

"现在高兴了吧?"俞泂的语气里没有一点不耐烦,只有宠溺。

"一点点。"池笙继续嘴硬。

"只有一点点?"俞泂瞬间收紧手上的力道,"今晚你别想睡觉了。"

听到后半句,再联想起下午时他说的那句"我还有更无耻的你要试试吗",池笙一张脸红得能蒸腾出热气,她很难描述清楚此刻内心的情绪,

255

既害羞又好奇，还有点害怕。

"罚你写保证书，写到我满意了你才能睡觉。"

池笙有些无语，白做心理建设了，她还以为他要做什么"更无耻的事"。

她猛地起身，水流"哗哗"往下落。

池笙没想到，俞泂这个幼稚鬼是来真的，一直缠着她写保证书。

两人嬉闹了一会儿，她敷衍地写了几句，俞泂并不认账。

后来，池笙写到眼皮都快睁不开，俞泂索性握着她的手写。

直到池笙脑袋一下磕在床上，才醒过神，视线渐渐清晰，俞泂正给她擦着发红的指腹。

定睛一看，什么鬼？

保证书

本人池笙，对俞泂的保证事项如下。

1. 不回消息，一次罚五个。

2. 拉黑，罚十个。

3. 玩失踪，罚二十个。

…………

洋洋洒洒列了十几条，最后一句话是"无论碰到什么事，都不能放弃对方"。

她的名字上盖了一个手印，豆沙色，俞泂用口红代替了印泥。

"二十个什么？"她看不懂。

俞泂低头覆来，啄了一下她的唇："你说呢？"

反应过来后，池笙一脚把他踹下床。

二十个吻……连续的吗？他可真是丧心病狂。

（4）

次日，十点过一刻，池笙和俞泂抵达植物园。

坐上电瓶车，他们开始参观。

准备拍照时，两人下车改为步行。

池笙穿了俞泂送的那条粉色吊带长裙，俞泂穿的白T恤、宽松牛仔裤，两人都戴着同色系的渔夫帽遮阳，与路上的绝大多数情侣并无大异。

每走几步，俞洄定要拿出驱蚊水给池笙喷一喷。

到最后，池笙直接拉住俞洄的手，让他停下。

"一会儿都快被你喷完了。"

走到棕榈园，蓝天配上成片的棕榈树，夏日炎炎的气息越发浓郁。

俞洄调好相机，开始给池笙拍照。

拍了一会儿，旁边突然传来争吵声。

"你会不会拍啊？我一米七活生生被你拍成一米五！"说话的女生边说边打她男友。

俞洄走到池笙旁边，把相机递给她，得意地邀功："看看，我技术不错吧？"

温榆打包发过来的攻略里面有拍照技巧，他不过随便看了一眼，分分钟拍出大片。

"一般般吧。"

池笙看着他那得意样，偏不如他意。

俞洄拿过相机，撇嘴："有本事你别发朋友圈。"

别人的男朋友也会这样吗？一定要跟她比较个高低出来。

只有她家的吧。

原本接下来要去泼水广场，可俞洄突然有事，池笙嫌热，索性也跟着回去。

回到酒店，俞洄洗了个澡，换好衣服，直奔项目工程地。

池笙自己在酒店睡觉，醒来后也没了出门的兴致。

原本自己出去玩也会很开心，但有俞洄的加入后，开始变得不想一个人出门。

池笙在酒店随便解决了晚餐，直到晚上近十一点，俞洄才回来。

回到房间，俞洄满带歉意地想抱抱池笙，而她嗅到他身上的些许酒气，嫌弃地推开，让他快去洗澡。

睡前，两人腻腻歪歪闹腾一会儿，俞洄有些累，先睡了过去。

池笙发现他睡着后，关掉灯源，钻进他怀里，环住他精瘦的腰，闭眼睡觉。

半个月亮悬挂在浓黑如墨的天际，棕榈叶在夜风中徐徐飘动。

隐约间，池笙被动来动去的俞洄吵醒。

窗外透进来微弱的光线,她惺忪睁开眼,什么也看不见,只听到俞洄粗重的呼吸声。

打开床头灯,池笙坐起身查看,只见俞洄额头上布满了细汗,黑发被打湿,手掌正捂着上腹。

"怎么了?"池笙抽出几张纸,替他擦汗。

"头有点晕……想吐。"

俞洄脸色苍白,眉心皱起,薄唇紧抿,声音越来越低哑,痛苦地蜷缩着,仿佛难受极了。

池笙甚至来不及慌乱,快速拨打120。

一进医院,俞洄立刻被推进急诊室。池笙在外面,满眼担忧却又没办法,双手交握成拳,在门口来回踱步。

没过多久,俞洄又被推去做CT和核磁共振。

上救护车时,池笙给丁铭打了电话,丁铭也很快赶来,池笙来不及问下午和晚上发生了什么事,直接把丁铭带进医生的办公室。

医生一一问完后,点头说道:"初步怀疑是中毒。"

池笙的瞳孔猛地一缩,她蓦地看向医生,音量不受控制地高出几分:"中毒?"

医生打量一眼池笙惊骇的模样,几乎是习惯性地淡然一笑:"你们是外地人吧?吃菌子也不注意点,是菌中毒,你看那边躺着的一排人,还有排队等着洗胃的。"

池笙和丁铭齐齐转头望去,确实是……一排。

"医生,他这个情况严重吗?"池笙追问。

"还需要等血项报告出来再细看。"

报告结果很快出来,医生仔细看过后,边在系统里打字边说:"不用担心,他这算轻的,没有神经损伤,估计是吃到没熟透的菌,而且不多,我给他开几瓶药,打完点滴就可以走了。最近记得多喝水多休息,代谢出来。"

"好,谢谢医生。"池笙暗松一口气。

她听说过有人在云州吃某些菌类中毒的事,所以在医生说是中毒时,她就猜测会不会是菌中毒。

一颗心提到了嗓子眼,毕竟菌中毒严重的话,还会对肝肾、神经系统有不可逆的损伤。

幸亏是个好消息。

俞洄还在病床上晕着，时不时地左右晃晃脑袋。池笙看向一旁的丁铭，缓过神来后，这大半夜的见到，有点尴尬。

丁铭率先开口："俞总一直想早点回酒店来着，奈何脱不开身，才晚回去了。放心，就是很正常的饭局，没有什么妖魔鬼怪。"

听到这话，池笙忍不住想笑。

不愧是俞洄的秘书，脑回路跟他一样奇葩，这时候跟她解释这些做什么，况且他这话不是更会让人多想。

提到饭局……池笙骤然反应过来。

"最好是问一下，晚上饭局上的同桌人，有没有出现菌中毒的症状，好及时就医。"

想了两秒，池笙的脸色稍许变化，继续问道："饭局是谁组的，哪家餐厅，同桌有什么重要人士吗？"

毕竟要是真出什么意外，难免会有不好的影响。

丁铭倒没想过，看起来柔柔弱弱的池笙会有这副架势，不知道的还以为是他老板附了身。

他一时愣住，深思片刻，有所保留地回答："是云州分公司总经理组的局，在一个农家乐，所以菜式都是些云州当地特色美食，池记……池小姐，刚才我已经联系过，目前别人还没有中毒的症状。"

池笙注意到丁铭隐去未答的问题，这才又反应过来，是她逾越了。

这毕竟有关他们公司内部信息，她不过是个外人，不该问那么细。

只不过是因为跟俞洄有关，她的神经总会不受控制地紧张起来，反正不是俞洄组的局就好。

"好，那你回去休息吧，俞洄这边我陪着就好。"

这正是培养感情的好时机，丁铭自然不愿做电灯泡，连声说辛苦她了，然后飞速溜掉。

一个多小时后，俞洄才幽幽睁开眼。

池笙立刻从椅子上起身，弯腰凑近他，柔声问："现在是什么感觉？好点了吗？"

"像是……"俞洄喘了两口气，慢声慢气地接着说，"醉了几天几夜，头晕，眼睛睁不开。"

池笙抚上他的额头，替他把额前碎发撩开。

在医院透亮的灯光照射下，俞洄清隽俊朗的脸越发显得冷白无血色。

"医生说你是中毒了，不过还好，并不严重。还有，跟你一桌吃饭的人目前都还没有中毒症状，工作上的事丁铭那边会注意，你不用担心。"

池笙一一说完，俞洄轻轻点了下头。

"刚才吓死我了。"她的双手下滑，突然紧紧握住俞洄的手，贴在自己脸颊上。

俞洄半合着眼，此刻的面部表情似乎很难受中枢神经的控制，但他还是努力地扯出一抹笑，出声安慰池笙："没事，我好多了。"

说完，他又闭上了眼，浑身无力。

如轻纱的薄雾渐消，天畔徐徐多出一抹淡青色。

俞洄再度醒来时，盯了一会儿医院的天花板，目光明显不似昨晚那般涣散，头脑也清醒不少。

池笙坐在椅子上，头靠在他手边睡着了。

隔壁床打吊瓶的阿姨笑着对俞洄说："小伙子真有福气，得一个这么好的女朋友，她困得不行都撑着没合眼，一直给你守着吊瓶，这才刚趴下没多大会儿。"

俞洄目光缓缓转向池笙，稍坐起身，想动动手指摸摸她的脸颊。

池笙睡眠极浅，察觉到细微动静，睁开双眼，意识还没清醒就忙问："又难受了吗？"

俞洄垂眸望着她，似有一股滚烫暖流，直抵他的心脏深处。

他突然不想等了，一刻也不想。

或许是那两次错过带来的后遗症，即便知道池笙喜欢他，他也并没有安全感。

夜深人静时，又或者是白日里走神的间隙，他其实一直都在恐惧，怕哪天池笙腻了后，会不要他。

他这一生会举棋不定的时刻，大概都与池笙有关吧。

"嫁给我好不好？"

周围有护士叮嘱的声音，有心率监测仪的声音，有中毒病人自言自语的声音……

嘈杂却又很安静。

因为那句话就响在她耳际，喑哑的嗓音竟意外清晰。

池笙的瞳孔一点点聚焦，神情却十分恍惚。

"怎么还开始说胡话了？"

接着，她一脸担忧地小跑着去找医生。

俞洄静默，看着池笙离去的背影。

她听见了，但她跑了。

隔壁床的阿姨再次开口："你这小伙子真逗，在医院求婚，准备好戒指了吗！"

俞洄扯扯嘴角，是啊，自己在干什么？

医生又被池笙叫来，也没不耐烦，仔细检查一番后，笑道："这不是挺好的吗？回去吧，别多占一个床位了，记得多喝水。"

从医院到酒店，一路上，池笙一直紧盯着俞洄，生怕他又不舒服。

进房间后，俞洄走到床边坐下，头还晕着，实在没劲去洗澡或者做其他事。

躺下前，俞洄看了眼手机，有丁铭发过来的一条消息，说了池笙问他的问题，以及他没照着答时池笙的反应。

俞洄放下手机，望向正在打电话要热水的池笙。

丁铭跟她的做法都是正确的，无可指摘。如果她心里会不舒服，那他就用实际行动来证明，他并不介意，他也从没把她当外人。

俞洄掀开被子，拍了拍床，示意池笙过来。

"先睡一觉，起来再说。"

"先喝点水，再睡觉。"

俞洄乖乖喝完水，习惯性地从池笙身后圈住她。

就在池笙以为他睡着了时，耳边冷不防响起他的声音："我爸妈是在埃及去世的，当时他们坐的热气球发生爆炸。"

池笙屏息两秒，不明白俞洄为何会谈起此事。

"起初，大家都认为是意外，后来有人告诉我，可能是俞文荣动的手，但没有证据，也只是怀疑而已。"

池笙立马在脑中搜寻这个人的信息，俞文荣是俞洄的大伯，也是俞洄进俞盛前的那位执行总裁。

"原本我从来没准备做俞盛的接班人，其实当初我爸也没准备接手俞盛，可总有人把他当作假想敌。我爸妈一直说，让我想做什么做什么。"

俞洇的话音全程都十分沉静。

"那你怎么又……"

"我姐被老爷子安排进俞盛,过了两年多,刚掌握实权,对集团内业务上了手。"

俞洇稍稍一顿,才又说道:"她就出了车祸,如果不是我姐夫在车上,我姐现在大概率会是个植物人。"

池笙诧异得说不出话来,脑中回想起一些时间点。

"是高三,你请假的那次?"

"对。"俞洇应答。

"我姐这次,是俞文荣跟他儿子找人在车里动的手脚,处理得很干净,不过萧叔叔找到了一个人证,只是没有物证。"

"所以你出国留学是因为这件事吗?"

"不是。"

他在哪儿上大学跟进不进俞盛没有任何关联。

萧政是提过,让他出国去好好磨炼,并且可以分散俞文荣父子的注意力,但当时他根本没考虑过,他想跟池笙一起上大学。而最后选择出国,只不过是他想逃避池笙没选择他的事实罢了。

俞洇冒出胡楂的下巴抵在池笙肩膀上,沉声问她:"你觉得,逃避可耻吗?"

"哪方面?"池笙正听得认真,对突然转移的话题有些猝不及防。

"感情。"俞洇盯着雪白床单,"要说实话,不骗人的那种。"

"可耻,我更喜欢能直面自己内心情感的人。"

这句话,池笙倒更像是对着自己说,因为她就不能,她很向往能成为那种人。

"那你现在是要……"池笙继续问。

"那之后,俞文荣在集团里被老爷子暗里削权,再后来,他们父子俩差点把老爷子扳下台。"

池笙越发搞不懂:"那为什么……"

"因为老爷子疑心太重,他对我也不放心,他清楚,我知道那些事,怕我连他一起报复。而且,我不一定是他心里的接班人。"

"所以他在看你们谁更狠吗?"

俞洇点点头:"你可以理解为,他需要的是一个姓俞的人来接管俞盛,也是鹬蚌相争，最后赢下来的那个人。"

俞洄口吻反而越来越轻松："不出意外，物证一定在老爷子那里，他要用此来牵制俞文荣和俞烁，包括用我，来牵制那父子俩。"

"那他用什么来牵制你？"池笙不禁好奇，是什么能够牵制住俞洄。

"自然是物证，谁稀罕做什么接班人，我没兴趣。我拿到物证那天，就是俞文荣和俞烁进监狱的时间。"

俞洄捏了下她的手，当然，能够牵制他的，还有他的呆笙。

池笙不由得打了个寒战，人心真能如此冷漠吗？

俞洄搂紧池笙，一直不告诉她，就是担心她觉得俞家太乱，想离他远些为好。可这些事，早晚得说。

是池笙方才在医院醒来时的那个反应，给了他说出口的勇气。

如果她会因此而恐惧，想离开他，他可以放手，一如前两次，他尊重她的选择。

其实，曾经他也想过，彻底解决完这些破事，如果池笙还是单身，他一定会去找她。

可是从采访那次，看见池笙的那一刻，他就知道，这些年的心理建设，只是无用功，他忍不了的。

听完这一切，池笙如鲠在喉，心情复杂得说不出话，转过身，定睛地看着俞洄："就算我是阴谋论，我还是想说，这次，会不会是有人故意让你中毒？"

俞洄神色一僵，随后缓缓扬起一抹笑，忍不住揉了揉池笙的脸。

所以，她听完那些事的反应就是这个？

不得不说，他心下松了一口气。

"放心，我会让人去查。"

两人聊到天际透亮，才一起睡去。

再度醒来，天色犹如被幕布遮罩，浓郁又静谧。

俞洄潜意识去捞人，身侧却空空一片，抬眼一看，池笙端着一杯水走到床边，让他赶紧喝。

接下来的几天里，云州旅游变成了云州室内旅游，具体项目有：下国际象棋，玩超级玛丽双人版，一起分析哪只股票更有潜力……

前面两天，俞洄依靠厚脸皮的优势，还享受了几次池笙提供的喂饭服务。

俞涧也心有亏欠，保证等明年再带她来好好玩一趟。

要离开的前一天，俞涧带池笙去了一家金鱼文化4S店。

"你是无论去到哪儿都能买条金鱼吗？"池笙很惊喜。

俞涧牵起她的手，只是笑笑没说话。

原本，他没准备去那个农家乐饭局，可有个合作商不知道是怎么打听到他对兰寿感兴趣，给他抛勾子，非要见他一面。

当时见到照片上那个品相，他就知道池笙肯定会喜欢。

果然，到了店里，池笙看见那条水墨素兰花色的兰寿时，又露出一副久违的星星眼，立马松开俞涧的手，趴在鱼缸边上，仿佛在看什么稀世珍宝。

整条金鱼的体色为银白色，跟玉兔兰寿的菠萝头比较像，但头瘤是淡淡橘粉色。

素兰的特点是鱼身背部呈浅蓝色，有星星点点的水墨融于其中。素兰这个花色的兰寿，并不算多，而且想找到一条品相花色都在线的，只能说是可遇不可求。

这圆滚滚的玉头葡萄眼，可爱得池笙想原地手舞足蹈，最终也还是没忍住，不停拍着俞涧手臂。

"你也太会找了！"

俞涧无奈叹气，她这对金鱼比人重要的习惯，什么时候能改一改？

他转而又开始思忖，跟池笙求婚的话，用戒指是不是行不通，得用一缸金鱼才行？

（5）

回北都的第二日，池笙跟曲一宁和乔璇去了叶玺的演唱会。

叶玺自结婚后，近五年未开过演唱会，这次巡回演唱会第一站在北都，一票难求。

很不幸，曲一宁没买到内场VIP的票，不过好在抢到二层看台的票。

池笙安慰："知足吧，至少不是'山顶票'。"

她和乔璇不追星，完全是陪曲一宁来疯一次。

还没开场，曲一宁已经提前兴奋起来，得亏池笙贴心地带上润喉糖，不然后半场的歌曲一宁都别想再唱，嗓子不支持。

叶玺是唱作型歌手，这几年内基本都是在给其他歌手作词作曲。

他也并不是太喜欢互动,但现场实力很稳,其中有几首是她们高中时叶玺出的歌,曲一宁亢奋得差点没蹦下去。

演唱会上,时不时总会有些小惊喜。

清晰的银幕上,镜头忽然转向坐席上的叶太太,她正笑着跟大家打招呼。

不愧是北都有名的那氏六小姐,面容精致娇俏,举手投足间落落大方,皆显富家千金的气质。

"唉——"曲一宁话音带上几分失落,"我还以为会见到偶像的宝宝们呢。"

"你可以到微博上看。"池笙建议。

演唱会结束时,在场众人仿佛都带上默契的磁场,体育馆里响起异口同声的合唱,是叶玺当年爆火的第一张专辑的主打曲。

音乐像是会带人回到过去的时光,并没有交集的数万人,因为一场演唱会聚集在一起,呼吸着同样的空气,感受着同样的节奏频率,回忆着曾经的音乐记忆。

众人皆沉浸、激动并投入这种氛围中,这或许就是演唱会的魅力与意义。

出场时,曲一宁意犹未尽,边咳嗽边喋喋不休:"下次我一定要抢到内场前排的票。"

乔璇驾车,三人去吃火锅,当作夜宵。

池笙拿出手机,继续跟俞洇发消息。

乔璇从车内后视镜里扫一眼她,悠悠开口问:"怎么去云州待了那么多天,不用上班?"

池笙心虚地左右转着眼珠子,不知该说还是不说?

虽然她现在一直强调顺其自然,但不知为何,第六感总跳出来占据她的思想,直觉总告诉她,她跟俞洇不会有结果,而这种时候的乔璇就像是化身为班主任,自带唬人气场。

"嗯……就是太好玩了,下次我们一起去吧。"

曲一宁接话:"说得我心痒痒。"

乔璇继续问了句:"是吗?"

那天,孟景平突然问她,她便猜到个七八分。如果她真不想透露池笙的消息,孟景平再怎么打探也没用。

其实自打芝麻包被偷那件事后,她就不太想多管池笙跟俞洄的事。俞洄适不适合池笙,总要池笙自己试过才知道,她不应该把自己的过往经验带到池笙身上。

可池笙的嘴倒是真严实,一点也不打算说出口,她倒要看看,这个人能憋多久。

乔璇提前约好位置,三人一进店,直接被店员引向餐桌。

吃到一半,池笙突然小声开口:"那什么,我辞职了。"

乔璇和曲一宁"唰"地齐齐看向她,目光里满是诧异。

"是跳槽吗?"曲一宁八卦附身,"要去哪家?"

"俞……盛。"池笙吐字缓慢,扯出一个尴尬又不失礼貌的笑。

乔璇神情平静,淡声开口:"去俞盛做什么?"

"公关部。"池笙给乔璇夹了一片牛肉示好,"主要是负责pitch媒体还有舆情监控与处理这块的工作。"

"不会是俞洄……"曲一宁嘿嘿笑起来。

"他不知道这件事。"池笙干脆利落地答,"应该是上次我发那篇报道,被俞盛公关部的人注意到,开始也只是和我接洽了一下,我是想……什么工作都去体验一下,才知道适不适合,喜不喜欢。"

"他不知道?"乔璇轻笑一声,明显不相信。

"对,是景平说的,俞洄真不知道。"

"孟景平知道?"乔璇音量稍高,脸色一沉。好啊,怎么还没听他提过,回去再找他麻烦。

看见乔璇一副要收拾人的表情,池笙忽然发现,是不是说错话了。

乔璇:"什么时候入职?"

"国庆结束以后。"

回到浅月湾,已经是凌晨两点。

进楼前,池笙抬头望去,一层层往上数,俞洄家的窗户黑茫茫一片,未有灯亮,悄悄融入夜色中。

他应该早就睡了吧。

拿出手机,她和俞洄的消息还停留在一条语音消息上,是俞洄缠着要个亲亲,最后还是她躲去厕所发的语音消息。

池笙嘴角不由得带起一抹深深笑意,拉开单元门,往里走。

洗漱完，睡前，她刷了刷微博，看见有个博主发了两张车内方向盘和海边的照片。

标题为：终于找到了愿意夜里陪我开车、陪我看海的人。

池笙点进博主头像，里面简单记录着两人从认识到了解，经过暧昧期，最后在一起的过程。

现在是凌晨两点，他们一起去看了海。

退出去，又回到那条微博的界面，评论区里有人留言。

△我想问我男朋友，可他睡得跟个死猪一样。

△我也问了，他反问我，是不是有病。

…………

可是，北都没有海啊。

俞洞处理完休息这几日里积压的工作后，实在等不到池笙回来，先睡了过去。

睡得正沉，他怀里突然拱进来软软热热的一团。

嗅到熟悉香气，俞洞几乎是出于身体本能，潜意识收紧手臂。

池笙以为他醒了，轻唤几声，却没听见他的回音。

"俞洞？俞洞？"

俞洞幽幽睁开眼，还以为在做梦，池笙怎么可能半夜出现在这儿。

不过最后，他还是被池笙叫醒。

"你想去看升国旗吗？"

俞洞大脑宕机，缓了许久，才眯着眼拿过手机，现在不到三点。

很明显，池笙问这句话，中心主旨并不是他想不想去，而是他想不想陪她去。

俞洞控制不住打了个哈欠，努力赶走困意："挺想的，话说回来这么久，我还没看过升国旗。"

"算了，改天吧。"池笙把头枕回他的臂弯里。

"你在逗我玩？"俞洞笑着咬牙，语气里却没有一点责怪。对池笙，他真是打舍不得，骂也舍不得。

"不是，这个点去，肯定抢不到第一排的位置了。"

每天都会有早早去排队观看升国旗的人，想要第一排的位置，那得跑着去。

俞洞听她这熟悉的口气，问道："你去过？跟谁去的？"

池笙没注意到他酸酸的口吻,认真回答:"自己去过几次,跟一宁和阿璇去过一次。"

"好,那就挑一天时间,十二点就去守着。"俞洄满意地搂着她,在她耳后吻了一下。

"你想什么呢?那也太早了。"

俞洄假意嫌弃地拍了下她的后背:"真难伺候。"

"那我走?"

"不要。"

两人有一搭没一搭地聊着,不知何时,天边竟翻起了鱼肚白,困意到达顶峰,这一觉睡过去,到下午才醒过来。

池笙还沉浸在睡梦中,冷不丁被俞洄从床上拽起来,手心里多了一团布料。

她惺忪睁眼,是领带。

"我晚上有个饭局,快起来给我打领带。"俞洄把她的头发揉得更乱。

"你又要去喝酒了吗?"池笙意识模糊地嘟囔着,吐字不清。

俞洄面露无奈,他也不喜欢喝酒。

"是几个长辈,推不开。"

池笙甩几下脑袋,慢慢爬起来。

俞洄失笑,弯下腰,好方便她打领带。只是最后,他还是拆开重新打了一遍,对池笙说:"呆笙真乖。"

走出卧室,池笙闻到鲜甜香味,下意识抿了抿唇。

"给你煲了粥,还有白姨做的小咸菜。"

"白姨……来过了?"池笙小脸鼓起,不好意思地拽了下他的胳膊。

俞洄被她的小动作逗笑:"没有,让别人捎来的。"

他出门前,池笙叮嘱了一句:"你少喝点酒。"

池笙也讲不出哪里怪怪的,她跟俞洄怎么莫名有种老夫老妻的感觉。

俞洄撩开她眼前的碎发,在她额上亲吻一下。

"好,晚上见。"

北都,沁园。

俞洄站在古色古香的餐厅门口,看着来来往往的人,不知为何,才一个多小时没见,他又在想呆笙。刚想拿出手机给池笙发消息,不远处走来一个西装革履的中年男人，气质沉稳、温文儒雅。

"萧叔叔。"俞洄将手机放回裤袋，没看见萧艺菲的身影，暗里松一口气。

"好久不见。"萧政朝俞洄一笑，两人齐步往里走。

"我听说你中毒的事，身体没大碍吧，查的怎么样了？"

"还在查，您不用担心，我没什么大事。"

云州总经理是俞父手下的人，之前也属萧政这一派，应该没问题。那次桌上的人都一一细查过，也没问题，似乎真的只是他运气不太好，不小心中了毒。

"峪景湾那个项目，你怎么打算的？"

"是有问题，但我的人现在还没完全撤出来。"

言外之意，他并没有放手，哪个商人不担点风险。

萧政并未多说，笑意加深，拍拍俞洄肩膀，两人一起走进包厢。

饭局进行到一半，俞洄去了趟洗手间。

回来时，包厢内多了几个人。

沁园里间的包厢客人们通常是非富即贵，而圈子里的人在交际间自然也会有重合。碰见了，来串个门，喝杯酒打个招呼是常事。

同桌上另一位长辈朝俞洄招招手："俞洄啊，过来，跟你介绍一下，这位是池老。"

听闻这个姓氏，俞洄脑中立马浮现池笙那清丽白皙的脸。

忽然间，俞洄发觉自己有些好笑，池姓虽不算常见，可难不成姓池的都跟池笙有关系，况且同发音的还有迟姓。

"您好，我是俞洄。"他是晚辈，本该等长辈先伸手，可对方迟迟未有动作。

"这是俞盛集团的现任总裁，可以说是年轻有为啊。"

被介绍后，俞洄在这位池老眼底依旧没有看出一丝波澜，对方只是微微颔首，以示打过招呼。

俞洄见过太多年长于他、阅历丰富过他的人来行恭维之意，他也明白，他们的讨好并不是对他这个人，不过是利益交叠，看中他背后的俞盛而已，所以俞洄才越发认为这些圈子里的人虚伪至极。

虽然这位池老没怎么搭理他，他还是下意识朝对方恭敬地颔首一下。

在坐有几位长辈瞧见他这举动，略感诧异。

照俞洄的性格脾气，这反应不太寻常。

两拨人打完招呼，包厢内恢复短暂平静。

"别介意，池老就是那个性格，他不太喜欢跟从商的人打交道。"

"我记得你爷爷家里还挂着池老之前慈善义卖时拍出的那副《朱竹墨石图》，池老的书画作品在市场上还是很受青睐的，现在要再想买他的画可难了。"

话匣子一打开，人人都来说两句。

"可不是难了，他还是个情种，之前担任着一些职务，又是教授，后来他老伴去世，他一把年纪还患上抑郁症，卸任调养去了。"

"我倒是听说，池老不喜欢从商的人，是因为年轻时有个商人跟他抢老婆。"

俞洄借着喝茶的动作隐隐笑了下，这群老头可真够八卦。

萧政瞧见俞洄的小动作，两人又是对视一笑。

八卦还未结束，继续有人插嘴。

"我记得他有个儿子？"

"好像是，之前吃饭我还见过他孙女，是个记者。你说说，家里就没一个人接他的班。"

记者？俞洄嘴角的笑意颇有些意味深长，难不成还真是……

下一秒，他叫来服务生，提前把隔壁包厢的账也结了。

饭局结束，俞洄先把萧政送到家，一路上聊了这半年的具体情况，萧政还算满意，让他继续努力。

回到家，客厅一片漆黑，只从卧室透出一点光亮。

俞洄扯开领带向卧室走去，幕布上放的是《猫和老鼠》，池笙侧躺在床上，已经睡着了。

他眼底划过一抹诧异，按池笙的性子，估计早就回了隔壁。

关上放映机，又看了眼空调温度，俞洄轻轻带上门。

等他洗漱完走出浴室，池笙正背对着他坐在餐椅上。

"怎么醒了，是不是我吵到你了？"待走近，他才发现桌上摆了豌豆芽汤。

"网上说这个可以解酒。"池笙指向锅里卖相不怎么样的汤。

"我记得家里没豆芽。"

"我去超市买的,而且是跟着教程做的,味道可能不怎么样。"

池笙每个吐字都慢吞吞的,俞泂察觉到不对劲,抬起她的下巴,一张小脸通红。

"脸这么红,发烧了?"俞泂的手背覆上自己额头,又试了试池笙的,是有点热,但应该没发烧。

"没有。"

池笙水汪汪的杏眼直勾勾盯着他,单纯又娇媚。

俞泂喉结微动,指腹轻柔地抚着她的唇瓣,眼底溢满了化不开的深情,嗓音微沉:"其实还有另一种醒酒方式。"

"你又勾引我。"

池笙的语气里带了些烦躁与不满,同时又更像是亲昵的抱怨。

俞泂被气笑,无奈地想,到底是谁勾引谁?

"你这就叫,恶人先告状。"

池笙闭眼,深吸一口气,双手搭上俞泂胸口,轻踮起脚,想堵住这张烦人的嘴。

俞泂眼看着她这一串动作,不由得诧异。池笙几乎没有完全主动过,要么是回应他,要么……就只有那次喝醉了。

想起那次喝醉发生的事,俞泂瞬间升起报复心。

他的脑袋跟着池笙的动作刻意往后仰,不让她亲到。

果不其然,池笙幽幽睁眼,不满意地蹙起眉头。

"你干吗?"

俞泂坏笑点头,示意她继续,却依旧不让池笙碰到他的唇。

"俞泂……"

这声"俞泂"娇媚得不行,俞泂可算知道什么叫骨头都酥了。

"好好,让你亲。"

可他实际的动作却没 点要让池笙亲到的意思,他现在是个爱斯基摩吻十级选手。

无论如何,他与池笙的唇间始终隔有毫末距离,即便摩擦而过,也绝不停留,只细微感受着浅薄气流与唇纹的形状。

池笙彻底没了耐心,索性双手圈上他的脖子,用身体重量让他往下坠。

俞泂见她这猴急样,眸底笑意越发浓郁,倒也没再逗她,俯首配合。

数秒后,俞泂颇有些受宠若惊,池笙今晚,热情得不像话,整个人如同挂在他身上一般,含着他薄唇吮吸缱绻。

唇齿交缠间,熟悉的青梅酒香气唤醒味觉感官,他瞬间了然。

她喝酒了。

俞洄承认,出于男人骨子里的劣根性,他很喜欢池笙喝醉后的模样,活脱脱像是换了一个人,勾人得紧。

正到情浓时,他却倏然离开那片柔软的唇。

池笙澄澈黝黑的双眸染着水光,像在无声嗔怪,对此很不满。

"你喝醉了。"俞洄哑着声,开口解释。

"我没醉,我是池笙,你是俞洄。"池笙拽着他不松手。

俞洄浑身憋得生疼,可又不想在池笙喝醉时和她发生什么。

"乖,你先去睡觉。"

低沉难抑的气息喷在耳根上,池笙面红耳赤,压下心底怯意,撑在餐桌上的手一动,将购物袋顺势带落,里面的东西掉在地板上,一个银色的包装盒赫然映入俞洄眼中。

"你不想做吗?"

池笙微红的醉眼中似乎带着几分清醒,只不过,她完全不知道这句话带来的杀伤力。

俞洄目光越发幽深,脖颈处的青筋一根根凸起,在隐忍与放肆的边界徘徊着。

看来池笙是真想要他的命。

久久得不到回应,池笙眸底蕴起明晃晃的委屈,抿起小嘴,生气地要离开。

理智熬不过欲望,后者终是占了上风。

俞洄将她拽回来,一边吻她,一边将她抱坐在餐桌上。

轻薄的布料无法掩饰身体极速升高的温度,带着薄茧的指腹摩挲过她的耳尖、后颈、锁骨、腰际……

池笙将他的衬衣从西裤里扯出来,俞洄呼吸声越发地重,配合着她解开衬衣扣。

耳边再次响起急促又炙热的呼吸声,密密麻麻的吻落在耳侧,池笙止不住微微颤抖,呼吸越发紊乱,垂头埋向他的颈间,紧贴着他低喃:"回卧室呀……"

俞洄喉结上下滚动,拾起那个银色盒子,抱起池笙朝卧室走去。

总说苹果是善恶之果，意味着诱惑与原罪，那他惦念已久的青苹果也是禁果吗？

即便是，他也甘之如饴。

Chapter 10
十 尾 丹 凤

/明知是飞蛾扑火,却又不由自主地动心,
一次又一次。/

（1）

日上三竿,卧室里只有深浅不一的两道呼吸声。

池笙猛地睁开眼,因为睁得太快,缓上好一会儿,双眼才重见光明。身体各处传来异样的酸痛感,她歪头看去,是散落一地的衣物,散落至门边。

种种一切皆证明,这次她和俞洄真的不是"盖着被子纯聊天"了。

池笙转过身,被子堪堪遮住俞洄腰际以下,块垒分明的腹肌和人鱼线清晰可见。

一些片段在脑海中反复回放着,池笙羞得直接钻回被窝里。

俞洄被她的动作吵醒,半睁着眼掀开被子,看向里面的人。

"醒了？"

面对他的注视,池笙脸颊、耳后、脖子已红成一片,问:"你不去上班？"

"不急,马上到国庆,我可以提前休假。"俞洄眸底掺着情动的温柔,嗓音比昨夜更哑,"还记得昨晚的事吗？"

干吗问这个,羞死人了! 池笙索性嘴硬不承认:"不记得。"

俞洄把人捞上来,贴近她的耳垂,低喘着气:"不记得正好,那我带你回忆一下。"

"别,痒啊……"池笙被他磨得不行,开始半推半就地回应他。

白日里，总会将各种感官都无限扩大。

池笙用来遮羞的被子缓缓滑落到地板上，呼吸搅在一起，心跳声越发清晰。

闹过头的两个人直接错过午饭时间，俞涧哄着池笙去超市，美其名曰给冰箱进货，实则是为采购某样必需品。

两人头一次在生鲜超市就地吃起各式餐点，或许是因为饿得不行，竟然觉得出奇美味。

结账时，池笙看着满满一推车的东西，庆幸还好是开车来了超市。

"你买那么多食材干吗？"

"这几天我不太想出门。"俞涧薄唇勾起，意有所指地盯着池笙，"你想吗？"

池笙没他脸皮厚，转开眼睛，伸手去拿货架上的可乐："那应该再买几瓶快乐肥宅水。"

俞涧单手把人揽进怀里，低头蹭了蹭她发烫的脸颊，说："想和你做……饭。"

不得不说，池笙现在对这些字眼极度敏感，在俞涧腰上用力拧了一把，以作警告。

外面太热，回到家，池笙先冲进浴室。

洗完澡，她习惯性地开始刷牙。

俞涧突然走进来，将淋浴头打开，淅淅沥沥的水流声响起。

池笙吐了泡沫，含糊说道："你等我先出去。"

俞涧置若罔闻，忽然靠近。

"早上我发现……"带着薄茧的指腹在她腰臀间游走，他附在池笙耳边，故意压低音量，"你有腰窝。"

好的，门一关，池笙知道，自己跑不掉了。

接下来这两天，初尝肌肤之亲的两人颇有些上瘾的架势。

池笙正奇怪俞涧真的不用去工作吗？他就被一个电话叫走了。

虽然也没真到三天三夜，但也差不多了。

对此，池笙只想说：网友诚不我欺，天蝎配白羊，果真……

"峪景湾是把 6000 亩滩涂地分为 9 个地块，成立 9 家项目公司进行开发，一期各方面都没问题，但现在我们查出来，二期居住地块的综合容积率强度低于原控……"

会议室内宽阔敞亮,俞洞听着手下的人做报告,目光沉静,看着文件上这些数字,只觉得可笑。

现如今,俞文荣在俞盛仍占有一席之位,可俞洞清楚,俞文荣背后定是俞烁在下棋。

但他没想过,这父子俩可真敢赌。

峪景湾项目竟然未按照审批规划方案严格执行,长远来看,海城土地资源稀缺,又一直处在环境保护的争议点上,他们这么做,最后谁又能利落脱身,还真当俞家能只手遮天。

"配套的公共设施情况怎么样?"俞洞头疼地揉着眉心。

方才做报告的员工讥笑地摇摇头:"配套公共服务设施没有同期报建,滞后状态。疯狂建住宅,还不建公共配套,真狠。"

孟景平面色微沉,转头看向俞洞:"算了,放手吧。让他们爷俩自己去发疯,别为了那点可能性,把你也坑进去。"

俞洞并未说话,骨节分明的手指虚搭在额角,若有所思。

大概由于近几日作息不分昼夜,俞洞走后,池笙睡了许久,她再度醒来时,手机屏幕上显示凌晨一点半。

床上只有她的体温,俞洞还没回来。

回家喂完金鱼,池笙顺便找出一条奶油驼色羊绒小毯,披在肩上快速跑回俞洞家。

十月的北都,天气转凉,昼夜温差更是明显。

池笙窝进沙发里,边看书边等俞洞。

凌晨两点半,门锁声终于响起。

池笙的目光从书上转移到玄关处,俞洞正将搭在臂弯的西装外套随意扔在椅背上,接着打开冰箱,给自己倒了一杯冰水。

"天凉了,晚上出门记得带件风衣。"池笙看着俞洞上下滚动的喉结,"还有,少喝冰水。"

俞洞没说话,直接挤进不大的沙发里,头枕在池笙胸口,一言不发地紧紧环住她。

注意到他眉眼间的疲态,池笙柔声问:"怎么了?"

熟悉的淡香萦绕在他鼻尖,俞洞合上眼,说:"累。"

"是不是前几天积压的工作太多了？"池笙将书放到一旁，抬手抚上他的后脑，纤细白皙的手指穿插过黑发间，动作轻柔。

"不是。"俞洄缓缓收紧手臂。

"那是遇见什么麻烦的事了吗？"

"峪景湾那个项目有点问题，比较棘手。"

池笙眸光微闪："这个项目是你负责？"

"一开始不是，之前我准备要接盘，安排人进入这个项目，后来觉得不太对劲，就没进一步的动作。"

池笙细细回想，手上安抚的动作微顿："所以那次发布会你没有露面。"

"对。"俞洄动了动脑袋，示意池笙继续，不要停，"这样明面上，峪景湾还是俞文荣在操盘。"

倏然间，池笙感觉自己怀里抱着的是一只需要顺毛的大狗狗。

"我在赌，如果这个项目能平稳过关，那俞文荣在集团里不会再有大项目，我自然也不会让他拿到新项目，出不了一年，我就能把他彻底边缘化。"

准确地说，是把他们父子俩边缘化。

"可是万一……"池笙面露担忧，分析道，"峪景湾的争议性本身就太大，盯着的人只多不少，如果很棘手，尤其是牵扯上规章类的问题，你不如走更保险的那条路。"

俞洄再次闭上眼，眉宇间的郁气却依旧无法散去。

池笙指腹轻触上他的眉毛，想替他揉开烦躁。

她明白俞洄在担忧什么，他进俞盛总部不到一年，根基并不算很稳，任何一个能把对手扳倒的机会，他都不会甘心放走。在外人看来，他是顺风顺水的俞盛新接班人，实则前有虎后有狼，他只会举步维艰。

"这世界上，无论谁都不可能永远赢的。"池笙转而捧起他的脸，似要望进他眼里去。

"但是你肯定不会灰心丧气的，对吗？"

一时间，各种情绪糅杂在一起，隐现于俞洄眸中。

"况且，"池笙一时看不懂俞洄眼中的波动，继续说着，"你不一定就会输……"

她的话没说完，俞洄忽地吻了上来。

这句话，像是往他冰冷许久的心脏里汇进一道暖流。

这一路上，他在外人面前伪装得太好，甚至在俞幼微、萧政面前，他依旧装作一派轻松淡然的模样，可他很累，他真的好累。

从前他只有在夜深人静时，才能找各种方式放松。

今晚他本可以不回浅月湾，直接睡在办公室休息室，可看着落地窗外的繁华夜景，他却觉得孤寂到了顶点。

他想抱她，所以他回来了。

耳鬓厮磨间，俞洄的手又开始不老实，这几天开了荤的她和他，满脑子都是……

大概是因为，与喜欢的人肌肤相亲是件极其快乐的事。

池笙骤然想起来还有问题没问，单手推开埋在她胸前的脑袋："那天，我准备帮你关衣柜门，然后不小心看见了衣柜里的那个箱子。"

"哪天？"

"就……那天啊。"

俞洄立即反应过来，难怪那晚她会异常主动。

"上次在某人面前戴那块表，还装作没看见。还有我说，你送我的那双鞋，我留着收藏，你是不是也不信？"

"我送你的东西。"池笙眸中有着细碎的光，丝毫没有掩饰眼里的期待，"你都留着的是吗？"

俞洄犹豫片刻，缓缓开口："对。"

"那个生日蛋糕的乐高呢？"池笙继续追问，不着痕迹地攥紧手心。

"那个……"俞洄喉结微动，"还在我姐家，我怕搬来搬去的弄碎了。"

池笙嫣然一笑，满心欢喜地啄了下俞洄嘴角："好开心。"

俞洄目光锁定在她弯起的笑眼上，这大概是重逢以来，池笙第一次直接用词语来表达情绪。

轻柔的吻落在池笙颈间，他低沉的嗓音染上某种喑哑："三次？"

池笙晃晃脑袋："一次。"

"那折中，两次。"俞洄的一只手沿着她的腰腹向下摩挲。

不等池笙回话，俞洄又说："会系领带，肯定也会拆，你来。"

池笙没拒绝，乖巧地开始给他拆领带。

"你先别碰那儿……"

她用脚踹俞洄，却被他一手握住纤细脚腕，睡裙随着她的动作堪堪滑

278

至腰际。

俞洄眸色渐暗，呼吸渐重。

这饿虎扑食的眼神着实让人害怕，池笙手握领带，一时情急，三下五除二把俞洄双手绑了起来。

奇怪的是，俞洄一点也没有要反抗的意思。

俞洄坐直身，屈膝半跪在沙发上，宽肩挡去大片光影。

"看来你想玩点不一样的。"

"你别瞎说，我没那个癖好。"池笙边说边给他解开领带，脑子里却止不住想起那张照片。

"别解开啊，我可以满足你的，最重要的是你开心……"俞洄话音带笑，凑近朝她耳边不断呵热气。

"闭嘴！"池笙红着脸，穿上拖鞋小跑向卧室。

可她还没碰到门把手，就被俞洄从身后拦腰抱起，转了个方向，托着她腰臀开门。

"放心，领带我给你拿来了……"

池笙脸红，这下解释不清楚了。

（2）

手机铃声乐此不疲地在房间里响着，灰色被褥里伸出一个毛茸茸的脑袋。

白日的光线刺眼，池笙半睁着眼四处找手机。

"喂，爷爷。"

她嗓子干痒，咳了几声，下意识用空闲的另一只手去身旁捞了下，并没有熟悉的体温。

"你在北都吗？在就回来一趟吧，承松来了。"

"啊……"几个小时前折腾得太欢，池笙的脑袋现在还是断片状态，"他不上学吗？"

"你这孩子一天天都在做什么？现在是国庆，不是放假吗？"

池祺祥并没有管教小辈的爱好，相反，他还挺崇尚自由。池笙愿意回四合院就回去，他从不会主动问，这也是池笙宁愿待在北都也不去江城的原因之一。

挂断电话，池笙爬起床开始收拾。

化妆时,她特意别过头看了眼耳后的肌肤。

俞洄这人,平时嘴欠喜欢撑人,也不会说什么甜言蜜语,可在床上,他的话就没停过,一个劲儿说什么舍不得弄疼她,下次她想玩什么花样都可以……

她和俞洄不一样,但凡她感受到一点点痛觉,便会忍不住挠他、咬他。结果却是更给他助兴,于是俞洄身上的暧昧痕迹倒是比她更多。

只不过俞洄似乎对她耳后、颈间那块肌肤情有独钟,总会留点浅红印记,池笙只好在那儿上了点遮瑕。

入了秋的胡同,依旧满是恬淡烟火气。

黄叶中掺揉着渐消的绿,配着湛蓝的天,行走在其中,看着红瓦灰墙上的斑驳光影,时间宛如被放慢。

池笙刚进四合院,便听见两道老少声音交叠,有说有笑。

池祺祥有资助许多贫困学生,姚承松是其中一个。

姚承松父亲外出务工时在工地上受了重伤,瘫痪在家,而家里又只有年迈的爷爷奶奶。

考上大学后,姚承松没再要过资助金,自己贷款上学,打好几份工挣来生活费,有多余的还会寄回家里。之前姚承松还给池祺祥买过一支毛笔,池祺祥很开心,礼物在情义而不在价值,夸他是个好孩子。

见到池笙,姚承松噌地从沙发上站起来。

"姐姐。"

姚承松朝池笙挥手打招呼,眼神干净透亮,笑起来少了几分以往的腼腆,却依然淳朴,小麦色的肌肤更显开朗。

"好久不见。"池笙嘴角微扬,暗叹时间真快,这孩子竟然都大四了。

"今天咱们出去吃。"池祺祥对池笙开口。

"好。"池笙会意,点头道,"我来订位置。"

安排好后,池笙转而打开微信。

池笙:今天爷爷家有客人来,我要一起去吃饭,你忙完记得早点休息。

俞洄:风里雨里,被窝里等你。

看到这句话,池笙一个没忍住,扑哧笑出声,引得池祺祥和姚承松齐齐转头看向她。

姚承松挺直背脊,好奇地问:"姐姐是在和一宁姐聊天吗?"

"不是。"

池笙眼底漾着笑意，摆摆手，视线回到手机上。

姚承松从没见过池笙这样笑过，愣了两秒后，见池笙的注意力都在屏幕上，便没再问，转头继续和池祺祥聊近况。

回完消息，池笙收起手机，加入到两人的谈话中。

池笙看向笑得阳光开朗的姚承松，再次感叹时间过得太快，怎么有种看着小孩长大的感觉，分明她也没比姚承松大几岁。

"我实习的公司搬到北都，所以我也就跟着过来了。"说着，姚承松起身给池祺祥添茶。

"我记得你学的是计算机？"

姚承松朝池笙弯弯眼梢："对。"

"那住的地方安排好了吗？"池祺祥手腕一动，茶碗里的茶汤随之微晃。

"您不用担心，公司安排好了的。"

池祺祥品了一口茶："这是你第一次来北都吧？"

"是。"姚承松点点头。

"你带他去逛逛？"池祺祥转头看向池笙。

"可以，那就这两天吧。"

"不用不用。"姚承松立马摆手拒绝，"假期人很多，也没必要趁这个时候去挤景点，反正以后有的是时间，我自己去逛也可以的。"

池笙扬起嘴角："我可以给你找攻略。"

"好。"姚承松犹豫几秒，才缓缓开口，"不过，我有件事想麻烦一下姐姐。"

"怎么了？"池笙柔声问道。

"我想买一套像样点的西装，之前有买过，但不够正式。"

"没问题，那明天我带你去吧。"

三人准备出门去颐悦轩时，趁着姚承松去洗手间的空隙，池祺祥递给池笙一张卡。

"一会儿的晚饭和明天他的西装，都由你来付，当作咱们送他的礼物。"

池笙把卡塞回池祺祥手中，笑眼一弯："爷爷，不用，我付就行。"

三个人都不喝酒，要真聊起来，也没什么可以聊的东西，这顿饭结束

得很快。

回到浅月湾，池笙先回家给金鱼喂食。

至今，她也还没给那尾十一红和素兰起名。她想跟俞洄一起找两个合适又好听的名字，可每每一提到金鱼，俞洄总会化身成为一个醋坛子，各种指控她。

洗漱完，池笙习惯性地走向隔壁。

她仔细检查着门边的地毯，又看向鞋架，不像是有人回来过的样子。

但俞洄做什么都出其不意，说不定是故意做出种种假象，然后躲在哪儿，准备吓她一跳。

池笙放轻脚步，小心翼翼往屋里走，不落下每一个可巡视的角落，仔细检查一番。

直到掀开被子，她才终于确定，就是没人。

还说等她，到底是谁等谁啊。

骗子，大骗子。

池笙躺进床里，四肢摆成一个大字，闻着熟悉的味道，脑中一幕幕回放着这些时日的过往。

每次想起那天清晨，俞洄在医院里问她"嫁给我好不好"，心跳都像是会漏半拍。

原本她已经不打算喜欢俞洄，现在却走到这一步，与预先设想的线路早已大相径庭。

大概是因为某一天，她跟心意妥协了，承认俞洄对她有致命吸引力，且避无可避。

至今，迷茫的她仍然不确定俞洄是否是心血来潮，而同理，她也是。

当彻底得到一个人后，那种欣喜与心潮澎湃又能维持多久？

她确实是个胆小鬼，在一起可以是情绪上头的产物，可对婚姻，还是心怀敬意更好。

即使俞洄在这时候真的求婚，她也不会答应。

俞洄也一定会因为恼羞成怒，自尊心受挫，然后跟她老死不相往来吧。

想着想着，困意袭来，池笙眼帘渐垂。

没过一会儿，意识蒙眬间，她又听见耳边有人在轻声唤她："呆呆。"

俞洄低笑一声，他真是小心眼。太多人叫她"笙笙"，而他想要与众不同,想要独属,想要偏爱,所以从前他就喜欢叫她"呆笙",现在时不时又叫她"呆呆"。

"嗯?"池笙在睡梦中哼唧两声,睫毛跟着颤动。

她努力撑开眼睛,见是俞洄,潜意识地伸手去搂他,翕合的双唇细微地低喃着几个字:"你回来了。"

"嗯。"俞洄在她额上轻轻一吻,不愿吵醒她,"睡吧。"

池笙闭眼,等再次被叫醒,飘窗外又是一片大亮。

"你怎么还没走?"池笙伸了个懒腰,手顺势被俞洄握进掌心。

"等着陪你吃早餐,你倒好,醒来第一句话是赶我走?坏蛋。"俞洄伸手去挠她的痒痒穴。

两人在床上闹了一会儿,池笙冷不丁开口:"我辞职了。"

"辞职了?"俞洄手上动作一顿,"为什么?"

"没什么,想换个环境。"

"想换什么工作?"俞洄开始细细思索。

"不告诉你。"池笙笑嘻嘻地溜下床,省得一会儿玩过了火,谁也别想出卧室。

"还故作神秘。"

淋浴间水声响起,俞洄拿过床头柜上的手机,打给孟景平,电话很快接通。

"我想收购一家杂志社,你看看有没有合适的。"

"你要干吗?你很闲吗?还准备开拓这个业务?"

面对孟景平的三连问,俞洄没多说,只让他照做就行。

下午三点,池笙和姚承松在YS购物艺术中心碰头。

池笙后知后觉发现这是俞盛的商场,说不定还会碰见俞洄。

她提前做好攻略,选了几家稍有名气但价格还算适中的西服品牌,逛了两家后,最终定下一套海军蓝的西装。

只是池笙没有成功付钱,姚承松一进店,就早早给店员打过招呼。

"晚上一起吃饭吧,一宁说要请客。"池笙看了眼屏幕上曲一宁发来的地址,在心里估摸着距离,在想要走哪条线路。

"好。"姚承松咧嘴笑笑,"好久没见那两位姐姐了。"

两人闲聊着朝商场外走去,路过二层的小众首饰店,姚承松又拉着池

笙拐进去，给她们仨一人买了一个小礼物。

走出首饰店，池笙手机振了一下，点亮屏幕一看，是俞洄发来的消息。

俞洄：明天我要去申城，处理公事，过几天才能回来。

池笙思忖几秒，随后浅浅弯起唇。她早上刚刷到过鱼友发的朋友圈，申城过两天会有一个金鱼特展。

还没来得及回消息，俞洄又发来一条。

俞洄：真想把某呆打包带走。

俞洄：去不去，去不去，陪吃陪住还陪睡。

池笙：想得美，我才不跟你到处飞。

假期马上结束，她要入职，说不定等俞洄回来，正好可以碰见他，给他个大惊喜。

池笙和姚承松一起踏上往下一层的扶梯，两人说话间，突然被一阵喧闹声吸引。

一家店门口围满了人，其中两道高亢的女声响彻入耳。

"你再说一遍！"穿着一套小香风衣裙的女生直直地指向对方，气势汹汹。

而一身利落工装打扮的女生不甘示弱："土包子，你这个俗不可耐的土包子。"

池笙微微眯起眼，她今天戴了隐形眼镜，看得还算清楚，说土包子那个女生，略感眼熟。

不对，怎么另一个也有点眼熟。

池笙原本还在回想这两人是谁，没料到其中一人直接将手里的果茶拆开杯盖泼向对方。

空气安静两秒之后，两拨人彻底开始混战。

池笙正对此感到惊异，一道熟悉的身影骤然映入她眼中。

那个身形颀长挺拔的男人，大步迈入混乱的人群中，将一件西装外套披在那个穿工装的女生身上，再将她带出去。

扶梯缓缓下降，池笙眼睛很涩很刺痛，想闭眼，指甲却深深陷进手心，像是要借此来保持清醒。

别看了，她告诉自己，别看了。

可她却依旧笨拙地不肯移开视线，始终如一地望着那两人一同离开的背影。

俞盛购物广场保安室。

俞洄眉心紧促，用纸巾擦着刚洗干净的手，果茶黏腻的触感却依旧在他心底挥之不去，比做饭还难受。

给池笙做那是他心甘情愿，自然能忍受。

俞洄窝火，越想越烦躁，带着薄怒的目光直直扫向这两个始作俑者。

谭知韵顶着一头乱糟糟的长鬈发，伸手整理着小香风套裙，而对面的萧艺菲正怒视着她，两人颇有要再来一架的气势。

俞洄敏锐察觉到无形升起的硝烟味，声音暗含警告："再打架试试？"

谭知韵哼笑一声，她是从小被娇惯着养大的公主，他俞洄是谁？她为什么要听他的话？

战火成功转移到俞洄身上，谭知韵朝俞洄怒吼出声："起码得让我去个像样的办公室吧，你把我叫来保安室做什么！"

"倒是提醒了我，就你们这种聚众斗殴的人更适合去派出所。"俞洄拿出手机，作势要拨110，"等人去捞你们。"

"不是……"谭知韵急了，慌忙上前，要打落俞洄的手机。

俞洄后退一步，用眼神警告：离我远点。

"我在那儿好好挑衣服，是她先开始嘲讽我。"谭知韵瞪了眼萧艺菲。

萧艺菲噌地站起身，手指向谭知韵："呸，分明是你在故意贬低Quinn的设计，你说我偶像，我就要扁你。"

"脑残粉。"俞洄丝毫不留情面，当着一众人，直接给出定论。

"你！"萧艺菲气得咬牙。

"停，我可不是什么纠纷调节委员。"俞洄不耐烦地扔掉手中纸巾，"我对你们发生了什么事，一点也不感兴趣。"

"不对……"

萧艺菲忽然注意到俞洄一身规整的西装，又低头看看自己身上的西装外套。

"这谁的？"

俞洄转身，往后看去："这谁的？"

一个年轻职员从队伍里走出来，面色紧张："俞总，是我的。"

"你……"萧艺菲的脸色红了又绿，"你竟然拿别人的衣服给我穿。"

"不穿你就还人家。"俞洄微扬起脸，一派轻描淡写的模样，"看我

做什么,我好好的手工西装拿给你?做梦去。"

"俞泂!"

"比声音大有用吗?萧艺菲。"俞泂抬手看了眼表。

谭知韵轻笑一声:"我说是谁,让你俞总还亲自护着呢,原来是青梅竹马啊,这就是你不肯答应联姻的原因吧,我看你眼光也不怎么样。"

顿时,萧艺菲脸色复杂,仿佛吃到难吃至极的东西,嫌弃地看一眼俞泂。

"麻烦你别把我和他扯上什么关系,他这样的你要吗?"

"喊,我才不稀罕。"谭知韵同款嫌弃脸。

呵呵,这会儿炮火倒是齐齐对准他了?

俞泂看向身后的员工,示意他们原地解散,该干吗干吗去。

真晦气。

他今天来商场,是准备亲自看看金鱼展览的规划方案,谁想到这么倒霉,遇见这两个形象也不要的女疯子在打架。

若不是在场除了他没人能拉开这两人,他才不会去管。

再说,他不上去拉架行吗?

一个家里是俞盛的大股东,以后对他还有用处;另一个的爸爸是暗里帮了他不少的萧叔叔,他能任由她们打架打进医院里去?

说不定明天还会一起登报,那就光彩了,顺便再给他编点什么绯闻。

他多洁身自好的一个人啊,名声都被她们败没了。

"别给自己贴金。"俞泂得意地轻笑一声,"我有人要,你们还比不过。"

"拉倒吧,谁会这么想不开。"

"有本事你说是谁,我一定去劝她。"

俞泂懒得跟这两人继续掰扯,手指向谭知韵:"你,等你哥来接你。"

"你有病啊,你叫我哥来干吗?"谭知韵立刻暴跳起来,她最怕她那个大哥。

俞泂"啧啧"两声:"恶人,就得恶人治。"

"就是。"萧艺菲帮腔。

"别得意,你的光荣事迹我已经报告给萧叔叔,回家等着挨揍吧。"

萧艺菲脸色微僵:"你几岁啊,还告家长?"

"俞总,我的衣服。"刚才那位员工小声开口。

"正好,你把她押回家去,衣服的钱找她赔。"

安排好一切，俞涧大步往外走："浪费时间收拾你们这些烂摊子，耽误我下班。"

出租车里，池笙木讷地望着窗外一闪而过的场景，一动不动。

等到了吃饭的地点，她没下车，只对着姚承松淡淡开口："你跟一宁她们好好吃饭，我身体突然有点不舒服，先回去休息了。"

姚承松刚下车，还没来得及说话，池笙便让出租车司机开车。

出租车重新驶上主干道。

池笙松开咬紧了唇的牙齿，痛觉消失，眼睛的酸涩开始肆意扩散，到达极致时，豆大的眼泪从眼角快速滑落。

车窗缓缓降下，划过的冷风徐徐吹干她脸颊上的眼泪。

回到浅月湾，她给曲一宁发了不用担心她的消息，然后关机，浑浑噩噩地倒进床里。

眼泪再度不受控制地溢出，她并没有管，让它滑落。

人总是这样，明知道什么会让自己难受，却还是会不停地去回想。她回想着俞涧方才的每一个动作，他们的背影。

半边枕头被泪水浸透，池笙翻过身，脸颊重新触碰到干燥的另一侧枕头，却也只让她舒服了片刻，不一会儿，就变得同样湿润。

隔壁的俞涧正在客厅踱步不停，感到心神不宁。

他回来没看见池笙，发消息不回，电话关机，敲门无回应。

等到了天黑，也没一点她的消息。

他走到阳台上，犹豫两秒，还是翻身跳到隔壁阳台上，还好阳台门没锁，不然他又得翻回去。

打开卧室门，跟那次一样，漆黑一片，俞涧拿出手机晃了下，池笙果然在床上。

心底的怪异感越发强烈。

俞涧蹑手蹑脚地掀开被子，小心翼翼地躺进去，他伸出双臂，习惯性地搂上池笙。

"别碰我。"

安静的卧室里突然响起一道清冷声音，透着彻骨的凉意。

俞涧有刹那的错愕，嘴角的弧度僵滞住："什么……"

池笙往床边挪动，不愿意和他有一点接触。

半晌后，俞洌怯怯地收回手。

他不得不承认，方才池笙那三个字，确实唬住他了。

他直挺挺地躺在一旁，心想池笙这是怎么了？

生理期？又或是有什么不顺心的事想找他撒气？

想了许久，俞洌仍然百思不得其解，他抬手打开台灯，侧过身，盯着池笙的后脑勺，轻轻戳了下她的肩头。

"我哪里惹你不高兴了。"

他溢满委屈的声音，仿佛是点燃池笙心中愤懑的那根导火索。

"我讨厌你，一开始是忽远忽近，可我都不打算喜欢你了，你还要来招惹我……"

俞洌快速捕捉到关键信息："都不打算喜欢我了？所以你之前是喜欢我的？"

池笙不断做着深呼吸，攥紧掌心，翻身坐起，失望地看向俞洌："你说的话，与你做的事完全不一样，为什么要骗我？如果你对别人有意思，明说就好，我可以跟你断得干干净净……"

"你在说什么？"俞洌皱眉，下颌线条隐隐绷紧，出声打断他，"对别人有意思？什么又叫断得干干净净？"

他一头雾水，听见池笙这要分手的语气，声音也冷下来几分。

"你一定要我说得那么难听吗？"池笙双眼还泛红发肿，一度哽咽，"是要我拍下你英雄救美，搂着别人离开的照片，然后甩在你面前质问你吗？"

搂着别人？

俞洌瞬间回神，恍然大悟道："你下午看见了？你怎么不……"

"是，我看见了。"池笙只觉得悲哀又可笑，嗤笑起来，"我怎么不？你是想让我也参与进去，一起混战吗？"

一个是他传闻的联姻对象，一个是他不承认的青梅竹马，她亲眼看见的，她能怎么想？他又要她怎么想？

"你可真是香饽饽啊，但你想错了，我还不至于下贱到要为一个男人，连脸都不要去和别人当街打擂台，合则处，不合则散。"池笙咬紧牙根，强忍泪意，"不就是男人吗？又不缺那一个半个。"

俞洌凝眸紧盯着她，太阳穴突突地跳。

她这是在告诉他，他在她那里并没有什么分量。她的每个字，都像是

288

一把利刃，毫不留情地悉数插进他的心脏里。

换作以前，他也会想，不就是女人吗？又不缺那一个半个。

依他的脾气，或许早已摔门离去。

可现在，他自己都不知道，到底是靠什么意念强压下那股怒火。

下一秒，他把池笙抱进怀里，收紧手臂，仿佛要将她嵌入他身体里一般。

天人交战一番后，他终是将那所谓的自尊心抛之脑后。

"我求求你。"俞洄喉头哽咽得难以出声，"你打我也好，骂我也好……别那么说。"

池笙一愣，身形微顿，俞洄的这个反应，完全出乎她的意料。

"对不起，有些事或许是我没有处理好，但我怎么可能喜欢别人。"

如果可以，他真的想把心挖出来，捧在她眼前，给她看。一颗心满满装的都是她，哪里还有装别人的空隙。

什么原则底线，他为了她都可以不要。

做不好，那他就去改。

"我真的完全不想管她们的事……"俞洄事无巨细地讲着今天下午那件事的经过，以及他那么做的原因。

可无论如何，池笙空洞的眼神里只写满了"不相信"。

他找不到问题的缘由，他在池笙的心中，信用是何时透支到这个地步的。他和她之间，像是有一堵高大而坚实的城墙，当翻过它之后，却发现还有一道无法逾越的鸿沟。

池笙眼底毫无波动，淡然地看着俞洄向她惶恐解释的样子，她确实不太相信他那些说辞。

她好像瞬间明白一件事，从毕业后，俞洄一声不吭的失约开始，她就不相信他了。

她仍然控制不住去喜欢他，所以想跟他在一起，可是面对许多事时，却又难以相信他。

她也终于知道，为什么她总认为和俞洄最终不会在一起。

没有信任，怎么可能跟一个人永远在一起。

俞洄望着她带了点麻木的神情，越发心乱如麻，恐惧感从心底一点点蔓延到身体各处。

"你走吧。"说完，池笙平静地躺下。

俞涧暗松一口气，很庆幸不是从她口中听到"分手吧"三个字，同时心底有个声音在告诉他，不能走。

"你有什么想知道的，我可以都跟你说。"

"我现在很累，什么都不想听。"池笙声音依旧很冷淡。

"好，那就睡觉。"

俞涧躺下，和池笙保持一定距离，他现在不敢贸然伸手抱她，只委屈巴巴地占着床边不大的位置。

随着夜色渐浓，时间也一点点流逝。

俞涧这两天连轴转，极度缺乏睡眠，睡着后，凭着身体的本能记忆，他慢慢朝池笙靠近，直至抱住池笙，才没继续动。

听着耳畔平稳清浅的呼吸声，池笙知道，他睡着了。

她缓缓地睁开肿胀的双眼，脑中思绪被杂糅成一团，头疼的感觉越发清晰。

池笙轻轻翻身下床，走到客厅，拉开电视柜的抽屉，找到那个熟悉的药瓶。不是治失眠的药，却有嗜睡的副作用，生怕不够，她吃了四粒。

五点了，阳台外的残月失去光泽，天际悄然亮起。

吃了药，就能睡着了吧。

（3）

早晨七点半，俞涧忽然惊醒，下意识伸手探去，床上空空如也。

他心下一紧，下床大步迈出卧室，看见在沙发上睡着的池笙后才稍松一口气。

酸涩感再度涌上心头。

她就那么讨厌他，甚至不肯跟他睡在一张床上。

看向墙壁上的挂钟，又看向池笙熟睡的脸庞，俞涧在心里犹豫纠结。

直觉告诉他，等他出差回来，说不定黄花菜都凉了，池笙肯定要跟他分手。

不行，不能。

"呆呆？呆呆？"

俞涧叫了几声，池笙都没反应。他转身瞧见茶几上的药，拿起细看，打开百度输入药名。

半分钟后，俞涧做出决定。

他伸手拿过沙发上池笙的包包，开始翻找。很快，他在包里找到了池笙的身份证，又到卧室给她随便拿了一件外套、一条连衣裙装进包里。

回到家，俞洄快速洗漱好，换上一身正装。

司机和丁铭在停车场等俞洄，却没想过会看见俞洄抱着一个女人出现。

丁铭瞪大双眼，下车给俞洄拉开车门，老板这是要干吗？

他一眼认出怀中的女人是池笙，还穿着睡衣睡裤。

"老板，我们不是要出差吗？那池记者是……"

"一起去。"俞洄将池笙放进后座，见她还没醒，发觉有些不对劲，抬手看了眼表后，淡声说道，"先去一趟最近的医院。"

"好的。"丁铭立即找到最近医院的地址，跟司机沟通好。

一起去申城？

丁铭从车内后视镜打量一眼还闭着眼的池笙，心底忽然冒出一个恐怖的想法。

不会是池记者不从，然后老板把人家敲晕了带走吧？

他老板真是什么都干得出来啊！

下一秒，丁铭看见后视镜中的池笙蹙起眉心，缓缓睁开惺忪的双眼。

这会儿正是药效起作用的时候，池笙浑身软绵无力，加之哭了太久，眼睛干涩得生疼。

她脑子里依然昏沉一片，看着眼前的场景开始犯迷糊，是在做梦吗？

"你是不是吃了药？"熟悉的低磁嗓音出现在她耳畔。

"嗯。"池笙揉一揉沉重的眼皮，"我吃了四粒。"

四粒？这个量……

俞洄声音里隐隐带上几分着急："要不要去医院？"

"起开。"池笙抬手挥了一下，"啪"的一声直接打在俞洄那张俊脸上。

车中的气氛一时安静得有些诡异。

"你别吵我。"池笙语气里满是嫌弃，重新合上眼。

司机和丁铭竖起耳朵，眼睛瞟向车内后视镜，谁想和俞洄来了个视线相对。

"看什么看？"俞洄的声音又变为往常的冷漠疏离。

两人目光又齐刷刷转向正前方。

俞洄坐正，见池笙又平稳地睡过去，心底稍稍松一口气，应该只是吃药过量，导致嗜睡副作用太明显。

"不去医院,直接去机场,联系个医生去机场等着。"

"好的。"

丁铭立刻着手安排,心里不忘吐槽,老板真是想一出是一出,活该被打。

机场FBO楼,一辆低调奢华的迈巴赫普尔曼缓缓驶进。在机场等候的医生简单确认过池笙的情况,和俞洄的设想无异。

公务机登机流程十分简单,几分钟便过完安检。

池笙又被叫醒,迷迷糊糊地骂着俞洄。

丁铭在两人身后,紧抿唇,强忍住不笑。

这趟飞申城,俞盛总部要去不少高管,又都带着助理,俞洄索性直接大手笔安排了俞家的私人飞机。

员工们自然高兴,这免费蹭公务机的机会,一辈子能有几次。

这架飞机是波音747改的私人飞机,上层改造为卧室的设计,配有淋浴设备,下层则是常规座椅,还有一个会议室。

俞盛的高管及其他随行员工已登机,只差俞洄和丁铭。

坐在窗边的员工往外看去,出声说道:"俞总来了。"

其他人也探头望去。

"俞总怎么还抱着个人上飞机?不是我看错了吧?"

"好像真抱了个人。"

俞洄踏进机舱,径直大步迈向二层。

不少员工探起身,却只看见一道快速闪过的身影。

大家更好奇,抱的这到底是谁?顿时开始窃窃私语。

"我感觉好像是个女的……"

"是吗!是吗!"

…………

丁铭打开卧室门,把池笙的物品放下后,立刻识趣地转身离去。

床上是柔软的浅金色真丝毯,俞洄轻手将池笙放到床上,拉下挡板。

待飞机起飞,平稳飞行,俞洄才下楼,跟几位高管在会议室里简单开个早会。

一个多小时后,意识蒙眬间,池笙越来越察觉到不对劲,她缓缓睁开眼,彻底蒙了。

这是哪儿?飞机上?

池笙缓缓拉开挡板，舷窗外，是近在咫尺的巨大云朵。

池笙完全搞不清楚状况，她睡了个觉，怎么还睡上天了？

俞泂打开门进来时，看见池笙双腿盘坐在床上，一双杏眼睁圆，满是疑惑，脸上表情又呆又萌。

俞泂的嘴角噙起浅浅弧度，眉眼间的温柔带着宠溺，可当池笙骤然转头看向他，眼神不善，他的笑又立马收敛了些。

"我这是在哪儿？"

俞泂关上门，走到床边坐下。

"这是俞家的飞机，飞申城。"

"我为什么会在这儿？"

池笙继续问，脑中也依稀想起一些画面，车上，还有安检？

俞泂喉结微动，没有直接回答她。

假若是从前，他肯定会说"是她自己睡迷糊了答应的"，但现在他一点也不敢乱说话。

一种无力感深深包围着他，俞泂垂下眼，轻叹一声："我不敢让你一个人在北都，我怕你胡思乱想，或者一声不吭跑掉，然后要跟我……"

俞泂打死也不肯说出"分手"那两个字，太不吉利。

"那等下了飞机我就回北都。"

"不行。"俞泂音量忽地拔高，打断池笙，"这几天你一定要在我身边，等这边的事结束，我们一起回去。"

池笙愣住，只觉得好笑："我有手有腿，你还能绑着我不成？"

俞泂小声提醒："你身份证在我这儿。"

"你不知道有个东西叫临时身份证？况且我还有手机啊。"池笙下意识去翻找手机。

俞泂轻咳两声，声音越发没底气："你手机也在我这儿。"

池笙诧异地看向俞泂，他这是在做什么？

"你要囚禁我？"

"这怎么能叫囚禁……"俞泂蹙眉，急着替自己找辩解的理由，却又后知后觉发现，这确实很像。

"还我。"池笙不想再多说，直接朝他摊开手心。

"不要。"俞泂转过身，语气霸道又执拗。

飞机里响起空姐甜美的提示声。

跟一个无赖讲道理，根本讲不通，池笙只好暂且妥协。

他总不可能二十四小时盯着她，这是二十一世纪，难不成他还真想玩个什么你追我逃、插翅难飞的游戏。

池笙低头看了眼自己的衣服，气笑出声："你连衣服都不给我换，就……"

"我可不敢乱动你。"俞洇忍不住撇撇嘴，一脸委屈，"否则你有的是理由找我麻烦。"

"不敢乱动我？那是谁把我弄到飞机上的？"

池笙深深吸气，这人不要脸的功力真是越来越强。

"出去，我要换衣服。"

俞洇起身往外走，要关上门时，他骨节分明的大手握着门板边缘，讨好地咧嘴笑笑："别生我气。"

各种情绪在池笙心里复杂交汇，她不想给他好脸色，但此刻也是真的想笑。

俞洇一身正装配上这些谄媚的举动和表情，反差得太诡异。

真该录下来，假如以后跟他分手了，还可以顺势敲他一笔，不同意就公之于众，让他颜面尽失。

飞机平稳落地后，池笙几乎是被俞洇紧搂着走下飞机，她的手脚还很绵软，也依旧很困，毕竟那个药量，至少能让她睡到半夜才醒。

"我跑不了，你不用搂这么紧。"

"你又以小人之心度君子之腹，我是怕你站不稳。"

"我小人，你君子？"

池笙从鼻腔里发出一声冷哼，好意思吗这人？

俞洇嘿嘿笑了几声："你君子，我小人。"

池笙隐隐勾了下嘴角，这还差不多。

他们是最后下的飞机，有几个走得稍慢的俞盛员工，一回头就瞧见俞洇正亲昵地揽着一个娇小身影下了舷梯，再走向接机的那辆车。

期间，俞洇还不忘细心地将手挡在车门顶上方，防止对方碰到头。

几人面面相觑，这是他们那个冷脸机器人俞总？

不对，重点是俞总竟然有女朋友？

立刻有人拍下照片，加上俞洇上飞机时拍的那张，一起发进聊天小群里。

△惊！俞总竟然带了个女人一起出差，还亲自抱上飞机，公主抱！下飞机也搂着，生怕摔了。

△这体型差，有金屋藏娇那味了。

△俞总赶紧谈恋爱吧，别天天折磨我们了。

…………

一时间，群里平日潜水的人都被炸出来，跟着讨论一番。

车上，池笙沉默不语，脑袋全程偏向另一侧。

俞洄试探地去牵她的手，不敢放肆，只稍稍握住她纤细的手指。

"你生我气了。"

"不应该吗？"池笙虽然没挣开，但语气明显不悦，"你突然被人带到一个地方，不提前告知，还限制你的人身自由，你能高兴吗？"

俞洄认真思考一番，满眼诚挚地看着她："如果是你，我愿意。"

后三个字，他说得尤为缓慢，郑重的语气，不由得让人联想到婚礼现场该说的那三个字。

俞洄微勾起嘴角，思维又开始无边无际地发散，想想还挺刺激，池笙把他关起来，然后……

撇开其余的不提，单单只是池笙对他极度的控制欲……都很难不让他沉迷其中。

在他这里，或许爱就是甘愿受她控制。

池笙没有回话，默默转头，继续望着车窗外陌生的景色。

方才，俞洄幽深又专注的目光让她心跳节奏开始不受控制，无论如何去平复，都无法再回到正常的频率。

面对喜欢的人，或许就是这样，明知是飞蛾扑火，却又不由自主地动心，一次又一次。

不到一个小时，车驶进市中心一家酒店环岛。

俞洄先陪池笙回房间，他刚要开口，手机铃声在裤袋中响起。

"喂，萧叔叔？"

听了十几秒，俞洄突然出声："您等等。"

他打开免提，眉梢微扬，示意池笙注意听。

"您说吧。"

"今晚和谭家一起吃个饭，你也过来。"电话中浑厚的中年男音笑了

几声,"这倒也算是不打不相识。"

突然,听筒中掺入一道年轻女声:"爸,你叫他干吗,你知道昨天他让我多丢脸吗?我萧艺菲跟他俞洄势不两立!"

俞洄不想让池笙听见萧艺菲再说出什么有损他颜面的话,即刻关掉免提。

"萧叔叔,我这几天在申城,等回去我们再聚。"

说话间,他目不转睛地关注着池笙的表情变化。

挂断电话,俞洄又收到丁铭发来的消息,扫了一眼,他收起手机,担心池笙怄气不肯吃东西,刻意放柔语调:"我现在要去开会,等一下会有人来送吃的,你多少吃点再睡,好不好?"

望见他眼中显现的担忧,池笙心头莫名软了几分,迟疑几秒后,轻轻点头。

"剩下的事,晚上回来以后,我们再说。"

俞洄两步上前,带着薄茧的指腹轻抚过池笙微肿的眉眼处,嗓音中带了几分祈求的意味:"等我,别跑。"

走出套房,俞洄解锁手机屏幕,拨出一个号码。

那边刚接起,俞洄直接说道:"晚上一起吃饭?"

"我这几天不在申城,过段时间回北都再聚。"

"你们酒店什么菜好吃?"

"中餐西餐?你直接打电话问餐厅啊。"

"问你不是更方便?给我女朋友点,快点推荐。"

俞洄尾音上扬,电梯里的玻璃镜上倒映出他清隽的笑脸。

"我就说……你干吗要定那个套房。啧啧,出差还带女朋友,真是一分钟都离不了啊,不过也算有进步,她是甜口还是咸口?"

"都还行。"想起池笙,俞洄眼底笑意更浓,呆呆当然是甜口。

"行,挂了。我一会儿发给你,具体菜式你得自己挑,那才看得出上没上心。"

电梯到达会议厅楼层,电梯门打开,早已有人在电梯两侧等候。

俞洄神色微敛,恢复往日里一派淡漠凌厉的模样,侧脸线条冷峻,迈开长腿走出去。

在几人的簇拥下,俞洄坐上会议席首位。

一个中餐厅打扮的服务生走进会议厅,望着这一群西装革履的精英人士，一时不知自己要找的究竟是哪一位。

服务生想起刚才接到的通知，让他找在场长得最帅、气势最强，还有脸最臭的那位俞先生就好。

环视一圈，服务生朝俞洄走去，要靠近时，有人伸手拦住他的去路。

俞洄扫了一眼，淡声开口："让他过来。"

"俞先生您好，温总让我来找您。"服务生递给俞洄一份折叠菜单。

俞洄一目十行，快速找到刚才在脑中定下的那些菜式，勾了有数十道，最后不忘对服务生叮嘱一番："这几道是午餐，其余作为晚餐，尽量做清淡些。午餐要尽快送去，晚餐……具体的时间你问了她再定。"

"好的，俞先生。"

丁铭在一旁悄悄打量俞洄，用文件挡着脸偷笑。

这还是第一次见他们老板对一个陌生人讲这么多话，恋爱脑无疑。

豪华的套房内，阳光充沛。

池笙盘腿坐在沙发上，望向宽敞露台外的摩天大厦群，发着呆无事可做。

俞洄没给她留下手机和身份证件，果真是怕她跑了。

"唉。"略显清寂的客厅内出现一声低叹。

池笙转眼环顾四周，这个套房面积不小，陈列着众多艺术品，靠近露台的落地窗旁还有一个复古唱片机。尽头处有一道玻璃门，很敞亮，不像是室内建筑，似乎能通往外面。

池笙好奇地起身前去查看，走近后，发现只是一个露台而已。

推开玻璃门，池笙的双唇却因诧异微微张开，这高楼大厦里竟然有一个拱形玻璃花房，像是一个巨大的水晶球。

缓过神后，她打开门朝里走去。

看清里面的景象，池笙倒吸一口气。

这是梦游仙境吗？

一缕缕阳光透过玻璃弧顶，折射在绿枝与花朵上，似乎每一道光晕都有它的独特之处。

花房里多数是栀子花，也有许多池笙不认识的花种，不过都是低饱和度的颜色，温柔又浪漫。

暖阳伴着满溢的香气，池笙扬起脸，嘴角微弯，舒服地闭上眼。

恍惚间，她似乎也融入其中，变为一株喜阳的植物。

假若不是事发突然，她甚至会以为这一切是俞洇早就安排好的，心情莫名变得愉悦。

她十分不想离开这儿，但是扰人的门铃声偏偏在此刻响起，两个服务生推着餐车走进套房，再一一摆上桌。

"这是俞先生亲自给您选的菜式，有申城本地菜，也有将北都菜与申城菜结合起来的新菜式……"

俞洇亲自选的？

池笙垂眸看去，确实都是她平时会喜欢吃的菜，但她今天不太有胃口，最后吃的并不多。

用完午餐，池笙又去花房待上一会儿，直至浓浓困意袭来，她才回了房间睡觉。

（4）

这次内部会议，俞盛南区各个分部的高管皆有参加，议程时间近两个小时。

接下来，俞洇又把明天下午的行程提前到今天，直奔俞盛在滨江区构建的综合体，检视滨江公园项目的销展中心及俞盛购物广场。

近几日，俞洇还将亲自参加俞盛在国内开业的第二家，也是申城首家YS购物艺术中心的试营业启幕仪式。除此之外，还有品牌首店签约仪式等等一系列活动。

再怎么压缩行程时间，俞洇也忙到晚上近十点才回到酒店，一出电梯，他火急火燎地朝套房走去。

"嘀！"房卡触上感应器的声音刚响起，俞洇低沉的嗓音就紧跟其后："呆笙？"

漆黑一片，没有回音。

俞洇扔下手提袋，迈开长腿大步走向卧室。打开灯，床上依旧没人。

心慌的感觉再次席卷全身。

在套房内找了个遍，俞洇仍未发现人影，最后，他在玻璃花房看到了池笙。

今夜月亮皎洁温柔，正悬挂在暗蓝夜空中，清浅月色透进花房内，小小的铁艺桌上有一盏微弱烛光。

池笙穿着一袭藏青色长裙,坐在铁艺椅子上,双手环抱着小腿,脑袋搁在膝头。

她纤细的脖颈仿佛稍微一折便会断,露在空气中的肌肤白得泛冷,整个人透着深深的脆弱无助感。

这一幕,让俞洄不禁恍神。

他是不是真的将池笙囚禁在这一方小小的玻璃花房里?

他心里顿时像堵了块大石一般难受,呼吸困难。

池笙正发着呆,突然腰间一紧,她来不及惊呼,已经被抱了起来。

下一秒,俞洄坐到椅子上,而她坐在他腿上。

"坐稳了。"

俞洄眉头轻蹙,话里全是责怪,语气却极轻柔:"坐这儿也不怕着凉。"

说罢,他脱掉西装外套,将池笙白皙的小腿包得密不透风。

"这儿真好看。"距离缩短,池笙的视线游移到俞洄近在咫尺的薄唇上。

"喜欢吗?"俞洄的大掌重新揽上她纤柔的腰肢,哄着她,"以后我给你也弄一个。"

池笙垂下眼睫,没接话。

俞洄的目光没从她脸上移开过,自然注意到她眉眼间细小的变化,喉结微动,问道:"你是什么时候知道我回国的?"

突如其来的问题让池笙的思维短暂停顿几秒钟,他为什么会问这个?

"去年年底,在二班群里知道的。"

俞洄深沉如墨的黑眸紧锁着池笙:"你从没想过要主动找我,和我有点什么交集,对吗?"

池笙缓缓抬眸,却缄默不言,只静静看着他。

四目相接,两个人像是要把对方望进自己心底深处去,探寻对方的所思所想。

俞洄深吸一口气,拿出孤注一掷的勇气来。他在心底告诉自己,没事,先喜欢不代表丢人。

"我不是,我想你,这些年,我一直很想你。"

想要将一些东西剖析开来,其实很难。这一分钟,数种复杂情绪如潮水般一齐涌来,让俞洄颇有种坠入深海,未知能否生还的窒息感,很痛苦。

他无声呵出一口气,喉间哽咽,深深皱紧眉心。

"我惦记你很久了。"

从那次在饭局上再次听见她的名字开始,那么多年的努力,通通前功尽弃。

"我想见你,想和你说话,想看真的你,而不是照片里的你,想看你变成了什么样……"

愣怔片刻后,池笙定睛看着俞洞,在分辨他这话的真假。毕竟那些花心且能说会道的男人,也是这么蒙骗广大女性的。

"可那次采访,你见到我的时候,并不是你说的这个态度。"池笙眼波平静,似乎任何甜言蜜语对她都不起作用。

俞洞没有不耐烦,继续沉声说:"我生气,生气你对我那么疏离又客气,还叫我俞总,转头就叫别人景平,你真的对我一点想法都没有吗?"

他还是很介意这件事,真是小心眼。

他傲娇又执拗的表情太过可爱,池笙强忍住想要上扬的嘴角。

一个男人,是不是真的只会将他最幼稚的那一面展示给最亲近的人?

算了,给他一点甜头吧。

"做采访前,我在江城给我妈过生日,那会儿我就知道自己有胆结石,但如果我在江城做手术,我会错失这个采访。"

"是因为我吗?"倒映在俞洞眸底的烛光闪了闪。

"我不知道。"

她确实不知道,在回北都的路上,去俞盛准备采访他的路上,她都在一遍遍地告诉自己:如果不是俞洞,她也会先做采访,后动手术。

可有时候,自己的心其实也会骗自己吧。

俞洞顿然眉开眼笑,凌厉的五官线条变得柔和。四舍五入就是因为他,她就是惦记他。

"我只喜欢你,不喜欢别人,谁我都看不上,哪有人比我们呆呆好。我跟你说一件事,你别生气。"

俞洞搂紧池笙,害怕她听完便会跑掉。

"其实,第一次去找你的那天晚上,是我以为你要跟那个相亲男结婚了,然后我准备……撬墙脚。后来搬去你隔壁,还有你去海城出差……"

俞洞将这一路上他的种种设计和盘托出。然而,他担心的情况并未发生,池笙只是听得笑弯了眼。

"你的心眼可真多，果然，不怕贼偷，就怕贼惦记。"

俞洄点点头，见池笙脸色缓和，趁机在她脸颊上亲一口。

"可不就是贼惦记。"

嘴贱本性难改，俞洄又补上一句："你的心眼也不少，比我还能忍。"

池笙嗔一眼俞洄。

无形中，两人的心又靠近几分。

俞洄不愿因为这些不必要的误会，再拉开两人的距离，说："为了防止以后再有这类误会，我要提前跟你报备。"

他将池笙的手握进掌心，语气真挚："我和萧艺菲，前几年有一起去瑞士滑雪，但仅限于滑雪。你不知道我有多烦她，她在法国长大，后来中文变好一些，找不到人练习斗嘴，每次就故意找我吵架。"

池笙眨了几下眼，心想那还挺可爱的，面上却还假装持保守态度，没接话。

"还有，过两天俞盛有个签约仪式，她是那个品牌的设计师，所以也会出现，我单纯只是去刷个脸，跟她没关系。"

"你这样，倒像是我要管紧你，我可没有。"池笙忽然发觉，她也有几分傲娇特质。

"我只跟你有关系，巴不得你把我管得死死的。"俞洄用鼻尖去蹭她的耳朵，引得她往后缩了缩脖子。

"我是担心你误会，因为之前俞盛的任何活动，我都没露脸，偏偏这次这么巧，萧艺菲在，我就出场。"

"知道了。"池笙推开他的脸。

俞洄生怕漏了哪儿，继续给她打预防针："我之前故意不露面，是因为不想让你在任何媒体上看见我照片，想看你会不会有什么行动。"

池笙脸上露出一抹明媚笑容，原来他把自己的消息捂得牢牢的是因为这个。

"那你……会不会觉得这种吃醋行为很烦人。"

俞洄似乎听到天大的笑话，轻笑一声："你知不知道，我这两天又难受又开心。难受是因为你说我对你不重要，开心是因为你吃我的醋。"

池笙双手圈住俞洄脖子，像小朋友一样晃着细腿，小声嘟囔："那是气话，你还是挺重要的。"

西装外套滑落在地上，却没人管。

俞泂顺势贴近，嗅着池笙颈间的香气，问："今天为什么没有苹果香。"

"用的是酒店的沐浴露，你又没给我带沐浴露和香水。"

"我忘了。"俞泂浅吻在她的嘴角，"下次给你带上。"

提到沐浴露，俞泂弯下身给池笙套上拖鞋，牵着她走进室内。沙发上摆着一堆手提袋，俞泂率先拆开一个包装盒。

"这个叫什么来着？"

池笙凑过去看一眼，说："粉饼。"

里面七七八八还有一些护肤品、化妆品和几条裙子、一双鞋。

俞泂随手拿出一条裙子，在池笙眼前晃了晃。

"我走不开，只好让丁铭去买，不过都是我远程挑的，喜欢吗？"

"喜欢。"

池笙乖巧地弯弯唇，踮起脚尖，在他右脸上亲了一口。

俞泂正心花怒放，下一秒，池笙说："不过，我是真的要先回北都，因为新工作国庆后就要入职。"

"什么新工作？我准备买……"

话到嘴边，俞泂又憋回去，差点把他给她准备的惊喜说了出来。

"你的新老板是谁？我亲自跟他说。"

在北都，这个面子他还是有的。

池笙一噎，她的新老板？不就是他吗？

算了，她还是跟孟景平说吧。

"但我还要喂金鱼。"池笙还想争取一下，每天待在这儿也太无聊了。

"饿几天怎么了，再说它们还有伴，你忍心看我孤家寡人在这儿？"

俞泂的神情颇为委屈，紧紧搂着她不撒手。

"再说，过几天，那个金鱼展你不去了？"

"那好吧。"

提起金鱼，池笙变脸倒是极快。

俞泂啧啧两声："某人真是喜新厌旧，你对我可不能这样。"

"你那张嘴真是贫死了。"池笙在他的腰上拧了一把，全是肌肉，掐得她手指泛酸。

俞泂沉沉笑出声，轻而易举便封住她微启的双唇。

"唔……"池笙轻吟一声，"你先洗澡……"

"一起。"俞泂刻意压低的嗓音旖旎又暧昧，俯首在池笙耳边呵气。

"一会儿我再告诉你,什么才叫真正的嘴贫……"

(5)

北都,俞盛大厦。

孟景平接到池笙的电话,边听边笑,最后不忘调侃几句才挂断。

高中那会儿,他就老是看见俞泂在池笙面前吃瘪,原本他的打算是等池笙进俞盛工作之后,再一睹俞泂曾经的那副憋屈模样,可看目前这个架势,说不定到时候俞泂直接宣布破除"严禁办公室恋爱"这条规矩。

毕竟俞泂做事从不管什么规矩,占有欲还特别强,又不是十七八岁的毛头小子了,谈个恋爱还跟连体婴似的,居然把池笙也带去申城。

孟景平在心里骂骂咧咧,一路走到人事办公室。

虽然池笙已经跟HR沟通过,他还是得去打声招呼。

办公室里,众人都在谈论又上热搜的俞泂。

"这还是咱们俞总第一次在媒体面前露面。"

"不得不说,俞总这颜值,着实很帅。"

视频里是YS购物艺术中心的试营业启幕仪式。

俞泂英俊深邃的五官犹如精心雕刻一般,流畅立体,眉眼深邃,气场凌厉。

今日,他身着一套英产炭灰色手工西装,细腻纱线中融合钻石粉末,缎感带上不同于常的颗粒感,质感瞬间被放大数倍,越发突显那高不可攀的矜贵气度。

视频底下的评论也十分精彩。

△这是不是之前上过热搜的那位俞盛总裁。

△对!那辆纯电超跑LotusEvija全球只有130台啊!听说俞家车库里的车都很绝。

△又是一个纨绔富二代吗?

△不不不,这位可不简单,是个闷声干大事的主。宜南市铂壹城那个项目就是他亲自收购接盘的,比俞盛前一任总裁厉害多了,妥妥未来掌权人。

△这男模的脸和身材,还有总裁的身份加持,绝了。

△加一,今晚的梦有素材了。

△让我来打破你们的美好幻想,我之前在俞盛总部工作过,俞总是出

了名的不近女色,助理都是男的,酒局从没女伴,还是加班狂魔。尤其是跟过他的项目组员工,全说他是披了一张俊美人皮,实则是个机器人。

△总裁界劳模吗,哈哈哈。

…………

孟景平又去了趟公关部,公关部的氛围跟人事办公室大相径庭,一个个忙得像热锅上的蚂蚁。

"李总监,他们要这个价。"薇薇安朝公关部总监比了个数字。

李总监头疼地挥手点头。

这两天,公关部一直紧盯着网上的舆论消息,只因俞洄提前吩咐过,他不想在网上看见一点有关他的八卦绯闻。

孟景平笑了笑,能降俞洄的,果真只有池笙。

"老李,你们部门新来的那个池笙,突然有点事,晚几天入职,到时候她跟着下一批人做入职培训就是。"

"哟,看来你认识?"

"嗯,我……"

孟景平话没说完,顿了下。集团里很多人知道他跟俞洄是同学,如果再说池笙也是他同学,那大家都该知道了。

"她是我朋友。"

"哦。"李总监意味深长地看着孟景平。

"只是朋友,朋友。"

孟景平拍拍李总监肩膀示意,接着转身回了自己办公室。

俞洄带了个女人去出差的事,已经被大家私底下传了个遍。今天,孟景平又为一个女人,特地去两个部门轮番打招呼。

于是小道消息传得更猛烈了。

△要我看,孟总也有情况,今天还特地去人事部和公关部替一个新入职的女同事打招呼。

△这……我又开始脑补了,俞总跟孟总不会真有什么吧?

△孟总:不就是新欢吗?你找我也找,气死你。

△哈哈哈,你们戏真多。

另一边,池笙刚挂断电话,话题的推送消息立刻弹了出来。她一一看下去,网友们的那些话真是惹人捧腹,哪有那么欠儿的机器人。

可没过一会儿,再刷新时,那些词条已经彻底消失不见。

用完午餐，池笙准备再去睡一觉，然后等俞洄回来，他说要带她去个地方。

躺上床没一会儿，门铃声不合时宜地响起，打乱了她的入睡。

打开门，池笙看见来人，微愣。

门外的萧艺菲显然也没料到，来开门的居然真是一个女生。

落地申城后，她听说俞洄金屋藏娇的小道消息，便迫不及待来查证，看来是真的？

萧艺菲还没彻底回神，盯着池笙看："你是俞洄女朋友？"

池笙脸色如常："对。"

萧艺菲仍旧一身工装打扮，因为有些热，只穿着一件款式复杂的工字背心，外套搭在臂弯上，很随意自在。

池笙在心里暗自嘀咕：到底要怎么才能练出这种有美感的肌肉线条，真漂亮。

"不是……"萧艺菲忽地皱眉，精致的五官写满了不解，直接迈开步子走进套房内。

"你看上他什么了？"

池笙对这话摸不着头脑，怎么和她设想的不太一样。

"他那个人，脾气臭，不绅士，无趣还爱撑人……"萧艺菲摆出一副"姐妹你快跑，这个男人要不得"的架势来劝池笙。

池笙更加不明白她的意思。

"不对。"萧艺菲看池笙怔在原地，"你千万别误会，我可不喜欢他。"

萧艺菲没料到，俞洄竟然喜欢小鸟依人这一挂的，这一看就是个甜妹啊，这么柔弱娇小的模样……

"就你这样的，指定会被俞洄欺负，你根本玩不过他。"

池笙眼底浮现清浅笑意，却仍带疑惑，为什么所有人都这样说俞洄？

绅士与否，她并不在意，毕竟她没那么大度，如果俞洄对别人过分绅士，她肯定会不舒服，假如她喜欢绅士那类的男生，当初就不会喜欢俞洄了。

"其实倒也没有。"她尝试着为俞洄辩解了一句。

萧艺菲把衣服扔扶手上，后靠沙发休息，俨然把这里当成自己房间，继续好奇地看着池笙。

"你和他怎么认识的？"

其实，自始至终池笙都对萧艺菲没什么抵触感，即便真有那种事，首先该指责的是男人，而不是女人。

"我们是高中同学。"池笙给她倒了一杯水。

"谢谢。"萧艺菲接过，大喝一口，"那你们大学的时候没在一起吗？我没见过你啊。"

池笙暗里感慨，还好俞洄昨晚提前给她报备过，不然她现在心里肯定又会难受。

"我们……刚在一起没多久。"

萧艺菲眼神一亮，看来还能救："真的，我认识他很多年了，他就是个狗都嫌的人。"

"没有吧。"池笙抿唇一笑，眼底仿若闪着细碎的光，"我觉得他很特别。"

"你这是情人眼里出西施。"

俞洄处理完工作上的事，兴高采烈回到套房，却看见池笙和萧艺菲正坐在花房里吃马卡龙，喝着下午茶。

他眉头下意识皱起，一个箭步挡在池笙跟前，质问萧艺菲："你怎么在这儿？"

"我来拆散你们啊。"萧艺菲挑挑眉，一脸挑衅样儿。

俞洄不想当着池笙的面跟萧艺菲吵架，显得他多幼稚似的。

"立刻、马上给我离开。"

萧艺菲朝俞洄翻了个白眼，又歪头对他身后的池笙咧嘴笑笑："我还想约你逛街呢，不过这个人在，我肯定不会有这个机会，回北都你记得找我，我做条小裙子送你。"

萧艺菲走到花房门边，还不忘嘲讽一下俞洄："真不知道，这么可爱的人到底看上你什么了。"

俞洄一记冷眼送给她。

萧艺菲转身，大摇大摆地走了。

池笙吃掉最后一块马卡龙，走回客厅，俞洄一步不落跟在她身后。

"她有没有乱说什么？"

"你这样倒是很可疑，你在担心什么？"池笙隐隐弯起嘴角，反给他下套。

俞泂微眯起眸，迅速反应过来："我有什么好担心的，我光明磊落。"

"你们男人，是不是总觉得女生见面都会分外眼红？"

俞泂没有轻易接话，转而在想这是不是新陷阱："我怎么知道，我又不认识其他女生。"

"我们聊得挺开心的。"池笙没提萧艺菲抹黑他的事，毫不遮掩眼中的欣赏，"她真的好漂亮啊，性格也好，开朗活泼。"

俞泂不满池笙在他面前夸别人，抬手捏住她颊边的软肉，咬着牙说："她那叫自来熟。"

"男生应该都挺喜欢这种性格的女生吧。"反正她挺喜欢，或许是因为她自己的性子太静了。

俞泂把池笙揽入怀里，下巴搁在她头顶蹭，说："不知道，这个你得问别人，我早就喜欢你了，喜欢不了其他人。"

池笙心里瞬间像是蜜罐被打翻一般，小手悄悄滑进他掌心，拉着前后晃了晃。

俞泂被她可爱的小动作逗笑，顺势与她十指交扣，牵着她走进衣帽间。

"去换衣服，我带你出门。"

他挑了一条细肩带的香槟色缎面连衣裙，腰部剪裁精细，下摆是不规则设计，简洁又不缺高级感，这明显不是去随意自在的那种场合。

"你要带我去哪儿？"

俞泂没直接回答池笙的问题，抬手替她将碎发撩到耳后，眼中漾起温柔。

"一会儿你就知道了。"

申城的十月，不同于北都，花香四溢，让人恍惚有一种身处春日的错觉。

夕阳下，道路两旁的法国梧桐绿树成荫，街上有种静谧的烟火气。

下车步行近两分钟后，俞泂带着池笙拐进一栋老洋房，院子左侧有一把遮阳伞，伞下是一张带着年代感的木桌，四周散布着许多绿植。

一位穿着旗袍的店员面带微笑迎面走来，脑后盘着复古发式，优雅大方。

"俞先生、池小姐晚上好，请这边来。"店员引领俞泂和池笙走上洋房二层。

洋房内整体的装潢是很典雅的东方味道，装饰的家具多是中式瓷器，又掺杂一些十九世纪的法式风格，深红与深蓝之间的色温碰撞，高级又复古，墙壁上的古铜色方牌上标着，Sail 珠宝。

池笙心跳一滞，侧目望向身旁的人，而俞洄脸上一派淡然。

他要干吗？

另一位店员给池笙和俞洄端来两杯茶和些许精致小点心放在桌上。

"俞先生、池小姐请慢用。"

刚才接待他们的那位店员很快便回来，手上托着方盘，里面放有一个项链展示架和一个黑色丝绒方盒。

店员打开丝绒方盒，里面是一条极简款式的珍珠项链。

池笙暗松一口气，还好不是戒指。

店员将项链拿出，放于展示架上。

"给您二位介绍一下，这条项链是由铂金链搭配一颗南洋澳白海水 11mm 珍珠，珍珠底部环形镶嵌着九颗小钻。"

店员又指向方盒中的其他首饰："这是一套珍珠首饰，同配有一条手链，一副珍珠耳环及一枚胸针。"

耳环和胸针皆是将铃兰花与珍珠相结合的设计。

俞洄拍拍池笙的手背："戴上看看。"

店员解下项链，准备给池笙戴上。

池笙单手揽过头发，方便店员操作。

"是你挑的吗？"

"不是。"

俞洄慵懒地靠向沙发扶手，单手撑着侧脸，望向池笙纤细白皙的天鹅颈，笑道："我妈很久之前就定好，说让我送给喜欢的人。"

初中有一天，俞母告诉他，在 sail 订了一套珍珠首饰，由她亲自参与设计。他可以把它送给喜欢的女生，任何时候都可以，不过送之前，他需要考虑清楚，因为，只此一套。

俞洄看着这套珍珠首饰，有片刻的出神。

当时俞母还问他，是会送给第一个喜欢的人，还是确定会结婚的那个人。

而他想的是，就不能是同一个人？

因为俞洄那句话，池笙眸光微闪，稍稍挺直后背，侧目看向镜中那条在她颈上的项链。

俞洄凝视着池笙,轻扬起嘴角。

果然,就是同一个人。

他继续说道:"我也是第一次见这套首饰。"

店员给池笙戴上耳钉,轻声提醒:"铃兰的花语有一条是,等待真爱。"

珍珠温润,铃兰清冷,两者融合后,相得益彰,灵动又仙气。

整套首饰,甜美中带着一丝优雅纯洁。

"别摘了。"

俞洄的言外之意,你别拒绝收下它们。

池笙的目光依旧专注于镜中的首饰,虽然它并不像戒指那样寓意深长,但她也知道,接受它们意味着什么。

之前和俞洄发生的种种,更像是玩笑一般,酒精上头后开始变得亲热,再莫名其妙在一起。她自始至终都认为,指不定哪天,谁先没了兴致便会一拍两散,但他好像越来越认真,她也撂不开手,越发在意。

经过昨天他的坦诚过后,她也想认真地和他谈恋爱,而不是像之前那样,迷茫错乱,不清不楚。

池笙眼梢轻弯,染上笑意:"好。"

俞洄没漏看她的任何一个表情变化,有诧异、喜爱、认真,却唯独没有失落。

她看见盒中不是戒指时,毫无失落之意。

欣喜与惘然两种情绪在他心里齐头并进,不分上下地较量着。

俞洄在想,或许他更该庆幸,他送的不是戒指。

他明白,很多事要慢慢来,可人就是这样贪心,要了一样还想要另一样,而贪心就是原罪。

走出洋房,俞洄又带着池笙去了一家连续四午拿到米其林二星的法式花园餐厅。

他定的窗边位置,放眼望去,申城市中心的繁华夜景一览无余。

开胃菜里有一道十分亮眼,腰果碎包裹着鹅肝球,搭配苏玳甜酒渍洋梨片,咸香与清爽完美融合。

池笙最喜欢的主菜是那道黑森林鹿肉,以松露和杜松子调味,配了酸甜的桃子酱,口感丰富细腻。甜点的树莓雪葩也让她爱得不行,俞洄挑的白葡萄酒偏甜,也很合她的口味。

这顿饭的每个细节，俞洄都照顾到了她，很用心，只不过他的话都不太多，池笙自然也看出来他兴致不高。

从餐厅到酒店，这一路上，俞洄全程未松开与她十指紧握的手。

回了套房，俞洄脱掉西装外套，随意扔在沙发上，窗外霓虹竟将他挺拔的背影衬得有些寂寥。

池笙忽地开口："你是不是想你爸妈了？"

俞洄转身，微微挑眉，略带不解："还好，为什么这么问？"

"感觉你今天特别……"说话间，池笙坐到俞洄身边，双手握住他的左手，"温柔。"

什么时候起，她变得一分钟也不想离开他的触碰。

俞洄低沉地笑一声："喜欢吗？"

池笙细细观察着，他眉眼间隐现的失意依旧没有散去。

酒精因子在体内四处扩散、让人躁动，池笙捧过他的脸，主动吻上去。

唇齿交缠不过刹那，离开他的薄唇时，池笙凝视俞洄片刻，起身离去。

十几秒后，明亮灯光骤然熄灭，客厅里一时只剩下落地窗外透进来的皎洁月光。

池笙从暗处一步步朝他走来。

俞洄一双黑眸越发幽深，他静静靠坐在沙发上，眼看着池笙靠近，再跨坐到他腿上，跟他面对面。

"你什么样我都喜欢。"

池笙一边说，柔软指尖划过俞洄英挺的眉眼、鼻梁、嘴角……忽然，她的双手紧紧掐住他的脖颈。

脉搏跳动，他身上好烫。

见俞洄面色沉着，无任何反应，池笙无趣地低笑一声，开始熟练地解他的领带，接着是衬衣扣。

解第三颗扣子时，俞洄的喉结又滚动了下。

池笙手上动作一顿，眉头轻皱，原本准备咬一口，最终却变成了亲吻。

体内的困兽再也无法克制，冲破牢笼。

俞洄伸手用虎口钳住池笙的下巴，她迫不得已仰头望向他，眼神迷离诱人，嫣红的唇瓣像是在无声邀请他。

全身肌肉不受控制地紧绷，他目前还空闲的另一只手只想撕掉这碍事的裙子，但又想起池笙刚才夸过他温柔，只能无奈地忍着，耐心地伸手去摸她腰侧的拉链。

池笙这才明白,什么叫自己点的火得自己灭,这也太不禁撩了。

拉链丝滑的细微声音像是情与欲的催化剂,伴随着肩带滑过肌肤,她锁骨上也落下一串湿烫的啃吻。

池笙后仰着头,乌发稀稀散散落到背后,她的十指穿过他的黑发之间,引着他不断靠近自己。

带着薄茧的指腹轻轻摩挲在她腰窝间,俞洄粗喘的气息盘旋在她耳畔:"你要在上面?"

池笙的视线从天花板转移到他的俊脸上,垂眸凝望着他。

白日里再如何威严,夜里的他就像是变成一只听话的乖乖小狗,她读懂他眼底暗含的期待,弯唇一笑:"好啊。"

她不抽烟,自然也不理解烟瘾这种东西,可现在,她似乎懂了,不就跟爱一样吗?

会上瘾,且难戒。七年,也没戒掉。

做了那么多次,唯独这次心境完全不同,她与他皆是。

初歇时分,柔软洁白的大床上,两人仍是紧紧贴在一起,密不可分。

"回北都后……"

俞洄短暂停顿,把原本要说出口的祈使句改为问句:"要不要去见见我姐?"

"她预产期提前,我又多了一个小侄子。"俞洄挑起池笙一缕细发在指间把玩。

十八岁就喜欢的人,现在要带她去见他的亲人了。

池笙将脸埋进他的颈窝,四肢像藤蔓一般缠上他身体。

"好。"

俞洄暗叹,池笙一定是个妖精,她一靠近,他就跟那什么上脑似的。

"迟早有一天要被你榨干。"

池笙眼尾和脸颊染上的绯红还未褪去,扬起小脸,略带挑衅:"这就榨干了,你行不行啊?"

俞洄咬着牙轻笑两声。

不怪他,这跟平时的她哪儿是一个样,眉眼间都带着惑人的娇媚。

"又有劲了是吧?"

俞洄翻起身,线条分明的腹肌在她眼前闪过。

池笙爬起来想跑,脚踝却被俞洞一把握住拖了回去,倾身而上。

池笙一手捂住嘴,不让自己叫出声,又伸出另一只手去挠他。

"我行不行,嗯?"

俞洞轻而易举掰开她的小手,眼底笑意渐浓:"明天得让你好好看看,给我挠了多少道红印。"

池笙抓着他的小臂,艰难挤出几个字:"行……行行,你很行……"

"现在承认也晚了。"

这几日,俞洞照常去参加各种会议、活动,还得时不时分心,关注萧艺菲有没有去找池笙。

在他眼里,谁都能把池笙带坏。

池笙天天在酒店也没闲着,跟俞洞要来不少俞盛的资料,也当是自己给自己做一场入职培训。

金鱼展在申城水族馆举办,鱼类主要是以金鱼和锦鲤为主的观赏鱼。整个场馆空间十分有中华神韵,更是一场将水、光、金鱼融于一体的奇妙视觉体验。大厅是一幅竹菊水墨画与鱼缸结合起来的光影场景,灯光投射下,鱼儿在梦幻般的海蓝色光影间穿梭游动。

"这个叫丹凤,是蛋种金鱼中的一种,最大的特点是长尾……"池笙一直在给俞洞科普着各个金鱼的种类,"清水蓝色丹凤真的很美,有种不食人间烟火的美。"

"你最喜欢的不是兰寿?"俞洞掏出手机,打开微信。

"对啊,但是也不耽误我欣赏别的品种。"

池笙看着可爱的小金鱼,心生喜爱,不由得感慨道:"金鱼最大的缺点就是不能抱着睡觉。"

俞洞轻掐住池笙后颈的软肉,低声警告:"想什么,抱我还不够,抱什么金鱼。"

池笙说:"你上辈子指定是个醋精。"

金鱼展上的兰寿并不多,池笙颇有些意兴阑珊,感觉被俞洞骗了。

忽然,俞洞把手机递给她。

池笙低头,放大照片,将各个角度都仔细观察一番,连头顶的棒球帽掉了也没发现。

俞洞弯腰捡起,给她戴好,顺便理顺头发。

"玉面红袍？"说话间，池笙心跳加快。

俞洇双手交叉，环抱在胸前，得意得尾巴都快翘到天上。

池笙知道，他肯定是要送她，于是，她勉强夸一夸，抬手拍拍他肩膀："这什么绝世好男友，也太厉害了。"

"口头奖励不管用。"俞洇摆手摇头，很是嫌弃，"我要实际的。"

池笙开始在心里打算盘，明天回北都，后天要去俞盛报到……

她突然拍了下手，认真地说："等回去，我给你个惊喜，大惊喜。"

俞洇眼都不眨，审视地盯着她。

答应得这么爽快，说不定有诈。

"我不要你的惊喜。"俞洇思忖片刻，缓缓说道，"我们搬家好不好？去我之前那儿住怎么样？浅月湾的房子又小又破，不想住了。"

听见这话，池笙原本弯起的笑眼明显顿了下。

一起住？

俞洇察觉到池笙的犹豫，并未立马露出不悦，只牵起她的手，两人继续往前走。

"不想？为什么？"

"你好像变了很多。"池笙答非所问，自顾自地继续说，"以前，感觉你是挺随意的一个人。"

而现在，似乎对物质的要求都挺高，不过也能理解。

"我觉得浅月湾挺好的，你那个房子……"池笙摇摇头，"太大了，好空旷。"

"有我陪你住，你怕什么？"

"你陪我，是我陪你吧？"池笙轻笑，微嘟起嘴，"不要，如果我跟你吵架了，那是你的房子，我连底气都没有。"

情侣间发生不愉快是常有的事，在浅月湾，她丫乃还能回自己的窝。

"谁要跟你吵架？"

俞洇伸手揪起池笙的耳朵，出言教训："你这人真是，好的不想，全往坏处想。

"浅月湾的房子绝对有问题，你看，是不是总出火灾？"

俞洇不留余力地劝着池笙："还有，你也不跟我说你家门的密码，我找不到你还得翻墙。"

"哈哈哈！"

池笙再也忍不住,"扑哧"笑出声。

哪天该不会冒出一条"俞盛总裁翻墙被拍"的热搜。

"还笑。"俞泂见池笙一副劝不动的模样,颇有些自暴自弃,"随你,但刚刚我给你看的那条金鱼,别想要了。"

"这么小心眼的男人,世界上就你一个……对了。"她挽上俞泂手臂,轻轻晃着,"那条十一红和素兰,我到现在还没想好名字,你说叫什么好?"

俞泂耷拉着嘴角,诉求没有得到满足,一脸的不高兴:"叫小心眼啊,不是我送你的吗?"

他扬起脸,下颌线条越发清晰,故意不看池笙,笑着轻哼一声:"小心眼一号和小心眼二号,多适合。"

池笙心想,他到底几岁?

乌克吐冷·著

下册

洄游金鱼

江苏凤凰文艺出版社
JIANGSU PHOENIX LITERATURE AND
ART PUBLISHING

有爱的青春陪伴者

Chapter 11
十一尾玉面红袍

/这些十八岁时想做的事,以为这辈子都不会再有机会去实现了,谁想真有心愿成真的一天,只不过是晚了些,但终究还是等到了。/

（1）

回到北都后,池笙还真没收到那条玉面红袍。

真是小气得没边了,池笙倒也不惯着俞洄,压根儿没提这事,正好乔璇和曲一宁约她吃饭,她果断拒绝了某小气鬼的晚餐邀约。

三姐妹去吃的德国菜。餐厅装修很有德国风情,招牌的慕尼黑脆皮猪肘,鲜嫩不柴,香肠意面、沙拉、薯格味道都很不错。

"哈哈哈！"正吃着饭,曲一宁盯着手机,突然发出一阵爽朗笑声。

"你又看到什么搞笑视频了？"

曲一宁拍着胸口顺气,笑道："你们还记得,咱们高三那会儿有个热搜吗？"

乔璇思索两秒,皱起眉头："什么热搜？就你那记性,高中的热搜还能记得？"

"我当然记得。"

曲一宁放下手里的叉子,咬着牙根说话："那会儿我才刚换的新手机,当天就因为看这个热搜激动了下,好巧不巧被班主任抓个现行,我能不气吗！手机被收,回家还被我妈胖揍一顿。"

曲一宁把手机递给乔璇和池笙："就是这个。"

热搜标题是：90后父母是如何带娃的。

图里是身高样貌都极其出众的一家三口,那位爸爸拿着相机,正专注

于给自己太太拍照,手上还有一根溜娃绳,绳的那头,牵着五六岁大的儿子,孤零零站在一旁,垮着一张小俊脸。小朋友头上仿佛顶着"冤种儿子"四个大字。

乔璇也笑出声:"我们要是当了父母,估计也好不到哪里去。"

"你俩还没想起来?"曲一宁接着说,"这父母当时深夜在路灯下相拥的那个动图不是很火吗?咱们班好多女生还设成屏保,你往下滑滑,有人发了那张图。没想到他们孩子都这么大了,不过也是,那会儿我们才高三,现在都工作了。"

动图的画质有些糊,却丝毫不影响其中的氛围感。

朦胧路灯下,男人一身西装笔挺,俯首埋在女人颈窝中,紧紧搂住对方,似在向女人汲取着初春夜风中片刻也难求的温暖,女人轻抚着他的背,每个动作都极尽温柔与爱意。

微风卷起衣摆与腰带,地上还有正散落滚动的物品。

但此刻,他们在意的只有对方而已。

池笙还没看那张图,模糊的场景却忽地一下浮于脑海。

当时她看到那张动图,也很触动。

她在想,会不会有哪天,俞洇也会那样被她抱在怀里,他也需要她的安慰,毕竟男人的脆弱感太稀有、少见,尤其是对他这种人来说。

不过俞洇那么死要面子,最多在家里会没皮没脸。

这一家三口的图是在申城一家乐园被路人拍到的,曲一宁突然想到池笙也刚从申城回来。

"你怎么跑申城去了?"曲一宁拿起叉子,边吃边问。

"我……"

池笙悄悄打量乔璇神色,两人视线忽然相撞,乔璇眼底带笑,看得她心慌起来。

"对了,那天阿姨给我打电话,让我看见合适的精英,就给你介绍介绍,接触一下。我们律所倒是有一个,人家就喜欢你这种瞧着小家碧玉,乖巧恬静的。"

"啊?"池笙睁大双眼,看来不坦白不行了,"我是跟俞洇一起去的申城。"

这下,曲一宁连嘴都不动了,鼓着脸颊,含糊地吐出一个字:"谁?"

"俞洇。"

"你提前入职了？"

"没……我跟他。"池笙声音越来越小，"在一起了。"

曲一宁口中食物差点没喷出来，满脸震惊："俞洄？你可真会暗度陈仓啊。"

乔璇真想对曲一宁翻个白眼，只有她这种对感情大条的人才什么也察觉不到。

"牛啊牛啊，我的笙。"曲一宁现在就想拿着喇叭大喊：我姐们是俞盛未来老板娘。

"不是，你俩什么时候……"

"刚在一起，不算太久。"

"那他不知道你去俞盛了？"曲一宁继续追问。

池笙调皮地挑挑眉："给他个惊喜。"

"是惊吓吧。我听说俞盛在办公室恋情这块还挺严的，之前拆了很多对来着。"

乔璇仔细观察着池笙谈起俞洄时的表情变化，完全是一个沉浸在恋爱里无法自拔的状态。

"他有没有欺负你？"

"啊？没有没有。"池笙连忙摆手。

"俞洄高兴的时候指不定多会哄人，你等他不耐烦，心情不好的时候，就能看出他脾气。"

"真没有，他现在挺会控制脾气的。"池笙抿了抿唇，看向乔璇，"阿璇，你那个同事……"

"那就算了。"乔璇眸光一闪，又说道，"到时候我生日，你带俞洄一起来吧。"

介绍对象这事，不是她拿来诈池笙，而是真实存在的。总该要让俞洄知道，池笙的选择多得是，并不是非他不可，想要池笙当他女朋友，那就得好好珍惜。

男人的那点心思，池笙不懂，她可都懂。

池笙抿起嘴角浅笑，点点头。

俞洄的生日也快到了，乔璇的生日只比他早两天。

"不是，你俩是认真的吗？"曲一宁心里总觉得不踏实。

"我观察过了，他是挺认真的。"池笙微微挺直背脊，眼中透着一丝坚定，"当然，我也很认真。"

原本，池笙还想问问她俩，送小宝宝什么礼物比较好。她明早去俞盛办入职，然后准备去挑个礼物，下午跟俞洄去见他姐姐。

现在看来还是别问了，不然她得被盘问到半夜。

回到浅月湾，池笙站在自家门前，输入密码，耳边骤然响起俞洄委屈执拗的声音，抱怨不知道她门锁的密码。

池笙手指一点，重新进入程序，跟着语音指令，修改密码。

进门，换上拖鞋，她坐在玄关处的布艺小凳子上，随后拿出手机，给俞洄发了条消息。

夜深了，天空浓黑如墨，高入云霄的俞盛大厦悄然融于其中，只有顶楼总裁办公室依旧灯火通明。

俞洄被池笙放鸽子了，心里怄气却又无可奈何，这闺密等同于丈母娘的说法看来真没错。金鱼比不过，闺密也比不过，换谁能高兴得起来。

他在心里抱怨池笙又留他孤家寡人，还不跟他发消息。他索性饭也不吃，留在公司准备通宵加班。

孟景平和谢云帆拎着两瓶酒来看他的好戏。

俞洄并不搭理他们二人，谁要跟这两个臭男人待一晚上。

他还等着池笙给他个台阶，他好顺坡下，回去池笙要知道他喝酒了，又要离他十万八千里远。

劝酒无果，孟景平和谢云帆索性在俞洄跟前喝了起来，然而俞洄镇定自若，毫不动容。

良久后，办公室重新恢复安静，那两个醉鬼歪歪倒倒睡在沙发上，时不时呼噜两声。

俞洄靠坐在办公椅上，只穿着灰色衬衣，衬衣袖卷到手肘处，露出一截坚实有力的小臂，领带也早已被他扯掉，领口开了两颗扣子，他正目不转睛盯着手里的纸质文件。

忽然，手机在桌上振动两下。

俞洄单手握着手机，双眸微眯。

池笙：942494。

他看着屏幕凝神细思，随即立马反应过来，这是她的门锁密码。

这是在哄他？行吧，给她个面子。

俞泂：什么意思？

池笙：说出来多没意思，你自己猜吧。

宽敞的办公室里突然冒出一道低沉笑声，这还不好猜，不就是喜欢他。

俞泂起身动动酸涩的肩颈，又伸了伸手臂，没管那两个醉鬼，美滋滋地准备回浅月湾。

这波输赢还未定，他先赚了个密码回来，俞泂越想越开心，喜上眉梢。

况且那条玉面红袍还在他手里，就池笙那嗜鱼如命的样子，还愁拿不下她？

等着乖乖搬家就好。

灰银色488pista在车道中快速滑过，道路两侧闪烁的霓虹灯影映照在俞泂轮廓立体的侧脸上。

想起池笙之前的叮嘱，他将车速稍稍降下来些许。

夜风刮过，俞泂侧眸，在后视镜里看见自己舒展的眉眼，笑意渐浓。

这种有人管的束缚感，还真不错。

回到浅月湾，他先回家洗了个澡，再穿着睡衣走到隔壁。

进到客厅时，俞泂停下来，望向阳台，发出一声喟叹。

大大方方从正门进来的感觉，就是不一样。

卧室里亮着台灯，橘色光线十分柔和，池笙侧躺在床上，听见他的动静也没回头，正在看手机。

俞泂三两步上床，顺手扯过小薄被，给她盖上肚子。

池笙正享受着他的贴心服务，下颌冷不防地被扳过去，炙热的吻接踵而至，牙膏的薄荷味一点点充斥进口腔中。

时间一久，池笙脖子仰得难受，一下推开俞泂："先起开，我在找送小宝宝什么礼物好。"

俞泂跪坐在床上，一脸欲求不满："送你小侄子？"

"不是你侄……"

池笙后知后觉反应过来他这话的意思，眼梢轻弯，没再反驳。

俞泂重新躺下，把下巴搁在池笙肩膀上，两人脸颊贴着脸颊，一起看手机屏幕。

"我已经让人买好了，你不用操心。"

"你侄子的东西，你都不自己买？再说那是你买的，我还是自己挑吧。"

"你密码是什么意思？"

俞泂坐起身，不安分的手开始玩池笙耳垂，专注地凝视着她耳后那颗小痣，越看越可爱。

池笙盯着屏幕，笑意渐深："想知道？那你把玉面红袍给我。"

"我知道是什么意思，前四个数字，九键打出来可以是喜爱，然后94是我名字？"

池笙嘴硬不承认："猜错了。"

"其实我一点也不好奇，你想要那胖头鱼，就跟我去滨江壹号住。"

池笙不接话，反正俞泂也是在嘴硬，最后肯定会给她。

"明早你在俞盛吗？"

"我要去西郊一趟，下午来接你。"俞泂把池笙的手机抢到手，再丢开，"怎么，你想去找我？"

池笙来了兴趣，深深望进他眼里："如果我真要去俞盛找你呢？"

"你就说，你们俞总女朋友来了，让他亲自下来接。"

池笙眉梢微扬，似在辨别俞泂这话的真假。

俞泂勾起嘴角："骗你是小狗。"

"你可真会说话。"池笙眉眼带笑，钻进俞泂怀里，双手圈住他的腰，"没多久就是阿璇生日，你要去吗？"

"这是终于肯带我见人了？"幸福来得太突然，俞泂顿感真是一把辛酸泪。

"那句话怎么说来着，丑媳……"

池笙话还没说完，臀上便被重重拍了一下，惹得她惊呼一声。

"我看你是皮痒。"说着，俞泂还想再来一下。

池笙一脚踢在他小腿上："滚回你家去。"

"想得美，我就睡这儿。"

（2）

翌日，俞盛大厦。

池笙在人事办公室填了许多表格，办完入职手续后，正巧碰上孟景平来找她。

孟景平又带着池笙去公关部先混个脸熟。

一一打过招呼，孟景平还要送池笙出去，池笙明白他这是有话要说，便没拒绝。

"你哪天上班?"

"下周一。"

孟景平犹豫两秒,还是说出口:"乔璇生日不是快到了嘛,我在纠结送她……"

池笙立即会意,开始认真给孟景平分析乔璇的喜好。两人都没注意到身后正关注着他们的公关部同事。

待他们走远,公关部的人开始窃窃私语。

"他们说的孟总女朋友就是那个吧。"

"应该是。"

"也不知道俞总看见会不会伤心。"

"那不还是俞总先抛弃孟总的。"

"也是,真是虐恋。"

"得了啊,你们都脑补成什么样了!"

…………

出了俞盛大厦,池笙直奔不远处的俞盛购物广场。

昨晚,她还是决定买两套小宝宝的衣服,对比了好几个牌子的婴儿用品,今天准备再去看看实品。

买好结账时,店员打量一眼池笙的肚子,笑道:"你功课做得很足,是准妈妈吗?这会儿买也太早了。"

准妈妈?

池笙望着结账台上的各式婴儿产品,一时愣住。

如果她和俞洇有宝宝,会是什么样子。

随即,她又笑自己想太早,这才哪儿到哪儿,怎么就开始想孩子了。

"没有,我都还没结婚。"

店员并不尴尬,笑了笑,换上另一番说辞:"你看着是还挺小。"

下午,俞洇来接池笙,看见她手上拎着的浅蓝、嫩黄色的衣服时,脑中冒出了跟池笙一样的想法。只不过他想得更多,一路上都在思考,男孩好还是女孩好,思维开始无限发散。

别墅远离城区,在半山腰,周围绿化很不错,空气|分新鲜。

下车前,俞洇见池笙脸上一派淡然,问了一句:"你不紧张吗?"

池笙解安全带的动作一滞,看向俞洇,眼中带着疑惑,不就是见个面

吗？为什么要紧张。

"不紧张啊。"

两人刚进门，碰上白姨从厨房里出来，一眼扫见俞洄牵着池笙的手，白姨和善的脸庞笑得一脸慈祥："哎哟，仔仔来了。"

仔仔？崽崽？

池笙眨了眨眼，抬头和俞洄视线相触，俞洄不自然地扯了下嘴角。

白姨把手中的水果盘端给俞洄，指向后门："温小姐他们一家来了，你先去后院陪你姐夫招呼着。"

说完，白姨又笑着对池笙说："走，我带你去看宝宝。"

"那你先去看姐姐。"

"好。"

俞洄弯下腰在白姨耳边叮嘱两句才离开。

白姨带池笙往楼上走，开始数落俞洄："我好几次都想去找你，送点好吃的，他倒好，死活不让，就怕我说漏嘴……"

白姨话音突然一顿，果然，年纪一大，就是管不住嘴。

两人说笑着走进一间房。

俞幼微正靠坐在床上，她脸部线条柔和，长相原本就十分温婉，现在瞧着更加温柔。

"叫你笙笙，可以吗？"俞幼微嘴角抿起一抹笑。

姐姐这么温柔有礼，俞洄为什么又浑又暴躁。

池笙轻轻点头回应："姐姐好。"

白姨拉了一个椅子过来，让池笙坐下聊天。

"这是我给宝宝挑的两套衣服。"

白姨接过，越看池笙越满意。

"俞洄呢？"俞幼微问道。

"仔仔被他姐夫叫去了。"

三人逗了一会儿小宝宝，白姨拿着要换洗的衣服下了楼，让她们俩聊天。

"姐姐，'仔仔'是俞洄吗？"

"对，俞洄小名叫仔仔，但是他很早就不让我叫了，至于白姨，他拗不过。"

看着池笙，俞幼微脸上笑意越发显眼。她终于明白，为什么许多父母在儿子把女朋友带回来时会十分开心。

池笙不好意思大笑,只好抿唇忍住笑意。

"俞洄跟我说你们在一起的时候,我真的很开心。"俞幼微轻叹一声,"这么多年,他什么事也不跟我说,我真怕他哪天把自己憋出病来,现在好了,起码他能跟你说。"

池笙细细回味着这话,可是,俞洄也没跟她聊什么生活上的事。

"不过,我们家里的情况……比较复杂,我还是要提前先告诉你一些事。"

池笙心里一"咯噔",这是要跟她说什么?

别墅后花园。

陆茵跟一个小男孩正蹲在地上,对着一条毛毛虫指指点点,陆川和小男孩他爸则在交流种花心得。

俞洄不屑于参与其中,要送花就直接买,多省事。还好池笙喜欢的是金鱼,不然他还得学种花,但青梅酒倒是可以学着做做。

"你给我寄的那个青梅酒,是你老公做的吧?"

温榆打量一眼俞洄:"想学啊?给钱,我让他教你。"

"你现在像个财迷。"

说话间,两人往水池边走去。

"对了,那个俞烁,一直在找我大哥谈合作,想谈乐园那个项目,你得盯紧乐园边上那块地,别被抢了。"

"好。"俞洄挑挑眉,"我知道。"

"我听说你之前在云州中毒了?"

俞洄扶额:"我姐她们真是什么都往外说。"

"就你家那些黑心玩意儿……"温榆撇撇嘴,忍住没说出更难听的话,"你小心一点,尤其是开车,别一天到晚那么骚包,换车换个不停,不是正好给他们下手的机会。"

俞洄不屑地一笑:"我倒是欢迎他们下手,正好可以抓个现行。"

"不愧是你,真是狠人,拿自己当饵。"

俞洄轻嗤一声,这也就是说笑说笑,那父子俩总不至于只会用车祸这一招。

温榆问:"你女朋友呢?"

俞洄下意识往身后的别墅望去，却意外看见池笙正站在不远处。

池笙跟俞幼微聊了很久，俞幼微有些困，要休息，她便出来找俞洄。她从别墅后门出来时，见俞洄正和一个身材高挑的女人在聊天。

与萧艺菲那种张扬的美不同，这个女人气质稍成熟一些，或许是因为她那一身利落干练的蓝黑色西装，像是刚开完某个董事会。

池笙站在原地，并未走过去。

俞洄像是察觉到了她的目光，侧身望过来。

他唇边还漾着笑，他身旁那个女人也跟着望过来，两人又笑着说了几句话。

最终，池笙还是先朝两人走去。

俞洄一脸坏笑，不说话，而池笙也只是静静看着他。

温榆的视线在这两人之间来回，莫名感受到了一股轴劲儿，这两人在打什么哑谜？

也是，按常理来说，俞洄并不是个轴的人，可每次只要一提起他这个女朋友，就够拧巴。

电话铃声打断两人之间无声的僵持。

俞洄扫一眼来电提示，神色微紧，走到一旁接起。

池笙看着俞洄挺拔的背影，又察觉到身旁女人投来的目光，对方不知看见什么，朝池笙身后招了招手。

"小星星，过来。"

池笙转身望去，一个六岁左右的小男孩正往这边跑来。

"这是我儿子。"温榆一脸自豪，"帅吧？"

小星星似乎因为温榆的话略感害羞，小手扯了扯温榆衣摆，让她低调一点。

温榆没搭理小星星，别以为她不知道，这小家伙心里指不定多高兴。

"你爸呢？"

小星星指了个方向，温榆和池笙顺着望过去。

两个男人正边走路边聊天，一个是俞洄的姐夫陆川，另一个男人要稍高出陆川些许。

"那是我先生。"温榆眼底漾起浓浓笑意，嘴角带出一个梨涡。

"你好，我叫池笙。"

"姐姐好，我叫许星阑。"小星星咧嘴一笑。

温榆拍了一下小星星的脑袋："抢我话干吗，自己玩去。"

小星星一溜烟又跑了。

刚好俞洄接完电话回来，给池笙做介绍："这位是颐裕集团南区的总裁，温总。"

"臭小子，叫姐姐！"

俞洄脸上露出难得一见的笑容，像是个活泼开朗的少年，在跟朋友嬉闹一般，敏捷地躲过温榆的"铁砂掌"，位置无形中换到池笙旁边。

池笙看得有些愣住，这种笑，在他学生时代也没见过几次。

这时，温榆的电话又响起，或许这就是高层管理者的生活常态。

温榆还有点事，没留下来用晚饭。

临走前，温榆特地偷偷加上池笙的微信，说要揭俞洄的老底，还说假如俞洄欺负池笙，她可以从申城过来揍他。

白姨非说要给池笙做几道大菜，于是饭点延后。

俞洄处理完公事，收起手机，疏懒地靠在沙发上，笑着盯着池笙。

"刚刚是不是吃醋了？"

"没有。"

这人什么毛病，就盼着她吃醋，池笙出声提醒："一进门白姨不就说了，是温小姐一家吗？"

俞洄吃瘪，呵呵假笑了两声："你可真注意细节。"

嬉闹小插曲结束，池笙的目光却未从俞洄身上收回，长时间没眨眼，她的眼眶开始隐隐湿润。

刚才，她只是在想俞幼微跟她说的那些话，相比之下，俞洄对她说的那些往事，简化了太多。

父母离世的时候，俞洄甚至没哭，直至葬礼过后，他也只不过是消瘦些许。

有人说他这性子，颇有俞晋维的风范，冷情冷血，以后定成大事。可什么时候起，眼泪成为判断一个人是否绝情的标准。

其实俞洄父母从没要求过儿女要成大事，他们只希望两个孩子做自己喜欢的事就好。

俞洄也从未想过要进俞盛，可是当俞幼微出车祸，萧政告诉他那些事之后，他就像是彻底换了一个人。

俞幼微有想过算了，可是俞洄不同意。从前至少还听她这个姐姐的话，后面变得越来越强势又偏执。

池笙却并不觉得奇怪,每个人都有自己的底线,而俞幼微,无疑就是俞洄的底线。

说到后面,俞幼微甚至悲恸到落泪。

她自认为很亏欠俞洄,他的人生不该是这样,他原本可以去做自己想做的事。

她是姐姐,如果她有用一些,或许俞洄不用承担这么多。

池笙并没有多说什么,只微笑着宽慰她:"去保护你,就是他想做的事。"

俞幼微也跟池笙提起,俞洄高中时跟她要钱买金鱼的事,说是要送给一个女生。

对此,池笙确实很诧异。

她现在不是很介意俞洄毕业后出国的事了,换位思考,如果是她遇见这种情况,十八岁的她,又能处理得多好呢。

方才,她也只是想快点找到他,单纯地抱抱他。

手机突然开始频繁振动,温榆给池笙发来了许多聊天记录。

池笙的指尖在屏幕上滑动,最早的聊天记录是去榕城那次。

那天,俞洄坦白时告诉过她,是故意提前安排好的房间,但没告诉她,是刻意洒水在胸口想勾引她,甚至还有追人攻略的文件。

在云州旅游的攻略也确实是他买的,他没骗她。

去申城住的酒店,大到房间布置,小到点菜,他都有精心安排。

原来他一直这么用心。

再是如何精明、在商场上杀伐决断的人,在爱面前,似乎都会变得笨拙。笨拙得有些可爱。

突然,池笙牵住俞洄的手,感受着他掌心传来的温度。

"我想出去走一走。"

俞洄抬手看了一眼腕表:"现在?"

"嗯。"池笙认真地点头。

晚上七点,天空布满雾蓝色,天际散漫着粉橘色的云浪霞光。没有市中心的喧闹,盘山公路上很静,过往的车辆都极少。

两人沿着窄窄的人行道,进行"饭前散步"。

"刚刚在看什么?还故意躲着我。"

"那个……温榆姐给我揭你的老底来着。"

俞洄对此早已无所谓,反正确实是他做的,也没什么不好意思承认。

"昨天他们一家三口还上了热搜。"

池笙双眸微眯,即刻便想起来。

昨晚,她没有看曲一宁的手机,并不清楚上热搜那一家三口的面貌。

她一向不太关注豪门、娱乐圈的新闻消息,过去这么多年,她也早已记不清,自然不知道原来那张动图里的人是温榆。

池笙拿出手机,点开微博找到那个词条。

话题里,那张动图也还在,池笙又看了一遍,转过头,看向俞洄:"我想抱抱你,可以……"

话未说完,俞洄径直抱了上来。

"不是……"池笙轻轻推着他,"我是说,我想抱你。"

俞洄先是皱皱眉头,随后又勾起嘴角,张开双臂。

"抱吧。"

池笙把那张动图点开,拿到俞洄眼前。

"我想这样抱你。"

"你对你身高没个数?"俞洄笑着打趣,"我去哪儿给你找垫脚石。"

池笙撇撇嘴角,站在原地,固执地不肯动。

俞洄察觉到池笙的奇怪之处,换作往常,她的反应一定是:爱抱不抱,不抱走人。

这段时间,他也渐渐发现,池笙对他是真的不一样。同一件事,对别人客客气气,对他却会使小脾气;对别人大方,对他就是斤斤计较。

不过,只要是跟别人有所差别,他都能将它们算进偏爱里。

"是不是我姐跟你说了什么?"俞洄俯首,细看池笙的表情。

"说了你之前说过的那些事而已。"池笙一笔带过。

俞洄紧盯着池笙,敏锐察觉到她眼中的情绪变化,轻描淡写来了一句:"那些事对我真没太大影响。"

接着,他并未多说,跳下不算高的台阶,站在马路上,两人的身高差明显平衡一些。

"行了吧,快抱。"

俞洄嘴上不耐烦,眼里却满是求之不得。

池笙抿唇一笑,向前一步,将俞洄轻拥进怀里。

不经意间,她掌心触摸到俞洄的颈动脉,静静感受着他的心跳频率。

原以为这些十八岁时想做的事,这辈子都不会再有机会去实现了,谁想真有心愿成真的一天,只不过是晚了些,但终究还是等到了。

"我们不要吵架好不好。"

池笙重新站直身,认真凝望着俞洄:"温榆姐刚刚跟我说,两个人有矛盾不说开,就像一根绳,一次系上一个结,不解开它,而是重复去系结,到最后,想解也解不开了。"

"我没想过要和你吵架,真的。"俞洄伸出手,陪她玩幼稚但满是真心的游戏,"和你拉钩。"

天色处在蓝与黑的边缘,未完全黑掉,但道路两旁的路灯已经亮起。

浮光掠影下,有两个人正做着与他们年龄十分不符的事,小指交叉钩住,拇指缓缓相对。

拉钩宣誓结束,俞洄顺势牵起池笙的手往回走。

"想不想兜风?"

"什么兜风?"池笙扬起小脸,略微好奇。

"你坐过重机车吗?"

"没。"

回到别墅,两人没进门,而是拐进了车库。

"你猜我姐和姐夫是怎么认识的?"俞洄脱下西装外套,扔在一旁,又拆松领带,解开几颗扣子。

"因为这个?"池笙指向一旁的全黑机车。

俞洄笑着点头:"我姐夫高考完,在老宅那座山上飙车,然后他同行朋友出了车祸,我姐正巧路过,她又是医生,就帮忙紧急处理。"

谈起俞幼微,俞洄眼里笑意越发明显:"但我姐夫现在只能看不能开,因为我姐不让。"

俞洄咨询过几位医生,池笙这种情况,通常是对封闭的空间会比较恐惧。

"先试试,受不了我们就回来。"

俞洄拿过一个头盔,给池笙整理好头发戴上。

他长腿一跨,坐在机车上,又拍了拍自己左肩。

"扶着我肩膀上来。"

因为不太熟悉,池笙上了两次,才平稳坐上去。

"系安全带。"

"什么?"池笙以为自己听错了,靠近俞洄问道,"这车还有安全带?"

俞洄直起身,双手握住池笙小手,圈上他的腰,话音带笑:"真呆。"

听着机车轰鸣的声浪,池笙内心紧张又兴奋。

俞洄顾着池笙,开得并不算很快,转弯时甚至没压弯,但池笙还是害怕到心颤,眼睛也不敢睁开。

等两人兜了一圈回到别墅时,俞洄被陆川抓住好一通数落。

池笙自然不会被说,但也有些不好意思,莫名有种犯错被家长抓住的既视感,可她这才是第一次来拜访。

方才菜上全时,白姨和俞幼微都说等等他俩,可陆川并不打算惯着,直接说先吃饭,让他俩吃剩菜。

陆茵在一旁看俞洄的笑话,时不时朝他做个鬼脸。

待俞洄得了空,准备收拾陆茵,陆茵一个小跑躲到池笙身后。

"舅妈保护我。"

池笙微微一愣,眼见大家都在笑看着她,耳根开始不受控制地发烫。

白姨笑得合不拢嘴:"别闹了,快来吃饭。"

(3)

饭毕,回浅月湾的路上。

俞洄瞧见池笙脸上一直带着笑,问:"笑什么?"

"就是……跟我想的不太一样。"

俞洄的家庭氛围其实是挺欢快的,跟他们在一起时,俞洄并不是平时那种克制又冷漠的状态,反而很轻松自在。

"还有。"池笙眼底笑意浓郁,"不知道为什么,我就像是来了很多次一样。"

那种生疏感似乎从一进门,看见白姨的笑时,就消失了。再之后,见到俞幼微也很亲切,像是已经认识很久。

俞洄左手搭上方向盘,伸出右手去牵池笙。他家里人又不是第一天认识她,而且他昨天还特地回来打过招呼。

池笙一直在回忆今天发生的事,连车悄悄换了一条路她都没察觉。

待车停稳,池笙回过神,才发现不对劲,这不是浅月湾的地下车库。

"今天睡这边。"

俞涸神色平静，仿佛原本就该回这儿。

他见池笙愣在座位上没反应，主动给她解开安全带。

"你不走？那我抱你上去？"

池笙心想，这人真会见缝插针。

算了，心情不错，给他个面子。

洗完澡，池笙只看见一件俞涸的T恤，套上后走出浴室，默默看向他。

"裤子呢？"

俞涸放下手中平板电脑，扫了眼白T恤下面那双纤细匀称的腿，再对上池笙的视线，一本正经地回答："T恤不是够长了？反正一会儿都要……"

池笙将手里擦头发的湿毛巾猛地扔过去。

"闭嘴，臭流氓。"

俞涸把毛巾从脸上掀开，长腿一迈，直接扛着池笙回到浴室。

他正准备给池笙吹头发，客厅里的手机铃声又响起。

等他打完电话，池笙已经将头发吹了个半干。

两人的视线在镜中相遇，池笙微仰着头，澄澈明亮的杏眼里，全部都是他。

俞涸眸色渐沉，突然伸手蒙住池笙的双眼。

池笙不知道这人又要玩什么花样，刚想出声询问，唇上一温。

下一秒，她听见俞涸说："别这样看我，我不要你可怜我。"

池笙缓缓眨眼，睫毛感受到些微阻力，她抬手拉住俞涸手腕，带到一旁。

他轻蹙着眉，灯光下，冷硬的五官透着几分不悦。

池笙困惑地望着他，她并不理解那句话，以及他的举动。

"你需要人可怜吗？"

话音刚落，池笙的脖颈被他有力的大掌握住，被迫面向还带着水汽的镜子。

"看清楚了吗？"俞涸的声音不急不缓地响起。

池笙望着镜中的自己，一时忘了说话。

或许敏感的人向来如此，对别人的痛苦过分敏锐，一旦发现，很难以做到置之不理。

她承认，她心底的圣母属性，偶尔也还是会被激发出来，以至于望向俞涸时，连她自己都未察觉，眼中何时带了一抹怜惜。

池笙目光稍转，镜中的俞涸，下颌线绷得很紧。

一个人越在意什么，越想伪装什么，便越容易暴露。

好比她分明是心疼他，却被曲解为可怜他。

年少时父母双双离世，有血缘关系的人却分外眼红如仇人，他每天要做自己不喜欢的事，长期处于这个状态下，她很难相信他不会痛苦。

只不过，嘴硬向来是他的强项。

这样一想，他之前也不是没在她面前露出过那副委屈求安慰的模样，果然是装的。

"谁要可怜资本家。"池笙用他曾经说过的话怼回去。

"不过，你刚刚说那句话之前，为什么要先……"

池笙抿了抿唇，为什么要先吻一下她。

她不打算再让自己那么累，有些事情不明白，不妨干脆利落地问出来，否则就像从前，靠自己琢磨，永远都弄不清原因是什么。

"我控制不住说出那句话，但又不愿意让你觉得我是想吵架。"俞洄轻轻揉着她后颈处的肌肤，"所以就先安抚一下。"

池笙淡淡睨了一眼俞洄："你不如直接说，那叫先给颗甜枣，再打一巴掌。"

俞洄弯下腰凑近，贴在她光滑柔软的脸颊上，亲昵地蹭蹭，说："我可不打女人。"

"你今天电话好多，是有什么事吗？"

俞洄的小臂环上她纤细的腰，轻轻一提，池笙便坐到了洗漱台上，俞洄顺势往前一步，将她牢牢困住。

"查岗？"

"俞总是大忙人，我哪敢查岗。"

池笙的声音带着江南的温软甜糯，莫名有几分撒娇的喷意，听得俞洄心头一软。

他一只手把玩着池笙腿上的T恤下摆："俞烁回国了。"

池笙双眼微微睁大："你不是说，俞董事长把他发配边疆了吗？"

"澳洲那边的烂摊子他已经处理得差不多了，峪景湾的项目我又不肯放手。"

俞洄没告诉池笙，俞晋维想让他联姻的事，他不顺着俞晋维的意，那俞晋维自然也要给他找不痛快，比如，用俞烁来警告他。

池笙低头，注意到俞洄的小动作，拍开他作乱的手。

俞洄笑着抬头，瞧见池笙一张小脸写满了担忧，指腹轻抚上她的眉眼。

"他回来是好事，我不想把战线拉得太长，没那么多耐心。"

"俞董事长就一点也不介意姐姐车祸的事吗？"

对此，俞洄像是早已麻木，眼中毫无波澜，给池笙解释："站在他的角度上，俞文荣是他儿子，俞烁也是他孙子，更何况他还重男轻女。"

俞洄神情突然有些嫌恶，说："当初老爷子让我姐进俞盛，也只不过是为了暂且遏制那父子俩的势力，因为那俩也不喜欢老爷子，让他们完全掌管俞盛，老爷子可没好日子过。"

池笙点头，万物皆讲究一个平衡。

"等我能接管俞盛，就算我姐有那个能力，她也会被撤下来。除了我爸妈、我姐，俞家就没一个正常人。"

俞洄嗤笑一声，语气满是嘲讽意味。

池笙敏锐地捕捉到他这句话里缺少一个主语，少了他自己。

她再次紧紧环抱住俞洄。

俞幼微今天之所以跟她说那些，不过是担心俞洄过分执着于报仇这件事，如若他真准备搭上自己，俞幼微希望在必要时刻，池笙能劝得住他。

池笙心里并没有底，连俞幼微这条底线都劝不住俞洄，她又如何有这个资本。

"你肯定能把他们送进牢房！"她顺手拍了两下俞洄后背，似在为他加油打气，"毕竟，水能灭火！"

几秒后，俞洄反应过来，心间暖流涌出，他渐渐面露笑意，拇指摩挲着池笙的下巴，双眼直视她。

"嗯，你能灭我。"

"你能不能正经点！"

俞洄的表情像是听了个幽默笑话，说："这是晚上，我正经做什么？还是你喜欢来正经的？那我去换套正装？"

"谁要你穿……"池笙羞得面红耳赤，小手握成拳，捶在他胸口，"真想把你嘴缝起来。"

"放心。"俞洄的嗓音在不知不觉间越发暗哑，"我只对你不正经。"

"今天不想做了。"池笙凑在他耳边小声咕哝，"有点累。"

"好，准假。"

俞洄答应得十分爽快，池笙不免诧异，刚弯起嘴角，又听他开口："改天补上。"

池笙：……如何才能让俞洄从地球上消失。

（4）

俞盛大厦作为北都CBD核心地带的地标性建筑，进进出出的无一不是白领丽人与精英人士。

周一的电梯里，人手端着一杯续命的咖啡，谈话声中，多是谈及周末，又或是新一周的工作日程。

开晨会时，孟景平总感觉俞洄的视线在朝他看来。

不会是池笙提前跟俞洄说了吧？他还想看俞洄是何反应。

会议很快结束，待各部门老大一一离去，俞洄跟孟景平齐步往外走。

俞洄打趣孟景平："听说你有个女朋友进了公关部？"

"什么叫有个女朋友？你这话说得真奇怪……"

孟景平话音微滞，心下一紧。

公关部？女朋友？

"不对。"

这些人怎么把池笙传成了他女朋友？这要让俞洄知道他和池笙传绯闻，俞洄还不追着他砍？

孟景平即刻解释道："什么女朋友，只是个朋友。"

俞洄显然不信，意味深长地盯着他："悠着点，你本来就斗不过乔璇，还想脚踏两只船？"

他摇摇头，等晚上回浅月湾，他就跟池笙打小报告。

"你又要干什么坏事？"

孟景平莫名后背发凉，毕竟俞洄一笑，准没好事。

两人走过拐角，俞洄眼尾余光扫见一个背影，十分眼熟，他侧头望去，那道背影却正巧消失在拐角。

俞洄脚步停顿片刻，又觉得不可能，继续往前走。

来不及等晚上回家，他刚到办公室，立即给池笙发去消息。

俞洄：第一天上班，新工作怎么样？

俞洄：另外，跟你说件事，孟景平好像有情况，公司里有他的绯闻。

池笙终于又开启上班的生活，早上起床时还略有不习惯。俞洄自然要送她上班，但被她以不顺路的理由给拒绝了。

333

在部门晨会上,那位之前接触过的薇薇安领着她跟公关部同事一一简单认识了下。

接下来,池笙很快开始着手工作。

她的工作内容更像是位舆情分析师,加之她本身又有新闻编辑的功底,上手倒不是很难。且她很喜欢尝试新工作,接触一些新的事务能让人有点活力。只不过,她的工作好像变得越来越轻松。

同组的同事给池笙简单介绍了下舆情监测系统,基本是新闻预警,系统里对绝大多数主流媒体、网站、论坛、公众号等皆有涉及,舆情监测的覆盖面自然也包括关注竞争对手的动态,就拿俞涧想要的那块地来说,盯着的人可不少。譬如司邺地产这种跟俞盛齐名的头部房企,国内向来有北俞盛,南司邺的说法,另外还有天明地产,虽然综合实力不敌俞盛和司邺,但也不可小觑。

公关部副总监来得稍微晚些,让池笙做一份舆情分析报告给她看看。

池笙正专注地做报告,手机屏幕亮起,见是俞涧的消息,她索性没管。

中午,池笙和薇薇安去食堂吃饭,取完餐,池笙看见薇薇安的餐盘,不由得愣住。

"不是我食量惊人,是我们俞盛的员工餐做得太好。"薇薇安给自己强行"挽尊","俞总上任后,我们伙食质量翻了个倍,不过从没见俞总来吃过。"

池笙笑着点点头。

"真没想到我们会变成同事,等一会儿我再跟你仔细讲讲咱们公关部的情况。"

薇薇安边吃边说:"对了,我们俞盛的公关部,是属于CEO直接管理,每周一下午要跟俞总做报告。"

池笙一噎,猛咳了几声。

上班第一天就要遇见他?

"所有人都要去吗?"池笙给自己顺了顺气。

"也不是,但你是新来的,况且你这个职位又不是无关紧要的小职员,今天肯定得去。"

薇薇安见池笙神色有些紧张,却也无法开解她,被俞总凶哭的新员工可不止七八九十个。其实面对俞总,他们老员工每天也是提心吊胆的状态。

"没事，俞总虽然很严厉，但是咱们俞盛福利好，管他的呢。"

池笙勉强扯出一抹笑，拿出手机，回了俞洄一条消息。

池笙：同事人挺好的，但是她们说老板很严厉，不会故意挑我的刺吧。

俞洄回得很快。

俞洄：你老板要是欺负你，我去收拾他。

池笙：有你这句话，我就放心了。

吃完午饭，池笙和薇薇安在休息区坐着聊天。

薇薇安主要负责媒体维系和项目的媒介投放，常与人打交道，性格开朗外向，池笙之前采访俞洄时的工作内容，都是与薇薇安接洽。

"上次，你给俞总采访是什么体验？"薇薇安朝池笙挑挑眉。

池笙还没说话，薇薇安先开口："我们俞总颜值很不错吧？俞总刚进总部那会儿，说实话，谁都有过幻想。尤其是咱们部门，形象气质佳的美人本来就多，比如苏总监……"薇薇安意识到不对，及时改口，"然后，一个月而已，通通熄火。"

"为什么？"

"你知道我们私底下叫俞总什么吗？"

池笙脑海中出现那天热搜的内容："机器人？"

"你也看热搜了！"

提起热搜，薇薇安瞬间想起某件事："原以为俞总心中绝不可能有女人的，因为我从没见过这么爱加班的老板，但其实俞总好像有女朋友，那天还被同事拍到了。"

"俞总……有女朋友？"

池笙眼都不眨了，还被拍到？是谁？

薇薇安拿出手机，找出那两张照片给池笙看。

照片虽然有些糊，但池笙越看越眼熟，一瞬间，她恍然大悟。

好嘛，吃瓜吃到自己身上。

这么一说，薇薇安又想到池笙和孟景平的绯闻，但还是忍住好奇心，没再继续问，这一上来就问个底朝天，不太礼貌。

午休结束。

池笙把舆情报告做完，交给副总监苏瑾。

苏瑾一身干练的职业装，齐肩短发，精致的五官透着一股子高冷倨傲，

绝对的女强人典范。

苏瑾正认真翻阅着报告,看到一半,她抬头打量池笙,还不错,倒是很了解俞盛的营销模式,对将会出现的负面言论在预测和布局方面给的建议,以及舆情处理方面都还确切可行。

看到最后一页,苏瑾意外地扬起眉,没想到池笙还附带上一篇对接媒体的通稿。

如果一篇通稿过于商业,会容易被归类于软文,而池笙的内容与时事关联性较高,新闻点也更明显。

之前苏瑾听上司李总提过,那次榕城嘉园的危机公关,俞洞看见池笙那篇报道时,平时一个阎王脸的人竟然笑了。

随后,她也看了池笙那篇报道,确实出彩。

"之前你发的关于榕城嘉园那篇报道,我看过。"苏瑾笑了笑,"你反应很迅速。"

苏瑾打量着池笙,一副恬静的淡颜系长相,低饱和度的粉色绸缎衬衫、白色及膝A字裙衬得她越发温柔,俨然给人一种花瓶既视感。

池笙迎上苏瑾的目光,毫不怯场:"因为之前给俞总做过采访,那时又去参加了峪景湾的新闻发布会,所以对这块信息比较敏感。"

苏瑾点头,淡淡一笑:"准备准备,去开会吧。"

公关部数十人一齐去到顶楼的会议室,进行照常的例会。

池笙坐在后排末位上。

不一会儿,会议室外传来沉稳脚步声,池笙的头埋得更低。

俞盛的工作效率极高,俞洞一坐上首位,会议立马开始。

"近期,在本月底会进行我们西郊项目的土地推介会,还有下月初……"

会议有条不紊地进行着。

池笙悄然抬起头,上身微微往后靠,看向首位上的俞洞,他正翻阅着文件,高挺的鼻梁透着一股凌厉,薄唇习惯性地抿着。

坐这么远,她都能感受到他阴沉强大的气场。

原来他工作时是这样的,怪吓人,平日里又太不正经,综合一下多好。

俞洞似乎察觉有一道目光正注视着自己,眸光微转,抬眼望去。

池笙慌乱地低下头。

会议室里的声音越来越小,众人顺着俞洞的视线望过去。

一旁的薇薇安见池笙始终低垂着脑袋,还在做会议记录,便用手肘撞了撞池笙，压低声音提醒："俞总在看你。"

池笙迫不得已缓缓抬起头，对上俞洄深邃不见底的眼神，令她整个人都有些慌乱。

苏瑾一直注意着俞洄，从俞洄盯着池笙看时，她便察觉到略有怪异，但还是开口解围："这是我们部门的新同事，主要负责媒体公关，还有舆情监测。"

苏瑾没提池笙给俞洄做过采访的事，猜他有可能已经忘了。

池笙告诉自己，别怕，俞洄就是纸老虎。

她快速调整好，起身朝俞洄鞠了一躬："俞总好，我叫池笙。"

众人看着面色冷峻的俞洄，心里暗道，看来俞总今天心情不好。

俞洄什么也没说，收回目光，语气淡漠："继续开会。"

池笙悄悄打量他一眼，生气了？这么小气？

池笙几乎是悬着一颗心开完了这个会，暗自盘算着，今晚要不还是回爷爷家住，躲一躲。

"池……"

俞洄见池笙一副想溜之大吉的模样，勾起嘴角，不是爱玩吗？他陪她玩。

"你叫池什么？"

池笙双脚如灌了铅一般被定住，侧过身，不自然地笑了下："我叫池笙。"

"你留一下。"

池笙猛然抬头看向俞洄，眼底中含着几分警惕和害怕。

众人倒也没觉得奇怪，毕竟俞洄做什么事都不奇怪，这不就是盘问盘问新员工嘛。

薇薇安路过池笙时，极小声地安抚一句："别害怕，俞总又不会吃了你。"

池笙心想，这个……可能真的会。

最终，她也没挣脱命运的束缚，跟在俞洄身后，一步步迈向总裁办公室。

刚忙完的丁铭看见俞洄身后的池笙，不由得吃惊："池小姐……"

池小姐怎么会出现在俞盛？俞总这是要用上班时间光明正大谈恋爱？这……

俞洄沉着一张俊脸没说话，等池笙走进办公室，"嘭"的一声关上门。

337

"给你机会。"俞洄径直走到办公椅旁坐下,扯了两下领带,目光紧锁着池笙,"解释一下。"

"不是说了,要给你一个惊喜……"池笙底气不足,声音越来越小。

"好玩吗?"

"还行,如果你能笑笑会更好玩。"

"好,你过来,我笑给你看。"俞洄朝她招手。

池笙终于肯正视俞洄,脑袋晃成了拨浪鼓,还不忘后退两步。

"你说的,要是我老板欺负我,你就……"

俞洄气极反笑:"对啊,所以你怕什么?过来。"

池笙依旧不动,俞洄没了耐心,低沉的嗓音暗含威胁:"再不过来,我直接把你开了信不信。"

池笙小步挪动,结果还是被俞洄一把扯过,坐到了他大腿上。

池笙顿时警铃大作,颤抖着出声:"你……你要干吗?"

"我看看你到底有多皮痒。"俞洄伸手箍住她的细腰,"为什么不跟我说?"

"真的是想给你个惊喜。"池笙欲哭无泪。

如果不是刻意隐瞒,他不可能完全不知道。

俞洄想起孟景平的"绯闻",那不就是池笙?

"还和别人一起骗我?"

他钳住池笙下巴,薄唇紧紧贴了上来,力道有些重。

"别别……我没带口红……"

池笙还没来得及说出话,就被俞洄拆吞入腹,她被吻得有些透不过气,可双手又被俞洄固定得死死的,反抗不得,迫不得已,她咬了俞洄一口。

俞洄像是被刺激到一般,唇齿间的纠缠反而越来越激烈。

最后,是一道敲门声解救了池笙。

俞洄终于肯放开她,池笙迅速起身站到一旁,垂着脑袋整理衬衣和裙子上的褶皱。

俞洄抽张纸擦嘴,调整呼吸,等池笙整理得差不多,才出声让门口的人进来。

苏瑾推开门,走进办公室,先看了一眼池笙,又看向俞洄:"这是你需要出席活动的名单,能刷的我都已经刷掉。"

俞洄没说话,接过来看了几眼。

苏瑾笑道:"人家是新人,你可别把她吓哭了。"

要说前一句是公事话,后一句却无形中带了点熟人之间才会有的味道。

池笙暂时没注意那么多,准备跟着苏瑾出去。

俞洄俨然一副训斥下属的模样,冷声开口:"我让你走了?"

池笙只好停下脚步,苏瑾眸色微敛,思考两秒,还是先走了出去。

"过来。"

池笙哪里还敢过去。

俞洄说:"我不动你。"

"你的话,一点可信度都没有。"

"你有?小骗子。"

"大骗子。"

俞洄使出撒手锏:"想不想要金鱼了?快点过来。"

池笙不情不愿地以龟速挪回去。果不其然,又被俞洄带到了腿上,只不过这次,俞洄真的没再动手动脚。

"给我把领带系好。"

池笙微嘟着唇,给俞洄整理领带,脑中不知怎么就冒出了少儿不宜的画面。

"系好了,我的金鱼呢?"

"怎么就成你的金鱼了?做梦去吧。"俞洄咬紧牙关,"等晚上回去我再收拾你。"

池笙越发觉得晚上不回浅月湾的决定是正确的。

俞洄见她那双大眼睛转得那叫一个灵动,不用想都知道她要跑。

"下班坐我车一起回去。"

池笙突然起身,义正词严地拒绝他:"上班时间,我们是上下级关系,以免被别人发现,不需要你接送。我来俞盛不是为了你,我是真对这份工作挺感兴趣,想尝试一下。再说,当初准备来俞盛的时候,我们还没在一起。"

俞洄微眯起眼,轻声哼笑:"上下级关系是吧,看来你还挺喜欢玩角色扮演,行,我会好好陪你玩。下班后我在司邺购物广场地下车库等你,别以为我不知道你在想什么,想跑?没门。"

池笙的小算盘落空,只能先回到公关部。

薇薇安立马凑上来询问:"怎么去了那么久?"

"他……"池笙改口,"俞总问我为什么会来俞盛工作,又实际考察了一下我的……工作能力。"

池笙轻叹,和俞洞待久了,说谎都能不眨眼。

薇薇安:"不愧是俞总,对工作永远这么严苛。"

(5)

下班后,池笙穿过汹涌人群,快速迈进司邺购物广场。

一路上,俞洞脸色阴沉,池笙一边嫌弃他太小心眼,一边还是牵上他搭在中控台上的手。

俞洞绷紧的五官线条明显缓和许多。

到了浅月湾,走出电梯,俞洞直接跟着池笙去她家。

刚关上门,池笙还没来得及换鞋,便被俞洞拦腰抱起,抵在玄关柜上。

俞洞脱掉西装外套,薄唇若有似无地摩挲着她的耳尖,嗓音低醇喑哑:"不是喜欢玩吗?今晚陪你通宵。"说完,他微侧过脸,去寻池笙的唇。

仅这短短几秒的间隙,池笙看清了不远处站着的人,眼中满是惊愕,急忙拍开俞洞凑上来的脸。

"啧。"

她力道颇重,俞洞吃疼微微皱眉。

池笙神色紧张,俞洞循着她的视线往身侧看去,脸上出现片刻的僵滞。

池笙立即把俞洞推开,一张小脸红得能滴血,慌乱对上池祺祥审视的眼神。

"爷爷,你怎么来了。"

池祺祥板着脸没说话,儒雅中透着威严,视线在他们之间来回打量。

这怕是俞洞人生中的头次脸红现场,他快速回过神,鞠躬问候:"爷爷好,我是俞洞。"

池祺祥重重地冷哼一声,转身回到客厅。

现在的年轻人真不像话,还在大门口就……

他一把年纪还要撞见这么刺激的画面,造孽啊。

毕竟是孙女,脸皮薄,又还当着外人,这要是个孙子,他早一脚踹上去了。

池祺祥表面上是有股儒雅气质不错,可本身也是个极其任性恣情的人,他骨子里的戾劲儿从年少到老都没改掉,因此常被老友戏称是脾气古怪的老头。

池祺祥双手交叉环抱在胸前,坐在沙发中间,而池笙和俞洄乖乖站在对面,等待被盘问。

"我来给你送浮萍,提前给你发了条短信。"池祺祥依旧沉着脸,没好气道。

今天饭后,池祺祥跟几个老友遛弯,想起最近池笙连人影也不见一个,就顺便来看看她。池笙一个女孩子,又是独居,以防有什么意外,无论是钥匙还是密码都会在池祺祥那里留个底。

池笙急忙翻出手机,真的有一条爷爷发来的短信。

现在的年轻人,基本很少用短信这个功能,收到的短信也多是通信公司发来的消息,很容易忽视掉。

可事情已经发生,再懊恼也无用,池笙红着脸,悄悄抬起头,被池祺祥看得越发心虚。

"这是谁?"

还能是谁,池笙只能硬着头皮承认:"我……我男朋友。"

池祺祥的注意力转到俞洄身上,越看越眼熟,这是在哪儿见过?

他年纪大了,一时又想不起来。

"我看你怎么有点眼熟。"

池笙不解地看向俞洄。

俞洄脑子转得快,灵光一闪,眉眼间敛去平日里的肃气,笑得如沐春风,语气也十分恭敬:"是,之前在沁园碰巧见过一面,没想到您还记得我,更没想到您竟然是……笙笙的爷爷。"

池祺祥面色不善地打量着他:"俞……"

"俞洄。"俞洄再次主动自报家门。

这下,池祺祥想起来了。

那天在沁园,他还多看了两眼这小伙子,因为神态气质跟他年轻时还挺像,是池笙奶奶会喜欢的那种长相。

手机铃声突兀响起,池祺祥瞥了一眼两个小孩,起身走去阳台接电话。

俞洄侧目,瞧见池笙皱着眉头,一副忧心忡忡的模样,笑着开解她:"没事,我不紧张。"

说话间,他还伸手去钩她的手指。

池笙嫌弃地拍开:"自恋,谁管你紧不紧张了?"

要亲就亲,说那些乱七八糟的话做什么,她爷爷现在肯定认为俞洄不

是个好人。

池笙越想越烦躁，俞洄这第一印象算是糟糕透顶了。

忽地响起敲门声，一旁的俞洄像是提前预料到一般，径直去开门。

紧接着，俞洄手中拎着个箱子走了回来。

是那尾玉面红袍？

池笙眼看着俞洄一步步打开箱子，拿出一个密封着的透明袋，水波晃动，里面正游着一条金鱼。

金鱼头部及面部皆干净无杂色，只有左眼上方有个小小的三角形，很别致。

体色满红，颜色似公鸡血的玉面红袍为精品。

这条金鱼的头部占了鱼身近四分之一，圆润宽正，双眼清晰，背部呈卧蛋形，背弓完美，无论是体型、体色都实属难得。

俞洄见池笙满眼喜爱，脸上也浮现出一抹宠溺的笑："其实有一条更完美的，没有那个小三角，但直觉告诉我，你会更喜欢这条。"

池笙点头点得跟小鸡啄米似的："你好懂我。"

等池祺祥打完电话回屋，就看着这两人坐在那儿有说有笑，玩得倒是欢啊！

池祺祥沉声咳了两下。

池笙和俞洄齐刷刷望过来，又乖乖重新站好。池笙还拎着那条玉面红袍，舍不得放手。

池祺祥轻蹙眉头，一条鱼就把她收买了，傻姑娘。

俞洄嘴角微勾："爷爷，我听笙笙说，您很喜欢锦鲤，我上周刚拍得一条品相很不错的白写锦鲤，不过明天才到。"

池祺祥灰白的眉毛跳了跳，俨然不相信俞洄的话，反倒更加确信俞洄是个不靠谱的小伙子。

"白写？"

"我给您看看。"俞洄拿出手机，点开相册。

池笙站在原地，看着不知不觉开始正常交流的两人，微微瞪大眼。

她什么时候跟俞洄说过她爷爷喜欢锦鲤的事了？在梦里？

池祺祥仔细看着图片，发现自己怎么笑了下，瞬间又皱眉，斜一眼俞洄，背起手。

"多晚了？你这小伙子还不回家？"

俞泂一愣,转头看向阳台外的天空。

多晚了?可天都还没黑透啊……

不过俞泂还是很识趣地弯腰道别:"现在就走。"

他拿起西装外套,背过身,朝池笙做了个表情。

"在干什么小动作!"池祺祥低吼一句。

"没有没有。"俞泂眼梢轻弯,"马上走,爷爷再见,爷爷晚安,明天就把锦鲤给您送过去。"

池祺祥连眼皮也没抬一下。

等关门声传来,池笙立马主动交代和俞泂的事。

说完,她以为自己要挨揍,却听池祺祥淡声开口:"我一向不喜欢多管你们小辈的事,但我跟你说,这人瞧着不怎么样,一看就很……"

"浪荡"二字,池祺祥不好直接说出口。

"是老同学?你看看,多会随机应变,拿捏人心,专门骗你这种单纯的小姑娘。"

池祺祥戳了戳池笙脑门:"我不打你的小报告,到时候别说我多嘴,自己跟你妈说去。"

"爷爷……"池笙哼哼两声。

等池祺祥走了,池笙丧气地仰天长叹。

果然如她所想,她爷爷这人,不是好收买的,他很看重第一印象。对俞泂的第一印象,估计已经没法挽救了。

池笙简单处理好那条小三角,洗完澡,也没了胃口,直接躺进床里,望着天花板发呆。

俞泂偷偷摸摸开门溜进来,躺在她身边,不忘对她抱怨:"爷爷走了,你也不给我发个消息,让我在隔壁干等。"

池笙现在说话像个小孩,带着哭音:"你来干吗,自己睡觉去。"

俞泂无声低笑,揉了几下池笙的脸,真是可爱得要命。

原本他是可以自己睡的人,现在有了她,再也没办法独自一人睡觉。

"不抱你,睡不着。"

池笙开始质问俞泂:"我什么时候告诉你我爷爷喜欢锦鲤了?还有,你又是什么时候见过我爷爷的?我怎么没听你说过?"

以她对俞泂的了解,再结合刚才的情况,俞泂肯定早就知道那是她爷爷。

俞泂也没想隐瞒,索性利落承认:"真的只是上次在沁园碰了一面。

后来我知道池老是你爷爷，就去打听他的喜好，知道他喜欢锦鲤，有合适的锦鲤就让人拍了。"

他向来不喜欢把什么事都放在嘴边，习惯先去做了再说。

"那条白写，多少钱？"

"十几万吧。"

"我爷爷不会收的，就算收了，也会照价还给你。"

俞洄没告诉池笙，他还找人从国外拍了一条，价钱是这条白写锦鲤的好几倍，刚空运回来。正是因为担心池祺祥不会收下，所以他才先送这条相对便宜些的，试探一下。

"是吗？"俞洄眉梢微扬，语气倒是显得胸有成竹，"总该要让我试试，你明天等着看吧。"

"真的是明天到？不是你瞎扯的？"池笙眼中满是诧异。

俞洄叹气，怎么他的信用和名声就这么差？

"本来就是明天到，我今天晚上准备跟你说这事来着。"

"那要是我不让你去见爷爷呢？"池笙眨了眨黑白分明的杏眼。

这个问题，俞洄早已经考虑过。他乐意带池笙去见他家人，那是他的事，他又不会强迫池笙一定要带他去见她家长。她不同意，顶多是他会在心里默默难受罢了。

"这还不简单，那你就自己送去。"

池笙肚子咕噜叫了一声。

"你还没吃东西？"俞洄手掌抚上她平坦的腹部。

池笙反问道："你吃了？"

"没心情。"俞洄翻身穿上拖鞋，"想吃什么？"

池笙思索几秒，说："荷包蛋清汤面。"

"你可真好伺候。"

下一秒，俞洄又摇摇头，凑在她耳边低笑："不对，你也不是那么好伺候，重一点又要哼哼唧唧，轻一点又……"

池笙伸手去堵俞洄的嘴，这人真是满脑子黄色废料，有了刚才的经历还不长记性。

两人打打闹闹地又去了隔壁。

俞洄把池笙圈在怀里，让她看着他煎蛋。锅中冒起缕缕炊烟，他熟练地单手打蛋。

"对了。"池笙眼睛骨碌一转,"你跟我们部门那个苏总监很熟吗?"

"一般。"俞洄语气淡淡,"她妈妈是萧叔叔的下属,苏瑾工作能力倒是还不错。"

"那她是你这边的人?"

"利益至上,任何人都没有永远的朋友。"俞洄空闲的那只手抬起她的下巴。

池笙侧仰着头,静静地凝视俞洄。

俞洄眼底似有柔情溢出,在她唇上轻啄了一下。

"我的人只有你。"

他松开手,视线回到锅里。

"我准备买个杂志社,最近投资部已经在谈了,谁想到你这么急。"

荷包蛋两面已经被煎得焦黄,随着半碗清水入锅,不断发出滋滋的声音,锅边冒起小水泡。

"你买杂志社做什么?"池笙不解,"俞盛要开拓这条业务?"

"买给你,想去上班就去,不想上班就去玩。"

"为什么啊?"

俞洄低醇的嗓音在她耳畔响起:"因为想让你永远做开心的小女孩。"

池笙定神片刻,不得不承认,很多女生听见这种话,心里都会开心得冒粉红泡泡吧。她也是,但是……

"不要,新时代女性,才不会依靠谁,要靠自己。你没听过一句话吗?"

池笙看着在锅中慢慢变柔软的面条,继续说:"爱是会消失的,如果我现在依靠你,以后,我慢慢就会失去独立的能力。"

有时候想想,两个人一辈子能走到底,真的很难得。

但又有多少这样的伴侣呢?

只要在一起过,在一起开心,在一起感受到温暖,就没什么好遗憾的。并不是要强求对方和自己永远走下去,没了感情,体面分开也是可以接受的。

"你这想法不对,我是从一而终的人,你别想甩掉我。"

色香味齐全的面条起锅,俞洄端上桌,没好气道:"吃吧,吃饱点,省得一天到晚想法那么多。"

池笙:……小气鬼。

Chapter 12
十二尾雪豹

/爱就是愿意为她甘拜下风。/

（1）

俞盛大厦，公关部。

池笙依旧在快速地熟悉着手头上的工作。昨天苏瑾让她做的舆情报告，她附了一个新闻稿，今天她又收到新任务，还好不是什么难事。

她边写新闻稿，边和同事熟悉着俞盛在这类工作中的流程。其实与在杂志社时的流程差不多，先走邮件，需要给总办和法务审核。

池笙把新闻图样的尺寸，以及参考的样图等资料要求整理好，交给设计的同事先做图，顺带又认识了不少眼生的同事。

忙到下午，池笙把已通过的稿件更新到俞盛官网，还趁机欣赏一下之前在申城活动上俞洄的照片。

真是人模狗样，得亏没人知道他私底下是什么样，不然形象肯定没了。

奇怪的是，俞洄竟然一整天都没骚扰她，连消息都没发一条。

不过她倒是收到孟景平发来的消息。

孟景平：池笙啊，管管你家俞洄吧。又让我出差，马上就是乔璇生日，他肯定是故意的，你让他做个人吧。

池笙：哈哈哈。

孟景平：得，看来你也被他带坏了。

下班时间，司邺购物广场地下车库。

俞洄坐在车里等池笙，看着来来往往的车辆与行人，忍不住笑了下。

原来商业对家的商场是用来给他偷偷谈恋爱的。

安全，不会被人发现。

他有什么办法，自己求来的女朋友，只能惯着。

俞洞扫了眼中控台上突然开始振动的手机，屏幕上赫然显示着"老爷子"。

俞洞直接点了挂断。

不用想，都知道是让他回去吃饭。

想恶心他，没门。

池笙从电梯口出来，一身休闲打扮，浅灰色T恤裙配一双平底小白鞋，朝俞洞的车一路小跑。

上车系好安全带，阿斯顿马丁DBS缓缓驶出停车场。

"你以后还是别接送我了，你的车都太显眼，反正回去就能见到，不差这一会儿。"

池笙甜甜一笑，和俞洞打着商量。

俞洞不发声，不同意也不拒绝。

看来不行，池笙转移话题："峪景湾的项目你还不放手吗？"

俞洞侧目看了眼池笙，嘴角勾起一抹笑："什么意思？"

"你之前不是都知道风险性了，而且……你有那么多精力吗？"

在下午"茶话会"的时间里，池笙打听了不少消息。没进俞盛前，她还真不知道俞洞手上竟然有这么多项目，东南西北一个不落。难怪人人皆说他是机器人，虽然他是决策者，可哪怕是转成陀螺也忙不过来啊。

"精力我倒有，主要是……看我想不想给他。"

俞洞单手打着方向盘，换到对面车道："哪有鱼还没上钩就把饵扔掉的道理，急不得。"

"可峪景湾是个烫手山芋，假如还在你手上就被爆出来不合规，你不得背锅？"

"那就让它先别爆。"俞洞一派淡然，语气带着安抚，"你不用担心。"

池笙又想起另一件事："还有俞盛在西郊的那个新楼盘，之前我陪我爷爷跟他学生吃饭的时候，有听到消息，西郊教育局在考虑规建小学的事。俞盛可以投建啊，这样招生范围覆盖业主，又……"

听着她清甜的声音，俞洞笑意渐浓："我开你那点工资真是对不起你，不然把你调……"

"别。"池笙及时打断,"我才不想那么累。"

看着路侧的景象,想到一会儿将要发生的事,池笙露出一副等着看好戏的模样。

"我倒要看看,你怎么让爷爷收下那条白写锦鲤。"

"爷爷收下了,我有什么奖励?"

"奖励你一个大嘴巴子怎么样?"

池笙得意地挥着小手,缓缓凑近俞洄的脸,却冷不防地被他一把抓住,握进掌心里。

俞洄看着前方路况,语气肯定:"如果爷爷收了,也没照价拿钱给我,我们就搬去滨江壹号住。"

原本池笙是想等俞洄生日那天,再提起同意搬去滨江壹号的事。

反正也没几天,她干脆利落地同意:"好。"

"一言为定。"俞洄松开她的手,"拉钩。"

池笙伸出小指,意思地跟他钩了一下。

俞洄低声提醒:"别想赖账,有行车记录仪。"

池笙无语,人和人之间,这点信任都没有是吗?

俞洄直接将车开到北都二环东城区。

下车后,池笙领着俞洄走进一条胡同,步行几百步,再拐进一座一进四合院。门口白玉抱鼓石上有两个小狮子,憨态可掬。

推开乌金木大门,一堵梅兰竹菊的影壁墙映入眼帘。

南房的游廊正前方有一个砖雕的福字,倒坐房是一个沉香茶室,用来会客,东西厢房是几间卧室及厨房。

宽敞的院落一派清闲雅居的氛围,西南角有一棵古枣树,树下是汉白玉的庭院圆石桌,一桌配有六绣墩,不远处摆着两个十分显眼的鱼缸,其中一口便是两人上次买的明清温石缸。

俞洄朝池笙挑眉,笑着调侃:"啧啧,不一般啊,你什么家庭啊?"

俞洄平日里的西装几乎全是深色系,今日这身浅香槟色三件套显得十分亮眼,较宽的驳头与低串口设计犹如一条灵动的弧线,更能突显出西装的平衡感与线条感,让他整个人颇有几分温润如玉的气质。

显然是精心准备过,这也证明,他很重视。

池笙心里虽很甜,嘴上依旧傲娇,低声道:"你可真会装。"

"你这是夸我还是贬我？"俞洄伸手捏了捏她的脸颊，"就当你是在夸我。"

池笙朝俞洄做了一个鬼脸。

两人继续往里走。

北房正厅中堂的摆设十分讲究，一张条案，一对高脚花架，两把灵芝椅，一张八仙桌，沉稳大气。中堂左侧摆有一张红木条形书法桌，四周的博古架上摆有青花、金彩、粉青釉、霁蓝釉等等许多瓷器。

池祺祥戴着一副眼镜，正坐在北房右侧的黄花梨木沙发上看书。

听见动静，他的视线挪到来人身上，语气平平："来了。"

正好，渔场的人也将那尾白写锦鲤送来。几个工人搬着一个透明缸走进院子里，里面游的正是那尾白写锦鲤。

池祺祥眼镜也没摘，径直走上前去细细端详。

白写锦鲤是写鲤的一种，通体银白色，嘴部有短须，背部有大块墨斑交错分布，犹如大块的墨色写画一般。

这尾白写，色质醇厚，体形匀称，尾鳍结实有力，游姿优美，实属上品。

池祺祥脸色神情虽还是一板一眼，但眼中的喜爱之情俨然已经藏不住。

俞洄强忍笑意，不愧是一家人，池笙瞧见兰寿的反应，跟她爷爷几乎是一个模子里刻出来的，这爷孙俩都有够可爱。

俞洄轻唤池笙："你爸也喜欢金鱼？哪种？"

池笙摇头："我爸喜欢石头和玉，我应该是隔代遗传。"

俞洄轻笑，那他接下来还得研究石头？

正好到饭点，池祺祥没撵人，俞洄得幸留下来用饭。

平日里负责池祺祥饮食的阿姨做好晚饭，先行离开。

饭桌上，鸦雀无声，偶有筷子碰到碗壁的声响。

饭后，果然如池笙所料，池祺祥直接对俞洄开口："这尾白写我收下了，但不能白收。"

俞洄坐在沙发上，身姿挺拔，明暖的灯光下，笑得温良恭谦："爷爷，我有些话想跟您说，不知方不方便。"

池祺祥哼笑："你说就是，我又没堵你的嘴。"

"我想……单独跟您聊。"

言外之意，不带池笙一起玩。

池笙脑袋轻歪，小小的脸上写满大大的疑惑，俞洄又要说什么见不得人的话？她还不能听？

最后，池祺祥和俞洄转到沉香茶室，边喝茶边聊。

茶室是海棠镂空宫字花格对开门，其中嵌有透明玻璃，池笙坐在院子里的小绣墩上，只能看见茶室内那两人的侧脸。

她假借着扫地，一步步靠近茶室，却什么也听不见，心里跟挠痒痒似的，好奇得紧。

俞洄跟池祺祥聊了许久，进去时天刚擦黑，出来时，夜色已甚为浓郁。

池笙感慨，还好已经到十月份，不然凭她一己之躯，得喂饱多少蚊子。

两人走到院子里，池祺祥对俞洄的态度虽不带亲昵之色，但明显已和缓些许。他也没再提钱的事，两手一背，满心欢喜地去欣赏那尾白写。

这下，池笙更加好奇了。

回浅月湾的路上，她一直打探个不停，俞洄却只笑不答。

最后池笙不太高兴了，俞洄只能好声哄着："会跟你说的，但现在还不是时候，等着给你惊喜。"

池笙眉心一跳，俞洄不是想报复她吧？就好比她给他的那个"惊喜"一样。

"你可别以为这样就把我爷爷收买了。"池笙想在言语上找回点面子。

俞洄知晓她心中所想，顺着她的话，不反驳，只轻点头："嘴皮子都快给我说破了，你家人是不是都那么轴？"

"哦！你说我爷爷坏话。"池笙突然指向俞洄，"不，你是说我全家的坏话。"

"很轴那叫坏话吗？那叫有性格，褒义词。"

"强词夺理。"

"我确实是感觉到，爷爷不太喜欢我。"

池笙忽地想起那次谈起俞盛时，池祺祥的态度，说："我爷爷不太喜欢商人，尤其是……"

"为什么？瞧不上？"俞洄打断池笙。

"那倒不是，爷爷年轻的时候，有个非常强劲的情敌，家里就是从商的。"

俞洄放声大笑，这理由真让人无奈，他是什么运气。

回到浅月湾，两人刚走到电梯口就碰见熟人。

"哈喽，小池。"一个女生朝池笙笑着挥手，是之前认识的那位楼上住户。

"晚上好。"池笙浅笑，颔首回应。

女生看了眼西装笔挺的俞洄，笑道："你哥又来找你啊。"

"啊……"池笙一时语塞，含糊地回答，"嗯……嗯。"

池笙和俞洄对视两秒，俞洄轻轻一笑，意味深长地盯着池笙。

一天天的，上司下属玩不够，还要扮演哥哥妹妹。

有趣，真有趣。

电梯到十九层，俞洄先回家换身家居服，接着才去了隔壁，开始主动给池笙收拾东西。

"你就这么着急。"池笙踢了踢地上的纸箱。

"那不然？"

俞洄停下手上的活，扬起脸，好整以暇望着池笙，嘴角带笑，刻意压低音量："白天当你老板，晚上做你哥哥？"

池笙一噎。

当时她哪想到那么多啊，随口一说。

俞洄却像是彻底来劲一般，整个晚上都在不停强调"哥哥"这个身份。

池笙这倔脾气，哪里会轻易听从他的话，自然要顽强抵抗一番。

但很明显，她不是俞洄的对手。

"哥哥，我错了……"

卧室里，池笙抽泣的哭声就没停过。

（2）

时间在忙碌中飞速流逝，池笙来到俞盛的第一周，很快便过去。

整体还算平稳，就连偶尔撞见俞洄时，她都不用刻意伪装，因为这人真能装成跟她完全不熟一样。

周末，俞洄带池笙回俞幼微家里吃饭，去之前，他先开车去城郊带上白姨。

池笙也因此有机会参观他给白姨在城郊买下的菜园。

俞洄拉着池笙，亲自下地取菜。

两人今日是同色系衣着，白姨在一旁，乐呵呵地给他俩拍照。

三人刚到俞幼微家，陆茵就跑上前，小手牵上池笙，带池笙去看"小蓝胖'",鸟窝在她的卧室里。

"谢谢舅妈,舅舅说'小蓝胖'是你买的。"

"不客气,要叫阿姨。"池笙脸颊微红,揉了揉陆茵的小脑袋。

陆茵把平时的养鸟趣事一一告诉池笙,两人说个不停,卧室里笑语声未断过。

不经意间,池笙眼尾余光扫到一个摆件,柜子上摆着一个生日蛋糕样式的乐高。

池笙嘴唇微张,愣怔良久。

陆茵瞧见她一直盯着乐高,说:"舅……阿姨,很好看吧!那个是舅舅给我的。"

"给你的?"池笙眸光流转,轻声问,"是你舅舅送你的吗?"

陆茵认真思索片刻,摇了摇头:"舅舅有个箱子一直放在家里,有一天他要拿走,我问他可不可以把这个乐高留在家里,因为我觉得很漂亮。"

池笙眼梢轻弯,对陆茵微微一笑。

"我还听见妈妈跟舅舅说,要他自己保管好了,再扔就没人给他捡回来了。"

池笙的笑意僵滞住:"再扔?"

陆茵眨了眨大眼睛,认真点头:"舅舅以前把那个箱子扔掉过,是妈妈捡回来,一直给他保管着。爸爸还让我要以舅舅为戒,自己的东西要自己保管好……"

接下来的话,池笙没再听进去,目光久久停留在那个乐高上。

俞洄当时可不是这样跟她说的,说他一直保存着她送他的那些东西。

果然,他这个人,满嘴谎话。

池笙低头,笑得有些牵强:"这样啊。"

饭桌上,一家人有说有笑,俞幼微还跟池笙约好时间,说是想给她做一件旗袍。

池笙笑着应好。

饭毕,回浅月湾途中。

俞洄轻咳两声,提醒池笙:"明天是周日,我们该搬家了。"

这几日池笙一直磨蹭着,所以还没搬到滨江壹号,说等周末,时间充足些再搬。

等上半分钟,俞洄也没听见池笙的回音。他转过头,这才发现,池笙正盯着她挂在车上的平安符摆件怔怔出神。

俞泂伸手在她眼前打了个响指,笑出声:"想什么呢?"

几秒钟后,池笙眼神重新聚焦,回过神,淡声开口:"你刚刚说什么?"

"我说明天是周日,该搬家了。"

池笙盯着俞泂一张一合的薄唇,脑中思绪万千。

她向来并不是一个言而无信的人,说出口的话,自然会做到。

池笙浅浅抿起嘴角,眼底笑意却变淡些许。

"好,明天就搬。"

如俞泂所愿,第二天,池笙成功搬进滨江壹号,并且全程十分配合。

正因太过顺利,莫名让他心底有些不踏实。

原本池笙准备带走的东西并不多,可俞泂基本上给她打包得一干二净,以防她半路反悔。

池笙见他这个模样,更觉好笑。

他们两个人之间果然没有一点安全感,谁也不相信谁。

滨江壹号的房子位于三十九层,视线极好,尤其在夜间,更是将流光溢彩的北都尽收眼底。

整理池笙的东西时,俞泂浑身透着一股得意劲儿。

池笙在一旁看着他忙前忙后,心底越发分不清,他哪句话是真,哪句话是假。

信任危机已然出现,即便她问他答,也没有用,她依旧会怀疑。

俞泂收拾完,一转身,见池笙正出神地望着他。

"怎么了?"他上前揽住池笙肩头,"看我跟看犯人似的。"

池笙嘴角微弯,眼底的复杂情绪很快消失不见,眸色恢复清明:"是吗?你有这种想法,证明你是心虚吧。"

俞泂微微蹙眉,讲不出哪里不对劲:"我有什么好心虚?"

不想再谈及此事,池笙轻描淡写地岔开话题:"你真有这么开心?"

原来是说这个,俞泂神情一松:"那不然呢,盼星星盼月亮,终于盼来的。"

池笙清浅一笑,靠近他怀里,听着他稳健的心跳声,至少心跳是真的。

才搬回滨江壹号两天,俞泂就不得不去苏城出差。

原本天明地产已经与苏城当地的地产老大云万地产达成战略合作框架协议，但似乎在价格方面还未谈拢。

俞泂派孟景平去"夺食"，可孟景平说谈不下来，让俞泂亲自来啃这个硬骨头。

实则，孟景平是趁机报复，既然俞泂故意阻拦他去乔璇的生日会，那俞泂也别想跟池笙一起去。

来啊，互相伤害。

都是自己的兄弟，俞泂哪里会不知道孟景平的小九九。但为了让俞盛能早日深入苏城的地产市场，俞泂也只好亲自去截和，尽早赶回北都就是。

本该是晚上的航班，因为俞泂想多跟池笙待一会儿，还是多留了一晚。

清晨，天未亮。

池笙呼吸均匀，正沉浸在睡梦中。

俞泂已经换好西装，轻柔的吻落在池笙额间。

"呆呆，我要飞苏城一趟，这几天你记得乖乖吃饭，我会尽快回来。"

"嗯？"

池笙嘤咛一声，半睁开酸涩的眼睛，却没有迎来想象中的光感刺激。

卧室内只开了一盏台灯，散发着微弱的光线。

池笙双手圈住俞泂的脖颈，仰起小脸，回了他一个早安吻。

"好，落地了给我发个消息。"

俞泂揉了揉池笙脑袋，声音越发宠溺："睡吧。"

卧室重新恢复安静，良久后，窗外天色渐亮。

闹钟声忽地响起。

池笙下意识伸手去抱身边的人，却扑了空。

她惺忪睁眼，感受着空荡荡的被窝，思绪一点点回神，想起两个多小时前，俞泂才刚跟她道过别。

拉开窗帘，天空雾霭一片，连带着让人心情也不畅。

池笙站在落地窗前，沉思半晌，走回床边拿起手机，请了半天的假。

洗漱完，她换上一件白色T恤，外面套一件浅灰色针织衫，一条宽松牛仔裤，搜索找到最近的一家花店，前去买了一束白色马蹄莲。

刚出花店，天空飘起毛毛细雨，池笙顺便在一旁的小超市买了件透明雨衣。

一个多小时后，出租车在北都的惠慈墓园门口停下。

将近二十分钟的路程，不短也不长，偶尔有大颗雨滴与雨衣碰撞，耳边闷闷的声音只会让人心里更加郁燥。

直至走进一片双墓区，池笙才放缓脚步，从口袋中拿出一张纸巾，蹲下身，将墓碑上的水渍拭去。

照片里，池奶奶面庞慈爱，双眼并没有经历人事磋磨后的蒙尘憔悴，反倒是神采奕奕。

池笙弯起嘴角，轻声道："是我突然想您了，爷爷没来，不然他又要偷偷抹眼泪了。"

池祺祥只有在亡妻的忌日与清明时才会来。

墓园四周环傍青山，空气极好，且十分宁静，周围只有淅淅沥沥的雨声。

池笙心里很乱，看着奶奶的黑白照，她回忆起奶奶曾经告诉过她，无论多喜欢一个人，也不可以没有原则和底线，失去自我。

没有人会不讨厌被欺骗。

可她现在，竟然有些分不清，这些无关痛痒的小谎言，是否触及了她的底线。

更嘲讽的是，即便知道俞洄在一些事上骗了她，她居然也不想离开他，不想和他分开，大抵是太期待跟他在一起的缘故。

这是对还是错，她迷茫了。

果然在爱里，人始终无法保持清醒吗？

原本她也准备给父母提起谈恋爱的事，可现在，理智暂且扳回一局，还是等一等再说吧。

（3）

乔璇的生日在周六。

俞洄说尽量在晚上十点前赶回来，池笙只好自己先去，曲一宁和贺成开车来接她。

途中，曲一宁一直在跟池笙闲聊。

隐约间，池笙敏锐发觉曲一宁跟贺成之间的氛围不太对，这两人全程竟然一句话也没说过，可曲一宁跟贺成都是外向的人，他俩在一起时，笑声都不会停下来。

到了 Min-nightAnimal，贺成独自将车开去停车场。

池笙这才趁机问曲一宁："你俩怎么了？"

"没怎么,前几天刚吵了一架,最近总吵架,我都麻木了。"

曲一宁不想提这些烦心事,转问池笙:"你跟俞涸怎么样?"

池笙眸色微暗,也没提起跟俞涸同居的事。

"还行吧。"

"唉。"

曲一宁也看出来了,眉眼间满是丧气,心中不由得感慨,人啊,还是别碰感情这个东西最好,不喜欢任何人的时候,最轻松、快乐,同理,不恋爱,情绪也不会被他人左右。

池笙和曲一宁先往店里走。

侍者将两人带到后场,今晚乔璇包了后场的整个二楼。

池笙和曲一宁刚一上楼,瞧见人群中身着一袭黑色真丝吊带长裙的乔璇,两人齐齐愣在原地。

乔璇一头长鬈发配红唇,朦胧光线下,黑白肤色差极其亮眼。荡领的设计十分突显锁骨,从腰间开始做褶皱处理,裙摆开衩,无形中将腿部线条拉长,风情尽显。

曲一宁惊叹到不自觉拍起手来:"璇姐今晚杀疯了。"

池笙看得都不愿意眨眼。

"话说,璇姐跟孟景平最近是什么情况?"

曲一宁有点摸不清状况,乔璇这阵仗,说明今晚要狂欢啊。往常,乔璇有男友时,从不会组这么大的局。

"我也不知道。"

池笙刚进俞盛,忙着熟悉工作,下班时间又全被俞涸霸占着。那人醋性极强,她但凡想关注一点两个好友的消息,他都不乐意。

池笙跟曲一宁找位置坐下。

聊了一会儿,略感到热,池笙脱掉风衣,里面是一条极清冷的水绿色中长裙,胸口及肩带用皓石链条点缀,明暗交错的灯光下,犹如水波纹柔和耀眼。

这下子,周围有不少人朝池笙看过来。

曲一宁上手摸了摸:"这条裙子真适合你,柔软飘逸又还挺括,像夏日里一阵清凉的微风。"

池笙轻笑:"当年曲老师退出文坛我是不答应的。"

这是俞涸给她挑的裙子,他眼光倒是真的不错。

"你这个口红不适合,我前几天刚买了一支,你试试。"曲一宁从包里拿出口红递给池笙,还不忘给她举着镜子。

上嘴试了后,池笙感觉略微偏红,想擦掉,被曲一宁制止:"真的还不错。"

乔璇摇曳生姿地走到两姐妹旁边坐下。

"俞洇呢?看来是我面子太小,请不动他啊。"

乔璇低笑,假如让俞洇知道,她在暗戳戳挖他墙脚,会不会在北都封杀她。

"不是不是。"池笙微笑摆手,"他出差了,跟孟景平都在苏城。"

池笙提到孟景平时,乔璇轻嗤一声。

"那个。"

乔璇朝斜前方扬了扬眉。

曲一宁和池笙一齐望去,是一个西装革履、戴着银边眼睛、瞧着斯斯文文的男人,挺有精英范。

"就是之前准备给你介绍的那个,真不试试?认定俞洇了?"

乔璇指尖捏着酒杯,晃了晃,说:"人家家庭简单干净,自己又有能力,不比俞洇那种,家里情况乱七八糟,心眼又多的人好?"

池笙撒娇似的轻轻扯了扯乔璇的裙摆,让乔璇别再调侃她。

手机忽地亮起,是俞洇发来的消息。

池笙专注地回消息,没注意到乔璇附在曲一宁耳边说了两句话,并顺势拉着曲一宁离开。

乔璇带曲一宁认识了几个朋友后,准备去洗手间补妆。

不到两分钟的距离,乔璇连着被六七个人要联系方式,导致五六分钟还没走到洗手间。

乔璇今日心情并不好,一个也没给。

当她再度被一个男人拦住时,身后冷不防传来一道温润的男声:"乔璇?"

这声音略感熟悉,却又陌生。

乔璇转身,看清那张脸后,面色微僵,一时愣住。

对方一身卡其色休闲西装,五官分明,轮廓立体,气质风度翩翩,眉眼含笑,看清乔璇的打扮,眼中闪过一抹惊艳之色。

还在纠缠乔璇的那个男人眼尖地瞧见对方手上戴的那块爱彼皇家橡

树，暗叹比不过，识趣离开。

"好久不见。"男人先开口。

乔璇眼底满是不屑，正要转身离去，男人却再次开口，话音里带上暧昧笑意："忘记我了？"

乔璇脸色冷凝，悠悠转过身。

"怎么会，俞家大公子嘛……"乔璇扬起的嘴角里尽带讽意，"偶尔碰见路边恶臭的垃圾桶都能联想到你。"

俞烁笑容微滞，随即又舒展开来，脑中不禁回忆起乔璇曾经那副不食人间烟火的清冷模样，什么时候变成个小辣椒了？

乔璇再次转身，却被俞烁一把拉住，右手顺带揽上她纤细的腰肢。

"你现在的嘴挺能说啊？"

"把你的脏手拿开。"乔璇冷冷出声，并将腿换了个方向，准备随时给俞烁来一脚。

另一边，俞洄和孟景平紧赶慢赶，总算是到了Min-nightAnimal，两人进店没走几步，就撞见乔璇正靠在一个男人怀里。

孟景平瞬间火气噌噌上涌，二话不说，越过人群冲上前去。

俞洄留在原地，露出一副看好戏的笑容。

他估摸着孟景平自己能解决，准备去找池笙，却突然脚步一顿。

抱着乔璇的人是俞烁？

孟景平看清是俞烁后，更是怒火攻心，直接一拳挥了上去。

俞洄心底虽还在诧异，却不忘挥手叫来安保，低声吩咐："叫人过去帮孟总，记得把摄像头关掉，拉住那个穿卡其色西装的男人，还有跟他一起的那些人。"

紧接着，俞洄又给谢云帆打个电话叮嘱一下。这是谢云帆的店，在自己人的场子动手，怎么也要送俞烁他们进去待一晚上。

安排好后，他没心思再管，直接去到后场。

几天没见，好生想念。

一个生日派对，没想到人还挺多，找了半圈，他才发现池笙的人影。

没想到他心心念念的人，正跟一个戴眼镜的男人有说有笑。

俞洄站在原地，冷眼看着池笙手中那杯酒被那个男人抽走，还喝了下去。

忽明忽暗的光线打在他的侧脸上，额头青筋缓缓凸起。

358

下一秒,池笙眼前突然覆下一道黑影,伴随而来的是一道熟悉的低磁嗓音:"怎么还喝酒?"

　　醋意与怒意在心中交缠,俞洄强压着这股情绪,也导致笑容越显阴戾。

　　池笙还来不及解释,俞洄忽地坐到她身旁,并将她抱坐在腿上。

　　"我好想你。"

　　说完,俞洄竟然径直吻了上来。

　　池笙惊得倏然睁大眼,一时忘了反抗他。

　　周围立即有人欢呼尖叫起来。

（4）

　　回滨江壹号的路上。

　　池笙想起俞洄方才的举动,腰间似乎还留着他指尖炙热的温度,她脸上的毛细血管仿佛得到感应,开始活跃起来。

　　俞洄回完谢云帆的消息,看见池笙正垂着脑袋,脸上红晕显眼。

　　车窗徐徐上升,他喉结微微一动:"穿上风衣,晚上冷。"

　　池笙没搭理他,望着车窗外一闪而过的霓虹夜景。

　　"我刚刚不是故意的,是太想你了,没忍住。"俞洄放低语气,连哄带劝。

　　池笙呵呵笑了两声,是不是故意的,以为她看不出来吗?

　　俞洄语塞,又改了一番说辞:"看你跟别人喝酒,我是有点……紧张和担心,毕竟你喝醉了以后……你懂我意思吧?"

　　俞洄看向后视镜里的自己,苦涩一笑,他只有跟池笙说话才会这么结结巴巴。

　　池笙淡声解释:"那人帮我挡了酒,我跟他说我男朋友马上过来,他说等你来了他就走,我连他叫什么名字都不知道。"

　　那个律帅纯纯是个搞笑男,还跟她聊起哪种酒最烈,想让男朋友醉了说真话,就使劲儿灌。

　　她确实喝了点酒,不过是之前跟曲一宁喝的。借着那点酒意的由头,心底那些情绪像是终于寻到发泄口。

　　池笙自嘲地低笑,说:"你是真的很喜欢骗我。"

　　下一秒,她又摇摇头,语气里只剩失望:"不,你是习惯性地骗我。"

　　车速渐渐慢了下来。

　　俞洄低叹:"对,我就是吃醋了……"

他不知道池笙所指的"骗",并不完全是刚才发生的这件事。

她转过头,打断俞洄的话:"你丢过我高中送你的那些东西,对吗?"

池笙双眸平静,语气沉着,倒不像是在问他,而是十分肯定这件事发生过。

俞洄看着前方车况,瞳孔一缩,剩余的话卡在了喉咙里。

"可你给我说的是你一直留着。"

她一字一句,说得十分清晰。

"你怎么……"

"我怎么知道的不重要,重要的是你为什么要骗我,是好玩吗?"

池笙的话堵得他哑口无言。

车内的空气冷凝,气氛再度陷入僵局。

直至回到滨江壹号,他们全程未说过一句话。

空旷客厅内,灯光一开,鱼缸里的几条金鱼正乐此不疲地游动。

池笙拖着沉重的步子,刚要迈进卧室,手腕却被俞洄扣紧,几步将她带到落地窗旁的吧台上。

"想喝酒,我陪你喝。"

他拿出所剩不多的青梅酒,给池笙调好,放在她面前的桌上,又在酒柜里拎出一瓶尊尼获加醇黑。

他给池笙倒酒,浅浅的琥珀色液体缓缓倒进杯中,他骤然冷声开口:"或许从一开始,我们就走了一条错的路。"

池笙瞳眸微睁,抬起头看向俞洄,他这话是什么意思?要分手吗?

俞洄喉结微动,话音短暂停顿。

他和池笙是真的错了,两个人从一开始就没有交心,又怎么向对方自证爱意。

"你问我,为什么要说我一直保存着你送的东西。"俞洄拧开瓶盖,给自己倒酒。

"我有选择吗?"俞洄压抑着心头的苦涩,一字一句像是从喉咙里挤出来的无奈。

"我俞洄,做什么都有资本,唯独在你池笙这里,我什么也没有。"他望向池笙的双眸泛起猩红,"假如我说,我曾经丢过那些东西,我们之间还能、还会继续发生什么吗?"

俞洄轻扯薄唇,失落地摇头:"不会,你一点机会都不会给我。"

他能拿什么东西去赌、去搏？

从前，池笙就没给他机会，现如今……更不用说。

俞洄端起酒杯，烈酒淌过咽喉的灼烧感让他紧皱起眉头。

池笙并不比他好受几分，心脏钝钝地发疼。怕心软，所以她一直紧攥着手，直至掌心留下一个个深刻的指甲印。

忽然，她尽数喝下属于自己的那杯酒，质问："既然扔掉过，又为什么要做出一副很珍惜的模样给我看？"

俞洄的胸口像压了一块大石般难受，深吸一口气，他才缓缓开口："我先问个问题，以前你喜欢过我吗？"

都到这地步了，没什么再好隐瞒的，池笙目光不带闪躲，坦然承认："是，我喜欢你。"

俞洄却没太大反应，似乎早已预料到池笙会这么说，只是又倒一杯酒喝下。

"那你不是也在骗我？"

池笙面露不解。

"知道我为什么会扔掉你送的东西吗？"俞洄定睛望进池笙眼里，"因为我生气，你跟班长在一起，还把我微信删掉。怎么，谈个恋爱不得了，连朋友也没得做了，他就管得那么严？你前男友能介意你跟别的男生有交集，我这个现男友就不能介意、不能吃醋？"

池笙一愣，对他这番离谱至极的话摸不着头脑："我什么时候跟班长在一起了？"

这下换作俞洄不理解池笙的话："我亲眼看见的，高考后聚餐那天，在餐厅门口，你跟班长牵手了。怎么，你要说是没有的事吗？还有几天后我给你发消息，你把我删了。"

俞洄挨连喝下两杯酒，眼中已布满血丝，胸腔依旧起伏不定。

年少时，他选择了维护自己的骄傲和自尊心，而现在，将这些事扯到明面上来说，不过是重新碾碎那些东西罢了。

就像在宣告，在他最意气风发的年纪，他不如别人，在她眼里比不过别人。

寂静的空间内，二人陷入沉默，只有金鱼游动时产生的细微声响，鱼缸里偶尔有向上漂浮的小气泡，气泡消散时，发出极轻的嘭声。

池笙回神，低喃着："不对……不对。"

俞泂言之凿凿的控诉导致她大脑一时空白,她梳理着过往,语气变得十分肯定:"我从来没跟班长在一起过,他跟我表白,我拒绝了。"

俞泂是亲眼所见,并不相信她说的话。

"看看,你不是也喜欢骗我?"

时间过去太久,关于这件事,池笙的印象并不深,隐约记得那天聚完餐后,大家一起合照,班长似乎是喝了酒有点上头,没缘由地牵了一下她的手。池笙惊吓之余,直接冷脸表明自己有喜欢的人。

现在的她思绪混乱,想要清醒清醒。她端起酒杯喝了一口,说:"跟我说要考北都大学的是你,转头一声不吭要去留学的也是你。我删你,是因为聚餐后的第二天,我在沁园看见你跟谭小姐一起吃饭,还听见你们那桌的长辈说,你要跟她去留学,两家未来还要……联姻。而你,说好了要去聚餐,却没有去,甚至连一条消息也没发给我。"

原本她准备在聚餐那天,鼓起勇气跟俞泂告白的,可她没有等到他。

就在第二天,现实无情地给了她一记响亮的耳光。

从那时候开始,她就告诉自己,别那么自恋,也别再胡乱生出"自己喜欢的人也喜欢自己"这种错觉。

池笙将俞泂的说辞串联起来,也就是说,俞泂给她发过消息。而她理所当然地认为,以俞泂的性格,发现被她删掉,也一定会把她删了。可实际情况是俞泂知道她删掉他的微信,却什么也没做。

"后来大三,我轻而易举就把你加回来。"池笙话音一顿,盯着酒杯,"我以为你自始至终都没给我发过消息,你根本就不在意。"

以为他不在意跟她有关的任何事情,她只是一个高中同学,就算再亲近些,只是个同桌而已。

俞泂选择了沉默。

池笙起身,去储物室里翻找东西。

酒解千愁,俞泂继续一杯又一杯地喝。

几分钟后,池笙从储物室里走出来,手里握着那个高中时用的iPhone6,她时不时会给手机充电,此刻还余有电量。

"这是你从前的那个微信号。"池笙将手机递给俞泂,"你看,我直接就加了回来。"

屏幕上提示着:你已添加了H,现在可以开始聊天了。

俞泂一时无言,所以……都是真的?

"知道你删了我,我也不可能删你。"俞泂握住威士忌杯的指骨冷得泛白。只不过,他也不会再给池笙发消息,自尊心不让。

"从那之后,我没再用过那个微信。"

池笙陆陆续续又想通了一些事,无意识地说出口:"怪不得。"

"什么怪不得?"

"那你……应该也没用之前那个号码了吧?"池笙浅浅抿了一口青梅酒,目光终于肯落在俞泂脸上,"大三那会儿,我听说你没有跟那个谭小姐一起去留学,我就……去了纽约一趟。"

俞泂眼底闪过一缕惊异,几乎是不可思议地问出声:"是去找我?"

"对。"酒意再次上涌,池笙越发坦诚,"但是下飞机后,我又……"

是的,临到关头,她泄了气。

飞机航程太久,那种不知名的勇气被一点点消磨殆尽。当时她身处异国,回神过后,不过是觉得自己有些可笑而已。

三年的时间已经过去,假如俞泂有了女朋友呢?那她就是个小丑。

"不对。"俞泂思索着过往,幽幽道,"大三你不是谈了一个男朋友,怎么还会去找我?"

"我大学没有谈恋爱。"池笙现在已经能平静地接受一切,似乎听见什么她都不会再觉得奇怪。

原来同一件事的另一个视角竟会相差如此之多。

"大三,二班同学聚会那天,我因为我姐医院的事去晚了些,正好看见你跟一个男生打同一把伞上了车。"

池笙细细想了几秒,说:"我从不参加同学聚会,那次是因为听说你要去,我才去的。那天,我大学老师出了意外在医院,我学长顺便捎上我一起去而已。"

池笙眼睫微垂,敛去眸中的失落:"那次之后,每年的同学聚会,我都去了,但都没看见你。"

哐当一声,杯子重重落到木桌上。

俞泂瞬间清醒几分,他自然不会再去,自尊心一而再再而三地被挫败,池笙每次都在选择别人,他就像是永远都晚一步。他暗自发誓再也不要关注池笙的一切,让自己不停地忙碌起来,像个机器人一般。

他天真地以为,只要没有空余的时间,就不会想起她。

但回国后,坚守了不到半年而已,池笙的所有,就像是洪水一般,铺

天盖地而来。

被不被包围，根本由不得他。

看见池笙和闫皓在沁园跟着一众长辈吃饭时，熟悉的挫败感接踵而至，恐慌终于压制住该死的自尊心，所以他去找池笙，所以他开始行动。

因为他突然发现，他无法接受婚礼上给池笙戴戒指的那个人，是别人，而不是他。

他也终于肯承认，他就是喜欢池笙，就是非她不可。

摆在眼前的种种信息皆颠覆了两人长久以来的认知，一时间，他们相顾无言。

最终，两人还是决定今晚分开睡。

池笙表示需要时间消化掉这些信息，她真的有些反应不过来。

凌晨两点，无星的夜晚，月亮挂在墨黑的空中，静谧又清冷。

池笙依旧未合眼，望着地板上透进来的月光怔怔出神。

卧室门突然发出声响，被打开，随之而来的是沉稳的脚步声。

"换衣服。"

或许是喝了太多酒的缘故，俞洄的嗓音很嘶哑。

池笙的声音一如往常温软清透，却又有些无力："干什么？"

"去看升国旗。"

出租车里，池笙转头看向俞洄，从他那侧刮过来的风，掺杂着些许酒气和他须后水的味道。

感受到她的视线，俞洄静静回望着她。

彻底说开后，她和他似乎变得不太爱说话，只用眼神交流。

下了车，东城区前门排队的人已经在过第一道安检，每天都有很多来看升国旗的人。

俞洄和池笙跟着人群排队，在三点时过了第二道安检。

接近四点的时候，第三道关卡的闸门被打开，有不少人开始抢跑。

过马路期间，武警还在提醒不要奔跑。

突然，池笙的左手感受到熟悉的体温。

"我们去第一排。"

说完，俞洄牵着她跑起来。

凌晨四点的风，很凛冽，擦过他与她。

池笙却一点也不觉得冷，呆滞了数个小时的她，像是彻底重新活了过来。

他掌心的温度源源不断地传递过来。

最终，他们抢到了第一排的位置。

三军仪仗队出来时，整齐有力的脚步声传来，熙熙攘攘的广场上瞬间安静。

六点十分，伴随着日出，国歌奏响，国旗在朝阳中冉冉升起，越来越多的人跟着唱起国歌。

升旗结束许久后，人群渐渐散开，而池笙和俞洄仍留在原地。

池笙仰头望着空中飘扬的国旗，升旗时的敬畏感仍未消散，眼眶也依旧湿润。

北都没有海，但她找到了那个愿意凌晨两点陪她去看升国旗的人，所幸仍然是他。

倏然间，俞洄的手穿过她的指缝，慢慢合拢，与她十指紧扣。

池笙的视线转向俞洄，他含情脉脉的目光晕染在日出的晨光中，此刻的朝霞似乎都带上几分爱意。

接下来，他说出的每个字都极尽坦诚。

"我爱你，从我的十八岁到今天，都只有你。"

回程途中，池笙仿佛失声一般，到了家，也未曾开口说出半个字。

躺回床上，俞洄将她轻拥进怀里。

直至这时，眼泪才顺着她的眼角一滴滴地滑落，缓慢浸透俞洄胸口的衣料。

到底是怎么样的两个笨蛋，会因为这些莫须有的事情耽误了七年之久。

池笙开始紧紧抱住俞洄，指甲几乎要嵌进他肩胛处的肌肤里。

"俞洄……"

平日温软的声音已被哭腔染尽，她不再低声抽泣，哭声渐大，到最后几乎是号啕大哭，哭到颤抖不止。

听着池笙撕心裂肺的哭声，俞洄也无可奈何，只能任她用"哭"来发泄。

他自然明白，池笙在哭什么。

换作任何一个人，都会为那白白浪费掉的七年追悔莫及。

如果当初谁肯多迈出一步，便不会有这么多羁绊。

可年少的他们，太骄傲，谁也不会承认，自己非对方不可，并且也无法知晓那份"浅薄爱意"会维持多久。

大概他与她也没想过，原来可以久到七年。

有人说，别用时间来检测一个人是否爱你，但不可置否，时间确实是个最好的检测器。

但凡其中一方放弃，两个人绝不会有在一起的可能性。

时间分秒流逝。

哭到泪腺也疲惫，池笙才反应过来，自打他们重逢以来，俞涧一直认为她有两个前男友。换位思考，假若俞涧有两个前女友，她承认自己不可能做到一点也不介意。

她也许会止不住地去想，俞涧跟别人做过什么，爱得有多深刻……

所以她从不问俞涧这几年的感情经历，因为不问，就可以当作没有。

池笙仰起脸，望向俞涧，睫毛上还挂着晶莹的眼泪。

"那你以为我有男朋友，你不介意吗？"

俞涧没想到池笙会问这个，喉结微动。

在异国他乡时，每每设想起池笙和别人谈恋爱的模样，他心里总会又酸又苦，可他知道，他没理由也没身份去介意。

"在我之前的，我可以做到不介意。"俞涧神色舒展，布满血丝的眼底浮现一抹笑意，"不过，不会再有我之后了。"

池笙重新贴近俞涧心口，低喃："没有之前之后，自始至终都只有你。"

（5）

工作日，俞盛大厦。

一上午的时间，池笙连喝了两杯美式，直到中午眼睛不那么肿，她才将眼镜摘下来。

午间在员工餐厅吃饭时，她听到身边的人在低声讨论俞涧。

"今天还是俞总第一次缺席早会。"

"对，我们俞总可是总裁界第一劳模。"

池笙心下疑惑，今早一起出的门啊，俞涧没去开早会？

"得亏我转到人事，之前在俞总手下做项目，真的，虽然拿奖金拿得很爽，但男朋友都快没了。"

"你这就是'恋爱脑'了，搞钱搞事业不香吗？不过话说，俞总能调节好工作和恋爱的节奏吗?"

"啧啧,俞总哪用考虑那么多,人家出差都能带女朋友一起去。"

"对了,我今天听我们老大说,董事长估计要让那位回来了,俞总是不是最终赢家还不一定。"

"其实老板是谁无所谓,反正他们都姓俞。"

"倒也不是这么说,我还是支持俞总,俞总在位,那叫一个大方,福利好啊。"

"也对。"

池笙嘴角微扬,看来俞洄还挺得民心。

下午,池笙忙完手头上的工作,开始整理之前俞盛资助听障人士项目的资料。盘算着哪天让俞洄亲自去一趟,拍一点宣传照,发新闻通稿。

忽然,不知道是谁吼了一声:"俞总怎么又上热搜了,赶紧联系人撤掉。"

池笙拿起桌上的手机,点开微博。

△俞盛总裁拍下一条139000的金鱼

新闻标题是:第九届清河金鱼大赛,一条极其稀有的雪豹兰寿拔得头筹,落槌价高达139000!

新闻报道里并没有俞洄正儿八经的照片,是有参加金鱼大赛拍卖会的人拍下了俞洄的照片,只有半张侧脸。

网友们讨论得十分激烈。

△这是本届,不对,也是历届,兰寿金鱼的最高拍卖价了吧?

△雪豹兰寿在市场上根本买不到。

△正宗的雪豹兰寿我只见过图片,还没见过活的。

△别的总裁女友换不停,这个总裁跟别人不一样,爱金鱼,哈哈哈,有点反差萌。

△这也太贵了,要是锦鲤也就算了,这兰寿才多大一点?近十四万?

…………

池笙放下手机,开始筛查各个平台关于俞洄的消息,同时询问一旁的同事:"为什么要撤热搜?"

"俞总特地跟我们公关部强调过,他不想上热搜,尤其是别让他跟其他女人一起上热搜。"

"为什么?"池笙心中隐隐有了答案。

"八成是怕女朋友吃醋难受吧,俞总去申城参加开幕式那次,居然特地带了女朋友一起去,原本还以为俞总是花花公子呢,真看不出来……"

池笙的工位在窗边,她一转头,看见玻璃上自己的倒影,脸上正漾着浅笑。

今天是他的生日,他还去给她买金鱼。

手机在桌上振动了两下,池笙拿起查看。

俞泂:晚上带你去个地方。

俞泂:大概七点到,你先回家,我直接去接你。

暮色渐浓,池笙望着窗外紫蓝色的天空,总在想俞泂到哪里了。

只不过半天时间没见,就已经开始想他,睁眼、闭眼,脑海中想的全是他。

从前的她不曾如此黏人。

熟悉的门锁声响起,池笙下意识转过身。

俞泂一进门,借着柔光望见清丽动人的她,正朝他弯起笑眼,不由得微愣几秒钟。

池笙身穿一条香槟色连衣裙,缎面的光泽与她白皙的肌肤互相衬托,不张扬不寡淡,却仿若带着柔和的波澜星光。

今天早上,池笙亲自给他配了一条香槟色斜纹领带。

这种小细节没来由地让他心底涌起一阵愉悦。

俞泂缓步朝她走去,顺手拿起她的风衣。

"走吧。"

池笙往前走两步,步伐略显欢快,主动牵起俞泂的手,与他十指相扣。

"你要带我去哪儿?"

"去吃饭。"

等电梯时,俞泂抬手将池笙一侧的头发别至耳后,想起她高中时扎着马尾,恬静乘巧的模样。

"留长吧,别剪头发了。"

池笙笑颜明媚:"好。"

华灯初上,霓虹万里,迈巴赫在颐心酒店环岛缓缓停下,礼宾员拉开车门。

俞泂牵起池笙,直接走进VIP电梯。

他们穿过精心布置的廊道，到达颐心酒店顶楼的露台，整个屋顶和墙周都采用玻璃筑建，将北都繁华的夜景尽数览入眼中。从入门开始，各处皆是茂密的鲜花绿叶，分明已是深秋，此刻却仿若被春意包围，静谧清幽，玫瑰花香馥郁满溢，其中闪烁着星星点点的细微灯光，仿佛在引领他们走进这个小小森林幻境。

俞洄接过池笙脱掉的风衣，给她拉开椅子，池笙落座后，他才抽开桌上那块丝绸布料。

如他所料，池笙的注意力果然被桌上那条雪豹兰寿分去更多。

能拍出这么高价的兰寿，体型品相自然是不用多说，单论这花色，已让人无法挪开眼。

瓷白底黑墨，底色纯净，雪豹兰寿较奶牛兰寿的斑点更小，分布更均匀。

雪豹兰寿已经不是可遇不可求，而是极其稀有。在今日之前，也只有一张流传的网图而已。

这要是在家里，池笙一定会直接激动得叫出声，好好抒发一下喜悦之情。

"今天看见热搜，我都……"池笙眸中闪起亮光，"我也是第一次见到雪豹，从前只看见过水墨、奶牛花色的兰寿，我一直想要集齐所有花色的兰寿金鱼，本以为这个愿望是达不成了……"

俞洄抬手示意，服务生立即上前，将透明方形鱼缸移到旁边。

俞洄坐下，松了松领带，面带浅笑："那就给它个面子，跟我们一起用晚餐。"

池笙捂嘴轻笑。

俞洄扫了一眼那条雪豹兰寿："你以为我乐意？有它在，你会多看我一眼？"

池笙伸手拍拍他的手背，调侃他："你怎么还吃金鱼的醋？"

俞洄轻哼两声，这又不是一天两天的事了，她今天才知道？

池笙眼底笑意未散，柔声问他："你的生日，怎么还送我东西？"

"送你东西哪还需要分时间？你知道是我生日，那就不准看它，看我。"

"好。"

池笙扑哧笑出声，点头以示安抚，今天是他生日，暂且顺着他。

等用完饭，俞洄也没见池笙有所表示。

两人走到露台尽头的秋千上坐着，俞洄单手揽上池笙肩头，她顺势靠

在他肩窝里，望着夜空里的繁星。

"我以前怎么不知道颐心酒店还有这地儿？"

"今天刚布置好。"

这是颐裕旗下的酒店品牌，池笙瞬间明白，在他怀中低笑："明天温榆姐肯定要跟我好好控诉你一番。"

"她那人，就喜欢抹黑我。"

俞洄平日里用的香水味萦绕在她鼻尖，池笙搂上他劲瘦的腰，语气带了些许从未有过的娇蛮霸道："我不喜欢你这个香水味，换掉好不好？"

霎时，俞洄体内的愉悦因子像是在跟随血液，游走到身体各处。

人确实是奇怪的生物，他讨厌被控制，即便是小时候父母的耐心管教，他也不愿听从。

可是他却很享受，甚至可以说是渴望被池笙控制。

或许，爱就是愿意为她甘拜下风，甘愿受她控制。

"好，那你给我挑。"

池笙侧过脸，在他下颌处亲了一口："明天我就去给你买！"

秋千随着池笙的动作，微微晃动。

"高中的时候，你从身边走过，总会有一阵特别……"池笙在记忆中搜索那种味道，"很清爽、干净的皂香。"

俞洄眼尾低垂，带着笑意："舒肤佳？"

池笙附和着笑起来，温热气息喷洒在俞洄颈上，秋千也晃得更厉害。

"你是不是早就对我有所图谋？"

"你不也是？"

"对了。"池笙忽地起身，走回餐桌处，从包里拿出一个蓝墨色方盒。她重新坐回俞洄身旁，将盒子藏在身后，没直接给他。

"生日快乐，猜猜是什么。"

池笙抬起肩膀挡住俞洄想要探寻的目光，却没注意到自己胸口泄露的春光。

俞洄眸光微暗，喉结上下一动，只觉得口干舌燥。

"给点提示。"

池笙笑容温婉，说不出的楚楚动人："是我在十八岁，就想好等你二十二岁时要送的生日礼物。"

当初有这个想法，也只是一瞬间的事情，她并没有去设想日后会出现的种种可能性。

俞洄心底一阵悸动，指腹轻抵太阳穴，认真思考起来。

十八岁？二十二岁？

是有什么特殊含义吗？

按正常情况来说，二十二岁，大学毕业，要送一个男生什么？

方才他多少瞄到一眼，盒子并不大。

"领带？袖扣？胸针？"俞洄开始胡乱猜。

池笙晃晃脑袋。

"钢笔？"

"你居然猜中了！"

池笙奖励性地主动在他的嘴角吻了一下，随后把身后的盒子递给他，让他自己拆开。

俞洄慢条斯理地拆开包装盒，眉梢轻挑。

礼盒右上角，是万宝龙的logo（商标），中间有个十分熟悉的图案。

"小王子？"

"嗯，万宝龙146，我选的M尖，这个粗细更适合签字落款用。"

俞洄打开礼盒，左侧是钢笔，右侧是一本小王子的书。

深蓝色的钢笔，在光线折射下，隐隐有种湛蓝光晕。

笔身上的狐狸图案很别致，笔夹上有一颗明黄色小星星点缀，而笔盖顶部刻着法版《小王子》的一段对白。

俞洄的目光落在手中的钢笔上，有片刻的出神。

这些年，父母在法国的资产一直由他打理，他会法语，自然知道这句话是什么意思。

意思是：于我而言，你即是独一无二。

池笙设想过俞洄会出现的各种反应，却唯独没有此刻这种，他好像灵魂出走了一样。

良久过去，俞洄突然轻呵出一口气。

这感觉犹如心中的某个缺口，一时被柔软的棉絮塞满，暖意一点点涌出，让他忘了给出反应。

俞洄眸中满是情动的温柔，望着她，轻轻拍了两下自己的腿。

池笙先抬头看了眼秋千，确认不会摔倒，才坐到他腿上。

"你怎么了？"

俞泂突然发觉,他现在似乎不会说话了,他不知道该如何表明心中的所思所想。

池笙没等到语言上的回答,但等到了俞泂行动上的回应。

微凉薄唇沿着她纤细的脖颈一点点印下细吻,缠绵又极尽温柔,每个动作都像是在刻意取悦她,湿热的气息徐徐落在她的耳垂上。

"你可真会……给我浪漫。"

池笙神色稍顿,眉眼染上笑意,原来他是感动了。她低头去寻他的双眼,眼圈相比平时,是有些泛红。

池笙柔软的唇轻落在俞泂眼角:"俞总不会是要哭吧?"

她这么一说,俞泂越发感到眼眶在不受控制地发热,他先合上眼,随后又抬手捂住双眼。

池笙笑出声:"不会吧?俞总是真的要哭了吗?你先等等,我去拿手机录下来。"

她刚起身走两步,双脚突然离地,被俞泂直接抱了起来。

"你……"池笙扭头看向俞泂。

这人又骗她!他哪是要哭,那眼神分明是要吃了她!

"你要干吗?这是酒店……"

俞泂笑着看怀里的她:"你觉得我要干吗?今晚我原本就没打算回去。"

池笙手脚并用想反抗,却被俞泂改为扛在肩上。

"你要去哪儿?"

"去给你浪漫,要多少有多少。"

Chapter 13
十三尾白写锦鲤

/好在,他们最终并未错过。/

（1）

世界上最痛苦的事,莫过于放肆狂欢后,还要准点去上班,以至于池笙一天的心情都处在多云状态。

昨天周一的例会因为俞洄去买金鱼,挪到了今天。

会上,俞洄的目光总是时不时地瞟过来。

池笙只当作没发现,谁想他还越来越肆无忌惮,后来她直接横了他一眼。

开完会,俞洄的消息接踵而来。

俞洄：昨晚是我不对,玩过头了。

俞洄：你给了我那么大一个浪漫,我当然要好好……伺候你。

俞洄：你说是吧？

池笙气笑了,这人每次道歉都要补充说明,为他好好诡辩一番。

她依旧没搭理俞洄,临近下班,又收到他的消息。

俞洄：等会儿去医院看看孟景平,他还在住院。

德盛医院,住院部。

下车时,池笙遇见刚去买东西回来的曲一宁,俞洄让她俩先去,他先去俞幼微那里一趟。

池笙和曲一宁刚到病房门口,孟景平哼哼唧唧的声音就从里面传来。

"手疼,抬不起来,你喂我吧……"

池笙小声问曲一宁:"这么严重?"

那晚她还没反应过来,便被俞洞带走,出夜店时只看见有人在打架,昨天才听说是孟景平,也不清楚他伤势怎么样。

曲一宁小脸皱成一团:"哪那么娇弱,我看没啥事,是不是还要跟那伙人掰扯呢……你懂我意思吧。"

"那他……"

"笨,他那是故意在乔璇面前卖惨。"曲一宁摇摇头,"啧啧,现在的男人啊。"

池笙表示同意,点点头:"'绿茶''白莲',还心机。"

曲一宁大笑出声:"我看你深有体会啊,也是,他俩好得能穿一条裤子,指定是一个德行。"

池笙细细回想,他俩很好?不是经常互相伤害吗?塑料兄弟情罢了。

"走吧,进去。"

孟景平脸上挂了彩,其他地方倒看不出来伤势是否严重。

俞洞很快来到病房,乔璇像是终于得救一般,让他们哥俩好好聊天,拉起池笙和曲一宁往病房外冲。

三姐妹人手一瓶豆奶,坐在医院的后花园里聊天。

"孟景平真的来劲了,现在我甩不掉他。"乔璇直接喝了半瓶豆奶。

池笙和曲一宁对视一眼。

"那晚打架是怎么回事?"

"我有一个垃圾前任,那天在夜店骚扰我,被孟景平撞见,他二话不说先动了手。"

乔璇想起俞烁,一阵反胃。

"哪个前男友啊?"曲一宁快速在脑中翻查,乔璇的前男友她可都知道,也没有人品很差的吧。

乔璇叹气:"初恋,高考后谈的,开局就遇见人渣,你说我这运气。"

"没听你说过啊?"曲一宁继续问。

"就是当年太单纯,被骗了,什么都被骗了。"

曲一宁抢起袖子:"你当时怎么不说?哪个人渣,我去收拾他。"

乔璇揉揉眉心,反正这事迟早要暴露,说就说吧。

"知道我为什么敌视俞洞,总说他不是什么好人吗?"

曲一宁想起池笙住院时和乔璇的对话，撇撇嘴："你终于肯承认你敌视俞泂了。"

"因为那个人渣前任。"乔璇深吸一口气，"是俞泂他堂哥俞烁。"

池笙和曲一宁惊在原地，说不出话。

尽管说了出来，乔璇还是不愿多提，简单一笔带过："那会儿我家公司跟俞烁手底下的项目有往来，所以认识了。太单纯，喜欢他，跟了他，我以为是正常恋爱，没想到我成了所谓的第三者。"

乔璇踢了一脚地上的小石子。

曲一宁率先反应过来："孟景平也知道这事儿？"

"我跟俞烁在一起的时候，被孟景平撞见过，他从头到尾一直都知道。"

而出乎乔璇意料的是，这件事，孟景平竟然从未跟俞泂提起。

"你别说，真是孽缘。大三同学聚会那次，也是孟景平碰见俞烁在骚扰我，以为我又误入歧途，酒意上头，我才和他有了那次。"

池笙头疼地揉揉太阳穴，信息量好大。

见曲一宁还想继续问，而乔璇的脸色越来越苍白，池笙索性岔开话题："快给我推荐几款男士香水。"

曲一宁和乔璇奇怪地看向她，这话题转得未免太过突兀。

"干吗？买给俞泂？"

池笙腼腆一笑："嗯，不然还能有谁。"

回滨江壹号前，池笙和俞泂去了一趟超市。

天气渐冷，俞泂想让池笙尝尝他忙里偷闲在白姨那里学来的冬阴功汤。

进了门，池笙迫不及待想去看看那条雪豹兰寿，还没走到鱼缸跟前，先被俞泂拽去卫生间洗手。

俞泂挤出洗手液，打满泡泡后，将池笙的双手裹在掌心中，泡泡也越来越多。

"我们一起做。"

一瞬间，池笙小脸绯红一片。

清水流出，白色泡沫逐渐消失。

俞泂抬眸，看见镜中池笙垂眸羞赧的神态，露出一抹坏笑，凑到她耳际："看来某人又想歪了，我说一起做饭。"

池笙更加羞恼，抬手把水全部甩在他的脸上。

"我看你是皮卡丘的妹妹,皮痒痒。"

俞涧顺势把她的双手反剪在身后,俯首封住她的唇,火热地辗转厮磨,一点点深入。

"唔……"

池笙扭动着想让他停下来。

他似乎很喜欢这种强迫性的姿势,虽然她也不排斥,但现在确实不大舒服。

池笙重新呼吸到新鲜空气,下一秒,她却扶着洗手台笑弯了腰。

俞涧不明所以,转头望向镜中的自己,不禁也笑出声。

池笙站直身,一手捂着笑得发酸的腹部,一手抽出化妆棉,沾上卸妆水,给俞涧仔细擦干净唇边晕染的口红。

"让你猴急。"池笙小声嘟囔,"就该给你拍下来。"

"皮痒痒,你在说什么呢?"

俞涧暗声警告,别以为他没听见。

"你顺便洗个脸,快去做饭,饿死了。"

池笙丢掉化妆棉,立刻溜出去,不然一会儿真吃不了饭。

"跑得快,嘴还欠。"

俞涧低笑着念叨两句,开始洗脸。

池笙把从超市买的东西一一摆进冰箱里,见俞涧走进厨房,她顺手拿起冰箱一侧挂着的围裙。

俞涧也十分配合,弯腰让池笙给他套上围裙。

池笙特地给俞涧系了一个完美的蝴蝶结,而俞涧没这么细心,随便给池笙的围裙打一个结。

"第一步要干吗?"

俞涧习惯性地把池笙圈进怀里:"煎虾,小火煎出虾油。"

他握着池笙的手,池笙握着木质锅铲,真是手把手教学。两个人跟扮家家似的,厨房里满是欢声笑语。

客厅里,俞涧的手机不合时宜地响起。

池笙也因此得空,被俞涧放走,去拿手机,来电显示是白姨。

"是白姨。"

"你接就行。"

池笙接通,笑道:"白姨?我是池笙。"

"笙笙啊，俞洞在吗？"

"在，您等等。"

电话最终还是到了俞洞手上，俞洞听了一会儿电话后，脸色微变，随即又面露不屑。

"好，我知道了，您不用担心。"

挂断后，俞洞又点开微信，发出去几条消息。

"怎么了？"池笙接过电话，好奇问道。

"没什么大事。"

俞洞并未多说，继续专注做菜，把香茅草、良姜、酱块、扇贝肉等食材放进锅里的冷水中。

起锅前，俞洞挤了点柠檬汁，最后加入香菜和小米椒。

酸辣椰香味已在餐厅内四溢，十分浓郁，池笙不受控制地嗅了嗅，这个表情把俞洞逗笑。

"开动。"

冬阴功汤确实很开胃，喝下去胃都暖了起来，四肢颇有种舒展开来的感觉。

池笙舒服地微微眯起眼。

"冬天喝会更舒服吧。"

"想喝就给你做。"

饭后，两人一起打扫厨房，俞洞把碗放进洗碗机，突然听池笙问他："之前你自己住也会做吃的吗？"

"从不，今天也是我第一次用这里的厨房，我先去开个会。"

说完，俞洞径自走向书房。

池笙也拿出电脑，开始重新梳理下午做的表格，里面有自俞洞上任以来，俞盛参与的公益项目。

是不少，可俞洞基本没露过面。

整理得差不多，池笙靠回沙发上看群消息，是她和曲一宁、乔璇的三人群，群名是"男人常换，姐妹不散"。

乔璇：你确定就要那瓶了？

池笙：我还是明天中午亲自去看看吧。

曲一宁：瞧瞧她这上心的模样，总有一种我家白菜被拱了的感觉，笙笙你还会爱我的吧？

池笙：哪有！

曲一宁：你说！我跟俞泂谁更重要。

池笙笑倒在沙发上，她如果不说曲一宁更重要，曲一宁能吵一晚上。

池笙：宁宁重要，宁宁重要。

乔璇：我真受不了孟景平，你俩快给我点意见。

池笙正乐呵呵地回消息，没注意到从书房出来的俞泂。

俞泂轻声走到沙发后面，弯腰看她手机屏幕。

男人常换，姐妹不散？

再往下看，怎么还出现了他的名字？

俞泂果断偷袭，一把抽走池笙的手机。

池笙愣上两秒，转头一脸惊恐。

"还我。"

俞泂居高临下地看着她，轻哼，指定有见不得人的东西，立即便要看她手机。

池笙急忙起身去抢，她们仨在群里说了不少俞泂的坏话，被他看见，那今晚真要酣战到天明了。

池笙一边大叫着给自己壮胆，一边去追俞泂。

房子本就大，俞泂腿又长，池笙跑得气喘吁吁，也没抓住他。

俞泂笑望着她："别乱叫了，不然楼上楼下还以为我在杀猪。"

"你才是猪，快点……还给我。"

俞泂就算站在原地，池笙也够不着手机，反而被他用坚实有力的手臂牢牢箍住。

看着聊天内容，俞泂气笑："很好，很好……"

池笙继续蹦跶着去够手机，两人打闹间，池笙脚下一滑，俞泂怕她摔了，伸手去捞她，一个不小心，他撞倒了鱼缸柜子。

玻璃碎裂的声音在客厅内响起，鱼缸里的水洼溅一地。

池笙瞳孔紧缩，大叫："我的鱼！"

"你先别动。"

俞泂来不及查看腰间传来的痛感，单手拦腰抱起池笙，避开玻璃碴走到一旁。

池笙急忙去救鱼，还好那尾雪豹在隔离，没合缸，而是单独在一个鱼缸里。

现在也顾不上那么多，池笙和俞洄快速将芝麻包、菠萝头、小心眼一二三号陆续拯救进隔离缸里，此刻最悠闲的怕是只有单独在小缸里的朱丽叶，没有其他金鱼跟它挤地盘。

等确定那五条金鱼都没事，池笙才松了一口气，怒瞪向俞洄："看看，都怪你。"

俞洄倒很会审时度势，现在的池笙他可惹不起，只能点头承认："是，都怪我。"

客厅里一片狼藉，俞洄拿出电话，联系平时来打扫卫生的阿姨。

池笙没预料过会发生这种情况，许多换缸的工具都留在浅月湾，没一起搬来。

等俞洄打完电话，池笙忧心忡忡地说："还是先把它们送去爷爷那里吧。"

老人家睡得早，池祺祥在睡梦中被吵醒，心情很是不悦，黑着一张脸去给池笙和俞洄开门。

"大晚上的，闹什么呢？真烦人。"池祺祥重重冷哼一声，披好外套，背着手往回走。

毕竟是自己爷爷，池笙摸得清池祺祥的脾气，却苦了俞洄，原本就没给池祺祥留个好的第一印象，现在还要大半夜来叨扰，真是有够头疼。

一进院子，俞洄听从池笙指令，从储物间搬出换缸工具，给她打下手。

池祺祥也没直接回房，而是举着手电筒在欣赏那条雪豹兰寿。他虽然对锦鲤情有独钟，但谁对稀有的东西都会有点好奇心。

半个小时过去，池笙收拾得差不多，转头却发现池祺祥还站在一旁。

池笙忧心忡忡，急得不行，连忙摆手："爷爷，夜深湿气重，您快去睡觉吧。时间太晚，今天我就在家里睡了。"

池祺祥点了点头，收起手电筒。

俞洄略带尴尬地轻咳两声。

这下，池祺祥注意到他的存在，吹胡子瞪眼地看向他："你也要在这儿住一晚？"

俞洄脸上出现难得一见的腼腆，轻轻点头："打扰您了。"

"哼，脸皮可真厚。"

池祺祥瞪一眼两人，转身回屋睡觉，关门前，指向西厢房："你睡那边。"

池祺祥又对池笙示意:"你睡你自己屋。"

两人不敢多言,齐刷刷点头。

池笙确认好金鱼的状态都还不错,又看了一会儿之前养的那数十条各个花色的兰寿。

今天白日里她还在想,什么时候拍一个全家福大合照。

正好趁这个机会,周末就可以拍。

池笙站起身,准备去睡觉,俞洇却低声叫住她:"过来一下。"

"干吗?"池笙走近,压低音量。

俞洇眉心微蹙,右手扶在腰侧:"帮我看看,刚才好像撞到了后腰。"

院子里的灯光不算明亮,但他还是注意到池笙审视的眼神。

"没骗你,挺疼。"

两人做贼似的回了西厢房,俞洇趴在床上,池笙掀开他的睡衣下摆,后腰右侧真有一片瘀青,还不算小。

池笙下意识将手心覆上去,语气里满是担忧:"疼吗?"

她的手也太软了……是没骨头吗?

俞洇腰间及背脊上的肌理线条一下子紧绷起来。

池笙自然察觉到了他的变化,在他肩上拍了一下,以作警告。

"等着,我去找药油。"

几分钟后,池笙回到西厢房,倒了点褐色的药油在手心搓一会儿,才开始给俞洇揉腰。

"知道这叫什么吗?不作死就不会死。"

俞洇趴在枕头上,享受着池笙"贴心"的服务,疼得咧嘴,眼底却满是笑意。

池笙也就嘴上不饶人,看着那一片瘀青,心里却泛起一阵难受,真是的,这得疼多久啊。

揉着揉着,池笙忽而想起做晚饭时,白姨的那个电话。

"白姨到底跟你说了什么?后面还临时开会。"

闻言,俞洇脸上笑意微敛。

原本他是不想让池笙知道太多那些糟心事,他不愿意把她牵扯进来,可不说,又怕她会多心。

"俞烁近期估计要回俞盛。"

池笙手上动作微滞,而后又继续。

俞涧语气带了点嘲讽意味:"俞文荣摔倒进了医院,提议让俞烁暂时接手他副总的事务。就是想找个由头让俞烁合理回俞盛罢了,戏精。"

那天在夜店打架的事,俞涧跟谢云帆是使了绊子,可俞烁那边也不是吃素的,愣是把他自己摘出来了。

"那你就早点脱手峪景湾那个项目,始终是个大雷。"

池笙犹豫片刻,还是问出心中的疑惑:"即使这个项目不在你手上,不去想法子挽救,任其在错误道路上发展,始终也会对俞盛有影响,你……"

池笙眸光微暗,峪景湾项目耗资庞大,牵扯众多,怕是很难扭转局面。

俞涧扬了扬眉,眼中满是疏狂的笑,扭头看向池笙:"我自始至终就没打算挽救。"

池笙一愣,更加不解。

"这是个好机会,我想搞垮俞盛。"

俞涧趴好,继续淡淡地道:"折磨一个人最好的方法,就是毁掉他最在意的东西。而俞盛,是老爷子毕生的心血。"

俞涧的语气,更像是在讨论如何毁掉一件他不喜欢的小玩具。

池笙终于明白,为什么乔璇会因为一个俞烁,连带讨厌所有俞家人。这东西可能是家族本性,类比于他们身体里存在的这种基因,是改不掉的。

看来俞幼微担心俞涧会因此失了心智也不是没缘由。

"怎么停了?"

池笙堪堪回过神,却没有再继续。

俞涧只当她是手酸了,翻坐起身,把她揽进怀里,靠坐在床头。

任俞涧在耳边说着各种甜言蜜语,池笙都没听进去,她在尝试着从俞涧的角度去看这件事。

其实俞晋维、俞文荣、俞烁这些人都只与他有血缘关系,他的家人只有父母和姐姐俞幼微而已。有人伤害他的家人,自然没理由要求他以德报怨。

池笙依偎在他宽阔温暖的怀抱里,脑袋轻轻在他胸口蹭了蹭。

"但是,你这样会把自己名声搞臭的,能在其他方面多挽救一点是一点吧。"

"我从不在意名声……"

"我知道你不在意。"池笙也有些无奈,轻声叹气,"可是我确定,我爷爷、爸妈绝不会喜欢一个这样的人做我男朋友,你就算是为了我行吗?"

"也是。"

俞泂意味深长地点点头,在她爷爷那儿印象不好,在岳母和岳父那儿,总要怒刷好感。

说起这事,池笙开始语重心长地劝说俞泂:"至少在公益方面,你也要多多露面,别做好事不留名。"

说起公益,俞泂嘴角扬起,拿过湿巾给池笙擦手,说起往事:"高三那会儿,我曾经想过,大学毕业后的第一件事……"

俞泂垂眸,与池笙视线相对:"就是带你一起去捡垃圾。"

池笙愣住几秒,随后眸光一闪,笑道:"捡垃圾?"

"我初中假期的时候,跟我爸妈在藏区做过志愿者,去捡垃圾。"

"你没有高反吗?"

"还好,我身体素质一向都很好。"俞泂面上笑意渐浓,"开一辆车,然后我们一路向西。你以前说过,你最喜欢听雨声。等雨天,我们就在车边搭帐篷露营,听近在咫尺的雨声,你一定会很开心。还有,你不是很喜欢西高地白梗,也许我们也会养一条,带着它一起,向西而行。"

俞泂的嗓音出现难得的温润柔和,娓娓道来,仿佛这些事是真实发生过一般。

无论是她想要在俞泂真正踏入社会前,送他一支钢笔,还是他想要带她亲近大自然,来一场只属于两个人之间的旅行。

这些无一不证明,原来,他们真的设想了太多太多关于两个人的未来。

好在,最终他们并未错过。

池笙眼圈湿热,仰起脸,目光炽热地凝视俞泂。

微暗灯光下,她这泫然欲泣的模样,无形中拨动了俞泂心底最柔软的那根弦。

他情难自抑地俯首去吻池笙,含住她的唇,极尽温柔地轻吮,而池笙也捧起他的脸,回应着他。

打断两人的是屋外传来的咳嗽声。

池笙轻轻推开俞泂,心虚地坐起身,整理了一下头发和衣服,准备回自己房间。

俞泂喉结滚动,不舍地搂上池笙。

"想跟你一起睡。"

"干吗。"池笙掰开俞泂的手,"难不成你还害怕啊?"

俞泂大言不惭："我认床。"

池笙瞬间笑弯了眼："呸。"

初升朝阳落于红门青瓦上，清晨的胡同有一种远离喧嚣的宁静感。大爷大妈们陆陆续续出来晨练、遛弯，巷道里便又生出几许浓浓的人间烟火气。

微风吹过，银杏树的金黄落叶漫天飞舞，昭示着醉人金秋已到。

天刚亮时，公鸡打鸣、鸟儿叽叽喳喳等各种嘈杂声便纷纷落入俞泂耳中，醒来之后再难睡着，俞泂索性直接起床，洗漱完，换好一身正装走出西厢房。

池祺祥正在院子里逗弄一只八哥。

"爷爷，早上好。"

池祺祥上下打量一眼俞泂，西装笔挺，清俊的五官映照在晨光中，越发衬得眉眼深邃凌厉。

池祺祥回应俞泂的依旧是一声轻哼。

那傻丫头指定是被他这皮相勾了魂，跟成魔了一样。瞧瞧，还说什么夜深了借住一晚，谁临时借住会把第二天要穿的衣服都带着来？

俞泂走到池祺祥身边，一同看着那只八哥。

大概因为这是池笙的爷爷，爱屋及乌，俞泂此刻只觉得这老头还挺可爱。

俞泂轻弯腰，笑道："下周四我让设计师过来跟您面洽，您看行吗？"

"行行行。"池祺祥不耐烦地应着，同时从上衣口袋掏出一个巴掌大的袋子扔给俞泂。

待俞泂看清，没忍住咧嘴笑了。

原来是一袋膏药，看来这位老爷子也是个刀子嘴豆腐心。

"笑笑笑，年纪轻轻不好好保护腰，可劲儿闹腾吧。"池祺祥又背着手进了屋。

池笙整理好衣着出来，远远看见两人在说话，可她走近，他们又止了声。

吃早饭时，池笙的视线在这两人之间来回，最后得出结论，应该是她多想了，她爷爷那么嫌弃俞泂，能有什么事。

（2）

这一周，池笙可算见识到俞洄忙起来能有多夸张，基本到半夜两点，他书房的灯也还亮着。

这一晚，池笙醒来，翻身又扑个空。

她坐起来缓了一会儿，穿上拖鞋，走出卧室。

池笙没开灯，借着月光走进厨房倒了杯温水，又端着水踱步至书房。

脚步声渐近，俞洄抬眸，看见池笙睡眼惺忪地站在门口。

他放下手中文件，柔声道："怎么醒了？"

池笙拖着步子走到他旁边，让他喝水。

俞洄低笑："你在梦游？"

池笙浑身无力，小手握成拳，软绵绵地打在他肩头。

俞洄把池笙揽到腿上坐着，一手抚腰，一手兜着大腿，以防她掉下去。

"怎么醒了？我一会儿就去睡了。"

池笙靠近俞洄，将小脸埋进他颈窝里，双脚一时微微离地，有一搭没一搭地轻晃着。

"就是想要你……抱着睡。"

全怪俞洄太黏人，总爱抱着她，导致她现在睡觉都离不开他的拥抱。

池笙刚醒，意识有些迷糊，声音软糯含糊，像被吵醒的小猫在哼哼唧唧，听得俞洄一颗心都柔软下来。

他温声哄着怀里的人："那我去陪呆呆睡觉。"

这下换作池笙不答应："可是你还没忙完。"

俞洄嘴角噙起浅浅的弧度，眉眼间的疲态压不过宠溺。

"我的祖宗可真难伺候，睡吧，我抱着你睡，不耽误工作。"

池笙在俞洄腿上扭了扭，将他搂得更紧。

没一会儿，俞洄听见池笙匀细清浅的呼吸声，知道她是睡着了。

还真能睡着，也不嫌难受。

俞洄垂眸望着怀中那张巴掌大的小脸，喉结微动。

这么一对比，他以前深夜加班的日子也太无聊了，是怎么熬过来的？

俞洄打了个哈欠，重新投入到工作中，早些弄完，好让池笙踏实睡觉。

周五，池笙下班后直奔四合院。

原本俞洄要一同去，但突然被叫回俞宅。俞洄便说明天一早来接池笙，或者他俩直接在四合院过个周末也行。

当然，前提是池祺祥准许。

池笙还没进大门，先有几个人从四合院内走出来，扛着摄像机、打光板等摄影工具。

沉香茶室里，一个戴着眼镜、穿西装的中年男人正弯腰向池祺祥告别。

"池老，这几天叨扰您了。"

池祺祥端着自己的茶杯，还算和煦地应了两声。

等人走完，池笙关上门，回到茶室。

"爷爷，他们是谁？"

"电视台在做一个当代书画名家的纪录片，找了我好几次。"

池祺祥面露疲色，自老伴去世后，他一向懒于应付这些事情。

这换作以前，是常有的事，池笙早已习惯，放下包，走到桌旁一一收好采访时拿出来的画作。

"我来收拾，您还没吃晚饭吧？一会儿咱俩吃烤鸭去？"

"那小子呢？"

池祺祥等半天也没看见俞泂那烦人的身影。

"他……家里有点事要处理，明天过来。"

"哼，你可等着吧，以后指不定经常因为应酬忘了你。"

池祺祥撇撇嘴："我可跟你说，估计你妈也不喜欢他这样的，你奶奶要是在，倒能替你说说话……"

池笙一边收拾，一边笑着看池祺祥。

人们常称老年人是"老小孩"，这话真的没错。大概是长时间独自生活太无聊，爷爷这是在拿俞泂逗乐呢。

而俞泂那边，显然不会有如此温馨融洽的氛围。

俞宅。

俞泂一进屋，看见俞晋维坐在餐桌主位，俞烁坐在左侧。

俞文荣还在医院装着病，自然不可能出现在这儿。而任舒兰，一向最怕看见俞泂那张阎王脸，看多了折寿，所以只有俞烁来俞宅用晚饭。

这爷孙俩瞧着倒是和谐，有说有笑，不知道的人还以为他们感情有多好。

俞泂不禁想起，曾经那父子俩差点将俞晋维扳倒时，三人那副歇斯底里的模样，虚伪至极。

385

他越发想念池笙和那个可爱的傲娇老头。

真晦气,原本可以过一个愉快的周五,好心情全被毁了。

俞晋维声音中气十足:"你可真难请啊,这半年我见过你几次?"

俞洇置若罔闻,眼底的嫌恶丝毫不加掩饰:"有事说事,我不像你们。真这么想看戏,我把戏班子给您请来。"

俞晋维一张脸红了又绿,胸口起伏不定,抄起桌上的碗朝俞洇砸过去。

"你爸那么温润谦和的一个人,怎么就生出你这么个……"

倏然间,俞洇脸色骤冷,淡漠地看着俞晋维,片刻后,竟转而笑了起来:"白姨,快给我找粒胃药,怎么有点反胃,想吐。"

一旁的俞烁笑而不语。

从小,他跟俞洇就不对付,他爸是长子,却没有俞洇的爸爸受宠,连带着他也不那么得宠。凭什么好东西全是他俞洇的,各凭本事夺来的那才算数。

只是现在的俞洇不可小觑,他刚回北都,俞洇就差点把他送进局子里去,若不是他确实没动手,还真会被倒打一耙。

他甚至怀疑俞洇是不是在他身上装了定位。

俞洇自始至终没给俞烁一个眼神,转了转指间的车钥匙,倨傲地扬起脸:"不说正事叫我来做什么?浪费我时间。"

"你给我站住。"

俞晋维叫住俞洇:"你大伯一时出不了医院,就先让俞烁接替他手上的事务。"

俞烁定睛看向俞洇的背影,他知道,假如俞洇不想给,老爷子也不会拿俞洇怎样,老爷子不过是想用他来恶心一下俞洇而已。

俞洇勾起嘴角,语气十分随意:"随便您。"

这下俞烁倒是开始凝神细思,这么轻易答应,是挖了坑等着他吧。

对此,俞烁倒不在意。俞洇进总部一年不到,想来根基并不牢固,不过是有那几个他爸的老臣在帮衬而已。那么好的联姻机会,俞洇也没把握住,能成什么事。

第二天,俞洇和池笙陪池祺祥去爬山。

两人注意到池祺祥眉眼间隐现的喜悦,便说好以后每个周末,抽出一天时间陪池祺祥出去游玩。

偏偏池祺祥还露出一副毫不在意的模样，满脸写着：你们可真能折腾我这把老骨头架子，累死了。

周一早晨的例会，每个部门都有派人参加，池笙也终于见到了传说中的俞烁。

要说俞洌的长相是凌厉得有些锋芒的俊朗，那俞烁则更加偏向温和儒雅，但俞烁做的那些事，跟他这面相可扯不上联系。只能证明，他是个正儿八经的笑面虎。

会上，俞烁发言时，自有俞文荣那派的高层在附和。

俞洌坐在主位上，全程泰然自若，只顾着听丁铭低声跟他汇报工作事项。

时不时，他会抬眼扫向池笙的方向。

两人视线相触，池笙担心别人发现，只得慌乱地别开眼。俞洌见她像只被吓到的小松鼠一般，不由得低笑了下。

这一笑，让在场众人脊背发凉。

开完早会，稍后还有董事局的会议。

池笙出办公室时，又接收到俞洌深邃幽深的目光，想到又将有好几个小时见不到他，便朝他弯起笑眼。

得到回应，俞洌心情顿时大好，隐隐对池笙微扬眉梢以示回应。

两人正顾着眉目传情，却没注意到办公室某处多了一道正在关注他们的视线。

午间，员工餐厅。

大家几乎全在讨论俞烁重回总部的事，只差没下注赌俞洌和俞烁谁能笑到最后。

池笙端起餐盘，四处寻找薇薇安的身影，冷不防被人拍了拍肩膀。

"池笙姐。"

姚承松笑得一脸阳光，没想到会在这里碰见池笙。

池笙面露诧异，问："你怎么在这儿？"

"俞盛的计算机和网络系统维护是外包给我们公司的，我今天过来工作。"

"挺好，那走吧，一起吃饭。"

排在队伍中间的丁铭正巧看见这一幕，立即拍了张照片给俞洌发去。

丁铭：老板你看，什么情况，还上手了！

丁铭以为俞涸会私底下问问池笙，谁想没过十分钟，俞涸本人竟然出现在了员工餐厅。

瞬间，嘈杂的餐厅如同被消音一般，并且变得秩序井然，该吃饭的吃饭，该排队的排队，静得只剩下阿姨打饭时勺与餐盘相碰的声音。

"俞总，您先来。"队伍中，立马有人给俞涸让位。

"不用，我是来看看员工餐做得怎么样。"

俞涸接到丁铭的暗号，视线扫向窗边某处。

池笙似乎还没发现他的到来，正在跟身旁那个男人说话。

俞涸站到队伍末端，开始排队。

餐厅里的众员工憋得那叫一个难受，一个个拿出手机，改在线上交流。

员工1：俞总怎么会来员工餐厅吃午饭？

员工2：不是说了吗？来体验民情。

员工3：那位才回来第一天，俞总就冒出这动静，我看是想拉拢人心吧。

员工4：不存在吧，我们俞总像是需要做这种事的人吗？

员工5：打扰一下，我才进公司不久，这种情况，两位都姓俞，该怎么称呼这两个总啊？

员工6：要么俞总，俞副总。要么俞涸总，俞烁总。

员工7：俞总虽然看起来凶巴巴的，但好讲秩序，还排队。

…………

池笙的手机在口袋里疯狂振动，她放下筷子，拿出来看看，到底是发生了什么火星撞地球的事件。

她早已经混进聊天群，还可以替俞涸时刻监测"民意"，真是尽职尽责，一份工资确实很亏。

俞涸来了员工餐厅？

池笙正准备回头，俞涸碰巧从她身旁轻轻擦过，他今天用了她买的那瓶香水，琥珀、麝香及香草融于一体，带了一点点攻击性的荷尔蒙气息，但后调的木质檀香又让池笙觉得温柔到不行，太符合俞涸，外表凌厉又危险，实则也会温柔且贴心。

俞涸在池笙对桌落座，全程没看她一眼。

池笙真切感受到他那股迫人气势，尤其是她还发现，俞涸给她发了几条消息，她没看见，自然没回。

她抬头，悄悄瞟向俞涸。

俞洄坚毅流畅的下颌线绷得很紧，眸光轻转，瞥了她一眼。

行吧，满脸写着不高兴，这人又吃醋了。

池笙知道，晚上回去又有得闹了。

下午，工作小憩空隙，池笙忍不住在姐妹群里吐苦水，说起中午发生的那件事。

池笙：俞洄有时候确实很偏执，你们说他是不是大惊小怪，无差别吃醋。

乔璇：热知识：其实男人心眼比女人小。

曲一宁：正常啊，"狗"看谁都想抢他骨头。

晚高峰时刻，车如流水马如龙，拥堵在主干道上的车辆也只能停下来，静静欣赏日暮霞光。

CBD高楼林立的写字楼里，依旧亮着无数盏灯。

车内，俞洄单手握着方向盘，一言不发。

池笙杏眼半弯，怎么都看不腻他这副傲娇的模样，还特别喜欢。

在跟俞洄相处的这几个月里，她大抵摸清了他的脾气，他现在不是真的生气，只是想让她哄哄他，给他顺顺气。

"员工餐厅的菜好吃吗？"

她伸手去轻挠俞洄的右手心，笑容越发明媚。

俞洄的视线落在她的纤纤细手上，原本聚集在胸口的郁气悄然消散，脸色也随之缓和不少。

"还行吧。"

池笙抿着唇忍笑，真好哄。

入夜，星光稀疏。

今晚书房的灯难得没亮，俞洄陪池笙躺在床上看书。

他发现，池笙总爱看一些比较特别又小众的书籍，她手里那本叫《狐狸在夜晚来临》，其中的八个小故事皆围绕着爱与死亡而展开。

池笙看得入迷，俞洄却兴致阑珊，碰巧手机屏幕亮起，他拿过查看消息，摆弄了好一会儿，俞洄也没放下手机。

池笙还被他揽着脖颈，一时有些难受，顺势歪过脑袋去看他手机屏幕。

俞洄立即警觉地锁上屏幕。

"在看什么见不得人的东西呢？"池笙微微眯起眼，目光带上几分审视的意味。

俞涧依旧没把手机拿给她看，而是躲着她继续发消息。

"我在密谋一个大项目。"

池笙眼珠子骨碌一转，又眨了两下，问："我也看不得吗？"

"对，非常机密。"俞涧唇边笑意更甚。

池笙撇撇嘴，小声嘟囔："我才不感兴趣。"

说罢，她转过身，躺下继续看书，心里却忍不住嘀咕，也不知道是谁说的，两个人之间不要有秘密，以后他可别想知道她的事。

等俞涧发完消息，放下手机，他发现池笙还怄着气，背影仿佛写着"我不跟你好了"六个大字。

俞涧将她手中的书抽走，柔声斥责："本来就有点近视，眼睛不要了？"

池笙蹬了两下腿，甩开他搭在她肩上的手，开始撒泼。

"不要不要，你也不要。"

俞涧笑着去探她的痒痒穴："不要我，那你想要谁？"

池笙强忍痒意，鼓起腮帮子："要谁都不要你。"

"我倒要看看你嘴能有多硬。"

话音刚落，俞涧三下五除二把她剥了个干净。

池笙被他撩拨得气喘吁吁，反而更难受。俞涧跟逗猫似的，看着她眼睫不断轻颤，气息不稳，颈间绯红一片。

"要不要？"

他一语双关，让池笙更觉浑身燥热，像是有无数羽毛在挠她一般。

俞涧的嗓音在无形中喑哑些许："乖，说了就给你。"

池笙发出轻微的嘤咛声，防线即将到达崩溃的边缘。

俞涧紧盯着她，黑眸深得能滴出墨。

最终还是池笙先松口："要。"

俞涧在她耳边低声问："要谁，说清楚。"

"你你你……俞涧。"

…………

夜色越发浓郁，等池笙洗完澡，俞涧才开始收拾自己。

他从浴室出来时，池笙正侧躺在床上看手机，他一靠近，她立马关掉手机。

俞涧知道她这是在趁机报复，可餍足过后，男人的心眼不知被放大了多少倍,他也不跟她计较。

"你打过高尔夫吗?"

"哼。"

池笙不想跟他说话,怪没面子的。

俞泂贴在她耳后的小痣处吻了下:"周末带你去玩。"

池笙依旧没搭理他,把被子全部卷过来,闭眼睡觉。

俞泂唇边噙着笑,面对她的小脾气,他只觉得可爱到不行。

（3）

周六,北都云观高尔夫球场。

球场内松柏绵延,球道蜿蜒起伏,浑然天成,嵌于湖光山色之中,风光秀美,让人心旷神怡。

俞泂给池笙挑了根高尔夫球杆,在练习场里,一一跟她讲解站姿、转体,如何握杆、挥杆。

一个电话打来,俞泂说他先离开一会儿,让池笙去二楼的包厢休息。

池笙刚上二楼,服务生就端来一杯拿铁和一份抹茶千层。

从落地窗向外望去,远处的几辆代步电车上下来了四五个人,着装简约舒适,应该是一起来打球的。

谈生意带她来干吗,无聊。

"你看,我就说俞泂在这儿,他女朋友指定也在这儿!"

楼梯口传来两道正在交谈的年轻女声,池笙侧目望去,杏眼微睁,是萧艺菲和谭知韵。

这两人之前不是公然大打出手吗?怎么现在看起来关系还挺好。

萧艺菲和谭知韵在池笙旁边的沙发坐下。

"你就是俞泂的女朋友?"谭知韵语气轻飘飘的,上下打量池笙一眼。

"别在意,她说话就这样,阴阳怪气惯了,没恶意。"

萧艺菲转头又对谭知韵说:"你客气点,否则一会儿俞泂准要找你的碴儿。"

"俞泂还真有人喜欢啊?"谭知韵轻扯嘴角,低声问池笙,"你是不是被他蒙骗了?"

池笙用指关节蹭了蹭鼻尖,神情认真地说:"没有,他挺好的。"

萧艺菲和谭知韵对望一眼,相视一笑,心想这人没救了。

"我当初看上俞洄……"谭知韵话音一顿,突然举手示意,"你千万别多想,我单纯是看上他那张脸,反正都得跟自己不喜欢的人过一辈子,那不得找个皮相好的。你也是看上他那张脸了吧?"

池笙再也忍不住,笑得眉眼弯弯:"可能有一点点吧。"

"对了。"萧艺菲一脸气愤地质问池笙,"不是让你回北都联系我,你怎么把我微信删了?"

池笙面露疑惑:"我没有删你啊。"

"我知道了!"萧艺菲指向远处球场上的俞洄,"一定是他删的。"

池笙一愣,也只有这种可能性了,但俞洄删萧艺菲做什么?

谭知韵说:"你可不能放纵他啊,男人嫉妒心太强可不是好事……"

萧艺菲掏出手机:"快,重新加上。"

"顺便把我也加上。"谭知韵紧随其后。

池笙迟疑地点开二维码,为什么她总能遇见自来熟的人。

加完微信,三人关系无形中进了一步。

池笙杏眼轻眨,一直看着萧艺菲,说出在心底存了许久的话:"你肤色真的好漂亮啊。"

听到池笙这迷妹般的语气,萧艺菲喝咖啡的动作一顿,随即大笑两声:"谢谢夸奖,俞洄知道你这么欣赏我,可能会气得冒烟。"

"你还别说。"谭知韵附和,"我已经准备好过段时间跟三根草一起去美黑,要不你也一起?"

"拉倒吧。"萧艺菲摆摆手,"就她这细皮嫩肉的,俞洄要是知道我把她弄黑了,能直接手撕了我。"

"不对。"萧艺菲后知后觉,"你叫我什么?三根草?"

两人打闹间,冷不防瞧见俞洄正在朝二楼包厢走来。

"快溜快溜,今天不想跟他斗嘴。"

萧艺菲和谭知韵跑得比兔子还快。

俞洄上来,自然扑了个空,只看见沙发上笑个不停的池笙。

刚才他在打球聊天时,猛然发觉不对劲,他今天约了萧叔叔和谭知韵的大哥,却没看见那两个烦人鬼的身影,心疑她们是不是来骚扰池笙,居然真的在。

"她们没乱说什么吧?"

池笙的杏眼眨巴两下,问:"你总是这么紧张做什么?"

"她们俩除了抹黑我,就会抹黑我。"

"没关系啊,反正我知道你是什么样,我又不会从别人嘴里去了解你。"

俞洞的目光在她脸上停顿片刻后,神情中流露出淡淡的愉悦:"大白天的,还在外面,就迫不及待跟我表白了?"

嘴欠这毛病能治吗?花光家底她也要给他治好!

晚餐定在颐悦轩。

池笙原以为俞洞今天只是带她来玩玩而已,没想到还会跟他下午打球的那几位碰面,萧政、颐裕新任董事长那廷越和他太太宋如怡,以及谭氏现任CEO谭今恒都在,当然,还有萧艺菲和谭知韵。

饭桌上,池笙总在不经意间看向那氏夫妇。

北都有两段豪门佳话,其中一对夫妻便是那廷越和宋如怡,而另一对是陆川和俞幼微。

看来果真如外界所说,男方温润儒雅,女方端庄静雅,两人很般配。

介绍池笙时,俞洞不知怎么的,竟然脱口而出:"这是池笙,我太……"

顿时,包厢内笑声连连。

池笙素来脸皮薄,听到俞洞这么说,红着脸端起瓷杯喝茶,掩饰窘然。

萧艺菲放声大笑:"求婚,领证,办婚礼了吗?我看你是长得丑想得美。"

俞洞微微眯起眸子扫向萧艺菲,萧政也清咳一声提醒,萧艺菲这才敛了笑声。

谭知韵又来补刀:"本来就没说错……"

紧接着,谭知韵也被自家大哥暗里警告。

宋如怡气质温婉秀雅,看池笙的目光宛如在看家里的妹妹:"之前听司邺的司总提过你,夸你专访做得不错,还很欣赏你对工作的态度。温榆也常说起你,今天可算是见着了。"

池笙抿唇浅笑,脸颊更烫了些。

俞洞眼尾笑意加深:"她做什么都很认真。"

池笙转头望向他,心跳频率慢慢加快。

俞洞朝她挑了挑眉,像在告诉她:别害羞,你就是很棒。

池笙成功被逗笑,拘束感瞬间消散不少。

饭局过半,桌上几人谈起了颐裕国际乐园项目的事。

池笙最擅长一心二用,一边和萧、谭两人聊着天,一边注意着他们的谈话。

大体是稳了,这个项目并不比峪景湾体量小,也绝不是几场球,或是几场酒局就能轻易拿下,看来俞洄前些日子熬的夜都没有白费。

饭局结束时已近十一点,一桌人陆续离开。

颐悦轩门口,司机还没到,初冬的风袭来,池笙不由得打了个冷战。

俞洄双手插在口袋,大衣一掀,将她拥进怀里。

小小的一个动作,没来由地让池笙心花怒放,她顺势踮起脚,在他脸颊上亲吻了一下。

两人正腻歪得蜜里流油时,俞洄眼尾瞧见一个人正在看他和池笙,抬头望去,竟然是公关部副总监苏瑾。

池笙循着俞洄视线望去,脸色微微一僵。

回家的途中,车内很静,只听得见窗外簌簌的风声和轮胎摩擦地面的声响。

俞洄一只手发消息,另一只手牵着池笙,屏幕上的亮光映衬出他的轮廓,他不做表情时,棱角分明的线条显得有些冷硬。

察觉到身旁投来的视线,俞洄转眼看向池笙,目光瞬间变得柔和。

"怎么了?"

池笙语塞,他可真是一派淡然,好像刚才什么事也没发生过。

看见苏瑾时,她还没来得及做出反应,便被俞洄揽住肩膀,朝苏瑾打了个招呼。

显然,他一点也没想隐瞒,不过当时那情况,想瞒也瞒不了。

"你不会是故意的吧?"池笙越想越觉可疑,毕竟他心眼那么多。

"又诬陷我,我该去哪儿申冤?"

俞洄收起手机,上手捏了下她的鼻子。

"你想想。"俞洄一针见血,继续说,"如果我当时松开你的手,你会高兴吗?以苏瑾的性格,她不会说出去,而且她知道我们的关系,在工作上也不会为难你。"

"那要是她给别人说呢?俞盛不是禁止办公室恋情吗?"

"那就改为不禁止。"俞洄不屑地轻笑一声,"这规矩原本就不是我定的,我可不认。"

池笙撇撇嘴,得了吧,就算是他定的规矩,他也能自己给推翻了。

俞泂粲然一笑，眉梢微扬："当然，你想要辞职那就更好。"

池笙靠在他肩上，叹息一声："你为什么总是喜欢给我安排好一切，我总觉得，你想把我当只小鸟养。"

尽管池笙是柔声细语地说出这句话，但俞泂还是不太舒服，他忍不住为自己辩解："谁家养小鸟跟养祖宗似的？我没拿笼子把你关起来吧。"

池笙咕哝一句："我可不是你祖宗。"

或许是池笙学生时代那副恬静好欺负的模样已经深深刻进他记忆里，又或者是他习惯了给她撑腰，见不得她受一点委屈。

俞泂的指腹摩挲着池笙掌心，低声道："我控制不住，总认为有人会欺负你。"

"然后我就任由别人欺负？"

"不是吗？"

"不是！"

池笙不想跟俞泂又来一场吵架，转头望向车窗外快速倒退的夜景。

先看看再说吧。

翌日，风平浪静，果然如俞泂所料，什么事也没发生。

苏瑾对她的态度一如往常，既没有讨好，也没有刻意冷淡。

池笙也就放下心来，专注自己的工作，只是没想到，下午临近下班时，网络上涌现大量有关俞泂的负面新闻，其一便是说他进俞盛总部不久时，大肆裁员，还都是老员工，被痛批资本家没有良心，吃相太难看。

可哪个集团里没有派系斗争，俞泂上位，自然要换血，但他并未赶尽杀绝，在行业里封杀那些高管。

除此之外，说他私生活混乱。

其中配的一张图，位置是夜店门口。俞泂坐在车中，手臂搭于车窗上，一个性感女郎正弯腰凑过去跟他说话。

当然了，也有他跟谭知韵在俞宅的落地窗旁边聊天的照片，还有他在商场里英雄救美，把萧艺菲从混战中拯救出来的照片。

评论里已经有人在说，谭家小女儿和知名设计师萧艺菲是为了争抢俞泂的女友身份，才大打出手。

自然也少不了俞泂在申城机场，搂着池笙下飞机的照片，说是为了哄新任女友，动用私人飞机，一点也不环保。

池笙看得频频摇头,这都把事实扭曲成什么样。

很明显,大概率是俞烁在搞鬼。

能这么长时间地派人持续盯着俞洇,除了他应该也没别人了,只是这种招数,也太过卑劣。

俞洇对公事十分谨慎,过手的项目绝不会敷衍了事,想来是俞烁回到俞盛后,发现在业务和项目上找不到俞洇的漏洞,眼看着俞洇跟颐裕国际乐园项目的合作签约又在即,某些人只怕是急得跳脚,开始泼脏水,用下作手段。

因为有前车之鉴,公关部处理起这些情况可以说是轻车熟路,立即使用一切公关力量撤稿,只不过这次来势汹汹,加班那是必然事件,公关部各个组,以及法务、HR等部门都联动起来。

房企类的舆情监测范围主要覆盖常规类数据、行业垂直类数据、评论型口碑数据。

舆情系统再优秀,也无法取代人的作用,人工在信息报送、分类,及报告撰写方面可以弥补系统的短板。

相关数据整理好,池笙将之前俞洇参加的各项公益项目资料也上报给苏瑾,确认没问题后,开始写新闻通稿。

这次显然是针对俞洇个人,而并不是俞盛,公关危机应对处理上相对轻松一些。

可众人也忙到了深夜十二点,才得以稍稍歇息。

丁铭走进办公室,打了个响指:"俞总请吃夜宵,开车跟我走。"

众人的疲惫一扫而空,欢呼着收拾东西。

"就只是吃夜宵?"

"只要你有精力,明天能起得来,玩个通宵俞总都买单。"

趁众人不注意,丁铭走到池笙旁边,小声提醒:"池小姐,看手机。"

池笙拿起桌上手机解锁,看到了俞洇几个小时前发的消息。

俞洇:忙完了来我办公室。

前几个小时一直在高强度工作,池笙的注意力不在此,哪能看到他的消息。

因为有不想去吃夜宵的同事,池笙混在其中,也就不显得奇怪,只有苏瑾意味深长地看了她一眼,也并未多说,随着众人离开。

池笙靠坐在椅子上,动了动脖颈,心想倒不如说开了,这种感觉挺不舒服，总像有人在盯着她一样。

不过苏瑾看起来确实不像那种人，应该是想多了。

等到公关部没了人影，池笙才起身朝电梯走去。

深夜的走廊太过安静，她有些害怕，在心底抱怨俞洄怎么不来电梯口接她，快步走向总裁办公室。

推开门，池笙刚走几步，冷不丁被人从身后抱住。

"啊！"

池笙本能地惊叫一声。

她还没来得及说话，俞洄率先出声："我私生活一点也不乱，自始至终只有你一个人，在Min-night门口碰见的那个女人，是她自己来找我的，我都没理她……"

他这委屈至极、忧心忡忡的语气，仿佛是下雨天被关在门外，淋得一身湿的小狗，却还担心会被主人误会是跑出去偷玩，才导致回家晚了。

池笙方才被吓到的心跳渐渐恢复如常，任由俞洄抱着她，听他说个不停。

他想多了，她根本没误会。

俞洄放低语气，小心翼翼地试探："我们呆呆没生气吧？"

池笙起了逗弄他的心思，嘴角一勾："我看人家挺性感的，你真的不喜欢啊？"

"我喜欢你这种发育不良的，就好你这口。"

池笙用劲儿在他胳膊上拧了一下："什么叫发育不良？"

俞洄见她不像是生气的模样，双手掐着她纤细的腰，让她转了半个圈面向他。

立式台灯柔和的光线照耀着，隐隐生出几分缠绵悱恻之意。

池笙被俞洄抱到办公桌上，火热的吻接踵而至，不由得她反抗，俞洄开始攻城掠地。

（4）

十二月下旬，俞盛成功与颐裕签约国际乐园配套商业街项目。

此消息一经报道，引起广泛关注。

俞盛集团作为国内头部房企，资金雄厚，尤其是在俞洄执掌后，频频拿地，业绩更是稳健增长，而颐裕是国内知名的头部酒店餐饮集团，"乐园+商业街"的黄金组合，必将成为北都南区标志性旗舰商业体，带动北都南区的文旅产业发展。

两家集团达成战略合作，也意味着双方在商业地产及旅游业市场拓展中将优先匹配相关资源，这可谓是强强联手。

有人欢喜有人愁，俞烁回到俞盛后，发现事情并不如他想的那般简单。

比如离开俞盛多年的萧政，手中的权力及势力却并没有随之消弭。而萧政手中的关系网，无疑是俞洄的一大助力。

颐裕的项目拿不到也就作罢，至少他们手里还握有峪景湾的项目，可俞洄最近又搭上了谭今恒，联姻不成，俞洄伸手打了谭家的脸，竟还能合作。

谭氏是俞盛的大股东，这情况对他们可不利。

短短不到一年时间，俞洄竟将集团总部由上至下清洗了一遍。他时刻关注着俞洄的动态，却没听到一点风声，是他小瞧俞洄了，这手段够利落。而那场抹黑俞洄的舆论，也没起什么水花，跟隔靴搔痒似的，俞盛的公关何时又变这么强了？

就俞洄眦睚必报的性子，一定会同等报复回来。

俞烁顿感身心疲惫。

他是被贬到大洋洲去收拾烂摊子，可至少俞文荣还留在总部，怎么做到任由俞盛落入俞洄掌控之中的？

饶是自己的亲生父亲，俞烁也想骂俞文荣一句猪队友。

打蛇打七寸，俞烁开始分析俞洄的弱点，俞幼微他是不能再动了，毕竟当年车祸的证据还握在俞晋维手里。俞晋维警告过他，再做这种手足相残的事，他不介意少一个孙子。

可俞洄这人，从小性情乖戾，上一秒还不肯松手的东西，下一秒就能丢开，根本摸不清他是真的不感兴趣，还是只为了下套等你钻。

要说他在意什么，除了俞幼微，也就是他父母。

俞烁一筹莫展之际，有人给他送来了风声。

成功拿下大项目，俞洄理所当然要造福员工，安排了他手下跟项目的员工去清河市的温泉山庄度假跨年。

临行前，俞洄厚着脸皮要求池笙带之前她穿过的那件女仆风黑白配色泳衣。

池笙果断拒绝。

这又不是他们二人度假，假如被同一间房的薇薇安发现可怎么办？

抵达温泉山庄时，众人知道俞洄已经包下整个山庄，瞬间兴奋不已，准备放开了玩。

KTV唱歌、打麻将、烧烤等活动应有尽有。

夜色降临，一群人依旧在狂欢。

此情此景，可类比于峨眉山的猴群。

池笙正在跟同事聊天，收到俞洄的消息，便找个理由悄悄溜出去。

温泉山庄内有许多个独立的温泉泡池，俞洄挑了一个最远的，隐蔽性极高，池笙表示很满意。

脱掉浴袍，池笙缓步迈入温泉内，还没站稳，就被俞洄一把搂过。

两人在水中嬉戏打闹一会儿，俞洄突然捂住池笙的嘴，一副若有其事的模样。

"小声点，你不怕被别人发现了？"

池笙小幅度地点点头。

俞洄松开手，面露坏笑："你别说，这跟偷情似的，还挺好玩。"

见池笙不接茬，他越发来劲："等睡觉那会儿，你也偷偷摸摸来找我……"

越说越离谱，池笙真想给他一个栗暴。

两人又开始打闹，冷不丁传来一道脚步声。

"笙笙？"

薇薇安的声音清晰入耳，眼见她人就要出现，池笙来不及多想，直接将俞洄摁入温泉中。

俞洄一张俊脸写满不可置信，池笙竟然这么对他。

"怎么了？"池笙语气急切。

"啊……没什么事，我就想找你借张面膜。"

"在我包里，你随便拿！"池笙焦急如焚。

"你怎么了？是不是泡久了不舒服？我跟你说，不能泡太久……"说着，她就要继续朝前走。

池笙慌忙摆手，快急哭了："你快去吧，赶紧敷上，那面膜效果特别好。"

"哦哦……"

薇薇安看了几眼怪异的池笙，一头雾水地转身离开。

池笙快速松开手，俞洄哗啦一声，从温泉中猛地起身，胸膛不停起伏，大口呼吸着新鲜空气。他面红颈赤，青筋暴起，连带着肌肉线条分明的胸膛赤红一片，整个人腾腾冒着热气，眸中的猩红更是显眼，像一头被惹怒的雄狮。

"这是温泉，不是泳池，你想谋杀？"

"不是不是。"

池笙话里带上慌张的哭音，双手不停地给他扇风散热，颇有些语无伦次："没有没有。"

"我跟你说，哄不好了。"

俞洄猛喘气，他一定要把池笙从俞盛弄走，否则他就不姓俞。

池笙明白这件事确实是她不对，为了哄俞洄，趁薇薇安睡着后，她还是偷偷溜出了房间。

俞洄的房间在竹林深处，清幽静谧。

用房卡开门后，池笙见俞洄正侧躺在洁白的大床上，听到动静，也没回头。

气性真大。

池笙小跑着跳上床，从背后抱住他，在他腹肌上跟玩似的拍了几下。

"俞总，还生气呢？我错了嘛……"

"你再叫一声俞总试试。"

俞洄看看落地窗上的倒影，池笙的小脸笑得那叫一个欢快，哪里有要认错的模样。

"来，让我检查一下，俞总的帅脸有没有被烫到。"

池笙坐起身，双手去捧俞洄的脸，使劲儿让他转身。

俞洄依旧皱着眉，薄唇抿成一条直线，瞧着确实是不太好哄。

池笙眨眨眼，趴在俞洄怀里，小声嘀咕："你这么小心眼，会被别人笑话的。"

"听听你在说什么？需要我提醒一下，你是来做什么的吗？"

池笙嘿嘿笑了两声，接着去亲俞洄，先是眉眼、鼻梁、脸颊，徐徐往下，是下颌、喉结、锁骨……

俞洄感受到浑身的肌肉逐渐紧绷，却强忍着没动，活像个木乃伊。他告诉自己要忍住，不能像之前那么好哄，受气包也有反抗的一天。

见俞洄不为所动，池笙不再继续，直接放大招。

她双手撑在床上，澄澈透亮的杏眼一眨不眨地望着他。

"江大快放假了,我爸妈要回北都过年。"

俞洄眼尾轻抬:"然后呢?"

池笙歪着脑袋,舒然一笑:"你想去见见他们吗?"

俞洄眸底闪过一抹笑意。

池笙眼尖地发现了,勾起他的小拇指,跟他拉钩:"那就不要生气啦。"

俞洄顺势在她的手背上拍了一下,重新将人拥进怀里。

"今天我不生气,你就不说这件事了?"

"原本也是要给你说的,算是新年惊喜。"

池笙老实巴交的模样并没有让俞洄心软,反而更想欺负她。

"那这个不能算,你重新想个法子哄我。"

"脸皮真厚。"池笙低声嘟囔,"你直接说你想干吗?"

"看看你,一点耐心都没有。"俞洄含笑附在她耳边咬字。

听完,池笙看了他一眼:"不跟你玩那个……我还要回去……"

话还没说完,她就被俞洄扯进被窝。

(5)

虽然已经入冬,但北都这几日的天气却是阳光明媚。

池笙的工位靠窗,阳光在她身上一点点蔓延开来,连指尖也被描上金边,泛着粉橘色。

冬日里的太阳,不似夏日那般炎烈,暖洋洋晒得人很舒服。

池笙疏懒地眯了眯眼,正活动着肩膀时,突然听见有人在叫她名字。

"请问池小姐是哪一位?"

公关部门口,一个穿着黄色工装的外卖小哥双手拎着十多杯咖啡,朝办公室里问道。

池笙立即站起身,向门口走去。

"是我。"

"这是您男朋友给您和您同事点的咖啡,请收一下。对了,这杯燕麦抹茶拿铁是您的。"

公关部的同事纷纷上前挑咖啡。

"哇,我们还有这种福利。"

"你这男朋友真不错。"

"有机会带来大家见一见。"

"嘿嘿嘿，沾光了，谢谢笙笙啊。"

…………

池笙拎上自己的拿铁回到工位上，拿起手机给俞洄发消息。

池笙：你又有什么坏心眼？

俞洄：有本事你别喝。

池笙：[已读，不回.JPG]

没过一分钟，手机又振动两下，俞洄发来一张天空的照片。

俞洄：我这儿天气真好，你那儿怎么样？

池笙下意识朝窗外望去，怎么着，俞盛大厦的顶层跟中层看到的是两片天？

池笙：你幼儿园大中小哪个班？

俞洄：你哪个班，我就哪个班。

俞洄：提前报备一下，晚上我要去颐悦轩，给你带他家的桃花酥？

池笙：不要，晚上吃甜的会长胖。

俞洄：不要也得要，胖点好，到时候爷爷还以为我苛待你。

下班打完卡，池笙走出俞盛大厦，在心里呐喊，这是什么，这是久违的自由啊！

她约乔璇和曲一宁吃饭，两个好友一叫就到。

定好地方后，池笙开始打车，突然，一辆黑色迈巴赫停在她跟前。

车上下来一个西装革履的中年男人，朝她淡淡一笑："池小姐，您好。"

池笙略感诧异，下意识后退一步。

"我不认识你。"

对方笑得还算和善，开口解释："我是俞董事长的助理江林。是这样，我们董事长想跟您聊聊，请上车。"

这位江助理拉开后座车门，邀请她上车。

周围陆陆续续有人看过来。

池笙眉心微敛，这架势能叫请吗？真不愧是一家人，都一个样，粗鲁。

思考几秒，池笙准备转身离去，手臂却被一个人拉住。

"别去，跟我走。"

池笙循着那只手望上去，是一个年轻女人，一头干净利落的短发，穿着薄款黑色羽绒服。

什么情况？池笙彻底蒙圈。

而江林那边，也像是有所预料。

不远处，一辆车上下来几个身材高大的男人，二话不说拉走那个女人。

最终，池笙还是上了车。

慌张无用，她倒也并不焦急。法治社会，她和俞洄谈个恋爱而已，能拿她怎样。

望着车窗外快速倒退的建筑，池笙心底有种说不出的怪异感，还是拿出手机和俞洄确认了下。

池笙：你爷爷有一个叫江林的秘书吗？

她的消息，俞洄通常回得很快，没过几分钟，手机振动了下。

俞洄：对，你怎么知道？

池笙：下午听同事说的。

俞洄：他不是什么好人。

副驾驶座上的江林，正从后视镜打量池笙。

江林隐不可见地一笑，这位池小姐跟外表似乎不太一样，倒是比他想象中的要沉着淡定。

之前给俞洄采访时，池笙了解过俞家的那栋山顶别墅。见迈巴赫从山脚驶进，池笙心下更稳了几分，应该没骗人。

下了车，池笙感慨，山顶的空气果真极好。她并未将注意力放在这栋豪宅上，只想赶紧聊完走人。因为俞洄，她已经放了曲一宁和乔璇无数次鸽子，不想再失信一次。

果然除去俞幼微以外的俞家人，都讨厌。

路过宽阔豪华的客厅，池笙一抬头，看见不远处墙壁上挂着一副《朱竹墨石图》。

那不是她爷爷的画吗？

几分钟后，池笙被带进一间茶室。

她终于见到了这位"俞董事长"，满头银发却精神矍铄，积威多年的人，周身隐隐散发着上位者的压迫感，仿佛他坐的不是紫檀雕花椅，而是一把龙椅。

江林朝俞晋维鞠了个躬，转身退出去。

俞晋维品了一口茶，沉声问道："你就是池笙？"

池笙莫名从这句话里读出了高高在上、睥睨众生的味道。

她挺了挺腰板，还算礼貌地回道："我是。"

俞晋维面上并不显露多余的神情。

"坐吧。"

许多事，一查便可知。

那日在杜家，他并没有瞧清楚池笙，也只当俞涧是玩玩而已。谁想到上次俞涧开走他的莲花超跑，就是因为眼前这姑娘，出差还要带着去的也是她。俞涧为了这小姑娘还能跑去蜗居，种种行径他都不想多提。

他年轻时，也是跟几个兄弟厮杀一番，才独掌俞盛。这辈子，只有受他掌控的，哪有他被别人掌控的道理。

偏偏碰上俞涧这个刺头。

不可置否，俞涧是最适合接管俞盛的人，跟他最像，性子淡漠，没那么多在意的人和事。

但凡再有一个能成大器的孙子，他可不稀罕用他。

现在的种种布局，不过是在磨砺俞涧，让他性子更狠些。

可人一旦有了重要的弱点，不是好事，更不应该将自己的弱点暴露在别人视线下。

叫池笙来这一趟，他也是想看看，俞涧会有何反应，又会怎样处理。

假如俞涧会来，那证明他还不到火候。

直至目前，他依旧认为，俞涧不来的概率更大。

俞晋维锐利的目光扫过池笙，微微笑着摇头。不愧是父子俩，喜欢的女人都是一个类型的。

"池祺祥是你爷爷？"

"是。"

"你爷爷的字画倒是难求。"

多年前，俞晋维听说池祺祥爱茶，带着好茶上门，想亲自拜访，结果被拒绝了。现在俞宅挂着的那幅，还是慈善拍卖时让江林去抢到的。

见池笙目光总是望向公道杯，俞晋维不着痕迹地笑了下，看来这爷孙俩都喜欢茶。

"知道这是什么茶吗？"

池笙细细看了一眼旁边的茶叶，青绿色，条索完整，芽头适中，是自然发酵的茶，而冲泡后的茶叶，叶底柔软，有伸张力，茶汤清澈明亮透底。

池笙将茶缓缓倒入品茗杯中，浅抿一口，茶气入口醇滑，清爽回甘。

是普洱，但空气中的茶香，并不同于熟普的渥堆味。

池笙抿唇浅笑道:"生普?"

"哟。"俞晋维眸光一闪,"你还挺懂。"

池笙不明白目前谈话的走向变化,为何会变成聊起她爷爷,还有茶道,不应该是"我给你五百万,你离开……"这类吗?

对茶,池笙毕竟未曾仔细钻研过,知识面不够广,再聊得深入些,渐显不足。

俞晋维习惯了用高傲的语气说话,点评道:"你这资历还不够。"

"她资历不够,我来跟您谈。"

接话的不是池笙,而是推门而入的俞洇,他的声音冷得彻骨。

池笙微微一愣,转过身,望见他倨傲含怒的眼神。

很显然,他误会了俞晋维的话,俞晋维只是在说她品茶的资历不够。

俞晋维轻呵一声。

知道俞洇这个女朋友是池祺祥的孙女时,他倒也没想拆散他们,有点文人血脉来优化一下他俞家的基因也是好事,看见俞洇还是闯来了,俞晋维说不失望是假的。

看来还是不够火候。

俞晋维语气略带颓然,挥挥手:"出去,别碍我的眼。"

俞洇不想在池笙面前动怒发火,展现出冷血无情的那一面,索性牵起她走出茶室。

"他跟你说什么了?"

池笙假装认真思考,抿了抿唇:"给我五百万,让我离开你。"

俞洇愣了几秒,随即轻笑,敲一下池笙脑门心:"你是小说看多了?"

池笙也低笑起来,挽着俞洇的手臂,并肩朝别墅外走。

"真没说什么,只是在聊天。"

原本以为俞晋维是想计她跟俞洇分开,谁想俞晋维连一句重话也没说过。池笙细细回想着,俞晋维看见俞洇冲进来时,眼底似乎闪过一抹失望之色。

忽然间,她懂了。

"你好像中计了。"

俞洇自然清楚俞晋维的所思所想,只不过他不在意那些东西,无论池笙会不会有事,他都会来找她。

"那个女……"

"是我安排的保镖,我没在你身边的时候就让她跟着你。看来不行,谢云帆推荐的都是什么人。"

俞烁那条疯狗,万一不长记性乱咬人,他可不想因此追悔莫及。

不告诉池笙,是不想让她有心理负担。况且,知道自己天天被别人跟着会舒服吗?不知道那就可以当作不存在。

"没有没有。"池笙急忙替那个女保镖说话,"她第一时间就上来找我了,是他们人太多,而且肯定是她给你发的消息,你别为难人家。"

说到发消息,俞洄一肚子火:"你怎么不直接给我说?"

"我都能发消息给你,肯定不会有什么事。"

"心真大。"俞洄揪起她脸颊的软肉捏了捏。

"是你太紧张了。"

上了车,俞洄眸色一转,心想这不正好是个机会。

"这件事估计是俞烁告诉老爷子的。"他打着方向盘,语气不容置疑,"别待在俞盛了,我把你调去俞慈基金会。"

"什么?"池笙诧异出声。

"你不是喜欢尝试新工作吗?"俞洄用池笙之前的话来堵她,"在俞盛都待三个月了,还没烦?俞慈基金会是我妈以前创办的,这些年我姐在打理,她又管医院,又管基金会,正好忙不过来,你先去试试再说。"

久久未闻回音,俞洄转头看向池笙。

见她还在犹豫,俞洄直接拍板决定:"俞烁肯定还会出招,说不定我们在谈恋爱的事很快就会人人皆知,那些人说我倒没事,但我不想让别人议论你。"

这个社会本身对女性就存在偏见,一定有人会说出难听的话,但他没办法缝住别人的嘴,早点让池笙离开俞盛,也是好事。

俞慈基金会是独立运作,不隶属于俞盛集团,只不过俞盛有在俞慈基金会设立专项基金和事业基金。

在俞盛内部,人人都知道那是俞洄母亲一手创办的基金会,现由俞洄和俞幼微共同打理。

俞洄直接安排丁铭去办理池笙的离职手续。

没过几日,池笙被调去俞慈基金会的事还是在私底下传开了。

这才有人发现端倪,群里又热闹了起来。

员工1:公关部的池笙怎么会去了俞慈基金会?

员工2：话说，你们有没有发觉，申城机场那张照片上的身影很像池笙？娇小一个。

员工3：那池笙进俞盛前就和俞总谈上了？不会是俞总派来的卧底吧？

员工4：你谍战片看多了？

员工5：这么一说，我想起来了！去清河泡温泉那天，我半夜睡不着，出来闲逛，看见一个上下包得很严实的人走进了俞总房间，我原本还以为……懂的都懂，不用我多说吧。

员工6：不是说禁止办公室恋爱吗？

因为丁铭是俞泂的助理，一直被排挤在外，没有入群资格。

前不久，在池笙的帮助下，他好不容易用小号混进群里，自然而然当起俞泂的水军。

某卧底：这规矩又不是俞总定的，之前也有人被俞总调去俞慈基金会，况且之前池笙不是一直在负责公益项目这部分事宜。

丁铭顿感自己天生就是做水军的料。

总裁办公室内，会议桌旁坐的几人皆是俞泂在俞盛的心腹，不仅孟景平在，谢云帆也在。

俞泂将手中的文件放桌上，神情淡然："把普谭区那个项目撤掉。"

投资部总监一愣，错愕地看着俞泂："这……"

俞烁自从回俞盛开始，一直在为竞标普谭区项目做前期工作，并与普谭区政府接洽过。如果俞烁不去竞标，没法下台。即便是要整俞烁，可这马上要到手的项目，直接撤掉，对俞盛也有极大影响，损人不利己啊。

俞泂依旧是一派轻描淡写的模样："就说今年投资额度已用完，不同意拿地。"

孟景平轻叹一声，也认为不妥："不然，给天明透露点消息，让他们狗咬狗？"

投资部总监扶额，这不是一个意思？拱手送人。

俞泂手指在桌上轻叩两下："按我说的做。"

既然打他身边人的主意，那就要承担好相应的后果。俞泂明摆着要让俞烁知道，就是在故意卡他的项目，变相逼他自己出资拍下那宗地块。他不进局则罢，否则，等他竞拍下来，还有的是麻烦等着他。

"云帆那边？"俞泂掀眸望向谢云帆。

只是前门被盗哪里够，后院自然也要给他点一把火。既然俞烁很闲，那就让他忙起来，要说私生活混乱，他俞烁可不遑多让。

谢云帆的桃花眼微微上挑："除了你给我的那些消息，我的人还挖到不少。这人在布里斯本玩得挺欢啊，你那些绯闻哪叫风流，人家这才算。"

俞洄朝谢云帆扬唇一笑："辛苦谢少爷。"

"不客气。"

谢氏娱乐公司旗下有不少媒体，肯定会给俞烁好好炒作一番。

"你准备怎么处理苏瑾？"

孟景平转着手中的签字笔，看向俞洄。

原本以为是俞洄跟池笙没隐藏好才被发现，谁想到会是苏瑾透露给俞烁的。

俞洄似乎早已想好这个问题，直截了当地说道："调去榕城，公关部总监。"

这个处理多少是卖萧政一个面子，毕竟苏瑾是萧政老友的女儿。

HR总监暗自吁气，这是明升暗贬啊。

说白了，远离中枢，下放。

没过几日，苏瑾接到HR的人事变动通知邮件。她倒不是很诧异，俞洄原本就是这样果断决绝的一个人。当她说出俞洄和池笙的事时，已经做好一切准备，俞洄一定不会再用她了。

俞洄刚进俞盛时，她自然也动过心思，只是接触过后，才明白这个男人心如铁石，就像是天生缺失情感神经。

渐渐地，她也收起了那份心思。

她一向心细如发，很早便察觉到俞洄跟池笙之间的氛围略有怪异之处。

更何况，眼神是骗不了人的。

那晚看见俞洄和池笙在颐悦轩门口相拥调情时，她还是很错愕。

俞洄竟然还会有那种神情，笑得张扬痞气，眉眼间全是浓浓的爱意与宠溺。

她不甘心，就像是自己觊觎已久的东西，别人轻而易举就能得到，而这个人还不如她。

其实并不是她去找的俞烁，而是俞烁的下属先找到她。

她不过是想看看俞洄会有什么反应，在俞洄心里，天平是否会倒向利益与权力那一侧。

事实证明，她猜错了。

看来池笙在俞泂心底的分量，远大于那些所谓的权和利。

发现一个冷漠至极的人也会有热情似火的一面，她只觉得更加入迷，更加渴望那种偏爱。

人的欲望总是难以控制，她不想让自己变得更加不堪，也明白及时止损的道理。

离开，或许是一件好事。

Chapter 14
挚爱俞洇

/ 吾愿成真，幸得挚爱。/

（1）

一月中旬，江大放假，俞洇终于盼来了去见池笙父母的日子。

周五，去接池笙前，俞洇先去了一趟俞幼微家。

俞幼微知道俞洇要去池笙家拜访，提前准备好不少礼物，顺便叮嘱他一番："有阿胶，护肤品套装，还有几瓶茅台，听说池老喜欢品茶，这里有太平猴魁和……"

俞洇看着这堆礼品，继续听俞幼微说着。

"你呀，别成天板着一张脸，也要拿出对笙笙的那副表情，给笙笙家里人留个好印象。"

"舅舅，这是我送舅妈家里人的礼物。"陆茵拎着两袋旺旺大礼包递给俞洇，成功把俞洇逗笑。

"真乖。"

俞洇揉了揉陆茵脑袋，女儿真可爱啊。

一个小时后，俞洇接到刚下班的池笙，等池笙上了车，他探身给她系好安全带。

"怎么样，还习惯吗？有挑战性吧？"

池笙睨一眼俞洇，隐隐叹气，她哪想到他会直接让她做基金会的理事，忙死了。

"你快开车吧！"

俞洄暗自偷笑，引擎声随即响起。

"你爸妈喜欢什么样的女婿？"

池笙思索片刻，说："我爸妈其实不限制我找什么对象，非要说喜欢的话，我妈应该更想让我找一个文化、教育系统的男朋友吧。"

说完，池笙悄悄打量一眼他："你别紧张。"

俞洄的语气很是云淡风轻："你见我姐的时候都不紧张，我有什么好紧张的？"

池笙只笑不语，这人惯会装淡定。

下车时，池笙看见后备厢里惊人的礼品数量，先是惊了下，而后感叹道："是姐姐准备的吧？一看你就不会这么细心。"

难怪他今天开了一辆路虎揽胜，平日那些超跑似乎没这辆能装。

俞洄磨了磨牙，呼出一道白色的雾气，真想现在就收拾她一顿。

"又瞎说，和你有关的事，我哪件不上心了？"

二人说笑打闹着进门。

天色渐沉，冬日里满是雾气，窗户上白茫一片，看不清屋内的场景。

池笙有些激动，她也好久没看见爸妈了。

"要不要来个惊喜？我先进去。"

俞洄朝池笙挑了挑眉："也行。"

池笙推开正屋的木门，响起一道柔缓的中年女声："笙笙回来了。"

林敏清上前拉起池笙的手，眼圈略微泛红，细细端看着她。

"你这孩子真是，从不会给我主动发消息。"

想起什么，林敏清转身介绍："小成也来拜访了，就是小时候住咱们隔壁那个小男孩，你俩还……"

俞洄在外面越听越不对劲，索性直接露了面。

林敏清眼看着池笙身后突然出现一个身量极高、相貌出众的年轻男人，不由得愣住："这是？"

不等池笙介绍，俞洄先挂上笑脸，欠身问候："阿姨您好，我是俞洄，笙笙的男朋友。"

俞洄不忘侧身向桌上的准岳父打招呼："爷爷，叔叔好。"

当然，他还顺便扫了一眼那位"小成"。

林敏清还是没有反应过来。

男朋友？

晚饭前，那位小成很有眼力见儿，借故先离开。

饭桌上，池祺祥不停地念叨着小成送的砚台真好，说着还不忘瞅一眼俞洄。

俞洄在心里轻哼，这老头，真不够意思，之前收到他送的歙砚不是很开心吗？这副等着看好戏的模样着实可恨。

池笙一家人，在吃饭时都不太喜欢说话。

饭毕，林敏清和池丘山礼貌性地留俞洄多坐了一会儿，简单聊聊天。但俞洄能感受到，池笙父母对他的态度，客气又疏离。

时间差不多，池笙便让俞洄先回去。

一一道别后，池笙起身送他出门。

出了主屋，俞洄嘴角一耷，脸上的表情立即淡了几分。

池笙看得直想笑："不装了？"

论谁碰见未来岳母在给自己老婆安排相亲，心情都不会太好。

"我们俩是不是八字不合？"

"八字不合的话，你还会和我在一起吗？"

"才不是八字不合，就算你克我，我也不怕。"俞洄握紧池笙的手，"你为什么之前不跟你爸妈说？"

他垂眸望着池笙，薄唇习惯性地轻抿。

池笙微微扬起小脸，眸中带着些许亮光："因为我不想他们先入为主，从网上的消息去了解你，我知道你不是那样的人，想让他们亲自认识你。"

俞洄心底的郁气一扫而空，微微弯下腰，下巴搁在她头顶，抱着她。

池笙抽出双手，也环抱住他，拍拍他的背，轻声安慰："他们又没有不喜欢你，只是第一次见，不太熟悉而已，别灰心……"

池笙的话犹如冬日里的一道暖风，俞洄心头莫名柔软几分，声线也跟着变得低柔："今晚我要自己睡了。"

池笙笑弯了眼，脱离他的怀抱，踮起脚尖快速在他右脸上亲了一下。

"晚安，路上开车小心。"

不远处，林敏清在大门内看着池笙和俞洄那副甜蜜蜜的模样，心里高兴又担忧。

直至躺上床，林敏清依旧翻来覆去睡不着，大脑中又回想起网上那些关于俞洄的绯闻，心中越发忐忑不安。

他们就池笙这么一个女儿，细心呵护着长大，之前池笙那些经历已经够让她心疼了，怎么还谈了一个这么……

池丘山那头的台灯还亮着，他正在看俞洄送的和田玉原籽。

心中的情绪无处发泄，林敏清索性踢了池丘山一脚。

"又怎么了？"池丘山摸了摸吃痛的小腿。

"你还真是淡定。"林敏清没好气，"不行，起来，得找笙笙聊一聊。"

池笙被叫起来深夜开会。

林敏清双手环抱在胸口，眼神审视着池笙。

"你跟他谈多久了。"

"差不多……"池笙模糊掉时间，"小半年。"

"为什么不跟我们说？"

池笙照实说："我说了，你肯定会提前在网上搜他的消息。其实那些事我都知道，他不是那样的人，是别人故意抹黑他。"

林敏清见池笙极力维护着俞洄，心想她这模样，像极了现在常说的那种恋爱脑。

"你不会是因为他长得帅被迷住了吧？他这……确实长得也太帅了，看着就花心。"

池笙哭笑不得："人花不花心，跟长相有什么关系？那我爸年轻的时候多帅啊，你不担心他花心吗？"

池丘山听得心花怒放，女儿果然是贴心小棉袄，立即帮池笙说话："我看人家挺好的，多有礼貌。"

"我看！"林敏清加重语气，"你是被那石头收买了！"

"那不也证明人家是用心给我们准备礼物了吗？"

林敏清语重心长地对池笙说："那些花花公子，一开始追人的时候，哪个不上心？等没了兴趣……"

"妈，我们认识很多年了，你多接触接触，就知道他人真的挺好的。"

林敏清还想再劝，池笙却目光坚定地看着林敏清，说："妈，他是我很久以前就喜欢的人，不管以后怎么样，我不想再和他错过。"

林敏清叹气，池笙这轴脾气不知道是随了谁，平时也是一声不吭，自己可有主意了，劝不动。

"我是同意你恋爱自由，婚姻自由，但你要是想立刻就跟他结婚，那绝对不可能，我不答应。"

池笙悬着的心终于平稳落地，她也能理解父母的顾虑，柔声道："你放心，我还没想到这儿。"

况且，她和俞洄也还没到要结婚的地步。

（2）

临近年关，工作越发忙碌。

一下午的时间，俞洄连着开好几个会，中间休息时，收到孟景平发来的消息，是池笙在和一个男人喝咖啡的照片。

俞洄指尖在屏幕上滑动，将照片放大，看清男人那张脸后，他眸色一暗。

俞洄点开置顶的对话框，给池笙发消息。

俞洄：在干吗？

过了十几分钟，池笙才回复。

池笙：喝咖啡。

俞洄的手指在大腿上无规律地敲着，美式的苦涩味仿佛要由喉间淬进心脏。

由于池笙不止一次强调过他胡乱吃醋的问题，思忖过后，他当作没看见，选择相信池笙。

晚上，俞洄回到滨江壹号，换鞋进屋，望见池笙站在吧台旁。

他脱掉大衣，将她拥进怀里。

"在干吗？"

"今天下午听见同事说，这个酒会一杯倒，没想到你酒柜里竟然有，我想试试。"

俞洄平日里没事会给她调酒喝，导致她现在对酒多少有点喜爱。

他没阻止，转身走向浴室，去洗澡。

等他擦着头发走出来，池笙已经歪歪倒倒躺在了沙发上。

俞洄低笑一声，拿过毛毯给她盖上，正要起身，却发现池笙手里还握着手机，屏幕里正在播放视频。

下一秒，他听见自己的声音。

"你一点都不在意我……"

"我喜欢你。"

"只喜欢呆笙……"

里面居然是喝醉了的他在跟池笙疯狂告白。

她什么时候录的？

俞泂猛然想起，不就是谢云帆给他出招那次，让他别要脸了，借着酒劲撒娇，装委屈。

俞泂正准备锁掉屏幕，却没想听筒里突然传出池笙清甜软糯的声音。

"虽然你很讨厌，是个坏蛋，心眼还很多，但我也喜欢你，好喜欢你，只喜欢你。

"池笙也只喜欢俞泂。"

俞泂低头望着池笙的睡颜，心中波澜万千。

那时，他还在整天患得患失，总认为池笙不喜欢他，他不过是她池塘里的一条鱼，随时可以把他放生。

原来……

可是，池笙也说过，爱都会消失。

那她对他的爱，也会消失吗？

她的父母看起来也没有多喜欢他。

俞泂越想，心底越烦躁。

十几分钟后，俞泂轻轻拍了拍池笙脸颊，待她蒙眬睁开眼，他喉结微动，深吸一口气。

"你愿意嫁给我吗？"

池笙意识混沌，几秒后，脸上漾起浓浓笑意，十分欢快地说了一声："好啊。"

俞泂神情微滞，没想到会这么简单。

他站起身环视四周，目光锁定开着的酒柜，拿了数瓶啤酒回到沙发边，再一一扳下易拉环，开始试哪一个能戴进池笙的手指。

万幸，终于有一个合适的。

俞泂掏出手机，开始录视频当证据。

池笙又被叫醒。

"再问你一遍，你知道我是谁吗？"

"你是俞泂呀。"

池笙双眼笑成了月牙，轻拍两下俞泂的脸颊，大着舌头道："笨蛋，自己都不认识自己。"

"那你愿意嫁给我吗？"

"我愿……意。"

池笙郑重其事地点头,努力做到吐字清晰,殊不知此刻的她像极了树懒。

俞洄露出满意的笑容,将那个易拉环给池笙中指戴上。

"好,戒指给你戴上了,不能反悔。"

池笙半睁开眼:"为什么要反悔?"

"睡吧睡吧。"

等池笙合眼,俞洄才把易拉环从她手指上取下来,随后拨通丁铭的电话。

"现在来一趟滨江壹号,照着我给你的东西,一比一做一个女戒,再随便做一个铂金的男款戒指。"

年前这段时间,俞洄公开出席了数个来年重点项目的新闻发布会。

他频频露面,再度吸引不少豪门名流的注意力。

毕竟他的铁血手腕不是人人都有,相貌气质又相当出众,且家底丰厚,加之俞、谭两家联姻无望。一时间,他倒成了豪门联姻的热门选手。

这日,在俞盛的战略投资发布会上,俞洄照常上台发言,一一回答完各家媒体的问题,俞洄抬手示意下一位。

在俞洄回答完有关俞盛未来新赛道的规划问题后,这位记者转而含笑问道:"我有注意到,俞总您最近出席各个场合,无名指上似乎都戴着戒指,不知俞总是好事将近吗?"

闻言,会场内安静一瞬,全场的目光似乎都集中到了俞洄的左手上。

丁铭眉心蹙起,立即准备上前中断该记者的提问。

下一秒,俞洄却眼神示意丁铭不用制止。

俞洄轻舒一口气,眉眼舒展,少了些许方才回答公事的凛然之意。

真不容易,终于有个眼尖的记者。

"这是……"俞洄话音一顿,下意识转动着无名指上的简约圈戒,眸中笑意十分显眼,"订婚戒指。"

霎时,一片哗然。

那位记者也并未料到,俞洄竟会承认得如此干脆利落。

不过几秒而已,闪光灯尽数亮起。

目的已经达到,接下来的问题,俞洄便不再回答,迈开长腿走下台,将主席台交给同样还在目瞪口呆的副总。

酒店环岛刮过一阵凛风，胡乱卷起俞洄的墨色衣摆。

礼宾员走上前，为俞洄拉开后座车门。

迈巴赫平稳行驶上主干道，俞洄冷不丁降下车窗，寒风瞬间袭入车内。

此刻，他内心深处如同火山正在喷发，即便是冷冽空气也无法让那颗滚烫的心平静下来。

良久后，他倏然扶额笑起来。

前排正在开车的司机一愣，从后视镜里悄悄打量俞洄。

俞总不是去参加发布会吗，怎么突然离场不说，还开心成这样？

俞洄手掌抚上腹部，揉了揉笑得有些酸胀的腹肌。

"直接回俞盛。"

"好的，俞总。"

冬日里人总是容易犯困，午休过后，工作不忙碌的情况下，常常要过那么一两个小时，才能彻底醒过神来。

一个女员工拎着下午茶急匆匆走进理事会办公室，刚放到桌上，便放声说道："天啊天啊，惊天大消息！"

众人的注意力一下子被吸引过去。

"怎么了，又有什么大新闻？快点说。"工位上立刻有人放下手头的活，探头望去。

"俞总竟然订婚了！这捂得也太严实了吧，怎么一点风声也没听见？"

池笙的大脑运行一时变迟缓，什么？谁订婚？

直至耳际再次传来那个熟悉的名字，她瞳孔一缩，几乎是本能地低头去看自己的左右手，空空一片。

"啊？不是说之前那些都是绯闻，俞总就是不近女色吗？"

"这消息可靠吗？"

"你点开手机看啊，热搜都登顶了，俞总今天在战略发布会上亲自承认的。"

池笙愣怔地望着桌上的 A4 纸，许久未回神。

俞洄订婚了？跟谁，她怎么不知道这件事？

反正不是她，俞洄可没跟她求婚。

池笙拿起桌上的保温杯，缓缓咽下一口温水。

"咳……咳咳。"

一不留神被呛到，池笙抽了张纸，擦着唇边的水渍，随后伸手去拿手机，微颤的指尖已经暴露她内心的不平静。

△俞盛总裁亲口承认订婚喜讯

池笙眉头紧皱，点开热门话题。

新闻图上，俞洄身着一套深灰色暗纹西装，宽驳头越发突显冷峻的气场，而他脸上那抹耀眼的笑却柔和了周身的凌厉之感。

是个人都能看出来，他很开心。

评论正在疯涨中。

△你们拿他之前的采访图对比一下，笑跟不笑就是两个人。

△最近经常刷到他，是买热搜了吗？

△有一说一，我感觉他凭那张脸就能上热搜。

△冷脸也好禁欲啊，可惜了，这是别人的老公。

△手真好看啊，转戒指那个动作也是一绝。

…………

池笙退出评论区，再仔细看一遍新闻图，放大后，不是很能看清那个戒指。

"池笙，你的奶茶，放桌上了。"

"啊……好，谢谢。"

拆开吸管，池笙却迟迟没有下一步的动作。

原来人的心在慌乱时，跳动频率能够如此之快。

耳边的讨论声逐渐模糊，她像是突然被推进一个空荡的房间里，而房间里亮起的屏幕上，在悉数回放着她与俞洄平日里的种种。

俞洄为她学新菜式、学着改掉坏脾气，每次去见她爸妈，都努力表现得温良恭谦。

和她一起给金鱼换鱼缸水。

在家里，她不喜欢穿袜子，他怕她受寒，总能变魔法似的变出一双袜子给她穿上。

除去工作时间，他们每天都像是在热恋期，一分钟也不能离开对方……

如此种种，不胜枚举。

池笙微微攥紧手心，喉咙发涩，一深一浅地呼吸着。

俞洄怎么可能跟别人订婚。

办公室内，众人还在聊着与俞洄相关的话题，池笙突然跑了出去。

坐在出租车上,池笙只恨不得车能开得再快些。她终于明白,为什么人们总说,被偏爱的都有恃无恐。

因为偏爱等同于勇气,是他给她的勇气和底气。

俞洄会跟谁订婚？

她心里的回答是,除了她,还会有谁？

这次,她不想再做胆小鬼。

俞盛大厦,前台接待正在回答来访者的问题,眼尾余光扫见一道身影晃过,正要出声阻拦时,看清了那人的侧影。

池笙？

一路上,电梯里,走廊里,池笙碰见不少熟悉面孔,但此时她无暇顾及,只想立刻见到俞洄。

众人也诧异,池笙为何会出现在这里。

同在八卦群里的人,都意味深长地跟群友们对着眼色。

看来池笙真是俞总的女友,只怕是看见热搜,绷不住了,直接上门来质问,要个说法。

男人果然都不是什么好东西。

开发部总监正在总裁办公室跟俞洄报告着一个新项目的进度,大门突然被推开,发出一道剧烈声响。

俞洄和开发部总监齐齐望过去。

池笙？

俞洄丝毫没有掩饰眼中那明晃晃的诧异。

自消息扩散开后,他接到了萧政的电话,理所当然地被痛批一顿,还有老爷子打来的,他没接。

他也接到俞幼微的电话,惊讶又欣喜,问他是如何求婚的,还有订婚又是怎么一回事。

自然也少不了孟景平和谢云帆的调侃。

唯独没有池笙的电话、消息。

说实话,在这两个多小时里,他很忐忑,但他也很想看池笙会是什么反应,假如她依旧如从前那样……那只能证明,他跟她,还有得磨。

他希望池笙能来找他,因为他已经把所有能做的事都做了。

他原本也以为,池笙是他的,这个事实,不用再去怀疑。

时间还长，他们可以慢慢来。

可是看见池笙跟班长在咖啡厅里喝咖啡的照片时，他忽然明白，他心里某处，依旧有一个小小的缺口，并且是他无法给自己修补的缺口。

唯独缺了那么一份确定，他想让池笙补给他。

所幸，她来了。

开发部总监十分识趣，早已离去。

俞洄望着站在不远处的池笙，正紧握着小拳头，怒意满满。

那张棱角分明的俊脸上缓缓漾起浅笑，俞洄起身，朝池笙走去，他搓了搓她冰冰凉的小脸。

"怎么突然来找我？"

池笙清晰听见自己上下牙齿碰撞的声音，双手揪起俞洄的西装外套，双颊微微鼓起，一副要找他算账的架势。

"王八蛋，你跟谁订婚了……"

俞洄愣上数秒后，放声大笑："我是王八蛋，你就是王八蛋他老婆。"

心里高悬的石头彻底落地，池笙开始对俞洄拳打脚踢。这人真的好可恶，又捉弄她，还开这么大一个玩笑。

"你骗人，我什么时候答应你……不对，你什么时候跟我订婚了？"

俞洄不疾不徐地拿过手机，点开那个视频给她看。

在池笙的脸色越来越黑前，他拿出了那个铂金的易拉环。

池笙心想，这真不是易拉罐上的环？

不对，重点不是这个，而是以后不能再喝酒，否则哪天被他卖了也不知道。

"酒后说的话不算数。"池笙翻脸不认账。

"哦。"俞洄眼睫低垂，假意露出伤心之色，"好吧，你说不算，那就不算。"

这么痛快？这下池笙更摸不清他在打什么算盘了。

手机铃声响起，池笙拿出一看，说："你自己捅的娄子，自己收拾去吧。"

俞洄接过，扫了一眼手机屏幕，是岳母大人……

点了接通，俞洄走到窗边听电话。

池笙望着他顾长拓的身影，还是很想揍他一顿。

刚才在出租车上，她接到母亲的电话，问俞洄跟谁订婚了？还说他果然不可靠，是负心汉一个。

大概她妈也没想到，那人是她。

池笙低笑一声，算了吧，连她本人都不知道这事。

伴着夜色，俞洄和池笙到了四合院，他要亲自上门解释。

要说之前池笙父母对他的态度是不温不火，那现在就是淡然处之。

俞洄也不恼，因为这恰恰是他想要的。

池笙父母长期不在北都，纵然他示好，那也有时间和地域的限制。温暾行事始终不是良策，倒不如彻底推翻，决绝地表明他的态度。

"我想跟您和叔叔单独聊一下。"

俞洄注意到一旁吹胡子瞪眼的老头子，又补充道："当然，爷爷想一起也可以。"

池笙看向俞洄，那神情仿佛在说：你没事吧？

她不理解，为什么这次谈话俞洄又要求将她排除在外，她才是池家人！

茶室里，林敏清近乎冷淡的表情显得拒人于千里之外，以往面色还算和煦的池丘山，今天却是拂然不悦。

只有池祺祥，依旧是一副等着看好戏的模样。

"之前我跟爷爷保证过，在我家里的事情没有处理完之前，我和笙笙都只会是恋爱关系。"

"是啊，但你干的是什么事？怎么就跟笙笙订婚了？"池祺祥开始发难。

林敏清目光紧锁着俞洄，她倒要看看，他能说出什么花样来。

"我最近不得已，频繁在公众前露面，也随之而来许多麻烦，就比如说联姻之类。"

俞洄情绪稳定，缓缓道来："我自始至终都没有这个想法，我可以控制我自己，但控制不了别人的做法，我不想让笙笙因此产生什么误会，感到不舒服。"

林敏清音量陡然拔高："所以你就用笙笙做挡箭牌？"

俞洄微微一笑，胸有成竹地回答："对外，没有一个人知道我的订婚对象是谁。"

三位长辈齐齐一愣，似乎还真是这么一回事。

"对内，主动权永远在笙笙和你们这里。"

俞涧眉眼柔和，面带浅笑："您放心，笙笙并没有答应我，等她愿意了，我当然要重新求婚，一切流程都不会少。"

"那为什么不让笙笙一起听你说这些话？"

俞涧眼底露出一丝讨喜的狡黠："分开审问不是更能问出东西？"

林敏清终是没忍住，笑着瞪了一眼俞涧，什么叫审问。

这下，她明白了俞涧的意思。也就是说，俞涧不想让别人肖想他，又不想让池笙会有心里不舒服的可能性，所以戴个戒指表明他订婚了，实则并没有，他和笙笙的进度还是照旧，倒还算是洁身自好。

俞涧瞧见三位长辈面色明显和缓，索性趁热打铁，再来一副感情牌。

"我认识笙笙很久了，到现在，将近十年……"俞涧低笑着轻轻摇头，眼底爱意越发浓郁，"我也没想过，我会喜欢一个人十年，笙笙是我第一个喜欢的人，也是我的初恋。"

俞涧笑得一如今天下午接受采访时那般，清隽俊朗："至少我能跟你们保证，在我俞涧这里，她永远优先于任何人。"

他目光诚挚，每个字都说得极为郑重："包括我自己。"

林敏清几乎是下意识看向池丘山，眼中越发动容。

她和池丘山就是从年少情深走进婚姻殿堂，也自然懂得从年轻时代延续下来的爱意有多与众不同，多难得。

池祺祥打量着俞涧，见到他的真心实意，心底也松动几分。

"上次你找的那个设计师还不错，我看这展，能办好。"

林敏清和池丘山同声问："什么展？"

俞涧话音带笑："是我之前和爷爷一起给笙笙准备的小惊喜……"

四人又聊了一刻钟，天色已经不早。

俞涧朝池笙抛去几个眼神后，跟各位长辈告辞。

待他离开，林敏清的确又"审"了一遍池笙，而池笙定然不会交代自己喝醉后答应俞涧的那件事，不然挨揍的就是她。

冬日的夜晚，身子彻底暖了之后，极易入眠。

可池笙却翻来覆去睡不着，心里仍旧好奇得紧，索性打开床头台灯，拿过手机跟俞涧聊天。

池笙：你到底在密谋什么？

这个点，他一定还在工作。果不其然，没过半分钟，她就收到回复。

俞涧：说出口那还叫惊喜？

池笙：[硬了，锤子硬了.JPG]

俞洄：呆呆就是呆呆，别指望能套出我的话，快去睡你的美容觉。

（3）

这个新年，俞洄特地空出几天时间来陪池笙的家人。

池笙父母早年长期在野外从事勘探工作，现如今，即便是在大学里做了几年教授，体力也吊打一众年轻人，在家闲不住，常去爬山。

这日，池家三口外加俞洄一起去爬百花山。

俞洄和池笙走在后面，看着池笙父母的背影，忍不住打趣她："你不喜欢跟你爸妈待在一起，是不是想逃避运动？"

池笙伸出一根手指，戳了下他："看破不说破，朋友有得做！"

"放心，我绝不会强迫你运动。"俞洄话音稍顿，低头附在她耳边，轻声说，"除了那个运动。"

池笙耳根一烫，心虚地环顾四周，顺势拧一把俞洄的肱二头肌。

"闭嘴。"

"你俩在那儿干吗？"林敏清表情嫌弃，"体力还不如我们，快点跟上。"

出门前，林敏清担心俞洄会被认出来，勒令他必须全副武装，棒球帽和口罩一样也不能少。

俞洄扬起脸，只露出一双有神的眼睛，朝准岳母弯了弯眼梢，牵起池笙赶上他们的脚步。

到了山顶，池笙被池丘山拉去一旁拍照，俞洄也被林敏清带到人少的位置说话。

"小俞，过几天我跟笙笙他爸要回江城。"林敏清面露愁容，"我能看出来你对笙笙是认真的，只是不知道，这份认真能维持多久。"

从刚回到北都时，林敏清就注意到了池笙的改变。以往她很是担心池笙的状态，池笙性格偏恬静，话少，总感觉心里藏着事，不太有精气神。

他们没在身边监督着，每次见她都在变瘦，唯独这次回来过年，瞧着她不仅没瘦，还精神了些，也肉眼可见的活泼不少。

池笙说是因为俞洄经常给她做饭，原本林敏清还不信，大年初三那天，俞洄在四合院露了一手，林敏清才知道是真的。

"起初我并不想让笙笙和什么豪门沾上关系，我们家没有爱财的人，但她说不想再和你错过，我也没有阻拦。"

俞泂倒是宁愿他们爱财，那真能省不少事。

"笙笙之前的事，你都知道吧？"

俞泂喉间微涩，心里更是犹如被蜜蜂蛰了一下。

"我知道。"

那些事，一直是他心中无法弥补的遗憾。

没有人知晓，他有多后悔，多想让时间倒退，别发生那些事，又或是他能陪池笙度过那段难熬的时日。

说到这儿，林敏清又不由自主地开始抱怨："你说这孩子，就是轴，起初都说好，报文学类或者历史学类的专业，临到头报了个金融学……"

"笙笙有说过为什么吗？"

"她只说是感兴趣。"

俞泂骤然望向不远处池笙的背影，直觉告诉他，没那么简单。

林敏清摆摆手："又扯远了。反正，我只有笙笙这么一个女儿，你要是对她不好，我跟她爸真的会找你拼命。"

俞泂眼神坚定："不然，我跟您签个保证书？"

林敏清又被逗笑："这种东西其实没有约束力，你只需要把保证书放在你心里。"

那父女俩已经拍完照，正笑着朝他们走来。

俞泂眼底漾起一抹温柔："保证书早就在心底了，滚瓜烂熟。"

新年一过，时节如流。

在忙碌的工作中，不知不觉就到了三月底。

池笙养的兰寿一条比一条胖，成天被俞泂嘲讽是猪而不是金鱼。

对于俞慈基金会的工作，池笙越来越熟悉。

俞泂那边也在有条不紊地缩小包围圈，同时，他还要时刻盯着给池笙准备的"小惊喜"到了什么进度。

这件事，他不想经别人的手。

这天，俞泂正在开会，却冷不丁接到陆茵打来的电话。

俞泂抬手示意暂停会议，起身朝外面走去。

"喂，茵茵？"

电话那头传来陆茵的小奶音，仿佛下一秒就要哭出来。

"舅舅，我错了，呜呜呜……对不起。"

俞洄心下一紧:"先别哭,怎么了?"

"你的那个,生日蛋糕的……乐高碎了。"

俞洄眸中闪过一丝慌乱:"你先坐到安全的地方,让家里阿姨把玻璃碴打扫了,舅舅马上过去。"

回到会议室,俞洄用十分钟迅速结束会议后,直接开车去俞幼微家里。

然而等俞洄上了别墅二楼,才发现阿姨站在房门口十分无奈,因为陆茵坚决不让打扫。

这件事,陆茵也不敢跟妈妈爸爸说。

因为之前俞幼微提醒过她,这并不是她的东西,是她喜欢,俞洄才同意放在家里,所以一定要保存好。

俞洄大步上前,先把陆茵抱起来,检查有没有哪里受伤。

陆茵小脸上全是泪痕,眼皮红肿,哭得一抽一抽地停不下来。

其实俞洄不太会哄人,只好搬出哄池笙那套出来哄陆茵:"没事,乐高可以重新拼起来,而且这是你舅妈送的,舅妈不会生你气。"

"可是外面的玻璃罩……"

"那个也能重新买。"

"可是,不是原来那个了。"

陆茵哭得更加伤心:"舅舅,对不起,我不会害你没有老婆了吧……"

俞洄叹气,现在的孩子,说话怎么直往人心上捅刀子。

好在哄了一会儿后,陆茵犯困睡了过去。

俞洄挥手示意阿姨,阿姨快速将玻璃碴打扫干净。俞洄将碎掉的乐高装进袋子里,拎着走出门。

上了车,他没有急着走,而是开始拼起乐高。

乐高顶部那个戴着帽子的小人没被摔散,依旧举着两个小旗,数字分别是十和八。

最上面那层拼好后,俞洄开始拼第二层,拆开一个部件时,忽而掉出两张折叠过的字条。

或许是因为有玻璃罩长期隔绝空气,纸张微旧,却并不是很黄。

俞洄食指一翻,娟秀的字迹即刻显露在眼前。

俞洄,十八岁快乐。

祝你我,所愿皆成真。

而另一张上写的是：吾愿是俞洄。

俞洄良久未动，怔怔地看着那两张字条，眼神逐渐失焦，他努力在那些独属于他与她的回忆里翻找。

十八岁那天，他期待地打开她给的盒子。

那时只觉得这份礼物，虽然幼稚，但很特别，同时还在担心会弄碎，只想快点拿回家放好。

他跟在她身后追问："呆笙你几岁，为什么想着送这个？"

她没有回答，只是扬起脸，认真地看着他。

"秘密。"

这两个字，几乎是池笙的口头禅，他也时常能听见她回答这两个字，因此他并没有多想。

所以，她每一次说的秘密，指的都是……

她喜欢他。

心口的窒息感把俞洄从记忆的旋涡拉回现实，他缺氧般地猛吸了一口新鲜空气。

原来，池笙在他十八岁那天就跟他表白过。

诧异、狂喜、懊恼……各种复杂的情绪从心口交汇涌出，俞洄的呼吸再度紊乱。

他的指腹仍然在感受着这两张字条的每一道纹理，每每触及字迹时，他都要稍加用力，似乎迫切想要探寻池笙写下这二十个字时的心路历程。

俞洄合眼，缓缓靠向椅背。

片刻后，他将字条叠好，放进西装口袋里。

他承认，他是很无耻，他后悔了，不想再等，他迫不及待想要跟池笙结婚。

启动引擎，俞洄拨出电话。

待接通，他只淡声说了一句话："把匿名举报信交上去，可以动手了。"

（4）

自新年以来，俞盛第一个大型活动，便是4月5日在YS购物艺术中心举办的国风金鱼艺术展。据多家媒体报道，此次的金鱼展是由国内书画名家池祺祥与新人设计师团队共同合作打造。

金鱼起源于中国,自南宋开始被人工饲养,本次金鱼展可免费观赏到来自全国各地的三十余个顶级品种,其中有兰寿、蝶尾、水泡、狮子头、琉金等,共四百多尾珍稀金鱼。

怪异的是,此展在开展前一天才被报道出来。

池笙作为兰寿爱好者,在官方公布后半小时内,就知晓了这个展的消息。

鱼友羡慕池笙就在北都,随时可以去看,同时顺便抱怨了一番,哪有开展前一天公之于众的。

池笙早猜到俞洄所提的惊喜跟金鱼有关,只是没想到排场这么大,瞒到今天才让她知道。

还是国风主题,所以她爷爷也跟着掺和了,俞洄可真厉害,别人根本请不动她爷爷。

池笙正要放下手机继续工作,丁铭却发来一个文档,她满怀疑惑地点开。

对于稀有品种的金鱼,养殖的难度更大,需要花费的时间也更多,所以才叫珍品,自然也是极少数人才拥有。

此次金鱼展,几乎全部是俞洄亲自上门联系,文档里面记录了俞洄的每一趟航班、高铁,遍布各地。

池笙一页页往下翻,眼圈止不住泛红。

他最近本就忙,给俞烁挖了不少坑,俞烁自然也在反扑,可他还在抽时间去忙这件事,就为给她一个惊喜。

池笙揉着眼尾,心想如果明天俞洄给她求婚,她肯定会答应他。

下一秒,池笙吸鼻子的动作一顿。

不对,求婚?答应?

她开始细细回想,从俞洄见到她父母后的每个细节。越想越不对劲,他是不是想让她感动得不行,然后顺势求婚?

就好比承认订婚那件事,俞洄会受什么影响吗?

不会,但是相反,陷入被动的是他们池家四口。

这不就是鲁迅先生说的拆屋效应吗?

原本俞洄只是跟她谈恋爱而已,可他突如其来安排一场并不存在的订婚,等同于是无形中迈了一大步。

现在,她父母对俞洄的标准直接从待定男友变成了准未婚夫?

池笙咬咬牙，这个人又算计她……

今天俞洄还在申城出差，明天才能回来，她想揍人也没法子。

虽然愤愤不平，第二天，池笙还是开心地去看展了，毕竟全是精品，一生能有几次这样的机会。

馆内四处充满着墨色山水、人物、花鸟的国风氛围，通过阶梯式的造型展现，分别以木海和水族箱，可从顶部或者两侧自由观赏金鱼之美。将国风与金鱼相结合，使参展者能够更加深入感受到金鱼背后的中国风韵。

池笙从早晨参观到晚上闭展，俞洄始终没出现。

她不禁怀疑，是不是误会他了。

正要走出商场，俞洄打来电话。

"你在哪儿？"

"商场门口。"

电话那头的俞洄正不断喘着气："回去，等我，马上就到。"

池笙照做，回到展厅时，有位工作人员给池笙放行，池笙往展厅里走，边看鱼，边等俞洄。

不到十分钟，熟悉的脚步声传来，池笙回头望去。

一片山水墨色的展厅里，迎面走来的男人身形颀长挺拔，气质矜贵傲然，可他面色却略显焦急。

他从不会在外人面前露出那样的神情，唯有对她。

池笙有些晃神，他真的很难捉摸，她并不厌恶他的算计，因为初衷是"喜欢"，她只是感到不爽。

"我来晚了。"

俞洄额头上隐隐闪着细汗。

池笙从包中拿出一张纸，俞洄顺从地微弯下腰。

擦完汗，池笙将纸揉成团，拿给俞洄，俞洄也自然而然地接过。

"陪我重新看一遍好不好？"俞洄语气中带着几分讨好，靠搜寻各种细节，分辨着池笙有没有生气。

"好啊，就是我走一天了，腿有点酸。"

"回去泡脚，我给你揉小腿。"

"好。"

池笙指着鱼缸里的金鱼，开始给俞洄念叨："好喜欢这条鹅头红……"

俞洄紧跟着池笙，目光落在她清秀精致的脸庞上。

428

他今天去申城，主要目的是去取戒指，可那个设计师真是吹毛求疵，对自身的要求过分严苛，说是突然发现设计有个小瑕疵，不够完美，坚决不让他取走。

若不是曾经听池笙夸过那个设计师，他能当场把他的工作室砸了，一肚子的火没地方发泄。

待俞洄回神，发现池笙正探究地望着他。

"想什么呢？"

"这不是看你看出神了吗？"

池笙微微勾起嘴角，还挺沉得住气。

她假装露出一副期待的神情："除了金鱼展，没有其他礼物了？"

俞洄犹豫："其实……"

池笙眸光一闪，看吧，狐狸露出尾巴了！

最终，俞洄还是决定不在此刻求婚，没有实物在手，总感觉是口头支票，信用本就不好，别再弄成负值。

"其实还有一个抹茶蛋糕，毕竟是生日，要吃蛋糕。"

池笙嘴角抽了抽。

直至回到滨江壹号，俞洄将那个白桃抹茶蛋糕喂进池笙嘴里，她才确信真的只是抹茶蛋糕而已。

只不过她依旧不死心，等俞洄去洗澡后，将那个蛋糕戳得千疮百孔。

确实没有戒指，真的是她想多了吗？

突然，浴室里传来俞洄的呼喊声："呆呆，帮我拿一块新毛巾，这块掉地上，湿了。"

池笙正在思索着问题到底出在哪儿，没注意到即将来临的危险。她递上毛巾的那一刻，俞洄顺势捉住那纤细手腕，将她带了进去。

热气涌来，池笙瞬间被淋浴头洒下来的水淋湿。

"干吗……"

俞洄遒劲有力的双臂紧紧搂住她。

"喜欢吗？"

"金鱼展？喜欢，谢谢你，瞒得挺辛苦啊。"池笙忍不住阴阳怪气。

俞洄只注意到了"喜欢"二字，缓缓俯首，靠近池笙耳侧："宝贝，生日快乐。"

他压低嗓音浅笑,还不忘伸手去解她丝绸衬衣的扣子。

"今天过节,给个机会,一起洗。"

虽说俞洄已经开始收网,可真要扳倒那父子俩,并不是一朝一夕的事。

最开始是有小道消息传出,俞盛在海城的峪景湾项目多处涉嫌违规,到后来,环境保护督察组直接对峪景湾项目提出异议,要求停工停售,进行整改。

临时董事会上,俞烁那派的老滑头们指责俞洄作为执行总裁不作为。

俞洄不喜欢给人面子这件事,早已众所周知,他直接笑着回:"想要这个位置是吧,没问题,我给你让位。不过你要先掂量掂量,能不能接下我手里的项目。"

这下,老滑头们不说话了。

俞洄笑得一派悠闲:"自己的烂摊子,自己收拾。"

俞盛长期内斗不断,向来是责任到人制。

这个项目,他只是短暂接触过,且被爆出的问题全是建设初期出现的问题,无法将脏水泼给他。

开完无聊的董事会,俞洄刚回到办公室,俞烁直接推开门冲了进来。

"是你举报的吧?"俞烁面露凶戾,青筋几近暴起,"我倒要看看,把俞盛搞垮,你怎么独善其身。"

俞烁并不怕俞洄掌控峪景湾不合规的消息,因为他压根儿没想过俞洄会把这件事捅出来,这对俞洄没有任何好处,毕竟俞洄也是俞盛的一分子,原想着最多会是闹到俞晋维那里。

"滚出去,别脏了我的地。"

俞洄嫌恶地皱起眉头,冷眸扫向俞烁,多说一句都恶心。

看着俞烁离去的背影,他嗤笑一声。

这才哪到哪,气成这样。

自从峪景湾项目爆雷后,这件事一直在持续发酵,不仅俞盛股价大受影响,俞盛在多个城市的地块同时被调查,损失不少。

俞文荣和俞烁像是热锅上的蚂蚁,头疼不已,日夜奔波。

而池笙这边,亦是十分焦灼,她观察了几个月,谁想俞洄迟迟没有动静。

就算是误会了他,池笙心里还是有点不平衡,俞洄算计她这么多次,好歹她也要算计回来一次。

八月初，俞洄终于拿到求婚戒指。

设计师亲自飞到北都交到俞洄手上，并一再表示歉意，因为他是头一次设计如此贵价的祖母绿宝石婚戒，才一定要精益求精。

俞洄却丝毫不给面子，表明已经把他拉黑了。

之前金鱼展上求婚的绝佳机会被耽误掉，他得重新找个什么合适的时机。

当晚，孟景平知道那三姐妹在一起小聚，加完班，直接拉上俞洄去凑热闹，地址是北都一家有名的私房菜馆。

停好车，俞洄跟孟景平一齐往里走。

"我听说，大概率会下发限期拆除的决定书？"

"差不多。"

"那你准备什么时候把那件事爆出来？"

俞洄思索片刻，单手插兜，摸到那个海蓝色的丝绒戒指盒，缓缓笑道："看心情，没准就是今晚。"

"这么大的事，看心情……得，还是你厉害。"

二人刚走到门口，就听见曲一宁咋咋呼呼的声音："那你和俞洄这是好事将近了？"

俞洄莫名生出一阵不好的预感，去年在池笙病房门口，也是这样，恍如实时回放一般。

池笙温软清透的声音徐徐传来："白月光变朱砂痣罢了。"

前一秒，俞洄听见白月光时还面带喜悦，可她后面那句朱砂痣，是个什么意思？

众所周知，白月光是爱而不得，而朱砂痣是曾经拥有。

俞洄伫立在原地，还没来得及做出反应，就被孟景平火速拉走。

"你可别现在冲进去发火，冷静。"

包间里，曲一宁和池笙正强力憋着笑。

直到"叮"的一声，乔璇拿起来看了一眼后，面露笑意："成了，孟景平说，俞洄整个人现在都是蒙的。"

俞洄不知道，孟景平早已成为这三姐妹在他那儿潜伏的卧底。

曲一宁放声大笑："哈哈哈，俞洄也有今天，让孟景平拍下来，下次俞洄再上热搜，我就拿去威胁他，勒索一笔。"

池笙嘿嘿傻笑，顿感浑身通畅，俞洄不是爱给她挖坑让她跳，天道好

轮回，苍天绕过谁。

"干杯！"

池笙这边倒是极尽欢快，俞洞那头可是愁容满面。

终于等池笙回到家，俞洞的目光像黏在了她身上。

"看我干吗？"

池笙装作一脸蒙。

俞洞眉头微蹙，细细思量，这会不会是个陷阱。这些时日里，池笙常有一种说不出的怪异，总感觉在给他下套，钻还是不钻？

"你好看。"

池笙回了一个职业假笑，转身去衣帽间换衣服。

俞洞的视线重新回到文件上，脑子里却始终盘旋着池笙那句：白月光变朱砂痣罢了。

到底是哪儿出了问题？

不会是倦怠期吧？可这才过多久。

不行，无耻就无耻，结婚才最保险，他要用结婚证套牢池笙，让她甩不掉他。

俞洞拿起手机，拨出一个号码。

"现在，马上，让他发视频。"

半个小时后，微博一条话题直接空降第一。

△俞盛前副总裁当年车祸真相

视频中，是一个中年男人，面露颓态。

十几分钟的时长，他陈述了俞文荣和俞烁父子是如何用他的妻女威胁他，逼迫他在俞幼微的座驾上动手脚，才导致俞幼微出了车祸。在末尾，该男子表示，他会去自首，并配合警方的一切调查。

近几个月，俞盛本就元气大伤，再来个豪门内斗、手足残杀的丑闻重击，无异于是被架在火上烤。

俞洞冷眼看着屏幕里如潮水般冒出的评论。

△就为了钱和权吗？果然，资本家都很冷漠。

△真的假的啊，好恐怖，好歹是有血缘关系的人啊。

△之前好像有传闻，俞晋维的小儿子夫妇是被大儿子害死的。

△对亲人都这样，更别说外人，你看那些嫁入豪门的，有几个真的过得好，扳着指头都能数得过来。

……………

俞泂将手机扔到一旁,后靠椅背,出神地望着天花板。

正巧池笙洗完澡,路过书房,步子一顿。

"怎么了?"她鲜少见到俞泂会这样,放空发呆。

俞泂缓缓转过头,两秒后,朝她张开双手:"过来,抱一抱。"

池笙摸了摸后脖颈,这人不会又想玩什么小游戏吧。

虽这么想,她还是向俞泂走去,坐到他腿上,任由他双臂紧紧锁住自己。

俞泂吻了下池笙的脸颊,将脸低埋进她的颈窝里,浅浅合眼,企图让萦绕在鼻尖的馨香挥赶脑中的杂念。

"怎么了?"池笙又问一遍。

"我好累。"

密密麻麻的吻落在她的脖颈、锁骨、肩头……

池笙不由得颤了一下身子,因为俞泂唇齿间的温度颇有些烫人。

"轻点,你属狗的啊?"

俞泂如同对待珍宝一般,轻柔地吻了一下方才不小心咬到的肌肤。

"要不……还是回房间?"池笙试探问道。

"为什么?"

"你不觉得这地方会有点……"

"不会。"

说完,俞泂重新去寻她的唇。

池笙心想,果然,男人就是不能惯。

凌晨四点,俞泂还未合眼,定睛盯着窗边透进的清冷月光。

半刻钟后,他翻起身,撩开池笙的碎发,在她额头上落下一个吻,然后起身下床,换衣服。

他知道,俞晋维同样是彻夜未眠。

这一晚的俞宅,的确是灯火通明。

俞晋维这年纪,还体验了一把熬夜的滋味。

似乎是知道俞泂会来找他,开完紧急会议后,俞晋维便坐在屋顶的露台上等俞泂。

凌晨五点,天色由黑变为深蓝,诡异多变的云团满布于天际之间,像在提示人类,要变天了。

一辆黑色的帕加尼快速穿梭在盘山公路上，闷响的轰鸣声低调却又张扬。

声响越来越清晰，不过片刻，超跑已经停于别墅门口。

俞涧径直上了顶楼，看见那道略显颓然的背影时，他却瞬间松快不少。

"你这样做，不过是得到一个破败的俞盛，值得吗？"俞晋维苍老的声音，带着冷意。

"谁跟您说我要俞盛了？"俞涧嗤笑，"我从来就不稀罕。"

俞涧仰头看向渐亮的天空，棱角分明的脸上缓缓漾开笑意："需要我提醒您吗？现在，我手里的项目还能稳住俞盛。但我不介意在这个时候，把那些项目转手送给司邺、天明……"

俞晋维气得猛烈咳嗽起来："咳咳……疯了，我看你真是疯了，连自己的名声都不要了。"

"您今天才知道我疯了？可惜，晚了。"俞涧双手插兜，一派闲然，"把我姐车祸的证据交出来。"

俞晋维始终认为俞涧只是性格乖张，磨一磨总会听话，却没想到，即使是让他做了执行总裁，他也从未醉心于权势、金钱。

"你宁可相信萧政的话，不相信你爷爷？"

俞涧笑着摇头："我相信事实。

"我问您，我爸妈的事故，真的是意外吗？"

俞涧知道，这个问题，他怕是永远也不会知道真相。俞文荣自然不会说出来，再给自己加一条罪，又或者他真的没插手，只是意外，但至少俞幼微的车祸是人为。

俞晋维眼中出现一抹痛色，他怎么能不痛，那是他最喜欢的小儿子……

"你想要的东西。"俞晋维重新转过身，背对俞涧，"我早已经毁掉了。"

"您不会。"俞涧声音仿佛淬了冰，"那是您牵制他们的利器。"

"你就不怕我动你的小女朋友？"

听闻池笙的名字，俞涧脸部线条柔和几分，笑道："先纠正，她是我未婚妻。其次，您可以试试您能不能动她，但要小心，您的俞盛会被提前毁掉。"

既然已经撕破脸，俞晋维也不再刻意遮掩，他讨厌受人胁迫，俞涧这无疑是在触他的逆鳞。

"威胁我？你还不配！"

434

"好。"

俞泂勾起嘴角，他一定会等到俞晋维亲自打脸的那天。

他从怀里掏出一份辞呈，放在桌上，手指轻叩两下。

这意味着，从今天起，他会卸任俞盛执行总裁一职。

他现在从俞盛离开，无人可指摘。

父母死因成谜，姐姐又被害出车祸，他不是直接受害者，却是间接受害者。

"很难抉择？也对，毕竟那是您的儿子和孙子。"

俞泂继续朝俞晋维心里插刀："这样，我给您半个月时间，看看是您的儿孙重要，还是您的俞盛重要。记得，半个月，过期不候。"

天际一点点透亮。

俞泂开着车，山风呼啸而过，他忽然觉得浑身轻松，这条漫无目的的路，终于快要抵达尽头。

他又拿出那个戒指盒看了一眼，无奈轻笑："朱砂痣？"

回到滨江壹号，俞泂走进卧室，一条腿跪在床上，翻过池笙的身子。

"醒醒，你的芝麻包饿了。"

池笙哼唧一声，胡乱挥两下手，没睁眼。

俞泂笑着将人拖起来，给她刷牙，洗脸。池笙宛若一只无骨动物，以为自己在梦游。

给她换好衣服后，俞泂带着她下楼，上车。

池笙步子有点软，一直抱着俞泂的胳膊未撒手，眼也没睁。

俞泂索性直接抱着池笙，让她继续睡。

等池笙勉强清醒些后，车还在去机场的路上，池笙恍惚以为回到了上次去中城时的场景。

"我们这是要去哪儿？"

俞泂轻轻捏了下她的鼻尖："带你私奔。"

抵达机场，过安检，池笙整个人的状态依旧还是一个大写的呆。

"私奔去哪里？"

"法国波尔多，想不想学做葡萄酒？"

听他这语气，似乎是要去度假，池笙打个哈欠，揉着眼。

"你不上班了？"

俞泂认真点头："对，我没工作了，以后你养我吧。"

池笙用力拍了下自己的脑门，是她没睡醒还是怎样？

"我可以在家给你洗衣做饭炒股，只不过……时间一久，你该不会看上外面的野男人，然后抛弃我吧？"

池笙下手有些重，把自己拍晕了。

她拽住俞洄手臂，倚靠着他小声嘟囔："越说越离谱，谁会嫌弃糟糠夫啊。"

俞洄倏然笑出声，没想到她接话如此快，真会顺坡下。

"你要是敢去找别的野男人，我就曝光你，负心女。"

"可是我养不起你啊，你看你一出门就包公务机，我那点工资，怎么养你？"

"你那小金库是准备用来养野男人的？"

"好好好，养你养你，你们男人就是矫情。"

北都，俞盛大厦。

自俞洄主动卸任执行总裁这一消息传开后，俞盛内部开始人心惶惶。

原本这几个月，俞盛就处在风雨飘摇中，可只要俞洄在，他手上那些项目还在运转，大家心里还算稳妥。而现在，不少俞洄手底下的人纷纷递上辞呈，其中有数位重要高管，更不乏多个分公司里他提拔上来的人。

最让俞晋维吐血的是，这些要辞职的员工里，有不少是他在俞盛布下的眼线，还被俞洄策反了。

大家这才越发清晰地感受到俞洄的可怕之处。

俞洄进入俞盛总部不到两年，即便算上俞洄之前在阿尔及利亚工作的时间，也才三年而已，竟然将俞盛几近换了一遍血，手段确实狠戾。

"一个个真是要反了。"

俞晋维将那一沓辞职信猛地扔在会议桌上。

"批，全部批，让他们都给我滚蛋。"

在场的人都知道俞晋维这是在气头上才说出的话，急忙出声劝阻："您别冲动，这可都是多个项目的核心管理人员，开不得啊，猎头可都在眼巴巴地等着。"

俞晋维吩咐江林，给俞幼微打电话。俞洄说卸任就卸任是吧，行，那他就让俞幼微重新来接管。

可几分钟后，江林面色难看地走回会议室。

"小姐一家,去马尔代夫了……"

俞晋维血压飙升,差点从椅子上摔下来。

另一边,俞文荣家里。

俞文荣和俞烁原本整日在为峪景湾项目的事情奔波,可这件事还没处理完,谁想俞洄直接出了这么一招。

"我就说当时那个修理工该处理掉。"

俞烁气笑:"你以为我不想?萧政第一时间就将人保护起来了。"

任舒兰在一旁抹眼泪:"这可怎么办?不会真有什么事……"

"慌什么。"俞烁眼中露出一丝狠厉,"如果俞洄跟老爷子谈拢了,还会卸任?说明老爷子没把证据给他。"

"对对对。"任舒兰擦干眼泪,"我现在就去求老爷子。"

(5)

从北都到波尔多,池笙都在补觉,没来得及看手机,并不知道发生了什么事。

俞洄也没打算让池笙知道,他已经让人把池祺祥送去江城,也派了保镖暗里保护三位长辈,甚至连曲一宁跟乔璇,他也安排好她们出国去旅游。

至此,他和池笙可以放心在波尔多待上半个月,或许是更长的时间。

波尔多不仅是法国有名的葡萄酒产区,其他物产,比如鹅肝、松露、生蚝也十分丰富。

俞洄带池笙去的是波尔多右岸的 Saint-Emilion,这是一个被葡萄园环绕的中世纪小镇。

到 Saint-Emilion 的第一日,俞洄和池笙只是在小镇上逛了逛。

镇上皆是黄色石头的建筑,在鹅卵石街道漫步,漫山遍野都是葡萄园,十分闲适。

只是不到两个小时,整个镇便被走完了。

回酒庄的路上,池笙还是好奇问了一句:"是你买的酒庄吗?"

"我爸妈的,以前他们每年都会来待一段时间。"

"好浪漫。"

俞洄谈起父母的次数不算多,但似乎他们每次都在做一些有意义或者很浪漫的事。

"我们也可以每年都来。"

池笙望着教堂钟楼，又看了一眼俞洄。他没穿熨帖的西装，眉眼也敛去几分凌厉，薄唇习惯性地抿着。

直觉告诉她，他不开心。

那晚在书房的时候，她明显察觉到俞洄的怪异，这东西，能说是心电感应吗？

"不开心是因为俞盛的事吗？"

他那句"我好累"让她心疼坏了。

"嗯？"几秒后，俞洄回过神，"不是。"

俞洄将池笙的手握进掌心里："抱歉，是不是影响到你了。"

池笙微微挣开他的束缚，转而与他十指相扣。

"开心要一起分享，不开心当然也要。"

俞洄垂眸望向池笙，嘴角带起浅笑："好，明天告诉你。"

池笙开始期待明天的到来。

第二天一早，俞洄仍然没有说起任何事，只是给她戴上一个大大的草帽，说要带她去葡萄园里摘葡萄。

葡萄的采收大多于九月初进行，也有因天气变数而提前采收的情况，具体的还是需要根据观察葡萄的成熟度。

"你知道吗？有的葡萄酒需要用整串葡萄酿造。"

说话间，俞洄剪下一串葡萄。

池笙杏眸微闪："原来要一整串啊。"

正常的葡萄采收会进行一整天，葡萄架比较矮，全程需要弯腰用剪刀去剪，几个小时下来，可谓是腰酸背痛。

接近中午，池笙才终于完全投入其中，脑子里不再盘旋着俞洄那张脸，也不再想他为什么不开心。

扒开新的一片绿叶，池笙正要下手剪葡萄时，眼前突然出现一只骨节分明的大手，指尖握着一枚祖母绿的戒指。

下一秒，那枚戒指被戴进她左手的无名指上。

不大不小，刚刚好。

碧绿的色调，清新温润，没有围镶钻石的夸张，戒臂采用直方钻石和圆钻十字交叉镶嵌。

池笙缓缓站直身，扬起脸。

阳光刺眼，俞洄却凝眸望着她，眼神沉冷。

"谁要当你的朱砂痣。"

这句话，多少带了点怒意，却又掺杂着委屈。

池笙下意识微微眯起眼："什么？"

俞洄暗声警告："别装傻。"

原来他不开心是因为这个吗？他那么精明，会分不清是真话假话？

池笙抿唇："那你想当什么？"

"你说呢？"俞洄反问。

池笙垂下头，拉低帽檐："噢。"

俞洄胸口闷得紧，深深吐出一口郁气。

"'噢'是什么意思？"

良久，池笙都未抬起头。

俞洄看见深黄色土地上冷不丁出现几个颜色较深的小点，顿然慌乱。

"哭什么？该哭的不是我吗？"

"俞洄。"池笙的话音隐隐染上哭腔，"对不起。"

俞洄呼吸一滞，她这是要拒绝？

"我不接受你的……"

"拒绝"二字还未说出口，池笙突然冲上前抱住了他。

"那句话，我是故意说给你听的。"池笙忍不住小声啜泣，"因为你总是挖坑给我跳，我也想捉弄你一次，我不知道你会难受这么久……"

俞洄稍松一口气，他不是没有过这种设想，而是不想再做无谓的挣扎。处于劣势又怎样，居于下风又怎样。她喜欢玩那就陪她玩，火坑他也跳，反正早已经被她掌控了。

爱是妥协吗？

那就妥协吧。

俞洄捧起池笙的脸，给她拭去泪水，只不过她立刻变成了一只花脸猫。

"俞太太？"

"嗯？"

池笙对这个称呼还不熟悉，反应过来，又哭又笑地回答："嗯。"

葡萄架下，两人席地而坐，俞洄问："为什么不告诉我，你在生日蛋糕的乐高里塞了两张告白字条？"

池笙略感诧异,他什么时候发现的。

"原本就没打算让你知道,陪你过成人礼就很开心了。"

十八岁的爱意,是小心翼翼又隐晦的,只需要她自己明白,就够了。

"原本是想毕业后告诉你那个秘密的。"池笙侧过头,定定地望着他,眼尾和鼻尖还泛着红。

二十六岁的池笙似乎在与十八岁的池笙模糊交叠。

他仿佛又看到了池笙那个认真的笑,为何当初看不出她眼中的温和坚定呢?

俞洞的心脏再度开始钝痛,一如发现"秘密"那日。

池笙捕捉到了他眼底的痛苦,里面藏的是遗憾和不甘。

"那我现在把秘密告诉你。"她牵起他的手,释怀一笑,"俞洞,我喜欢你。"

池笙的话犹如一剂良药,缓缓驱散他的痛感,至少他现在知道了这个秘密,不算太晚。

年少时想要对她表白的心情被寻回,俞洞笑得爽朗:"呆笙,我好喜欢你。"

下个问题轮到池笙发问:"你又是什么时候订的戒指?"

俞洞想了几秒,说:"我们第一次做了之后?工期有点长,这块祖母绿是我妈留给她儿媳妇的,送你那套珍珠首饰的时候,差点没忍住想跟你说。"

俞洞继续问:"你为什么学金融?"

"感觉挺有趣。"

俞洞拍了下池笙膝头:"不老实。"

池笙笑着躲开:"大概是有那么一点你的原因在里面。"

下一秒,两人异口同声。

池笙:"你还有什么没说的?"

俞洞:"你是不是还有没说的?"

俞洞:"今天全部交代清楚。"

池笙:"你好意思用这种语气说我?"

江城,池家三口人正在吃晚饭。

电视里,正在播放有关当代画家的一档纪录片,其中一个单元是池祺祥的采访内容。

"你别说，爸在电视上瞧着还是挺精神的。"

池祺祥挺了挺腰板，说："我本来就挺精神。"

"是是是。"池丘山附和。

三人却不知道，同一时间，池祺祥跟俞洄上了热搜，词条第三便是：

△池祺祥 俞洄

有眼尖的网友在纪录片里发现了那尾雪豹兰寿，而视频中的池祺祥，原本全程神色平淡，但当谈起孙女时，面上立即显露慈爱。

"这些啊，全是我孙女的宝贝金鱼，她打小就喜欢金鱼。"

当镜头移到池塘中的金鱼时，有人截图，并特地标出了那尾雪豹兰寿，同时还不忘配上俞洄在拍卖会上那张侧脸照片。

△这位池老我知道！是我老师的老师，人家是拿国家津贴的老艺术家。

△果然豪门都喜欢找有文化的人。

△我刚刚百度了一下，池家祖上还出过探花郎，厉害厉害。

△这个俞盛的总裁在前几个月，不是说他订婚了？难道就是这位池老的孙女吗？

△他是前总裁，已经主动卸任了，说来也挺惨，现在去搜相应词条，应该还能看见那件事。

△贵圈真乱。

△我好像发现了一件事，之前四月初那个国风金鱼艺术展，由俞盛主办，是池老参与合作的，不会就是为了给这个"孙女"准备的吧？

△哇，这也太浪漫了，什么绝世好男友啊。

△好想知道这个孙女长什么样。

△说不定是前女友，他们这类人，换女朋友很快的。

…………

远在马尔代夫的俞幼微收到朋友发来的消息，说是俞洄上了热搜，她这才知道这件事。

仔细思索一番后，俞幼微准备帮俞洄一把，立刻给在国内的助理打去电话。

之前让俞洄把那箱东西拿走时，她特地留下那张他和池笙的合照。只因她还是担心俞洄会冲动，有些重要的东西，丢了是找不回来的。

很快，微博又出现两个新词条。

△池祺祥 池笙

△池笙 俞洄

起因是微博上流传出一张学生时代的旧照。那张拍立得的旧照被亚力克外壳保护起来，照片里，两个高中生穿着蓝白相间的夏季校服。女生扎着简单马尾，微风卷起发梢，她认真看着镜头，脸颊连带耳根都泛着红，乖巧又恬静。而站在她旁边的男生，一副肆意散漫模样，单手插着兜，上身微微倾向女生，正要给她摘掉头上那片落叶。

照片底部的字迹，骨气劲峭：十八岁的呆笙。

网友直呼这是什么青春电影情节。

△这是校服到婚纱吗？

△啊啊啊，嗑到了。

△哈哈哈，这是我好姐们，他俩当年是同桌噢。池笙的生日是4月5号，跟那个金鱼展日期对得上，开嗑吧。

△这是我鱼友啊！她最喜欢兰寿。

△看来真的是为她准备的金鱼展，难怪开展前一天才公布。

△别拦着，我今天要做尖叫鸡。

△这真不是小说？

△我是池笙之前的同事，她人特别温柔，还在投行工作过，挺厉害的，没想到还有这种家世背景，好低调啊。

△果然，那句话是对的，互相惦记的两个人，最终还是会在一起。

池笙的现照被放出来，网友们多是夸声一片，说两人很般配。

············

话题发酵时，俞洄和池笙正在吃南法正宗的油封鸭。

知道后，俞洄的笑意直达眼底。

"我觉得，爷爷还是爱我的。"

池笙点头，表示认同。这件事，绝对是她爷爷在助攻，不然，别人一定拍不到那尾雪豹。

"一会儿回去，带你看个东西。"

"又故作神秘。"

回到酒庄别墅，俞洄牵着池笙朝二楼一间屋子走去，进门前，他接到萧政的电话。

"你先进去。"俞洄走到窗边接起电话。

"你爷爷进医院了。"

"插管子了吗？"

俞泂这句话让电话那头的萧政愣了片刻，看来他对这个爷爷是真没什么感情。

"还没到那个地步。"

"我要什么，您是知道的，这段时间麻烦您了。"

让俞泂和俞幼微暂时离开北都，是萧政的主意。俞泂父亲是他的发小，他自然也把他们俩当成自己的孩子，这个仇，他必须得报。可他们毕竟跟俞晋维有血缘关系，萧政担心这姐弟俩会临时心软，这下看来，是他多想了，俞泂远比他想象的要冷血。

只有俞泂和俞幼微自己才知道，那点血缘亲情，是被俞晋维每一次的淡漠给消磨殆尽。

回到房间，俞泂见池笙还站在离婚纱两米远的地方。

"不喜欢？"

"喜欢。"

要说那枚婚戒很惊艳，那这条婚纱，也不遑多让。

奶油质感的真丝缎面，偏向复古感，裙摆的蓬度适中，立体廓形的落肩又有几分法式的慵懒。

"但是，你是怎么拿到的尺码？"

池笙耳根微烫，不会是等她睡着后量的吧？毕竟这像俞泂能干得出来的事。

"看来某人又想歪了。"俞泂故意用指关节去碰她耳垂，"你还记得姐给你做旗袍的事吗？"

池笙仔细回想，旗袍？

"那已经是去年的事了。"

"对，我挑了很久，而且这件婚纱的工期也很长。"俞泂专注地凝视着她，"我们朵朵，当然要最好的。"

池笙撇撇嘴，吸着鼻子强忍泪意。

"乖，不能哭，你一哭我就觉得自己是个坏蛋。"

俞泂低头，试图将池笙的眼泪吹回去。

池笙顺势靠近他怀里。

"你本来就坏。"

"嗯，只对你坏。"

来到波尔多的第十五日，阴。

窗外天色灰蒙蒙一片，只有天际处隐隐露出的微光，泛着浅金色。

这半个月以来，俞洄的睡眠都极浅，当手机发出叮的一声时，他瞬间睁开了眼。

先确认池笙没有被吵醒，他才翻身拿过手机。

萧政：俞文荣在家中被捕，俞烁在机场被拦下，已进警局。

一深一浅的呼吸声在寂静的房间里尤为清晰。

池笙在睡梦中翻了个身，双手探寻他的位置，这是刻在潜意识里的习惯。

俞洄抱着她，终于闭上眼沉沉睡去。

日上三竿，池笙身后仿佛贴着一个火炉，不被热醒才是怪事。

她掰开腰间那双手臂，起身下床。

等她洗漱完，准备叫俞洄起床吃饭，却怎么也叫不醒。

池笙慌了神，贴在俞洄胸口听他的心跳声，有心跳，很稳健。

她使劲拍打俞洄："俞洄？俞洄？"

俞洄醒了过来："怎么了？"

光线刺眼，他下意识用手背去挡。

池笙抚着胸口喘气："叫不醒你，吓死我了。"

见她这样，俞洄闭上眼，放声大笑："放心，不会让你年纪轻轻……那个词我就不说了，不吉利。"

池笙握住俞洄的一只手，逗弄他："放心，你死了我也绝不苟活。"

俞洄捏了下她柔软的小手。

"好，要死我们一起死。"

池笙笑着甩开。

大清早的，这都是什么誓言。

池笙试想，假如在婚礼上说这些话，他们俩应该会轮番挨揍。

床头手机屏幕亮起，池笙扫一眼，看到俞文荣、俞烁父子被捕的新闻报道。

她转头看向又睡过去的俞洄，似乎找到了他突然睡得很沉的原因。

翌日一早，池笙和俞泂坐上了回北都的航班。

俞泂依旧是电量不足的状态，飞机起飞后，仍在睡觉。

不经意间，池笙转头，见光线正好，便拍下一张俞泂的侧颜照。

在飞机中途停站加油时，池笙发了一条公开的朋友圈，附带刚拍的那张照片。

　　26岁，吾愿成真，幸得挚爱。

　　　　　　　—正文完—

番外一
浪 漫 余 生

（1）见家长

北都机场。

坐进那辆熟悉的迈巴赫，池笙原以为会见到丁铭，毕竟这次回来，等待俞洄处理的事还很多，却没想到只有司机一人。

俞洄睡了太久，嗓音异常沙哑："回滨江壹号。"

池笙问："你不去公司吗？"

俞洄笑着看她一眼："刚回来，就催我去工作？你没有心。"

池笙不由得一喳："那你要干吗？"

"没休息够，而且我还有更重要的事。"

回到滨江壹号，俞洄扶额轻叹一声，这几天睡蒙了，忘记叫阿姨先来打扫卫生了，随即拿出手机准备打电话。

池笙却直接从他手中抽走手机："我们自己打扫好不好，你好歹该活动一下，再睡就成猪了。"

池笙声音越来越小，却还是被俞洄听见了。

俞洄笑着去扳她下巴，让她抬起头，看着他："哪家的猪能有这么帅？"

落地窗外的明媚阳光悉数照进屋内，同样，也落在他脸上，原本棱角分明的轮廓变得柔和许多。

池笙忽然发现，俞洄的肤色比去年初见时白了不少，眉眼看上去越发清隽俊朗。

昔日的少年感终于有迹可循，池笙眼底的情绪不断翻涌，她最喜欢这样的他了。

或许，他本就该是这样。

池笙走上前，踮起脚尖，伸手钩住俞洄的脖子，趁他不备，主动吻了上去。

俞洄冷不防地被池笙一扑，整个人往后倾了些许，双手本能地圈住她的腰。

除去喝醉时，池笙鲜有主动的时刻，他自然要热烈地回应她。

两人靠在沙发边上缠绵了一会儿，池笙嘴角抿起一抹乖巧可人的浅笑，附在俞洄耳边小声说："当然是我家的猪猪。"

俞洄大概是真的睡了太久，大脑宕机，一时没反应过来。

数秒后，他眉头微皱，说："换个生物行吗？猪……真不太合适。"

"嗯……"池笙若有所思地点头，"那就狗吧，反正你也很狗。"

俞洄作势要收拾人，池笙小跑着去拿了一块新抹布扔给他。

"俞小狗，快点打扫卫生。"

"来劲了是吧？"俞洄撩起袖子。

池笙看见俞洄重新有了点朝气，心下暗松一口气："是你自己说的，你这叫玩不起！"

俞洄意味深长地看着她，说："打扫卫生是吗？那我们应该先去打扫卫生间。"

这次池笙没溜掉，被俞洄抓着进了卫生间。俞洄不忘嘲讽她是小柯基，跑不快。

池笙踏进浴室，准备将空瓶的沐浴露扔掉，淋浴头却忽地洒出水来，将她丝质的上衣淋了个透。

她就知道，进了浴室，哪里还会是单纯打扫卫生。

俞洄顺势靠近，空间立刻逼仄不少。

"湿了的衣服不能穿。"

池笙任由他双手绕到她后背去解扣子，微微粗粝的手掌轻擦过娇嫩肌肤，有点痒，池笙不自觉地耸了耸肩。

"你做事总喜欢给自己找些……很幼稚且不合逻辑的借口。"

"我以为这样做，你会觉得我可爱，有趣。"俞洄边说，边脱掉T恤。

"俞总还需要装可爱吗？"池笙眼尾微扬，调侃意味十足。

俞洄勾起嘴角，捉住池笙的手去解他的扣子。

"在你这里需要。"

他垂眸，目光沉沉地看着池笙。

她的头发变长许多，越发有学生时代的影子。乌发微湿，眼睫衬在象牙白的皮肤上，像是两把小扇子，每一下都扇在他心上。

拉链下滑的声音才刚响起，俞洄就迫不及待地封住她微启的双唇。

取暖灯很是明亮，热气萦绕，浴室里的空气越发稀薄。

池笙被吻得浑身酥软无力，拽着他坚实有力的手臂。

意识蒙眬间，她双肩被握住，转了个身。俞洄炽热起伏的胸膛贴向她后背，低哑嗓音盘旋于她耳际。

…………

池笙并不记得是怎么回到床上的，只知道一觉醒来后，太阳已经落山，天际深处残留着几朵就快消失的粉云。

俞洄没在睡觉，骨节分明的手指正在平板上来回滑动。

池笙歪头看去，问："在做什么？"

"看婚礼场地。"俞洄的视线依旧专注在屏幕上，"不想请太多人，我们两家，萧叔叔一家，还有你那俩好姐妹，我这边几个朋友，这也不少了。"

俞洄自顾自地继续说着："你想在国内办还是国外？阿姨和叔叔得请同事吧，那在江城是不是也得办一场？"

池笙嘴角微扬，转身趴在床上，说："我爸妈倒不是很介意这个。"

"有个这么好的女婿，那不得拉出来炫耀一下。"

"你以为你是香饽饽啊。"

俞洄"啧"了一声："不对。"

池笙偏过头，好奇地看着他。

俞洄抬手挥开额前碎发，问池笙："你户口本在哪儿？"

"应该在爷爷那里，我户口没迁走，就在北都。"池笙话音一顿，"不过，按照爷爷的性格，他应该把户口本带走了。"

俞洄看一眼表，在池笙腰臀上拍了两下。

"起床。"

"干吗？"

"去江城。"

"什么？"

448

"给他们一个深夜惊喜。"

无论户口本在哪儿,都要先去征求池笙家人的同意。

深夜近十一点,江城。

江大的教师小区,巷道里满是惬意与静谧。橡皮树被昏黄路灯照得层次分明,微风拂过,有年代感的圆形池塘里涟漪轻漾。

池家三人刚准备睡下,就被突然到来的俞洄和池笙拉着出了家门。

途中,俞洄大言不惭:"我们坐飞机过来请你们吃夜宵。"

他挑的店照顾到了几位长辈,市井气不是很足,反而比较清幽。菜品也还不错,江城特色居多,海鲜炒粉干、椒盐虾菇、迷你口贝……

林敏清一直打量着俞洄,经过这次的事,她不得不承认,俞洄做事确实周到,也成熟,主要是会照顾人。

池丘山不是很有眼力见儿,见林敏清还是一副不高兴的模样,笑道:"明天周六,偶尔出来开心一下,你别……"

林敏清战术性清嗓子,池丘山立即开始剥虾。而池祺祥在一旁看着儿子这妻管严模样,只是轻笑几声,大概是想起了自己的老伴。

俞洄低声在池笙耳边问:"以后你也会这么对我吗?"

池笙明亮杏眼轻眨,说:"现在不就是这样吗?"

"也是。"俞洄扯扯嘴角,"我在期待什么。"

桌上除了池笙,大家都喝了点酒,至于池笙不喝酒的原因,只有俞洄知道。

酒过三巡,俞洄见氛围烘托得差不多,双手交握,目光坚定郑重,说:"三位教授,我想跟笙笙领证。"

无须过多花言巧语和心机谋略,这次,这件事,他想光明磊落地说出来。

池笙微微靠近俞洄,两人手臂贴着蹭了蹭,无形中表明态度。

桌底下,林敏清的手握紧又松开。

年前在北都时,她跟俞洄说那番话,便是隐隐认下这个女婿的意思,只不过担心这两人是头脑发热,再多接触接触总不是坏事。但此刻,为人父母,真要面临女儿的婚事,总是不舍的。

一旁的池丘山明白林敏清的心情,伸手握住她的手,让她安心。

"那你还叫我们教授。"池丘山开口。

俞洄一愣,面露灿烂笑意:"爷爷,爸,妈。"

这下换作池笙父母发愣，这改口也太快了……

"哈哈哈！"

池祺祥爽朗笑出声。

池笙和俞洄对视一笑，牵起手，融入一家人的欢声笑语中。

回到家中，因为房间并不够，俞洄主动要求睡沙发。

对此，林敏清表示很满意。

夜深人静时，某间卧室门"吱呀"一声。

俞洄仰头望去，池笙站在门口，像个怕被发现的小贼，朝俞洄挥手，却并不说话。

俞洄拍拍被子，示意她过来。

池笙猫着步子走到客厅，在沙发边蹲下，压低音量："是不是很挤，去卧室睡吧？等四五点你再出来，我家人不起夜的。"

他这一米八七的身高，睡小沙发太憋屈了。

俞洄低笑两声："没关系。"

关键时候，他可不想掉链子，结婚证拿到手再说。

"好吧。"

池笙抬手，替俞洄理了理头发。

俞洄喉结微动："给个晚安吻。"

池笙探身，在他鼻梁和脸颊上各亲了一下，随后才吻在他的薄唇上。

"晚安，我的小狗。"

月光隐隐落在池笙身上，乌发垂落肩头，清丽脸庞上漾着恬静的笑，而她眼中，溢满爱意。

这一刻，俞洄一点也不想计较了，小狗就小狗吧，反正是她的就行。

"好，主人，去睡觉吧。"

他回答得太过顺从，没有一丝不悦，池笙反应过来后，紧抿着唇，憋住不笑。

她给俞洄整理了一下被子，站起身，准备回卧室，手腕却忽然被他拉住。

俞洄仰起脸望向她，面带浅笑："明天，我姐他们一家会到江城。"

关于结婚这件事，一切该走的流程，他都要给她，一步也不能少。

这是尊重，也是爱。

池笙不像俞洄，对时差适应得快，等她起床时，已到晌午。

俞涧穿的昨日那身休闲装，系着碎花围裙，俨然一副家庭妇男样，正笑着和林敏清把餐桌上的菜端回厨房。

"可算醒了。"

一家人连午饭都吃完了，池笙还没醒，偏偏俞涧还不让他们叫醒这只懒虫。

林敏清看池笙还在发蒙，挥挥手："快去洗脸。"

池笙走向卫生间，没注意到身后多了个人，等她转身，突然"哎哟"一声，捂住心口，明显被吓一跳。

"吓成这样。"俞涧意有所指地看着池笙，"昨晚做什么亏心事了？"

池笙在俞涧胸口抡了一拳："你是不是在献殷勤？"

俞涧拿过牙膏，拨开盖子，给她的牙刷挤上牙膏。

"我在偷师学艺。"

池笙刷着牙，睁开略肿的眼皮，看向镜子里的俞涧，他轻靠在门框边，嘴角噙着一抹笑。

"阿姨说你喜欢吃三鲜面，我就学了。"

"你能做出我妈的那个味道吗？"池笙嘴里还有泡沫，说话吐字含混不清。

"什么？"俞涧倾身靠近，"我能做出咱妈那个味道吗？"

池笙眼梢轻弯，顺势在他的侧脸上亲了一下。

俞涧转头看着镜中的自己，那团泡沫也蹭到他脸上了。

遛弯回来的池祺祥看着这一幕，撇撇嘴，真是没眼看。

洗漱完，两人来到厨房，三鲜面还在锅中沸腾翻滚。

林敏清眼底带笑，把厨房让给两个年轻人。

热恋期都这样，腻歪得紧。池笙长期以来在他们面前都是一副乖巧恬静模样，果然，只要遇见喜欢的人，有人疼，才会像一个小孩。

揭开锅，鲜香扑鼻而来。鲜海白虾、鲜黄蛤、鲜黄鱼的精华都浓缩在汤里，而面条是新鲜手擀面。

池笙迫不及待地搓搓小手。

出锅，端上桌，没想到只有一份。

另外两位池姓男子略有不满。

没等俞涧开口，池笙主动替他解围："让我先给你们试试毒。"

说完，她急不可待地坐下吃面。先喝一口汤，这……简直能鲜掉眉毛。

池笙立马给俞洄竖了个大拇指。

妈妈的味道，是谁也做不出来，代替不了的，但从今以后，她吃的三鲜面，还新增了一份俞洄的味道。

"这面还算劲道吗？"

池笙嘴没空，只点点头，用空闲的那只手掐了下俞洄手臂。

"非常对得起这腱子肉。"

"以后我就在家里给你做饭，好不好？"

池笙细细一想，貌似是俞洄第二次说这话，他不会来真的吧。

"姐姐他们什么时候到？"池笙岔开话题。

"傍晚，我订了颐悦轩，到时候我们直接过去就行。"

两家都是北都人，吃北都菜自然亲近些，况且颐悦轩还有将本地菜与北都菜结合改良的菜式，再合适不过。

池笙低头继续吃面。

和俞洄待在一起真的舒心，他总会周全地安排好一切。

吃饱了，池笙放下筷子，抽张纸擦嘴，咕哝一句："你还是好好上班吧。"

林敏清路过，扫一眼面碗，敲了下池笙脑袋。

"快吃完，咱家可没有浪费粮食的习惯。"

"是他煮多了嘛，吃不下了……"

池笙嗔一眼俞洄，做那么多，喂猪呢。

林敏清诧异地看着池笙，这是她女儿？

俞洄笑着把碗拿过来："没事，我吃。"

池笙一只手指向俞洄，怕又被打，缩着脖子说话："他说他吃。"

"还真当自己是小孩。"林敏清转而又对俞洄说，"你平日里可不能这么惯着她，饭要好好吃，身体才会好。"

俞洄咽下口中的面条，说："您放心，她瘦了您来揍我。"

"嘴贫。"

林敏清笑着走开，继续收拾阳台上的花花草草。

"听见没有，说你嘴贫。"

"怎么还过河拆桥，就该让你自己吃完。"

吃完饭，林敏清让池笙带俞洄去江大逛逛，顺便消食。

这大中午的，多热，池笙不情愿地领着俞洇出门。

俞洇顺手拿起玄关上的伞，一出单元楼，就给她打起伞。

很不巧，这是林女士的通勤用伞，广大中年女士喜欢的刺绣款，还带着精致的蕾丝花边。

俞洇倒也丝毫不介意，他一向不在意别人的眼光。

教师小区就在学校旁边，没走多远，两人进了学校。

池笙挽着俞洇的手臂，问："你真不打算回俞盛？"

"不回，谁爱管谁管。"

他能把那些项目保下来，已经是仁至义尽。

见俞洇不想多提，池笙也没再提。

校园里的情侣非常多，一路上数过去，不下十对。

"如果没有误会，你觉得我们会什么时候在一起。"

俞洇几乎是秒答："进大学前，原本准备高考后带你去海城的海洋馆告白来着。"

"也是，高考前我们就约定好一起去海洋馆。"

走到树下，微风吹过，池笙柔顺的发尾轻轻擦过俞洇肩膀。

这样走在校园里，恍惚就像是回到……

俞洇骤然低笑，怎么能说是回到，他和池笙的大学时光，完全没有交集，更应该说是与他只身一人在纽约时，臆想的一样。

他不止一次地设想过，跟池笙大学恋爱的种种场景。

池笙注意到他的神情变化，说："其实我认为，我们经历的事，都是必然的。"

俞洇垂眸看一眼她，示意她继续说。

"那时候，就算我们在一起，也不一定能走下去，太年轻、太心高气傲了。"

想起重逢后的每个画面，池笙浅浅弯起嘴角："虽然我们重新遇见以后，貌似也没有多成熟，但总归不是年少，终于明白有些人，不能再错过。"

许多事，想来并不复杂。

什么叫暗恋？是无法说出口的喜欢，它远到不了爱的地步。

即便是互相喜欢，她和他也没有问出心中的疑惑，所以才会错过。

当时的那份喜欢，甚至比不过那几分自尊与骄傲。而在空白的七年里，到底是凭借什么坚持下去，是爱而不得的遗憾？还是心有不甘？

453

都不重要了，因为念念不忘，终有回响。

俞洄牵起池笙的手："七年和余生相比，是我们赚了。"

池笙笑弯了眼："嗯，赚翻了。"

谁能说，这不是赚翻的事。

初恋是你，余生也是你。

江城颐悦轩。

晚间时分，正是客满的时候。

俞幼微、陆川已经等候多时，包厢门一开，他们立即起身，面带笑意问好："爷爷、叔叔、阿姨好。"

瞧见对方这么客气，池笙父母也是连连应声答好。

落座后，俞洄没瞧见陆茵，问了句："陆茵呢？"

"被她奶奶带去申城玩了。"

进门时，俞幼微便注意到，这一家人隐隐透着书卷气，却并不拘束，相反，有很自然的随和感。

俞幼微眼神真挚地说："其实我们很早就想去拜访了，因为怕唐突，就忍住了。"

"见外了，这有什么的。"林敏清笑着回道。

一聊起来，话匣子便打开了。

俞幼微不止一次提起很喜欢池笙，也多亏池笙这段时间一直陪在俞洄身边，不然他还不知道把自己熬成什么样。

碰过面后，林敏清更放心了，不用担心妯娌间那些杂七杂八的事。

俞洄这姐姐瞧着是跟池笙差不多的性子，甚至比池笙还软，太温柔了，连带着她自己说话的声音都小上许多。

俞幼微提议在北都重新购置一套房产作为他们二人的婚房。

她自己经历过，自然知道什么事有益于加深两人的感情。所以让俞洄和池笙自己去挑房子，最好也是自己去装修。

这倒是很合池笙的意，那是她和俞洄以后每日生活的地方，肯定要精心准备。

俞幼微表示，会选一个池笙父母时间方便且吉利的日子，在北都过礼，她也会去挑一个好的订婚和结婚的日子。

至于婚礼，大家想法还算统一。办一场，从简就好，至于具体什么样式的婚礼，由他们二人自己定。

结婚是一件大事，具体事项不可能一次谈好，今天更重要的是两家人认识、接触一下，好让大家都放下心来。

池祺祥和池笙父母见俞幼微这事无巨细的重视程度，心里都十分满意，连带着看俞洄又顺眼不少。

当真的谈及这些，池笙莫名开始心慌，索性在姐妹群里感慨一番。

池笙：今天我们两家会晤了。

乔璇：这是开心？

曲一宁：我家白菜最终还是被那只狗拱了。

乔璇：你让俞洄看见这话，肯定要骂你白眼狼，白让你去旅游那么多天。

曲一宁：那……俊狗？

池笙：好快啊，我竟然真的要跟他结婚了！

乔璇：紧张什么，你告诉他，想娶你没么容易，见了家长不算，我们这关还没过。

池笙：你们就别难为他了嘛。

曲一宁：瞧瞧，这还没领证呢，就护上了。

池笙收起手机，歪头看向俞洄的侧脸。

这过五关斩六将的，真可怜。

翌日，回北都的飞机上。

池笙看累了舷窗外成片的棉花云，开始左右活动脖颈。突然，她转头对俞洄一脸认真地发问："如果她俩很过分，你不会生她们的气吧？"

俞洄原本在看手机备忘录里的订婚流程，闻言反问："我是那么小气的人？"

池笙撇撇嘴，没接话，很明显这人对自己没有一个清晰的认知。

"是我该受的。"

低声说完这句话，俞洄的视线重新回到屏幕上，他确实应该好好感谢乔璇和曲一宁。

俞洄在脑中回想起今天早晨离家时，林敏清叮嘱他和池笙的话。

林敏清告诉他们，既然要准备结婚，那也可以开始考虑关于要宝宝的事，毕竟适龄了，况且备孕这件事，也需要提前做好。

"妈说的话，你别往心里去。"俞洄放轻语气，"小孩有什么好的，不想生就不生。"

他听说当初温榆生宝宝时，她老公去陪产，见识了生产的痛苦后，自此便再也不同意要二胎。以至于温榆至今还在遗憾没有女儿，成天抱着别人家的女儿不撒手。

池笙隐隐笑了下，这声"妈"他叫得倒是顺口。

"我觉得小朋友很可爱啊，你看茵茵多乖，你不想要宝宝吗？"

俞洄尝试着去想象生孩子的那种痛感，眉心缓缓蹙起，他摇着头道出真相："我怕你痛。"

没过一会儿，池笙掌心下意识地抚上小腹，脸上露出了和俞洄同样的表情。

"不然，还是先开始备孕，其他的就……顺其自然吧。"

俞洄深吸气，回了池笙一个笑："好。"

飞机落地，回到滨江壹号，俞洄在手机上定的食材也随后送来。

池笙翻了翻购物袋，里面全是各种肉和海鲜，还有少量蔬菜。

"买这么多，你要做菜吗？"

"请你那两个姐妹吃饭。"俞洄挑挑眉，"自己做，多有诚意。"

池笙上前搂住他的腰，撒娇地嘟起小嘴，声音又甜又糯："快来奖励一个亲亲。"

俞洄弯起嘴角，没让她踮脚，低头吻住她的唇，离开时，顺带用鼻尖蹭了蹭她。

池笙拿过情侣色的围裙给俞洄穿上，两人开始一起处理食材。

黄昏渐退，夜幕降临，喧嚣霓虹让城市瞬间变得流光溢彩。

俞洄在做最后一个菜时，门铃声忽地响起。

池笙小跑着去开门。

在波尔多那半个月里，虽然姐妹三人一起视频过，但也确实好久没见，很想念。

进屋后，曲一宁立马嚷了一句："这就是你俩的爱巢？"

池笙被打趣得脸红，拍着曲一宁手臂让她闭嘴。曲一宁看得直发笑，上手捏了捏池笙的小脸，接着走到鱼缸边，去看许久未见的兰寿金鱼。

从前池笙出差或是去旅游时，喂鱼就变成她和乔璇的责任，因此跟芝麻包和菠萝头多少也有些感情。

乔璇环视一圈，并未多说，一旁的孟景平倒是顺手接过乔璇手里的包。

池笙摸摸鼻尖，看这两人无形中透露出的熟稔劲儿，进展不小啊。

下一秒，乔璇和曲一宁看见厨房里的那道身影时，齐齐愣在原地。

俞泂打扮随意，白T恤黑裤，身上甚至还挂着一条可爱的围裙，在厨台边专注做菜。

"没骗你们吧！"池笙插进她俩中间，小声嘟囔，"他真的会做菜，不然你们以为我怎么长胖的。而且，他今天是特地为你们俩做的这桌菜……"

厨房那边，孟景平看着俞泂这贤惠模样，不由得感慨："你可真够迅速的。"

俞泂手上颠锅的动作未停，淡声回道："要不是戒指的设计工期太久，我早就有红本本了。"

孟景平呸了一声："少吹牛，我还不知道你？那些破事不结束，你绝不会轻易把池笙跟你绑在一块。"

俞泂没接话，算是默认。

没过一会儿，菜上桌。

曲一宁望着餐桌上丰盛的菜式，先是假意恭维一番："真是，感谢您安排的夏威夷半月游，让俞总破费又用心了，当然也要感谢您今晚的款待。"

俞泂刚准备开口，又听曲一宁继续说："你可别说什么，谢谢你们帮我照顾笙笙这么多年……我最不爱听这种话，我们顾着笙笙，那是因为她是我们姐妹，跟你没一点关系。"

起初，曲一宁和乔璇确实是对池笙多年的坚定感到不值，可后来发现俞泂也是个轴到底的人。听池笙道清所有事情的真相，也知道她和他的一切不过是因为一连串误会，她们也为他俩感到开心。

俞泂轻哂一声，勉强笑着点头。

孟景平从酒柜里拿出俞泂的贵酒，俞泂倒也不心疼，只说："你们开心就好。"

酒过三巡，五个老同学开始聊起学生时代趣事。

"我早就看出来你喜欢我们笙笙，语文早自习的时候，笙笙去领读课文，也不知道是谁，经常像个痴汉一样看着讲台。"

池笙睁圆了眼，看向俞泂。

"有吗？"

"有。"

俞洄背靠餐椅,眼底漾起一抹温柔笑意。

"只是你太认真,注意力永远都在书上,所以没发现。"

"还有!看见班长在跟笙笙讲题,某人的脸变得那叫一个快,不知道的以为你家祖上是学川剧变脸的。

"别急,我还没说完!"

曲一宁摆摆手,双颊酡红,明显有些醉了。

"等人家班长走了,你还要问笙笙一句:我是摆设?

"你就不会说一句:我会,你问我就好。要我说,你这么些年就是活该孤家寡人。"

俞洄也不恼,只在心里想,曲一宁这嘴,怎么会有男朋友的,还是要结婚那种。

曲一宁拉着池笙的手,边喝边继续念叨。

而孟景平并不想聊起往事。

俞洄和池笙,至少有点暧昧的小氛围。乔璇就是个冰霜美人,谁也靠近不了。所以他和乔璇,不过是关系稍微好那么一点点的同学而已,不能再多。

他的视线总是不由自主地随她而动,却从未见她的目光落在自己身上。

乔璇没察觉到孟景平的异样,而是扫了一眼正笑望着池笙的俞洄。

她承认,因为俞烁,她连带着对俞洄也产生偏见。然而事实证明,俞洄对池笙确实是真心的,但她还是想提醒一下俞洄。

"别把你那些拿捏人心、玩弄人于股掌之间的手段用到笙笙这儿。希望你们永远,真诚相对。"

俞洄目光转向乔璇,随后,端起酒杯,起身和乔璇碰了下,一饮而尽。

无言中回答了乔璇的话。

见状,曲一宁换了个大杯子,表示要和俞洄干一瓶。

这……

方才,池笙就发觉曲一宁有点不对劲,她不是嗜酒的人,今天怎么一直喝个不停。

孟景平突然出声:"我来陪你喝。"

池笙凑到乔璇身边,打探曲一宁是不是发生了什么事。

乔璇暗叹一声,压低音量跟池笙说着事情的来龙去脉:"她跟贺成,没有以后了。"

池笙面露诧异,久久回不过神,没有以后了是什么意思?

"贺成总怀疑一宁跟她老板有什么事,还问一宁要不要跟他回老家。去夏威夷之前,他们已经大吵一架,这半个月相当于是冷静期。回来以后,一宁是想好好跟他谈的,但是,去找他的时候……"

乔璇话音一顿,不知该如何说出口。

曲一宁抱着酒瓶,眼泪珠子如断了线一般从眼尾滑落。

"整天怀疑我是不是'绿'了他,他倒好,把我'绿'了。我曲一宁竟然被人'绿'了,被和我谈了八年恋爱的人'绿'了。"曲一宁扬起头,任由眼泪挥洒,"被要和我结婚的人'绿'了……"

"分手了吗?没分,那你就去'绿'他!这么简单的事。"孟景平一口闷下杯中的酒。

"对,凭什么,老娘也要'绿'他一次。"

曲一宁红着眼拿起手机,打开通讯录,开始翻找她老板的电话。

池笙急忙上前拦下,乔璇也怒瞪孟景平,吼道:"你疯了!瞎掺和什么?"

俞洄看着这场闹剧,心想今晚是不能温香软玉在怀了,池笙肯定要去安慰她的好姐妹。

果不其然,片刻后,客卧里不断传出曲一宁撕心裂肺的哭声:"笙啊……我好羡慕你跟俞洄,好歹你们现在能在一起,我的八年是不是都喂了狗……我要去'绿'了他,你们别拦我……"

俞洄和孟景平正站在阳台上吹夜风。

孟景平揉着眉心,酒喝多了,头疼。

"你真不回俞盛?"

俞洄眼底闪过一丝不耐烦,答得果断且迅速:"不回,谁爱管,谁管。"

孟景平是真摸不清他的想法,他现在回俞盛,无论从哪一方面来说,都是最佳时机,商人不就讲究个利益最大化。

"你又要玩什么花样?"

"没有,我很认真。"俞洄嘴角扬起一抹懒懒的笑,望向客卧方向,"以后,我打算当她背后的男人。"

孟景平愣了半晌,惊愕地盯着俞洄:"你的意思是……你要在家洗衣做饭带孩子?"

"有什么不行？"俞涧反问，"这些又不是女人该做的事，男人做怎么了？"

俞涧一听见"孩子"两个字，就开始在脑中无限放大那种臆想的痛感。

肯定很疼，不然还是别生了。

夜色已浓，道路两旁却依旧被灯火包裹，尽显浮华璀璨。

凉风簌簌地从窗外刮进车内，孟景平单手揉着太阳穴，语气里满是愤愤不平："我看你是喝得太多！谁会凌晨一点去看房子？"

孟景平只差没翻一个白眼，俞涧这人永远想一出是一出，发疯还不忘拉上他。

俞涧的视线终于肯从手机屏幕上挪开，分给孟景平几秒钟，说："是你喝多了吧？就你那酒量，干得过乔璇？"

孟景平加大手上力度，音量拔高："我和她不分上下好吗！"

"之前还跟我炫耀，说我进度条不如你。"俞涧轻嗤一声，摇摇头，"啧啧，看来有些人不行啊。"

"停车。"孟景平咬着牙说话，"我要下去。"

前排的司机从车内后视镜里看向俞涧。

俞涧笑道："别理他。"

司机重新直视前方车况，在心里嘀咕：人家说得也没错，谁会凌晨一点去看房子？不过这翻五倍的工钱，也值了。

"城东太闹，她肯定不喜欢，你说城南好还是城西好……"俞涧一脸得意地瞧着孟景平。

孟景平恨不得堵住耳朵，俞涧这是报复他，在他面前故意秀恩爱。

可孟景平不知道的是，报复还在后面。

俞涧办事效率向来很高，居然拉着他看了一晚上的房子，他甚至数不清有多少套，北都的东南西北，大别墅、小别墅、平层、跃层……

不知道的，还以为是他要跟俞涧结婚呢。

直到天边亮起一抹鱼肚白，俞涧最终敲定了一套位于城南的别墅。而孟景平早已昏昏欲睡，瞧见一个椅子就想坐下小憩。

吃完早饭，俞涧和孟景平顺便给那三姐妹带了早茶。

孟景平在俞涧脸上找不见一丝困意，无奈感叹道："你是真兴奋啊。"

"不。"俞涧眼中似乎闪着光，"我是亢奋。"

460

车行驶到滨江壹号门口时，俞洄让司机停下。路旁一个男人立即小跑到车边，递上一个小信封。

"俞总，这是我们温总让我给您的。"

俞洄伸手接过："谢谢，叫我俞先生就可以。"

他这辈子都不想再当任何"俞总"了。

回到家，俞洄指了个房间，孟景平进去后倒头就睡。

俞洄望着餐厅和客厅的一片狼藉，拿出手机，准备联系保洁阿姨，已经翻出电话号码，指尖却又在屏幕上方顿住。

以后总不能都叫阿姨来打扫，那样池笙一定会说，他整天待在家里是偷懒。

放下手机，俞洄走进厨房，戴上橡胶手套，开始打扫卫生。

等池笙醒后，从房间出来，她看见的便是这一幕——一米八七的俞洄系着围裙，拿着抹布在擦桌子。

好强的人夫感。

俞洄属于沉浸式打扫卫生，压根儿没注意到正注视着他的池笙。

愣怔许久后，池笙抬手揉眼，这真不是梦？

打扫得差不多，俞洄去洗手，池笙趁机放轻脚步靠近，突然从他身后环抱住他。

"这是谁家的田螺姑娘呀？"

俞洄笑了笑，显然没被吓到，继续认真洗手。

"你家的。"

池笙松开手，钻到他身前去，在他颈间啄了一口。

"小心，别弄湿了。"俞洄低声提醒着池笙，却没拉开她，任由她紧紧搂着他。

"你那两个好姐妹醒了吗？给你们带了早茶。"

"你们俩出去吃早餐了？"池笙想起什么，拍了下俞洄的手臂，目光紧锁在他脸上，"昨晚你们在哪儿睡的？"

天快亮的时候，她醒了一次，起来发现俞洄和孟景平没了人影，但困意太浓，她没想太多，又回去接着睡。

"出去办事，谁要跟他睡觉，我只跟你睡。"

俞洄擦干手，走到茶几上拿起那个信封，递给池笙。

打开后，池笙站在原地愣了几秒，而后才望向俞洄。竟然是叶玺演唱会的内场票，曲一宁要知道了，大概会笑醒。

"你怎么弄到的？"

"叶玺不是温榆的姐夫？"

池笙反应过来，拍下脑门，她怎么忘了这层关系。

曲一宁被叫醒，十分不乐意，手脚并用推池笙。

池笙爬上床，在曲一宁耳边说："送你一张叶玺演唱会的内场票，要不要啊？"

曲一宁缓缓睁眼："什么？"

回过神，她又说道："骗我的话，我就把你带到山沟沟里，让俞洄一辈子找不到你。"

等摸到门票，曲一宁才确信，这是真的，随即翻身起床去对俞洄表示谢意。

"你们俩的事，我同意了，祝你们永结同心、百年好合、早生贵子……"

池笙心想，得，这就是塑料姐妹情吧，一张演唱会的票就把她卖了。

乔璇安静吃着早餐，等了很久，却没看见孟景平的身影。

"孟景平好像不太舒服，昨晚一直吐到现在，刚睡着。"

俞洄嘴角微勾，孟景平可喝了不少，一直吹冷风，又跟他熬个通宵，不生病也得生病。

这机会都送到他手上了，还把握不好，那活该没老婆。

乔璇咽下那块马蹄糕后，起身走向俞洄指的那个房间。

兴奋劲儿一过，困意袭来，俞洄让她们俩慢吃，他要去补觉。

池笙看着俞洄的背影，好奇昨晚这人到底干吗去了，偷狗吗？

说到狗，她一直想养一只西高地白梗。

"一宁，我记得你认识宠物店的人吧？"

"嗯。"

曲一宁突然对着手机屏幕惊呼一声，眼睛瞪得圆滚滚。

"完了完了……"

"怎么了？"池笙探头过去瞧。

屏幕上显示，半夜三点，曲一宁给她老板发了一段语音："老板，我，曲一宁，要……用你一晚！W酒店2403房，我……特地订了一个五星酒店，不算辱……辱没你吧，放心，我会温柔的。"

一段话说得断断续续，而下面显示曲一宁的转账已被领取，金额是两万块。

对方回:"什么意思?给我钱?"

要命的是,曲一宁回了十分欢快的两个字:"对啊。"

对方也很爽快:"好。"

五点时,对方又发来语音:"你玩我是吧?"

曲一宁和池笙面面相觑。

"我等你睡了我才睡的啊,你什么时候发的……"池笙不明白问题出在哪儿。

断片的记忆被重新找回,曲一宁只想掩面哭泣。半夜的时候,她醒了,想到贺成出轨的事,又想到他平时总是疑神疑鬼,怀疑她和老板有一腿,越想越气,所以鬼使神差地给老板发了消息。

去卫生间吐完一场后,她又回卧室睡了过去……

这下,池笙也不知道该怎么开导曲一宁了。她这都可以放到年度丢脸现场参赛了,说不定还能得个冠军。

池笙问:"要不然辞职?"

曲一宁抱着赴死的决心,咕咚咕咚喝下半杯玉米汁,擦了擦嘴,说:"姐可是见过大世面的人,我去会会他。"

"你想好了?真要……"

曲一宁选择用行动回答,她拿了池笙一个渔夫帽戴上,直奔W酒店。

没一会儿,乔璇也带着面色惨白的孟景平去了医院。

池笙望着终于恢复安静的客厅,感慨真是魔幻的十几个小时啊。

随便填饱肚子,洗漱完,池笙溜进俞洄睡觉的房间,掀开被子钻进去。

俞洄只是半睁开眼看了下,接着将她揽进怀里,如同抱毛绒玩具一般,手臂和双腿紧紧锁住她。

池笙发觉自己越发喜欢俞洄这种捆绑式的拥抱,好有安全感。盯了一会儿他下巴冒出来的小胡楂后,她的眼皮开始打架,与他一同睡去。

再度醒来,池笙身旁空空一片。

她正要起床去找俞洄,卧室门忽地打开,俞洄手臂上挂着一条豆绿色棉麻长裙和一件米色小外搭。

"换衣服,出门。"

池笙原以为俞洄要带她去哪里玩,却没想到一晚而已,他竟然已经看好婚房。

房子在京裕花园，位于城南半山别墅区，可眺望大半个北都。这间别墅不算很大，有三层，外立面是意大利托斯卡纳的风格，三重庭院式结构。左侧有一个车库，而后方是一个小花园，大门入户的前庭院也可以种花和树，里面的装修偏现代化，很适合年轻人。

"怎么样，喜欢吗？"

俞涧解锁手机，给池笙看被他淘汰掉的几套房子。

池笙点点头，确实，这一套最合她心意。

"所以你看了一晚上的房子？"

俞涧轻描淡写地说："估计是之前睡太多，我睡不着，闲着也是闲着。"

"不是……"池笙歪着脑袋看俞涧，眉眼间写满疑惑，"晚上怎么看房子。"

俞涧不明白池笙的关注点为什么会在这儿，浅笑道："开灯看啊。"

池笙在他腰上拧了一把："我说房子的外观。"

"你知道那种很亮的大灯吗？"

"以后还是别这么任性，到时候人家告你扰民，再说，晚上是该做这事的时候吗……"

俞涧笑望着池笙，岔开话题，手指向前院的绿地。

"在那儿种一棵连翘怎么样？"

"连翘？"池笙的注意力被吸引过去，"其实我觉得紫玉兰也不错……"

俞涧的笑意渐浓，真呆。

看完房子，两人准备去吃晚饭，上车前，俞涧接到俞幼微的电话。

电话那头的俞幼微话音带笑："知道你急，正好有一个合适的日子，10月3日，要我说，你运气可真好。"

原本俞幼微是去申城看望温榆，谁想一聊起俞涧的事，温榆奶奶说她正巧认识一位大师。

于是，俞幼微拿上他们俩的八字去拜访，这就定下了日子。

订婚在10月3日，至于结婚的日子，有几个备选，自然要跟池笙父母商量后再定。

俞涧笑着应声，挂电话后，嘴角快要咧到眉梢。

池笙见他这样，不由得跟着笑起来："怎么了？"

"咳咳……"俞涧笑得太猛，止不住咳了几下，"你想订婚前去领证，还是订婚后？"

"是日子定了吗?"池笙挽起俞洄手臂。

"姐找大师算过,10月3日,这个日子真不错,正好爸妈也在假期。"

池笙抿了抿唇,瞳眸一亮,眼中满是期待。

"我想明天就去。"

俞洄眼底闪过一抹惊诧,这个答案,完全不在他的设想中。

"真的?"

"骗你做什么。"

"那我们就明天去?"下一秒,俞洄笑意微敛,"爷爷不是还没回来。"

池笙挥挥手,示意俞洄靠近:"昨天回来的时候,爷爷悄悄告诉我,户口本放在哪里了。"

俞洄眸中笑意渐深。

这老头,是个好老头。

城郊公路上的车辆并不多,其中一辆迈凯伦720s正发出低微的轰鸣声。夏末初秋的晚间与敞篷超跑太过合拍,风声好似蒙住了耳朵,引擎的声音变得越发沉闷。

池笙缓缓伸手越过车顶,想要感受风的触摸,可没过几秒又快速收了回来。

或许是因为今天心情甚好,加上俞洄长久以来给她做的适应性训练,此刻这种陌生的推背感竟没有让她感到恐惧,反而觉得很奇妙。

俞洄转过头,看着既兴奋又胆小的池笙,笑意渐浓。

"要再快一点吗?"

"啊?不……这个速度就挺好。"

路上黄色虚线后退的速度太快,池笙略感晕眩,想低下头缓一缓,腿上放着的那两个户口本却映入眼帘。

方才,她和俞洄甚至没顾上吃饭,只想先去拿上户口本。

"如果可以咻一下直接到明天早上就好了。"池笙眉眼弯弯,右手做了一个火箭发射的动作。

俞洄被她的急不可待逗乐了,笑声被裹进风中。

"怎么你比我还急。"

"分明是你更急!对了,你不去上班,我可要去上班了。"

"好,想吃什么提前给我说,我在家做好饭等你。"

池笙忍不住抽了抽嘴角,他真的玩上瘾了,她倒要看看,他能在家待多久。

第二天一早,狂喜一晚的两人八点半就到了民政局。

池笙穿着一条法式方领珍珠白及膝连衣裙,俞洄也只穿着一身休闲西装,无关其他,只是不想晚来一分一秒。

在大厅里领取到《申请结婚登记说明书》后,两人开始填写,因为没有预约,排到将近十一点才听见叫号声。

"请39号到1号窗口办理业务。"

池笙噌地起身,俞洄在她身后,任由她拉着他小跑到办理台前。

两个工作人员才刚聊到,每年特地等到5月20号、21号这两天来领证的人真多。

其中年龄稍长的那位办理着俞洄和池笙的证件,笑着问道:"你们怎么不等那两天再来。"

俞洄眼底仿佛闪烁着细碎的光,望向池笙,说:"等了太久,多一天也不想再等。"

池笙唇边抿起浅浅的笑,点头:"对,不想等了。"

正因为期待已久,接下来的登记,按手印,领取结婚证书……他和她都是在紧张、激动、忐忑和喜悦的情绪中度过的。

俞洄想,这大概是他这辈子签字最快的一次。

两人走上宣誓台,一旁的颁证员面带笑容:"很高兴能为二位颁发结婚证,请二位面对国旗和国徽,一起宣读《结婚誓言》。"

"我们……"

池笙深深吸一口气,刚说出两个字,声音就有些颤抖。俞洄垂眸望着她,手掌轻抚在她后背。

情绪渐渐平静下来后,池笙朝俞洄扬起一抹笑。

"我们自愿结为夫妻,从今天开始,我们将共同肩负起婚姻赋予我们的责任和义务:上孝父母,下教子女,互敬互爱,互信互勉,互谅互让,相濡以沫,钟爱一生。"

"今后,无论顺境还是逆境,富有还是贫穷,健康还是疾病,青春还是年老,我们都风雨同舟,患难与共,同甘共苦,成为终生的伴侣,我们要坚守今天的誓言,我们一定能够坚守今天的誓言。"

虽然早已坚定地认为，非他／她不可。

可在拿到结婚证、说完誓词的那一刻，像是终于亲手给他们的青春画上了一个完美句号。

而迎接他们的，是一个新的起点。

（2）婚礼

俞幼微回到北都后，先去看了一眼俞泂和池笙敲定的房子。

她也挺满意，顺带给了俞泂一些过来人的实质性建议。

俞泂一一记下，准备亲自监工改装。反正接下来的时间，他无外乎是接池笙上下班，再做好她喜欢吃的菜。

俞幼微见俞泂这懒散闲适的模样，犹豫再三也不知该如何开口。

"怎么了？"俞泂注意到俞幼微欲言又止，随口问了一句。

"爷爷还在住院的事你知道吗？江林给我打过很多次电话，说联系不上你。"

俞泂语气漠然："他一向很会装，以前不就是这样把你骗进俞盛。"

俞幼微也很无奈："他想见你一面。"

俞泂转着手指上的钥匙："等他要咽气的时候。我会去见他。"

他想起一件重要的事，向俞幼微确认："姐，基金会那边，跟你的人打过招呼了吧？"

毕竟上了几次热搜，池笙去上班肯定会有一群人问东问西，所以他提前跟自己人打过招呼。但俞幼微对基金会更熟悉，多强调一遍也不是坏事。

"放心吧，我早就说了。而且我觉得人家笙笙能处理好的，就你瞎操心。"

俞泂咧嘴笑笑不说话。

"那你现在就闲在家里？"

"我在家也没闲着。"俞泂给俞幼微拉开车门，"需要带孩子吗？我可以帮忙。"

"你？我看你只对笙笙有点耐性。"俞幼微系好安全带，"先去一趟医院，我给你们拿点备孕的叶酸。"

"好，然后再去准备订婚的东西。"

"知道了。"俞幼微失笑，"真是要急死你。"

国庆假期前一天,俞洄照常去接池笙下班。

池笙父母和池祺祥今天上午刚到北都,两家人准备在四合院一起吃个晚饭。

俞慈基金会办公楼负一层,电梯门一开,那道挺拔的身影立即出现在池笙视线中。

俞洄身穿一件藏青色毛衣,下搭廓尔格裤,很随意休闲的打扮,见到是池笙,一把揽过她往车的方向走。

"今天累吗?"

"不累。"

"我俩都领证了,今晚在爷爷家,能睡一间房了吧?"

池笙正要笑着打趣他,眼尾余光却注意到有个人正朝他们走来。待那人走近,池笙才看清是江林。

俞洄摁下车钥匙按键,轻轻拍了下池笙肩膀。

"你先上车。"

池笙眼底的担忧太明显,俞洄再次轻声安抚:"没事,我什么时候在你面前打过架?"

池笙只好先上车。

江林看着眼前这个冷血程度堪比俞晋维的年轻人,有些无措。

"董事长最近的状态十分不好,想见您一面。董事长从没想过让俞烁接手俞盛,不过是想用俞烁来磨炼磨炼您……"

俞洄掀眸轻扫一眼江林,丝毫不掩饰眼底的嫌恶:"别再来烦我,离我身边人远点,否则我可不知道我会对你做什么。"

他不愿再多说一句,绕到一旁,拉开车门,径直驾车离去。

两旁飞速后退的路景连成光影,车内安静无声。

池笙侧眸打量着俞洄的脸色。她已经许久没见他这样,最近的俞洄都可爱笑了,跟朵太阳花似的。她和俞洄一样,不愿意提起这些事。未经他人苦,莫劝他人善,无论他做什么,她都会支持他。

"一会儿我们要选结婚的日子,开心吗?"

池笙清甜的声音拉回俞洄杂乱的思绪。

对啊,何必为这些事扰心。

"嗯。"俞洄回了她一个笑,"很开心。"

池笙和俞洄前脚刚进四合院,俞幼微跟陆川后脚就到,四个人一起进了正屋,林敏清笑着招呼大家去茶室坐。

没看见小孩的身影,林敏清问了句:"小朋友呢?"

"茵茵性子太活泼了,来了指不定要磕碰着什么东西,在她奶奶家。"

"我这儿还准备了小甜点来着,那一会儿你给她带回去。"

"好,谢谢您。"俞幼微笑着应答。

"一家人客气什么,坐吧坐吧。"

上次碰面,两家人都互有好感。这次一见,属实又亲切许多。

闲聊几句后,俞幼微拿出礼单,递给林敏清。

林敏清和池丘山一看这满满的礼单,一时相顾无言。

这……礼也太厚了。

他们对这些没什么要求,最初也只是想男方有车有房有上进心就行。

"您不用多想,俞洄说了,他的是笙笙的,笙笙的还是笙笙的。"俞幼微继续笑道,"所以,彩礼自然也是您直接给笙笙就好。"

接下来,便开始商量结婚的日子。

"明年年中那个日子我直接排除掉了,现在剩一个冬月初九和明年开春的二月十八,这两个日子都很好……"

俞幼微话还没说完,俞洄和池笙齐声抢答:"冬月初九。"

顿时,三位长辈笑得那叫一个开怀。

陆川不好笑得太明显,借喝茶的空当偷笑。

俞幼微瞪了一眼俞洄,出声提醒:"换作阳历,就是12月初,两个月而已,时间太匆忙了。"

俞洄站起身,给各位长辈斟茶。

"不匆忙,我现在时间很多,不用你们操心,婚礼我来准备。"

这两天他对婚礼有了个大概的想法。

"那就冬月初九了?"俞幼微向众人确定。

"行吧。"林敏清发话,池家这边算是通过了。

"真没见过这么着急的新人。"

俞洄眉梢微扬,揽上池笙,心情大好。

"那今天你们见到了。"

林敏清指着俞洄,笑弯了眼:"哎哟,你瞧他那得意的样儿。"

俞幼微也搭腔:"他一高兴就这样。"

茶室里,一片欢声笑语,满是温馨。

两日后，便是俞涧和池笙订婚的日子。

池、俞两家人丁都不兴旺，商量订婚事宜时，池笙建议把暖场、新人介绍、家族认亲等环节都取消掉。

她不需要大张旗鼓，只想大家的亲朋好友在一起吃一顿晚饭，共享他们俩的喜悦。

订婚礼并没有请太多人，俞家这边，俞涧甚至没有通知俞晋维，只请了萧政一家、孟景平、谢云帆和几个朋友。

池笙父母也都是独生子女，请来两三个看着池笙长大的好友，池笙则只通知了乔璇和曲一宁。

10月3日当天，上午九点五十分，一行人从胡同口陆陆续续走向池家的四合院。

来人是俞涧的好兄弟们，人手拎着两个樟木箱，大小不一。

一路上有不少街坊邻居出来张望，俞幼微笑着递上包好的喜糖，陆茵也蹦蹦跳跳地跟着帮忙。

十点整，俞涧领头踏进池家的乌金木大门，寓意着十全十美。

聘礼被一一摆在正屋中，两盒金条，五金一钻，六对龙凤镯，婚包婚鞋，名烟贵酒等等，目不暇接。

其中最显眼的是那两套纯手工打造的中式婚服，龙凤袍。

两家也互相包了一个10001元的红包给这对新人，寓意着万里挑一。

订婚宴定在颐悦轩旗下新推出的餐厅，山水竹林间。

给众人敬完酒后，俞涧将订婚戒指从蓝色丝绒盒中取出，准备给池笙戴上。

这枚订婚戒指是海伦温斯顿的水滴梨形钻戒，两边有长锥形边钻，灵动可爱。男戒则简单许多，是一枚单钻镶嵌长形钻石线戒。

池笙今日穿了俞幼微给她定的那身旗袍，脸颊白里透粉，乌发挽于脑后，说不出的清婉动人。

俞涧垂眸望着池笙给他戴上那枚男戒，再也按捺不住，假借着给她整理碎发的空隙，在她耳边轻声道："老婆。"

池笙轻蹙起眉头，羞赧地嗔他，警告他别再放肆。

俞涧嘴角微勾，收回手，指尖却似无意擦过她的耳垂。

在场的长辈们自然也感受到了两人无形中释放的粉红泡泡，笑得一脸慈爱。

"哎哟，真是甜蜜啊。"

"可不是吗！这俩孩子太般配了。"

虽然人不多，但订婚宴全程都是和和气气的氛围，还算热闹。

饭毕，亲朋好友们陆陆续续离开，乔璇和曲一宁在最后才起身。

俞泂送萧政还没回来，池笙挽着俩姐妹一起往外走。

"那个西高地白梗，我朋友说近期应该会有合适的，到了我给你打电话。狗就是要从小养，才亲人。"

"好。"

曲一宁看见俞泂挺拔的身影，朝他扬手示意，又打趣一下池笙："得，不耽误你俩共度良宵了。"

曲一宁开了车先行离开，乔璇则等着孟景平开车过来接她。

池笙凑近，向乔璇打探道："你和孟景平，现在是什么情况啊。"

乔璇神色平淡，倒也未见不耐烦："甩不掉，能怎么办。"

池笙发现，许多事其实是当局者迷，她也没点明，只是问了句："那如果……可以重新来过的话，你会选择不跟他有任何交集吗？"

这下，乔璇却是迟疑了片刻。

还没来得及回答池笙的问题，孟景平的车便缓缓驶来。

乔璇微不可见地叹一口气："先走了，你今天肯定很累，好好休息。"

池笙挥挥手，笑道："好，拜拜。"

待那辆奥迪R8消失在视线中，池笙腰间突地多出一双骨节分明的手。

"今晚还不回滨江壹号住？"

俞泂这话多少带了些撒娇的意味。

打从那天商量完订婚、结婚事宜后，池笙回到四合院住，他就天天独守空房，寂寞难耐。

"那什么……"池笙轻抿唇，靠进他怀里，在他耳边小声说，"不是该节制一点嘛。"

俞泂不敢黑脸，只哼哼两声，来表达内心的不满。

话虽是这么说，但在两家人离开颐悦轩时，池笙还是开了口："妈，我有份纸质文件在滨江壹号，今晚得加个班，同事急着要。"

俞泂眼底闪过一丝诧异，随即眼梢弯起，心里锣鼓喧天。

林敏清倒也没多想，池笙一向对工作挺认真，这两天虽然放假，也往基金会跑了不少趟。

"这个点也不早了,你就住那边吧,别跑来跑去的了。"

俞涧略显殷勤地给三位长辈拉开车门,同时不忘细心嘱咐:"那爷爷、爸妈,你们到家早点休息。"

池笙对俞幼微和陆川笑了下:"姐姐姐夫也是,回去早点休息,今天辛苦你们了。"

"好,你们俩也是。"

俞幼微全程注意着俞涧的表情变化,强忍笑意,他只有池笙在场的时候瞧着可爱些。

陆川单手抱着已经熟睡的陆茵,正准备叫醒她,给长辈们打个招呼,被俞涧制止。

"别把她吵醒,不然又要闹腾,你们快上车,回家。"

陆川眼里满是嫌弃,白在商场上待这几年,还跟个毛头小子一样。

这几日,池笙确实很忙,回到滨江壹号,进了电梯也还在找有信号的位置回信息。

俞涧本就被灌了不少酒,心里那点不悦被无限放大。他一脸不乐意,弯下腰靠近池笙,下巴搁在她清瘦肩头来回蹭。

"你以后不会是要工作不要老公的那种女人吧?"

电梯镜里,俞涧因为喝了酒,眼下仿佛打了腮红,配上他委屈的表情,竟然有几分可爱。

她扑哧一笑,边打字边回答他:"喝多了就爱说胡话,我看你是太闲了,去上班吧。"

"哼,避而不答。"

池笙没有正面回答的后果就是一进门,便被这个小心眼的男人紧紧掐住了腰,炽热的吻沿着她的耳根往下,强势、急切又霸道。

池笙被逼得连连倒退,高跟鞋发出砰砰的碰撞声,她索性将鞋子踢掉,省得崴脚。

旗袍上复杂的盘扣让俞涧的耐心一点点消失殆尽,池笙眼见着他手背上的青筋一点点显现,慌忙捂住衣襟。

"这不是睡衣,你可别再给撕了。"

俞涧喉结上下滚动,深吸一口气,拨开池笙的手,开始由上至下解盘扣。

白皙莹润的肌肤徐徐暴露在灯光下,池笙里面还穿了一条象牙白的吊带丝质裙。

俞洄将她揽进温热的怀抱中，附在她耳畔低喃："我一晚没睡，全在想你。"

池笙扬唇一笑，谁不是呢。

想到今天订婚，她也激动了一晚没睡好。

但她并未多说，只用行动来回答俞洄，她一边去吻他的薄唇，一边主动解他的衬衣扣。

明亮的客厅忽然变得漆黑如墨，随后亮起一盏橘色壁灯，旖旎的氛围被笼罩在浅柔的光晕里。

衣物散落一地，蔓延至沙发边。

池笙的长发被俞洄悉数拨到一侧，光滑的背脊与散发着热量的胸膛紧密相贴，那双手带着她熟悉的温度，缓缓探索到身前。

池笙一个惊栗，频繁交换的温差让她身体被激起一层小颗粒。

身后的重量骤然消失，随即，响起空调的嘀嘀声。

她的手机屏幕再次亮起，并随之而来几道消息声。

池笙本能地望过去，可刚一转头，下颌就被俞洄扳回来。

她窝在沙发里，微弱的光线打在俞洄身上，黑暗的身影逐渐将她笼罩，火热的吻接踵而来。

两人唇齿间不断攀升的温度令池笙无法正常思考，意识也越来越模糊。

…………

翌日，池笙自然是睡到晌午。

她走出房间，客厅里早已恢复整洁。

俞洄双臂环抱在胸前，背靠沙发，视线落在笔记本电脑上，一副若有所思的模样。

池笙三两下跳到沙发上，凑过去看电脑屏幕。

"在看什么呢？这么认真。"

俞洄立即合上电脑。

这反应……池笙狐疑地盯着他。

俞洄并未在意池笙的打量，而是将她带到腿上坐着，打着商量问道："婚礼你想在户外办对吧？"

"一开始以为会在夏天，所以想办户外婚礼，可是我们的婚礼不是定

在 12 月吗？"

池笙双手捏住俞洞的耳朵扯了两下。

"你想冷死我？"

俞洞捉住池笙的双手，不让她再作乱。

"这个你放心，当然不会。"俞洞思索片刻，继续说道，"那我们就办户外的，关于婚礼场地的准备工作，你是想一起参与，还是到婚礼那天再……拆盲盒。"

池笙细细回味俞洞这段话，她头次听说婚礼还能拆盲盒。

俞洞见她面带犹豫，拍了拍她后背，给出建议："不急，你慢慢想，我这边先准备着，你随时可以加入。"

池笙缓缓点头，其实也未尝不可，俞洞的眼光一向不错。

至此，俞洞每天的工作量又增添一项，筹备婚礼。

他做足了备孕的功课和计划，每日早晨，除去一杯雷打不动的现磨黑豆豆浆，还换着花样给池笙准备各种营养早餐。

送池笙上班回家后，他开始准备婚礼事宜。

到中午，他再做好新鲜的便当给池笙送去。

下午也不闲着，他去改装新房，这三点一线的日子，他过得很是充实。

林敏清知道后，只感叹这确实是个好女婿，得亏当时没棒打鸳鸯。

原本池笙还想参与婚礼的筹备，奈何工作太忙，看俞洞弄得起劲，索性全权交给他。

开婚礼盲盒，想想也挺刺激。

俞洞宽慰池笙，不用感到遗憾，她还是要参与的，比如准备伴手礼、写请柬等等，事情也不少。

一切都有条不紊地进行着，只是没有关于孩子的好消息。

池笙倒也不着急，这才过去多久，哪有那么多一次就中的好事。

这天，俞洞接到池笙的消息，说是下班要去找曲一宁，不用去接她，等她回家会给他一个惊喜。

他便在新房多待了一会儿。

新房这边的进度差不多快结束，只等来年和池笙在前院一起种一棵紫玉兰。

想到池笙说的惊喜，俞洞止不住有些心痒痒。

那日，他无意间瞧见池笙的淘宝搜索词条"小狗衣服""小狗铃铛""小狗玩具"。

对此,他很难不想歪。

池笙总爱叫他"小狗",之前还给他买了一个狗耳朵的洗脸发箍。

难道是想玩点什么不一样的……

越想越抓心挠肝,俞洄拿起车钥匙,大步朝屋外走,迫不及待地想知道是不是他想象中的"惊喜"。

回到滨江壹号,俞洄做了三菜一汤:青椒洋葱炒牛肉、手撕包菜、香菜炒清远鸡、豆腐鲫鱼汤。

只等池笙回来,给他揭晓惊喜。

天际最后一抹亮色消失时,终于从玄关处传来门铃声。

大门打开,池笙只露出脑袋,笑望着俞洄,双手似乎正拿着一样东西,躲在门后,不让他看见。

她今日穿的是格纹毛呢西装外套,内搭燕麦色的羊绒毛衣,长相本就恬静显小,扎了一个丸子头,瞧着更是可爱。

俞洄正想上手去捏她的脸颊,忽然听闻一声狗叫。

"汪汪!"

他嘴角的笑意一时僵滞住。

"Surprise(惊喜)!"

池笙将手中那只小小的西高地白梗举起,凑在脸旁,笑得一脸开怀。

这只软毛西高地白梗,耳朵是直立的三角耳,白里透粉,鼻头有些微微上翘的角度,不得不说,这张狗脸瞧着很甜,眼睛呈杏仁状,乌溜溜的,跟一旁的池笙有一拼。

俞洄勉强地扯出一抹笑,十分僵硬。

不对啊,是哪儿出了问题,怎么能是真的狗呢?

池笙满眼都是那只西高地白梗,只顾着赶紧抱狗进屋,还不忘吩咐俞洄一句:"把狗狗的东西拿进来。"

俞洄往外探头看了一眼,是一些狗狗用品。

算了,他是不会跟一只狗计较的。

将东西拎进屋后,俞洄在一旁看着池笙和那只小白狗玩耍,这狗倒是一点不认生,玩得可欢了。

"不吃饭?一会儿菜都凉透了。"

池笙没注意到俞洄语气中的异样,笑着扬起小脸。

"噢,好,我去洗手!"

待池笙走进卫生间,俞洄朝小白狗嗤了一声。

它也不甘示弱,甩着尾巴,朝着俞洄"汪"了几声。

饭桌上,池笙给俞洄说,狗是曲一宁帮她联系的,今天一见到,她就立刻爱上了,直夸这狗性格特别好,黏人温顺又乖巧可爱。

爱上了?这就爱上了?

这下,俞洄心里更加不爽了。

看来曲一宁很闲,他现在收回那三张演唱会内场票还来得及吗?

今晚,池笙只吃了半碗饭,忙着去和小狗玩耍,一人一狗很亲近,而俞洄的嘴角都快耷拉到了地上。

睡觉前,池笙翻来覆去,还在想着门外的小狗会不会不习惯,准备起身去再看一眼,却被俞洄捉住手腕。

"不准去,几点了,睡觉。"

俞洄把池笙拽回床上,给她掖好被子,活生生将池笙变成一具木乃伊。

然后,他自己翻身躺下,留给池笙一个冷酷背影。

池笙对俞洄的举动摸不着头脑。

没一会儿,俞洄转过身,挤进池笙那边的被窝里,紧紧搂住她,脑袋靠在她胸前。

"呆呆,你不是说,我是你的小狗吗?"

池笙细细品了品这句话,顿然哈哈大笑:"你没事吧?狗的醋也吃?"

听池笙这么一说,俞洄反倒更加委屈。

平日里,池笙回到家,第一件事绝对是先给他一个熊抱,接着两人耳鬓厮磨一番才开始吃饭,并且还会给他吹各种彩虹屁,譬如"老公好棒,老公辛苦啦,我们俞小厨这手艺都可以去开餐厅啦"等等。

今天有什么?

没有,全被那只心机小白狗抢了。

"你自己摸着良心说。"俞洄将池笙的手放到她胸口上,双眸紧盯着她,"你今天回来抱我了吗?"

池笙表情惊诧了一瞬,继而开始大笑,如同被人点了笑穴一般。

"哈哈哈……哈哈!"

俞洄伸手捂住耳朵装死。

不得不承认，他确实是跟一只狗吃醋了。

池笙笑得肚子疼，尤其是想起之前那个高不可攀、一脸傲娇的俞洌，更是停不下来。

一分钟后，池笙深吸几口气，努力控制好情绪，双手捧起俞洌的脸。

俞洌皱着眉头，俨然一副受了天大委屈还不敢声张的模样。

"好了好了，现在抱嘛。"

池笙身子往下一挪，钻进俞洌的怀里，双手环住他的肩胛骨，额头贴在他胸口蹭了蹭。

俞洌脸色稍缓，语调依旧带着一股执拗劲儿："还有呢？"

池笙紧咬着唇，漏出细微的笑声，扬起脸，在他微凉的薄唇上啄了几下。

俞洌认为不够，捧着她的后脑勺来了个深吻。

"以后再忘，你试试！"

池笙在俞洌的眼神里找不出一丝警告的意味，反而更像是在控诉。

这狠话真是不带一点威慑力，他虽然有些小脾气，但非常好哄，像在逗小孩。

池笙再度仔细打量俞洌，他真的不是在逗她开心吗？

她还是很难相信，俞洌会是这么幼稚的人。

然而，池笙不知道，俞洌已经在心底打起算盘，要如何将那只小白狗送走。

第二天是周末，起床吃过早餐，俞洌带池笙去参观一遍京裕花园的新房。

新房的每一处，俞洌都考量得极细。

池笙最重视她那些金鱼，他便请官师傅结合别墅院落的结构打造了一体式鱼池。

花园里，安装了真火壁炉，这样以后他们在室外用餐时，尤其在夜晚，定会有种围炉煮酒的浪漫氛围感。屋内整体的装修风格，俞洌也稍作改动，改用实木吊顶，走自然系风格，让家里多了些木头的温暖质感。

泳池被改造成果蔬园，俞洌甚至已经想好，以后要种什么蔬果。

阁楼做成一个休憩的小空间，缘由是某天他在监督工人装修时，下起了雨。急速落下的雨敲打在玻璃天窗上，却有种别样的静谧，难怪有那么多人喜欢听雨声。

那一刻，俞洇脑中浮现出一幅极美的画面。

灯罩中透出一片柔光，犹如洒下一片薄雾，池笙正在听雨看书，看见他来了，朝他扬起一抹浅笑。

池笙最喜欢的地方也是这一处，俞洇的确太懂她了。

连那个胡桃木的博曼落地灯也是她喜欢的复古设计，这些小细节足以证明他对此有多上心。

池笙心里止不住地涌起歉意，基金会来年有好几个公益项目要启动，订完婚的一个多月里，她一直在忙工作，新房和婚礼的事，包括饮食起居，都是俞洇在打理。

池笙犹如小猫一般温顺地蹭着俞洇肩头，语气亲昵："全部都超级喜欢，这么好的老公，够我吹一辈子。"

俞洇扯扯嘴角，表示不相信她这话："我也没看你跟谁吹过我。"

池笙咧嘴笑笑："有机会一定，一定。"

俞洇对她的撒娇很是受用，眉眼连带着嘴角的弧度都明显上扬。

"怎么样，我比你那狗好吧，它能给你做什么？"

怎么还在念叨狗的事……池笙笑眼弯弯，发现俞洇是真的很可爱，不由得紧紧挽住他胳膊。

"都带回来了，总不能不养吧，要对它负责呀，我又不会冷落了你。"

"好意思！"俞洇微扬起下巴，"昨晚不是我提醒，某人都没认识到自己的错误。"

"好嘛好嘛，昨晚是我疏忽了。"池笙和俞洇往外走，继续说，"快回家，趁我休息，我们一起写请柬。"

俞洇瞄一眼池笙，说："哼，我看你是忙着回家看狗。"

池笙松开手，不再挽着他："你有完没完？"

俞洇急忙牵起她，心底虽有几分不甘，面上还是挤出一抹笑："我开玩笑的，走，回家。"

敞亮的客厅里，沙发、茶几、地毯上摆满了各种卡纸、信封等东西。

相较于电子请柬，纸质请柬更有诚意与温度，并且他们婚礼邀请的宾客并不多，这也算不上是一件麻烦事。

请柬的色系是池笙定的，奶咖色，很有冬日气息。

两人默契地配合着融蜡、缠丝带、摆干花、盖火漆，一套流程倒十分好玩,像在过家家。

池笙望着主卡上骨气劲峭的"俞泂"二字,想起之前热搜上出现过的那张合照。

那几日俞泂的状态不是很好,她只想静静地陪着他,也没多问那件事。

"那张照片……我怎么没见过?"

俞泂放下手中请柬,抬眸问:"哪张?"

说来也奇怪,不过是对视一眼,他就知道她指的是什么。

"孟景平拍的,我觉得挺好看,就要走了。"

"其实,我也有一张。"

只不过她的那张是规规矩矩的合照而已,每每翻出来,她还是会想起那天的场景。

除去班级的大合照,俞泂似乎没有跟任何女生单独拍照,她以为俞泂是不愿意和女生合照,所以也没主动要求要合照,却没想到路过俞泂时,他叫住了她。

"呆笙,同桌快两年,不来一张合照?"

这才有了那张照片,没想到他那里还藏了一张。

其实,她也没跟别的男同学合照。

拍照那天,整个高三都乱哄哄的。

她不停地在人群中寻找他的身影,祈祷着摄影师排位置时,俞泂能碰巧站在她身后,想在合照上,她能离他近一些。

池笙忽地笑着说了一句:"笨蛋。"

"嗯?你说我?"俞泂发蒙。

"嗯,说我们。"

那时,他们都太年轻,也都太骄傲了,谁也不肯率先低头,所以才会一错过便错过了那么多年。

"俞泂。"

这声俞泂,倾注了太多情感,在舌尖惦念多年的爱恋,终于脱口而出。

"我爱你。"

灯光下,俞泂对上池笙晶亮的瞳眸,喉结微动。

她今晚是怎么了?说话怪无厘头的。

不过他很喜欢。

俞泂单手撑在地毯上,送上一个轻柔的吻。

"我也爱呆呆。"

虽然早已入冬,但在十一月末那几日,北都的天气还稍带暖意。

池笙在工作间隙中试了几次妆,让俞幼微诧异的是,婚纱竟然不用修改调整,很合身。看来俞洄这个家庭煮夫做得挺好,没让自己太太瘦了。

由于要开婚礼盲盒,自然也就少了婚礼彩排这件事。

俞洄亲力亲为,保密工作做得极好,大家除了地址,什么也不知道。池笙倒是乐得清闲,一头扎进工作里。

自然,俞洄和池笙因为这事也没少挨批斗,最后长辈们也撒手不管了,反正是他们俩自己的婚礼,办砸了也是自个儿的事。

婚礼前一天,池笙住在四合院。

冬夜里总是十分安静,卧室里,被子与床单的摩擦声越发清晰。

虽然她心理素质挺好的,但哪有新娘在结婚前一天会不紧张,更别说她还不知道自己的婚礼是个什么样。

池笙盯了一会儿天花板,依旧睡不着,拿起手机,打开微信,点开置顶对话框。

池笙:你睡了吗?我睡不着。

俞洄:放心吧,我没虐待你的小小狗。

那只西高地白梗的名字是俞洄取的,他说家里只能有一只小狗,它只配叫"小小狗"。

池笙:不是担心这个,我就是有点紧张。

良久,俞洄那边都未发来消息。

被窝里太暖和,池笙刷了一会儿财经新闻,眼睛已经是半合状态。就在手机将要从她手中滑落时,忽地响起一阵铃声,让她猛然惊醒。

屏幕上赫然显示着三个大字"俞小狗"。

"喂?"池笙困意未消,声音绵软,带了几分撒娇抱怨的意味,"你刚才干吗去了?我都要睡着了。"

电话那头传来俞洄的低沉笑声:"出来,给我开个门。"

池笙没开灯,轻手轻脚地摸出房间,走到大门前,打开一条门缝。

漆黑如墨的深夜里,只有远处的路灯泛着暖色微光,门口隐隐有个人影,挡住了光亮。

池笙点亮手机手电筒,将门打开一些,俞洄那张无可挑剔的脸撞入眼帘。

见到她，俞泂咧嘴笑了下，口中呵出一道白雾。

池笙下意识回望一眼院子，有点紧张却又开心："你怎么来了？"

俞泂眸底笑意越发显眼："我也睡不着，怎么穿这么少就出来了，快回屋去。"

他迈进门槛，准备拉池笙一起进屋。

"不是……"池笙拽住他，极力压低音量，"你要在这儿睡？"

"那不然呢？放心，我天不亮就走，他们不会发现我。"

就在这时，院子里突然冒出一道声响，吓得池笙抖了抖身子，然后她才反应过来，是扫帚倒地的声音。

这就是做贼心虚吧……

俞泂在一旁忍不住笑出声："胆小鬼。"

"还好意思说！都怪你，我本来要睡着了。"

俞泂双手捧起池笙的手搓了搓，往里吹着热气。

"快进屋，别冻着。"

无奈之下，池笙只好带着俞泂进屋。

俞泂动作迅速，脱衣服进被窝，一套流程很是熟练。

见池笙仍在审视着他，他招了招手："快进来呀。"

池笙磨磨蹭蹭地回到被窝里，俞泂立即像八爪鱼一样缠了上来。

"有我抱，能睡着了吧？"

"这话应该是我问你？我看你真是太狂野了。"

俞泂一笑带过，下颌搁在池笙脑袋顶蹭来蹭去，问："还紧张吗？"

"一点点。"池笙扭头打量俞泂，"你没去什么单身派对？"

俞泂低头给池笙来了一个深吻，直至两人体温都有些升高，他才离开了那柔软的唇。

"没酒味吧！谢云帆组了局，我没去，我可是有红本本的人，不跟他们玩。"

池笙满意地挑挑眉："还挺乖。"

"可不嘛，我是男德标兵。睡吧，明天也别起太早，不着急。"

"好。"

听着俞泂稳健有力的心跳声，池笙缓缓合眼。

481

翌日清早，天边翻起鱼肚白。

池笙在微醒状态下伸了一个懒腰，手边触及的地方没有什么温度。

他什么时候走的？她怎么一点也没察觉到。

不多时，院子里逐渐热闹起来。

曲一宁和乔璇昨晚也住在四合院，起床洗漱完，曲一宁开始嚷嚷，继续布置她的接亲关卡。

过了一会儿，化妆师来给池笙化妆，乔璇在一旁看着，不忘打趣池笙："昨晚，我好像听见了什么动静啊。"

"嘘！"池笙连忙示意乔璇快住嘴，不然她跟俞洄又要挨骂。

"真是受不了你们俩，一晚上都分不开。"

十点，鞭炮声在胡同里响起。

院子里不知道是谁大喊一声："新郎来了！"

"姐妹们，跟我冲！"

曲一宁拿出气势，带着几个伴娘往外走。

除去乔璇跟曲一宁，林敏清还叫了几个好友的女儿，凑个六，好看又好听。

池笙和一屋子的人都笑了。

曲一宁挡在大门口，朝俞洄笑："笙笙也算是我跟阿璇的妹妹，那你这个妹夫，不得叫我俩一声姐姐。"

俞洄一身摩卡灰的塔士多礼服，戗驳领双排扣，利落有气场。

他微微眯起黑眸，并不作答。

曲一宁见他这刺头样，就知道这事成不了。俞洄的脾气和嘴硬可是出了名的，也就对池笙不一样。

不叫就不叫，那红包总得多"勒索"几个吧，曲一宁正欲再开口，俞洄出声提醒："你可想好了，叶玺以后还要开演唱会，票和签名还想不想要了？"

曲一宁变脸那叫一个快，双手一拍，对身后的几个伴娘说："新时代了，咱们要文明接亲，不堵门。来，咱们列成一队，欢迎六位男宾，准备好闯关了吗？"

曲一宁鬼点子多，折腾了不少关卡。

第一关，需要一位伴郎闯过院门内的红外线后，看字读颜色，每错一处，就得给所有伴娘一个红包。

谢云帆自告奋勇，可昨晚为庆祝俞洄结婚，他喝了不少酒，大脑反应有些缓慢，给出不少红包。

第二关，在红色喜字纸杯里，是各种刺激味蕾的搞怪饮料，而每杯饮料下面，压着一张扑克牌，伴郎抽到"1314"方算成功。

秉持着能不上就不上的原则，孟景平推着另外两位伴郎上了。

第三关，是套婚鞋，有六次机会，如未套中，那得用红包换套圈。

这关俞洄要求自己来，才第三个他就套中了。

最后，要由新郎来回答一系列问题。

第一个问题，他对池笙的第一印象。

池笙在屋内坐着，听见曲一宁问的话，她也好奇，因为她和俞洄还没讨论过这件事。

俞洄话音带笑："这个新来的转学生，瞧着还挺可爱。"

被众人看得有些不好意思，池笙低头偷笑，林敏清也笑着替她了理鬓边的头发。

接下来，还有池笙最喜欢吃的三种食物、身份证后四位等等九个问题。

俞洄回答得干脆利落，顺利通关。

终于能进门接新娘，卧室门上却贴着一条横幅：想带走新娘，签下保证书。

待曲一宁拿出保证书，签完字，摁上手印，俞洄才被放行。

开门前，俞洄摸了摸额头上的薄汗，真要命。

一旁的各位长辈倒是看得乐呵，尤其是池祺祥，不忘高声说："小曲，你是不是收他好处了！就应该设他个七八九十关的。"

俞洄心想，这老头又开始使坏，来年可不孝敬他锦鲤了。

在一片欢声笑语中，池笙那几分紧张也被彻底冲淡。

推开门，俞洄缓缓走进来，屋内的笑语声犹如被他自动屏蔽，他只顾着寻找那张清丽的小脸。

池笙正坐在床中央，造型师给她设计的是法式公主的复古造型，更显五官精致小巧，与那套缎面婚纱相得益彰，气质温婉优雅。

她眼中仿若闪烁着细碎的光，正笑望着他，就像在说：你来啦。

她好美，哪怕是今早天不亮离开时，她睡着的样子也很美。

俞洄心中溢出莫大的满足感，这是他的太太，他的呆笙。

他几步上前，单膝跪地，给池笙穿婚鞋。

随后，俞洄抬起脸，眸底笑意几乎快要溢出，低醇嗓音饱含温柔："我来了。"

"嗯。"池笙难得在外人面前见到他这副神色，不由得红了脸，"终于等到你了。"

虽没有直白的爱语，但在场众人无一不感受到了这对新人的浓浓爱意，开始起哄："亲一个，亲一个……"

俞洄起身，打横抱起池笙，望着怀里的人，轻声问道："可以吗？俞太太。"

池笙脸皮薄，现在只想将脸埋进俞洄怀里。

众人颇有一种不亲不让走的架势，俞洄只好低头在池笙嘴角亲吻了下，这才得以顺利出门。

胡同口停着十几辆豪车，还有路人在不停地拍照。

俞洄抱着池笙在前面走，陆茵不忘小跑着去帮舅妈捧住婚纱尾。而他们身后，是众好友正在给街坊邻居们发喜糖。

去婚礼地点的路上，孟景平载了林敏清和两位阿姨，乔璇坐在副驾。

穿着羽绒服的阿姨向林敏清打听："听说是室外婚礼，这大冬天，还搞露天的？"

"嗨，我家那女婿，花样可多了，说是要给我们开什么盲盒，就连笙笙也不知道婚礼现场到底是什么样。"

林敏清语气虽然带着抱怨，面上笑意却丝毫不减。

"小孟，你跟俞洄好，你知道是什么样吗？"

孟景平失笑："您别说，我还真不知道，俞洄没叫任何兄弟去帮忙，他那嘴可严实了。"

另一位阿姨笑道："还是头次见这么会玩的新郎，有意思。"

婚礼车队直奔北都郊野，大家原以为，是要去郊野公园，可过了公园，车还在向前行驶。

直至第一辆劳斯莱斯幻影停下，后面的婚车才跟着停在路边。

亲朋好友们都略感诧异，这是要去哪儿？不还是林地吗？

池笙被俞洄牵下婚车，由他牵着走向树林深处。

进入丛林秘境后，在一片较为空旷的草地上，一栋玻璃屋映入众人眼帘，说是温室花房倒更为贴切，入场处的花门挂满藤条，通过一个花房连

484

廊，里面是仪式区，玻璃穹顶垂落而下的是复古的爱迪生灯泡和各式鲜花，包括郁金香、喷泉草、澳洲腊梅等等。

而最为特别的是，中央有一棵连理枝，举办仪式的地方便是在这棵连理枝下。

池笙做过许多猜想，却没想过，会是这样的婚礼。

她不由得回想起申城那家酒店顶楼的花房，那时尽管不够诚恳，二人依旧有所保留，但也是她与俞洄第一次学会开诚布公。

外面是寒冬凛风，温室花房中却很温暖。

原来，他真的不会让她冷到。

宾客们望着身旁花开漫野的景象，连连惊叹。在寒冷初冬，竟然能办这种婚礼，别有一番春日的浪漫氛围。

花房外，池笙挽住池丘山的手不由得缓缓收紧。

池丘山轻轻拍了下池笙手背，安抚道："不怕，爸爸在。"

俞洄安排的新娘入场曲是 *My Prayer*，加上他的英文独白。

旋律响起，他目光灼灼，望向花房入口，缓缓对他的挚爱告白：

"I know that she's out there.

（我知道她就在那里）

"The one i'm suppose to share my whole life with,

（那个我想和她共度一生的人）

"And in time,

（总会有一天）

"you'll show her to me,

（你会把她带到我身边）

"And let her know,

（并让她知道）

"my heart

（我的心）

"is beating with hers."

（只为她而跳动）

池笙眼尾早已泛红，却还是忍住泪意，弯唇浅笑，一步一步，踏在四季青草地上，缓缓走向连理枝下的俞洄。

林敏清看着女儿从自己身旁走过，泪水滑落，一旁的俞幼微连忙暖心

安慰。

台上,池丘山将池笙的手郑重地交到俞泂手上。

这一瞬间,作为父亲,他很喜悦,但心里也像是空了一片。

池丘山眨眼收住眼泪,转身下台。

池笙收回视线,喉咙哽得难受,俞泂看得心疼,只好牵起她的手,轻轻摩挲安慰。

"没事,你要想的话,我们就去四合院住。"

"我没事的。"

调整好情绪后,池笙扬起小脸,努力睁大眼,将眼泪逼回去。

俞泂清隽俊朗的眉眼透着温柔之意,嘴角噙着浅笑。

主婚人适时开口:"各位来宾,我们今天欢聚在这里,一起来参加池小姐和俞先生的婚礼。婚姻是爱情和相互信任的升华……"

俞泂朝池笙扬了扬眉,用口型问道:"婚礼还喜欢吗?"

池笙嗔了他一眼,还在台上,做什么小动作。

"池笙小姐,你是否愿意嫁给俞泂为妻,无论将来是顺境或逆境……"

池笙面带笑意,凝视着俞泂,没有丝毫犹豫与保留:"我愿意。"

俞泂亦是如此。

交换戒指,俞泂终于亲手给池笙戴上那枚祖母绿婚戒。

直至此时,他也还是感觉身在梦境之中。

当池笙给他戴上戒指那一刻,他才切身感受到,是真的,他的人生彻底圆满了。

宾客们又是一阵欢呼,用祖母绿做婚戒的人可不多。

这场婚礼虽在冬日,却伴着春日般大自然的气息,轻松而温馨,简单纯粹。

大概是现场太梦幻,亲朋好友们忙着去拍照片,没人关注新郎新娘,池笙和俞泂正好得空休息。

"喜欢吗?"俞泂把玩着池笙的纤纤细指,望着那枚耀眼的祖母绿婚戒,很是舒心。

"喜欢。"池笙心满意足,"这是最好的婚礼!我以为会有小小狗送戒指,或者是跟金鱼有关,我曾经还想过……"

池笙捂嘴笑了下:"你该不会到海洋馆去办婚礼。"

"想得美。"俞泂轻哼,"这是我们的婚礼,我是你的,你是我的,你那些胖头鱼和狗崽子一个也别想出场。"

池笙笑意难止，俞洄越是小心眼，她越是爱他。

虽然俞洄并不是很会说甜言蜜语，但他会去做，他大概就是一个温室，而她，是他温室里唯一的那朵花。

"如果是春天或者夏天，"俞洄望向那棵连理枝，语气略带遗憾，"那棵连理枝开花了，会更好看。"

"不重要。"池笙挽上俞洄手臂，"重要的是你。"

俞洄轻叹："俞太太真会说情话，俞先生要哭了。"

池笙靠在他肩头："俞先生骗人，俞太太才不相信。"

晚宴地点被俞洄安排在北都颐悦榕酒店宴会厅。

回城途中，俞洄的目光始终未曾离开池笙右手无名指上的戒指。

手机铃声响起，池笙想趁机抽出被俞洄牢牢握住的右手，他却故意不松手。

"别逼我打你啊。"

"哼。"俞洄心虚地放手。

来电显示是曲一宁。

"怎么了？"

"笙笙！俞盛官宣新的CEO上了热搜，好巧不巧，你俩连带着也上去了。"

俞洄自然也听见了这话，皱眉往后一靠，拿出手机，他没有微博，点开网页随便一搜，相关词条立即蹦了出来。

△天明地产前副总裁出任俞盛集团执行总裁

挂断电话，池笙在微博上也看见这个消息，下意识望向俞洄。

不出所料，许久未见的戾气重现于俞洄眉宇间，绷紧的侧脸线条透着一股冷峻。

"手机给我。"

池笙将手机递到俞洄掌心里，顺势挽住他手臂："没关系的，我看网友也没说什么。"

俞洄默不作声，垂眸紧盯着屏幕，手指不断滑动。

在"前俞盛总裁婚礼"这个热搜话题下，网友们讨论得十分火热。

△这一对前几个月上过热搜吧？我真是凭本事刷到后续。

△冬天在户外办温室花房婚礼！学到了，我未来老公在哪里？请快点联系我。

△最重要的是那两棵连理枝啊！寓意也太好了。

△之前跟我老公去领证的时候，还碰到这两个人了，有一说一这男的真的好帅，而且满眼都是他太太，一脸痴汉相。

△好逗，第一次见到婚礼上客人们都忙着去拍照，没人搭理新郎新娘，而且看他俩也挺开心，氛围好轻松欢快。

那张照片里，俞洄和池笙正凝眸笑望着对方，显然是旁若无人的状态。

△俞家人骨子里就是狠啊，听说俞董事长住院多日，这位也没去看望，而且办婚礼竟然不请自己亲爷爷，这是要断绝关系？

再往下翻，说他冷血无情的网友可不少，甚至还有人提起池笙的家人及亲朋好友。

俞洄把手机还给池笙，冷着一张脸拨出电话。

"叫人把那个热搜撤了，还有，把我之前没放出来的俞盛丑闻全部发出来……"

谁是俞盛新任 CEO 与他无关，俞晋维也不该挑在他结婚这天，把池笙和她的家人朋友牵扯进来。

他和池笙都不愿出什么风头，只想安静地办一场婚礼而已。

俞洄打电话时，池笙收到伴娘发来的消息，说那几张婚礼照片是她发在微博上，被别人看见后传开的。

她没有恶意，只是觉得很漂亮，想分享一下，没想到会变成这样。

池笙只说没关系，别往心上去。

这个情况其实也在她料想中，所以她真的不介意，更别说这个伴娘平时也就是个单纯到不行的幼儿园老师。

打完电话，俞洄拿过对讲机。

几声嘈杂的信号声响起，他沉声开口："改道，去裕栖庄园。"

对讲机里传来几道男声。

"好。"

"没问题。"

处理好一切，俞洄重新握起池笙的手，调整好情绪，才转头望向她。

"我刚刚又冷脸了是不是？"

池笙没想到他会说这个，微微一笑，与他十指相扣。

"人本身就是有情绪的,我不需要你在我面前伪装,况且你又不是对我冷脸。"

"酒店那边肯定有媒体在蹲点,我们改去裕栖庄园,他们那儿每套别墅都新增了室内温泉,顺便让他们玩一晚。"

池笙不免疑惑:"现在去,来得及安排吗?"

俞洞轻靠在池笙肩上,闭眼小憩:"放心,我提前做过备选方案,都安排好了,这两天他们不接待其他客人。"

言外之意,裕栖庄园被他包场了。

不得不说,俞洞做事确实很缜密,这种感觉真好,不用她费心动脑。

"我都找不到词来夸你了。"

"那奖励一个?"

"不行,一会儿他们该说你抹口红了。"

俞洞低笑两声,也是,不急这一时半会儿。

婚礼车队抵达裕栖庄园时,天色已晚,亲朋好友们一下车便被工作人员指引去餐厅。

俞洞安排的晚宴真让人眼花缭乱,说是饕餮盛宴也不为过,花胶海皇鱼翅羹、法国蓝龙虾、文火雪花牛肉、鸡汁枸杞时蔬……并且还是中西结合的菜式,照顾了各个年龄段宾客的感受。

池笙换了一身象牙白素缎长裙,裙面带着陶瓷般温润的质感,这套敬酒服也由俞洞亲自挑选。

两位新人挨个敬酒,好在人数不算多,没花费太久时间。

等用餐结束,观光车载着宾客们回到各自安排好的房间。

这一路上,林敏清收到无数赞扬声,都在夸她这个女婿可真不错。

林敏清也没想到俞洞能考虑得这么周全,这哪叫参加婚礼,等同于周末在城郊度了个假,换谁都会开心。

俞洞和池笙下了观光车,还得走一小段路,没走两步,池笙被俞洞拉到路边绿化带,他抬手示意她站上去。

"不用,马上就到了。"她多大的人了,哪里还需要人背。

"快上去,外面太冷,我们早点回去。"

池笙拗不过他,只好照做。

俞洞一背上她,竟开始大步跑了起来。

"你慢点!"

489

池笙笑出声，一手紧搂他的脖子，一手拍打着他肩膀。

几乎不到一分钟，两人就进了别墅。

环顾四周，池笙发觉有些眼熟，半晌后，才想起来这是上次她住的那个房间，只不过露台的泳池改成了温泉池。

放下池笙，俞洄轻喘着气，倒进沙发里。

池笙踢掉高跟鞋，换上拖鞋，走到他身旁坐下。

灯光下，似乎因为被冬夜冷风吹过，俞洄嘴唇略显干燥，脸颊泛着微醺的红色。

池笙抬手，指腹轻轻抚过他的眉眼、鼻梁……

有些痒，俞洄缓缓睁开眼，捉住她的小手，在唇边亲了一下。

"累了吧？"池笙语气里暗含心疼。

"还好，就是爷爷太坏，这坏老头灌了我好多酒。"

池笙轻笑着倒下，两人互相拥紧，挤在不算太大的沙发里。

没过几分钟，池笙听见耳畔的呼吸声逐渐变得平稳，抬头一看，俞洄竟然睡着了。

她重新贴回俞洄胸口，那就睡吧，结婚好累，她也不想再起身去收拾。

这一觉，并没有睡到天亮。

凌晨两点半时，俞洄做了噩梦，额头上布满细汗，呓语几句后猛地醒来。

喉咙发涩，很难受，他轻咳两声，正欲起身喝水，肌肉的酥麻感逐渐传来，这才发现他抱着池笙。

这个角度望去，池笙的眼影有些晕了，不过俞洄不了解这些，只想着她不是还化着妆，不卸妆能睡觉吗？

可叫不醒她，俞洄索性放轻动作，起身去浴室翻找，还真有叫卸妆巾的东西，但他也不敢私自给她用。

将卸妆巾扔到一边，俞洄把提前准备好的艾叶放进木桶里，加好热水，端着走出卫生间。

池笙已经醒了，双手撑在沙发上，歪歪倒倒地坐着，双眼蒙眬地望向他。

"你去哪儿了？"

"卫生间。"俞洄几步走到沙发边，"今天肯定受寒了，快泡脚。"

从备孕初期开始，俞洄就给池笙安排了艾叶泡脚这个项目，她已经习惯了，将双脚泡进木桶里，热水一烫，周身疲乏瞬间消散不少，她舒服地耸了耸肩。

俞泂暗自一笑。

池笙问:"你是怎么发现那个地方的?"

俞泂知道她指的是婚礼那块场地,直截了当地回答:"刚回国没多久,有天去郊区骑行,偶然发现的。"

他看到时也很诧异,毕竟那是自然生长的连理枝,很少见,枝繁叶茂时确实极美。

当时他认为,这个地方很适合办婚礼,所以鬼使神差地把这块地买了下来,但从那之后,从未进行开发。

谁能想到,最后会是他们婚礼的举办地,或许是冥冥中自有天定。

俞泂余光注意到露台外的温泉,眉梢微扬,倒想起一件重要的事。

"我亲自设计的花房,跟着工人们一起搭建,包括十几个花种也是我亲自去挑,还有在场所有的布置……"

俞泂很少会提及他做的事,所以这些话,听得池笙心中如同被棉花糖填满,软绵绵、甜滋滋的。

俞泂眼底闪过一丝狡黠,说:"我有一个小心愿,你能满足我吗?"

"当然可以!"池笙瞳眸一亮,无论他现在要什么,她都想给他。

俞泂没说话,转身上楼,一分钟后才下来,双手背在身后。

池笙正想他又要给她什么惊喜,谁料他竟拿出一件黑白配色的女仆风泳衣。

池笙无语地想,他是真的轴到底啊,居然还在惦记这件事,看来她今天要是不穿,这个坎怕是一辈子也过不去了。

终于,如俞泂所愿,池笙换上了那件泳衣。

看着俞泂开心的模样,池笙想打趣他,笑声却被他悉数吞入腹中。

她就知道,饿虎扑食虽迟但到。

夜空中悬挂着一轮皎月,温泉池里,池笙被俞泂抱在腿上坐着,他正在给她按摩后腰。

池笙注意到俞泂肩膀和手臂上泛红的指甲印,也给他揉了揉,心想下次一定不挠他了。

"我真的没见过执念比你还重的人,是不是得不到的东西,做不到的事,你都会一直惦记?"

"对,不然也不会惦记你这么多年。"

俞泂捏了下池笙的纤腰,凑在她耳边低喃:"还说我,你不也是。"

池笙靠向俞涧肩头，望着月亮。

"对，我也是。"

（3）蜜月

由于年底工作量较大，池笙没办法休假太久，所以蜜月只空出一星期左右的时间。

对此她感到很抱歉，但俞涧表示十分理解，支持她。

池笙直夸他善解人意，是北都第一好男人，并说日后一定会补偿他，于是两人决定去梅里雪山看一场日照金山。

池笙不知道，俞涧这个人精，早已打好自己的小算盘。

来年池笙参与的公益项目，需要全国到处跑。依照池笙的性子，自然不愿意让他同去，嫌他会耽误她工作。而他正好能利用蜜月假期不足这个借口，趁机让池笙捎上他，四舍五入也等同于再度一次蜜月。

第二天，回到京裕花园的新房，收拾好行李，两人直奔机场。

上飞机前，俞涧接到一个陌生电话，正欲挂断，手指却下意识点了接通。

"哪位？"

听清对方所言后，俞涧眸色越发深暗。

云层之上，晴空万里。

波音 B787 商务舱的私密性极好，并且错位式座椅可变成 180 度的全平躺柔软卧榻，昨晚池笙睡得太少，随便吃了些粤式点心后，两眼一闭，睡了过去。

给池笙盖好毯子，俞涧坐回座椅，靠向椅背，低头转动着无名指上的婚戒。

良久后，他从一旁的羽绒服内兜里拿出一个迷你的复古书本戒指盒，里面是一颗主石只有 0.9ct 的祖母绿戒指，糖豆造型，光泽圆润，一眼便能让人联想到幽绿通透的湖泊。

起初，他一股脑地想把最好的都给她，却忽略了她平日里戴那么大一颗鸽子蛋会不方便，相比之下，这颗日常戴要合适得多。

他突然有些期待明天的到来，希望能顺利看见日照金山。

下飞机后又转机，抵达香格里拉，坐上专车，还需走国道去德钦。

将近三个多小时的车程，迎着白马雪山一路向北，其中途径帕纳海环湖路，在冬春早季，湖水萎缩干涸，变成了一片沼泽草甸，路上时不时会出现路过的牦牛群。

翻过白马雪山，天空逐渐放晴，不过云雾依旧很大。

沿路虽然弯绕，风景却极美。

路旁有许多经幡台和玛尼堆，每个拐口出现的景象都有所不同。

终于，在一个转弯后，梅里雪山出现在视野中，冰川覆盖了绝大部分山体，磅礴的苍茫感顿时油然而生。

随着德钦县越来越近，红顶白墙的建筑犹如丝带般缠绕在郁绿的山脚。

大概在出发前的半个月，俞泂就给池笙安排上红景天胶囊。

转机时，池笙也提前吃下蓝养片，却还是出现高原反应，好在并不算严重，只是缺氧头疼。

俞泂提前设想过这种情况，他定的酒店在露台上便能尽览雪山群，且房间内有供氧，也就不用特地去观景台等日出。毕竟海拔摆在这儿，身体条件又不支持，躺在床上看雪山倒也算一种不错的选择。

抵达酒店，已是日落时分。

强撑着拍下几张雪山的照片后，池笙头昏脑涨地倒回床上休息。

俞泂也没了出去玩的心思，陪着她早早睡下。

翌日，凌晨五点半钟，暗空中仍布满星群。

俞泂心里一直惦记着日出，到点了，猛地醒来。

他没开灯，静静听了一会儿池笙的呼吸声，然后摸黑起床，套好衣服，满怀期待地去露台上架起三脚架。

接下来的时间，便是等待。

天际清透，隐隐发出青紫色光晕。此时与之相伴的，只有他身侧交织的寒风。

等待显得无尽漫长。

那枚戒指一直由俞泂握在掌心，不知不觉中，已经带上了他的体温。

最终，因为天气，雪山上依旧云雾缭绕，朦胧中透露着独属于它的神秘。

失落是有，也不算太多，毕竟一年只有四十多天能看到日照金山。

俞泂在冷冽的风中默默收起相机，暗自庆幸没有叫醒池笙。

回到房间洗漱完，俞泂坐在床边看了一会儿熟睡的池笙，起身走出房间。

酒店的餐厅几乎是附近唯一可以用餐的地方，俞泂跟酒店工作人员沟通后，坐上一辆当地的面包车。

池笙醒来时，头痛欲裂，然而这不是最可怕的，在并不熟悉的房间里，看不见俞洄，让她很恐慌。

药物能够缓解疼痛，却无法消散恐惧。

身体不舒服，加之见不到他的身影，心底那点委屈和难受被无限放大，眼泪无意识流出，烫到像在灼烧她的肌肤。

酒店有二十四小时弥漫式氧气，池笙却还是感到胸很闷，她努力爬起来，拆开一次性鼻氧管⋯⋯

俞洄打开门时，看到的便是这一幕，池笙靠在床头吸氧，瘪着嘴，委屈又可怜地望着他。

不知是不是角度问题，他似乎看见她眼里有泪光在闪动。

俞洄放下手中吃食，坐到床边，揉了几下池笙的脸，果然有泪痕。

"好点了吗？"

"你去哪儿了？"

池笙话音里满是哭腔，她现在没劲儿，只能任由他搓圆揉扁。

俞洄撩开她额前碎发，让她半坐起身，顺手给她编起麻花辫。

"我去买酥油茶和青稞饼，听说这个可以缓解高反，特地找了网上都说好吃的那家。"

他已经以最快的时间赶回来，没想到池笙还是提前醒了。

"怕什么，我又不会丢下你跑了。"

"讨厌。"

池笙娇柔的声音，听得俞洄心底一阵悸动，他认真地给她编着辫子，一边说："自己都是个小朋友，还要生宝宝，别要了。"

池笙转移话题："你看到了吗？"

"没有，不然早叫醒你了。"

俞洄看着完美的麻花辫，发觉他的手也挺巧的，如果以后有女儿，编小辫儿应该很拿得出手。

"那明天一定要叫我，我想第一秒看见金光出现。"

"就你这状况，再说吧。"

如果不是池笙的时间比较急，他们可以先从海拔稍低的地区一点点向高海拔地区游玩，高反症状也许会更轻些。

白天一日的餐食，俞洄和池笙直接在酒店内解决，是滇式与藏式菜肴进行创新的菜式,还有火锅,味道挺不错。

池笙上下楼梯时,都是慢动作,俞洄乐呵呵地跟在她身后,全程给她录了下来。

其他游客大多数也是这副模样。

本就短暂的蜜月,现在几乎都被用去睡觉。

俞洄也无可奈何,伺候池笙休息下之后,穿上羽绒服,又坐在露台上,眺望远处,看着积雪从山尖蔓延,开始发呆,幻想时间是否会停滞在此刻。

有时,不想走、想留在这里的念头会突然从他心底冒出来。

等池笙再度醒来,状态好上不少,看来那半个月的红景天也不是白吃的。

夜深,俞洄进屋,周身满是浓浓的寒气,他的鼻尖与下颌、耳朵都被冻得发红。

"快进被窝。"

池笙朝他招手。

俞洄朝她扬起一抹笑,脱掉羽绒服,在屋内走了一会儿,待寒气尽消,身子热起来,才掀开被子上床。

池笙抬手搓着他的脸颊,还是很凉。

"我睡觉的时候你就一直待在外面吗?"

"嗯,放空一下,挺舒服。"

池笙隐隐期待:"明天能看见吗?"

"今晚的星星挺多,希望吧。"

不得不说,面对未知的等待,是焦虑的,是难熬的,是恐惧失望来临的。

然而,这仅仅是等待一个日出而已。

俞洄想起什么,转而凝视着池笙:"这七年,你是怎么过的?"

池笙嘴角微微弯起,坦诚回答:"正常上大学、毕业、工作,认真做好每一件事。"

池笙回望俞洄,探究着他的目光,忽然了解了他那句问话的含义。

"你知道张爱玲的那句话吗?"

俞洄眨了眨眼,示意她继续说。

——"像他明天就会来一样期待,像他永远不会来那样生活。"

俞洄眸光微闪,喉间的酸涩感朝心口蔓延。

池笙轻靠在俞洄肩头,缓缓道:"在等待的同时,我不会丢掉自己的生活，让自己变得一团糟。"

在那个阶段，她是需要成长的，她的人生也需要一定的经历去丰盈起来，而不是只有情情爱爱。

俞泂倏然一笑："呆呆真棒。"

"你不也是吗？"

闻言，俞泂却有些自惭形秽，他不过是靠学业、工作来麻痹自己罢了，以至于目标达到后，他就像是一根松下来的弦，再也不想被绷紧。

"你呢？这七年又是怎么过的？"

"我觉得他们形容得没错，我是一个不会休息的机器人。"

他迫切地想要尽早结束这一切，因为那并不是他喜欢的生活。

那些年，每每幻想起也许会和池笙发生的种种，他的心就犹如被水泥牢牢封住，不留一点缝隙，窒息般地难受，整个人在日复一日中变得戾气横生。

池笙扬起脸，额头在他的下颌角蹭了蹭。

"如果当初没有误会，你还会出国吗？"

"不会，我们会一起上大学，然后毕业就结婚。"

"你想得可真美。"

俞泂勾起嘴角，低头给了池笙一个晚安吻，随后关上台灯。

"睡吧，明天还要看日出。"

闭上眼，俞泂期盼着，次日会有一个晴朗天气。

翌日，俞泂又在相近时间点醒来。

他依旧没有叫醒池笙，轻手轻脚起床，重复前一日的流程，继续安静等待日出。

没一会儿，阳台门从里面被拉开。

清早的空气冷冽稀薄，屋内外温差巨大，凉风扑面而来，池笙冷得抖了抖肩膀。

"死鬼，又不叫我。"

俞泂笑着起身，把她推回房间："太冷，你在屋里等，出来了我叫你。"

池笙也是个一等一的倔脾气："不要。"

俞泂没办法，自己的老婆只能自己惯着，他拉下池笙的羽绒服拉链，给她贴了好几个暖宝宝。

伴随着高原的风、云月与星,俞洄揽着池笙坐在靠椅上。

"最高的那座山峰,藏民们称为卡瓦博格,在藏语中,是雪山之神的意思,他们世代敬畏,把卡瓦博格认作为生命之源……"

俞洄用目光示意,并没有用手去指那座山峰。

"边上那一座是缅茨姆峰,也叫神女峰。有传说,神女峰是卡瓦博格的妻子,它们相互映衬……"

俞洄嗓音低磁醇厚,在呼啸而过的冷风中,有种异样的温柔。

他轻声慢语,给池笙说着关于梅里雪山的故事。

末了,拂晓蓝光渐现。

俞洄望着天际瞬息变幻的云雾,又看向池笙。

"据说看到日照金山的人,会幸运一整年。"

池笙眼睫微微颤了下。

不是,幸运的不是能看见日照金山,而是陪伴等待日照金山的彼此。

池笙弯起嘴角:"和你一起等,已经很幸运了。"

时间过去许久,俞洄心想,也许又是空白等待的一个清晨。可六点二十九分时,群山掩映中的卡瓦博格却忽然亮起一抹耀眼的金光。

"出来了……"池笙不由得轻唤一声。

俞洄抬眸望去。

当日出的第一缕光投向卡瓦博格峰顶时,原本浸没在黎明前黑暗中的洁白山峰仿佛披上一层金衣,周围的云朵也染上金色光芒。

陌生又奇妙的声音响起,似乎是从云雾中的村庄里传出的转经筒声响,一时间,这里的一切彷如隐于尘市之外。

池笙终于明白,什么叫万物顿失颜色。

这一刻的静谧孤绝,是难以言喻的神圣壮丽,在一点点渗透进骨髓里。

浓雾散开的瞬间,天际变为透彻的蓝,粉金色光线犹如在缓缓点燃银色的雪山,在雪山间盛放开来。金光照耀着梅里十三峰,雪山逐渐显现在视野中,冰川覆盖了绝大部分的山体。

顿然间,敬畏感与苍茫感油然而生。

池笙舍不得移开半寸目光,高反带来的不适都快要被眼前的景象所治愈。

莫名地,她湿润了眼眶。

越难抵达的地方,越能触动人心。

这就像是在告诉人们，美好的事物，总是值得等待的，人也如此。

在它消失的前一刻，俞洄吻上了池笙。

冰天雪地间，微凉的唇瓣互相汲取着对方给予的温度，即便冷冽的空气重新进入胸肺，也不再寒冷。

俞洄垂眸，对上池笙晶亮的双眼，指腹轻柔地为她拭去眼角的湿润。

池笙发觉手指间多了什么东西，低头一看，无名指上出现一枚戒指。

"那颗太大，怕你平时不方便，戴这颗就不用摘了。"俞洄轻声解释道。

池笙眼圈再次泛红，伸手索要拥抱。

俞洄配合地弯下腰，让她双手挂在他脖子上，再牢牢抱住她。

"我好爱你。"

"我也爱你。"

池笙的身体状况虽然好了不少，但原本安排的行程也不能再继续往前，因为海拔只会更高。

于是，两人决定再多看几场震撼的日照金山。

夜幕降临，星群光点起伏，密布在深蓝色的夜空中。

池笙裹成个棉球，在露台上拍星星，要把这星空漫步的一幕分享给两个好姐妹。

俞洄站在她身后不远处，用手机拍她。

下一秒，屏幕突然转到了来电显示的页面，是俞幼微的电话。

俞洄笑容微敛，走到一旁。

"喂，姐。"

电话那头的俞幼微沉默片刻后，才出声说："爷爷，查出来是肺癌中期。"

俞洄神色并无太大波动，似是早有预料。

那日在机场，打来电话的人是江林，说俞晋维吐血了，情况不容乐观，而他回答的是：与他何干？

"嗯，我知道了。"

说罢，俞洄就要挂断电话，却又听俞幼微继续说："我去见了他一面，他承认当年那件事，是他处理得不妥当。"

俞洄静静听着电话，一言不发。

"还有，他不准备接受治疗。"

俞洄脸色又冷了几分，几乎快要融入黑暗的寒冬中。

"他以此要挟,要见我?"

俞幼微轻叹一声,棘手的地方就在这儿。

"没有。"

俞洄沉声开口:"那是他的命,他不要,谁也没办法。挂了,你早点休息。"

俞洄收了线,池笙也和闺密聊完天,拿着拍好的照片过来跟他分享。

"好看,呆呆什么都能做好,真棒。"

池笙注意到俞洄眉眼间的异样,收起相机,问道:"怎么了?"

夫妻一体,俞洄原也没打算将此事瞒着池笙,语气仍是一派轻描淡写:"刚才,姐打电话跟我说,他得了肺癌,中期,不接受治疗。"

"他"?

下一秒,池笙反应过来,是俞晋维。

她不免诧异,俞晋维那身子骨,瞧着比她爷爷都要硬朗。

"不接受治疗,是想让你去见他?"

"没有。"

这次,俞晋维确实没有以病情来要挟他。

说完,俞洄牵着池笙回屋。

池笙简单一想,便明白了。

俞晋维现在这一招,明面上没有逼俞洄去见他,可处处都在逼俞洄去见他,因为中国人的传统便是如此,百善孝为先。虽然俞洄骨子里是个睚眦必报的人,他也不受这些伦理道德的裹挟、无畏骂名的负担,但他绝不是一个冷血的人。

只是她也不知道,俞洄究竟会怎么做。

第二天,两人幸运地又看了一次日照金山。

吃完早餐,俞洄还是做了选择:"我们先回北都吧。"

他明白,人生在世,不可能永远不受世俗的束缚,尤其是有了心爱的人之后。

曾经,他孑然一身,什么都可以不在意。

可现在,动一发牵全身,他的所作所为会影响到池笙和她的家人,甚至是他们以后的孩子。

他不想让自己心爱的人生活在议论纷纷中。

回到北都，俞洄并没有第一时间去见俞晋维。

直至第三日，他们二人准备回四合院看望池祺祥，谁料江林直接堵在京裕花园大门处。

俞洄没打算让池笙去见俞晋维，先将她送回四合院，才独身前往，转道去医院。

医院里，俞晋维苍老许多，明显没了以往那股凌厉劲儿，可眉目间的倔强与威严却依旧不减。

俞洄的到来也没见得让他有多欣喜。

"哟，结婚不请你爷爷就算了，现在连人也不肯带来见见。你别忘了，没我哪儿来的你。"

俞洄没有兴致打嘴仗，眼中闪过一抹不耐烦："您又不是没见过。"

俞晋维重重咳了几声，身形略显佝偻，转身拉开抽屉，递给俞洄一个文件袋。

"你爸妈的确是意外亡故，当时老大也确实动过这个念头，不过被我提前发现，也严厉警告过。"

看完那些文件，俞洄眸色依旧很冷，只淡淡地看着俞晋维。

俞晋维深叹一口气："东西我已经给你，信不信那就是你的事了。"

俞洄下颌线收紧，并未多说，转身离开。

他确实不信，怀疑的种子一旦扎根，很难再将其拔除。

俞晋维望着俞洄挺拔如松的背影，想起早逝的小儿子，心口一阵抽痛，悲戚地笑着摇摇头。

人世间，确实有报应这一回事。

"在幼微的事上，是我错了。"

这是他第一次向人低头，没想到对象竟是自己的孙子。

俞洄的手掌在门框扶手上顿了数秒，也就数秒而已。

这些晚来的话，不足以留下他的脚步。

"我用不接受治疗这种法子惩罚自己，你还是不肯接管俞盛？"

有的人，至死都不忘使用攻心计。

什么惩罚自己，俞晋维杀伐决断一辈子，不过是接受不了自己化疗后的那副鬼样子。

真要赎罪，怎么能一死了之，就该活着受折磨。

俞洄轻蔑地笑了，转过身，眼底划过嘲讽之意："之前我给过您机会，世间没有双全法,什么都想要,是您太贪心。"

俞晋维不是一直想让他做一个冷血冷情的人吗?那就如他所愿。

"人在做天在看,这是您的报应,安心受着。别妄想您死了我会心软去接管俞盛,有这工夫,您倒不如用心去培养个靠谱的接班人,好把您的俞盛延续百年。那样,您才好放心上路,不是吗?"

"你……你、你这个不孝……我都是要进棺材的人了,你……"俞晋维气得似乎下一秒就要狂吐鲜血。

"是吗?"俞洄讥笑道,"我看您精神挺好,明天就能去俞盛培养接班人。"

说完,俞洄拉开门,径直走了出去,任由病房里的俞晋维在他身后咆哮吼骂。

另一边,四合院里。

池祺祥正跟小小狗玩得开心,见池笙进了屋,却没看见那个跟屁虫孙女婿,不免奇怪。

"那家伙呢?"

"俞董事长得了肺癌,他去看一眼。"

池笙心里也很硌硬,她讨厌让俞洄为难的人,甚至别扭得不愿意称其为爷爷。

"这是我们带的一点当地特产,您尝个味道。"

池祺祥点点头,感慨一叹:"他这么做是对的,那毕竟是他爷爷,总不能落了口舌,不合算。"

爷孙俩还没聊上一个小时,俞洄就来了。

池祺祥又跟俞洄斗了一会儿嘴,老小孩的脾气一上来,也不知是俞洄哪句话不合他心意,直接挥着手让他们俩赶紧走,别想留在这儿蹭饭。

回京裕花园途中,池笙纠结再三,还是问出口:"怎么样,还好吗?"

俞洄语气自然,眼中没有一丝波动:"我看挺好的,活个三年五载没问题。他那人,很惜命的,不用在意。"

生活恢复正轨,俞洄继续过着自己贤内助的日子。

他现在更加悠闲,甚至在院子里种上了菜,生活目标是让池笙吃好喝好睡好。

时间一转,又到新年。

年夜饭在欢声笑语中结束,俞洞故意说起之前切磋象棋时,池祺祥输给他的事。

池祺祥不屑一顾:"哼,那是看你小,让着你。"

"爸,我来收拾他。"池丘山拿出象棋,要和俞洞来一局。

林敏清趁机将池笙拉到一旁,问:"还没动静呢?"

对此,池笙也很纳闷:"在姐姐的医院检查过了,我们都没问题。"

林敏清眉头不见舒展,却还是安慰道:"这事急不来,放平心态说不定就有了。"

"嗯。"

池笙点点头,她也理解林敏清的担心。

开春后,池笙主要负责的老龄公益事业部几个项目即将启动,俞幼微也在逐渐将基金会的事务一一交接给池笙。

池笙生日这晚,凑巧有一个慈善拍卖晚宴,俞幼微和池笙共同出席。

晚宴上,池笙还碰见萧艺菲和谭知韵。

萧艺菲创立的 YFEI 作为独立设计师品牌受邀参加,并拿出三件走秀款作为拍品。

在台上做完介绍,萧艺菲下台落座时看见池笙,打了个招呼:"那个家庭主夫呢?他不是一天天把你盯得可紧了吗?"

池笙扶额一笑。

俞幼微先接过话茬:"他今天是司机。"

俞幼微又深深一笑,丈夫陆川今天也是司机。

萧艺菲和谭知韵笑得合不拢嘴,曾几何时,她们可没想过俞洞会沦落到这个地步。

晚宴结束,萧艺菲和谭知韵紧跟在池笙身后,想看俞洞的笑话。当看见俞洞给池笙拉开车门,细心整理长裙裙摆时,她们俩直接震惊到忘记说话。

俞洞真的混成这样了?家庭地位看着可不怎么样啊。

还是谭知韵率先反应过来:"哟,俞司机,好久不见啊。"

俞洞淡淡扫了一眼两人,眼神暗藏警告:"前两天跟谢云帆喝酒,听说某人又换'小鲜肉'了,你大哥知道这件事吗?"

谭知韵龇了龇牙,这人果然还是这么可恶。

一旁的萧艺菲在心里回想,自己最近应该没什么小辫子,刚想开撑,谁知道俞洄直接上车，走了……

池笙喝了点香槟，头略晕，想开窗吹吹风。

可车窗刚降下，又被升起，俞洄还顺手锁上了。

"别吹风，一会儿喊头疼。"

一个多小时后，宝石黑的宾利飞驰终于驶进京裕花园。

进了车库，俞洄从驾驶室下来，拉开后座门，池笙靠在座椅上，嘟囔着不想动弹。

"那我抱你回去？"

"等我再靠一会儿。"

俞洄解开扣子，脱掉西装外套，绕到另一侧坐进去。

他侧目看了一眼，池笙的睫毛在白皙肌肤上落下两道扇影，双颊绯红，秀挺鼻梁下，唇红齿白，颇有种……微醺的娇态。

车库里暖黄色的灯光一时染上旖旎的味道。

俞洄喉结微动，别开眼："喝酒前也不先问问我是什么酒，让你乱喝。"

"闭嘴，吵死了……"

俞洄失笑，这软绵绵的话音，不知道的还以为在跟他调情。

池笙想要伸手去打俞洄，却被他抓个正着，俞洄顺手玩起她柔软的小手。

半刻钟后，池笙迟缓地睁开眼，清醒些许。

"醒了？"俞洄哑着声。

"嗯，走吧，回家。"

现在换作俞洄不想走了，一把将池笙抱过来，坐在他膝头。

池笙这才发现，她礼服有一侧的肩带已经落到臂弯处，再抬眼看俞洄……反应慢半拍的结果就是他很快便一手搂着她的腰，一手去探礼服的拉链。

池笙拒绝不得，只能双手圈住俞洄的脖子，由他掠夺，她的手心清晰感受着他动脉的脉率。

俞洄噙住她柔软的唇瓣，辗转、吮吸。

布料滑落的声响微乎其微，可触觉却真实存在，与之而来的是俞洄滚烫撩人的气息，沿着她的耳根徐徐向下……

今夜，他们在车库待了很久。

四月中下旬，关于俞文荣、俞烁父子二人故意杀人、涉嫌行贿一案在北都法院公开进行。

俞盛向来是媒体关注的重点对象，即便这件事过去许久，按理来说，到场的媒体应该不在少数，可法院门口的媒体比俞洄想象中的要少，或许是俞晋维提前让人打点过。

俞洄许久未穿正装，今日，他身着一套炭黑色西装，依旧笔挺落拓，气度不凡。

在法院门口，池笙望着俞洄棱角分明的侧脸，默不作声牵起他的手。

无论怎样，她会永远陪着他。

俞洄和池笙的席位在萧政旁边，俞幼微、陆川、乔璇也都在场。

自然，还有数位到庭做证的证人，而另一侧，是任舒兰和任家的几位亲戚。

如今的任舒兰哪里还有昔日的意气风发，脸庞满目沧桑，精神状况明显不太好。

俞文荣和俞烁父子俩坐在被告席上，看见俞洄，眼中不免露出凶恶之色。

检方的证据可以追溯到十多年前俞幼微的那场车祸，故意杀人的法定最高刑是死刑，追诉期最高可达二十年。

因为案件涉事时间较为久远，且案情相对复杂，庭审结束时，已经过去数个小时。

俞文荣和俞烁不只是故意谋杀这一条，父子俩还涉嫌贿赂，涉黑涉恶。最终，合议庭宣布休庭，择日宣判。

虽没有当庭宣判，但被告席上，俞文荣和俞烁的脸色说是惨白也不为过，也暴露了他们内心的不平静。

人总是要做出选择的，这次，俞晋维彻底放弃了他们。

回程途中，俞洄始终望着窗外，一言未发。

十分钟后，池笙发现这并不是回京裕花园的路。待车拐进略微熟悉的道路，池笙才发现是要去惠慈墓园。

下车后，两人步行在小道上。

"之前我们来看奶奶，你怎么……"

话问到一半，池笙止了声。

她忽地想起之前白姨隐隐提过这件事，自从知道那父子俩干的那些事后,俞泂再也没来过他父母的墓前。

因此她也没问过,想等俞泂亲自跟她开口。

惠慈墓园依山而建,林木苍翠,花繁叶茂,加上今日的天气不错,空气很是清新。

俞泂带着池笙走了许久,直到行至一处成片的松树区,才停下来。

这些松树,都不算太高大。

池笙瞬间明了,原来是树葬。

树葬没有墓穴,只做标记。

俞泂望向池笙,说:"是姐和我一起定的,给爸妈安排树葬。"

池笙弯起嘴角,扣紧他的手:"嗯,爸妈一定很满意。"

她并不意外,俞泂父母不仅一直在做公益,也很注重环保。

俞泂终于露出今天的第一抹笑:"爸妈,儿媳妇我给你们带来了,这是笙笙。"

池笙腼腆一笑,朝着两棵青绿色的松树鞠了一躬。

"爸妈,我是池笙。"

"还有啊,您给儿媳妇留的东西,我可都转交了,她很喜欢……"

俞泂此刻的笑容是释怀的,他说了很久,她也是第一次见他说这么多话,或许是在心中积压了太久,现在,他终于能彻底放松下来,那些疲乏、重担,肉眼可见地从他身上一点点消失。

池笙面上带着浅笑,继续静静听他说起年少往事。

希望她的俞泂,以后每天都能这样。

(4)怀孕生产

五一假期过后,池笙开始着手准备公益项目的考察工作。

首先,便是去滨城具休考察"爱心暖流计划"首批服务点的情况。

爱心暖流计划主要是以社区的爱心暖流服务站为依托,为困境老人提供居家养老和机构养老相关服务内容。

原本池笙不打算批准俞泂同行,可他开始每日一叹,成天在她耳边唠叨着蜜月时的不圆满。

最终,俞泂得偿所愿,作为池笙的家属,被打包带走。

刚到滨城第二天,池笙脸颊上就长了一颗痘,很是显眼。

池笙并未多想,只当是水土不服。

可第三天，池笙又发现自己开始感冒，小腹也在隐隐作痛。因为她生理期一向不太准，她以为是生理期临近，抵抗力比较差导致的。

再过两天，池笙明显察觉感冒加重了些。

俞洄去给池笙买药时，猛然想起自己曾经做过的功课，鬼使神差捎了两根验孕棒回来。

"这是什么？"

池笙吸了吸鼻子，头晕的感觉更强烈，翻出袋子里多余的东西，仔细看了下，验孕棒？

俞洄眉梢微扬，目光意味深长："你去试试。"

池笙愣在原地，掌心下意识抚上小腹。

"别怕，也别多想。"俞洄轻拍着池笙后背，安抚道，"我是发现你这几天的症状有点像，不是也不要紧，慢慢来。"

池笙拿起那两根验孕棒，缓慢地向卫生间移动。

大概五分钟后，卫生间里发出一声惊呼。

俞洄当即去拍门，声音里带着喜意："怎么样？"

"你别吵我！"

俞洄急得双手叉腰又合十，来回踱步。

十分钟后，卫生间的门终于被打开。

"怎么样？怎么样？"

池笙深吸一口气，直视着俞洄，双手攥紧，开心得在胸前挥舞，不停地朝俞洄点着头。

呆愣两秒后，俞洄也笑弯了眼，立刻叫车带池笙去当地的医院再抽血检查一遍。

排队，挂号，问诊，做检查，整个过程，俞洄和池笙两人的嘴角就没下来过。

医生看着报告，说了句："五周了，孕酮，HCG各项数值都挺好的。"

见两人高兴成这样，医生都不好意思不道喜："恭喜恭喜。"

一看就是备孕很久的小夫妻。

出了医院，俞洄没忍住，在池笙脸颊上亲了一口。

池笙踮起脚尖，也给俞洄亲了一个。

旁边路过两个正在吃干脆面的小孩，嫌弃地看了一眼他俩。

"现在的大人，真肉麻。"

俞泂立即给家中各位长辈报告了这个好消息。

江城，林敏清正跟学生讨论着毕业论文的问题。手机的消息声响起数次，林敏清也没有要管的意思，到后来索性准备关成静音。

"您要不先看看，也许是重要的消息。"学生好意提醒。

林敏清拿起来看了一眼，这不看不要紧，一看直接让她惊呼出声，把一旁的学生吓了一跳。

"林教授，您怎么了？"

"我女儿怀孕了！"

林敏清看池丘山还没回群里的消息，想起来他应该在上课，看着墙上的挂钟，只期待快些下课，告诉他这个好消息。

俞幼微看到消息时，刚好开完会。

陆茵这个逃学小惯犯又请假了，正在俞幼微办公室里画画。

回到办公室，俞幼微揉了揉陆茵的小脑袋。

"我们家要有新的小朋友啦！"

陆茵瞬间睁大了眼，咧嘴笑得可爱："妈妈又有小宝宝了吗？"

"妈妈有你和弟弟就够了，是你可爱又迷人的舅妈。"

陆茵走哪儿都喜欢念叨，她有一个可爱又迷人的舅妈，这句话都快成了口头禅。

"哇！太好了，那我要画一幅画送给舅妈！"

三天后，俞泂和池笙提前回了北都，在德盛医院，又做了一遍检查。

池笙这小身板，家里人原本还挺担心，没想到各项数值竟然都表现得极好，想来是备孕这几个月，俞泂一直给她调养得不错，什么补药都不及食补。

俞泂对池笙的菜单，那可谓是潜心研究和开发。

现在，俞泂的生活终于再度充实起来，除去操持家务、养胎事宜外，还不忘替池笙处理工作，尽量让她远离电脑。

俞泂只说了一句话：你什么都不用管，每天开心就够了。

池笙不喜欢玩手机，如今每天下班后，除了看书就是看书。

这天，乔璇和曲　宁来看望池笙。

曲一宁进屋，没看见小小狗，以为是躲起来了，可一栋房子找个遍也没发现狗。

"小小狗呢？"

池笙在沙发上坐直身子，探头看了眼正在外面打扫院子的俞洄，转头对俩好姐妹悄悄地说："就他那人，看小小狗不爽很久了。前段时间，总给我妈吹耳边风，说什么怀孕养狗还是不好，然后小小狗就被转移到四合院，让爷爷先养着。"

曲一宁没忍住，大笑出声："要当爹的人了，还这么狗。"

乔璇也笑得不行："你太惯他了，等宝宝生下来，他又会说，有小朋友养狗不好。"

"哈哈哈。"曲一宁接话，"然后等宝宝长大，你们又该要二胎，死循环，我看你别惦记小小狗了。"

池笙叹了一口气，家有醋夫，她也很为难啊。

俞洄拎着一筐刚摘的菜进屋，打量一眼突然噤声的三人，那张俊脸上露出一抹"我都懂"的笑容。

"你们三姐妹，又在说我坏话吧？"

曲一宁回了个尴尬的笑。

"晚上试试我们笙笙的孕妇餐？"俞洄边说边往厨房走。

"可以啊。"曲一宁想想又觉得不对劲，"我说俞大厨，你是不是想偷懒啊，我要吃糖醋排骨、狮子头……"

曲一宁开始麻溜地报菜名。

俞洄置若罔闻，反倒先对乔璇开口："要不要让你家孟景平先来我这儿学学手艺？价不高，一个月三万块。"

池笙适时点评一句："看看这塑料兄弟情。"

"用不着您操心。"乔璇摆摆手，"我俩不要孩子。"

池笙摸了摸自己圆滚滚的肚子。

"婚期定了吗？"

"我准备等你生完孩子过几个月再说，我的婚礼，你当然要在。"

乔璇轻柔地摸了下池笙肚子："宝贝，到时间就乖乖出来，别折磨你妈妈，不然我这个干妈脾气还行，另一个可是火暴小辣椒。"

曲一宁凑到池笙肚子身边，咧嘴笑道："嘿嘿，没错，就是我！"

"哈哈哈！"

池笙被她俩逗得合不拢嘴。

乔璇和曲一宁见池笙状态很好，也放心许多，俞洄心眼多了点是没错，照顾起人来倒也能打个九十分。

晚餐后，俞洄送走那两尊大佛，回到小阁楼跟池笙一起继续整理孕期日记，里面是做过的每一张B超单，还有她身体的变化、孕期趣事，俞洄给她拍了很多照片。

她是身体怀孕，俞洄是脑子怀孕，所有的功课都是他在做，吃喝用度，抹妊娠油，在家测量胎心等等，亲力亲为。

为了让池笙后期的生产轻松些，到孕六期，俞洄给池笙请了瑜伽老师，每周三次，每次一小时，运动量和运动内容都是量身定制，每次上课他也陪着。

一开始也不叫陪，叫监督，只因池笙不爱运动，坚持不下去。

后来慢慢的，池笙发现孕期瑜伽是真的有用，那些各种孕期疼痛在后期都算不上疼了。

况且对她产后恢复和宝宝都有好处，也就坚持下来了。

进入预产期时，俞洄跟大家表明他要陪产。

池家的几口人表示没意见，只要俞洄自己准备好就行。

只有俞幼微和陆川持保留意见。

这两年，俞洄的脾气虽然收敛不少，但他们担心俞洄看见池笙生产时太疼，会有什么过激反应。

可俞洄是出名的倔，最终还是安排了陪产。

三月最后一天，凌晨时分。

池笙是在阵痛中惊醒的，俞洄几乎是听见她哼了两声后就快速睁开眼。

好在池笙前一天刚住进医院。

又等了两个钟头，池笙骤然感觉到肚子里"砰"的一声，应该是羊水破了。

内检开到两指时，俞洄急匆匆地叫来医生打无痛。

池笙被推进产房，俞洄也去消毒、穿无菌服。

十几分钟后，他大步边进产房。

医生笑道："很少见这么积极的准爸爸。"

生产是一个漫长的过程，每当宫缩停了，在休息间隙，俞洄就给池笙擦汗、喂水、按摩，陪池笙聊天，分散注意力。

又开始发力时，他就握紧她的手，不停地鼓励她："呆呆，加油。"

天快亮时，宫口开到十指。

医生们都在夸，院长家这个弟妹的开指速度可真快。

两家人和好朋友们也陆陆续续到了医院，在产房外焦急地等待着。

近一个半小时后，产房里终于出现一声婴儿的啼哭。

这整个过程，医生一直被俞洞灼热的视线关注着。

终于，医生喘了口气，笑道："来了。"

医生下意识朝孩子父母看去，只见俞洞眼底带笑，不停给大汗淋漓的池笙擦汗。

"可算出来了，呆呆辛苦了……"

他显然没有多余的目光来关注刚出生的儿子。

作为妇产科的医务工作者，他们见过太多抛开孕妇只关注孩子的男人，俞院长这弟弟，确实是个靠谱好男人。

"是男孩，孩子爸爸快来剪一下脐带吧。"

医生出声提醒。

俞洞终于转头望过去，看一眼皱巴巴的婴儿，清俊的脸上露出几分嫌弃："真丑。"

他这声发自内心的嫌弃，让在场的医生和护士们一起绷不住笑出声。

哪有这样的爸爸，刚出生的孩子是不好看，可也没见谁会丝毫不加掩饰地说出来。

看来以后是个坑儿子的爸爸。

刚生产完，池笙疲惫地靠在枕头上，虽然生产过程算是很顺利，但现在她也确实没有太多劲儿，看了眼旁边皱巴巴的小猴子，再看俞洞的神情，真是又累又想笑。

她整个孕期，就连进产房前都是十分开心的状态，没想到生完孩子后，俞洞也不放过她，还要逗她笑。

一位护士拿过几张手续表，握住宝宝的小脚。

"踩脚印咯……"

俞洞的注意力重新回到池笙身上，接过医生拿来的中药暖贴，贴在池笙的肚脐和骶骨处，这样可以缓解宫缩引起的阵痛，并照着医生的指令帮池笙按压子宫的位置……

产房外，一众人等得心急火燎。

终于，产房大门打开，却没见到俞洞，而是护士抱着孩子出来。

"俞洞呢？"

护士笑道："孩子的爸爸说，先抱给你们看看，他还在里面给孩子妈妈做术后护理呢，连孩子都还没抱过。"

"老婆奴一个。"谢云帆小声嘀咕一句。

孟景平撞了下谢云帆胳膊："还说俞洄，你好到哪里去？人家那个女导演不搭理你，我看你还很来劲啊。"

最近，风流倜傥的谢少换了口味，开始狂追一个文艺片的女导演，可人家对他一点也不感兴趣。

"这次是遇见对手了，你等着看吧，我迟早把她收入囊中。"

谢云帆抬头，瞧见左前方正在逗宝宝的乔璇，朝孟景平啐了一口："爷怎么着，也比你好。"

孟景平被俞洄嘲讽许久，现在可算是有了能嘲笑别人的机会，自然要好好利用。

"我愿意，我是老婆奴我光荣。呵呵，某些人连老婆都没有。"

谢云帆无语，他交的都是些什么兄弟，一个比一个爱落井下石。

见到宝宝被护士抱出来，产房外的亲朋好友们都松了一口气。

这已经算是十分顺利的情况了，在池笙之前进去的一个产妇，到现在还没见着动静。

只是谁也没料到，体重常年不过九十斤的池笙，竟然能无撕裂无侧切，顺产一个六斤九两的宝宝。

林敏清让俞幼微先抱孩子，都说除了孩子妈妈以外，谁先抱孩子，孩子的脾气秉性就像谁。

众人心想：好家伙，得亏俞洄没抱。

俞幼微笑弯了眼，接过孩子。

家里又多一个新成员，真好。

一旁的陆茵蹦跶着想跳起来看这个新弟弟，托他的福气，她今天又请假了，她以后一定会好好爱护他的。

曲一宁也兴奋地搓搓手，想抱。

很快，孩子便到了她手中。

曲一宁激动得有些语无伦次："四舍五入我也是当妈的人了，感谢笙笙让我无痛当妈！儿子，小辣椒干妈爱你。"

在场一众人成功被曲一宁逗得捧腹大笑。

曲一宁难得脸红，正局促无措时，忽有一道身影靠近，帮她挡住了绝

大多数的视线。

是她老板,早上送她来医院,居然还没离开。

曲一宁缓缓抬头,对上那双温润眸子,双颊更加发烫。她慌乱地移开视线,借着把宝宝抱给乔璇的空当,平复着如擂鼓的心跳。

乔璇接过宝宝,目光中少了平日里的清冷,漾着暖意:"宝宝真乖,没折磨你妈妈。不过你这个小辣椒干妈可真没出息,对不对?"

林敏清亦是边抹眼泪边看着宝宝,心疼池笙的同时,也明白在顺利生产这件事上,俞洄功不可没,整个孕期俞洄所做的努力也是有回报的。

池笙被送回病房后,林敏清马不停蹄地奔去病房。

"疼吧?"林敏清满眼的心疼,眼泪又有些止不住。

她的笙笙还是孩子,怎么就当妈妈了……

池笙抬手给林敏清擦眼泪,话音里带着难见的撒娇语调:"比我想象中的要好很多,妈你别哭,看你哭我也难受……"

俞洄这才知道,每个女孩都有小女儿的一面,只有在父母跟前,才会显露出来。

没过一会儿,池笙困意袭来,正说着话就睡了过去。

昨晚熬了一夜,俞洄也让林敏清快回家好好休息,这儿有他没问题。

林敏清是放心俞洄的,跟他叮嘱几句后,就回了四合院,也好早些把孩子的照片拿给池祺祥看看,让老爷子开心开心。

确定池笙安然睡去,俞洄才稍松一口气,做了几个伸展运动舒缓疲惫。

他从裤袋中拿出手机,打开微信,有不少道喜的消息。

他没发朋友圈,可俞幼微发了,共同好友们也都在评论里恭喜。

唯独温榆,是个极其特殊的存在,评论了一句:看来某人跟我一样,命中无女啊,哈哈哈……

俞洄锁上屏幕,将手机放到一边,继续打量池笙的睡颜。

从昨晚到现在,他的神经一直处在紧绷的状态,现在终于彻底松懈下来。

早在拿到结婚证、办婚礼、在日照金山下给她戴上戒指的那些瞬间里,他就感受到了莫大的圆满。

现在多一个孩子,他不知该怎么描述自己的心情,或许是多了责任感。

但他只知道,池笙在他心中的分量一点也不会变少。

至于儿子?管他呢,以后让他老婆疼他去。

俞洄这才发现,他还没好好看看儿子长什么样。

再度回想起产房里那一面,俞洄扶额,不会真的长得很丑吧?

想着,俞洄起身,放轻脚步走出病房,去往新生儿观察室。

刚走过拐角处,一道许久未见的身影映入俞洄眼中,对方略显佝偻,正站在观察室外,隔着玻璃房看里面的婴儿,那张充满岁月痕迹的脸上,此刻正带着慈爱笑容。

"瞧着很有劲儿,我看着跟俞洄小时候很像……"

一旁的江林搀扶着俞晋维,笑声应答:"是是,很像。"

俞洄站在原地片刻,深沉的黑眸中并没有过多的波澜起伏。

只是,他终究没有继续上前,而是转身回了池笙的病房。

(5)开心果

生产后的第六天,一家三口搬进月子中心。

整个孕期,俞洄一直是亮红灯的忙碌状态。而在月子中心,有的是人来服务池笙,他得以暂且偷闲。

每日,池笙早早醒来便有护理师端来餐食,早餐、加餐、午餐、下午茶、晚餐、夜宵,且每顿都不带重样。

与其说是俞洄顺便蹭池笙的饭,倒不如说是他替池笙解决掉吃不完的食物。

月子中心专为孕妇开放的各项活动也是排得满满当当,艺术疗养、古法洗头、产后康复治疗等等,甚至宝宝也有他自己的项目安排,洗澡、游泳、做抚触……

这下子,宝宝有人带,俞洄正好有时间陪池笙去做母乳皂,玩各种手工DIY。

简直是乐不思蜀,不知儿子为何物。

池笙休息时,俞洄会替她处理基金会的工作,偶尔跟经验老练的月嫂学习怎么带孩子,排气操、哄睡技巧……

宝宝在月子里就开始上早教课,每次游泳都很开心,连护理师也说,难得见到这样爱笑的小婴儿。

半个多月后,大家都知道,近期来了个特别爱笑的宝宝。

于是乎,在某天,俞洄蹭吃池笙的坚果小零食时,摸到一颗开心果,就给宝宝定下了小名:开心果。

他们一家的开心果。

渐渐地,俞涸似乎开始适应了为人父这个角色,也对开心果的事情上心不少。

每晚,他都会给池笙和开心果讲个小小的童话故事,让母子俩安心入睡。

池笙夸他低醇的嗓音,很助眠。

入住月子中心一个月后,一家三口回到京裕花园。

池笙盆基底恢复得很好,那些各种孕后糟心的情况也没出现。甚至她身体各方面,包括睡眠也变好不少。

这一路太过顺利,导致她恍惚有种没生孩子的错觉。

快百天时,十分聪明的开心果学会了翻身。

池笙每天都会给开心果做成长记录册,有时翻着俞涸给开心果拍的照片,发现绝大多数时候,开心果都在笑。

他是真的很爱笑,除去醒来时会哭闹一阵儿,其余时间都在咯咯咯地笑。特别是在俞涸给他拍嗝,做飞机抱时,说是开心到起飞也不为过。

其实她和俞涸,并不爱笑,家里突然多一个这么爱笑的小宝宝,确实是一种很奇妙的体验。

原本池笙一直担心,宝宝的脾气要是像之前的俞涸怎么办,现在倒是彻底放下心来。

开心果的百日宴,俞涸和池笙打算在家里办。

一如婚礼那时,伴手礼也是两人在带娃的空隙中准备好。

这些事,总是能在亲力亲为中找到乐趣。

百日宴那天,池笙先给开心果梳头,再和俞涸一起给开心果踩足印,相框里的纸张上写着:事事喜乐,岁岁平安。

接下来,他们给开心果封存了一瓶及冠酒,也就是成人酒,希望开心果十八岁成人时,遇事有担当,性情温良恭谦让。

然后是外公外婆给开心果戴上虎头帽,萧政作为爷爷,给开心果戴上金锁项圈和金手镯。

温榆特地从申城飞来北都参加开心果的百日宴,送了六个金元宝。

看见开心果,温榆双眼一亮:"哟,这孩子真白,眼睛也大。啧啧,看这粉兜兜的小脸蛋……"

温榆攥住自己发痒的双手,她是当妈的人,自然知道不能捏小孩子的脸颊。

"你儿子挺会长啊,才三个月都能看出来是个帅哥胚子,以后指定比你帅。"

池笙笑着想附和点头,被俞洄盯了一眼,又忍回去。

小心眼男人,说自己儿子帅也不行。

温榆抱着开心果玩了一会儿,发现这孩子是真爱笑,一点也不认生。

"孩子叫什么名字呀?"

俞洄清咳两声,答道:"俞越。"

"愉悦?"

温榆神情疑惑,这什么名字?

俞洄看着还在傻乐的儿子,不禁也笑了下:"他不是爱笑吗?多合适。"

"你这也太随意了。"

俞洄好似听见什么趣事,玩味地盯着温榆:"就给孩子起名这事儿,你好意思说我随便?"

温榆抽了抽嘴角,是谁又到处败坏她名声,她把开心果还给俞洄,转身去找自家老公抱怨。

池笙好奇:"你怎么这么说?"

俞洄一边颠着开心果,一边解释:"她儿子小星星大名不是叫许星阑吗?就因为生小星星的那晚,星星特别多。"

池笙扑哧一声笑了,这很温榆。

俞洄扫了一眼温榆的背影,说:"她还嘲讽我跟她一样,命中无女。"

池笙知道这件事,温榆因为身体体质原因,怀孕生孩子都特费劲,所以她老公说什么也不肯要二胎。

"你想要女儿吗?"池笙抬头望向俞洄。

俞洄和池笙对视,目光染上温柔之意:"这个看你,生育权在你们女性手中,你想生我们就要,反之就不要。"

旁边的曲一宁听不下去了,把开心果从俞洄手里抢过来:"这是什么爸妈啊,你俩真过分,开心果百日宴就在商量要二宝的事了?到底是人性的扭曲,还是道德的沦丧。"

池笙说:"怎么着也得两三年以后。"

烦人儿子脱手,俞洄手里正好得空,揽上池笙肩头:"不急。"

515

开心果四个月大时,池笙回到俞慈基金会开始工作。

俞洄整天在家,跟开心果大眼瞪小眼。

他发现带孩子这件事,是真闹心,开心果虽然喜欢笑,可存在感极强,但凡看不见他,就开始"嗷呜"乱叫。

所以无论他要干什么,都只能把开心果扛在肩上,然后单手做事。

为此,俞洄特地打电话问了俞幼微这件事,确认一下他小时候有像开心果这么黏人吗?

答案:是。

每天池笙下班回到家,俞洄就开始数落开心果的种种罪行。

婴儿椅上的开心果还不知道自己被亲爹抹黑成了一块炭,只乐呵呵地朝着两人笑,"咿咿呜呜"地要抱抱。

池笙只好哄完大的,再去逗逗小的,须得雨露均沾。

等到开心果六个月,俞洄和池笙带他去打第二针疫苗。

一路上,开心果不停地挥舞着两个小拳头,他是个爱出门的宝宝,但凡出门,必然开心到不行。

到了医院,俞洄抱着开心果,池笙在一旁用手机摄影。

被扎前,乃至针头扎进娇嫩的肌肤里时,开心果都还在傻乐。

直到针头拔出来,他才开始号啕大哭。

"哇呜……呜呜。"

俞洄出声提醒:"哭什么,等另一边打完再接着哭。"

听到这话,开心果还真就停下没再哭。

护士姐姐们笑得不行,利落地打完另一针。

"呜……呜呜……"十分有穿透力的哭腔在诊室里再度响起。

俞洄面露坏笑,探头去看池笙的手机屏幕。

"都拍下来了吗?"

"嗯。"

池笙不明白拍这个做什么。

俞洄边哄着开心果,边感叹一句:"真羡慕他们这一辈,以后的黑历史都是 1080p 起步。"

池笙真的怀疑俞洄是不是在家带孩子带出毛病了,一天天没事儿就欺负开心果。

"不哭不哭,打坏爸爸。"

池笙哭笑不得，接过开心果，顺带拍打了俞洄两下。

"你儿子以后知道了，肯定要跟你说一句话。"

"什么话？"

俞洄报复性地捏一下开心果的小脚丫。

池笙瞪一眼俞洄："这福气给你要不要啊？"

诊室里顿时笑声一片。

随着月龄的增长，开心果的精力越来越旺盛，整天在家里咿咿呀呀个不停。

九个月时，开心果叫出了第一声："啊……ba……"

虽然他先会叫的是爸爸，俞洄却没多开心，只因为这小子的表现欲那叫一个强，不去演戏都委屈他了。但凡有一个动作不合他的心意，立即开始哭闹。可等没人去注意他时，他就会自动止住哭声，真是收放自如。

秉持着打不过就加入的真理，只要开心果一哭，俞洄就紧随其后，开始假哭，比谁哭的声音大。

导致池笙每天下班，进家门前，一度都能听见父子俩的鬼哭狼嚎。

然后开门一看，这两人脸上，哪有一滴眼泪？

全是骗子。

然而神奇之处在于，开心果的周岁礼时，不知道是谁准备了一个场记板，他偏偏还就抓了这个物件。

俞洄已经看破一切，悄悄跟池笙念叨："你儿子不甘心在家里做影帝，以后还要逐梦影视圈做真影帝。"

池笙并没将此事放心上，拍拍俞洄手臂，劝他大度些："没事，别斤斤计较，你是影帝他爸，多有排面。"

俞洄心想，这福气他宁可不要。

开心果一岁半那会儿，池笙要去外省出差，将近一个月时间。

告别时，俞洄一脸的生无可恋，池笙用了十几个吻才成功脱身。

平日里的父慈子爱，在池笙出门的那一刻，荡然无存。俞洄臭着一张脸，看向在爬爬垫上玩耍的开心果。

"都怪你这个拖油瓶，不然我早跟你妈去潇洒了。"

开心果不理解他在说什么，只知道咧着嘴朝他笑："爸……呀……

爸爸。"

俞洄听着软糯的小奶音,看到他那几颗小乳牙,又没那么气了。

自己的儿子能怎么办,养着呗。

当晚,孟景平和谢云帆来看开心果。

两人一进门,看见开心果自个儿在爬爬垫上玩架子鼓,那张小俊脸早已变成花猫脸。

俞洄松懒地靠在沙发上,目光盯着手机屏幕。

这是亲爹吗?只有亲妈在的时候才是亲爹,可怜的开心果。

俞洄:[为什么不回我消息 .JPG]

俞洄:[你回来的时候还会不会爱我 .JPG]

俞洄:[请你回答我好吗 .JPG]

半个小时后,池笙终于回了消息。

池笙:我刚刚洗澡去了。

俞洄正准备回池笙的消息,温榆的电话插了进来。

"喂?"

"就是,我想借一下你儿子行吗?"

"什么玩意儿?"

俞洄皱着眉,坐起身,这年头什么时候还能借孩子了。

"我家现在没有适龄的小孩,我哥他们要拍一个剧情广告短片,你儿子不是特爱笑吗?"

俞洄盯着开心果,在心底架起一杆天平,不停地盘算着。

一边放的是开心果,一边是钱。

"不了吧。"

"你儿子真的特别适合。"

俞洄语气为难:"也不是不能帮这个忙,先说说片酬多少?"

电话那头的温榆大笑出声:"我就知道你……"

俞洄勾了勾嘴角,是时候让开心果自己去赚奶粉钱了,反正池笙一时半会儿回不来,他在家里也没什么盼头。

第二天,俞洄收拾好自己和开心果的行李,直飞申城。

北都机场。

俞洄上身穿着一件水洗做旧深灰T恤,下搭宽松版型的原色牛仔裤,配德训鞋，一身Cityboy风。

他给开心果也照模照样地搭配了一身，父子俩戴着同款渔夫帽。

这身穿搭一路上吸引不少路人的目光，尤其是爱心爆棚的年轻女孩，看着帅气又可爱的开心果，简直挪不开眼。

"你快看，那个小宝宝长得好好看！他在对我们笑！"

"他爸好高啊，看着也很潮，小朋友那一身感觉就像是他爸爸的迷你版，好可爱，哈哈哈。"

开心果依旧在不停地挥舞着小手，嘴里嘟囔个不停，跟明星见面会似的。

俞泂轻咳两声，淡淡瞥一眼开心果，警告道："适可而止啊，你这招蜂引蝶的像话吗？等着我给你妈告状。"

"爸爸……"

开心果搂着俞泂脖子，在俞泂脸颊上亲了好几口，被俞泂嫌弃地推开。

"省省吧，这招对你妈管用，对我可不管用。"

俞泂已经记不清，他有多久没坐过飞机。

进到头等舱，空姐也总是时不时朝开心果望过来，毕竟爱笑的孩子，谁都喜欢。

位置在靠窗的独立包厢，百叶门一拉，私密性极好。

俞泂给开心果摘掉渔夫帽，从背包里掏安抚奶嘴，它可以降低飞机起飞时带来的耳膜刺激。

找到后，俞泂直接塞进开心果嘴里，接着，他又拿出卡片玩具给开心果打发时间。

开心果拿下奶嘴，指着卡片上的苹果。

"piang锅……"

一双大大的葡萄眼目不转睛地盯着俞泂，像是在等待夸奖。

"那叫苹果，谢谢。"

"咯咯咯……"

俞泂又将安抚奶嘴给开心果塞了回去。

手上得空，俞泂趁着飞机还没起飞，给池笙发条消息。

俞泂：带你儿子去搬砖了，等他挣了钱给你买那条乌云盖雪。

池笙最近开始养狮子头金鱼，属于文种金鱼，跟兰寿相比，狮子头多了背鳍，尾巴略长。狮子头金鱼头部有着如菊花状的肉瘤，每当游动时，酷似一头威风凛凛的雄狮，故称之为"狮子头"。

　　钱还没完全到手，俞洄已经替开心果安排好用处，毕竟要真挣了钱，那不得给辛苦生下他的妈妈表示表示。

　　两个半小时后，飞机在申城机场平稳降落。

　　俞洄单手抱着开心果，走在VIP通道上，自动门受到感应缓缓打开。

　　开心果在飞机上精力充沛，玩得太欢，现在没了劲儿，趴在俞洄肩头呼呼大睡。

　　一个西装革履的男人看见俞洄，立即走上前，接过俞洄手中的行李箱。

　　"您好，我是申城颐悦榕酒店的宾客服务经理李奥，接下来的时间由我专程为您服务。"

　　俞洄嘴角扯出一抹笑："你好。"

　　对方给俞洄拉开车门，接着去放行李。

　　坐上车，俞洄拨了一下开心果粉嫩的脸蛋。

　　"可以啊，人生第一次搬砖就走VIP通道，坐头等舱、玛莎拉蒂，你命可真好。"

　　开心果睡得正香，连眼都没睁一下。

　　俞洄也无心再逗他，打开手机，发现池笙回了两条消息。

　　池笙：那你记得给儿子抹防晒霜，小朋友皮肤娇嫩，别晒伤了。

　　池笙：还有，我明天要进山区，信号可能不太好，你别发一堆表情包，到时候看消息又是99+。

　　俞洄低笑一声，随后又耷拉着脸。

　　俞洄：真讲究，谁搬砖还擦防晒霜啊。

　　俞洄：还有，你怎么不让我也注意一下，你老公这么帅的脸，晒伤了，你怎么办？

　　俞洄阴阳怪气的功力一向很强，语式队形也不忘跟池笙保持一致。

　　其实早在出门前，俞洄就给开心果抹好了防晒霜。

　　烦是烦人，该做的还是得做，好歹自己的儿子，总不能扔了。

　　俞洄想了想，还是心理不平衡，又连发两条消息。

　　俞洄：某人有儿子之后，连老公都不要了。生孩子前，是谁跟我保证，只爱我一个人，现在倒好，三句话不离你儿子。

　　俞洄：我看透了你的心，演的全是你和他的电影。

　　俞洄：我现在就去把你儿子扔了。

收起手机，俞洄望着车窗外一闪而过的城市风景，隐隐叹一口气。池笙不在，做什么都没劲儿，带孩子也没乐趣。

出机场时很安静，可等到了酒店门口，却变得有些拥堵。

酒店门口，扛着长枪短炮的人有男有女，不算少。

俞洄下意识收紧臂弯，牢牢抱住开心果，又扯了下帽檐。

待顺利走进酒店大堂，李奥立即向俞洄解释："今天有位明星要入住我们酒店，已经提前安排过安保，但粉丝们实在是很热情。"

这时，开心果醒了。

明亮的大堂内，光线有些刺眼，开心果用小手挡着眼睛，噘起小嘴，在俞洄脖颈上蹭来蹭去。

"爸……吃饭饭……"

俞洄步子未停，径直向电梯口走去："别吧唧嘴，睡醒就吃，你是猪宝宝吗？"

一旁的李奥抿唇忍住不笑，这真的是亲爹吗？

"早上已经把您发过来的食谱交给我们中餐主厨，需要现在准备小朋友的餐食吗？"

"好。"

俞洄轻轻拍了两下开心果的后背，以作安抚，省得他在电梯里就叫起来。

这孩子是饿狼转世，吃不到就会开始号叫。

进到房间，俞洄把开心果丢到大床上，再一一放好行李，提前给开心果戴上软硅胶围兜，只等餐食送来。

开心果确实很聪明，已经学会用勺子吃饭，只不过场面一度很惨烈，会吃得满脸都是。

俞洄向来也不惯孩子，等他吃完了再统一收拾，每每还不忘留下一张开心果的童年黑照，这可都是以后拿捏开心果的利器。

只要惹他不高兴，秒发给开心果未来的对象。

等开心果饱腹过后，俞洄还算耐心地给他收拾干净，重新换一身衣服，又变成一个干净的小帅哥。

俞洄自己也换一身休闲西装，准备去赴约。

夜幕降临，华灯初上，申城亦是个夜生活丰富的城市，只是这些与俞洄这个带孩子的男人没半点关系。

申城颐悦轩餐厅。

包厢内，只有两个人，温榆和她哥温柏林。

温榆知道俞洄不喜交际，没叫别人。她瞧见只有俞洄跟开心果，不免诧异，正欲往外看一眼，俞洄已经带上了门。

"笙笙没来吗？"

俞洄神情淡淡："出差去了。"

"我说你怎么答应得那么痛快，就你那性子，为了天天看见老婆，这辈子都能一步不踏出北都。"温榆从俞洄手中抱过开心果，"是不是，开心果？"

开心果又开始咯咯咯地笑个不停，双手去捏温榆的耳朵。

"干……干麻。"

俞洄扫一眼这个傻儿子。

"什么干妈？叫姑姑。"

自从开心果会说话之后，曲一宁和乔璇来家里的频次直线上升，轮番地教开心果说"干妈"两个字。

俞洄也说了不止一次，既然这么喜欢开心果，让她俩直接抱走。

"咕咕……"

"宝贝真乖。"说罢，温榆手中跟变戏法似的，多出一个小孩戴的金手镯，给开心果戴上。

一旁的温柏林出声笑道："我记得你以前性子挺野的，幼微还总说管不住你。"

温榆笑着替俞洄回答："微微姐说了，他这人，脾气倔，只服老婆管。"

仔细一想，也不是，温榆又重新纠正："不对，人家笙笙压根儿就没想管他，他纯纯喜欢自我约束。"

俞洄笑了下，算是默认。

"小星星呢？"

"他爸开学术交流会，他跟着去了。"

温柏林放下茶杯，看向温榆："星星不是这么跟我说的啊，他说是跟玥玥吵架了，他们俩要开始冷静期……"

"停！"温榆白了一眼温柏林，"你侄儿不要面子的是吧？"

俞洄用手掌挡住下半张脸，没忍住偷笑起来。现在的孩子一个个可真是古灵精怪，这才多大，就知道冷静期了？

他又看一眼在温榆怀里叽叽喳喳的开心果,估计这家伙以后也是个不省心的。

菜上桌,开心果被放在婴儿座椅上玩玩具。

三个大人,边吃边聊,时间一晃而过。

回到酒店,开心果看着满目琳琅的大堂,指着问个不停:"汪……狗狗……"

俞泂心情还算不错,耐着性子给他解释:"我看狗要谢谢你全家,小笨蛋,那是假熊。"

走进电梯,电梯门刚要合上,俞泂听见外面传来"等等"的声音,便又摁了一下开门键。

随后,走进来一个穿着宽松T恤,戴着棒球帽的女人。

"谢谢。"

俞泂没接话,收回视线,抢过开心果手中的节奏棒玩具,不让他再发出噪声。

或许是换了个地方,俞泂一直没有入睡,开心果也还处在兴奋状态。

俞泂诱导着开心果说了几个类似想妈妈的话,然后心机十足地发给池笙。

俞泂轻轻拍了拍开心果的小屁股,看来这儿子还是多少有用的。

翌日一早。

俞泂在酒店伺候着小祖宗吃了早餐,有专车把他们送到拍摄现场。

俞泂的心倒是很大,直接把开心果交给工作人员。这孩子不认生,长大些后,看不见他也不会哇哇闹腾。

俞泂在片场里找个合适的角落,随意拍几段开心果"搬砖"的视频,给池笙发过去。

休息间隙,开心果重新回到俞泂怀里,父子俩被导演邀请去看刚拍的片子。

俞泂很满意,感觉挺长脸,他儿子乖不说,颜值一点也没被镜头吃掉。

当俞泂跟众人说起这是开心果头一次进行拍摄时,工作人员纷纷表示不相信。这是他们见过最配合的宝宝了,爱笑,镜头感又很强,所以拍摄也十分顺利。

确实,不认生的小朋友,天生就适合拍广告这类活动。

自然,夸开心果是小帅哥的人也很多,俞泂心里那叫一个舒畅。

开心果长得好看，不还是因为他和池笙基因好。

开心果自带人来疯的特质，喜欢出门，喜欢别人陪他玩。

俞涧抱着他，他还在不停地和旁边一起拍摄的小女孩挥手隔空对话，朝着人家咧嘴笑，显摆他那口小白牙。

"臭小子，豆大点儿就会耍帅了，给我把头扭回来。"

俞涧直接在开心果屁股上呼了一掌。

换作别的小孩，早哭了，然而开心果压根儿没搭理俞涧，视线完全黏在人家小朋友身上。

不出意外，这个拍摄两三天就会结束，然而确实出了其他的意外。

睡前，俞涧收到孟景平发来的消息。

孟景平：搞什么鬼东西？你快看微博。

俞涧慢条斯理打开应用商店，下载微博，时隔许久，他竟然再次上了热搜，这次是跟开心果，还有一个完全不认识的女人。

△阮静被爆秘密结婚生子

俞涧眉头蹙起，阮静？那是谁？

狗仔将拍的视频和照片剪辑后描绘得若有其事。视频一开始，是他下飞机抱着开心果走出VIP通道，然后上车的照片，紧接着，那个叫阮静的女星走了出来，他前脚刚进酒店，阮静后脚就到。

接着当晚，又是一前一后，出酒店又回来。

俞涧看着视频里女子的穿衣打扮，仔细一想，应该是他聚完餐回来在电梯里遇见的那个女人。

视频又转到白日，应该是第二天，他在等开心果的拍摄。

好巧不巧，阮静也出现在那个片场，但几乎都没有同框照，这就敲定事实了？这么不严谨？

这些狗仔和营销号真是闲得慌，欠收拾。

俞涧正忙着，开心果又要抱，他只能下床，抱着开心果在套房里踱步。

俞涧注册了微博，ID名填他的大名，竟然不可用，他又在名字后面随意添了两个符号。

微博简介是：本人已婚，老婆很美，儿子可爱。

他的头像是池笙抱着开心果，正在看鱼缸里的金鱼，母子俩的背影很温馨。

置顶的那张图片，拍摄于一个雨天。

在那个小阁楼里，雨水拍打在玻璃窗上，复古台灯散着暖光，池笙正在看书，见他来了，转头朝着镜头微微一笑。

而俞洄的第二条微博，便是转发了八卦媒体那条毫无事实依据的微博，并配文：十分钟内删文，更正事实，并亲自给我一家人道歉，否则我不介意把你们告到倾家荡产。

俞洄的微博是个新号，连实时动态都上不了，自然会被淹没在巨大的转发点赞评论中。

没过两分钟，温柏林打来电话。

俞洄走到窗边接起，玻璃窗上出现他和开心果的倒影。

十分钟后，俞洄那条微博突然有了热度。

△这个话术似曾相识。

△俞洄？他不是俞盛的前任 CEO 吗？

立即有人翻出了俞盛曾经警告营销号的那条微博：我们俞总说了，要把你们告到破产。

△有点好奇，真的告破产了吗？

△那当然，我前老板可是言出必行的人，四家媒体，全部告倒闭，现在还没东山再起呢。你们以为那次是为什么，就是不想让他太太误会。

△这位结婚之后，在地产圈就没见过他身影了。可惜了，当初他才进俞盛多久，就给俞盛换了一遍血，手段魄力都不是一般人能比的，要是他还在，俞盛肯定能更上一层楼。

△对啊，他在任时，把俞盛带到了一个新高峰，这两年的俞盛，也就表现得中规中矩吧。

△我倒觉得，说不定他是个恋爱脑。他老婆在俞慈基金会工作，因为我们在同一栋大厦，经常能碰见他来送爱心午餐。

配图里，俞洄穿着休闲简约，一手抱着开心果，一手拎着米黄色的保温袋，在等电梯，瞧着很是"贤惠"。

△没想到还是个二十四孝灯男人。

△霸总是个"恋爱脑"，放弃工作回家洗衣做饭带娃，哈哈哈，好魔幻。

△老婆负责挣钱养家，我负责做饭带娃！

△让老婆挣钱养家那不可能，钱他绝对没少挣。他眼光很毒辣的，之前他掌舵俞盛时，投的项目回报率超高。

△有一说一，他要整人的意思也太明显了。转发量那么大，营销号怎

么可能十分钟看到他这条微博,还要联系到他道歉。

△有什么问题吗?垃圾营销号本来就该被收拾。

…………

如网友所说,营销号自然不会在众多消息中看到俞洇的那条微博,是温行传媒这边操作,让俞洇这条微博有了热度,网友们自然才会关注到。

俞洇给池笙报备这件事后,越想越窝火。

他不来这一趟,能有这无妄之灾吗?

趁着温柏林打电话来说后续的处理问题,他又宰了温柏林一把,开心果的片酬成功翻倍。

深夜,温柏林发来几张截图。

是那个女明星阮静的对家安排通稿来黑她,无意牵扯到俞洇,她表示很抱歉,也公开做了澄清。

专业的娱乐公司就是不一样,网上这些消息被撤得很快。

等第二天,俞洇醒来时,已经一干二净。

营销号和八卦媒体们当然联系不到他,等着跟他的律师联系就好。他不喜欢给做事没原则的人机会,他们不配。

池笙出了山区,手机信号彻底恢复,才知道这件事。

看完俞洇发来的消息,池笙又去微博逛一圈,已经什么也没有了,只能看见俞洇微博里的那条置顶和他的简介、头像。

俞洇做事效率很高,就算是做家庭主夫,面对日常中琐碎的事项,他也能处理得又快又好。

在空闲的时间里,他很喜欢给她和开心果拍照片,但她还没看过置顶的那张照片,甚至记不清是哪一天拍的,还挺好看。

出山的路上很颠簸,俞洇正巧打来视频,池笙戴上耳机,点了接通。

"你真的带开心果去搬砖了?"

"温行要拍一个广告短片,看上你儿子,他在家也无聊,有钱不挣是笨蛋。"

两人甚至都没过多提起热搜的事情,因为太过了解彼此,相信不会做出背叛对方的事,因此那些碰巧的误会也就显得微不足道,况且这个绯闻真是有够离谱。

爱与不爱,在平日的细枝末节里已经明显,不用再去猜忌与怀疑。

过两日，拍摄完美结束。

俞泂没回北都，而是带开心果直奔江城，去找他姥姥、姥爷。

林敏清喜笑颜开，恨不得请几天假来陪开心果在家里玩耍，听见开心果去申城拍广告，先是夸了一番开心果能干，而后又有些担心："这以后，要是跟娱乐圈沾边……"

俞泂不以为然："他才多大点，不至于。"

俞泂话音稍顿，看向正被池丘山抱着抛高的开心果，浅笑道："以后的事，看他自己，我跟笙笙不会限制他去做想做的事。"

"好孩子。"

林敏清笑着拍了拍俞泂肩膀。这个理念她十分赞同，在不违法乱纪的前提条件下，家长本就不该限制孩子的喜好与发展道路。

"妈。"俞泂忽然开口，"想吃您做的鱼头汤。"

"行。"林敏清语气宠溺，"给你做，等着。"

等林敏清进了厨房，俞泂美滋滋地给池笙发消息。

俞泂：妈说给我做鱼头汤。有的人喝不着，谁叫她不带自个儿老公出去玩。

池笙：别炫耀了，我看你比你儿子更适合逐梦演艺圈，全遗传你的演技。

俞泂：下次必须得带我去，听见没！

在江城待上几日后，俞泂和开心果回到北都。

俞泂拿着开心果人生的第一桶金，给池笙定下那条乌云盖雪的狮子头金鱼。

然而这桶金还剩不少，俞泂又给自己买了一个单反，单反到手，他对着开心果美其名曰：都孝敬你妈了，还能不给你爸意思意思？

开心果哪里知道自己被亲爹坑了又坑，只会笑得犹如弥勒佛一般要亲亲和抱抱。

距离池笙回来，还剩半个月。

俞泂仰天长叹，好生空虚寂寞，这日子没法过了。他索性带着开心果又去四合院住了近十天，天天跟池祺祥下象棋、喝茶、斗嘴。

小小狗每次见到俞泂都会狂吠不止，俞泂录视频发给池笙看。

俞泂：看来这是条记仇的恶犬。

接下来,俞洄又去俞幼微家住了几天,这三个小姐弟玩得那叫一个欢。

陆茵太喜欢开心果这个弟弟了,因为开心果,她不知道请了多少次假,革命友谊就是这么建立起来的。

等池笙提前一天回北都,准备给父子俩一个惊喜时,好家伙……没人在家。

一接到池笙打来的电话,俞洄满脑子想的都是,他要回家,赶快回家。

小别胜新婚,一进家门,看见池笙时,俞洄直接抱起她,来了一个爱的魔力转圈圈。

池笙被俞洄吻到快缺氧,两人腻腻歪歪一会儿后,池笙才发现不对劲之处。

"开心果呢?"池笙四下张望。

俞洄难得愣了片刻:"我好像……忘记把他带回来了。"

池笙:冤种儿子实锤。

番外二
欢乐日常

（1）奶爸日记

开心果两岁半时，池笙怀上了二胎。

全家人都在祈祷，一定要是女儿。

俞洇又把曾经落下的孕期知识捡了起来，这么一比，他还是比较喜欢充实的生活状态。

因为他一旦忙碌起来，就不会觉得开心果那么讨人嫌了。

尤其是某天，他看见开心果侧耳贴在池笙还算平坦的肚子上，而池笙正摸着他的小脑袋，说里面有一个妹妹或者弟弟。

开心果炯炯有神的大眼睛里满是迷茫与惊喜，笑得一脸阳光灿烂，别说，确实还挺可爱。

某晚，把开心果哄睡着后，俞洇给池笙做了夜宵，番茄肉酱意面。

饱餐过后，池笙靠近俞洇，侧脸贴在他手臂上蹭了下。

"我想跟你商量一件事。"

"什么事？"

俞洇正洗着碗，任由池笙讨好他。

"温行最近要拍一个综艺，就是爸爸带孩子的那种。节目组跟我沟通时，说所有人的片酬都将会捐赠给俞慈基金会，不过有个前提……"

俞洇手上动作微顿，细细梳理了一下关系。温行是温柏林的公司，而颐裕集团是温柏林他外公的产业，这不合理。

"不对啊，颐裕不是有自己的基金会，为什么要跟俞慈合作？"

池笙弯起唇，微微睁大眼，目不转睛地凝视着俞涸。

俞涸眉梢微扬："目标是我？"

"准确来说，是你跟开心果。"

洗完碗，俞涸又开始洗手："你想让我带着开心果参加？"

对于这件事，池笙也有自己的考量。

尽管亲朋好友们都知道，俞涸对家庭、对她和开心果确实是尽心尽力，可或许是因为从前那些事，他们也总对俞涸放不下初始的刻板印象。毕竟跟俞涸生活的是她，只有她自己知道俞涸是什么样的人，参加这个节目，能让他们对俞涸更加改观吧。

另一个原因，则是这个节目出发点还不错。

节目叫作《奶爸日记》，除去俞涸，拟邀请的三位爸爸，基本都是娱乐圈的人。有歌手、演员、导演，唯独俞涸这个全职奶爸，是很特殊的存在。

节目组想邀请俞涸，其一是看中他那个自带热度的体质，其二便是他可以与其他三位爸爸形成鲜明对比。

"其实现在许多男性依旧认为照顾孩子和处理家务是女人的分内事，甚至很多女性也会不由自主有这种想法。"

俞涸眨了两下眼，示意池笙继续说。

"他们想通过这个节目，让观众发现，家庭事务应该是夫妻双方的分内事，其实男人只是不愿意做，想做还是能做好的。"

有对比，有参照，才能看清事情本质。

俞涸仔细分析着利弊，在池笙看来，却是他不太情愿。

"没关系呀，如果你不想就算了。"

"送上门的钱，不要白不要。"俞涸擦干净手，揽住池笙的腰，往客厅里走，"这样，你让他们来跟我谈。"

多年不开张，开张自然要搞一笔大的，能占他俞涸便宜的，只有他老婆，别人休想。

等节目开始录制时，池笙已经到了孕七月。

因为要将家里的空间留给孩子和爸爸，池笙准备搬去四合院住一段时间，但俞涸不同意，他不可能让其他人来照顾池笙。

与节目组协商过后，池笙成为四个家庭中，唯一一个在家里待得最多的妈妈。

不过影响并不大,其他三个家庭,平日里妈妈付出的远大于爸爸,到他们一家三口这儿,却反了过来。

起初,俞洄和池笙确实不太熟悉家里多出的这些摄像头,会下意识地去避免亲密行为,可时间一久,他们也习惯了,毕竟两人平时时常会亲亲抱抱。

后期在演播室录制时,邀请四位妈妈一起观看爸爸们带娃。

此时,池笙已经生下二宝。

拍摄录制时,是一种感觉,现在坐下来去看,又是另一种感觉。

池笙突然发觉,在许多小细节里,能看出来开心果还是比较依赖俞洄的。

俞洄也并没有刻意把自己营造成完美的性格,他平常是什么样,就如实呈现给观众。

连另一位妈妈都看出来,俞洄是刀子嘴豆腐心,一边嫌弃开心果,一边却不厌其烦地给开心果收拾烂摊子。

主持人和妈妈们追问池笙,俞洄追她的时候是不是也这样。

谈起和俞洄的事,池笙倒不愿多提,一笑带过:"这是可以说的吗?"

录制时,池笙正处孕晚期,俞洄周全的孕期护理也被播了出来。

这下,把另外三位妈妈羡慕得不行。

毕竟怀孕、生产乃至产后,许多妈妈都承担了过多的压力,而幸福度过这段时间的孕妇,绝不占多数。

镜头播到开心果撒气般地打了俞洄几下时,没想到俞洄也照着打回去,不过力度相应小了很多。

演播室里笑成一团,这么计较的爸爸,他们还是头次见,真是不怕上电视被键盘侠喷。

节目组后期也很会配字幕:我也是第一次做爸爸,凭什么要让着你。

池笙适时替俞洄说了一句话:"他认为,不应该惯着孩子了,要平等,就通通都得平等。"

等节目正式播出,观众们看到这一段,直呼好笑。

△这什么霸总啊,搞笑男吧。

△俞爸爸真是口嫌体正直第一人,嘴有多傲娇,行动就有多快。

△他还特地放了好多开心果的黑照,在黑儿子这条道路上,他可真是

闷头走到底啊。

△对老婆和对儿子完全是两个态度，笑死我了。

△看看，人家身家多少啊，都能放下架子去做全职爸爸。有的男人就是抓着自己那点自尊心不放，挣钱比不过女人，还不让女人去挣钱。

△俞爸爸最后那个采访，真的说得很好。

俞洞的采访并不多，这一段十分吸引眼球。

主持人："是什么契机让您选择当全职爸爸呢？"

俞洞面色平静："没有什么契机，无论家务还是带孩子，不是女人天生就该做的事。我太太有她自己想做的事，我在背后支持她就好了。"

主持人："是不是因为您是全职爸爸，所以育儿和家庭事务对您来说，会比其他几位爸爸做起来更得心应手呢？"

俞洞："我并不是生下来就会，一样要去学才会做，只不过是我愿意去学罢了。"

俞洞忽然神色认真，继续说："我认为，一个男人，不应该将平衡家庭与事业的这件事完全交给自己太太。即便是我在工作，我也能处理好这件事，因为我是她丈夫，我是孩子的爸爸。"

池笙在家里看见这一段时，没忍住哭了出来。俞洞正专心哄着池笙，冷不丁被开心果来了一脚，直接踹在他脸上。

"俞越，你皮又痒了是吧？"

现在的俞越，已经不复曾经的可爱，每天都让俞洞处在狂躁的边缘。

"叫你欺负妈妈！吃我一记无影脚。"

"瞎说什么屁话，你给我过来。"

俞洞拿起一旁的气锤就要上前收拾他，男孩到了这个年龄，真是狗都嫌。

落地玻璃窗里，倒映着屋内温馨的景象。

池笙破涕为笑，抱起一旁的女儿，看着父子俩在家里追逐打闹。

（2）小公主的独白

我是池诺，小名叫"甜甜圈"，因为妈妈怀我的时候，很喜欢吃爸爸做的甜甜圈。

今天，是我上幼儿园小班的第一天，我哥哥俞越跟我在同一个幼儿园，不过他是大班的小朋友。

哥哥是一个小明星，很多小朋友都认识他，因为经常能在电视上看见他。

今天早晨，爸爸送我们俩上学时，他说让哥哥好好照顾我，哥哥回了爸爸一句："这还需要你提醒。"

然后，哥哥就被爸爸一脚踹在屁股上。接着，哥哥很生气地牵着我走进了幼儿园，并且他还悄悄跟我说，等放学回家，就告诉妈妈，让妈妈来收拾爸爸。

是的，我爸爸很怕妈妈，外曾祖父说这叫妻管严。

妈妈工作很忙，平时都是爸爸在家陪我们。

我认为他是世界上最好的爸爸，因为他很喜欢给我买小裙子，我每天穿的衣服都是爸爸搭配的。

爸爸平时还会陪我玩各种小玩具，但是哥哥总是说，是爸爸自己想玩。

然后他又会遭到一顿毒打。

不过爸爸跟我说，那叫爱得热烈。

我和哥哥还有一个曾祖父。

有一天，爸爸带我和哥哥去见了一个老人家，爸爸说那是我们的曾祖父。

我好奇之前为什么没有见过他，妈妈说，因为曾祖父生病了。

不过在那之后，我再也没有见过曾祖父了。

后来，不知道为什么，爸爸开始去上班了，不过爸爸依旧会每天接送我跟哥哥，我也经常会去他的公司玩。

爸爸开会的时候可凶了，就像换了一个人。

对了，我的爸爸和哥哥总是在吵架，爸爸喜欢叫哥哥过气男明星，哥哥爱叫爸爸北都第一醋王。

但是，妈妈说他们俩都是幼稚鬼，加起来有一千六百个心眼，让我别搭理他们。

有一次，哥哥悄悄跟我说，他就喜爸爸看不惯他还要给他做饭洗衣服的样子。

我把哥哥说的话告诉爸爸后，爸爸奖励了我两根鳕鱼肠和一个奶酪棒，还夸我是天底下最乖、最可爱、最漂亮的女儿。

但是哥哥被饿了好几天。

还有，爸爸做的菜非常好吃，妈妈做的就……

虽然妈妈做菜很难吃，但我最喜欢的还是妈妈，其次才是爸爸和哥哥。

因为爸爸说，我们要最爱妈妈！

（3）离家出走

七月的北都，晴天居多，偶有阵雨。

七月下旬，俞越和池诺两个小朋友被俞幼微一家带去新加坡旅行，俞洄和池笙难得迎来二人世界，为此，池笙特地请了两天假。

当日傍晚，琥珀色的霞光蔓延至整片天空，别墅的院子里偶尔能感受到一阵带有白日余温的风。

池笙靠坐在摇椅上，品着俞洄酿的青梅酒，静心享受这一分钟的闲暇惬意。

俞洄将碟中的七星点子切小，叉起一块喂给池笙。

"张嘴。"

池笙嘴巴张圆，下一秒，轻盈奶味在她味蕾上盛放，好吃得让她眯起了眼，于是张开嘴又要一块。

俞洄突然想起一件事，不着痕迹地笑了下："你儿子以后绝对是渣男预备役。"

"咳咳……咳。"池笙下意识捂嘴咳了几声，"你瞎说什么呢？"

这父子俩的关系，时常让池笙头疼到极点，两个倔脾气天天就跟杠上了似的，苦的是她和甜甜圈。

俞洄放下叉子，继续说："那天我去接他，看见他牵着人家小女孩的手从学校里走出来。"

池笙认为是俞洄在大惊小怪："这种情况在小朋友身上很正常啊，人家友谊纯洁着呢。"

俞洄哼笑一声："他俩说再见的时候，那小女孩还给他塞了张字条，我用一个滑板就换来那张字条了。"

池笙抽了抽嘴角，这么不留余力抹黑自己儿子的，只有他。

"写的什么？"

俞洄轻咳两声，嗓音稍变："谢谢你的三明治和吸吸果冻，明天我们还一起去小花坛散步。这小子真会做人，用我给他做的早餐去讨好女同学，以后别想再吃了。"

说着，俞洄声音恢复正常："他在家里也经常偷偷摸摸打电话，你不觉得他这情况很危险吗？"

"好像是有一点。"

池笙若有所思地点点头。

"对。"俞洄眉眼间隐隐露出得意之色，"等他回来，得好好审审。"

昨天送那俩熊孩子出门前，他跟俞越商量，别急着回来，能玩到临近开学最好。

可俞越那臭小子，直接对他做了个鬼脸，还放狠话："你想独占笙笙？想得美。"

小东西，还治不了他了？必须要让他知道人心的险恶。

池笙的小鸟胃，吃完点心，就吃不下晚饭了。

两人索性窝在阁楼里看电影，是一部奇幻悬疑爱情剧，男主角意外回到过去，由此，人生轨迹发生一系列的改变……

池笙看着幕布，下意识问了句："你最想回到哪个时间？"

闻言，俞洄陷入回忆旋涡中，眼神逐渐失焦。

如果有如果……

不知何时，天空淅淅沥沥地下起雨。

池笙正感叹这天气变得也太快，冷不丁被俞洄拍了下肩膀。

"换衣服。"

池笙的视线从天窗挪到俞洄脸上，目光里满是疑惑："干吗？"

俞洄轻飘飘来了一句："去露营。"

"可外面……"池笙语顿，"不是在下雨吗？"

"你不是喜欢听雨声？"俞洄俯下身，用鼻尖在池笙耳垂边上亲昵地蹭了蹭，"带你近距离听雨。"

池笙眸光微闪，笑得眉眼弯弯。

她最喜欢俞洄这一点，说走就走。

俞洄让池笙在家里收拾要带的东西，他先去准备露营要用的物件。

一个小时后，俞洄开着一辆大G回到京裕花园，把东西放进后备厢，接着像抱池诺上车一样，把池笙抱上了副驾驶座。

池笙笑意不止，俞洄伸手轻轻刮了下她的鼻尖，顺势给她系好安全带。

"没孩子的日子是真好。"

听见这话，池笙心想，不愧是父子俩，俞越也是这样想的。

那次,俞洄去国外出差,晚上她带俩孩子睡觉。

俞越在她怀里嘟嘟囔囔说个不停,控诉着俞洄平日里都是如何欺负他的。

"笙笙我跟你说,班里同学们的爸爸都可好了,哪像他啊,要是没有爸爸只有你就好了。"

俞越长大一些后,听见曲一宁和乔璇常叫她笙笙,便也开始叫笙笙,后来听俞洄叫她呆呆,也要跟着叫。最后是在俞洄无数个栗暴下,才改回叫笙笙。

俞洄说,那是他对她的专属称呼,哪怕是儿子女儿也不能叫。

俞越一生气,也不让别人叫他开心果,说只能叫他大名。他嫌弃这个小名难听,影响他以后的形象,他可是要做演员的人。

俞洄没到十恶不赦的地步,不要爸爸这个想法确实有些极端了。

池笙便把以前记录下的带娃日记都拿给俞越看,并且跟俞越解释:"爸爸其实很爱你的,你小时候百分之九十的纸尿裤都是他给你换的,吃的也是他给你做的,平时也是他哄你睡觉……"

谁想俞越也是个不讲理的,两只小手堵住耳朵,小嘴噘得老高:"我不记得了!我不记得了!"

池笙笑着拿下俞越的小手,说:"爸爸只是平时喜欢和你闹而已,因为你们俩都是不肯服软的人,较上劲了。"

"可是……"俞越说,"我看爸爸也没跟你较劲。"

"我们在一起之前,他也跟我较劲的啊,只是后面他认输了。"

俞越遗传了俞洄,自尊心特别强。

当初,俞越看了一集《奶爸日记》后,整个人都不好了,轮番找他的外曾祖父、姥姥姥爷、姑姑姑父、萧爷爷,还有两个干妈告状,说俞洄那是在广大网友面前抹黑他,他没脸做人了,没有形象了,他的星途被毁了!

毕竟俞越从小的梦想就是以后要做一个实力与颜值兼并的演员,现在倒好,黑历史被扒得底裤都不剩。

这父子俩每天都在闹,池笙已经习以为常,时常跟池诺一起看戏。

还是女儿好,多乖。

俞洄找的露营地是北都郊区的营地。

到达目的地后,两人穿上雨衣下车,池笙给俞洄打着探照灯,俞洄负责把露营帐篷搭在车尾。

搭好后,就等同于一个一室一厅的空调房。

待帐篷搭建完成,在里面摆好小桌子、月亮椅,拿出炉头,放上无烟木炭后,俞洄开始烤五花肉。

池笙在一旁用毛巾给俞洄擦干脸,还有手臂上的雨水。

细密雨滴穿过郁郁葱葱的绿树,落在帐篷外。

近在耳畔的声音,像是大自然独有的旋律,白噪声确实有治愈人心的作用。

吃饱喝足后,池笙望着帐篷纱网发呆,想用眼睛记住这雨声。

只可惜来得有些晚,否则伴着灰蓝色的阴天暮色看雨,那是多美的回忆。

俞洄收拾完东西,转眼便看见这一幕。

暖黄色的露营灯下,池笙的一头长发随意挽在脑后,侧着脸,露出如天鹅般纤细白皙的脖颈。

俞洄拍下一张照片,发了朋友圈。

没过十分钟,远在新加坡的俞越在俞幼微手机里看见这条朋友圈,嚷嚷着要回北都,还立即给池笙打来电话。

"哼!笙笙,你居然躲着我们出去玩!"

池笙无奈地看了一眼正在收拾东西的俞洄,明知道儿子小气,他还非要去招惹。

这下倒好,彻底没清静了。

"北都在下雨,就算你们俩在家也不能来,会感冒的。"

俞洄挑了挑眉,嫌火不够旺,凑到电话旁,阴阳怪气地开口:"啧啧,露营可真好玩,而且还只有我和呆呆两个人……"

电话那头,俞越眼中泪光闪动,撇起小嘴:"笙笙你和他……同……"

那个成语叫同什么来着?

俞越捂住电话,向陆川求助:"姑父,就是……说他们两个人一起做坏事的那个成语叫什么?"

"同?"陆川细想两秒,倏然一笑,"同流合污?"

"对!"俞越重新对着听筒人喊,"笙笙你和他同流合污,你不是那个好笙笙了,呜呜呜……"

俞幼微和陆川在一旁笑得停不下来,这可真是一家子活宝。

俞幼微怀里的池诺还在一脸蒙，但看着哥哥气得快要哭出来的模样，就知道又是在跟爸爸怄气了。

唉，她的爸爸和哥哥什么时候可以成熟一点。

愁人，真愁人。

一周后，从新加坡回来的俞越还没来得及找俞泂算账，自己倒是先被审了一遍，还是他最爱的笙笙来审他。

至此，俞越信念崩塌，变得六亲不认，声称要和俞泂断绝父子关系。

俞泂听了，压根儿没往心里去，甚至连眼神也没给俞越一个。他只觉得好笑，看看这小子到底要玩什么花样，又能坚持多久。

等曲一宁和乔璇听到这个消息，都迫不及待赶来看俞泂的好戏，殊不知这正合俞越的意。

俞泂和池笙在厨房准备晚餐，俞越见状，跑到乔璇跟前，帅气的小脸上神情严肃，他朝乔璇认真地问道："干妈，你是不准备要小宝宝对吗？"

乔璇跟孟景平准备做丁克，所以一直没有宝宝。

乔璇不知道俞越为什么会问这个，揉了揉他的小脑袋。

"对啊，怎么了？"

"这是我的联系方式。"

俞越塞给乔璇一张他自己画的名片，还不忘贴上一张他的标准一寸照。

"请你考虑一下我，以后，我会好好孝敬你的。"

曲一宁和乔璇齐刷刷愣了片刻，随即爆笑起来。

"哈哈哈……"

孟景平晚来一会儿，这时正好进门，见曲一宁和乔璇在沙发上笑得东倒西歪，不禁好奇发生了什么。

曲一宁笑出眼泪，捂着肚子，指着俞越，又指向孟景平。

"孟景平，这次……你跟乔璇是真的喜当爹、喜当妈了！哎哟，这孩子，笑得我……肚子疼。"

随后，俞泂和池笙知道了这件事。

池笙暗里打量一眼俞泂的脸色，担心他这次会真的动怒。

池诺也觉得哥哥有些过分了，很有眼力见儿地拿了一根奶酪棒去分担火力。

"爸爸，这个……我打不开。"

俞涧还是一副云淡风轻的模样,眼底没有一丝情绪波动,只专注地给池诺拆奶酪棒。

池笙只能当父子俩的和事佬,笑着打哈哈:"胡说什么,你本来也应该好好孝敬两个干妈。"

俞涧这才分给俞越一个眼神:"我看你确实挺适合去当演员,不过得去做谐星。"

俞越心虚地别开眼,想起俞涧在公司里严肃的模样,他骨子里还是有些怕俞涧,不敢立马摔筷子走人,只是扭了扭屁股,留给俞涧一个"孤傲冷漠"的背影。

毕竟有俞涧的基因,池诺也很机灵,虽然还小,但她能察觉到最近爸爸和哥哥之间奇怪的氛围。

睡觉前,池诺拉着俞越的小手,奶声奶气地劝他:"哥哥,你别天天跟爸爸作对了,笙笙不是说,你以前是爸爸辛苦带大的吗?"

俞越小脸鼓成了包子,说:"哼,他就是为了抹黑我,在好多观众面前抹黑我!他生我就是拿来玩的!"

俞越突然转头盯着池诺:"甜甜圈,你要哥哥还是要爸爸?"

不管他们俩闹成什么样,爸爸对她还是很好的。

池诺缓缓收回白皙粉嫩的小手,装作什么也听不懂的样子。

"小孩子不是可以都要吗?"

俞越气倒。

俞越各种法子都用上了,可俞涧始终不接招,他的小拳头都打在了棉花上,索性开始和俞涧冷战。

俞涧乐得清闲,彻底把俞越的事都交接给池笙,不管他了。

成日里,俞涧一颗心都扑在老婆和女儿身上,一有时间便去给池诺买各种各样的小裙子、包包、玩具,不停地给她做好吃的。这下,俞越看见俞涧真的完全不在意他了,心里又难受又委屈得不行。

有一天,这件事终于出现转机。

那是个周末,俞涧又带池诺出去玩,俞越自个儿在家里,做完作业,开始看电视。

屏幕里正播着一个纪录片,有一个大学生看透一切,上山去做了道士。

俞越躺在地毯上,望着天花板,觉得自己好像也看透了一切。

他的人生，星途无望，爸爸还不爱他。

最后，俞越背上他的小背包，伴着暮色独自出了门。

入夜，池笙加完班回到京裕花园，发现三个人都不在家，暗自高兴这父子俩终于和好了。

毕竟平时，俞越打死也不肯跟俞洞一起出门。

等俞洞回来，池笙没看见俞越的身影，才发现事情不对劲。

俞越平日里戴的电话手表也放在他的小书桌上，旁边还有一张字条：

笙笙，妹妹，我走了，不用想nian我。

两人这才反应过来，俞越离家出走了。

报警后，众好友也帮忙一起去找俞越。

一群人火急火燎地找了一晚上，林敏清和池丘山都准备连夜开车回北都。

最后，是一位交警碰巧在四环马路上的一个绿化带里发现了睡着的俞越。

等俞越被送回家，所有人高悬着的心才平稳落地。

池诺也不嫌弃俞越脏兮兮的，哭着跑去抱哥哥。

人人都在关心他、哄他，唯独俞洞没反应。见俞洞还不来抱他，俞越嘴巴快瘪成了一座拱桥。

猛然间，俞越开始号啕大哭。

池笙发誓，俞越生下来落地时，也没现在哭得厉害。

"爸爸一点也不喜欢我，他一点都不爱我，呜呜呜……呜呜……"

俞洞早被几位长辈一一教训过，见他们又要上手打自己，赶紧上前抱起了俞越。

他原想着，小孩子嘛，气性能有多大，过段时间就好了。谁知道，这儿子比他还轴，字都不会写还离家出走。

等俞越号累了，俞洞才开口："俞越，是你先说讨厌我，不是你要跟我断绝关系的吗？"

俞越自知理亏，抽泣着不说话，肩膀抖得厉害。

见气氛到了，俞洞开始飙戏："你知不知道，你说那些话、做那些事的时候，爸爸有多伤心……"

俞越的抽泣声逐渐减小，也明白自己的不对之处。

他突然搂住俞洞，亲了俞洞一口。

"爸爸，对不起，我错了。"

众人纷纷心想，怎么跟他们想的不一样？

曲一宁恨不得上去给俞洄来两拳，但俞越情绪已经平复，也只能作罢，压低音量跟池笙抱怨："我真是服了，都这样了，俞洄还要让开心果先给他道歉？这人坏得没救了。"

乔璇也叹气摇头："看来你们这个家，只有你治得了俞洄。"

池笙扯扯嘴角，俞洄心眼多这个毛病她何德何能治得了。

俞越也不是省油的灯，等他长大了，这父子俩还不知道要怎么打擂台呢，她跟池诺还得整天陪着这两人演戏，想想就闹心。

不过自从这次之后，一家四口终于恢复了相对和谐状态，俞越也变乖很多。

只是关于俞越拍戏的事，暂且搁置。

池笙和俞洄支持他在寒暑假空余时间去发展爱好，而不是占用上学的时间。

倘若日后俞越依旧想做一个演员，大学时他可以报考相关专业，系统地去学习，一个科班出身自然会更有利于他长期的发展。

为了保持婚后热恋的状态，每周末，俞洄都会把两个孩子送去他们姑姑家待一天。

按理来说，别人家的小朋友通常都会很喜欢这种安排，可这兄妹俩只会让俞洄头疼。早上送去，最多傍晚就吵着要回来，每次他和池笙的二人世界都会被中途打断。

时间一长，俞洄也放弃了，走哪儿都只能把这俩小黏人精带上。

某个周六，一家四口去打卡一间新开的越南菜餐厅。

在吃饭这件事上，俞越和池诺都算是比较乖的那类孩子，不用操心。

尤其是看见隔壁桌的小朋友哭闹个不停时，俞越吃得更卖劲，那小尾巴都快翘到天上。

美餐一顿后，一家人大手牵小手走在人行道上消食。

俞越正跟爸爸妈妈和妹妹分享着昨天班级里发生的趣事，身后却突然有个人打断他的话。

"您好。"

一个拿着相机的男人朝俞洄笑了下："刚才看您一家人手牵手的样子

541

很温馨，就拍了一张照片。"

男人手上的随身打印机发出细微声响，随后出来一张照片。

俞洄接过相片。

"谢谢。"

相片里，他们一家四口穿着米棕色配燕麦色的亲子装，他和俞越是衣裤，而池笙和池诺是连衣裙。

俞洄单臂抱起池诺，又对俞越说："去，牵好呆呆。"

池笙接过照片看了一眼，放进包里，跟俞洄对视一笑，继而十指相扣。

"回家吧。"

"好。"

俞越蹦跶了两下，笑着说："回家喽。"

（4）小小影帝

周五夜晚，京裕花园。

俞洄正把碗碟放进洗碗机，池笙窝在沙发里，全神贯注地盯着平板屏幕。

俞越站在全身镜前，满目兴奋，左右看着自己身上的黑色小礼服。

池诺在一旁，时不时悄悄瞅一眼俞越，白嫩精致的小脸快鼓成了气球。

明天，俞越将要参加一部电影的首映礼，这是他人生第一部电影，拍摄于他二年级的寒假期。

该电影是一部现实题材作品，与俞慈基金会联合成立专项慈善基金，池笙作为俞慈基金会理事长，受邀请参加。而俞洄，是这部电影的投资方之一，自然也在邀请名单上。

他也不是非要去，只不过池笙都去了，他怎么会放弃和老婆共处的机会。

平时有这两个崽子，他和池笙的二人世界仅限于孩子们睡着后的时间，偶尔两人想来个烛光夜宵，可俞越那个鼻子，比狗还灵。

明晚，俞越要跟剧组一起走红毯，那他和池笙，就能有独处的时间。

"笙笙……"

池诺爬到池笙腿上，将脸埋进池笙胸口，哼唧了几声。她还在郁闷，不明白为什么大家都去，唯独不带她。

池笙暂停手头的工作，摘掉眼镜，抱起池诺安慰一番："明晚那个场合人太多了,一点也不好玩,爸爸妈妈是去工作的,哥哥也是……"

小朋友在这个年纪并不会考虑那么多,有不开心很正常,池笙没太在意,开导过后,继续处理工作。

可没一会儿,兄妹俩还是打了起来。

争吵声从二楼卧室传来,俞洄正好打扫完厨房,边擦手边示意池笙,他去看看。

儿童房里。

见到俞洄,俞越和池诺瞬间消了声,只鼓着脸,不看对方,显然在怄气。

俞洄清了清嗓子:"在吵什么?"

俞越率先开口:"妹妹打我。"

俞洄眉梢微扬,望向池诺,而池诺低下头,眼睛骨碌碌转了两圈。

见状,俞洄心里有了底。

他家的小甜心还会打人了?看来平时也是个会伪装的。

"你打哥哥了吗?"

池诺倒是没撒谎,小幅度地点头。

俞洄坐到地毯上,盘起腿问:"为什么要打哥哥?"

池诺小嘴嘟起,灵动的葡萄眼里满是委屈。

平时无论去哪里,俞洄或者池笙都会带着她,这还是头一次不带她,池诺不知道该怎么形容心里的滋味,眼泪汪汪地上前搂住俞洄的脖子。

"爸爸……我难受。"

俞洄抬手揉着眉心,女儿一撒起娇来,真的要命,难怪有些父母会犯原则性错误,过分偏向女儿,或者是小的那个孩子。

但他明白,这不利于日后兄妹俩和谐关系的发展。

俞洄狠下心,声线如旧:"你难受就要打哥哥吗?那哥哥不痛吗?哥哥也会因为你打他伤心。"

俞越见俞洄竟然在说妹妹的不是,又开始心疼妹妹。

"其实也不痛……"

俞洄看了一眼俞越,扬起下巴:"打回来。"

池诺的哭声瞬间止住,眼睛瞪得圆滚滚地看向俞洄,俞越亦是。

什么叫……打回来?

俞洄站起身,揉了下两个孩子的小脑袋,说:"以后你们俩,谁先不讲理打了谁,被打的那个就直接还手。还有,你们俩私底下能解决的事,就不要找我跟呆呆。"

俞洄给池诺擦干净眼角的泪珠子，说："我跟呆呆帮理不帮亲，听见没。"

池笙站在门外听了一会儿，实在是快要忍不住笑出声，猫着步子走开了。

最后，俞越也没打回来。

他是哥哥，怎么能打妹妹呢。

俞越心想爸爸真坏，肯定是想挑拨我和妹妹的关系。

翌日傍晚，电影首映礼照常进行，红毯上，会聚众多制片人、导演、演员及电影投资方。

迈巴赫刚停稳，俞越便迫不及待去找剧组的叔叔阿姨们。

俞洄看着俞越小跑离开的背影，跟池笙打趣："看看，这儿子以后肯定靠不住。"

今天下午，俞越缠着池笙请了一位理发师去家里给他做造型，梳了个帅气背头。

俞越的骨相继承了俞洄，长得极好，眼睛却又更像池笙，明亮通透，配上真丝黑色丝绒的法式小礼服，绅士又帅气，真应了那句话：全场最靓的崽。

最特别的是，俞越丝毫不怯场，笔挺的小西服衬得他身姿挺拔板正，气质与气势皆不输身旁的成年人。

签名板前，俞越正在认真地签好每一笔每一画。

他在家没日没夜地练到手酸，就是为了这一天，一定要把名字签得完美无缺。

到采访环节，俞越终于拿到话筒，仔细听着主持人的问题："俞越小朋友，你第一次走红毯，有什么感受吗？"

"很……"

俞越收敛起激动的情绪，时刻做好表情管理，"过瘾"二字成功被他憋回去，改为："我很开心。"

接着，俞越精准捕捉到镜头。

"在这次的电影拍摄中，我收获了很多不同的……"

俞越之前拍过短片、微电影和广告，不止一位导演夸过他的镜头感很好，像是天生为镜头而生一般。

现在连几位记者都在低声讨论。

"这小朋友可真会找镜头。"

"哈哈，我也发现了。"

台下，俞洄和池笙都在强忍笑意，他们这儿子，挺会装啊。

俞洄忍不住吐槽："你看他那个架势，不知道的还以为是在发表获奖感言，你儿子飘了。"

池笙眼中露出一丝骄傲，俞越挺着小胸脯接受采访的样子，真是可爱又帅气。

下一秒，俞洄和池笙冷不丁出现在大屏幕上。

两人反应还算快，敛去多余的表情，微微一笑。

见镜头还不挪开，俞洄深邃的眉眼间隐现不悦，淡淡扫向控制机位的区域。

不过几秒，镜头便挪开了。

俞洄转而望向聚光灯下的俞越，眼中闪过不易察觉的担忧。

相对于别人，俞越的演艺路前期也许会顺利很多，但是这一路上定少不了流言蜚语，毕竟大家更喜闻乐见的是寒门贵子的故事，也许今晚，很快便会出现有关俞越的各种争议。

这也是他和池笙没有带池诺一同出席的原因，不想让池诺过分曝光在镜头下。

果不其然，首映礼结束后，还没回到家，有关俞越的消息已经在网络上散布开来。

大部分的声音还算和谐，说被俞越惊艳到了。

△这是老天爷喂饭吧？底子太好了，我都能想到等他长大了有多火。

△不一定，不是有很多童星长大会变样吗？

△哎，感觉自己生早了。

△没事，只要保养好，男友在中考，好好挣钱，以后……嗯，懂我意思吧。

△他家有矿，你们还想养他？哈哈哈……

△你们真是越说越过分，人家还只是个孩子。

…………

然而世间绝不会只有赞美，也有小部分在说，俞越是靠家里才能有这种待遇。

△就是家里有钱有势,所以才能这么小就有这么好的资源啊。

△小小年纪就送孩子进入娱乐圈,有必要吗?

△我记得他们家不是还有个女儿?把女儿丢家里,一家三口来参加首映礼?重男轻女吧。

这倒是出乎俞泂的意料,怎么连带着他和池笙也被拉下水,还扯上重男轻女?

好在他提前安排过,紧跟着,网络上放出池笙任职俞慈理事长后接受的专访视频。

视频截取的部分内容主要是关于育儿方面的问答。

画面中的池笙,无论是神情或话语,都带着为人母的温婉柔和。

"我和我先生并不要求两个孩子一定要做我们的乖孩子,更希望他们有自己的性格和想法。毕竟许多时候,父母不一定就是对的。"

主持人:"对于儿子和女儿,你们的教育方式会有什么不同吗?"

池笙浅笑道:"无论儿女,其实在性格和品质方面,我们都希望他们有阳刚、果断勇敢的一面,也能有体贴细腻、柔软的那一面。我们也不会刻意偏向某个孩子,但是在不经意间,也许无法做到很公平,但我和我先生也会及时反思我们的问题。"

除此之外,俞泂没想到,还有路人替他辩解。

有人拍到了他带池诺去逛商场的照片。

照片里,他正在给池诺挑小裙子,一身笔挺的西装与童装店格格不入,而池诺正抱着他的大腿,貌似是不愿意走路了,要抱。

好巧不巧,当天接待他和池诺的那个柜姐也评论了:这个小朋友超有礼貌还很可爱,家教很好。我把甜点端给她,她问:姐姐你不吃吗?我说我在上班不能吃,等她要离开的时候,居然悄悄塞了一块给我,笑着跟我说很好吃。她爸爸也很温柔,父女俩在那儿讨论她妈妈会喜欢什么款式的包、什么颜色,真的太有爱了。

俞泂只记得,那次是他们爷仨儿惹池笙生气,具体什么原因倒记不清了,然后,他就带池诺去给池笙买包,顺便也给池诺买了几条裙子。

不过池诺和俞越衣柜里的衣服,大多也是他来置办。

俞越还在开心地看着自己的荣誉证书。

俞泂握住池笙的手,又拍了拍她手背,说:"顺其自然。"

俞越现在还小,他们作为父母,自然要替他抵挡那些流言蜚语,可在将来,如果他一定要走这条道路,年龄再大些,他就该自己去面对这些事,他们不可能帮他一辈子,人要靠自己才是长久之策。

(5) 父子斗法

俞越升三年级的这个暑假,要去申城参与拍摄一部电影。

池笙和俞洄提前调整工作,抽出十余天时间,去片场陪俞越。

这事儿俞洄倒是常做,池笙可是头一次,看着俞越在太阳底下认真拍戏的模样,难免泪目。

当妈之后,她真是越来越爱哭了。

俞洄在片场外看见了熟人,温柏林。

俞洄朝池诺示意:"叫温伯伯。"

温柏林却皱起眉头:"叫伯伯听着怪显老的。"

这么一说,池诺直接没带称呼,朝温柏林笑得眉眼弯弯:"你长得真好看。"

温柏林打小听着这话长大,倒也不生气,弯下腰捏了捏池诺柔软的脸颊:"嘴真甜,你这个假期的冰激凌我都包了。"

池诺眨眨眼,甜声问道:"那可以连笙笙的一起包了吗?"

"哈哈哈。"温柏林笑看一眼俞洄,"你没什么地位啊。"

池诺这才发觉,怎么忘了爸爸的那份,灵光一闪,赶紧找补:"笙笙说做人不能太贪心,所以我不能要太多,我准备把我的那份给爸爸。"

自己女儿,哪会不清楚她的小九九,俞洄也懒得拆穿池诺。

碰巧,池笙走了过来,池诺急忙跑到池笙身边,心想还是待在笙笙这里比较安全。

温柏林感叹:"你家孩子是真会长,全遗传了你俩的好基因。"

俞洄下巴微扬,很得意:"我俩也没什么不好的基因。"

池诺拽了下池笙的手,待池笙蹲下,她轻声说:"哥哥明明遗传了爸爸的臭脾气。"

俞洄余光瞧见母女俩在说悄悄话,猜到十有八九是在说他的坏话。

果然,孩子一长大,就没小时候那么可爱了。

这个池诺吧,也是个浑身长满心眼的小朋友。

现在看到清晰的参照,俞洄才逐渐意识到,曾经他有多讨人厌,难怪那么多人对他有成见。

俞涠远远望一眼还在拍戏的俞越，拍了下温柏林肩膀。

"我儿子，就交给你了。"

"又不是第一次，你还特地强调做什么？"

温柏林转而看着池诺笑道："你怎么不把你女儿送到温榆那儿去，这样我们兄妹俩就成了你家的暑期托儿所了。"

俞涠眸光一闪，隐隐带上笑意："好哥哥，你这主意不错。"

说干就干，俞涠安排好俞越这边的事情后，开着跟温柏林借来的车，把池诺交给还没反应过来的温榆。

然后，俞涠带着池笙溜了。

去榕城的途中，池笙越发觉得不对劲。

他们俩空出时间，是特地来陪俞越拍戏的，怎么现在变成……把两个孩子都撂开手，自个儿玩去了。

俞涠单手握着方向盘，看向一直盯着他的池笙。

"时间能倒退，打死都不要孩子。"

他就没见过俞越和池诺那么黏人的孩子，也不知道遗传了谁，什么毛病。

池笙一时不知该如何接话，这又是怎么了，还突然开始感怀。

"带孩子好累，真没意思，天天算计我，在我背后说坏话……"

池笙一想，她和俞涠确实没好好地过几次二人世界，但是打着陪俞越的幌子出去玩，是不是也太……

男人也是需要哄的，池笙牵住俞涠搭在中控台的那只手。

"等他们俩再大一点就好了。"

"呵呵，越大越不省心。"

当晚，酒店内。

俞涠特地趁池笙去洗澡的空当，布置了一下房间，准备给她一个小惊喜，今晚怎么也要放肆一下。

他刚摆好最后一根蜡烛，手机忽地响起。

"怎么没关机。"

俞涠拿过床头柜上的手机，正准备直接关机，屏幕上却赫然显示着：妈。

不好的预感来袭，但岳母的电话不能挂，最终俞涠还是点了接通键。

"你们俩在哪儿？孩子都不管就私奔了！我看是要反了天了，现在就给我回来……"

榕城离江城很近，没有意外，俞洄和池笙被林敏清亲自教训一顿。

池丘山不敢插嘴，只好在一旁偷听。

"要不是甜甜圈跟我打电话，说找不到妈妈了……"

俞洄听不下去，反驳一句："您就让他俩诳您吧，那是跟我姐拜过把子的人，不放心的人我怎么会把孩子交给她。"

"你还有理是吧？"

林敏清的老师范儿一拿出来，加之自带"岳母"的压制性，俞洄选择不再说话。

原来，是俞越知道这件事后，联合着池诺，给他们姥姥姥爷告状了。

此刻，俞洄的复仇大计已经在心底酝酿起来，两个熊孩子，等着他秋后算账。

这次事件，显然是俞越占了上风，告完状，还要求俞洄必须要补偿他和池诺。

所以，在俞越拍完戏之后，俞洄和池笙带着两个孩子去江城学骑马。

俞越开心得不行，说不定以后他会有骑马的戏份，早些练起来也是好事。

在跟林敏清打视频电话时，那小眉毛都快飞到了天上。

"姥姥，我们来骑马了！你看！这个补偿我和妹妹都很满意……"

俞洄后槽牙发痒，恨不得上去在他屁股上来一脚，怎么就生了一个心眼如此多的儿子。

后来不久，秋后算账这事儿还真成了。

俞越有一份作业是观察植物生长日记。

回到北都，俞洄索性让俞越和池诺亲自去院子里种地，过几天再让他们去白姨那儿卜地干活。

他有了合情的理由指挥他俩劳动，这次再想打小报告也没用。

池笙打扫完鱼池，正要回屋，脚步却顿住。

八月的阳光，不再那么炙热，倾洒在院落里的花花草草上，就连泥土也染上光泽。

俞洄带着两个孩子，将种的辣椒移植到另一个大号的园盆里。

"你这是在打击报复我们！"俞越额头上满是汗珠，咬着牙在松土。

"是吗？"俞洄哼笑一声，"你可别污蔑我，这分明是你的作业。"

俞越自知理亏，不再说话，埋头苦干，开始在心里盘算起下一轮复仇计划。

"爸爸，可是……"池诺拽着俞洄的裤子，奶声奶气地嘟囔，"我没有这个作业呀。"

下一秒，俞越回头低声说："哼，小叛徒。"

俞洄看着兄妹俩内讧，开心地大笑出声："甜甜圈，你想偷懒？"

说着，俞洄从身后变出一个粉色的小铲子，上面还有一个蝴蝶结。

池诺变脸那叫一个快，开心接过，还不忘朝池笙挥了几下。

"笙笙，你看！粉色的铲铲！"

俞洄视线转向池笙，眸中的温柔似要溢出。

下一秒，他从身后又变出一把稍大的粉色小铲子，显然，是给池笙准备的。

池笙眼梢轻弯，唇边弯起一抹笑，缓缓向前走去，加入他们。

日暮下，一家四口的影子时不时交叠在一起，院子里满是欢声笑语。

番外三
平 行 时 空

（1）

不同于高考前的炎热，北都近几日的瓢泼大雨彻底驱散了那份沉闷与嘈杂。

北都城西，偌大的别墅内，只有俞洄一人。

他疏懒地靠在沙发上，双眼紧盯着PSP屏幕，然而屏幕里并不是什么格斗游戏的画面。

当他用双手控制PSP机身左右倾斜，再摁下按键时，一个橙子模样的黄色圆球滚动着跳起来，吃下一个个小圆球，变得越来越大……

这一关，已经十分钟了，俞洄甚至记清了每一个机关处会出现什么，却始终过不去。

终于，三十秒后，成功解锁新关卡，可他眉头依旧紧皱着。

受体内烦躁因子的影响，原本可爱的伴奏在此时却显得有些聒噪。俞洄直接关掉PSP，扔在一旁，后背缓缓靠向沙发，仰头盯着天花板发呆。

回想起萧政那些颠覆他认知的话，俞洄太阳穴突突地疼。

他从未想过俞幼微那场车祸会是有人刻意为之，只为了那点权力与利益。

知晓的那一刻，自然是愤怒先占领上风。

萧政早已料到他的反应，告诉他，此时他们姐弟俩手里没有足够的资本去博弈，在能两全的情况下，俞晋维绝不会交出任何证据，放弃任何一

方。所以萧政建议他先出国留学，淡出对方的视线，毕竟有他这个竞争者在那父子俩眼皮底下晃悠，只会让对方时刻保持警惕。

那父子俩看重的是国内及海外房产这块肥肉，而萧政在俞盛资本已经布好暗线，俞涧要做的是去稳抓集团在矿业的这条线，日后不给对方留有任何余地。

等到俞涧回国，再进入集团内核心的地产主线，慢慢收紧包围圈。

消化完这些消息，俞涧首先想到的是，他跟池笙说过，要考北都大学。

那些事他理所当然要去做，可答应池笙的事，他也要做。

于是他对萧政表明，他不出国，要在国内上大学。

然而，世事不尽如人意。

那天拍完毕业照之后，池笙和曲一宁的对话再次盘旋在他脑海中。

很难想象，他俞涧竟然会干听墙脚这种事，至于那内容，还不如没听到。

曲一宁说："班长那种性格其实比俞涧更适合做朋友，对吧？"

乔璇应了一声。

原本他还在开心，池笙没有作答。

谁想下一秒，池笙缓缓道出个："嗯。"

俞涧的思绪被桌上频频发出的振动声拉了回来，是孟景平打来的电话。

"干吗？"

"你晚上到底去不去聚餐？"

"不……""去"字已经到了嘴边，俞涧又生生给憋回去，"看心情。"

"看心情？行，爱去不去，别怪我没提醒你，你心心念念的同桌可要去。"

俞涧轻哼一声，挂断电话，重新拿起PSP，换个游戏继续玩。

夜幕降临的瞬间，黄昏与夜色交织。

当始终无法从游戏的获胜中得到快感时，俞涧扔下手里的PSP，拿起手机翻看那张他和池笙的拍立得合照。

良久后，他换身衣服，出门。

这个点，北都的晚高峰还未结束，出租车在主干道上堵了快有一个小时，才驶到聚餐的地点。

早在下午那会儿便停了雨，路上被大量撒欢的高三生们占领。

假若要说出一个人生中最欢乐的时间段，那必定有高考之后的这个假期。

一路上，俞洄始终望着车窗外的街景，出神地想着，一会儿看到多日未见的池笙要说些什么。

就该质问她：他不给她发消息，她就不会先发个消息？

他发朋友圈，她也不见给他点赞，不然他就有理由找她聊天了。

"到了。"

出租车司机的声音让俞洄瞬间回过神。

他正要付钱，未收回的目光却看见一群在餐厅门口合照的高中生。

俞洄精准捕捉到那个熟悉的身影，她今天没扎马尾，乌黑柔顺的长发披在肩头，穿了一条低饱和度的茶绿色连衣裙，即使是站在人群边上，却依旧很亮眼。

可是也很刺眼。

池笙旁边站的是班长胡浩淼，而他的角度，清晰无误地看见胡浩淼正缓缓牵起池笙的手。

此刻，连路边亮起的灯光都是那么刺眼，刺得他心脏泛酸泛疼。

那些欢笑声，仿佛都在嘲笑他，你还来干吗？

出租车师傅见俞洄没动静，问了句："小伙子？"

不过几秒，俞洄决绝地收回视线，眸中温度直降，没有再回头。

"麻烦您原路返回，谢谢。"

高考完当天，池笙收到了爷爷奖励的一尾齐腮红兰寿，她给它取名"小红脸"。

还没合缸，小红脸只能看着芝麻包和菠萝头在大鱼缸里悠然自得地游来游去。

看着喜欢的金鱼，池笙却一点也开心不起来。

高考后，俞洄就跟人间蒸发了似的。

她跟俞洄有种心照不宣的默契。

两个人每次聊天，都是先从朋友圈或者空间点赞后开始。微信偏多，因为俞洄不太喜欢用QQ。

一开始，她发了两条朋友圈。

一条是在校内陪读公寓里整理东西的照片，另一条朋友圈是一句话：*祝你我所愿成真。*

她平时喜欢开静音，这几天却将手机音量调到最大，可每次响起的消息提醒,都无关于他。

换作以往,俞泂早就会点赞,然后开始问东问西。

这时候也不同于上学那会儿,能靠学习来分摊那些胡思乱想,她现在脑子里挥散不去的都是俞泂那张脸。

或许是因为心里有事,这几晚池笙总会半夜醒来,涩着眼睛将手机光调到最暗,点开微信,看看俞泂有没有发朋友圈。

直至今晚,俞泂终于发了一条朋友圈,是一张《英雄联盟》的五杀截图。

睡意缓缓消散,池笙盯着那张图许久。脑中稀奇古怪的想法像是正在蓬勃生长的小树,无数树枝是她发散的思维。

最终,池笙放弃胡思乱想。

要上大学的人了,不该这么幼稚,有什么好伤感的。

管他的,他不理她,她也不理他。

于是,她赌气地没给他点赞。

翌日下午,二班聚餐。

选衣服时,池笙想起之前参加舞台剧的时候,俞泂说过一句:"绿色的裙子应该会很衬你。"

她鬼使神差地穿了那条茶绿色连衣裙,其实她不太喜欢穿偏亮色的衣服,好在这条裙子饱和度偏低,很温柔,并不算亮眼。

原以为今天肯定能遇见俞泂,可直至吃完这顿"散伙饭",俞泂也没出现。

乔璇注意到池笙眉眼间的失落,便叫住孟景平问了一句:"俞泂呢?"

"他……"

孟景平看了一眼池笙,也不知道俞泂抽什么风,还真不来,他也只好帮忙打掩护:"这几天有点事。"

乔璇没再多问,走回池笙身边,问:"你俩这几天没联系?"

池笙眼睫微垂:"没有。"

曲一宁诧异地看向池笙:"啊?什么情况,阿璇还说让我这几天别打扰你来着,你俩竟然没联系?"

池笙胸口团着一口郁气:"可能他偷狗去了吧。"

曲一宁和乔璇齐刷刷睁大眼,这是池笙会说的话?

有同学朝她们挥手:"你们几个快下来,咱们再来一张合照。"

乔璇看了眼手机屏幕,说:"你们去拍吧,我接个电话。"

池笙和曲一宁最后下来，只好站到了边上。

曲一宁拉着池笙絮絮叨叨："我跟你说，毕业的照片一定要拍好，初中毕业的时候我就没拍好……"

胡浩淼原本站在中间，余光看见路旁一个女生牵着一条大金毛，猛地一下想起俞洄。

今天俞洄竟然没在！

在他们这一届，乔璇很出名，可是太高冷，曲一宁性格又太像男孩子，唯独池笙是个乖乖女的形象，带着一种南方女孩特有的温软清甜。

所以对池笙有好感的人不少，只不过俞洄仗着是池笙同桌，不许任何人接近。

难得今天俞洄没像条大型犬一样守在池笙身边，胡浩淼的视线停留在人群边上的池笙身上，心想这可是绝佳的机会。

几秒后，借酒壮胆，他将位置换到了池笙旁边。

"好了。"

餐厅店员拍好照，将手机递回给手机主人。

大家一窝蜂地忙着去看照片，曲一宁跑得尤其快，毕竟这时候的照片没拍好，等以后哪天飞黄腾达了，就成了抹不去的黑历史。

也就是在那声"好了"的后一秒，池笙冷不防被人牵住了手。

池笙惊诧地侧过头，见身旁的人是班长胡浩淼，大脑出现片刻的空白，刚刚她身边站的不是女同学吗？

看到池笙满目的错愕和惊恐，胡浩淼很快意识到自己的唐突，立马松开了手。

接下来的行程是去KTV，早在吃饭时，池笙就说过她不去，自然也有其他不去的同学。

胡浩淼作为班长，肯定得去，两拨人不同路。

胡浩淼朝同学们打了声招呼："你们先去，我跟池笙说几句话。"

不少男生开始起哄："哦——"

池笙不同于往常，冷起了脸，淡淡扫一眼那群男同学。

等同学们该走的都走掉后，胡浩淼立即跟池笙弯腰道歉："对不起，我刚刚……不知道怎么就，可能是喝了不少酒的缘故，对不起……我真的不……"

胡浩淼脸颊发烫，越说越乱。

555

饭桌上他是真的被同学们灌了不少酒,他也不知道自己为什么会做出那样的举动,池笙不悦的神情表明他已然将事情搞砸。

池笙眉头紧皱,她确实闻到了胡浩淼身上的酒气,但这是理由吗?

"池笙,我喜欢你,你可以……"

池笙几乎没有犹豫,回答得果断坚定:"我有喜欢的人。"

"是俞洄吗?他真不是什么好人,你跟他在一起肯定会被欺负。"

见池笙未发一言,班长只以为池笙是被说动了。

其实池笙只觉得好笑,人类道德的大灯是不是只会照在别人的身上,永远照不到自己。

她能感受到,俞洄不喜欢班长,可俞洄也从未在她面前说过班长的半句坏话。

俞洄看起来是有些任性恣意,可他从不屑于做这种事。

相反,看起来阳光开朗的班长,嘴好像还挺碎。

"是吗?"池笙轻笑一声,"我只知道,俞洄绝不会在我没同意的情况下,贸然牵我的手。"

胡浩淼面色尴尬,也没办法再替自己开解。

池笙不想再多说,转身走掉。

回到家,池笙第一件事是去洗手,她刚才是真的被吓到了。

或许是从小被保护得很好,也或许是幸运,即便常常转学,她也从未经历过这种事情。

曾经她也设想过,遇见这种事应该怎样去反抗,可到了那一刻,人真的会因为惊吓而一时蒙住。

果然,不要以貌取人这句话十分正确。

回到正屋,池笙发现林敏清从江城回来了,又被叫去估了一次分。

第二天,林敏清带着池笙去拜访了几位大学同学,想在选专业这件事上给池笙多点建议。

自然,选择权还是交给池笙,这毕竟跟她今后的事业相关,林敏清还是希望池笙自己喜欢最好,喜欢才会热爱。

等到晚间饭点,池笙又和家里人去沁园吃饭,饭桌上还有几位池爷爷的老朋友。

这一天很忙碌,可池笙还是会见缝插针地想起俞洄。想他到底是怎么了,为什么不联系她。

要不然，她先给他的朋友圈点个赞，反正之前也都是俞洄先来找她，她主动一次也不会掉一层皮。

可打开朋友圈，池笙发现俞洄朋友圈那张五杀的截图已经没了……

借着去洗手间的空当，池笙在外面透了一会儿气，每次来沁园，她都喜欢在这仿古的园子里逛一逛，眼见时间差不多该回去，池笙往回走。

路过一个包间时，门正好打开，里面的谈话声也传了出来。

"俞洄要去哪国留学？"

俞洄？

池笙嘴角微扬，下意识转头望去。

方才那道声音再度响起："我们知韵要去英国，一起做个伴吧。"

接着传来不少附和的声音。

"我看可以……"

俞洄的背影，她太熟悉，也绝不会认错。他旁边坐了一个长发女生，面对各位长辈也不怯场，嘴角噙着笑，落落大方。

随着门合上，她也没再听见后面的话。

等她回到包厢，就听见爷爷的朋友正在说："我瞧见俞晋维了，带着他孙子认人呢，谭家那个小女儿也在，瞧着应该是有那个意思，这才多大啊，就安排上了。"

"估计是青梅竹马吧。"

接下来，池笙明显有些心不在焉，没再动筷。

不出片刻，林敏清也注意到池笙小脸苍白，不太对劲儿。

"哪儿不舒服吗？"

池笙胡乱扯了个理由："肚子痛。"

"是不是生理期要到了？"

"好像是。"

"还能坚持吗？我让你爸先送你回去？"

"没事，我可以自己回去的。"

池笙起身跟在座的长辈们一一道别，转身走出包厢。她以最快的速度回到家，直接小跑进房间，将自己埋进被窝里。

闷了一会儿，透不过气，她才露个脑袋出来。

俞洄竟然是俞晋维的孙子，前几天她妈还在抱怨俞盛地产在江城的楼盘太贵。

557

原来他不联系她,是因为要和青梅竹马一起去留学?

确实,人家也没理由要给她解释什么。

她和他又没有任何关系,顶多只是同桌而已。那他招惹她做什么,想起平日里那些细枝末节,池笙一颗心被酸涩填满,连带着眼圈也红了起来。

夜晚,总是极易冲动。

一气之下,她不带犹豫地删了俞洄的微信、QQ。

拜拜就拜拜,这世界又不是离了谁就不会转了。

(2)

这两日,俞幼微很担心俞洄的状况,他大门不出二门不迈,整日把自己关在房间里昼夜颠倒地打游戏。

陆川正抱着咿咿呜呜叫唤的女儿,柔声开解俞幼微:"现在正是他这辈子最轻松的时候,在家玩游戏算是好的,要是像我高中毕业那会儿,天天骑着重机车去炸山,不是更要提心吊胆。"

俞幼微想起见到陆川的第一面,好像也是这么个理。

"他是不是失恋了?之前他第一次主动跟我借钱,说要买金鱼,就是买给他们班上一个小女孩。按道理,高考完了,不是应该约人家出去玩吗?"

"还有这件事?"陆川扬眉一笑,"那大概率是失恋了,真惨,高中毕业就失恋……"

突然,卧室门从里面被打开,俞洄面色铁青,看向这一家三口。

炮火不能对准姐姐和小侄女,但能对准姐夫,俞洄冷眼盯着陆川。

"嚼舌根也不走远点,站在我卧室门口,生怕我听不见?"

"青春期的小孩真是惹不起。"陆川抱起女儿,指着俞洄,"茵茵,你看,你舅舅吼你。"

"砰!"

俞洄又关上门。

第二天,俞幼微直接断掉俞洄房间的电,把他锁在别墅天台上,让他多看看天空,给眼睛放个假。

于是,俞洄坐在天台上吹了一整日的风,就连午餐、晚餐也是白姨开门递给他,又赶紧锁上门。

待天色一黑,俞洄终于被放回屋里。

拿到手机的那一刻,他还是准备给池笙发消息。

看了近十个小时的天空,他心胸确实变宽广不少,只不过全是乌云,心情没见变好。

大不了就做朋友,她都做出了选择,他除了祝福她,还能怎么办,去撬墙脚不成?

更何况,他以后还要面临那些糟心事,或许池笙跟别人在一起会更自由快乐。

想想还是心有不甘,男人都是当面一套,背面一套,像他这种耿直的人能有几个?

俞泂:呆笙。

下一秒,看着出现的那个红色感叹号,俞泂不由得微微睁大了眼。

池笙把他删了?

要说那天心脏像是被刺了一下又一下,这一秒钟,他心里就像是被灌进了混凝土,彻底堵死。

安静的卧室里忽地出现一声嗤笑。

有必要吗?胡浩淼要求的?她就这么听话?

俞泂试了QQ,果然如此。那不用说,电话指定也拉黑了。

通话记录里还有孟景平的两个未接电话,俞泂顺便拨回去。

接通后,电话那头的孟景平变成了大舌头:"电话都打不通,你是去偷池笙的金鱼了?"

俞泂冷声开口:"别跟我提这个名字。"

"来喝酒啊,在我家。"

俞泂正心烦,找不到地方发泄,衣服都没换就出了门。

他到孟景平家时,只有孟景平一个人坐在客厅里,满地的玻璃瓶子和易拉罐。

孟景平爸妈忙着公司上市的事,从来不管他。

俞泂踢了踢地上的瓶子,腾出一条路。

"喝得够杂的,叫我来是等你胃出血的时候打120是吧?"

"你……真损。"

瞧孟景平这蔫巴巴的样儿,俞泂瞬间了然,他的病症在哪儿。

"被乔璇拒绝了?"

"她有喜欢的人了。"孟景平从鼻腔里发出一声轻哼,"那种老男人有什么好喜欢的?"

"老男人？"俞泂面带疑惑，乔璇眼光不至于这么差吧？

"你确定？"

孟景平幽幽地睁开眼，拍了两下脑门，差点说漏嘴了，他顺手擦去嘴边的酒。

"二十多岁吧，比我们老。"

俞泂嫌弃地抽了两张纸扔给孟景平。他不打算喝，怕孟景平会真出什么事，更何况被这满屋的酒气一熏，他感觉自己都快醉了。

孟景平坐在地上，头靠在沙发边，继续抱起酒瓶，独自喝闷酒。

"手机借我。"

俞泂拿过孟景平的手机解锁。

俞泂打开池笙的朋友圈，有一张刚发不久的照片，拍的是在夜间依旧灯火通明的一中，高一高二的学生还在上晚自习。

这个拍摄角度，应该是校内的陪读公寓。

孟景平忽地长叹一声，像是在安慰自己："拒绝就拒绝呗，反正她一直都不喜欢我，反正我也告白过了，没什么好遗憾的。"

孟景平越说越哽咽："兄弟，我心里苦啊……"

俞泂难得没有推开孟景平，任由孟景平趴在他大腿上哭诉，孟景平的话像是一记重锤，用力敲在他心上。

清醒与勇气往往并存，都是一瞬间的事。

是啊，有什么好怕的，遗憾才最可怕。

俞泂推开孟景平，大步朝屋外走去。

池笙转来北都一中的这两年，上学期间就住在这间一居室的校内陪读公寓，放假时再回四合院。

前几天，她基本将公寓内的东西都搬回了家，只剩一些零零碎碎的小东西和床被。

原本收拾得差不多，池笙准备打电话让池丘山来接她，可顷刻间便下起了大雨。

天已经阴沉了一日，却没落下一滴雨，所以这雨来得突然，却也不算太突然。

就在刚刚，大雨瓢泼而出，就跟老天爷在发泄什么不满似的。

雨势渐大，池笙眼见搬东西不方便，时间也不早，索性直接给林敏清打个电话报备，今晚就睡这边。

刚通完电话，池笙忽地转头望向门口，似乎听见敲门声。

几秒后，池笙确认有人在敲门，缓步走上前，没直接开门。

这个点会有谁来？

池笙多了个心眼，贴近门边问了一句："谁啊？"

门外传来一声："我。"

池笙一愣，眼睫轻眨，这声音……清冽中又带了点特有的懒散随意。

可下一秒，她又不太确定，也许是因为嘈杂雨声干扰了她的判断。

俞洞不可能，也没理由出现在这儿啊。

似乎是因为长久没有传来动静，门外的人正式自报家门："我是俞洞。"

池笙瞳孔猛地一缩，眼中满是难以置信，心跳也跟着乱了，怔怔地打开门。

楼道里的灯并不算明亮，首先入目的是一深一浅的地面，门附近的地面本应该是干燥的，现在却多了一双鞋印的水渍。

池笙目光缓缓上移，他全身都湿透了，原本黑灰色的宽松牛仔裤变成了黑色，上半身白色的T恤更是不用说。灯光照亮他半张脸，额前碎发被雨水沾湿，明暗交汇间，脸廓线条越发清晰，眼窝也越显深邃。

两人静静对视良久，一阵冷风掺杂着雨丝吹过来，池笙不由得打了个寒战。

这样僵持着不是办法，池笙深吸一口气，错开与俞洞相对的视线。

"你先进来吧。"

池笙转身走进洗手间，望向墙上挂着的毛巾时，却犯了难，东西大多都被搬回家，哪里还有新毛巾。

最终，她还是拿了自己平日里擦头发的毛巾走出去。

"没有新毛巾了，你要用吗？"

俞洞没有犹豫，从池笙手上拿过那条奶黄色毛巾。

柔软干燥的毛巾在黑发间来回摩擦，熟悉的青苹果香味时不时钻进他鼻腔里。

俞洞被这馨香扰得有些燥，胡乱擦了几下，将毛巾还给池笙。

池笙叠了两下毛巾，握在手中，想起那晚在沁园的所见所闻，淡声开口："你来找我，是有什么事吗？"

俞洞脸色不太自然，抬眸望向池笙，扯出一抹僵硬又违心的笑："你

跟胡浩淼在一起了？速度挺快啊。"

"什么？"池笙眉心皱起，"我什么时候跟他在一起了？"

池笙这振振有词的模样，让俞洄不禁怀疑是不是他看错了，可那晚的画面在他脑海中依旧清晰可见。

"聚餐那天，我看见你跟他牵着手，不是挺开心的吗？再说你还把我微信删了，不会是他叫你删的吧？"

池笙垂下眼睫，感受着指甲一点点嵌入手心的疼痛，最难受的事莫过于，你喜欢的人笑着跟你打探，你是不是和别人在一起了，尤其是俞洄的话，像是她主动牵了谁的手一样。

"我把你删了是因为……"池笙先纠正俞洄的前一句话，"不对，你哪只眼睛看见我牵他手了？"

"还骗我。"

俞洄不肯放过池笙的任何一个表情变化，却没注意到她语气越发泛冷。

"我有什么好骗你的，看你这样，你很想我跟他在一起是吗？"

这话有够刺耳，也让俞洄骤然清醒过来，他来的目的可不是跟池笙谈论这些问题。

"当然不想。"

池笙转头盯着俞洄，想看看他还会说出什么气死人的话。

俞洄抬起双眸，凝视着池笙，缓慢而坚定地说出每个字："因为我喜欢你。"

这告白来得比这场雨还要毫无征兆，池笙眸光一闪，下意识避开与俞洄的目光。

稳了稳气息，她才回道："那你不是都以为我跟他在一起了，你还来做什么？"

俞洄咧嘴一笑，拿出平日里那股无赖劲儿："我来撬墙脚。"

闻言，池笙微微一愣，她还是头一次见有人能把撬墙脚这件事说得如此理直气壮。

"你做人这么没原则？撬墙脚这种事也干？"

"你今天才知道我是这种人？"俞洄也没觉得是什么大事，他从没说过他是好人，又嘀咕了一句，"是你我才撬。"

说起墙脚……

猛然间，池笙后知后觉，现在高一高二还在上课，公寓这边的入口有保安，得刷门禁卡才能进，那他是怎么进校内陪读公寓的？

"你怎么进来的？"

"翻墙。"

池笙的怒意还来不及发作，先被气笑。

前几天她还在班长面前维护他形象，这打脸来得可真快。

俞泂皱着眉扯了下T恤领口。

刚才在雨中奔跑时，被打湿了也不觉得难受，现在屋内温度高一些，衣服黏在皮肤上确实不太舒服。

窗外传来轰鸣雨声，很明显在告诉两个人，这雨一时半会儿停不了。

"要不……你先去冲个澡？"

说完这句话，池笙又后悔了，她怎么忘了没有新毛巾这件事，而且这儿也没有俞泂可以换的衣服。

灵光一闪，池笙想起那天搬东西时，落了那个飞利浦的冷暖风机没有搬走。

池笙拉开柜子，示意俞泂过来搬。

"你把这个搬到浴室，洗澡的时候，把你衣服挂起来，等吹干再……再穿上就行了。"

俞泂扫了一眼池笙，不自然地轻咳两声："好。"

在俞泂进洗手间前，池笙又找了一袋洗衣液递给他。

"这儿还有洗衣液。"

同桌久了，她也知道俞泂这人多少有点洁癖，好在不是很极端那种，情况允许下，他洁癖就严重一点，反之，也能将就一些。

卫生间是干湿分离设计，基本不会有问题，但池笙还是叮嘱了一句："那个风机，你别碰着水了。"

"放心。"俞泂轻笑着，声音清爽中带着磁性，"电死我也不找你的麻烦。"

真是时时刻刻都不忘嘴贫，池笙瞪了俞泂一眼："电死你算了。"

等哗哗的水声从洗手间传来，池笙才抬手揉了揉烫得惊人的耳朵。

怎么回事，事情的走向变得有点不太对劲。

差不多一个小时后，俞泂才从洗手间出来。

然而这雨，仍旧没有要停的意思。

俞泂把风机放回柜子里，搬了一张空余的凳子坐到池笙旁边。

他发出的动静不小,她听见了,总不能再装聋作哑。池笙凝眸看着桌上自己的影子,缓缓放下手中的书,转头朝俞涧看去。

俞涧深吸一口气:"我有话想跟你说,你放心,说完我就走。"

"好,你说。"

正好,既然他都来了,她也有话想问他,问清楚,总比成日憋在心里好受。

洗澡时,俞涧想了很久。

如果池笙真跟班长在一起了,那池笙绝不会让他在这儿洗个热水澡,还跟他说那么多话。

"你真没跟胡浩淼在一起对吧?"

池笙气得血压飙升,真是狗嘴里吐不出象牙,她等了半天,他想说的就是这个?

"那不然我现在跟他说……"池笙拿起手机。

"别别别。"

俞涧急忙夺过来,顺手把池笙的手机塞进自己裤兜里。

安静片刻,俞涧望着池笙的目光里突然多出一抹抑郁和失落,如同受伤的小兽把伤口亲自揭开给别人看。

"那天,我看见班上的人在餐厅门口合照,你们牵着手……"

"他跟我告白,我拒绝了。"池笙脸上明晃晃写着"光明磊落"四个大字。

她敏锐捕捉到俞涧这句话的重要信息点,目不转睛地盯着他。

"那天?你去了?"

俞涧心虚地移开视线,说:"我那天有事,去晚了点。"

池笙眼圈发酸,音量陡然拔高:"那你当时为什么不问我?你就直接走了?"

俞涧看出池笙眼底的失望之色,一时不由得慌了神,他现在真是骑虎难下,怎么回答都是错。

下一秒,池笙像是知道了答案,轻笑一声,转过身,留给俞涧一个背影,不再看他,声音更是从未有过的冷淡:"那你现在也可以走了。"

俞涧站起身,搬起凳子大步走到另一边,面对着池笙坐下,可池笙冷着脸又转了回去。

这样反复几次后,俞涧也没再继续,而是望着池笙的背影,努力放柔声线："生气了？你听我解释好不好。"

池笙委屈又愤懑，她现在什么也不想听，她等了他那么久，他竟然直接就走了。

她话音里的哭腔再也掩饰不住："我不要听，你走吧。"

俞涧神色一滞，扳过池笙肩膀，果不其然，她鼻尖泛红，眼角不断有泪珠子滑落。

这下落的速度……他可算知道什么叫断了线的珍珠。

"你别哭，"俞涧慌乱地解释着，"是我的错，我是胆小鬼，我觉得你选了胡浩淼，我被你抛弃了没面子。"

就班长那点小心思，他会看不出来？从前靠着同桌这得天独厚的优势，他没少嘚瑟。最后池笙选了班长，他那该死的自尊心确实在疯狂作祟，没事就出来嘲笑他一番。

他这句话无异于添了一把柴，让池笙心里的火烧得更旺。

面子？那不就证明，他所谓的面子比她重要。

可池笙转念一想，她不也是吗？

她不也是个为了面子，为了自尊心不敢去问俞涧为什么的胆小鬼吗？

这么一想，池笙更加难忍泪意，眼泪哗哗地往下流。

俞涧一个头两个大，怎么回事，越哄眼泪还越多了……

池笙的性子并不像表面那般温软，在他的记忆里，很少见过池笙哭。

没一会儿，池笙那双杏眼快红成了兔子眼，啜泣声也越来越压抑不住。

她紧紧拽住俞涧T恤下摆，咬着牙问他："你是不是要跟别人去留学？"

俞涧眉心一皱，满目疑惑："什么？我什么时候要跟别人去留学了？"

"我那天在沁园吃饭，分明看见你跟……"

池笙照实说了一遍那晚的所见所闻。

听池笙说完，俞涧轻叹一声，只恨那扇门为什么没多开一会儿。

"没有的事，我是被我爷爷叫去吃饭。当时我就直截了当地表明，我不会去留学。"

面对池笙的打量和质疑，俞涧真挚地举手发誓："真的，我骗你是小狗。"

哪怕是以为池笙和班长在一起了，他也没想过要去留学。

直至发现池笙把他删掉时，他才开始动摇。

那一瞬间，他感觉对什么事都提不起劲儿。心里总有个声音在告诉他：

你就是个多余的存在。

倒不如去留学，眼不见为净，反正她也不待见他。

猛然间，俞洌想起池笙把他删了的事，神色一紧："那你看见我，怎么不叫我？然后因为这件事，你把我联系方式全都删了？"

"那不然呢？"

一说到这个，池笙的语调立刻变得执拗又委屈："从高考结束后，你没有给我发过一条消息，打过一个电话……还有，你说好要去聚餐的，我还穿了绿色的裙子，可你看见我竟然不叫我，还直接走了……"

一条又一条不可思议的信息接踵而来，俞洌稍愣片刻，回过神后，诧异地看向池笙，原来她那条裙子是穿给他看的？

俞洌抽纸给池笙擦着眼泪，继续耐心解释："没有去聚餐是因为考试前拍毕业照的那天，我听见曲一宁问你，班长是不是比我更适合做朋友，然后你说，是……"

要他将当时那些吃味、酸涩的情绪毫无保留地说出来，等同于要他的命，于是俞洌转而解释起另一件事："而且……我没跟你说一定会去聚餐，说的是看具体情况。"

"不是……"

池笙慌张地拍了几下俞洌的手臂，急着说道："那天，我是在想毕业后去海洋馆的事，听见一宁说了句俞洌适合做朋友，我就随口答了一声。因为这个，她们俩还笑我来着……"

闻言，俞洌彻底松了口气，困扰他多日的心头郁结终于被解开，原来都只是误会而已。

同时，池笙这变相的告白也让他心情直飞云霄。

"好好好，都怪我，是我误会了，实在不行你打我好不好？祖宗你别哭了。"

看着池笙那双眼睛越发肿胀泛红，俞洌急得手足无措，他的感情经历就是一张白纸，哪儿知道怎么哄人，只能把能想到的话通通说出来。

池笙明显对这话不太满意，哪有这样哄人的，怎么听都是敷衍的味道，轻轻将俞洌推开些，眼睛肿得有些痒，她想伸手去揉。

情急之下，俞洌下意识捉住池笙手腕。

"别揉，痒是吧？"俞洌的嗓音温柔得像是在哄幼儿园小朋友，"我给你吹。"

俞泂的双手几乎是本能般地捧起池笙的脸，微微俯下身，真的给她轻轻吹了起来，还不忘细心提示她："你眯着眼睛应该会更舒服。"
　　从前在上体育课的时候，她被风迷了眼，他也给她吹过，只不过克制着没上手。
　　池笙没照做，眼睛反而睁大了些，仰头望着俞泂清隽内敛的眉眼。
　　平日里懒散、偶尔会暴脾气的少年一旦温柔起来，像是有致命的吸引力。
　　不过，大概主要是因为，她喜欢他。
　　前些时日丢失的勇气终于在这一秒被寻回。
　　"俞泂，我喜欢你。"
　　清甜软糯的声音冷不防响起，俞泂神情出现片刻僵滞，凝神看着池笙瞳眸里的自己。
　　"我准备聚餐那天跟你说，可是你没来，人都走了你也没来……"
　　池笙眼眶里的泪水再次聚集。
　　之前的委屈已被尽数发泄出来，现在的眼泪，只是后怕的产物。
　　池笙明白，如果今晚俞泂不来找她，性格使然，她也绝不会去开口的。
　　那也许，他们就会因为误会而错过了。
　　"我也有不对，我也没主动……"
　　对于池笙突然的自责，俞泂只想抽自己两个大嘴巴子，男人主动点怎么了，他傲娇个什么啊。
　　他早些来，也不会害池笙和他白白煎熬了这些时日。
　　"对不起，是我来晚了。也是我不对，无论怎么样，那天我都应该去一趟。"
　　俞泂话音微顿，当时看到那一幕，他是真的没有勇气去面对池笙选择跟别人在一起的事实，所以他没下车，直接走掉。
　　"告白这种事，应该我来。"
　　暖光灯下，少年的眼神变得专注而诚挚。
　　"我喜欢你。"
　　俞泂没再拿抽纸，而是用指腹替池笙一点点抹去泪痕。眼泪本就含有盐分，池笙脸颊上娇嫩白皙的肌肤明显变得微肿泛红。
　　"脸上痒吗？眼泪淌过的地方有点发红。"
　　俞泂拍了拍池笙脑袋，以示安抚，收回手，走向洗手间。

几秒后,他干净清冽的嗓音从洗手间传出来:"这个有鱼尾巴图案的毛巾是你洗脸用的?"

池笙愣怔两秒,才回道:"对。"

刚才那样的俞洄,她从没见过,太温柔,以至于一个不小心,她似乎就快陷进去了。

俞洄拿着被水浸透的毛巾给池笙轻柔地擦着脸,目光移动时,却注意到池笙正盯着他出神。

玩心一起,俞洄忽地凑近,鼻尖轻轻擦过池笙秀挺的鼻梁,将她吓了一跳。

池笙本就是杏眼,现在因为惊吓睁得更圆了,瞧着像是一只受惊的兔子。俞洄眼尾轻弯,忍不住揉了揉她脑袋,世界上没有比呆笙更可爱的人了。

"烦人。"池笙红着小脸,嘟囔一声。

俞洄嘴角勾起,继续手上的动作,也问出心底疑惑:"你是什么时候喜欢我的?"

什么时候喜欢他的?

池笙只明确地记得,是从什么时候开始对俞洄感兴趣的。

是和那包黑色款的手帕纸有关。

她第一次跟俞洄说话,也是因为那包纸。

转学到一中二班后,俞洄坐她前面。

其实,池笙一向都会避免和俞洄这种看起来很有攻击性的同学产生交集,除了第一面产生的短暂惊艳感,他对她没什么吸引力。

可渐渐地,她发现俞洄跟别的男同学很不一样,别的男生扎堆玩《王者荣耀》,只有他,玩《超级玛丽》《僵尸尖叫》玩得不亦乐乎。

要说他不好好学习,他也会认真听课,不过仅限于他喜欢的科目。

他的成绩波动总是很大,不过每当面临需要用排名来换座位的考试,他考得都还不错。

一开始她还不理解,后来才知道,单纯是因为班主任喜欢从后门偷袭,倒数第二排才是最抢手的位置,安全数值高。

那时池笙还没发现,她每天除了学习,最喜欢研究的就是这个前排同学,像是科学家找到了新标本,乐此不疲。

期中考试前几天,她感冒了。

考物理那场,很不幸,她带的纸早早用完。

整个考场上只有她时不时小心翼翼吸鼻子的声音，因为担心影响到别的同学，她尽可能减小动静，憋得她头晕又难受。

俞洄因为上次期末缺考，碰巧跟她在同一个考场。

那场考试，俞洄提前很早交卷，她还诧异，他这么快就写完了吗？

可他路过她桌旁时，她的桌上忽然多了包黑色纸巾，刚好压在她的准考证号上。

她讶异地抬起头时，只望见那道挺拔高瘦的背影消失在门口。

俞洄走出考场没多远，她就听见巡考的班主任揪住他开启唐僧念经模式。

考完最后一科，她第一次叫了俞洄，也是两个人做了一个多月前后桌以来的首句话。

她说了声谢谢。

他是怎么回答的来着，好像完全忘记了这件事。

当时他在玩游戏，注意力都在手机上，握着手机的那双手，骨节分明，好看到让女生都羡慕。

直到屏幕里的马里奥从旗杆上滑下，蹦跶着走进城堡里，他才散漫地扬起脸，眼中神情与面对那些前来搭讪他的女同学无异。

"什么？"说完，他的视线又回到屏幕上，点击继续，语气漫不经心，"我姓俞，不姓谢。"

…………

想到这儿，池笙扑哧笑了一声，跟俞洄说起这件事。

俞洄眼底浮现一抹笑："我当时是嫌你吵人，然后怕吵到周围同学。"

见池笙撇了撇嘴，显然是不满意这个回答，俞洄又老实地改了说辞："其实是借那个机会罢了，我发现你有点不一样……不太搭理我，转学来那么久，我们一句话也没说过。"

池笙面上一愣，颇具憨态。

俞洄嘴角上翘半个弧度："考完试，你果然来找我了。"

"你心眼可真多。"

池笙推开俞洄给她擦脸的手，心想她现在后悔还来得及吗？

俞洄来回搓了两下池笙略带婴儿肥的脸颊，笑得一脸痞坏："这叫策略，让你对我产生兴趣。"

池笙捉住他作乱的手，好奇地问："那你又是什么时候……喜欢我的？"

俞涏回答得利落爽快："不知道。"

完全没有具体的时间点，或是事件，就是不明所以，不知从何时起，他脑子里每天想的都是池笙。会想到她吃曲奇小饼干的模样，想到她领读的模样，想到在阳光下她侧过身的模样，还有打羽毛球时、逗学校里的小猫时……

自然也有，她小声叫他的模样，软软糯糯的声调，别人都叫不出那个味道。

池笙依旧仰着脑袋望着他，暖橘色的灯光落在她脸庞，微肿的双眼过分惹人怜爱，俞涏视线下移，莹润的粉唇微微轻启。

看起来……好软。

像是本能驱使，俞涏不受控制地缓缓俯下身，却又在只差分毫时及时刹住了车，小心试探地问："可以吗？"

分明没碰到，唇上却像是有细小电流划过。

池笙脸颊倏地发烫，不由得攥紧了手心，身子稍稍后仰一些，对上俞涏温柔的目光时，她又挺直背脊，主动吻了上去。

她选择了用行动来回应他。

只是没想到，俞涏却微微侧开了脸，她自然而然地亲到了他脸颊上。

气氛一时变得有些尴尬，池笙脸上的毛细血管也扩张得更加厉害。

池笙以为俞涏又起了玩心，想逗她，生气地推开他。俞涏却顺势将池笙的小手握进掌心里。

他关键时候错开，是因为猛然想起萧政的那些话。

"我想先跟你说些我家里的事……"

俞涏拿过凳子，坐在池笙跟前，毫无保留地将他家那些上不得台面的事一一展露在池笙面前。

等说完后，无论池笙是何选择，他都尊重她。

时间随着桌上时钟的指针悄然流逝。

俞涏将他所知道的细节与未来的可能性都悉数告知池笙，同时，他心底也暗暗期待着，池笙会是什么样的反应。

半个小时后，房间内恢复了短暂的平静。

池笙静静思索了几分钟，第一个问题是："这不应该涉及什么商业机密吗？你就这样告诉我，不怕我把你卖了？"

俞涏稍松一口气，笑了两声："那拿到钱，你会带我私奔吗？"

池笙弯唇一笑，扬起小脸对俞洄说："我喜欢你。"

这算是她正式的回答。

不想管那么多，她现在只想跟他在一起。

俞洄眸光微亮，喉结动了下，没再多说，俯首朝池笙吻去。

这下，换作池笙侧开了脸。

见俞洄愣怔的模样，池笙笑着晃晃脑袋。

"不要了，刚才我多尴尬啊。"

俞洄忍不住抽了抽嘴角，他就知道池笙不是好拿捏的，只有她拿捏他的份儿。

"真不要？"俞洄还想再挽救一下。

池笙脑袋晃得跟拨浪鼓似的，有的人就是该被收拾收拾才会长记性。

俞洄舔了舔唇，有些丧气地转身去窗边看雨势大小，是比刚才小一些，可是也没好到哪里去。

池笙指向床旁边的那个沙发，说："不然你睡这儿吧。"

俞洄扶额浅笑，她真是一点防范之心也没有。

"我睡这里你肯定会不习惯，没事，我叫人来接我。"

"好吧。"池笙点了点头，起身走向洗手间，"那我先去洗漱了。"

临走前，俞洄成功把微信加了回来。

池笙正在给俞洄打备注，没注意到俞洄抬起的手。

下一刻，她后颈忽然受力，被迫微微扬起脸，唇上突然一温，触感软得像是棉花糖。

少年和少女的第一次接吻，没有辗转厮磨，在蜻蜓点水的触碰里，也不带任何旖旎的欲望，有的只是最纯粹的爱意。

奸计得逞，俞洄露出心满意足的笑。

"晚安，呆笙。"

关门声响起，池笙站在原地，呆愣了良久后，才羞得捂起脸跑回床上。

今晚，是她高考后最开心的一晚，俞洄亦是。

翌日清早，池笙睡得正香，手机铃声冷不丁响起。

池笙在枕头旁摸索了一会儿，将手机搭在耳边，却依旧闭着眼。

"喂……你好？"

电话那头传来熟悉的声音："昨晚忘记把你门禁卡带走了。"

571

挂断电话，池笙幽幽睁开眼，起身找鞋。

为什么俞洄总能把无理的事说得理所当然？有个这样的男朋友到底是好事还是坏事。

其实昨晚她故意没给俞洄门禁卡，他不是喜欢翻墙吗？让他翻个够，被抓到最好，多长点记性。

可现在看来，她是自找麻烦。

池笙晃悠着下楼，走到陪读公寓大门口，一眼看见俞洄那道高瘦挺拔的身影，他手里正拎着一个牛皮纸袋。

路过的学妹们窃窃私语着，频频朝他望去。

刷了门禁后，池笙也没管俞洄，有力无气地往回走，没睡够就像是没充满电，身上没有一点劲儿。

俞洄几步追上池笙。

下过雨的早晨，空气格外湿润清新。

那场雨近六点才停，地上四处布满积水，眼见池笙就要踩进水塘里，俞洄拽住她手臂将她带到身边。

池笙揉了下发涩的眼睛，都怪昨晚俞洄那个"吻"，让她脑神经保持兴奋状态许久，直到天色擦亮时才睡着。

"你不困吗？"

"不困。"

只有俞洄自己知道，他压根儿没睡。

上楼梯时，池笙整个人瞧着像是在边走路边睡觉。

见她这模样，俞洄只觉得可爱得紧，难免想起以往做课间操时，经常能看见池笙闭着眼摸鱼的模样。

就在池笙要踩空时，俞洄伸手一把握住她纤细的手腕。

一瞬间，他又感觉哪里不太对，手掌向前一动，改为牵住池笙的手。

池笙如同树懒一般，缓缓睁眼望向他。

俞洄眉宇间带着一丝愉悦，解释道："牵女朋友的手，没什么问题吧？"

此刻的池笙，大脑处理信息的速度有些缓慢。

这是什么话，昨晚他没牵吗？

没精神跟他辩驳，池笙任由俞洄牵着她上楼，回到公寓，门一打开，池笙径直就要向床走去，奈何俞洄却没松手。

"不趁热吃？"

电量告急，池笙濒临关机状态，说了句："我好困。"

说完，她甩了两下俞洄的手，躺回床上，倒头就睡。

俞洄见池笙就这样四下无人地睡了起来，发现她还真不拿他当外人。

看她睡得香，俞洄的困意也缓缓袭来，他给她掖好被子，打个哈欠，靠在沙发上睡了过去。

"咚咚咚！"

突然传来的敲门声，猛地惊醒了屋内睡得正沉的两人。

池笙迷迷糊糊地坐起身，俞洄也转头朝门望去，他反应要快些，先起身去开门。

下一秒，池笙看见桌上的时钟，大脑倏然清醒，急忙朝要开门的俞洄不停挥手，压着音量叫他："俞洄，俞洄……"

像是听见池笙的呼唤，俞洄在开门前一刻回了头。

"外面应该是我爸。"

池笙已经下床开始收拾床铺，还不忘用手整理微乱的头发。分明什么也没做，她不知道自己在紧张心虚些什么。

俞洄回过神，下意识也理了两下头发。

门一开，俞洄和眼前的中年男人无声对视两秒。

池丘山哪里想到开门的会是个人高马大的男生，作为一个父亲，警惕心让他皱起眉头："你是谁？"

俞洄踌躇了一秒钟，他说是男朋友，会被池笙揍吗？

池笙先开了口："爸，他是我同桌。"

俞洄很快反应过来，弯腰问好："叔叔好，我叫俞洄，我……来帮笙……小池搬东西，顺便给她带了点早餐。"

池丘山仍旧持迟疑态度，侧身绕过俞洄，走进屋观察一番。

看见池笙正在喝豆浆，桌上确实有不少早餐，东西也收拾得差不多，这才打消了疑虑。

池丘山鼻子嗅了嗅，问："灌汤包？"

"对。"池笙塞进嘴里一个，"苏记的，很好吃。"

俞洄笑道："叔叔吃早餐了吗？一起吃吧。"

池丘山勉强露出一个还算和善的笑容，他正好还没吃早餐。

最后，三人一起把早餐解决完，俞洄暗自庆幸还好买得多。

上下跑了两趟后，俞洄将公寓里的东西悉数搬到池丘山的车上。

池笙办完手续回来，见俞洄正跟她爸站在车旁聊天，两个人看起来聊得很开心。

俞洄哪儿还有平时那副傲娇模样，真会装。

回到四合院，池丘山邀请俞洄去家里坐坐，俞洄倒也一点没害羞，直接去了。

林敏清看见多出一个大小伙子，也是愣了下，一听是池笙同桌，又笑着招呼俞洄吃水果，问他考得怎么样，想报什么学校和专业。

池笙在一旁，看着俞洄装乖，也不拆穿他的真面目。

在未来岳母面前刷过脸之后，俞洄暗暗朝池笙递一个眼神，先告辞了。

他这一走，林敏清开始八卦起来："你这同桌长得挺帅，怎么没听你提起过？"

"帅吗？还好吧。"池笙抿唇，忍住不笑，却隐隐弯了下眼梢。

"人家小伙子还一大早给笙笙送早餐，东西也都是他搬的，跟他聊了几句，我看挺好。"

"哪有，爸，你别被他骗了，他挺烦人的。"

林敏清听池丘山这么一说，多问了池笙一句："他家里是什么情况？有兄弟姐妹吗？"

"他有一个姐姐，大他挺多的，不过他爸爸妈妈在他初中的时候出意外去世了。"池笙选择性地把自己了解的情况说出来。

林敏清若有所思地点点头，说："既然是同学，你俩又要报同一个大学，那就多多联系，互相照顾。"

池笙借着收拾东西的借口，回到自己房间，趴在床上，点开姐妹三人组的聊天群。

池笙：那什么，昨天晚上，俞洄来找我了。

曲一宁：然后呢，告白了吗？

池笙：嗯。

乔璇：他先说的？你先说的？

池笙：感觉……我不知道。

曲一宁：行吧，隔着屏幕我都感受到了你俩那拧巴腻歪劲儿。

曲一宁：你俩亲了吗？

池笙揉了揉脸，又想起昨晚的"初吻"。

她丢开手机，在床上来回打滚。

曲一宁：得，我懂了，我家的小白菜到底还是被狗拱了。

乔璇：你还小，再有什么进一步的可别急，他要动手动脚，你直接踹他。

池笙羞得不行，回了最后一条便锁了屏幕。

（3）

高考后，在一起的情侣不止一对，跟别人有所不同，俞洄极少陪池笙逛街，去逛花鸟市场的频次倒是很高，但小情侣间该有的吃饭、逛夜市、看电影一样没落下。

曲一宁嘴上虽愤愤不平地表示池笙变得重色轻友，实则却时常为池笙打掩护。

这天，俞洄趁着俞幼微带陆茵去了陆家，把池笙带来家里玩，两人用掌上游戏机玩了一会儿《马里奥兄弟》。

池笙玩得远不如俞洄熟练，总被他欺负。

"你又踩我脑袋！"池笙不悦地用手肘撞了下俞洄。

"好好好，让你踩回来就是。"

俞洄脸上扬起一抹笑，也轻轻撞了两下池笙。

不知道为什么，他就是无时无刻想跟她有接触。

池笙操控着手柄，让奇诺比奥跳起来，踩着红色马里奥的脑袋蹦了一下，却没想到直接掉下去了。

俞洄一点也没有要忍住的意思，直接大笑出声。

"不玩了。"池笙把游戏手柄扔到俞洄手上，真是直男，钢铁直男。

"我就说你玩不起。"俞洄放下手柄，试探地去勾池笙的手指。

"那你去找个玩得起的。"

俞洄笑着起身，去厨房拿了今天早晨特地去买的四寸柠檬蛋糕。

爱吃甜食的女生就是好哄，俞洄望着池笙耳后的那颗小痣，目光微沉："我以后叫你呆呆好不好，只能我叫，不让别人叫的那种。"

池笙哼哼两声："你别以为一个小蛋糕就把我收买了。"

"那你以后的小蛋糕我都承包了，这样可以吗？"

"承包……你电视剧看多了吧？"

池笙唇边沾了些奶油，俞洄抽张纸，给她擦干净，但手上的动作却慢了下来。

池笙的视线从蛋糕转移到俞洄俊朗的脸上,静静望着他。

他正在缓缓靠近。

似乎预料到即将要发生什么,池笙不由自主地屏住了呼吸。

俞洄的唇很薄,此刻却又热热的。

这些日子,两人也没少接吻,俞洄并没有太激进,似乎都是温温柔柔地点一下,意思意思。

但今天的吻,显然有些不太一样,最直观的感受就是,她不仅头晕,还浑身发软。

酥麻的感觉缓缓蔓延开来,池笙软绵绵地将手心抵在他胸口。

恍惚间,将要失去意识前,池笙终于使出点力气推开了俞洄。

"俞洄,我好像要……晕了。"

俞洄喉结上下一动,低笑几声,指腹摩挲着池笙的手腕。

"呆呆,你缺氧了。"

"深呼吸。"俞洄继续说着。

池笙照俞洄说的做,没一会儿,果然舒服了许多。

可还没缓过劲,俞洄清磁的声音在她耳畔响起:"我教你怎么换气。"

说罢,他捧着池笙的后脑勺,再度吻了上来。

意识蒙眬间,池笙听见俞洄说了句:"张嘴。"

吻了十多分钟后,池笙终于知道,俞洄指的换气是什么了。

"换气"的间隙,池笙伸手捂住俞洄的下半张脸。

"不要了。"池笙的声音软得能掐出水,"我感觉……我嘴都肿了。"

俞洄见池笙的小脸快变成了一颗番茄,也没再继续,只轻柔落下一吻,以作结束。

"还好,不算肿。"

池笙在沙发上缓了会儿,努力恢复着正常的呼吸频率,这才叫接吻吧。

"你为什么……进步得这么快?"池笙忍不住问出心底的疑惑。

"一定要说吗?"俞洄慵懒地斜靠在沙发上,眼梢微扬,勾着嘴角,看起来又痞又坏,"说出来,你又要脸红了。"

池笙识趣地没再问。

"想不想去我房间看看?"

池笙小幅度地晃着脑袋,他才说了那种话,她哪里还敢去他房间。

"不想看看我小时候的照片吗?"

"想。"

一进俞涧房间，首先映入池笙眼帘的是她送俞涧的那个生日蛋糕的乐高，在展示架上很显现的位置，跟其他的乐高相比，确实幼稚很多。

"我送你的那个乐高，你没有打开过吗？"

男生与女生的思维不同，俞涧不太理解池笙这话的含义："你好不容易拼上的，我为什么要拆开？"

池笙笑了下，没接话。

没打开也好，等哪次俞涧的生日，想不到送什么礼物，就让他拆开，用那两张字条当作礼物好了，她可真聪明。

俞涧拿出自己小时候的影集给池笙看，百日的高清无码照除外。

天气放晴，阳光透过落地窗照进屋内。

池笙站在书桌旁，笑着翻看照片。

"你会换气了吗？"

"啊？换……"池笙转头望向俞涧。

"我检查一下。"

池笙才刚适应了俞涧的节奏，他又开始了新课程，他的掌心像是带上灼人温度，所到之处的肌肤都像被烫到一般。

池笙感到前所未有的紧张，隐约中又有些好奇的期待。

楼下突然传来门锁声响，池笙被吓到，猛地推开俞涧。

俞涧也没好到哪儿去，面红耳赤："应该是我姐，一起下去吗？"

他从桌上抽了张纸，替池笙擦了下唇边的水渍。

池笙一张脸红得能滴出血，点了点头，她总不能一直都在这儿。

俞幼微听白姨说俞涧今晚让她别来做饭，担心俞涧出什么事，就回来看了一眼，顺便给他带些好吃的回来，却没想家里竟然还多了一个人。

俞幼微见这两个孩子的脸都红得不像话，哪里会猜不到她进门前他们俩在做什么。

"笙笙是吗？快来尝尝这个文火小牛肉。"

俞幼微先笑着让池笙吃东西，然后把俞涧拉到一旁说话："你带人家在楼上干吗？我跟你说，你……"

"姐，你放心，我是那种人吗？我就是带她去参观参观我的房间。"

俞幼微警告地拍了拍俞涧肩膀："人家还是小女孩，你别欺负人家啊。"

"我欺负我自己，我也不欺负她。"

俞幼微走之前，要了池笙的联系方式，顺便留了句话："如果俞洇欺负你，你也好给我告状。"

时间差不多，俞洇带着池笙出去吃晚饭，两个人在人行道上慢悠悠地走着。

"你说，我欺负过你吗？"

池笙瞪一眼俞洇："你刚刚就在欺负我啊，都说了不要……"

"那个叫欺负吗？那你欺负回来吧。"俞洇双手插兜，微弯下腰，将脸凑在池笙面前。

"不要脸。"池笙毫不留情地推开他的脸。

吃完饭，回到家，池笙才看到俞幼微发来的消息。

俞幼微：笙笙，给你看，俞洇之前给我打的欠条，说要借钱给他喜欢的女生买金鱼。

看着那张借条的照片，池笙下意识望向鱼缸里的芝麻包，看着它发了很久的呆。

睡觉前，她还是给俞洇打了个电话。

池笙："你早就喜欢我，为什么不说呢？"

俞洇："你不是说要好好学习，不想影响你。"

池笙："那以后我们有什么话就直接说出来好不好，喜欢又不丢人。"

下一秒，池笙听见了电话那头细微的笑声。

俞洇："好，否则就是小狗。"

池笙："嗯，小狗。"

俞洇："晚安，呆呆。"

池笙："晚安，小狗。"

池笙挂断电话前，听见听筒中又传来一句："不是，你这人怎么耍赖，我怎么就是小狗了……"

池笙笑着在床上滚了两圈，给他发去一条消息。

池笙：好期待和你一起去海洋馆。

俞洇：到时候告诉你一个秘密。

高考成绩下来，大家的分数皆属正常发挥范围，最终录取的结果也都挺满意。

池笙在北都大学新闻学，俞洇在北都大学金融学，曲一宁在北都财经大学，乔璇和孟景平在北都政法大学。

池笙父母还有个课题，池笙这边一提档，两人便回了江城。

早在高考前，池笙就跟林敏清报备过，毕业后会和乔璇、曲一宁去旅游。

可出发去云州的前一天，乔璇突然说家里有事去不了，乔璇不去，孟景平自然也不去，他才不做俞洄的电灯泡。

缺一个人，自然没了姐妹间的那种氛围，曲一宁也失了兴致。

平日里，曲妈妈不让曲一宁跟她爸联系。曲一宁索性趁这个机会，偷偷回东北去看她爸，还不忘让池笙给她打掩护。

作为回报，她也会替池笙在林敏清那边打掩护。

这下，俞洄第一次发现乔璇、曲一宁和孟景平是如此顺眼，他现在可以名正言顺地和池笙两个人去旅行。

池笙和俞洄商量后，直接改签飞往海城。

五人行变成两人行，太过突然，以至于池笙在机场看见俞洄时，还有些不太适应。

俞洄却自然而然地上前接过池笙手中的行李，另一只手牵起她，嘴里还抱怨着她昨晚不和他打电话。

"拉倒吧，一打又是整整一晚，都睡着了，还打电话做什么。"

俞洄深叹一口气，无奈道："你这个木头脑袋，醒来就听见对方的呼吸声不好吗？"

池笙送给俞洄一个白眼："那是幼稚。"

飞机落地当晚，一切美好的想象变成泡影，什么阳光沙滩、游泳、完美的日出、日落海岸线……通通不存在。

因为台风来了。

临时改行程、订酒店是一件麻烦事，这对俞洄来说却是小事情，但池笙也没想到他直接订了一个五星级酒店。

池笙表示要AA，俞洄直接回了她一个栗暴。

"没必要跟我计较，给女朋友花钱应该的。"

"那你也没必要跟我计较，给男朋友花钱不行吗？"

"你记账吧。"俞洄认真笑笑，"以后慢慢给我花。"

俞洄订的是一间套房，有两个房间。原本计划好的活动项目被搁置，两人只能在房间里看电影。

一听是这么个情况，曲一宁立马跟池笙分享了一部电影，《五十度灰》。

池笙和俞洄也没多想，看着看着，才发现不太对劲。

隐约间，池笙似乎能感受到俞洄那边透过来的热气，于是在心里数落了曲一宁一番，选的什么题材啊！

俞洄承认，年轻气盛，面对自己喜欢的女孩，那些画面确实让他有些把持不住。

但终究还是自制力占了上风，他没和池笙突破实质性的那一步。

一连几日台风天，幸运的是，在离开的前一天，台风警报解除，池笙和俞洄去了一趟海洋馆。

在克莱因蓝的童话国度里，每一道冷暖交错的光线都恰到好处。

穿过海底隧道，巨大的鳐鱼像是在笑着跟你打招呼，斑斓的鱼正慢悠悠地游动，时间仿佛都被放缓。

池笙和俞洄趁着美人鱼表演时去了水母馆，因为游客们大多数都去观看表演，水母馆里瞬间安静不少。

池笙正好沉浸下来，忘我地看着各色水母。

她尤其喜欢水母馆，水母像是轻盈飘逸的精灵，用剔透的身体，点亮海底的深蓝。

每次看到水母共同朝一个方向移动，心情总会没来由地变好。

"好看吗？"池笙下意识地去寻俞洄的手，不过俞洄先一步牵住她。

"好看。"俞洄一语双关。

池笙哪里知道，俞洄一直在看她。

准备出馆，再次经过鲸豚馆时，超大的蓝色玻璃映入眼帘，白鲸缓缓游过。

俞洄忽地顿住脚步，从刚才在水母馆到现在，他都未松开池笙的手，池笙也自然而然跟着他停住。

池笙正要问怎么了，俞洄先行开口："还记得之前你问我，毕业后要不要一起来海洋馆的事吗？"

池笙轻点头，不知道他为什么突然提这件事。

"那个时候，我就准备等这天跟你告白。"

池笙一怔，双唇因为诧异而轻启，这是她从未想过的事。

"虽然已经跟你说过了，但还是想再说一次。"

少年英气的眉宇带着明朗笑意："池笙，我喜欢你。"

心跳悄无声息地加快，池笙手指滑进俞洄指间，与他十指相扣，露出一抹清甜的笑，踮起脚尖，亲了亲俞洄的嘴角。

"我也好喜欢你。"

俞洄垂眸望着池笙，眉眼清亮，不施粉黛，她此刻弯弯的眼睛像是皎洁的上弦月。

俞洄第一次知道，原来心里放烟花是这种感觉。

（4）

在度过人生中最轻松的暑假后，绝大多数高中毕业生都无比期待着大一的新生活。

北都大学山水环绕，草木茂盛，校内的园林建筑既有北方的宏伟，又兼具江南的秀丽，阳光在赤色红砖砌筑的四角建筑上透出斑驳光影。

北都大学的新生军训安排在大一升大二的暑假，因此池笙暂时没遭受军训的暴晒。

乔璇天生是晒不黑的体质，唯独曲一宁是个可怜人，皮肤快晒黑了一个度。

国庆假期结束，回校当晚，池笙和曲一宁约在北都大学附近吃火锅。

曲一宁不停地跟池笙分享着她在舍友那儿学来的美白技巧，池笙细细端量一番，确实白了一些。

"看来你跟舍友们相处得挺好。"

"她们人都还不错。"

他们五个人里，只有池笙和俞洄没住校。

池笙住家里，而俞洄因为时常要与萧政手下的人接触，住在校外更方便些。

"从毕业后到现在我都约不到璇姐。"曲一宁咬了口冬瓜，抱怨一句。

"对。"池笙也发现了这个问题。

"何止是约不到的问题，她最近在群里潜水的频率越来越高，哪天我们还是要一起吃顿饭。"

"对，好好审她。"

话还没说上几句，曲一宁见池笙抱着手机傻乐，猜到她肯定是在跟俞洄发消息。

这两人的腻歪劲儿也没个尽头，什么厌倦期，在他俩身上跟不存在

似的。

隔壁桌来了四个女生，坐下点完菜后开始闲聊。

"你们知道咱系大一那个俞涧吗？那天上课路上我碰见了，我真怀疑他是不是报错了学校，那长相不该去电影学院吗？暂且不提那建模脸，他完全是个行走的衣架子。"

"哈哈，外院外系都说他是咱们金融系的男模，可是我感觉他更像渣男脸啊……"

"就我们寝室那个大一学妹，应该是第一批追他的人，说他可高冷了，甩下一句他有女朋友就走了，瞧着应该不是渣男。"

"我听说，他在新传学院有个表妹，他家可真厉害啊，咱们学校都能一下进两个。"

表妹？

池笙和曲一宁面面相觑。

原本听见俞涧的名字，池笙还准备吃瓜听戏，没想到吃到自己身上。

曲一宁朝池笙耸耸肩，眼珠子转得那叫一个灵活。

"怎么回事？"

池笙也纳闷，自己什么时候成了俞涧的表妹？

开学报到时，俞涧分明去她在的新闻与传播学院刷过脸啊。

池笙细细回想经过，当时俞涧非要先陪她办手续，似乎有一位带路的学姐问了一句：他是你哥吗？

她跟俞涧来了玩心，还真扮演起哥哥妹妹的角色，谁能想到会被四处传开，真够乌龙。

"高中那会儿我就猜到，等他上大学，指定会火。"曲一宁继续在锅里涮羊肉，感叹道，"你看，果不其然吧。"

曲一宁喝下一杯大麦茶，又摇摇头："话说他有没有沾花惹草啊？"

"他哪有那个时间。"池笙夹了一个丸子，"最近我都没见过他几面。"

萧政给俞涧安排下来不少任务，加上有那件事压在他身上，他对未来的时间也有十分清晰的规划，大致是他要提前一年毕业，然后去接手阿尔及利亚的分公司。

跟开学前相比，他们俩相处的时间真的少了太多，现在莫名有种异地恋的错觉。

"这才大一，他忙啥啊？是不是借口！"

"具体的我也不太清楚,但是我俩聊天频率还是挺高的,他一有空闲时间就开始消息刷屏,我还嫌他烦。"

池笙嘴上虽这么说,语气里可找不到一丁点的嫌弃,分明满是甜蜜。

这就是变相的秀恩爱,曲一宁嫌弃地撇撇嘴。

下一秒,池笙手机屏幕亮起,来电显示俞洄。

池笙不禁感叹,这是什么心灵感应。

电话接通,那头传来熟悉的清冽嗓音:"我回来了,你吃饭了吗,一起?"

"我跟一宁在吃火锅,你要来吗?"

曲一宁用唇语说:他肯定不来!

"算了,快吃完就给我打电话,我来接你。"

池笙弯起唇,突然来了兴致,憋着笑说:"表哥,你真的不来吃火锅吗?"

电话那边的俞洄顿了几秒:"表哥?你又在玩什么新花样?"

"你来了不就知道了。"

"行。"

曲一宁冲池笙眨眼:"你表哥真来啊?"

池笙笑弯了眼:"哈哈哈……"

半刻钟后,火锅店大门被人从外面拉开,一个身量极高的男生大步走进来,身穿一件翻领双排扣卡其色风衣,没有系扣,简约随意。只是一眼,不禁让人感叹,为何穿风衣都能有如此优越的比例,那张脸更不用多说,十分俊朗,鼻梁高挺,眼窝深邃,下颚角的线条像是用笔画出来的一般。

隔壁桌那几个学姐自然注意到突然出现的俞洄,小声说着:"就是他,就是他。"

"咱们这是什么嘴,说谁谁来,别是开过光吧!"

她们没想到俞洄会直接在隔壁桌坐下。

俞洄面上稍带疲色,熟稔地拿起池笙面前的那杯茶喝了一口,转眼望向她:"表妹?找表哥什么事?"

这一本正经的口气,池笙一个没忍住,挽着他的手臂,靠在他肩上低声笑起来。

对面的曲一宁也没好到哪里去,笑得更夸张,不知道的还以为湖里的鹅跑进了火锅店。

唯独俞洞被蒙在鼓里，不知道她俩到底在笑什么。

见这两人完全没有要停下来的意思，俞洞伸手用虎口钳住池笙下颌，池笙两颊受力，嘴唇被迫变成金鱼嘴，跟着他手上的动作一张一合。

"昨晚视频瞧着也没瘦，怎么近看还是瘦了？"

俞洞眼底出现一抹不快，池笙全身上下也就脸上有那么一点婴儿肥，总喂不胖，还瘦了。

"没有你一起吃饭，胃口不太好。"池笙侧脸贴着俞洞肩头蹭了蹭，"你最近还会很忙吗？"

听到这话，俞洞说："我就说让你吃饭要报备，是谁还嫌我烦？"

曲一宁直呼没眼看，气得双手交叉环抱在胸前，说："我是单身，你俩能不能照顾照顾我的感受？收敛点行不行，别这么肆无忌惮。"

"找个男朋友很难吗？"俞洞把菜单扔给曲一宁，"随便点。"

言外之意，用吃的堵她嘴。

有便宜不占王八蛋，曲一宁打算吃饱了再跟他斗嘴。

旁边那桌的学姐们越看越奇怪，有这么亲密的表哥表妹吗？

吃得差不多，俞洞趁池笙和曲一宁去洗手间的空当，把单买了。

隔壁那桌口中那位追过俞洞的学妹姗姗来迟，一进门，她没想到会在这儿碰见俞洞，上前打了个招呼："嗨，俞洞，好巧。"

听到自己的名字，俞洞徐徐抬起头，在脑海中思索片刻，确定不认识这号人。

"你是？"

女生尴尬了两秒，随即开朗大方地笑着说："我也是经院的，之前还跟你要过联系方式来着……"

池笙和曲一宁聊着天走回座位，俞洞正好指着池笙说了句："这是我女朋友。"

隔壁桌的四位学姐齐刷刷望过来，女朋友？

果然，不要在背后说人……真是年度尴尬现场。

"吃好了吗？"俞洞不想再多逗留，拿起凳子扶手上池笙的同款卡其色风衣和包包。

"走吧。"

面对池笙，俞洞跟换了个人似的，又开始絮絮叨叨："你们仨从高中那会儿就是，做什么都要一起，像连体婴一样，怎么上大学了也不见有长进。"

曲一宁清清嗓子，开始抬杠："行了，知道你嫉妒，也不知道，是谁天天黏着我们家笙笙。"

"什么你家的。"俞洄严词厉色地纠正曲一宁，"她是我家的。"

俞洄掰开池笙挽着曲一宁的手，改成挽自己。

"挽她干什么，挽我。"

曲一宁"啧啧"两声："你这个俞三岁，也就笙笙看得上你。"

池笙笑得一脸无奈："你们不要再吵了。"

四位学姐与那位学妹通通看呆了，这人变脸真快，跟刚才判若两人。

送曲一宁回学校后，俞洄送池笙回家。

路上，池笙说了她被传成他表妹这件事。

听完后，俞洄也笑了："你不是爱玩吗？"

池笙扬起下巴，打死不认："我怎么记得当时是你先演上的。"

俞洄见识过池笙耍无赖是什么样，不跟她继续这个话题。

"等我这段时间忙完，教你学车怎么样？"

"俞老师你有耐心吗？你不会是想让我给你当司机吧！想得美！"

俞洄瞥了一眼池笙："几天不见，我发现你嘴变得越来越厉害了。"

"有吗？"池笙歪头挑衅，一脸得意扬扬。

突然，俞洄将车靠边，熄火，解开自己的安全带后，朝副驾驶探身而去，须后水的气息一时弥漫在她周围。

"你……"

俞洄在她唇上辗转反复，撬开唇齿，深入缱绻。

熟悉又陌生的感觉袭来，池笙忘了做出反抗，而是顺势抬手搂住俞洄的脖子，狭窄车厢内的空气一点点升温，变得炽热，喘息声细微地响起。

两人正吻得不分你我时，一辆消防车疾驰而过，飘过的声响将二人瞬间拉回神。

俞洄重新系好安全带，发动引擎前不忘放下狠话："等着，迟早要收拾你。"

池笙朝俞洄做个鬼脸："略略略。"

俞洄想起什么，从后座拿了两个手提袋递给池笙。

"这是什么？"

"一套首饰，打开看看喜不喜欢。"

池笙轻轻打开一个个黑色丝绒盒，是一套南洋澳白海水珍珠的首饰，有一条项链、一条手链、一副珍珠耳环及一枚胸针。整套首饰，将珍珠的温润与铃兰清冷的气质完美融合，甜美中又有几分灵动仙气。

这很难不爱啊。

"是你挑的吗？"池笙满眼喜爱。

俞洄眼底漾起深深笑意："这是我妈参与设计的，她说让我送给喜欢的人，我前两天不是去申城，顺便取了回来。"

俞洄牵过池笙的左手，把玩起来，说："我们从海城回来的时候，我就想直接带你去取，只不过担心你会有负担，其实只是一个礼物而已。"

这次他去申城，没忍住还是想带回来送给她，总想把最好的东西都给她。

"对了，世上只有这一套。"

"噢。"池笙心里瞬间像是蜜罐被打翻一般，"那等我回家问问我爸，有没有给他未来女婿准备的石头。"

俞洄满足地喟叹一声："真不容易，你可算是上道了。"

"讨厌。"池笙笑着和俞洄打闹，"把我说得跟块木头似的。"

"呆呆不就是木头吗？"

"哼！你再说！"

第二天，正在上课时，池笙旁边的同学突然将手机递给她。

"你快看。"

池笙看了眼台上老师，又将视线下移到手机屏幕上，是论坛上的一个帖子。

△金融系大一那个男模没有表妹，只有女朋友。

帖主：我拜托你们传八卦时，靠谱一点好吗？谁传出来的啊，什么表妹，新传学院那个是他女朋友！

1L：我还以为他说有女朋友只是幌子呢。

2L：啊，还好我还没行动，都做好功课，准备曲线救国，去找他那个表妹来着，帖主好人，一生平安。

3L：帖主怎么知道的？

帖主：昨天我们吃饭时碰见了，一开始不知道，我们还在那儿说来着，真尴尬。

5L：配吗配吗？

6L：还行吧，就是感觉男模很宠他女朋友，买单、主动拿衣服包包，看他女朋友跟闺密太好还吃醋。还有，对着他女朋友话特别多，像个男妈妈。

7L：哈哈哈，这个比喻笑死个人。

8L：他女朋友叫什么啊。

帖主：新传学院新闻学的池笙。

9L：表妹，这也太扯了，谁给你们说的？他俩都是北都一中的，一个班的同桌，他们二班还有句话，流水的座位，铁打的俞洄和池笙，懂了吧？

…………

池笙把手机还给同学，道了声谢，继续认真听讲。

下课后，池笙把那个帖子转发给俞洄。

池笙：哈哈哈，俞妈妈。

几分钟后，池笙收到回复。

俞洄：欠收拾。

再次下课时，池笙发现那个帖子已经没了，后续也没有出现她想象中的那些困扰，同学们最多也就是在网上谈论几句，有那时间，多泡一会儿图书馆不是更好。

不过俞洄倒是把帖子这件事当真了，从那之后，平日里只要他一有空，定会去等池笙下课，频频刷脸。

每次他手里还有喝的，天热是果茶，天冷换奶茶，当然还有他说好要承包的柠檬蛋糕。

到冬天时，也不忘实时更新甜点菜单，时常会出现池笙喜欢的烤地瓜，以至于池笙一度向自己的两个好闺密宣扬，俞洄是北都大学第一挑瓜能手。

俞洄让她低调些，经院第一挑瓜能手就行。

心血来潮时，俞洄也会在图书馆陪池笙一起学习，两个人的日常，与校园中的绝大多数情侣无异。

（5）

池笙没料到，俞洄说要教她开车这件事是真的。

高考后的暑假里，除了跟俞洄整天腻歪在一起，她还去考了驾照，但是，对开车上路这件事，她还是莫名恐惧。

俞洄非要锻炼池笙，时常带着她在俞家山顶别墅那座山路上练车。

池笙认为，这与让她去运动一样痛苦。

这晚，俞涧有空，又到了练车时间。只不过他的有空，是指坐在副驾驶座上看报表，同时一心二用盯着她开车。

池笙哼哼两声："你为什么非要我学车啊。"

"会开车方便很多不是吗？"

路两旁的灯光掠过，俞涧线条立体的侧脸陷入明暗交错的光线里。

"其实也还好。"

她对开车实在是不感兴趣。

俞涧抬眸望向池笙时，眉眼间带上一抹温柔，转而又隐隐露出几分不舍。

"这辆车开得习惯吗？等我出国了，就放你那儿用。"

池笙转头望向俞涧，愣了两秒。

"开车别走神，看路。"俞涧柔声提醒，伸出左手替池笙掌了下方向盘。

池笙将车停在路边，凝眸盯着俞涧，原来他想让她学会开车是这个原因。

"我总不能给你配个司机吧，我乐意，你会乐意吗？"

池笙像小朋友一样撇撇嘴。

俞涧以为是自己语气重了，刚想哄人，就见池笙解开安全带，朝他这边倾过来。

这个动作似乎有些眼熟……

池笙抱住他，哼唧几声，像是觉得不舒服，索性直接爬过中控台，坐到俞涧腿上。

文件四处散落，俞涧也无心顾及，下意识搂住池笙纤细的腰肢。

"哼哼唧唧什么？"俞涧用鼻尖蹭了蹭池笙柔软细腻的脸颊。

"你也太好了。"

池笙忍住没说出下句话，他出国了，她要怎么办，感觉离不开他了。

她好想任性地说一句，不想让他走。

可是她不会，也不能。

这么一想，池笙眼眶发酸，又不想让俞涧发现，索性将小脸埋在他颈间。

女生都比较感性，俞涧没多想，轻轻拍着她的后背。

"放心，只对你好，呆呆独享。"

池笙趴在他胸膛上，隔着衬衣布料，体温一点点透过来，目光所及之处，是俞洄凸起的喉结。

鬼使神差的，她吻了上去。

俞洄在座位上愣了半晌，池笙又亲了亲他脖颈间，下颌……

池笙稍稍侧过头，轻柔地吮吸他的唇瓣，感受着腰间的大掌缓缓收紧。

唇间的温热，勾起的是心底最真实的悸动。

"唔……"池笙忍不住溢出软音。

"咚咚！"

指关节叩在车窗上的敲击声，猛地惊扰了车内的一派旖旎。

俞洄反应极快，将池笙的脸按在胸前，池笙也乖乖地任由他抱着一动不动，尽量不让车外的人看见自己。

车窗微降，俞洄扫了一眼来人。

"你们是谁，大晚上在这儿干吗？赶紧把车开走。"

是俞宅的保安，应该是新来的，没见过。俞洄也没多说，升起车窗。他可不想顺便进去见见俞晋维，要不是这儿适合练车，他才不带池笙来。

等人走远后，俞洄拍了拍池笙腰臀，打趣她："怎么过来的，怎么回去。"

池笙明显还没缓过劲儿，眸中氤氲着水光，红着脸嗔了一眼俞洄。

她正准备爬回去，动了一动，才发现哪儿不太对劲。

"你这个臭流氓！"

俞洄对池笙突如其来的控诉感到无厘头。

"你什么时候把我那个扣子解开了！"

"我……"

俞洄一时不知该如何解释，要知道，接吻的时候，男人的手好像也不受自己的控制。

"好好好。"俞洄眼底笑意浮现，"那我给你扣好。"

说着，俞洄双手绕到池笙腰后，从她套头毛衣的下摆探进去。

"我自己来！"

池笙脸上一臊，拍开了俞洄的手。

俞洄拿外套替池笙挡着，好整以暇地看着她忙活。

这已经是被打断的第二次，看来即使是开着车，也不适合在路边接吻，他们俩还是得好好锻炼控制力。

大二时，跟俞洞旅游回来后，池笙给家里说了和俞洞正在谈恋爱的事。

林敏清表示很满意，高中同学知根知底，又是北都人，日后如果真成了，还不用担心婆媳问题，越看俞洞越满意。

池笙目前的规划是争取保研的名额，而等她大四，不出意外，俞洞已经身处阿尔及利亚，他们直接变成异国恋。

这一路走来，她和俞洞顺风顺水，每每一想到要分开那么久，池笙便开始止不住地担心两人最终会以分手告终。

为此，她郁闷许久。

最后还是俞洞发现了不对劲。

每周，池笙偶尔会来他的公寓住两天。

有一天，俞洞忙完后提前回来，原本准备给池笙一个惊喜，却发现了借着洗澡在放肆大哭的池笙。

他一时分不清，她脸上那些是花洒落下的水还是泪水。

总之，她眸中的猩红，太刺眼。

没有人知道，拉开浴室玻璃门看见那一幕时，他心里是什么感受。

他原以为，池笙每天都很快乐的，是哪里出了问题？

俞洞并未多言，只是默默拿过浴巾，给池笙擦干身体，套上浴袍，将她抱出去。

这两年接触的人与事，逐渐让他的性格变得更沉稳。

给池笙吹干头发后，俞洞在她额上轻轻印下一吻，自己转身去浴室洗漱。

哗哗的水声从响起到停止，十分钟不到，再过五分钟，池笙终于回到了那个熟悉的温暖怀抱中。

俞洞说了今晚的第一句话："可以告诉我为什么哭吗？"

池笙从俞洞怀中扬起脸，眼尾泛红，眼中满是不确定与恐惧。

"我怕我们以后会分手。"

俞洞眉梢微扬："我们为什么会分手？"

池笙将脸再度埋回俞洞胸口："我担心，距离和时间会消耗感情。"

俞洞开始反思，是不是他工作太忙忽略了哪些细节，却又始终搜寻不出端倪。

池笙似乎读出他的心中所想："是我藏得太好，不想让你发现，不想让你被这种情绪感染然后不快乐，又或是觉得我胡思乱想，然后会加剧分手的速度。"

俞洄无厘头地说了句："小狗。"

"嗯？"

数十秒后，池笙才反应过来，那是高考后那个暑假，她对俞洄说过的话。

她说："以后我们有什么话就直接说出来好不好，喜欢又不丢人。"

俞洄答："好，否则就是小狗。"

俞洄再次想到浴室里的那一幕，喉间哽得异常难受。

爱或许是包容，是付出，但一定也是坦诚，坦诚于快乐、难过，甚至是痛苦。

一个人真的爱你，又怎么会舍得你独自痛苦。

俞洄缓缓搂紧池笙，说："我不希望你做独享痛苦的人，你想让我快乐，那就把你的痛苦也给我。"

"池笙。"俞洄的声线温柔且坚定，"我想和你同甘，一样想和你共苦，你能理解吗？"

池笙睫毛轻颤，眼泪遽然滚落。

"我以后该叫你呆呆还是小狗？"

池笙脸颊紧贴着俞洄胸口，不应答。

俞洄掌心轻抚在池笙乌黑柔顺的长发上，嗓音极尽轻柔："以后无论开心还是难过，都告诉我，好不好？"

池笙声音越来越小："好，我要呆呆，不要小狗。"

俞洄眉眼间终于展露笑意："那就给呆呆一次机会，再有下次，以后就叫你小狗。"

针对池笙说的距离和时间会消耗感情这个问题，俞洄找到了解决方法，那就是让他们的感情再深、再浓些。

大三开学前，俞洄郑重地去拜访了池笙的爷爷和父母，也开诚布公地说明自己的规划，想要申请让池笙搬去和他一起住，也表明了他今天来说的这番话，全部是以结婚为前提。

他希望在大三这一年，能和池笙多留一些相处的回忆，也能多给池笙一些安全感。

俞洄始终认为，池笙会有那样的想法，问题也在他，一定是他在某些方面没有注意到，才让她安全感不足。

在俞洄做了一系列的保证后,成功通过申请。

池笙父母比较开明,并不怕池笙看错人,毕竟有多少人能第一次就找对人,饶是有经验的父母,也有看走眼的时候。

他们只告诉池笙,自己要对自己的选择负责。

大三开学,池笙搬来俞洄的公寓共同生活。

两个人养了一条西高地白梗,叫养乐多,鱼缸里自然也多了几尾兰寿,每一条都是两人挤出时间一起去买回来的金鱼。

俞洄也终于亲自教会了池笙开车上路,过程十分艰难,只因为池笙一撒娇他就没办法。一拖再拖,好在最终她还是敢上路了。

两个人跟着白姨学做了不少菜,等日后池笙独居时,也勉强能给她自己做些好吃的,不至于沦落到天天吃外卖的地步。

俞幼微打趣俞洄,真是什么都给池笙提前安排好了。

大三的时光,忙碌充实且甜蜜,但时间总是过得很快,总要面对不希望到来的那一天。

俞洄顺利地提前毕业。

大三暑期的旅行,也许是未来数年内两人最后一次共同旅行,俞洄和池笙决定开着房车一路向西。

俞洄开车,她来拍摄,一路上都在做回忆记录册,两人的合照多得数不胜数。

除此之外,这一路上,他们也做了一件有意义的事,捡垃圾。实则青藏线上的垃圾并不少,进入藏区后,池笙和俞洄还碰见了环保志愿者。

环保志愿者告诉他们,其实还有更多的塑料垃圾被风吹到山坳和河谷中去。

跟志愿者们告别后,池笙挽上俞洄,轻声开口:"等你回来,以后我们每年走一次青藏线吧。"

俞洄扳过池笙的脸,果不其然,眼尾又红了,他俯身在她唇上轻啄一下。

"以前也没见你这么爱哭,我就去个两三年,中间我肯定忍不住要回来看你的……"

池笙扭扭身子,靠进他怀里。

"别说了。"

回程的路,远比去时要快得多。

一个傍晚，池笙正在用单反拍下一张落日夕阳的画面。

画面已捕捉，但她还未放下相机，下一秒，镜头中突然出现俞洄挺拔的身影，正一步一步缓缓走至她身前。

池笙放下相机，不解地望着他，挡她镜头干吗？

"我先说，我无耻，我想先把你套牢可以吗？"

俞洄身穿藏青色冲锋衣，黑色冷帽未摘，配上他说的这话，活脱脱一个又痞又坏的男人。

或许因为在藏区待了太久，两人对任何事都十分随意。

俞洄竟然直接从兜里拿出一枚方形的祖母绿婚戒，没等池笙回答，直接戴在她无名指上。

简洁洗练的八角围镶造型搭配直角戒臂，明亮闪耀的白钻点缀浓郁深邃的祖母绿。

池笙愣住，反应过来后，眸光微闪。

她同样准备了一对戒指，想等送俞洄上飞机时，将男戒给他戴上。

如他所说，套牢他。

按道理说，这次旅行，她没必要带上，可她偏偏就是鬼使神差地带上了。

这或许就是冥冥中自有天意。

池笙脸上漾起浓浓笑意，转身上房车，在行李中翻出戒指盒，拿出那枚男戒。

下车后，她甚至没问那句话，而是直接给俞洄戴上。

"我也想先把你套牢。"

这枚男戒是沉稳的灰白色铂金圈戒，内圈刻有她的名字，两枚戒指竟意外地般配，仿佛它们本就是一对。

公路旁的车辆呼啸而过，落日余晖正洒满每个角落，房车周围满是他们两人的笑声。

俞洄眼底的宠溺快要溢出，轻柔的吻落在池笙嘴角。

"呆呆，我爱你。"

"我也爱你，我的俞洄。"

独家番外
游必有归

春来无事，只为花忙。

四月中旬的北都，满是春日浪漫氛围，玉兰虽已凋谢，丁香却是正盛。

曲一宁和关聪结婚时，家里相继碰上白事，两人无心再办婚礼。几年过去，曲一宁始终觉得有缺失，因此选在这个春日，办一场简单的派对婚礼来弥补遗憾。

夜幕犹如绸缎，缀着一弯皎月。星星灯条由高至低挂于树枝，暖黄色霓虹贯穿整片草坪，烛台火光在晚风中摇曳。

随着绚丽烟花在夜空中绽开，全场氛围到达最高潮，来宾皆是同龄好友，众人围成一圈跳舞，犹如一场篝火晚会。

曲一宁笑脸明媚，手中尽情挥舞着仙女棒烟花，一身翠绿色大开背绸缎礼裙，裙尾摆动间的魄人光泽让人瞬间联想到《赎罪》里的那条绿色仙裙。

关聪满眼宠溺，任由她牵着他欢闹。

"俞越，今天是你干妈的婚礼，怎么也不笑一下？"

俞泂语气调侃，勾着坏笑，正举着相机对准俞越。

"哼！"

俞越不接话，嘴巴依旧闭得严实。因为他刚掉了一颗侧切牙，笑起来不太美观。

妄图趁机拍他的黑照？想得美，世界上没有比他爸爸更坏的人了！

俞泂仍在继续调侃："啧啧，某人的偶像包袱可真重。"

"差不多行了啊。"池笙拧了一下俞洄胳膊,"幼稚鬼,成天就欺负儿子。"

一听这话,俞越立即委屈地上前要抱抱。

俞洄无语地想,这臭小子惯会装乖,他才是那个没处哭的人。

前几天,这兄妹俩密谋好,说是看恐怖片被吓到,要池笙陪他们睡觉,让他独守了好几天空房。

他还没报仇,臭小子倒先开始卖惨了,找机会不好好收拾他。

"别理那满肚子坏水的人。"曲一宁朝俞洄龇了龇牙,牵起俞越,"走,跟干妈跳舞去。"

俞越看一眼俞洄手中的相机,捂住嘴说话:"干妈你今天好美。"

"干妈还有我!还有我!"

池诺不知道从哪里跑出来,手里挥着一支仙女棒,一身奶油白缎面公主裙好似落入森林的小精灵。

"哎哟。"曲一宁笑弯了眼,"儿女双全了,哈哈哈。"

池诺甜甜一笑:"干妈,你每天都很漂亮。"

"宝贝嘴真甜!"

曲一宁恨不得亲上一口。

俞越心想,妹妹是个人精吧?

乔璇望向曲一宁的倩影,眼睛半弯,碰了碰池笙胳膊。

"你还记得,以前一宁说,生了宝宝不给你玩吗?"

池笙忍俊不禁:"哈哈哈……"

忽然,俞洄插话:"直接送你们,赶紧打包带走。"

孟景平跟俞洄碰杯:"真的假的,你舍得啊?"

池笙收住笑声,小声嘟囔一句:"他怕是求之不得。"

俞洄眉梢微扬,示意孟景平去一边聊。

等走得离池笙和乔璇稍微远些,俞洄才开口:"你跟乔璇可以拿我们家那俩练练手,说不定乔璇突然就想要孩子。"

"拉倒吧。"孟景平撇撇嘴,"我们又不是非要孩子不可,再说……"

孟景平一脸看好戏的模样盯着俞洄,说:"你不就是前车之鉴吗?看看,现在还在给我推销。"

俞洄深吁一口气,还推销不出去。

转眼看到玩得正嗨的俞越跟池诺,他更烦躁了,两个甩不掉的小黏人精！小牛皮糖！

婚礼散场时，已临近十二点，夜色越发浓郁，钻石黑的库里南平稳行驶在回京裕花园的路上。

俞洄还是拍到了俞越露齿大笑的照片，气得俞越换到池笙旁边继续求安慰。

池诺看着哥哥缺一颗牙的"丑"照，开始担心自己日后该怎么办，爸爸不会也这样对她吧……

"嗡嗡嗡……"

车内再度响起手机振动的声音。

池笙柔声开口："陈师傅，您接吧，没事的，说不定是急事。"

"好的。"

陈师傅先将车停至路边，再接通电话。

俞越和池诺自动安静下来，不再出声。

细微的话音从听筒中透出，陈师傅回答的声音难掩紧张："严重吗？但我现在……抽不开身。"

很快，陈师傅挂断电话，准备发动引擎。

池笙问了句："是有什么事吗？"

陈师傅犹豫几秒才说道："我儿子在宿舍和同学发生矛盾，打起来，进医院了，在抢救室。"

不等池笙开口，陈师傅又说："您不用担心，到了京裕花园我再赶过去。"

下一秒，俞洄清冽的嗓音响起："到前面路口停一下，我们走回家，你直接开车去医院。"

"这……"陈师傅有些不好意思。

"就这样，开车吧。"

说话间，俞洄关上相机。

下车后，距离到家还有两公里。

别墅区的深夜格外静谧，台阶两侧的灯光柔和温润，偶有凉风吹过，路两旁的绿篱也跟着晃一晃。

池笙今晚喝得不算少，这夜风一吹，越发头晕，加上蹦了太久，现在开始电量不足。她索性拽着俞洄胳膊走路，脑袋靠在他肩头借力。

"好累，我想睡觉。"

闻言，俞洞伸手摆正她身子，再走到路沿石下。

"来，我背你。"

"笙笙，我给你拿包包！"

池诺主动拿过池笙手里的包。

反正这会儿也没什么人，池笙乐呵呵地上了俞洞的背，脑袋在他肩颈蹭一蹭，莫大的满足感快要溢出心间。

没走两步，池笙的高跟鞋掉了。

俞洞转身，给俞越递了个眼神。

"要你提醒！"

俞越朝俞洞哼一声，他原本也要去捡的。捡起来后，俞越还顺便把池笙脚上的另一只高跟鞋拔了下来，拎好。

池诺拎着包蹦蹦跳跳。

一旁的俞越忍不住絮叨："甜甜圈你小心点，看路！别摔倒了。"

俞洞背着池笙，走在两个孩子后面。

昏黄路灯似乎给了夜晚温度，让人倍觉慰藉。

池笙安心趴在俞洞肩头，望着地上的四道影子，半合着眼低喃。

"好幸福啊。"

"嗯。"

俞洞清磁的笑声萦绕进微风中。

回到别墅，伺候完池笙，待她睡熟，俞洞拿起笔记本电脑去了俞越房间。

路过走廊窗户，俞洞往外打量一眼。

池诺正蹲在小花园里，观察土壤里植物的生长情况，显然还在持续亢奋中。

卧室内，俞越举着镜子，嘴巴张得老大，正在看自己的牙。

门冷不丁被打开，一见来人，俞越刚要用脸色，却又想起自己还有求于人，生生忍了回去。

"不朝我哼哼了？"

俞洞挑眉一笑，走进房间。

俞越骨子里的那股倔劲儿随了父母，始终拉不下脸来向俞洞示好。

"嗯？"

俞洞定睛看着俞越，收拾硬骨头儿子真有趣。

"爸爸。"

俞越几乎是咬着牙说出这两个字。

俞洄轻轻拍了下俞越,算是翻篇。

俞洄盘腿坐在地毯上,打开电脑,开始剪视频。

俞越一直过农历生日,他准备在生日那天,送给池笙一个礼物,里面是一些俞洄在池笙怀俞越时拍下来的画面,也有俞越自己给池笙拍的小片段,因为他还不会剪辑视频,只能求助俞洄。

俞越指向屏幕,说:"从这里到这里的部分不要。"

俞洄手上动作不停,顺便和俞越商量起另一件事:"一会儿我把你丑照删了怎么样?"

俞越一张小俊脸上写满了不信:"你肯定有其他要求。"

"今年暑假,你姑姑要去申城,你带上甜甜圈一起去如何?"

"我还要跟青青……"俞越意识到自己说漏嘴,及时止住话音,"我不去!"

这小屁孩成天想着他的小同桌,俞洄也不拆穿他,转而开始威胁:"那我就拿笙笙的手机发微博,把你的照片都发出去。"

俞越急了,想扑上来咬俞洄一口。

窗外骤然响起的尖叫声让父子俩齐齐愣住。

下一秒,俞洄起身打开窗,朝院子里低训一句:"大晚上的,你叫什么!"

池诺扬起小脸,龇着牙笑得开心极了,然后朝屋里跑来,上了二楼,直奔俞越房间。

"爸爸!"

俞洄抬手,示意她把手里的浇水壶放下再说话。

池诺照做,然后扑进俞洄怀里,咯咯咯地笑起来。

"哈哈,我的向日葵要开了!"

小朋友开怀的笑最能感染人,俞洄也轻笑出声。

只有俞越,略有不高兴。

在他的生日送笙笙礼物,是他想出来的主意,没想到池诺也跟着凑热闹,非说她也要送。

可下一瞬,他又更难受,妹妹不过只是送花而已,他好小气啊。

虽然爸爸和笙笙从没有要求他让着妹妹,但他就是哥哥啊。

他看着笙笙的肚子一点点变大,再看着妹妹一点点长大,而且妹妹的小名和大名都是他来取的。

他和妹妹吵闹打架,爸爸和笙笙也没有偏向妹妹,并且很多时候,他们还会对妹妹说,他做得很好。

他是妹妹的榜样,怎么还吃妹妹的醋呢……

俞洄注意到垂头丧气的俞越,心头一软,将他揽过来一起抱在怀里。

"删删删,一会儿就给你把丑照都删了。"

俞越耷拉着的小嘴终于露出一抹笑,在俞洄怀里别扭地拱了拱。

"那我们拉钩。"

"臭小子还不信我。"

话是这么说,俞洄还是伸出手,和他拉钩。

"拉钩上吊一百年不许变……"

俞越生日那天,如他们所料,池笙哭成了泪人。

在这条三分钟的视频里面,很多画面她从未见过,多数是俞越用他的电话手表拍下的,等同于让她从孩子视角看了一遍自己为人母的模样。

还有池诺亲自种了几个月的奶油向日葵,又名白月光,花语是:入目无他人,四下皆是你。

池诺说:"笙笙是我们的白月光。"

其实,池诺并不知道"白月光"这个词的通俗含义,她只认为,白月光是像月亮一样的温柔美好。

俞洄给池笙擦着眼泪,眼角眉梢满是爱意。

"呆呆是我的白月光。"

池笙泪眼盈盈,却在笑着点头:"你也是我的白月光。"

到了暑假,俞越还是带着池诺跟姑姑一家去了申城。

自己的爸爸能怎么办,宠着呗。

俞洄和池笙在京裕花园的小院里舒心享受着二人世界。

紫玉兰树下,微风拂过,轻柔的阳光透过叶间空隙,洒下斑驳光影。

池笙惬意地倚在摇椅上,正翻看着前几日去一中拍的照片。

她和俞洄,特地在图书馆前拍了两张照片。

跟高中毕业时拍的姿势一样,一张内敛克制,另一张则是俞洄在替她拂去头发上的落叶。

还有一张,是一家四口一起拍的。

拿这三张照片与当初她和俞洄穿着校服的照片一对比，池笙又在感叹，缘分这东西，当真奇妙无比。

池笙起身，去看鱼池里的兰寿金鱼。

细看一会儿，池笙发现了有趣之处。有一尾齐腮黑游到净水出口附近，被水流缓缓冲走，却又再度游了回来，周而复始。

金鱼并没有洄游的天性，但这个动作，让她想起了鱼类的洄游现象。

洄游，是鱼类的一种迁徙行为，是对生存条件的自我选择。一些鱼类会从下溯游，逆流而上，只为回到自己生命初始的那条河流，几千公里的洄游之路满是险阻与艰辛，而它们无畏，它们义无反顾。

"你之前那个印章摔了，我就找了位大师给你雕了两个，用的是你喜欢的高冰飘花翡翠，挂链配的是橄榄核和碧玺隔片，喜欢吗？"

俞洄声线温柔如常，他手里那两个小印章，顶部雕刻的是小金鱼，在夕阳的柔光下，莹润通透。

倏然间，池笙脑海中开始放映她和俞洄的高中时光，然后是重逢，再到至今的每一帧画面。

"嗯，很喜欢。"

池笙眸底缓缓漾起笑意，踮起脚尖，亲吻俞洄。

俞洄总说，他也是她的一尾鱼。

所以，游必有归，她的俞洄也是。

—全文完—